Michael M. Thurner

# Der Gottbettler

Roman



Originalausgabe

blanvalet

MIX
Papier aus verantwortungsvollen Quellen
FSC® C014496
FSC
www.fsc.org

Verlagsgruppe Random House FSC® N001967
Das für dieses Buch verwendete FSC®-zertifizierte Papier
*Super Snowbright* liefert Hellefass AS, Hokksund, Norwegen.

1. Auflage
Originalausgabe November 2013 bei Blanvalet,
einem Unternehmen der Verlagsgruppe Random House GmbH, München

Dieses Werk wurde vermittelt durch die Literaturagentur Schmidt & Abrahams
www.schrift-art.net
Illustration und Gestaltung: Melanie Miklitza, Inkcraft
Karte: © Jürgen Speh
Lektorat: Simone Heller
HK · Herstellung: sam
Satz: Mediengestaltung Vornehm GmbH, München
Druck und Einband: GGP Media GmbH, Pößneck
Printed in Germany
ISBN: 978-3-442-26942-6

www.blanvalet.de

*Wilfried Thurner, 1940–2013*

Dem Mann gewidmet, der meiner Karriere mit
bloß zwei Worten auf die Sprünge geholfen hat,
der stets mehr als ich über Fußball wusste –
und der in seiner wichtigsten Rolle Vater war.

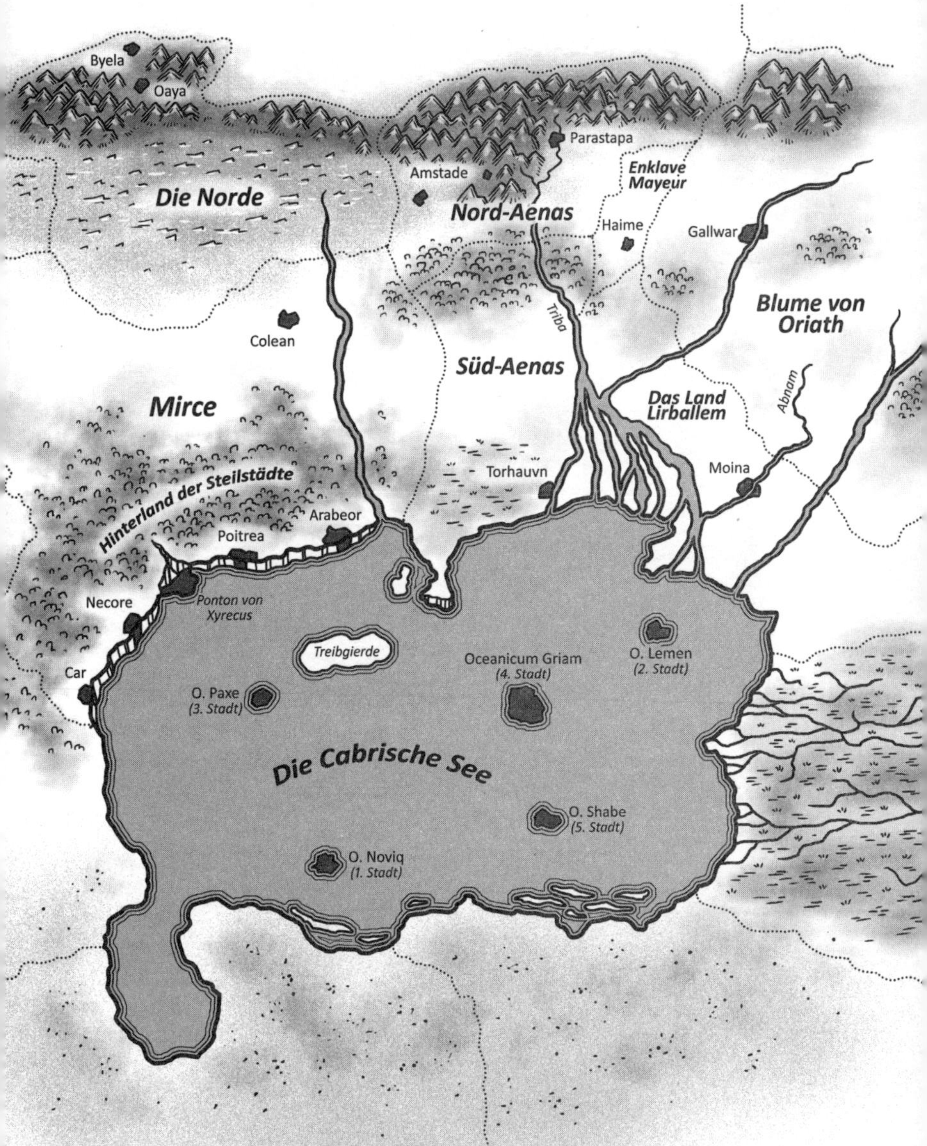

Byela
Oaya
Die Norde
Amstade
Parastapa
Enklave Mayeur
Nord-Aenas
Haime
Gallwar
Blume von Oriath
Colean
Triba
Süd-Aenas
Mirce
Das Land Lirballem
Abnam
Hinterland der Steilstädte
Torhauvn
Moina
Arabeor
Poitrea
Necore
Ponton von Xyrecus
Treibgierde
Oceanicum Griam
(4. Stadt)
O. Lemen
(2. Stadt)
Car
O. Paxe
(3. Stadt)
Die Cabrische See
O. Shabe
(5. Stadt)
O. Noviq
(1. Stadt)

*Sie: Es gibt einen, der dich und uns aufhalten kann.*

*Er: Ich glaube dir nicht! Du möchtest mich bloß verwirren mit all deinen Worten!*

*Sie: Du musst mir vertrauen.*

*Er: Ich vertraue niemandem!*

*Sie: Nicht einmal Metcairn Nife?*

*Er: Nicht einmal Metcairn Nife.*

*(Pause. Die beiden wechseln von Colean nach Parastapa in Nord-Aenas in die Sumpfdeltastadt Torhauvn im Reich Süd-Aenas und dann in die Steilstadt Necore und von dort zurück nach Colean. Sie umtänzeln einander, berühren sich, schrecken zurück, beginnen ihr Spiel erneut.*

*Sie: Unser aller Schicksal hängt davon ab, diesen einen zu finden.*

*Er (mit einem Mal hysterisch): Dann findet ihn, findet ihn! Setzt alle Hebel in Bewegung und sorgt dafür, dass er getötet wird.*

*Sie (zögernd): Ja, Gottbettler.*

*Er: Und nun lass mich allein! Ich leide, wie niemals zuvor ein Wesen gelitten hat …*

# I. Früher: Der Heerführer

Metcairn Nife gab den Befehl zum Aufbruch. Seine Stimme wurde von den Kundhörnern weit übers Land getragen. Adjutanten nahmen die Anweisungen entlang der Heereslinien auf und befahlen die Angehörigen ihrer Truppen ins Glied. Es dauerte eine Weile, bis jedermann dort war, wo er sein sollte. Die Vorbereitung auf die Weiterreise war ein Teil jenes täglichen Rituals, das Metcairn längst in Fleisch und Blut übergegangen war.

Er stieg auf das Kampfross. Magicae sorgten dafür, dass das dünne Wolkenband eines kühlen, frühherbstlichen Morgens aufriss und sich die ersten Sonnenstrahlen auf Metcairns zerbeulter und hoch polierter Rüstung verfingen. Der Glanz würde ihn aus der Masse hervorheben.

Er ließ diesen Effekt nicht jeden Tag herbeizaubern. Wiederholungen langweilten oder bewirkten gar das Gegenteil dessen, was beabsichtigt war. An diesem Tag jedoch, da die Truppenangehörigen unerklärlicherweise mutlos wirkten, erschien es ihm notwendig, sie an seine Macht und seine Kraft zu erinnern.

Hier und dort ertönten Seufzer, gefolgt von Ausrufen der Begeisterung, als er *Vidal das Schwert der Hoffnung* hoch emporreckte. Und als er Mimar mit kräftigem Schenkeldruck und einem Zupfen am Zügel dazu brachte, auf die Hinterläufe zu steigen, wurde das Geschrei zu einem Stimmenorkan, der über das Land brauste.

»Neue Ufer!«, brüllte er. »Wir brechen auf zu neuen Ufern!«

Hunderte Fußsoldaten klopften mit den Langmessern gegen ihre Rüstungen, Bogenschützen ließen die Saiten ihrer Waffen singen, Reiter hieben die Silbergerten auf die Klingtrosse ihrer Pferde. Die Magicae intonierten monotonen Sprechgesang, die Parveniden-Frauen sangen betörend schön. Einige begleitende Kriechtiere gaben Zisch- und Grunzlaute von sich, als wüssten sie, dass auch sie sich an dieser Kakophonie der Stimmen und Töne und Geräusche beteiligen mussten.

Metcairn Nife fühlte Stolz. Er ertappte sich dabei, die einzelnen Heeresteile mit den Händen dirigieren zu wollen, wie ein Musikant, der seinen Kollegen den Einsatz gab. Doch das war seiner nicht würdig. Nicht an einem kampffreien Tag.

»Ein erhebender Anblick, immer wieder«, sagte sein Rechter, Marmer Dunne.

»Die Sibyllen könnten ruhig ein wenig rascher auf die Beine kommen«, widersprach der Linke, Pae Loriander, der eigentlich eine Sie war, aber, den Traditionen gehorchend, oft als Mann angesprochen wurde.

»Wir führen dieses Gespräch zu oft«, unterband Metcairn Paes Versuch, eine weitere Diskussion über die Zuverlässigkeit der Wanderfrauen vom Zaum zu brechen. »Nimm hin, was sie sind und wie sie sind, Kriegerin.«

»Unnütze Fresserinnen«, rief der Linke, den Lärm ringsum übertönend und den mahnenden Tonfall Metcairns ignorierend. »Haben sie uns denn schon jemals geholfen?«

»Sie werden es tun, sobald die Zeit gekommen ist.«

»Weil es so überliefert ist? Weil es eingeschrumpelte und senile Magicae behaupten?«

»Weil es *wahr* ist, Pae.« Metcairn wandte sich der Frau zu

und ließ seinen Blick über ihren muskulösen Körper schweifen. Er erinnerte sich all der schlecht vernarbten Wunden an Rücken und Bauch, die er einstmals zu sehen bekommen hatte, als wohl Einziger, der diese »Ehre« überlebt hatte. »Das Heer wäre nicht vollständig, würden die Sibyllen aussortiert werden.«

»Aber …«

»Kein Aber! Es ist müßig, darüber zu diskutieren. Konzentrier dich auf deine Aufgaben! Adjutanten benötigen deine Anweisungen, deine Kraft. Mach dich auf den Weg und sorge dafür, dass sich die linke Flanke endlich in Bewegung setzt.«

Pae öffnete den Mund, diesen bezaubernden Mund, der nicht nur eine der schärfsten Zungen des Heeres beherbergte, sondern auch wundersame Dinge auf dem Bettlager zu leisten imstande war. Doch sie verkniff sich weitere Widerworte, grüßte mit einem Minimum an Respekt sowohl ihn als auch den Rechten, zerrte heftig am Zügel ihres Pferdes und galoppierte davon. Das schwere Ross riss Narben in den Boden. Faustgroße Klumpen Erdreich flogen beiseite; manch einer traf Fußsoldaten, die bereits abmarschbereit waren.

»Ich sagte schon immer, dass die Linke Schwierigkeiten bereiten würde«, sagte Marmer Dunne.

»Und ich antworte wie immer, dass ich all diese Schwierigkeiten gerne auf mich nehme. Pae mag ungehobelt, engstirnig und aufbrausend sein. Doch sie verbirgt einen einzigartigen Verstand unter ihrem blonden Lockenköpfchen. Über ihre Kampfkraft sowie ihre taktische Intelligenz brauchen wir ohnedies kein Wort zu verlieren. Oder, Marmer?«

»Na ja …«

»Du bist mein Rechter, Freund, und du weißt, wie sehr ich deine Meinung schätze. Ich würde dir in den Stunden meines Todes den Befehl über das Heer geben. Ich vertraue dir wie einem Bruder. – Doch bestünde nicht die Gefahr, dass mein Bruder die gleichen Fehler wie ich beginge? Sollte ich nicht Vorkehrungen treffen, dass er jemanden zur Seite gestellt bekommt, der ein wenig Unberechenbarkeit in die Schlacht mit einbringt?«

»Du nennst es Unberechenbarkeit; ich nenne es Irrsinn, der sie antreibt.«

Die Banner der Goldenen Faust flatterten und knatterten im aufkommenden Morgenwind; die rotgelben Strahlen der Sonne wärmten die Soldaten. Unruhe und Nervosität wurden überall spürbar. Die Menschen und die anderen wollten los, hinein ins neue Land.

»Abmarsch!«, gellte die Stimme eines der vielen namenlosen Adjutanten von der rechten, von Marmer Dunnes Seite. Eine erste Hundertschaft des Fußvolks machte sich auf den Weg; Sklaven, die hofften, irgendwie die nächste Schlacht an vorderster Front zu überleben und dadurch das Privileg zu erhalten, bei folgenden Waffengängen im zweiten Glied marschieren zu dürfen. Dem *Abfall* folgten leidlich gut gerüstete Infanteristen. Dahinter kamen die Bogenschützen und die Reiter, deren Rösser den Boden zum Erzittern brachten.

»Ausgezeichnet«, sagte Metcairn mehr zu sich selbst, als zu seinem Rechten. »Die Truppe ist bereit für die Schlacht.«

»Du meinst: für das *Abschlachten*.« Marmer brachte einmal mehr seinen Zweifel an diesem Abenteuer zum Ausdruck. »Die Bewohner sind Bauern und auf den Kampf nicht vorbereitet.«

»Sie hätten die notwendigen Vorbereitungen treffen müssen. Sie wussten, dass wir kommen.«

Der Rechte sagte nichts mehr. Stattdessen nickte er Metcairn zu und ließ sein Pferd davonpreschen. Speichelleckerische Ordonnanzen hüllten ihn ein wie eine Wolke nektargeiler Bienen, sobald er die Mitte des Heerwurms verließ.

Metcairn Nife blieb weiterhin ruhig. Er beobachtete. Mimar tänzelte indes vor und zurück. Das Ross wollte in die Schlacht, wollte seinen mächtigen Körper zwischen schwitzende und blutende und sterbende Männer drücken. Der Hengst war eine Bestie, wie alle aus seiner Zuchtlinie.

»Die Moral ist ausgezeichnet«, sagte Magicus Nontwede, dessen langer Mantel durch den aufgewühlten Schlamm streifte und dennoch sauber blieb.

»Dank euch.« Metcairn deutete eine Verbeugung an. »Sag deinen Leuten, dass ich zufrieden mit ihrer Arbeit bin.«

Nontwede zog sich humpelnd zurück, hin zu jener fahrenden Burg, in der er und sieben seiner Leute Quartier genommen hatten. Das von den stärksten Ochsen gezogene Fuhrwerk war Anlass für vielerlei Spekulationen, an denen sich Metcairn natürlich nicht beteiligte. Das Reich der Magicae war nicht seines. Er nutzte ihre Gaben und achtete darauf, dass sie im Heereskörper nicht zu viel Einfluss gewannen. So wie fast jede Entscheidung, die er traf, dazu diente, das Gleichgewicht zu halten. Zwischen Linkem und Rechtem, zwischen Magicae und Nicht-Magicae, zwischen Armbrust- und Bogenschützen, zwischen Infanteristen und Reitern, zwischen Vor- und Nachhut. Metcairn Nife war ein meisterlicher Künstler auf diesem Gebiet, dem es stets gelang, für die notwendige Ausgewogenheit zu sorgen. Und er war sich dessen bewusst.

Die Nachtkrappen erhoben sich. Krude Gestalten, die an Menschenfrauen mit dunklem Gefieder erinnerten. Sie krächzten ihren Hass laut in die Welt hinaus.

Überall war nun Bewegung. Überall glänzten Lanzen, Kettenpanzer, Schwertscheiden, metallene Gefieder, mathrominoisch geladene Beutezeichen. Die Magicae taten wie immer ihr

Bestes, um die auf breiter Ebene vorrückenden Heerscharen noch mächtiger, noch massiver wirken zu lassen.

Oh, er liebte den Klang der Macht, den dieser gewaltige und vielstimmige Heereskörper erzeugte. Er, der Mann aus den Gossen Moinas, war ihr Dirigent. Alle würden sie springen und tanzen, alle, sollte er es jemals von ihnen fordern.

Die Rüstungsbänder engten ihn ein. Sie wurden zu knapp, nun, da sich alle Truppenkörper in Bewegung gesetzt hatten und auf ein neues Ziel zumarschierten.

Um zu erobern. Um zu töten. Um ein Land, in dem bisher das Licht geherrscht hatte, mit dem Grau des Gottbettlers zu überziehen.

## 2. Früher: Das Dorf Amstade

Die süßen Erdfrüchte waren prall und reif dank der vielen Sonnenstunden, die sie während des Frühjahrs herbeigebetet hatten. Herr Attamay atmete tief durch. Diese Geruchswolke, die ihn umgab, betörte ihn. Sie stand nicht nur für eine beruhigend gute Ernte, sondern auch für ein wenig Wohlstand, der es ihm und den anderen Bewohnern Amstades erlauben würde, dringende Arbeiten am Gemeinschaftshaus durchführen zu lassen und den Göttern mithilfe reichhaltiger Opfergaben zu danken.

Herr Attamay klopfte seinem Jüngsten kräftig auf die Schulter. »Sieh zu, dass du dich nützlich machst.«

»Ja, Vater«, sagte der junge Herr Dy, wortkarg wie immer, und reihte sich in die Schlange an der Werkzeugausgabe ein.

Herr Attamay indes zog Tier Bulbar hinter sich her, seinen stärksten Bullen, hin zu den anderen Furchenziehern. Er würde ihn während der Erntetage schinden und ihm das Letzte abverlangen. Um Tier Bulbar anschließend den Herbst- und Winterweiden zu überlassen. Es würde in die Berge stapfen und dort für Dutzende Nachkommen sorgen, um im Frühjahr bereit zu sein für neue schwere Arbeit.

So war der Lauf der Dinge. So war es immer gewesen, und so würde es noch sein, wenn die Götter versteinerten und in Bruchstücke zerfielen.

»Dieser Tag ist so schön, dass ich sterben könnte«, sagte der stets gut gelaunte Herr Rudynar Pole. »Nicht dass ich's mir wünschte …«

»Dann rede nicht derartigen Unsinn daher!«, fuhr Attamay seinen Freund an. »Der Tod hat feine Ohren. Er mag deinen Wunsch rascher erhören, als dir lieb ist. Nicht dass wir es bedauern würden. Dutzende Frauen wären auf einmal befreit vor all ihren Ängsten, wenn sie nach Einbruch der Dunkelheit zum Brunnen gehen, um Wasser zu schöpfen. Sie müssten nicht mehr befürchten, von deiner hässlichen Visage erschreckt zu werden.«

»Wenn du bloß wüsstest, wie sehnsüchtig die Jungen und die Alten, die Dorfwitwen, die Unbefriedigten und die Lüsternen beim Fluss auf mich warten. Um von mir zu kosten. Um meine Stärke zu spüren. Um sich während der kalten Wintermonate an einen wärmenden Körper erinnern zu können.«

»Hör endlich auf zu schwätzen, elender Herumtreiber, und hilf mir mit diesem verdammten Vieh!« Herr Attamay reichte Herrn Pole eine der Zügelketten des Tiers Bulbar.

»Das ist ja ein Kerl! Seine Murmeln sind fast so groß wie meine!« Der Freund entblößte ein fehlerhaftes Gebiss und deutete auf das wackelnde Hinterteil des Bullen. »Ich glaube kaum, dass wir beide Freunde werden. Wir sind zu sehr Rivalen.«

»Ach, halt dein Schandmaul! – Würde dich die Aussicht an einen Weinhumpen dazu bringen, endlich mit der Arbeit zu beginnen? Ich gebe ihn aus – heute Abend.«

»Na also, Herr Attamay! Ich dachte schon, du würdest völlig vergessen, mich ausreichend zu bestechen. Immerhin habe ich auch noch andere Arbeit zu erledigen.«

»Ja, ja. Der Dame Livgray sanfte Liebesworte ins Ohr zu flüstern und sie glauben zu machen, dass sie die Einzige wäre, die ihren fetten Hintern auf deinem Schoß niederlassen darf.«

»Ach, sie *ist* die Einzige. Zumindest heute. Es gibt zu viele eifersüchtige Ehemänner auf diesem sonst so paradiesischen Flecken.« Herr Rudynar Pole zog an der Kette und zwinkerte fröhlich. Tier Bulbar setzte sich laut röhrend in Bewegung, während sein Zieher tief durchatmete. Die beiden würden für ihr Abendbrot hart schuften müssen, und beide wussten es. Zudem kam es in diesem Gemenge aus Tierleibern, schwitzenden Menschen, gewaltigen Staubwolken, mannsdicken Getreidegarben, tiefen Furchen und riesigen Erdklumpen Jahr für Jahr zu schrecklichen Unglücksfällen.

Herr Attamay sah ihm nach. Warum bloß vertraute er diesem liederlichen Herumtreiber so sehr? War es die gemeinsam verbrachte Jugend, die gemeinsam erlebten Abenteuer in Ländern, weit weg von hier? – Herr Rudynar Pole war in Amstade gefürchtet, in manchen Häusern gar geächtet. Er kannte keinerlei Respekt vor der Ehre einer Frau. Er soff, er hurte, er nutzte die Cant-Pfeife, und die Münzen, die er sich durch Gelegenheitsarbeiten verdiente, blieben stets nur für kurze Zeit in seinen Taschen.

Und dennoch, er war Herrn Attamays bester und auch treuester Freund. Derjenige, dem er sein Leben bedingungslos anvertrauen würde.

Das Morgenhorn ertönte. Der Junge Bastwain erhob seine Stimme als Erster, wie immer. Die meisten Männer fielen ein. Der Singsang hielt die heimtückischsten Tiere aus den Höhen davon ab, die Felder aufzusuchen. Muskeln und Sehnen glänzten in der frühen Sonne, nackte Rücken beugten sich, bald von Schweiß bedeckt. Manche Frauen zogen erste Schnüre über die Garbenbündel, andere reichten Wasser, schmierten Klingen, sammelten Verlorengegangenes ein. Oder sie machten schöne Augen, um die Männer bei der Arbeit zu halten.

Herr Attamay eilte von einer Furche zur nächsten. Er gab

strenge Kommandos, wie es von einem Ratsmitglied des Dorfes erwartet wurde, und wenn es denn notwendig war, hieb er mit der Kartonade über Schenkel oder Oberarme, sodass rote Striemen die Verwarnten zierten. Mehr als zehn Blutstreifen pro Tag bedeuteten eine Kürzung des Anteils an den Ernteeinnahmen; niemand wollte diese Schande über sich ergehen lassen, und niemand konnte es sich leisten, wollte er seine Familie über die harten Wintermonate bringen.

Die Sonne wanderte höher und höher in den azurblauen Himmel. Sie verspottete die Arbeitenden, indem sie ihre Kraft noch einmal verstärkte. Die Männer stöhnten laut unter der Hitze und vergaßen für eine Weile das Singen, bis Herr Attamay sie an die Gefahren aus den Höhen erinnerte. Die Frauen, diese sonst so wunderbar weichen und gut riechenden Geschöpfe mit blondem oder rotem Haar, nahmen die vermehrten Anstrengungen hin, ohne sich darüber zu beklagen. Sie waren zweifelsohne das stärkere Geschlecht, doch kein Mann hätte es jemals gewagt, dies vor seinen Freunden zuzugeben.

Sie kamen gut voran. Herr Attamay hatte kaum Probleme mit den Arbeitern. Als die Sonne ihren höchsten Stand erreichte, musste er erstmals das Feuer in der Feld-Esse anheizen, den Amboss aufstellen und laut fluchend eine zersprungene Furchenklinge nachbearbeiten. Sie war spröde, das Metall kaum mehr als solches zu erkennen. Der von Dorf zu Dorf ziehende Metallhändler würde diesen Herbst ein einträgliches Geschäft mit ihnen machen. Der zu erwartende Überschuss aus den Geschäften mit der Stadt reduzierte sich soeben auf die Hälfte.

Zwei Gesellen hielten die Furchenklinge mit ihren dicken Handschuhen übers rote Kohlenfeuer. Sie schwitzten wie Schweine – und hielten das massive Gerät dennoch fest. Wagten sie es, den Griff zu lösen, würde er sie mit der Zange bearbeiten und ihnen die Haut vom Fleisch ziehen.

Da war der Riss. Er zeichnete sich deutlich ab. Die Hitze hatte die Kerbe verbreitert. Herr Attamay würde mit einem pfundschweren Stück guten Eisens nacharbeiten müssen, um die Klinge wieder einsetzbar zu machen.

»Habt ihr nichts Besseres zu tun, als Maulaffen feilzuhalten?«, herrschte er jene Erntehelfer an, die sich ohne Arbeit wähnten, solange er seine Arbeit nicht erledigt hatte. »Helft bei den anderen Furchen! Bringt die Garben zum Lager! Holt Wassertröge herbei! Tut irgendetwas!«

Die Menschen senkten die Blicke. Manche von ihnen waren erbost wegen seines rüden Umgangstons, andere schämten sich für ihr eigenes Verhalten. Es war ihm einerlei. Er urteilte nicht, nicht an diesem Tag.

Herr Attamay packte die Eisenbrocken aus, suchte den geeignetsten aus und legte ihn ins Feuer. Geduldig wartete er, bis das Metall heiß wurde und sich allmählich verformte. Dann spuckte er in die Hände, packte seinen Schmiedehammer und hieb zu. Der Brocken plättete sich ein wenig. Es bedurfte mehrerer Dutzend Schläge, um das gewünschte Ergebnis zu erzielen: eine vielleicht zentimeterdicke Fläche, armlang und handbreit, in der Mitte ein wenig stärker als an den Rändern.

Die Furchenklinge glühte! Sie bekam viel zu viel Hitze! »Seht ihr das denn nicht, ihr Arschlöcher?«, fluchte er und hieß die Gesellen, das Werkstück weg vom Zentrum des Feuers zu schieben. Wie sollte er den beiden Burschen, die bereits die Grenze zum Halbmannsalter von achtzehn Jahren überschritten hatten, jemals mehr Verantwortung übergeben?

Wolken schoben sich vor die Sonne, eine kühle Brise fuhr über die schmerzenden, von den Schlägen kribbelig gewordenen Arme. Herr Attamay atmete tief durch – und bekam einen Geruch in die Nase, der nicht hierhergehörte.

Schweiß. Ausdünstungen, die sich in Lederrüstungen verfangen hatten. Es stank nach getrocknetem Blut. Nach Wildheit und Wut.

Nach Krieg.

Herr Attamay hielt inne und ließ den Hammer zu Boden fallen. Rings um ihn standen Bekannte, Verwandte, Freunde unschlüssig umher. Sie fühlten es ebenfalls. Gefahr war in Verzug, aber noch war nichts zu sehen.

Sie hatten die meisten Warnschreier abgezogen, die sonst in den Wäldern ringsum Wache hielten. In Erntezeiten war es unabdingbar, den Schutz zu vernachlässigen und ein größeres Risiko einzugehen; doch sie hatten es ohne größere Bedenken getan. Ringsum herrschte Frieden. Was weit weg geschah, in den Kriegsgebieten der Lande rings um das Meer Griam, spielte hier keine Rolle. Das Heer des Gottbettlers kümmerte sich um die Reichen, nicht um sie, die sie hart arbeiten mussten, um zu überleben.

Oder?

»Dort!«, rief Herr Rudynar Pole. Er deutete in den Himmel. In Richtung einer schwarzen Wolke, die immer mehr anschwoll, Konturen gewann und sich bald als Hundertschaft großer geflügelter Wesen entpuppte.

»Was ist das?«, stieß einer der Gesellen hervor. »Was hat das zu bedeuten?«

»Sicherlich nichts Gutes«, murmelte Herr Attamay. Er kniff die Augen zusammen und versuchte, die Gestalten zu identifizieren. Es dauerte nicht lange, bis er Gewissheit hatte: Die Nachtkrappen kamen! Wesen, deren einziger Lebenszweck es war, Menschen mit ihren scharfen Schnäbeln zu töten, ihre Leiber zu zerhacken und sich an ihrem Inneren zu laben.

Warum sie es taten, blieb unklar, denn angeblich waren sie auf Fleisch als Nahrung nicht angewiesen.

»Holt Waffen!«, rief Herr Attamay. »Schafft herbei, was greifbar ist! Bringt die Kinder hinter die Palisaden und bereitet alles für den Notfall vor!«

Unter anderen, weniger besorgniserregenden Umständen wäre er stolz auf seine Leute gewesen, die sich binnen wenigen Augenblicken völlig verwandelten. Aus hart arbeitenden Bauern wurden grimmige Krieger, die ihre Besitztümer mit allem, das ihnen dafür zur Verfügung stand, verteidigen würden.

Die Frauen entknoteten Stricke, die um dicke Bündel geschlungen waren. Schwerter und Messer purzelten zu Boden, dazu einige Bogen und zwei mit Metall versteifte Armbrüste. Herr Attamay griff sich ein Kurzschwert und wog es in der Hand.

Die Himmelsschatten kamen näher. Schon war ihr Krächzen zu hören, schon waren Körperdetails auszumachen. Die seltsamen Wesen spreizten die Gefieder weit zu den Seiten hin aus und glitten spielerisch auf Luftpolstern dahin. Die Hackschnäbel waren fast so lang wie ihre Körper. Köpfe, die auf langen Hälsen saßen, bewegten sich unaufhörlich hin und her. Blicke aus dunklen Augen trafen Herrn Attamay. Blicke, die einen Vorgeschmack darauf gaben, was die Bewohner Amstades und ihn erwartete.

Er empfand mit einem Mal tiefe, kreatürliche Angst. Er wollte davonlaufen und sich irgendwo verkriechen, sich ein Loch scharren und nichts mehr wissen von dieser kalten, grausamen Welt …

Gesang ertönte. Er war einschmeichelnd und lieblich. Er entzog seinem Geist alle Furcht, alle Gedanken der Besorgnis. Sanfte Stimmen ergaben einen Klangteppich von so absoluter Reinheit, dass Herrn Attamay die Tränen in die Augen schossen. Sie sangen von Frieden und Freude, von Wollust und Fröhlichkeit, von Zufriedenheit und Glückseligkeit.

*Parveniden!*, dachte Herr Attamay diesen einzigen, vom Glücksgefühl losgelösten Gedanken, der ihm Rettung verschaffen mochte. Er erinnerte sich der Begegnung mit einer einzigen Frau dieses sonderbaren Geschlechts, fern von hier, in seinen Tagen als Krieger. Er war ihren Verlockungen erlegen und hätte es beinahe mit dem Leben bezahlt. Und nun schallte der Gesang eines ganzen Chors, bestehend aus fünfzig oder mehr Stimmen, über das Dorf. Er hallte von den Felsen im Norden wider und brach sich am Wasser des kleinen Flusses, der ihre Heimat im Süden begrenzte. Wasser war das einzige Hindernis, das der Gesang der Parveniden nicht zu queren vermochte.

»Wehrt euch!«, rief Herr Attamay. »Hört nicht auf die Stimmen! Sie wollen euch verführen und euch schwächen …« Er verstummte. Er hatte keine Kraft mehr. Er sank nieder und zog die Knie eng an den Leib. Er saß da, in jener Stellung, in der er einstmals im Körper seiner Mutter gehockt hatte. Wie gern wäre er heute darein zurückgekehrt!

Er biss sich auf die Zunge. Schmeckte das Blut, hörte es durch seine Adern rauschen. Nein, so leicht war sein Geist nicht zu bezwingen, nicht mehr! Er hatte viel gelernt in fernen Landen, bevor er sich zur Ruhe gesetzt und Kinder in die Welt gesetzt hatte.

Er erhob sich und streckte seinen Körper. Mit der flachen Seite seiner Klinge hieb er den beiden Gesellen über die breiten Rücken. Wie er waren sie zu Boden gesunken, wie er hatten sie Tränen im Gesicht. Rings um ihn war Stille. Alle Mitglieder der Dorfgemeinschaft hatten sich ergeben, hatten ihren Widerstand gegen diese süßen, süßlichen Stimmen eingestellt.

Herr Attamay sah die Parveniden kommen. Freundlich winkend tänzelten sie einen der verschlungenen Wege hinab, der zum Osteingang des Dorfes führte. Sie bewegten verführerisch die breiten Hüften, winkten und lächelten, strahlten mit der eben wieder hinter den Wolkenbänken hervorlugenden Sonne um die Wette. Alles an ihnen war Schönheit und Freude. Wer konnte einem derartigen Gegner widerstehen?

Einer der Gesellen erwachte aus der Entrückung und stierte verständnislos um sich. »Sie sind nicht das, was sie zu sein scheinen«, sagte Herr Attamay mit schwerer Zunge. »Denk an Hass. Denk an Wut. An den Kerl, der dir die Frau weggenommen hat. Dann wirst du erkennen, was sich hinter der Erscheinung der Parveniden verbirgt.«

Der Geselle fand die Kraft, seinen Rat zu befolgen. Sein Gesicht lief allmählich rot an. Er sah, was zu sehen war. Und er brüllte los, aus Zorn und Enttäuschung.

Sie waren nun zwei Schwerter gegen eine Armee, die ihr wahres Antlitz nach wie vor nicht preisgegeben hatte. Doch Herr Attamay wusste, dass die Nachtkrappen und die Parveniden bloß Teil der Vorhut waren. Ihre wahren Gegner würden sich erst später zeigen.

»Wir müssen die anderen wecken!«, sagte er dem Gesellen. »Bring unsere Leute zu sich, irgendwie. Füge ihnen Schmerz zu, spuck sie an, verfluche sie. Sorge dafür, dass sie die Wahrheit erkennen und den Klang der Stimmen aus ihren Köpfen verdrängen.«

»Ja, Herr.«

Der Geselle beugte sich zu seinem Kumpan hinab und malträtierte dessen Gesicht mit Faustschlägen. Offenbar kamen dabei lang unterdrückte Animositäten zum Vorschein, doch das Wie und Warum kümmerte Herrn Attamay nicht. Im Kampf – und dies würde zweifelsohne ein Kampf werden! – waren sanfte Worte fehl am Platz.

Ein dritter Mann erhob sich zwischen den Garben, fünfzig Schritte von ihm entfernt. Er kam taumelnd auf die Beine und winkte ihm schwach zu. Es war Herr Rudynar Pole, der Taugenichts. Und mit einem Mal erinnerte sich Herr Attamay, was diesen Taugenichts einstmals ausgemacht hatte, bevor er ihn hierhergeschleppt hatte, in ein friedliebendes Dorf der Stille und Beschaulichkeit: Er war der beste und verrückteste Kämpfer gewesen, dem er jemals begegnet war. Wenn auch nur ein Fünkchen dieses Wahnsinns noch in ihm steckte, würden die Parveniden und all jene, die hinter ihnen kamen, ihr blaues Wunder erleben.

Herr Rudynar Pole stieß einen Kriegsschrei aus, so laut und so voller Intensität, dass Herr Attamay bis ins Mark erschauderte. Sein Freund packte eine der Armbrüste, legte einen Bolzen in die Führung und löste die Waffe aus, ohne lange zu zielen. Dennoch traf er einer der Frauen ins Auge. Sie kippte nach hinten weg und war tot, noch bevor sie den Boden berührte. Die strahlende Schönheit wandelte sich binnen wenigen Augenblicken in ein altes, hässliches Hutzelweibchen mit Armstummeln, flabbriger Nase und Hängebrüsten.

Der Gesang brach ab, die Frauen hielten inne. Allesamt zeigten sie nun ihre wahre Gestalt. Sie zischelten und rotzten, geiferten und kreischten. Es würde eine Weile dauern, bis sie sich gefangen und ihre magische Tarnung wieder aufgebaut hatten. Auch die Nachtkrappen, eben noch bereit, sich auf die Bewohner Amstades zu stürzen, zogen sich zurück, stiegen höher in den Himmel.

»Auf die Beine!«, schrie Herr Attamay. »Seht unseren Gegnern in die Augen!«

Aus drei waffenbereiten Männern wurden binnen kurzem ein Dutzend, aus einem Dutzend eine Hundertschaft. Die

Parveniden versagten. Es erfüllte Herrn Attamay mit Stolz, dass sie dieser ersten Gefahr widerstanden hatten.

Seltsame Töne erfüllten die Luft. Eine Art Gesang, den Herr Attamay nur zu gut kannte. Er wurde erzeugt von unterschiedlich stark gespannten Bogen und Armbrüsten, von tierischen Sehnen, die, weich gekaut und geschmeidig gemacht, nun ihr Lied sangen und todbringende Geschosse in den Himmel jagten.

Eine schwarze Wolke zog am Horizont auf, rasend schnell, zerfaserte rasch, verlor sich in kleinen und immer kleineren Teilen, die auf sie herunterstachen, erschreckend rasch größer wurden und sich dann in die Erde bohrten, nur wenige Fuß von den Bauern entfernt. Ein einzelner Mann schrie laut auf und brach zusammen, von einem guten Dutzend Pfeilen gespickt. Es dauerte bloß wenige Sekunden, bis sein Gebrüll endete und bedrückende Stille herrschte.

»Zurück!«, rief Herr Attamay und winkte seinen Leuten.

Die Bauern setzten sich augenblicklich in Bewegung, wie sie es in unzähligen Übungseinheiten gelernt hatten. Rückzug war das, was sie am besten verstanden.

Wieder wurde dieses grässliche Lied von Sehne und Holz gesungen, wieder färbte sich der Himmel dunkel. Die zweite Pfeilwolke senkte sich auf sie herab; eine, die noch zorniger summte und noch dichter wirkte.

Sechs Frauen und Männer fielen ihr zum Opfer. In der Rückwärtsbewegung fielen sie zu Boden, stolperten noch einige Schritte weiter oder überschlugen sich, durchbohrt von den Geschossen, die sie wie übergroße Igel wirken ließen. Eine Bäuerin kroch weiter, auf Herrn Attamay zu, eine Blutspur hinter sich herziehend. Ineka, in deren Kate er noch vorgestern das Brot gebrochen hatte. Die ihm aus ihrem Leben zwischen der Aufzucht ihrer Kinder und den Liederlichkeiten ihres Mannes erzählt, die allen Widernissen zum Trotz die Familie zusammengehalten hatte. Nun brach der Blick ihrer Augen. Speichel und Erbrochenes blubberten über die Lippen, sie blieb mit einem letzten Zucken liegen.

Herr Attamay löste sich vom Anblick der Toten. Er musste an die Lebenden denken, an seine Schutzbefohlenen. An das Dorf. An alle, die noch eine Chance hatten, dem Feind zu entkommen.

Die Fußtruppen der feindlichen Armeen verließen mit lautem Kriegsgebrüll ihre Verstecke in den Wäldern und Höhen, während die dritte Wolke emporstieg und drei weitere Opfer aus dem Kreis seiner Freunde und Bekannten forderte. Die Krieger schwangen ihre Schwerter und Lanzen und Ketten und Morgensterne, kamen über den Hügel auf die Dorfbewohner herabgestürzt. Viele der Männer hatten Schaum vor dem Mund, ihre Augen waren weit aufgerissen, Kampfgetränke hatten ihr Blut in Wallung gebracht. Sie würden bis zur Erschöpfung kämpfen – und darüber hinaus.

Herr Attamay spürte den Griff des Schwerts in seiner Hand. Das Gefühl war ungewohnt nach all der Zeit. Und auch das Kribbeln in seinem Nacken, das ihn bei seinen Eroberungsfeldzügen stets begleitet hatte.

Er packte die Waffe fester und stellte sich seinen Gegnern, dieser wogenden Masse aus Beinen und Armen und Köpfen, auf denen kupferne Helme unterschiedlicher Form und Prägung saßen. Ihr Gebrüll hüllte ihn ein, bis er kaum noch wusste, wo er sich befand, was er war, was er hier zu tun hatte.

Doch dann, als der erste Wahnsinnige in die Reichweite seines Schwerts kam, geschah alles wie von selbst. Er hieb zu und spaltete den Kopf des Mannes quer, sodass er, vom eigenen Schwung weitergetragen, noch zwei Schritte weiterlief, auch wenn ihm der Oberteil seines Schädels fehlte.

Herr Attamay stemmte sich gegen seine Feinde, und er stieß ein Lachen aus, ein Lachen, das er so lange nicht mehr hatte hören lassen.

Er führte sein Schwert mit jener Balance zwischen Vehemenz und Ausdauer, die ihn so gefürchtet gemacht hatte. Er mähte seine Feinde links und rechts nieder, er schlug eine schmale Schneise in die Masse der Angreifer. Er fühlte die Angst der anderen; sie fürchteten jenen Mann, der mit dem Schwert umging wie andere mit einer Sense. Diese Leute waren schlecht ausgebildet. Sie hielten ihre Waffen mit der Grazie von Schweinen und führten Schläge, die Herrn Attamay unter anderen Umständen zum Lachen gebracht hätten.

Links von ihm entstand eine weitere Schneise, eine weitere Spur des Grauens. Herr Rudynar Pole, der liederliche Kerl, hatte sich ihm angeschlossen. Er brüllte und sang vergnügt, als hätte er eben seine eigentliche Leidenschaft wiederentdeckt. Wahrscheinlich war es auch so. Herr Attamay war niemals zuvor jemandem begegnet, der am Töten eine derartige Freude hatte.

Da flogen Arme und Köpfe und Teile anderer Körperglieder. Filetiertes Fleisch, das mit Knochen, metallenen Rüstungsteilen und ledernen Bekleidungsfetzen vermengt war. Blut spritzte. Es färbte den Boden rot, es sorgte für einen gefährlich rutschigen Untergrund. Gedärme glitschten aus aufgeschnittenen Leibern, die Füße fanden kaum noch Halt, und Herr Attamay drohte immer wieder das Gleichgewicht zu verlieren. Er hielt sich an seinen Gegnern fest, richtete sich an ihnen auf und drückte sie dabei zu Boden, um dann über ihre Leiber zu trampeln und sich weiteren Feinden entgegenzustellen.

*Hier wird niemals mehr wieder geerntet werden,* sagte er sich nach einer Serie von Hieben, die ihm ein wenig Freiraum verschaffte.

*Auch wenn sich der Boden erholt – und das wird er sehr rasch –, so werden die Menschen dieses Stück Land von nun an meiden.*

Rings um ihn wurde gestorben. Auf eine erbärmliche Art und Weise, wie sie in Schlachten nun mal üblich war. Da waren kein Heldentum, keine aufopfernden Taten, kein Edelmut. Man schlug zu, um zu überleben. Blindlings, womöglich einen Freund oder Verwandten oder Bekannten treffend. Die Hauptsache war, dass man selbst nicht zu Schaden kam.

Herr Attamay fühlte Schmerz in seiner linken Schulter. Er war unachtsam gewesen; ein klein gewachsener Malekufte mit dem Signet der Haselnuss hatte ihm einen Hieb von oben herab verpasst, der den Lederschutz durchdrungen und zwei, drei Zentimeter tief ins Fleisch gefahren war, ohne allerdings Sehnen zu durchtrennen oder das Schlüsselbein zu berühren. Herr Attamay gab dem Pferdegesichtigen keine Gelegenheit, einen weiteren Treffer anzubringen. Er zerschnitt ihm in einer fließenden Bewegung die vorderen Muskelpartien beider Oberschenkel. Der Malekufte schrie, Haut platzte auf wie bei zu lange gekochten Würsten. Er machte Schreckliches durch. Zu Recht. Er hatte es gewagt, ihn zu verletzen – und er sollte leiden dafür!

Weitere Hiebe. Weitere Tote. Weitere Taten, für die er sich an einem anderen Ort würde rechtfertigen müssen. Herr Attamay schob und drängelte und hieb und focht. Blindlings, seinem Gefühl gehorchend, seinen Instinkten folgend. Ein Berg an Leibern wuchs rings um ihn und Herrn Rudynar Pole an. Verletzte und Sterbende lagen neben- und übereinander. Sie bildeten einen dissonant klingenden Chor. Schrien um Hilfe, flehten ihre Götter herbei, wünschten sich einen raschen Tod oder wollten ihre Kinder und Frauen bei sich haben. All ihr Zorn war verflogen. Sie waren bloß noch erbarmungswürdige Geschöpfe, die um so viel schlechter dran waren als jene, die sich nicht mehr rührten.

Herr Attamay sah sich um und holte tief Atem. Die Gegner waren tot oder geflohen; einige wenige sammelten sich in einem Abstand von zwanzig Schritten. Sie blickten unsicher in seine und Herrn Rudynar Poles Richtung, tuschelten miteinander, hoben unschlüssig die Waffen, angetrieben von einem kleinwüchsigen Mann mit den Insignien eines Unteroffiziers.

Herr Attamay lachte und winkte den Kämpen, näher zu kommen. Er strahlte eine Selbstsicherheit aus, die er keinesfalls fühlte. Er war schrecklich müde, und der Schmerz der Schulterwunde machte sich nun bemerkbar. Doch sein Gelächter erzeugte die gewünschte Reaktion: Das letzte Dutzend kampfbereiter Gegner drehte sich um und verließ den Ort des Schreckens. Anfänglich langsam, um ihre Würde zu wahren, dann immer rascher werdend, verfolgt von seinen und Herrn Rudynar Poles Schmährufen.

Sie stellten sich Schulter an Schulter und drehten sich im Kreis, ein letztes Mal, um nur ja sicher zu sein, dass da niemand mehr war, der ihnen gefährlich werden konnte. Kein kampfbereiter Arm, der sich zwischen den Leichenbergen hervorbohrte und ihnen die Achillessehne durchtrennte oder ihnen andere Verletzungen zufügte. Kein Bogenschütze, der sich im Zuge des Gefechts angenähert hatte und sie spicken konnte. Kein Meuchelmörder, der sich schlangengleich anpirschte, auf diesem Stück Land, auf dem sie noch vor einer Stunde gearbeitet und gesät hatten.

»Gute Arbeit, Herr Attamay.«

»Wir gehören eben noch nicht zum alten Eisen.« Das war eine Lüge. Vor Herrn Attamays Augen tanzten helle Pünktchen, und er atmete so rasch, dass ihm ein jedes Wort schwerfiel. Herr Rudynar Pole hingegen wirkte völlig unbeeinträchtigt von all der Schwertarbeit.

»Vorerst haben sie genug«, sagte der Freund.

Er log sich selbst ins Hemd, und beide wussten sie es. In wenigen Minuten würden neue Kämpfer die Hügel herabgestürmt kommen, frische und ausgeruhte – und wesentlich besser ausgebildete. Männer, die nicht auf einer Ackerscholle groß geworden waren, sondern in den Schulungsarenen des Kriegers.

Herr Attamay sah sich nach weiteren Mitstreitern um. Einige wenige standen mit tapfer erhobenen Dolchen und Schwertern hinter ihnen, leichenblass und zitternd. Viele hatten sich in den Schutz des Erdwalls und des Palisadenzauns zurückgezogen. Noch mehr lagen zwischen den toten Angreifern.

Er kannte sie alle. Sie waren seine Nachbarn, Freunde und Kameraden gewesen; Dörfler, die ihren Tribut hatten zollen müssen. Er schätzte, dass die Zahl der wehrfähigen Männer und Frauen um mehr als ein Drittel reduziert worden war.

»Wir ziehen uns weiter zurück!«, brüllte Herr Attamay. »Nehmt Waffen, Schilder und alles andere an euch, das sich für den Kampf einsetzen lässt. Unser Werkzeug bleibt zurück. Macht schon, rasch!«

Schon formierte sich der Gegner neu. Auf den Hügelkämmen zeigten sich grimmige Soldaten mit grimmigen Gesichtern. Einige von ihnen trugen lange Narbenbärte, die sie als Kämpfer aus den Grenzländern des Reiches Nord-Aenas auswiesen, andere schlugen Eisenschwerter gegen kunstvoll verzierte mayeursche Uniformen.

Dies waren Männer, gegen die im Zweikampf kaum jemand bestehen konnte. Herr Attamay mochte es gegen zwei von ihnen gleichzeitig aufnehmen und Herr Rudynar Pole ebenso. Doch die Bewohner Amstades, jene Männer, die eben mit allen Anzeichen einer beginnenden Panik in Richtung der heimatlichen Palisadenwände drängten, würden unter ihren Hieben fallen wie Weizenhalme.

Noch griffen die Feinde nicht an. Offenbar machten sie sich

einen Spaß daraus, den Dörflern Hoffnung zu schenken, um sie ihnen bald wieder zu nehmen.

»Hinter die Barrikaden!«, rief Herr Attamay. »Schließt die Tore, sobald wir beide durch sind. Wer zu spät kommt, hat Pech gehabt!«

Alles Weitere war hundertfach geübt. Die Frauen und Kinder würden durch einen in Boden und Fels gehauenen Geheimgang aus dem Dorf entkommen und in einem der westlichen Wäldchen, etwa tausend Schritte entfernt, ans Tageslicht zurückkehren. Dort warteten Lager mit weiterer Ausrüstung auf sie. Auf Wegen, die nur mit dem geschulten Auge eines Bewohners Amstades wahrzunehmen waren, konnten sie flüchten. Der Rückzug in die Eisigen Ebenen von Nord-Aenas würde ihnen alles abverlangen, und es erwartete die Überlebenden eine Existenz, wie sie armseliger kaum sein konnte.

Doch war das nicht mehr, als man sich angesichts der Umstände erhoffen durfte?

Schritt für Schritt wichen Herr Rudynar Pole und er zurück. Suchend, kontrollierend, die Truppenbewegungen der Gegner sondierend. Ein vorwitziger Fußsoldat sprang seinem Freund in den Rücken. Mit einer fließenden Bewegung seiner Schwerthand machte ihm der erfahrene Kämpfer den Garaus.

Da und dort fanden kleine Geplänkel statt. Gegnerische Krieger klopften Schwerter gegen Schilde und versetzten Dörfler in Panik. Jene, die die Nerven verloren und sich aus dem Gefüge der Zurückweichenden lösten, wurden gejagt, so wie es die Katze mit der Maus tut.

Menschen kämpften, Menschen starben. Manch einer hatte es rasch hinter sich, andere würden einen Tag oder mehr leiden, so sich niemand ihrer erbarmte.

»Helft mir!«, hörte Herr Attamay eine Stimme rechts von ihm. »Ich bitte euch!«

Er wandte sich suchend um. Einer der beiden Schmiedegesellen lag da. Im Brustkorb klaffte eine schreckliche Wunde. In der zittrigen Hand hielt der Mann nach wie vor sein Messer, einem Gegner entgegengereckt, der nicht mehr kommen würde.

Es fehlte ein Dutzend Schritte, um zu dem Gesellen zu gelangen und ihm den Gnadentod zu gewähren. Herr Attamay entschied sich dagegen. Da war eine Gasse, fast frei von Körpern. Sie beide würden diesen Weg nehmen und keinen Schritt davon abweichen. Andernfalls war die Gefahr zu groß, von einem verletzten Gegner angefallen zu werden, der ihnen in einer Aufwallung der Heimtücke und mit einem rasch geführten Messerschnitt Verletzungen zufügte.

»Helft mir!«, brüllte der Geselle noch einmal. Alle weiteren Worte, all das Geschrei und die Flüche, die danach kamen, blieben unverständlich. Blut drang blubbernd aus jener klaffenden Wunde, die einmal ein Mund gewesen war.

»Es sieht nicht gut aus«, sagte Herr Rudynar Pole, das Geschrei und die Flüche des Sterbenden übertönend.

»Es gab Situationen, die noch aussichtsloser waren«, widersprach Herr Attamay.

»Aber wir durften auf die Unterstützung durch Entsatztruppen hoffen. Wer wird uns hier zu Hilfe kommen? Die Alten und Siechen Amstades? Die Zwölfjährigen? Einwohner anderer Dörfer? Ein Gott, der sich für uns interessiert und Mitleid mit zwei alternden Veteranen hat?«

Herr Attamay schwieg daraufhin. Er konzentrierte sich auf die Gegner und deren Lenker. Er versuchte, das strategische Verhalten des anderen einzuschätzen. Vielleicht ließen sich Lücken erkennen, Fehler im Vorgehen. Irgendetwas, das sich als Hoffnungsschimmer an die flüchtenden und verzweifelten Dörfler verkaufen ließ.

Nichts. Abgesehen vom unkoordinierten Vordringen des ersten Schwungs der Fußtruppen war alles wohl organisiert. Die Pferde eines in Kampfmetall gerüsteten Reitertrupps scharrten nervös mit ihren Hufen. Magicae standen bereit, um ihre Zauber wirken zu lassen. Sie hatten bloß noch nicht genug Wut angesammelt, um die volle Wirkung ihres Könnens über die Dörfler hereinbrechen zu lassen. Die Parveniden hatten sich weit an den Waldrand im Osten zurückgezogen und beobachteten das Geschehen mit hasserfüllten Blicken.

Herr Attamay sah *sie.* Die Sibyllen. Und im selben Augenblick schwand der letzte Gedanke an ein Wunder, an eine Errettung. Er gab Herrn Rudynar Pole einen Wink und deutete in Richtung dieser grässlichen Wesen. Seine Hand zitterte. Die Wunde an der linken Schulter begann noch mehr zu schmerzen.

»Ich habe sie schon bemerkt«, sagte der Freund. Er lachte kurz. »Wusstest du, dass ich mit einer von ihnen etwas hatte? Damals, in den alten Zeiten?«

*Mit einer Sibylle? Unmöglich!*

»Sie war der Grund, warum ich dir hierhergefolgt bin. Ist es nicht Ironie des Schicksals, dass sie mich nun finden? Womöglich befindet sich mein Liebchen gar unter ihnen.«

»Das ist das Heer des Gottbettlers«, sagte Herr Attamay, »unter der Führung von Metcairn Nife. Ich hätte nicht gedacht, dass er sich jemals bis hierher vorwagen würde.«

»Du liegst ein klein wenig falsch, Freund. Es handelt sich bloß um einen Teilverband. Metcairns Adjutanten, diese degenerierten Speichellecker, sind weit und breit nicht zu sehen. Ich vermute, dass sein Linker diese Truppen anführt.«

Der oder die Linke … Die Frau namens Pae Loriander hatte einen kometenhaften Aufstieg erlebt seit damals, als sie beide aus dem Dienst ausgeschieden und hierhergezogen waren, müde und erschöpft vom Kriegshandwerk.

»Hast du sie jemals das Schwert schwingen sehen, Herr Rudynar Pole?«

»Aus weiter Ferne.« Der Freund fuhr mit den Fingerspitzen die schartig gewordene Klinge seiner Waffe entlang. »Sie wirkte ungestüm. Unbeherrscht. Aber auch von einer Hingabe beseelt, die sie ihren Gegnern überlegen machte.«

»Wir werden sie töten müssen, wollen wir eine Chance haben.«

»Ja, wir werden sie töten müssen.«

Beide machten sie sich etwas vor, und sie wussten es. Niemals würden sie an die gewiss gut geschützte Heeresführerin herankommen, und schon gar nicht würden sie die Linke besiegen können. Nicht unter diesen Bedingungen, geschwächt von Scharmützeln, verwundet, müde, mit zaghaftem Herzen.

»Und? Wie ist der Plan?«, fragte Herr Rudynar Pole.

»Das fragst ausgerechnet du?« Herr Attamay schüttelte den Kopf. »Wir kämpfen, bis uns die Kräfte verlassen. Und dann sterben wir.«

Er schloss die Augen und rieb sich übers Gesicht. In Amstade hatte er Liebe kennengelernt. Er hatte sich ein Weib genommen, das ihm Halt gegeben hatte und nach einer heftigen Liebesnacht nicht gleich wieder auf Nimmerwiedersehen verschwunden war. Deirdrae hatte ihm vier Kinder geschenkt, und nach jeder Geburt war sie ihm schöner erschienen als davor. Alef, Barthe, Cymrir und Dy. Vier Knaben. Allesamt großartige Jungen, sah man von den Eigenbröteleien und der Schweigsamkeit des Jüngsten ab.

Vielleicht würden sie eines Tages die Gelegenheit erhalten, ihn zu rächen …

Warum kam der Angriff nicht? Warum gewährte man ihnen

ausreichend Zeit, die Palisaden zu erreichen? Was für eine perverse Art von Lust empfand die Linke, wenn sie den Blutzoll in den eigenen Reihen erhöhte?

»Sie hat etwas vor«, murmelte Herr Rudynar Pole, als hätte er Herrn Attamays Gedanken erraten.

»Und was, bitte schön?«

»Ich weiß es nicht. Aber es riecht nach einer verdammten Schweinerei.«

Drei Nachzügler, allesamt schwer verletzt, humpelten an ihnen vorbei und schafften es im letzten Augenblick, durch das Palisadentor zu schlüpfen. Herr Attamay und sein Freund standen noch da, aufrecht und Selbstvertrauen vorgaukelnd. Um den Schein zu wahren. Um dem Feind das Bild ungebrochener Wehrhaftigkeit zu vermitteln.

Herr Rudynar Pole spie aus. Auf den Leib eines Gegners, dessen Kadaver seltsam verdreht dalag. Er wollte sich eben durch den Torspalt zwängen, als er stutzte und Richtung Osten starrte. »Sie kommt«, sagte er.

Herr Attamay kniff die Augen zusammen. Er bemerkte Unruhe zwischen den Reitern. Eine kleine Gasse bildete sich, als ein Wesen auf einem Schimmel den Abhang herabgaloppiert kam. Noch konnte er nichts ausmachen, konnte nicht sagen, ob es sich bei diesem Jemand um Frau, Mann oder den Angehörigen einer nichtmenschlichen Spezies handelte.

»Deine Augenkraft hat niemals nachgelassen«, sagte er zum Freund.

»Mag sein. Aber ich wäre froh, müsste ich nicht sehen, was ich sehe.«

»Sie trägt ein weißes Tuch vor sich. Richtig?«

»Richtig. Es ist allerdings blutverschmiert.«

»Wir warten. Lass uns hören, was die Linke zu sagen hat.«

Es gab keinen Zweifel, dass es sich um jene Frau handelte,

deren Namen selbst in den entlegensten Tälern mit vor Furcht zitternder Stimme genannt wurde.

Die Linke jagte ihr Pferd im gestreckten Galopp über das Schlachtfeld und ließ dabei die stachelbewehrten Zügel links und rechts über die Flanken des Tiers tanzen. So als wollte sie es zu Tode schinden und als würde sie es bloß noch für diesen einen letzten Ritt benötigen. All die Toten ringsumher kümmerten Pae Loriander nicht. Ihr Pferd wollte mehrfach ausweichen; sie ließ es nicht zu. Hufe trampelten Verletzte zu Tode und verstümmelte jene weiter, die es bereits hinter sich hatten.

Als der Gaul unmittelbar vor Herrn Attamay und Herrn Rudynar Pole die Hinterläufe ins Erdreich stemmte und anhielt, flockte Schaum vom Maul des Tiers. Die Linke hingegen keuchte nicht einmal.

»Einen schönen Tag wünsche ich den Herrschaften«, sagte die Kriegerin, schwang ein langes, kaum geschütztes Bein über den Sattel und ließ sich zu Boden gleiten.

Herr Attamay und sein Freund schwiegen. Sie beobachteten ihren Gegner, jeder auf seine Weise. Herr Rudynar Pole ließ die Blicke zweifellos über die makellosen Leibesrundungen der Linken schweifen. Seine Liederlichkeit, so war allseits bekannt, kannte kaum Grenzen. Herr Attamay hingegen versuchte die Fassade an Selbstsicherheit zu durchdringen, um den Wesenskern seiner Gegnerin zu ergründen. So wie er es während all der Jahre als Krieger gelernt hatte.

»Ich begegne der Sprachlosigkeit recht häufig«, sagte die Linke. »Bedauerlicherweise ist sie nicht immer nur meinem Aussehen gedankt.«

»Obwohl es so sein sollte.« Herr Rudynar Pole verneigte sich. »Ich könnte mir dich gut als Trophäe in meinem Bettlager vorstellen. Und als weitere Kerbe an einem der Bettpfosten.«

Die Linke versteifte. Sehnige Muskel traten unter dem

Fleisch ihrer Oberschenkel hervor, alles an der Frau war mit einem Mal Anspannung. »Man sagte mir, dass ein Trunkenbold mit loser Zunge hier auf mich warten würde.« Sie wandte sich Herrn Attamay zu. »Und ein Kämpfer, der diesen Namen auch verdient.«

»Was wollt Ihr? Warum schändet Ihr dieses Land und diese Leute?«

»Weil es so sein muss. Weil wir die Tage des Lichtes und des Lebens beenden werden.«

»Wer ist: *wir?!*«

»Stell dich nicht dümmer, als du bist. Metcairn Nife wäre enttäuscht, würde er von diesen Worten erfahren.«

Herr Attamay schloss die Augen und sammelte sich. Ihm wurde das Herz schwer. Bilder, die er seit Jahren erfolgreich verdrängt hatte, kehrten zurück. Solche von Blut und Tod und Unglück. Solche, die vom Grau kündeten, das weit weg von hier seinen Ursprung genommen hatte und sich, anfänglich unbemerkt, einen Weg durch die Länder gebahnt hatte. Die Truppen Metcairn Nifes hatten stets jeden Widerstand gebrochen. Nie hatten sie Friedensverhandlungen auch nur in Betracht gezogen.

»Ihr findet hier nichts von Belang.« Herr Attamay war unendlich müde. »Nehmt Eure Truppen und zieht weiter. Oder fordert uns im Zweikampf, wenn Euch danach ist, doch lasst diesen Leuten ihr armseliges Leben. Ich bitte Euch …«

»Würdest du niederknien? Würdest du meine Füße küssen?«

»Selbstverständlich.« Herr Attamay vergab sich nichts. Er hatte seine Ehre längst verloren. Zu einer anderen Zeit, an einem anderen Ort.

»Und du, Trunkenbold?«

»Nur wenn du deine grazilen Beinchen mit Alkohol einreibst, vorzugsweise mit schwerem Roten.« Herr Rudynar Pole lachte. »Ein Säufer bleibt ein Säufer.«

Die Linke lachte hellauf. »Ihr seid ein köstliches Pärchen. Unter anderen Umständen und wenn ich Zeit dafür hätte, würde ich mich mit euch beiden ein wenig vergnügen. Doch leider rufen andere Geschäfte …«

»Ich bitte Euch nochmals, verschont das Dorf. Nehmt uns, aber …«

»Mach dich nicht lächerlich!« Die Stimme der Linken klang mit einem Mal kalt. »Du warst im Krieg. Du weißt, dass ihr kein Erbarmen zu erwarten habt. Und schon gar nicht von mir oder von Metcairn Nife.«

Ein Horn tönte von weither. Herr Attamay zuckte zusammen. Sein Klang kam … aus westlicher Richtung!

»Du schaltest schnell, Krieger«, sagte die Linke, die seinen Gesichtsausdruck richtig zu deuten wusste. »Selbstverständlich wussten wir, dass Frauen und Kinder durch einen Geheimgang flüchten würden. Jedermann trifft Vorbereitungen zur Flucht in unruhigen Zeiten wie diesen. Also habe ich Spähtrupps ausgeschickt. Einer von ihnen ist wohl fündig geworden.« Die Linke betrachtete ihn genau. »Du hast Frau und Kinder, nicht wahr? Du fürchtest um sie. Du weißt, wie wir mit Gefangenen verfahren.« Verzückt verdrehte sie die Augen. »Oh, das ist gut! Zornige Kämpfer sind mir die liebsten. In ihnen pocht diese ganz besondere Wut. Sie glühen, angefacht von Bildern, die zeigen, wie wir ihre Anverwandten schänden. Ist es nicht so, Krieger?«

Herr Attamay konnte kaum noch an sich halten. Soeben mochten sich die Heerscharen des Gottbettlers an Deirdrae, Alef und den anderen Kindern vergehen. Ihnen Dinge antun, die so schlimm waren, dass keiner der wenigen Zeugen eines derartigen Massakers jemals Worte dafür gefunden hatte.

Doch er hatte Pflichten den Bewohnern Amstades gegenüber. Er hatte Verantwortung übernommen. Er durfte nicht einfach davonlaufen und versuchen, sich durchzuschlagen, Richtung Westen, hin zum Wäldchen, um seiner Familie zu Hilfe zu kommen. Sein Platz war hier.

»Dies ist ein schöner Flecken Erde«, sagte die Linke. Pae Loriander tat einige Schritte nach links, dann nach rechts. Stets blieb sie wachsam, hielt beide Hände im breiten Ledergurt eingehakt, niemals in ihrer Aufmerksamkeit nachlassend. »Vielleicht hätte ich früher einmal Interesse daran gefunden, in einem Ort wie diesem hier mein Domizil aufzuschlagen. Doch diese Zeiten sind vorbei. Meine Arme und meine Gedanken dienen einem anderen, viel größeren Ziel als dem des Müßiggangs.« Mit seltsam entrückt klingender Stimme sprach sie weiter: »Das Licht der Sonne wird enden, wenn unsere Arbeit getan ist. Die Unterschiede zwischen Gut und Böse verschwinden. Es gibt nur noch eine Macht, der wir Geschöpfe dieser Welt verantwortlich sind ...«

Herr Attamay griff an. Er stieß zu, in diesem einen Moment, da er glaubte, von seiner Gegnerin ein klein wenig aus den Augen gelassen worden zu sein. Sein Ziel war der linke Oberschenkel.

Die Linke wich spielerisch tänzelnd zur Seite aus. Ihre beiden Klingen, halblang und schartig, glitten aus den Scheiden. Pae Loriander lachte. »So also achtet man die Konventionen. Ich hatte das Tuch des Friedens mit mir.«

»Du trägst einen Fetzen, der mit dem Blut Unschuldiger besudelt ist«, stellte Herr Attamay richtig und zog sich eine Körperlänge zurück. »Und während wir uns unterhielten, haben deine Leute ihre schmutzige Arbeit fortgesetzt.«

»Du bist kleinlich, in deinen Gedanken und in deinen Taten.« Die Linke tat einen Ausfallschritt. Die Klingen wirbelten umher, waren mal hoch, dann niedrig geführt. Die Frau kämpfte, scheinbar ohne Rücksicht auf ihre Deckung zu nehmen. Doch Herr Attamay wusste, dass dies nicht stimmte. Sie war einfach gut. Viel zu gut für ihn. Ihre Defensivarbeit beschränkte sich darauf, ihm keine Gelegenheit zu einem Gegenangriff zu geben. Die Linke hatte die Initiative ergriffen und würde sie nicht mehr hergeben. Bis zum bitteren Ende. Bis zu *seinem* bitteren Ende.

Pae Loriander drängte ihn zurück. Ein Hieb, mit der flachen Klinge geführt, traf ihn am Knie. Der Schmerz war vernachlässigbar. Gerade noch rechtzeitig bekam er seine Schwerthand hoch, um den nächsten Schlag abzufangen, den die Linke mit ihrer anderen Hand gegen Herrn Attamays rechte Schulter führte. Und schon war da der nächste Treffer. Wieder floss kein Blut, wieder blieb nur ein Gefühl der Betäubung zurück, diesmal am Ellenbogen.

Pae Loriander zermürbte ihn, spielte mit ihm. Wie ein Kätzchen, das sich mit einem Wollknäuel abgab und alle Zeit der Welt hatte, um es in kleinste Teile zu zerlegen.

Herr Attamay rutschte mit einem Bein zur Seite weg, unachtsam geworden. Er tat eine spagatartige Bewegung, die seine mürbe gewordenen Sehnen bis aufs Äußerste belastete. Er konnte den Sturz vermeiden – und die Situation zu seinem Vorteil nutzen. So wie man es ihm beigebracht hatte. Die Linke hatte mit einem derart seltsam anmutenden Seitenschritt nicht gerechnet.

Schwertkampf war zu einem Gutteil Rechenkunst, mit Faktoren, die meist bekannt waren. Doch hier und jetzt gab es eine Unbekannte. Eine unnatürliche Bewegung. Herr Attamay warf sich nach vorn, duckte sich instinktiv, hörte das Zischen einer Klinge über sich und spürte eine sanfte Berührung am Hinterkopf.

Dann war er an der Frau heran. An ihrem schlanken, biegsamen, eingeölten Körper, an dem kein bisschen Fett war. Er stieß ihr den Kopf gegen die Rippen, schob sie vor sich her, weiter weg vom Palisadenzaun, hinaus auf die Schlachtwiese.

Die Linke stieß einen Schrei der Überraschung oder des Zorns aus. Sie wollte das Gleichgewicht wahren, ruderte mit den Händen und vergaß dabei, ihre Waffen einzusetzen. Sie hätte bloß den Sturz auf den Rücken in Kauf nehmen und ihm dabei in aller Gemütsruhe beide Klingen in die Seiten rammen müssen, doch sie verzichtete darauf. Pae Lorianders Reflexe waren ausgezeichnet, ihre Kampfführung exzellent. Doch es mangelte ihr noch ein wenig an Erfahrung, an Intuition.

Er umfasste ihre Arme, presste sie an den Körper ihres Leibes und schob sie weiter vor sich her. Wie ein eng umschlungenes Liebespaar tanzten sie über das Schlachtfeld, beide tunlichst darauf bedacht, das Gleichgewicht zu wahren.

Sie fluchte und spuckte. Herr Attamay umarmte sie noch fester, sodass sich seine beiden Hände auf ihrem Rücken fanden. Er presste ihr die Luft aus dem Leib, ignorierte ihre Tritte, die Kopfstöße, die Bisse, all die Pein, die sie ihm zufügte. Wichtig war einzig, alles Leben aus diesem verfluchten Weib zu pressen, sie zu töten. Es änderte nichts am Ausgang der Schlacht. Er würde sterben, seine Familie ebenso und das Dorf dem Erdboden gleichgemacht werden. Doch die Kämpfer der gegnerischen Heerscharen würden begreifen, dass sie keinesfalls unbesiegbar waren und auch sie von den Händen eines Menschen gerichtet werden konnten.

Der Körper der Linken erschlaffte. Sie war mit einem Mal nur noch Masse, die Herrn Attamay zu Boden zog. Und nun war *er* es, der zögerte, der das Falsche tat: Er lockerte den Griff, ein ganz klein wenig – und gab seiner Gegnerin die Gelegenheit, sich den dringend benötigten Freiraum zu verschaffen.

Die Linke atmete tief durch und riss ihn mit sich, hinab auf die blutdurchtränkte Erde. Im letzten Augenblick drehte sie sich beiseite und sorgte dafür, dass sie seitlich nebeneinander zum Liegen kamen, heftig atmend und noch heftiger um ihr Leben ringend.

Herr Attamay ließ los. Es blieb ihm nichts anderes übrig. Er fühlte sich mit einem Mal so unendlich schwach … Er blickte an seinem Körper hinab und erkannte, warum ihn die Kräfte verließen. Hatte Pae Loriander bewusst das Richtige getan, oder war es Zufall gewesen? Sie hatte sich unmittelbar neben einem Toten fallen lassen. Neben Herrn Attamays Schmiedegesellen. Dessen Messer stak nun in seinem Magen. Dunkles Blut quoll aus der Wunde.

Er wollte sich an der Linken festkrallen und sie daran hindern aufzustehen. Die Kriegerin durfte nicht weg von hier, sie durfte keine Befehle erteilen … Seine Arme fielen hilflos an den Seiten hinab.

Tier Bulbar lag unmittelbar neben ihm, mehrere Pfeile ragten wie zu lange Stacheln unter der verschwitzten Mähne hervor.

Die Linke richtete sich mit einer eleganten Bewegung auf, die ihm trotz seines Zustands Bewunderung abrang.

»Gnade … für meine Familie«, flüsterte Herr Attamay. »Lasst sie gehen. Kinder … Frauen … Sie haben nichts mit … alldem hier zu tun.«

»Du irrst, Kämpfer.« Die Linke ordnete ihr Gewand, ohne ihn eines Blicks zu würdigen. »Es geht nicht um dich, nicht um dieses Dorf, ums Land oder um dieses stinkende kleine Königreich. Es geht um ein Kind. Um ein einziges Balg.« Pae Loriander lachte. »Vielleicht warst ja du es, der es in die Welt gesetzt hat. Vielleicht bist du der Vater jenes letzten Hoffnungsschimmers in einer Welt, dem das Licht ausgeht, das wir nun endgültig zum Erlöschen bringen werden.«

»Bitte …« Alles tat so schrecklich weh, und je mehr es schmerzte, desto unwichtiger wurden die Dinge rings um ihn.

»Du hast gut gekämpft. Ich danke dir dafür. Ich gewähre dir einen Tod in Ehre, obwohl die Parveniden gern über dich herfallen würden. Aber ich kann deine Familie nicht schützen. Sie gehört dem Gottbettler.«

Füße, die zu Soldaten gehörten, zogen in seltsamer Stille an Herrn Attamay vorbei. Der Feind rückte vor. Er würde das Dorf einnehmen. Welches Dorf? Spielte das noch eine Rolle? Er war so schrecklich müde …

»Bitte«, flehte er ein weiteres, ein letztes Mal.

»Wir sehen uns wieder. Zu einer anderen Zeit, an einem anderen Ort. Wenn dir dann danach ist, mich für meine Taten zur Verantwortung zu ziehen, stehe ich dir zur Verfügung. Doch für heute lassen wir's gut sein.« Die Linke beugte sich zu ihm herab. Das blasse und lieblich wirkende Frauengesicht erschien ihm verschwommen, die Haare glänzten golden. Eine Art dunkles Feuer umgab Pae Loriander. »Ich danke dir für diesen Kampf, Krieger.«

Sie küsste ihn sanft. Ihre Lippen brannten. Sie waren das Einzige, das er noch zu spüren imstande war.

»Und nun habe ich eine Arbeit zu Ende zu bringen. Leb wohl, Krieger.«

Herr Attamay tat seinen letzten Atemzug.

# 3. Heute: Das Dorf in der Kälte

Pirmen hatte Angst, und gegen diese Angst halfen all seine Fähigkeiten als angehender Magicus nicht. »Für den Stummen Jungen«, sagte er, hielt den Atem an und öffnete die Tür zum *Störrischen Ochsen.* Sie ging schwerfällig auf, und Pirmen trat ein. Wie erwartet, empfing ihn ein Schwall verbrauchter Luft und Gestank. Es roch nach Menschen, die sich wochenlang nicht gewaschen hatten, nach Alkohol, nach Rauchmitteln, nach billigem Sex mit billigen Weibern.

Pirmen sehnte fast die klirrende Kälte zurück, die er eben erst hinter sich gelassen hatte und die ihm tagelang nebst Stellex, seinem Reitpferd, Wölfen und einigen wenigen Schneehasen ein treuer Begleiter gewesen war.

Er schloss das Tor hinter sich und schüttelte Eisgraupel aus der Kapuze. Niemand achtete auf ihn. Niemand bemerkte sein Eintreten. Es war wie immer.

Pirmen blieb stehen, nahe bei der Tür. Noch fand er nicht den Mut, weiter in die Spelunke vorzudringen und sich dem Spott der Anwesenden auszusetzen. Erste Sondierungen konnte er auch von hier aus vornehmen.

Der Raum war voll mit Menschen. Nahe dem Kamin erahnte Pirmen einen Hoboken, rings um ihn drängten sich Vertreter des Kleinen Volkes, deren Geschnatter ihm wie immer völlig inhaltslos erschien.

Alles wirkte friedlich. Doch die Stimmung mochte jederzeit umschlagen, wie er aus leidvoller Erfahrung wusste. In den Dorfgasthöfen dieses hinterwäldlerischen Teils eines hinterwäldlerischen Landes wurde nur zu gern lange aufgestauten Emotionen Luft gemacht. Man forderte Konkurrenten zum Spiel heraus, man kämpfte, man verteidigte die eigene Ehre, die der Familie oder die des Clans.

Man tötete.

Ein Bulle von einem Mann stach ihm ins Auge. Der Riese stierte tumb vor sich hin, der Stimme seines kleineren Kumpels lauschend, lachte dann, als dieser seinen derben Witz zu Ende erzählt hatte, und schlug ihm so fest auf die Schulter, dass man meinen könnte, er wollte ihm alle Knochen im Leib brechen. »Fa-bel-haft!«, brüllte der Klotz. »Fa-bel-haft! Du echt witzig!«

»Ich weiß, Harm, ich weiß! Wenn mich Loimans Schwester nicht verhext und eingefangen hätte, würde ich heutzutage umherreisen, frei von Weib und Kindern, und jedermann in der Norde mit meinen Späßen zum Lachen bringen. Man würde mich mit Gold überschütten. Ich könnte saufen und huren und sogar die Bader bezahlen, die mich von den verfluchten Filzläusen befreiten.«

»Loimans Schwester gute Frau!«, sagte Harms plötzlich sehr ernst. Er runzelte die Stirn. »Loimans Schwester meine Kusine. Vielleicht.«

»Ach, das weißt du doch gar nicht, Harm! Du kennst weder Mutter noch Vater.«

»Stimmt. Aber Loimans Schwester gute Frau. Wie eine Kusine. Deshalb du sie nicht beleidigen. Verstanden, Boar?«

Pirmen beobachtete, wie Boar mit sich rang. Wie er abschätzte, ob er eine Auseinandersetzung mit dem starken, aber völlig vertrottelten Kerl riskieren sollte, dessen grob vernähte

Narben an Armen, Beinen und Hals von einer Vielzahl an Wirtshausprügeleien kündeten.

»Schon gut, Harm, du hast recht«, sagte Boar schließlich versöhnlich. »Andkin ist mir eine gute Frau.«

»Sag ich doch!« Harm setzte den Bierkrug an und tat einen tiefen Schluck, um dann grinsend zu fragen: »Sie gut ficken?«

Pirmen hatte vorerst genug gehört. Er tat gut daran, so wenig wie möglich aufzufallen. Er würde sich mit seinen viel zu guten Manieren augenblicklich in den Mittelpunkt allen Interesses bringen und zum Ziel wüsten Spotts werden.

*Da musst du durch!*, mahnte sich Pirmen. *Du hast eine Aufgabe zu erfüllen. Für den Stummen Jungen.*

»Verzeihung«, sagte er. Er gab sich alle Mühe, den Dialekt der Oceanica zu verbergen. »Dürfte ich bitte vorbei?«

Keine Reaktion, die beiden grobschlächtigen Männer bemerkten ihn nicht mal. Er wohnte eine Etage unterhalb ihrer Wahrnehmungsschwelle mit seinen etwas mehr als fünf Zoll Körpergröße und der leisen, sich manchmal überschlagenden Stimme.

»Verzeihung!«, wiederholte Pirmen so laut wie möglich.

Der Bulle sah sich erstaunt um, wie auch sein Kumpan in höheren Sphären suchend den Kopf umherdrehte.

»Hier unten!«, schrie Pirmen und trat vorsichtig einen Schritt zurück.

»Ein Halbzwerg!«, sagte Boar erstaunt. Er streckte eine Hand aus, legte sie Pirmen schwer auf den Kopf und zerstrubbelte ihm das Haar. Dabei entblößte er ein löchriges Gebiss. »Was willst du von uns? Ihr bleibt doch meist unter euresgleichen?«

»Genau«, bestätigte Harm.

»Außer wenn ihr Waren zu verkaufen habt. Sag schon, Kleiner: Was führst du mit dir? Schmiedestücke? Goldarbeiten? Geschirr?«

»Vielleicht Kusinen? Kusinen zum Ficken?« Harm lachte schmutzig.

»Ihr irrt euch, meine Herren, ich bin kein Mitglied des Kleinen Volkes.« Pirmen verbeugte sich tief. Auch um die Röte in seinem Gesicht zu verbergen. »Ich bin Pirmen Courtix, ein Magicus aus fernen Landen.«

»Für einen Halbzwerg lügst du unverschämt gut.« Boar ließ seine Hand auf Pirmens Schulter krachen. »Das mag ich. Sei mein Gast, Kleiner.« Er drehte sich zum Tresen um und brüllte über die Menschen hinweg, die sich davor versammelt hatten: »Ein Bier, Erns! Oder nein – ein halbes wird reichen!«

»Ich danke dir. Aber um ehrlich zu sein, wäre mir ein warmes Getränk lieber …«

»Er möchte das Bier warm, Erns!«

Mit einem Mal herrschte Stille. Jedermann wandte sich Pirmen zu. Mehr als drei Dutzend Menschen musterten ihn von oben bis unten. Auch der Hoboke erhob sich. Sein Kopf krachte gegen einen Querbalken, doch das kümmerte ihn nicht weiter. Manch ein Gast zeigte offenen Abscheu, einige schüttelten ungläubig den Kopf.

Pirmen nahm all seinen Mut zusammen und sagte, so laut er konnte: »Ich trinke kein warmes Bier …«

Ringsum atmete man erleichtert auf und seufzte. Der Frieden im Wirtshaus war gesichert …

»… ich wollte ein Glas heißer Milch bestellen.«

… und augenblicklich wieder infrage gestellt. Irgendwo rutschte ein Schwert aus der Scheide, Knochen knackten vor Anspannung, feindselige Blicke trafen Pirmen.

Er beglückwünschte sich zur Entscheidung, so nahe wie möglich bei der Tür geblieben zu sein. Er trat einige Schritte zurück und weiter darauf zu. So amüsant die Situation für einen unbeteiligten Beobachter wirken mochte, er schwebte in Lebensgefahr. Er hatte wieder mal seinen Mund nicht halten können.

»Ach, lasst ihn doch!«, sagte Erns, der Wirt, dem der stete Kummer mit seinen Gästen tiefe Falten ins Gesicht getrieben hatte. »Eilidh, geh die Kuh melken und bewirte unseren Neuankömmling.«

Es dauerte eine lange aufregende Weile, bis Pirmen wieder aus dem Fokus der Aufmerksamkeit geriet, und dies war wohl einem Bettler zu verdanken, der auf den Knien über den Boden rutschte. Beinahe hätte er einen der Stehenden zu Fall gebracht. Zum Dank erhielt er mehrere nachlässig geführte Hiebe gegen den Hinterkopf, begleitet von deftigen Flüchen. Man widmete sich dem armen Kerl, jagte ihn mit Tritten von einer Ecke zur nächsten und verlor indes das Interesse an Pirmen.

»Man kann Milch also tatsächlich trinken?«, fragte Boar. »Ich dachte, das wär ein Märchen.«

»Milch ist nahrhaft. Fett und Rahm tun mir gut, und die Wärme sowieso. Ich bin seit mehr als zwei Wochen unterwegs.«

»Woher du kommen?« Harm rülpste so laut, dass die Umherstehenden begeisterten Applaus spendeten.

»Zuletzt hatte ich mein Lager in Homstorph aufgeschlagen. Eine bezaubernde Ortschaft ...«

»Wenn man ein stinkendes Schwein ist, ja«, unterbrach ihn Boar. »Ich an deiner Stelle würde den Namen dieses Nests nicht allzu laut erwähnen. Wir haben nicht unbedingt die besten Kontakte dorthin.«

»Weil wir Weiber haben entführt.« Harm lachte laut. »Und Ehemänner kastriert.«

O ja, dieses kleine Städtchen namens Byela befand sich tatsächlich am Ende der Welt. Dahinter ragten Wände aus Stein und Eis empor, die noch niemals bezwungen worden waren. In Byela lebten die hinterwäldlerischsten Hinterwäldler des Weltenkreises, in ihrem Gehabe Tieren nicht unähnlich.

Und ausgerechnet hier sollte Pirmen den Gesuchten finden? Unmöglich. Wahrscheinlich würde ein anderer Geselle, den der Magicus Larex auf die Suche geschickt hatte, mehr Glück haben.

*Sieh ihnen tief in die Augen,* hatte sein Meister gesagt, *und du wirst deinen Mann finden.*

Eine dralle, vor ihrer Zeit gealterte Frau zwängte sich zwischen die Umherstehenden und kam auf Pirmen zu, mit einem Krug in der Hand. Sie ignorierte die Schläge aufs Hinterteil mit der Erfahrung vieler Jahre. »Da hast du, kleiner Herr«, sagte die Frau namens Eilidh. Ihr Busen, vom freizügig geschnittenen Kleid kaum gebändigt, wogte unmittelbar vor Pirmens Augen. »Lass es dir schmecken.«

»Danke.« Er streifte Schmutz vom Holzkrug, der wohl noch aus dem Stall stammte, und nippte an der Milch. Tatsächlich, sie war warm.

Zufrieden schloss Pirmen die Augen. Wie lange hatte er diesen Geschmack vermisst! Eine rahmige Brühe, mit einigen Bröckchen und Klumpen darin, etwas sauer schmeckend, aber so unglaublich nahrhaft ... Zu seinem Glück hätte nur noch ein gut gewürztes Gemüsesüppchen gefehlt. Doch so weit durfte er vorerst nicht gehen.

»Fräulein?«

Eilidh drehte sich wieder zu ihm um und kicherte. »So hat man mich schon seit Jahren nicht mehr genannt«, sagte sie.

»Du meintest, seit Jahrzehnten«, meldete sich Boar erneut zu Wort und nahm den Schlag gegen seinen Hinterkopf hin, mit einem verdreckten Teller geführt, ohne mit der Wimper zu zucken.

»Habt ihr einen Platz zum Schlafen für mich? Ich war lange unterwegs und bin müde.«

»Der Halbzwerg reden komisch.« Harm schüttelte den Kopf, wobei Schweißtropfen weithin spritzten. »Ich verstehen kaum ein Wort.«

»Die Leute von außerhalb sind seltsam, das weißt du doch.« Boar wandte sich ab und zog seinen Kumpel mit sich. Die beiden verloren ihr Interesse an Pirmen, zumal am hinteren Ende des Ausschanks ein sturzbetrunkener Gast eben eine Freirunde ausrief.

»Sal und ihr Kalb sind letzte Nacht verreckt«, sagte Eilidh. »Ihr Platz im Stall ist frei. Ich kann neue Einstreu aufschütten, sobald ich Zeit dafür finde.« Sie kam näher, eigentlich viel zu nahe, und flüsterte Pirmen vertraulich ins Ohr: »Zusätzliches frisches Stroh würde dich bloß zwei Kupfermünzen kosten. Unter der Voraussetzung, dass der Wirt nichts davon mitbekommt. Du verstehst ...«

»Selbstverständlich.« Pirmen nickte und atmete erleichtert durch, als sich Eilidh mit einem Lächeln verabschiedete, dessen Grund er nicht ganz verstand. Auch sie stank erbärmlich; kaum besser als die Betrunkenen ringsum.

Pirmen fand einen Sitzplatz in der dunkelsten Ecke des Störrischen Ochsen und döste friedlich vor sich hin. Vor ihm gärte ein Fleischeintopf, den er zwar bestellt hatte, dem er aber kein sonderliches Vertrauen entgegenbrachte. Sein Magen war empfindlicher als der der meisten anderen Menschen.

Allzu gern wäre er auf sein Lager gefallen, um den lange entbehrten Schlaf nachzuholen. Doch die Pflicht kam zuerst. Er musste nach seinem Mann Ausschau halten. Musste jeden einzelnen der Anwesenden überprüfen und darauf hoffen, dass ihm heute das Glück hold war.

Die Mitglieder des Kleinen Volkes zogen sich zurück. Sie schüttelten Staub aus den Ärmeln auf ihren Tisch. Einige glitzernde Splitter befanden sich unter all dem Schmutz. Sie waren eine mehr als reichliche Entlohnung für die Biere, die sie getrunken hatten. Der Hoboke verabschiedete sich mit einem laut geschmetterten Trinklied und torkelte nach weiteren Kopfstößen gegen Querbalken ins Freie. Er würde sich irgendwo eingraben und irgendwie die Nacht überleben. Niemand wusste, woher diese seltsamen Geschöpfe ihre Zähheit hatten, doch es bedurfte vieler Hände und Schwerter, um einen von ihnen zu erlegen.

Auch die Menschen verließen nach und nach die Wirtsstätte. Sie gaben sich großspurig, und dennoch erwartete die meisten von ihnen ein vom zornigen Eheweib geschwungener Holzprügel.

»Ich hab dir einen Platz freigekehrt.«

»Hm?« Pirmen schrak aus seinem Halbschlaf hoch und blickte in Eilidhs müdes Gesicht.

»Der Stall. Eine Liegestätte für dich, kleiner Mann. Du erinnerst dich?«

»Selbstverständlich. Danke für deine Bemühungen. Ich werde aber noch ein Weilchen bleiben und die Gesellschaft der anderen Gäste genießen.«

»An deiner Stelle würde ich das bleiben lassen. Boar und Harm sind unangenehme Burschen, und je später es wird, desto bösartiger werden sie.«

»Ich weiß mich zu wehren«, log Pirmen. »Diese beiden Hornochsen können mir nichts antun.«

Eilidh betrachtete ihn mit Anzeichen leichten Interesses. Da war sogar so etwas wie ein Lächeln. »Du bist ein seltsamer Kerl. Ich würde es bedauern, deinen Leib morgen auf dem Misthaufen wiederzufinden, kalt und womöglich ein klein wenig zerschnipselt, statt im warmen Stall.«

»Ich ebenfalls.« Auch Pirmen grinste. »Ich danke dir für deine Anteilnahme.«

Eilidh wischte achtlos mit ihrem schmutzigen Tuch über die Tischplatte vor ihm, auf der schichtweise der Dreck klebte. »Also schön, kleiner Mann. Ich beende bald meinen Dienst, habe noch eine kleine Arbeit in der Schlafstube zu erledigen – und wenn ich *klein* sage, dann meine ich auch *klein* – und bin dann frei. Ich bin zu haben. Auch für dich.«

Pirmen starrte die Frau verständnislos an.

»Sag bloß, dass du gewisse weibliche … Dienste nicht zu schätzen weißt?« Eilidh verzog abfällig das Gesicht. »Stehst du etwa auf Schwänze?«

Pirmen begriff endlich. Er senkte den Kopf, um die Röte in seinem Gesicht vor ihr zu verbergen. »Nein, ich bin nicht … nicht …«

»Du meine Güte.« Eilidh stellte die Putzarbeit ein. »Hast du etwa noch nie deine einäugige Schlange zum Spielen rausgeholt?«

»Natürlich habe ich, wo denkst du hin?«

»Du hast nicht!«, sagte Eilidh mit viel Nachdruck in der Stimme. »Dass ich so etwas in diesem Kuhdorf noch einmal erleben darf …« Sie sah sich nach allen Seiten um, beugte sich dann weit zu ihm hinab, reckte ihm die Brüste entgegen und murmelte: »Ich kann dir eine Menge Dinge beibringen. Solche, von denen du bislang keine Ahnung hattest. Ich bin eine ausgezeichnete Lehrmeisterin, glaub mir.«

»Du bist sehr freundlich, Eilidh, aber …«

»Ich mach's dir umsonst.«

Eine grobe, kräftige Hand tastete über seinen Oberschenkel nach oben, hin zur Halteschnur seiner Hose, um sie sacht und mit viel Übung zu lösen, hineinzulangen und nach diesem

Anhängsel zu tasten, dessen Jucken er meist missachtete. Aus gutem Grund …

»Hm, eiskalt«, murmelte Eilidh. »Halb fest und … und … Du meine Güte!« Sie bekam große Augen. »Für einen kleinen Mann wie dich … Du versteckst da ein beachtliches Pfund!«

Ringsum wurden angetrunkene Gäste auf Pirmen und die Dirne aufmerksam. Etwas, das er unter allen Umständen hatte vermeiden wollen. Das mannstolle Weib beraubte ihn seiner Unauffälligkeit.

»Ist schon gut, Eilidh!«, haspelte er. »Komm in zwei Stunden zu mir in den Stall. Dann reden wir weiter. Einverstanden?«

»Endlich wirst du vernünftig. Mach dich auf etwas gefasst.«

Pirmen atmete erleichtert auf, als der Druck von Eilidhs Hand geringer wurde und sie sich mit einem letzten Augenzwinkern verabschiedete. Er rutschte unruhig hin und her, rezitierte leise einige magische Formeln, bis sich der Sturm in seinen Lenden gelegt hatte und er wieder bei sich war.

Das Interesse der anderen Gäste an ihm ließ bereits wieder nach. Die wenigen Verbliebenen richteten ihre Aufmerksamkeit auf Erns, auf die Zapfhähne im Inneren des Schankbereichs und auf jene staubigen Flaschen, die sich in Griffweite des Wirts befanden. Der Mann wachte mit Argusaugen über seine Schätze, und er schien durchaus bereit, sie notfalls mit Gewalt zu verteidigen. In seinem breiten Hosengurt steckten zwei Dolche, die er wohl zum Filetieren von Fleisch verwendete, sowohl in der Küche als auch am Tresen.

Pirmen konzentrierte sich auf Boar und Harm. Die beiden, typische Vertreter der Norde, hatten ein Auge auf jene bauchige Flasche geworfen, deren Inhalt im Widerschein mehrerer Schmierkerzen türkisfarben glänzte; klebriger Likör, wie er hauptsächlich in den südlichen Ländern gehandelt und getrunken wurde. Sie beschwatzten den Wirt, lachten lauthals über dessen Witze, gaben sich jovial und flüsterten ihm ins Ohr, wobei es bestimmt um die Kämpfe und die Kriegsfortschritte im Süden des Landes ging. Boar gestikulierte wie wild und deutete Hiebe an, denen er ebenso andeutungsweise auswich, bis er einen finalen, tödlichen Schlag aufs Haupt seines Gegners nachahmte. Harm nickte eifrig dazu – und ließ nun, da die Erzählung seines Kumpans an Drastik gewann, seine Linke in Richtung der Likörflasche wandern, und das mit der Selbstsicherheit eines Betrunkenen, der nicht glauben kann oder will, dass ein anderer seinen Plan durchschauen könnte.

Erns machte eine Weile mit bei diesem Spiel. Erst als Harms Hand ihr Ziel erreicht hatte, packte er zu. Lächelnd und den Blick weiterhin auf Boar gerichtet, umfasste er die Finger des anderen Mannes und bog sie ruckartig nach oben.

Ein leises Knacksen war zu hören. Ein oder mehrere Finger brachen. Harm betrachtete ungläubig seine Hand. Es dauerte eine Weile, bis sich der Schmerz seinen Weg bahnte und er auch wirklich fühlte, was geschehen war. Dann stieß er einen Fluch aus, eher aus Verwunderung denn aus Schmerz, grinste blöde und tastete mit der anderen Hand unbeholfen über die rasch anschwellenden Glieder. Dabei wirkte er keinesfalls böse. Alles, was seine Miene ausdrückte, war ein Anflug schlechten Gewissens und ein wenig Ärger. Wie ein kleines Kind, das dabei ertappt worden war, wie es Früchte aus Nachbars Garten stahl und nun zur Strafe eine Ohrfeige erhielt.

Pirmen grub sich in seinem Mantel ein und tat so, als schliefe er. Ein wacher Geist wie der seine fiel in der Norde auf wie ein Glimmholz in ewiger Dunkelheit. Er tat gut daran, nicht allzu hell zu leuchten. Andernfalls würde man ihn zum Erlöschen bringen. Diese Kreaturen der Dunkelheit fürchteten das Licht. Er fühlte, wie er allmählich unsichtbar wurde. Es bedurfte keines Zaubers, keiner großartigen Magie. Das

Nicht-Beachtetwerden war eine Fähigkeit, die er sich während der Lehrlingsjahre im Oceanicum Griam angeeignet hatte.

Pirmen beobachtete. Beurteilte. Blickte in die Augen der Anwesenden, wann auch immer es ihm möglich war. Suchte nach jenen Zeichen, die ihm sagten, dass er den Richtigen gefunden hatte, den *Einen.*

Eilidh drehte sich nun mehrmals im Kreis, winkte den verbliebenen Gästen und warf ihnen Kusshände zu. Die Schankdirne wurde gebührend verabschiedet. Die letzten Besoffenen pfiffen oder johlten, ohne allerdings allzu viel Enthusiasmus zu zeigen.

Mit geschicktem Hüftschwung entkam sie der ausgestreckten Pranke eines Gastes, der das Gleichgewicht verlor und unter dem Gelächter seines Kumpans zu Boden rutschte. Eilidh visierte jene hölzerne Treppe am anderen Ende des Raums an, über die man in die Schlafräume gelangte. Sie drehte sich nochmals um und suchte mit ihren Blicken nach Pirmen. Er ließ zu, dass sie ihn wahrnehmen konnte. Die Dirne rieb sich die Augen, überrascht und irritiert von seinem plötzlichen Auftauchen. Doch sie schob es wohl ihrer Müdigkeit nach einem langen Arbeitstag zu und schenkte ihm ein freundliches Lächeln.

Er nickte ihr zu. Frauen waren seltsame Geschöpfe. Er wusste nur wenig mit ihnen anzufangen. Das schrille Gekicher und das Getuschel seiner beiden jüngeren Schwestern in den heimatlichen Marschen Aenas' war ihm stets rätselhaft erschienen, ebenso wie das der Mädchen außerhalb der Magischen Türme von Griam.

Er nahm einen Schluck vom kalt gewordenen Fleischsüppchen und widmete sich dann wieder den verbliebenen Gästen. Er tat dies mit wenig Interesse. Je länger er unterwegs war, je mehr Ansiedlungen Pirmen in dieser kalten und von allen

Göttern verlassenen Gegend besucht hatte, desto mutloser war er geworden.

Boar wandte sich eben einer bedauernswerten Gestalt zu, die auf allen vieren gekrochen kam. Der Mann stellte leise und mit unterwürfig gebeugtem Kopf eine Frage. Er wurde beiseitegestoßen, doch das kümmerte ihn nicht, er näherte sich erneut, jammerte mit weinerlicher Stimme, schnaufte Rotz auf den Boden, wippte mit dem Oberkörper hoch und nieder, als betete er einen Götzen an.

Boar lachte, Harm fiel augenblicklich in das Gegröle ein und klopfte seinem Kumpel erheitert auf die breite Schulter. Er war bereits wieder guter Laune, trotz der Verletzung, die ihm Erns zugefügt hatte.

»Du putzen unseren Spucknapf mit Hand, Hoher Herr?«, fragte er und schob mit einem Fuß einen breiten Messingkrug in Richtung des Bettlers. »Ich zahlen Silbermünze. Gutes Silber aus Mirce.«

»Lasst den Alten in Ruhe!« Erns sagte es ohne viel Nachdruck, während er mit einem Tuch über den Tresen wischte. »Wollt ihr ihm denn auch noch den letzten Rest an Würde nehmen?«

»Ich putze«, ließ sich der Alte mit rauer, kaum verständlicher Stimme vernehmen. Sein Blick hing an der Silbermünze, als wäre sie alles in diesem Weltenkreis, das noch von Bedeutung war. »Ich putze. Schaut her, schaut her ...« Er tastete nach dem Spucknapf, zwängte seine Hand durch die Öffnung und holte einen Batzen Schleim hervor, gelblich schimmernd.

»Mach weiter, red nicht so viel!« Boars Augen glitzerten bösartig.

Der Säufer schleuderte die gallertähnliche Masse ohne erkennbaren Ekel in einen bereitstehenden Eimer und wiederholte den Vorgang, wiederum mit der bloßen Hand. Immer wieder schöpfte er menschlichen Auswurf, den Blick auf die Flaschen auf dem Tresen gerichtet.

»Koste davon!«, verlangte Boar.

»Aber du wolltest …«

»Ich möchte, dass du davon kostest! Andernfalls kannst du unsere Vereinbarung vergessen.«

Der Alte schluckte. Er blickte auf seine Hand. Führte sie zum Mund, hustete, atmete schwer – und schleckte dann über seine Finger. Er schluckte, was andere ausgerotzt hatten.

»Na also. War das denn so schwer?« Boar lachte, sein Kumpel mit ihm.

Der Bettler wischte sich die Rechte an der Hose ab und reckte sie dann Harm entgegen. »Die Münze. Du hast sie mir versprochen, Herr!«

»Habe ich?« Harm wandte sich seinen Kumpanen zu und lachte laut. »Ich haben versprochen, Boar?«

»Ich hab nichts gehört. Ich war mit Nasenbohren beschäftigt.«

»Bitte! Beweist, dass ihr feine und ehrliche Leute seid. Das seid ihr doch, oder? Feine Leute. Hohe Herren. Tapfere und starke Leute, die einen wie mich sicherlich nicht betrügen wollen.«

»Hast du gehört, Harm? Der Hohe Herr wirft uns vor, dass wir ihn betrügen wollen!«

»Hoher Herr uns beleidigen!« Der stiernackige Kämpe tastete nach dem Dolch in seinem Gurt, zog ihn hervor und schwang ihn in Schleifen vor dem Gesicht des Bettlers hin und her. »Harm mag keine Beleidiger!«

Hoher Herr? Warum gaben ihm die beiden Saufkumpane eine Bezeichnung, die in den Wäldern der Norde bloß kampferfahrenen und ruhmreichen Kriegern zustand?

»Gebt ihm gefälligst seinen Lohn!«, mischte sich Erns ein,

ohne die beiden angesoffenen Tunichtgute eines Blickes zu würdigen. Doch er hielt mit einem Mal ein schartiges Fleischermesser in seiner Rechten und ließ es wie beiläufig auf den Tresen hinabsausen, um ein Stück Fleisch zu teilen.

»Ist schon gut, Erns.« Boar schüttelte den Kopf. »Du bist ein Spielverderber.« Er schnippte die Münze in Richtung des Bettlers und drehte sich dann wieder seinem Kumpanen zu, um die Unterhaltung fortzusetzen.

*Es gibt also zumindest eine gute Seele in dieser üblen Spelunke,* dachte Pirmen. Ein Gefühl der Wärme machte sich in ihm breit. Erns, der Wirt, hatte Mitleid gezeigt und eingegriffen, bevor der Bettler weiter gedemütigt worden wäre. *Das Licht der Barmherzigkeit leuchtet dort besonders hell, wo man es am allerwenigsten erwartet ...*

Der Bettler folgte der achtlos weggeschnippten Münze auf allen vieren, wie ein Hund, der einem Stock hinterhereilte. Er fischte sie aus einem dunklen Winkel in der Nähe des Latrinenausgangs und reinigte sie vom Schmutz. Misstrauisch biss er in den Rand des Silberstücks – und lächelte verzückt, nachdem er sich seiner Echtheit vergewissert hatte. Triumphierend hielt er das Geldstück hoch. Wie einen wertvollen Preis, den er im edlen Zweikampf errungen hatte.

Ruckartig kam er hoch, plötzlich blass geworden, riss die Latrinentür auf und humpelte ins Freie, um dort geräuschvoll zu erbrechen, sehr zum Gaudium der verbliebenen Gäste. Boar und Harm stützten ihre wankenden Körper gegeneinander und wollten sich kaum noch einkriegen vor Lachen.

Was für eine Welt! Was für eine Zeit! Waren Hohn und Spott denn alles, was man für einen erbarmungswürdigen Säufer am Ende seines bedauernswerten Lebens noch übrig hatte? Pirmen ballte die Hände zu Fäusten. Am liebsten wäre er aufgestanden, um den beiden Barbaren seine Meinung sagen. Er würde ihnen ein klein wenig Weisheit in die alkoholbenebelten

Holzköpfe prügeln und ihnen begreiflich machen, dass sie mit ihren Untaten Leuten wie dem Gottbettler und seinen Schergen Vorschub leisteten.

Doch er ließ es bleiben. Wie immer. Er war klein. Schwach. Ungeschickt im Kampf. Was sollte er gegen zwei Kerle ausrichten, deren Geschäft der Kampf war und die gewiss das Doppelte an Gewicht auf die Waage brachten?

Manchmal bedauerte Pirmen seine körperlichen Mängel. Niemand außerhalb der Mauern der Magischen Türme im Oceanicum Griam gab etwas auf ihn. Selbst in diesen Stätten der Kunst und der Gelehrtheit, in denen die wundersamsten Dinge ihren Anfang nahmen und in denen man Respekt sowie Toleranz predigte, selbst dort wurde er aufgrund seiner Kleinwüchsigkeit nicht immer für voll genommen.

Blicke trafen ihn. Pirmen fühlte sie. Er hatte seine Deckung aufgegeben, hatte sich aus der Konzentration reißen lassen.

Er durfte keine weitere Aufmerksamkeit erregen. Man erinnerte sich nun seiner, seiner ungewohnten und fremden Gestalt, und betrachtete ihn als Beute, der man nachstellen konnte, sobald er den sicheren Hort des Störrischen Ochsens verließ. Drei wild dreinblickende Gesellen tuschelten bereits miteinander. Sie deuteten in seine Richtung, so auffällig unauffällig, wie es betrunkene Menschen nun mal tun. Einer von ihnen tastete in eine weit ausgebeulte Hosentasche. Er holte einen Totschläger hervor, wog ihn nachdenklich in der Hand und verbarg ihn dann wieder.

Pirmen schluckte. Er musste sich konzentrieren – rasch! – und seine ganz besondere Gabe neuerlich aktivieren.

Er setzte eine verschlossene Miene auf und lehnte sich zurück. Sein Obergewand, das dank des munter vor sich hin prasselnden Feuers endlich die gewohnte Geschmeidigkeit zurückerhielt, nahm die Farbe seiner Umgebung an. Pirmen presste die Lippen fest aufeinander und tat so, als ging ihn die Welt rings um ihn nichts mehr an. Er starrte ins Leere und verschwand allmählich wieder aus dem Fokus der Anwesenden.

Die drei düster dreinblickenden Gesellen sahen sich erstaunt um. Sie vergaßen rasch ihr Vorhaben, schüttelten die Köpfe, ließen die Hände in die Taschen zurückgleiten und verstauten dort all das Werkzeug, das sie für ihn vorbereitet hatten. Sie wandten sich ihrer Unterhaltung zu, in der es um Frauen, die Jagd, Frauen, die Arbeit auf den Feldern und Frauen ging, manchmal allerdings auch nur um Frauen.

Bald darauf nahmen auch sie Abschied. Mitternacht war längst vorbei. Sie torkelten ins Freie, röchelten und grunzten erschrocken, als ihre Lungen die frische Luft einatmeten, die ihnen zudem ein wenig Klarheit in die Köpfe blies. Einer der Kerle schlug sich zwischen die Büsche, um dort Wasser zu lassen. Die gefrorenen Blätter klirrten gegeneinander, plötzlich aufkommender Wind wehte ins Innere des Störrischen Ochsen und brachte Schneeflocken mit sich, sehr zum Ärger des Wirts, der den drei Gästen lautstark hinterherfluchte. Eine Bö warf die Tür ins Schloss, es wurde ruhig.

Das Feuer im breiten Kamin brannte nieder. Nur Boar, Harms und ein sinnlos vor sich hin brabbelnder Norder, dessen Gesicht Erfrierungsspuren aufwies, klammerten sich noch am Tresen fest. Der Bettler war aus dem Latrinenbereich zurückgekehrt. Er war leichenblass, das Gesicht eingefallen. Und er grinste wie ein Debiler, seine Münze weiterhin fasziniert betrachtend.

Er klatschte sie mit einer großartigen Geste auf den Tresen. »Sauren!«, rief er, »Gib mir einen Humpen von deinem Sauren!«

»Natürlich, Hoher Herr!« Erns nickte und ließ die Münze

in seinem Geldbeutel verschwinden, griff nach einem tönernen Krug und füllte ihn mit blassrotem Wein. Er feixte und grinste Boar verschlagen zu, so als wollte er sagen: *»Seht ihr, so macht man das!«*

Pirmen seufzte. Warum bloß glaubte er immer noch an das Gute im Menschen? Der Wirt hatte niemals ein wie auch immer geartetetes Mitleid mit diesem armen Kerl gehabt. Er hatte Harms Silbermünze in den Besitz des vermeintlichen Hohen Herrn übergehen lassen, wissend, dass dieser sie möglichst rasch bei ihm ausgeben würde.

Angewidert sah Pirmen zu, wie Erns den sauren Wein hinter der Theke mit Wasser verdünnte und anschließend einige Tropfen dunkelroter Flüssigkeit in den randvollen Krug träufelte. Es handelte sich wohl um ein zusätzliches Rauschmittel, womöglich um gegorenen Sauerampfer, wie er in Griam benutzt wurde, um die Zungen von Menschen und anderen Wesen zu lockern.

Erns stellte den Humpen vor die Nase des Säufers. Der stierte ihn an. Leckte sich über die Lippen. Griff mit einer Hand danach und nahm schließlich die andere zu Hilfe, um das Zittern der Finger unter Kontrolle zu bekommen. Er steckte die Zunge zögernd in den Sauren, als wollte er den Geschmack ganz sacht, ganz vorsichtig testen – hob den Humpen dann mit einem Ruck an und schüttete sich das schreckliche Gebräu in den weit aufgerissenen Mund, heftig atmend, gegen einen Hustenreiz ankämpfend. Flüssigkeit rann über seine Wangen und über die schmutzstarrende Kleidung. Es scherte den Mann nicht. Er trank und trank und trank. Setzte für einen Augenblick ab, rief laut: »Auf abwesende Freunde!« Und soff weiter, bis das Gefäß leer war und er nur noch Luft schnappte.

»Mehr!«, verlangte er, und dann lauter, brüllend, spuckend: »Mehr!«

»Kannst du zahlen?«, fragte Erns.

»Der Silberne Mau! Er ist für zumindest vier Humpen Wein gut, Wirt. Also mach weiter, lass den Sauren fließen!«

»Du irrst dich, Hoher Herr.« Erns lehnte sich über den Tresen. Seine Rechte streichelte sacht den Griff des Hackbeils. »Dein Silberner Mau war von schlechter Qualität. Er ließ sich biegen, die Ränder waren abgeschliffen. Siehst du?« Er holte eine Münze aus seinem Beutel, kaum halb so groß und sicherlich viel leichter als jene, die der Säufer ihm gegeben hatte.

»Das ist … ist …«

»Du hast ohnedies genug für heute, Hoher Herr. Deine abwesenden Freunde kommen nicht mehr wieder, so laut du auch schreien magst, so viel du auch in dich hineinschütten magst. Geh jetzt!«

»Aber …«

»Es gibt kein Aber, Hoher Herr!« Erns beugte sich weit zu seinem Gegenüber auf der anderen Seite des Tresens vor. »Verschwinde! Verkriech dich dorthin, wo auch immer du dein Nachtlager aufgeschlagen hast. Deinem Geruch nach handelt es sich um den Abfluss des Schweinestalls.«

Boar und Harm lachten, aneinandergeklammert wie ein Liebespaar. Sie amüsierten sich köstlich auf Kosten des Säufers, während auch der Wirt immer mehr Spaß daran zu finden schien, ihn zu demütigen. Schadenfreude und womöglich auch Hass spiegelten sich in seinen Augen.

Der Mann zog sich einen Schritt zurück, dann noch einen. Für einen Moment sah es so aus, als wollte er gegen die Behandlung protestieren. Doch er ließ es. Ließ die Schulter nach vorn fallen und torkelte auf die Tür zu. Schwer atmend und hustend, mit hochrotem Kopf, so als würde er beim nächsten Herzschlag tot umfallen. Doch er schaffte es irgendwie, auf den Beinen zu bleiben und die Tür zu öffnen, um sich dann in die Kälte hinauszutasten. Mittlerweile hatte heftiges Schneetreiben eingesetzt. Der Hohe Herr stemmte sich gegen eine Windbö – und wurde dennoch wie ein Blatt zur Seite geweht, hin zur Breitseite des steinernen Gebäudes. Ein Fluch erklang, dann ein dumpfes Geräusch. Schließlich herrschte Stille.

Erns umrundete den Tresen, fluchte ausgiebig und schloss die Tür, ohne einen Blick nach draußen zu werfen und sich für das weitere Schicksal des Betrunkenen zu interessieren. Er sagte etwas in seinem grässlichen Norde-Dialekt, und Boar und Harm lachten. Sie stürzten weiteren Wein in sich hinein, gierig, als gäbe es kein Morgen.

*Und vielleicht ist es auch so,* dachte Pirmen, der sich plötzlich wieder an den Grund seines Hierseins erinnerte. *Das Graue greift um sich. Es packt jedermann ein, macht ihn müde und abgestumpft gegenüber den anderen. Das Graue macht sie zu lebenden Toten. Die Heere des Gottbettlers erobern jene wenigen Flecken Erde der sogenannten zivilisierten Welt, die sich gegen seinen Einfluss wehren.* Er nahm einen letzten Schluck von der Milch. *Nur wenige Wesen könnten dem Schrecklichen noch Einhalt bieten. Und ausgerechnet ich wurde auserkoren, nach einem dieser wenigen zu suchen …*

Pirmen erhob sich leise von seinem Platz, sorgfältig darauf bedacht, nur ja keine Aufmerksamkeit auf sich zu ziehen. Er zählte einige Kupfermünzen auf den Tisch und verließ den Störrischen Ochsen. Hinter ihm, so ahnte er, würde man verwundert auf die Tür blicken, die sich wie von Geisterhand öffnete und gleich darauf wieder schloss.

Der Stall befand sich rechts von ihm. Das aufgeregte Grunzen der Schweine und der Gestank wiesen ihm den Weg im immer heftiger werdenden Schneetreiben.

Pirmen zögerte. Er blinzelte gegen den Wind an und suchte nach Spuren des Mannes, den sie mit »Hoher Herr« angesprochen hatten. Doch er war nirgends zu entdecken. Eine zentimeterdicke Schicht aus Weiß hatte sich über alle Spuren gelegt. Der Säufer musste sich bereits davongemacht und verkrochen haben.

Pirmen fröstelte. Bei derartigen Temperaturen war es nahezu unmöglich, die Nacht draußen zu überleben. Hätte er eingreifen und sich für den Säufer einsetzen sollen?

Pirmen schüttelte den Kopf. Diesem Kerl war ohnedies nicht mehr zu helfen. Er sah die Welt nur noch aus der Position des Kriechenden, benebelt und zerstört vom Alkohol, weit weg von allem Menschlichen.

Pirmen folgte dem ängstlichen Gegrunze der Tiere und stapfte zwischen dornigem Gebüsch in Richtung Stallungen. Immer wieder rutschte er weg, immer wieder drückte ihn der Sturmwind gegen das Gestrüpp. Im Offenstall, der an das Wirtshaus grenzte, erahnte er Stellex, seine Stute. Die Pferde drückten sich eng gegeneinander. Sie erduldeten den Sturm mit jenem Gleichmut, den sich alles Lebende in diesen Breiten angewöhnen musste, wollte es überleben.

Pirmen ertastete jenen Haken, der die Stalltür fixierte, und öffnete ihn mit klammen Fingern. Der Gestank im Inneren raubte ihm fast den Atem, doch es war angenehm warm, und ein freundliches Licht flackerte dort, wo ihm Eilidh seine Liegestatt bereitet hatte. Er schloss das Tor hinter sich rasch und huschte bibbernd in Richtung des Lichts, vorbei an großen und kleinen Schatten, vorbei an all dem Nutzvieh, das dem Wirt und seiner Gefolgschaft ein für diese Gegend ausgezeichnetes Auskommen bescherte. *Das – und all die Menschen, die von weither kommen, um gegen ihren Hass auf dieses schreckliche Land anzutrinken.*

Ein Tier erleichterte sich gleichmütig. Kot platschte zu Boden, ein Urinstrahl spritzte sekundenlang gegen nackten

Boden. Pirmen machte, dass er in sein Lager gelangte, das ihm in dieser Umgebung wie ein Hort der Sicherheit erschien.

Es war sauber. Stroh war kniehoch aufgeschüttet, frisches Wasser stand in einem Bottich bereit, und sogar an eine zerschlissene Decke hatte die Dirne gedacht. Pirmen atmete erleichtert auf und kuschelte sich unter das nach faulem Fleisch stinkende Stück Tuch. Das Kerzenlicht, hinter nahezu blindem Rundglas verborgen, verbreitete anheimelnden Schein.

Müdigkeit übermannte Pirmen. Weder kümmerte ihn das Geschnarche, das aus anderen für zahlungswillige Reisende bereitgestellten Kojen drang, noch das tierische Schnaufen, Grunzen, Scharren, Furzen oder Rülpsen. Für einen Augenblick schlich sich ein Gedanke an den Gottbettler in sein Bewusstsein, dann sackte er weg, hinein in sein Traumland, das er sich vor einigen Jahren dank der Schulung anderer Magicae angeeignet hatte. Dort traf er auf Personen aus historischen Schriften, die ihn belehrten und berieten und ihm längst zu unverzichtbaren Freunden geworden waren.

Der Weise Hortisemis flüsterte ihm zu, rätselhaft wie immer: »Du bist nahe am Ziel, mein Freund, aber Distanzen lassen sich nicht nur in Entfernungen messen.«

»Vor dir liegt ein Weg, der noch niemals beschritten wurde«, ergänzte Pankart Gutgläub mit der ihm eigenen Bedächtigkeit. »Er scheint bloß über ein geringes Stück Land zu führen. Doch um dies zu überwinden, kleiner Pirmen Courtix, musst du viele Umwege nehmen, womöglich sogar umkehren und den Weg erneut in Angriff nehmen.«

»Ja, ja«, murmelte er schläfrig und drehte sich auf die Seite. Mit matten Bewegungen schüttete er noch mehr Stroh rings um sich auf; eine Schicht isolierenden Materials, die ihm noch mehr Wärme und die Illusion von Heimeligkeit verschaffte.

Das Licht neben ihm verblasste, und auch die Gestalten des

Traumlands traten mit bedächtigen Schritten in jene Nischen zurück, aus denen sie hervorgetreten waren. Eine von ihnen, Palias Aquerta, sah sorgenvoll auf ihn hinab. Zeigte seine Beschützerin, der sich Pirmen besonders verpflichtet fühlte, etwa Bedenken oder gar Angst?

Seltsam ...

Pirmen glitt in die Dunkelheit, in diesen Bereich bleierner Schwere, die kein Magicus mochte oder – je nach Begabung und Erfahrung – sogar hasste. Denn dies war eine Welt, über die sie keinerlei Kontrolle hatten.

Ein Geräusch weckte ihn. Eine Berührung. Unangenehm war sie, und sie machte, dass er voll Scham an seine Jugendtage zurückdenken musste. Sein Schwanz fühlte sich feucht an. Hatte er sich etwa angepisst?

Nein. Denn die Nässe verband sich mit Berührungen und Bewegungen und Tönen.

»Bist du endlich wach?«, fragte ihn jemand.

»Eilidh? Was tust du da?!«

»Das, was ich dir versprochen hatte, kleiner Mann. Gefällt es dir etwa nicht? Dein Schwanz ist nämlich ganz auf meiner Seite ...«

Weiteres Schmatzen. Sauggeräusche. Etwas, das sich wie ein Furz anhörte. Die raue Haut einer Hand, die ihn streichelte, dort, wo es angenehm und angsterregend zugleich war. Dort, wo es nicht geschehen durfte.

»Lass das bleiben, Eilidh!«, sagte er so eindringlich wie möglich. Er drückte gegen die Schultern der Frau und versuchte sie wegzuschieben. Doch sie widersetzte sich erfolgreich; kein Wunder angesichts der Schwäche, die ihn im Griff hielt.

»Du magscht es. Du willscht es.«

Unsägliche Geräusche verdeutlichten die wachsende Gier

und Erregung der Frau. Stroh bewegte sich, dort, wo sie ihr Becken kreisen ließ und immer wieder über seine Knie streifte. Sie keuchte leise. Pirmen nahm in diesem diffusen Bereich zwischen Schlafen, Erregung, Wachsein und Abscheu ein Kraftfeld wahr, das die Dirne umgab. Es leuchtete in kräftigem Blau, in jenem Farbton, der im Leib eines jeden Weibs steckte, sobald es sich seiner Geilheit hingab.

*Du darfst es nicht tun!*, warnte Palias Aquerta, die ihn festhalten, die ihn vor dem schädlichen Einfluss Eilidhs retten wollte. Doch ihre Stimme klang dumpf und schwächlich. Pirmen hatte das Traumland längst wieder durchquert, auf dem umgekehrten Weg hin zum Wachsein.

*Bleib bei mir, Freund!*, bettelte die Ikone. Verzweifelt streckte sie beide Hände nach ihm aus, doch er trieb an ihr vorbei, hinein in die Wirklichkeit, hin zu Eilidh, die eben mit ihrem Schandmaul von ihm abließ und ein zufriedenes Schnurren von sich gab.

Pirmen war nun völlig wach. Es gab kein Zurück. Niemand konnte verhindern, was nun folgte. Er packte die Dirne. Stülpte sie mit einem Ruck über sich. Verband die Feuchtigkeit, die sie auf seinem Einauge hinterlassen hatte, mit jener Wärme und Glitschigkeit, die von ihrem Leibeszentrum ausging. Es war ein Akt voll Geilheit und Brutalität, der Eilidh einen Schrei des Erschreckens entlockte.

Pirmen fickte sie. Heftig und voll Zorn. Warum hatte sie seinen Wunsch missachtet? Warum hatte sie bloß … Warum war dieses mannstolle Weib …

Seine Gedanken verwirrten sich, gerieten in einen Strudel, der ihn tiefer und tiefer in einen Abgrund liederlicher Gefühle zog, in einen Strudel, auf dessen Grund völlige Schwärze auf ihn wartete. Etwas, das er fast so sehr fürchtete wie den Gottbettler und seinen Heerführer. Dort unten lag … lag …

Eilidhs Körper hob und senkte sich, hob und senkte sich. Sie stöhnte und seufzte und schrie. Rief derbe Worte, die seine Erregung noch weiter steigerten und die letzten Reste seiner Bedenken beiseitewischten. Sie hatte es verdient, diese Hure, und sie würde die Rechnung begleichen müssen!

Mit fahrigen Bewegungen schob er die Hände unter ihr Hemd, ertastete ihre Brüste und griff nach den vollen Knospen. Er drehte sie zwischen seinen Fingern. Fest und fester, während sie ihn ritt, ungehemmt und beseelt von einer Lust, die sich mit der seinen verband. Eilidh schrie. Ihr Speichel spritzte auf ihn herab, benetzte sein Gesicht wie feiner Sprühregen. Sie stank nach Tier. Sie *war* ein Tier. Alles an ihr war animalisch, sie wurde nur noch von Instinkten getrieben.

Pirmen schlug ihr auf die Wange. So kräftig, dass ihr Kopf zur Seite flog. Sie hielt für einen Moment inne, erstaunt über seine Grobheit. Doch sie fing sich rasch wieder – und lächelte. »Du magst das, mein Kleiner? Bin ich deine dreckige kleine Hure? Komm, mach weiter! Ich verdiene die Schläge, ich brauche sie! Mach, mach, mach schon! Fick mich und schlag mich!« Blut troff ihr aus der Nase auf ihn herab. Blut. Rot. Röte. Lebenssaft, der aus ihr tropfte, ohne dass sich Eilidh weiter darum kümmerte.

*Das sind die falschen Worte!*, dachte Pirmen. *Warum tust du mir das bloß an?*

Er konnte nicht mehr länger an sich halten. Das Gefühl grenzenloser Lust durchströmte ihn. Es vermengte sich mit Hass auf die Dirne. Beides füllte ihn von den Zehenspitzen bis zum Scheitel aus, von innen nach außen, von den tiefsten Tiefen seiner Gefühlswelt bis hinauf in lichte Höhen.

Pirmen schlug noch einmal zu und noch einmal. Riss blutige Kratzer in ihren Arsch und ihre Schenkel, die Brüste, die Schulterblätter.

»Hör auf!«, bat Eilidh. Und: »Mach weiter!«

Er achtete nicht länger auf ihr Gestammel, auf ihre Bitten und ihr Flehen. Er gab ihr, was sie brauchte. Er nahm sich, was *er* brauchte. Was ihm half, zu neuer Kraft zu finden, die er während der nächsten Wochen und Monate gewiss benötigte.

Das Blut aus ihrem Leib wurde zu einem kleinen See auf seinem Bauch, der sich mit den Bewegungen und Atemzügen hob und senkte, hob und senkte. Der See gewann an Tiefe und Breite. Er fand seinen Abfluss. Zwischen Pirmens hervorstechenden Rippen tropfte die klebrige Flüssigkeit seitlich ins Heu.

Eilidh schrie so laut, dass er meinte, taub zu werden. Er konnte nicht mehr sagen, ob sie es aus Lust oder Schmerz tat – oder war es eine Mischung aus beidem? Nun, es war bald vorbei. Der Höhepunkt nahte mit Riesenschritten. Schon fühlte sich ihr Fleisch welk und ledrig an, schon erlahmten ihre Kräfte, während Pirmen sich viel, viel besser als zuvor fühlte.

Er versank in diesem ganz besonderen Strudel aus Geilheit und Gier, vor dem ihn Larex stets gewarnt hatte. Denn auf seinem Grund wartete … wartete …

Pirmen verlor den letzten Rest seiner Selbstkontrolle. »Hexe!«, ächzte er, immer wieder.

Das heisere Gekrächze einer Wintertaube weckte ihn. Sie war irgendwie ins Stallinnere gelangt. Die ersten Strahlen des Tageslichts erhellten Pirmens Umgebung, während er ächzend den Oberkörper hochstemmte und sich umblickte. Eilidh war nirgendwo zu sehen. Stroh klebte an seinem Kopf und auf seinem nackten Leib, auf dem sich zudem eine dunkle Kruste gebildet hatte. Er fror.

Der angehende Magicus stand auf, beseitigte die Blutspuren,

Zeugen seiner Untaten der letzten Nacht, zog hastig die Hose über und öffnete die Tür seiner Box.

Dampfende Luft trieb über dem Gangboden. Ein Kalb schrie vor Hunger, nebenan rieb eine Stute ihren haarigen Körper gegen die hölzerne Abtrennung. Ein Mann, der nur aus Bart und Schmutz zu bestehen schien, starrte ihn aus einer der gegenüberliegenden Plätze an.

»Hast es ganz schön heftig getrieben letzte Nacht«, sagte der Bart. »Ich dachte schon, du wolltest das Weib umbringen.«

»Natürlich nicht«, entgegnete Pirmen mit klopfendem Herzen.

»Sie hat darum gebettelt, dass du sie in Ruhe lässt.«

»Das tun sie doch alle, nicht wahr?«

Bart kniff die Augen zusammen. »Wo ist sie denn hin, kleiner Freund?«

»Keine Ahnung. Sie hat gewiss schon ihr Tagwerk begonnen. Es gibt viel zu tun im Störrischen Ochsen.«

»Da hast du recht. Hinter Byela gibt's nicht mehr viel zu sehen. Nur noch die Nordwände und einige seltsame Tiere. Man ist recht froh, hier etwas Wärme abzubekommen – und die Gesellschaft einer willigen Frau.«

»Stimmt.«

Bart rotzte zu Boden und kratzte sich ungeniert zwischen den Beinen. »Wohin soll's denn gehen, kleiner Mann?«

»Richtung Süden.« Pirmen gab sich weiterhin wortkarg.

»Du siehst mir nicht wie ein Händler aus.«

»Du auch nicht, wenn ich mir diese Bemerkung erlauben darf.«

»Ah, die Sprache des Städters. Vornehme und wohlgesetzte Worte. Kommst du aus einer der Steilstädte?«

»Ursprünglich stamme ich aus dem Süden Aenas'«, sagte Pirmen und blieb damit bei der Wahrheit. Er ging zurück in die Box und sammelte seine wenigen Habseligkeiten zusammen. Die grobleinerne Jacke Eilidhs verbarg er vorsorglich unter einem Strohhaufen.

»Und was führt dich hierher?« Der Bärtige war an die Box getreten und sah über die Tür.

Der Pirmen des gestrigen Tages hätte zu stottern begonnen und eine Lügengeschichte erzählt. Doch der Pirmen von heute blaffte: »Kümmer dich um deine eigenen Angelegenheiten, Mann!«

Er stellte sich vor sein Gegenüber hin und verwehrte ihm weitere Blicke auf die Schlafstätte. Noch mochte der Bärtige die dunklen Flecken im trüben Licht des beginnenden Tages für Dreck halten. Doch wenn er die Gelegenheit erhielt, genauer hinzusehen, würde er erkennen, dass es sich um getrocknetes Blut handelte.

»Schön, schön. Kann ja nicht jedermann so freundlich und umgänglich sein wie der alte Bauhom.« Der Bärtige wich seinem Blick aus, unsicher geworden, und zog sich zurück.

Gut so. Pirmen hatte keine Lust auf weitere Diskussionen. Er wollte weg von hier, so rasch wie möglich. Richtung Süden, in jene Landesteile, in denen nicht nur einige erbarmungswürdige Viecher vegetierten, sondern auch ein bescheidener Ertrag an Roggen und Weizen eingebracht werden konnte und er ein vernünftiges Essen bekommen würde.

Er machte sich fertig für den Abmarsch und schloss die Box sorgfältig hinter sich. Die Wintertaube war indes verstummt. »Gute Reise«, sagte der Alte. »Und nimm dich in Acht. Nicht jeder Norde lässt sich so einfach abkanzeln wie ich.«

»Gute Reise«, wiederholte Pirmen, ohne den Warnungen des anderen besondere Aufmerksamkeit zu schenken. Gedankenversunken verließ er den Stall und trat in die klirrende Kälte hinaus. Er musste an die gestrige Nacht denken. Es war etwas geschehen, das ihn beunruhigte. Das Erinnerungen geweckt hatte. Doch er konnte es nicht richtig fassen.

»Du verlässt uns schon? Möchtest du etwa kein Frühstück?«

»Hm?« Pirmen drehte sich um und erblickte eine Gestalt, die ihren Kopf unter dickem schützendem Tuch verbarg. »Nein danke. Ich möchte heute noch so weit wie möglich kommen.«

»Wohin führt dich dein Weg?«

»Östlich und südlich.«

»Es sind mindestens zwei Tagesritte bis zur nächsten Ortschaft. Die nennt sich Oaya. Dazwischen gibt es bloß Schnee und Wölfe, manchmal auch Wölfe und Schnee. Ich kann deine Vorräte ergänzen und dir einige Ratschläge mit auf den Weg geben. Vielleicht möchtest du auch noch einen Tag hierbleiben«, sagte Eilidh leise, »und die Nacht dazu.«

»Nein.«

Sie zögerte. »Was gestern geschehen ist …«

»Es wird dir bald wieder bessergehen«, log er. Die Frau würde sich niemals wieder erholen.

»Wer bist du? *Was* bist du? Ich habe so etwas noch niemals zuvor erlebt.« Eilidh trat ganz nahe an ihn heran und zog das Tuch noch enger um ihren Leib. Sie stank nach verbranntem Fleisch. Pirmen erahnte die Wunden am Halsansatz; sie waren ganz gewiss nicht die einzigen, die ihr als Erinnerung an die gestrige Nacht bleiben würden.

*Du solltest darum beten, so etwas niemals wieder durchmachen zu müssen,* dachte Pirmen. *Dann hast du eine Chance, Mutter zu werden und deine Kinder aufwachsen zu sehen. Andernfalls …* Laut sagte er: »Ich bin ein Magicus-Lehrling vom Oceanicum Griam.«

»Von Griam.« Eilidh versuchte ein Lächeln, doch es missriet ihr. »Man erzählt sich Geschichten über die treibenden Inseln. Doch ich hielt sie stets für Lügen oder Märchen oder beides.«

»Manches ist wahr, manches nicht.« Pirmen drehte sich um und ging auf die Offenställe zu.

»Was treibt dich hierher, ans Ende der Welt, Magicus aus dem Oceanicum Griam?« Sie glitt an seine Seite und stapfte neben ihm durch den Tiefschnee.

»Ich bin auf der Suche.« Da war der Sattel. Er befreite ihn vom Eis und beutelte die Unterdecke mehrmals aus. Splitter lösten sich aus dem steifen Material und versanken im Neuschnee.

»Du bist nicht sehr gesprächig, scheint mir.«

»Und du bist eine Nervensäge!« Er drehte sich ihr zu, packte sie an den Schultern, schüttelte sie. »Hör mir gut zu, Eilidh: Du vergisst so rasch wie möglich, mich gesehen und mich kennengelernt zu haben. Du wirst niemals mehr wieder an diese Nacht denken. An das, was du erlebt hast. Andernfalls wirst du unter den Erinnerungen leiden. Sie werden dich auffressen. Sie werden eine Sehnsucht in dir erzeugen, die niemand stillen kann. Niemand, hörst du?«

»Ach, hör doch auf!« Sie entwand sich seinem Griff und trat einen Schritt zurück. »Glaubst du etwa, dass du der Erste warst, der meine Glocken zum Läuten gebracht hat? Du überschätzt dich maßlos.« Sie trat erneut näher und setzte ein verführerisches Lächeln auf. »Aber es war schön, und man sollte die wenigen schönen Momente des Lebens genießen …«

»Geh auf dein Zimmer, sieh in den Spiegel und erinnere dich, was ich dir angetan habe. Welche Schmerzen du erleiden musstest. Welchen Preis du für einige wenige Minuten der Lust bezahlen musstest.«

»Ich wurde schon weitaus schlimmer behandelt.«

Pirmen schlug ihr ins Gesicht. Nicht so wie letzte Nacht, geleitet von der Ekstase körperlicher Vereinigung. Dieser Hieb war kalt und gefühllos. Er sollte Eilidh seine ganze Verachtung zeigen. »Du bist eine hässliche, billige Nutte, wie sie in jedem lausigen Dorf dieses vom Eis überdeckten und verfluchten Landstrichs zu finden ist. Du bist nichts wert. Ich habe dich benutzt wie einen Pisstopf. Mehr bist du nicht. Hast du mich verstanden? Ein stinkender Pisstopf!«

Eilidhs Augen wurden größer und größer. Tränen der Wut und der Verzweiflung rannen ihr über die Wangen und verfestigten auf halbem Wege zu salzverkrusteten Frostspuren. »Ich hasse dich!«, sagte sie mit erstickter Stimme. »Du sollst erfrieren dort draußen, und die Wölfe sollen deinen Leib fressen, während du noch bei Bewusstsein bist.«

Sie verlor sich in weiteren gemurmelten Beleidigungen und Verwünschungen, die kaum noch einen Sinn ergaben. Pirmen hörte nicht weiter hin. Er musste sehen, dass er weiterkam. Er sattelte Stellex, durchbrach die Eisschicht der Tränke und ließ die Stute ein letztes Mal saufen, bevor er seine Habseligkeiten verstaute und sich auf den Rücken des Tiers schwang.

Er beugte sich hinab und öffnete das Gatter des Offenstalls. Die Berührung am Eisenwerk schmerzte. Hastig zog er die gefütterten Handschuhe über und schnalzte mit der Zunge. Sein treues Reittier trottete los.

»Warte!« Eilidh sprang ihm in den Weg, unmittelbar vor den Gaul, der erschrocken auf die Hinterläufe stieg.

Pirmen zog an den Zügeln, ließ das Tier einige Male im Kreis tänzeln, bis es sich wieder beruhigt hatte, und brachte es zum Stehen. »Bist du wahnsinnig geworden?«, fuhr er Eilidh an.

»Bitte. Bleib. Hier.« Sie sank zu Boden. Beugte den Körper weit nach vorn, sodass ihre Stirn den Schnee berührte. »Eine Nacht. Eine einzige Nacht. Eine Stunde. Bloß ein paar Minuten ...«

Pirmen lenkte sein Pferd in weitem Kreis um die Dirne

herum. Er tat so, als achtete er nicht mehr auf sie. Als würde er ihr Flehen und Betteln nicht hören. Als erreichte sie nicht sein Herz. Er ließ das Reittier trotz des rutschigen Untergrunds antraben, damit es ihn so rasch wie möglich vom Störrischen Ochsen und den anderen gemauerten Häusern der kleinen Ansiedlung namens Byela wegbrachte.

»Warum schreist du nach einer Hexe?«, rief sie ihm nach. »Was willst du von diesen verdammten Weibern? Was haben sie, das ich dir nicht bieten kann?«

Pirmen antwortete nicht und drehte sich auch nicht mehr um. Das Herz tat ihm weh. Es schmerzte ihn, dass Eilidh den Weg all jener Frauen einschlug, die sich mit einem Magicus wie ihm einließen.

Vielleicht vergaß sie seine Berührungen. Sie hatte eine kleine Chance, hier, in dieser von allen Göttern verlassenen Einsamkeit. Andernfalls …

Andernfalls.

# 4. In der Wand und in der Stadt

Die See befand sich exakt hundertneunundsiebzig Fuß unter ihr. Jeder, der in die Steilklippen einstieg, wusste, worauf er sich einließ.

Terca setzte vorsichtig einen Schritt vor den anderen. Links von ihr, ein klein wenig höher, klebte ein verarmter Händler mit dem Signum der Steilstadt Car am Hut in der Wand. Er zitterte heftig, seine Finger nestelten unschlüssig am Stahlverschluss seiner Körperklammer umher.

Nein, er würde nicht springen. Nicht an diesem Tag. Er war noch längst nicht so weit. Vielleicht hatte er sein gesamtes Vermögen oder seinen Harem verloren, vielleicht auch nur sein geliebtes Hündchen. Doch seine Verzweiflung war längst noch nicht groß genug, um ihn in den Selbstmord zu treiben.

Sie hingegen …

Terca fühlte, dass es so weit war. Das Wasser unter ihr lockte. Breite Wogen gischteten gegen den Fels und jagten Spritzfontänen mindestens fünfzig Fuß in die Höhe, viel höher als sonst, als wollte die See sagen, dass dies ihr Tag war.

Sie stieg weiter den schmalen, kaum erkennbaren Pfad in die Höhe, mit einer Bedachtsamkeit, die angesichts ihres Vorhabens lächerlich anmutete. Terca hätte sich genauso gut hier fallen lassen können, einfach so, um den Sturz in die Tiefe mit all ihren Sinnen zu genießen. Doch es widerstrebte ihr, ohne dass sie sich den Grund für dieses Zögern erklären konnte.

»Ein schöner Tag zum Sterben!«, rief ihr der junge Benno die rituellen Worte zu. Er hatte ein Brot aus seinem schmalen Lederranzen genommen und kaute lustlos darauf herum.

»Ein Tag ist wie der andere«, gab Terca die traditionelle Antwort. Sie winkte Benno und tastete sich weiter vor, hin zur Windkante.

Bislang hatte sie sich in gesichertem Gelände bewegt. Hier gab es Klettersteige, eiserne Leitern, Haltestricke, Haltepunkte, Markierungen. Doch nach der Ranzo-Kante, benannt nach jener elfköpfigen Familie, die hier ihre Leben gelassen hatte, begann das freie Gelände.

Terca beugte sich vorsichtig vor. Eine Sturmbö erfasste sie, und sie gab dem Drängen des Winds nach und ließ sich sacht nach hinten drücken. Stemmte sie sich gegen die Bö, würde sie irgendwann straucheln, das Gleichgewicht verlieren und langsam nach vorn stürzen, hinab in die Leere, ohne die Riten des Selbstmords durchgeführt zu haben.

Gab es eine größere Schande?

Terca wartete eine Weile, bis das Pfeifen des Sturms nachließ. Dann wagte sie sich in die Freiwand jenseits der Ranzo-Kante. Ihre Finger ertasteten winzige Erhebungen, während sie sich weiter vorarbeitete. Dies war ein Steg, den sie bereits Dutzende Male gegangen war und der keinerlei Überraschungen mehr bieten sollte. Doch sie wusste, dass bereits manch einer diesem Irrglauben erlegen war. Stein, der heute fest war, mochte morgen unterspült sein und bei der geringsten Belastung wegbrechen. Gestrüpp, das sich hier festklammerte, konnte ausdörren, Gneis aufgrund der heftigen Temperaturunterschiede Risse bekommen. In diesem Niemandsland durfte nichts als sicher hingenommen werden.

Ihr Ziel war nahe. Die Felsnase ihres Lieblingsplatzes war vom Kot der Fischtaucher weiß getüncht. Eine Vielzahl von Nestern der laut kreischenden Raubvögel klebte wenige Meter darüber.

Eine weitere Bö nahte. Terca erkannte es an den sich beugenden Gräsern und Ästen unmittelbar voraus. Sie bewegten sich wie die Wogen des Ozeans unter ihr.

Sie drückte ihren Leib so fest es ging gegen den Stein, tastete an allen Seiten nach Halt und schloss die Augen, um sich vor dem Pollenflug zu schützen, der mitunter aggressive Keimlinge heranwehte.

Der Sturm presste ihr die Luft aus der Lunge. Er war kalt und feucht, er brachte einen Hauch von Salz- und Algengeruch mit sich sowie einen Tröpfchenregen der Gischt, der ihre Kleidung durchnässen und schwer machen würde.

Terca ertrug es mit dem üblichen Gleichmut. Wer in die Wand stieg, wusste, was ihn erwartete. Entweder von früheren Erfahrungen oder weil ihn die zahlreichen Wächter auf die Gefahren hingewiesen hatten.

Sie bereitete sich gedanklich auf das letzte Stück ihres Weges vor. Sobald der Wind nachließ, hatte sie einige ruhige Minuten, die sie nutzen musste, um *ihre* kleine Plattform zu erreichen. Sie griff in den Kalktopf, den sie auf dem Rücken trug. Zuerst mit der Linken, dann mit der Rechten. Danach las sie die Wand. Es gab drei Stege, um an ihr Ziel zu gelangen. Sie entschied nach Gutdünken und wählte den untersten. Er war der kürzeste, würde aber auch die meiste Kraft kosten.

Windstille. *Stille.* Nichts deutete mehr auf die noch vor wenigen Sekunden tobenden Gewalten hin. Die Natur, launisch wie eh und je, gab sich nun friedlich. Terca kletterte eine Kniebreit nach unten, suchte nach Griffpunkten, an denen sie sich festhalten konnte, und nach dem nur wenige Zentimeter dicken Sims, an dem sie mit ihren Füßen Halt fand.

Wann war sie das erste Mal in die Wand gestiegen? Vor drei, vor vier Jahren?

Seitdem wartete sie auf den richtigen Augenblick. Darauf, dass ihr die Welt zuflüsterte, endlich zu springen. Und heute war es so weit. Als sie im Morgengrauen erwacht war, hatte sie gewusst, dass dies ihr großer Tag sein würde.

Noch zwei Armzüge. Dann einmal übergreifen. Mit den Beinen abstoßen, ihr gesamtes Körpergewicht mit den Armen aufnehmen, über die leicht vorkrängende Felsnase, hoch zu *ihrem* Platz.

Geschafft.

Laut keuchend richtete sich Terca auf, tat einen Schritt zur Wand hin, stützte sich dort ab und rutschte zu Boden. Wie immer hatte sie das Gefühl zu schweben, hoch über allen Dingen, befreit von den Lasten, die sie sonst mit sich trug.

Ein Riss zeigte sich im Fels. Er würde bald herausbrechen, sie womöglich mit sich reißen. Doch das machte nichts. Sie hatte ihr Ziel erreicht, und ihr Tod würde frei von Schande sein.

Terca schloss die Augen und wartete auf das Ende.

Es wollte und wollte nicht kommen. Ihre Enttäuschung wuchs immer mehr, denn sie ahnte, dass sie sich wieder einmal geirrt hatte. Ihr Gefühl hatte sie getrogen. Es war nicht der Tag, auf den sie sich schon seit so langer Zeit vorbereitete.

»Kacke!«, rief sie, und nochmals, lauter: »Kacke!«

»Schaffst du's wieder mal nicht, alte Furztrommel?«, hörte sie eine Stimme von unten.

»Halt dein Schandmaul, Caramae!« rief sie. »Schau auf dich selbst, und lass mich gefälligst in Ruhe!«

Caramae, ihr ältester Leidensgenosse, blieb tatsächlich stumm. Der von den Saugpocken verunstaltete Mann, der sich im gesetzten Alter von fünfzig Jahren noch immer Tag für Tag in die Wand schleppte, verstand offenbar, dass ihr an diesem Tag nicht nach einer Unterhaltung war. Nicht immer gab er sich derart rücksichtsvoll. Manchmal schrie er, halb wahnsinnig vor Schmerzen, dann wieder, wenn er einigermaßen bei Verstand war und ihm zum Bewusstsein kam, dass er ganz langsam von innen aufgefressen wurde, laberte er von morgens bis abends, schimpfte auf die Wundpfleger, Heiler, Kräuterweiber, Ärzte und auf deren Angehörige. Auf alle, denen es besser ging als ihm, und auf alle, die ihn bemitleideten oder ihm helfen wollten. Niemand wurde von seinen Suaden ausgenommen, schon gar nicht sie, Terca, die nach Meinung des ehemaligen Hufschmieds wegen eines nichtigen Grundes tagtäglich den Weg in die Wand suchte.

*Wenn er bloß wüsste ...*

»Spring!«, rief jemand über ihr, ohne dass sie hätte sagen können, wer da wen anfeuerte. Es spielte keine Rolle. Nichts geschah. Da war kein Körper, der in die Tiefe stürzte, bloß für einen Sekundenbruchteil als Schemen erkennbar, ein Geschöpf, das laut schrie und in diesen Augenblicken, da es sich seines Endes bewusst wurde, seinen Entschluss bitter bereute.

Allesamt bereuten sie es, wie Terca wusste. Das Entsetzen war in die Gesichter der Stürzenden geschrieben, in die Gesichter der Schemen. (War es Zufall, dass sie ausnahmslos in ihre Richtung blickten, oder bildete sie sich das bloß ein?) Diese Verzweiflung im Mienenspiel der Todgeweihten rührte etwas in ihr, das sie sich nicht erklären konnte. Es ängstigte und lockte gleichermaßen. Es machte, dass sie immer wieder hierher zurückkehrte, um darauf zu warten, dass irgendwann einmal sie selbst den Impuls voller Magie verspürte und dann den entscheidenden Schritt tat. Verdient hatte sie den Tod allemal.

»Schläfst du, alte Schabracke?«, rief Caramae zu ihr hoch.

»Was willst du?«

»Reden, wie immer. Was denn sonst?«

»Ich wüsste nicht, was es zu besprechen gäbe.«

Eine Zeitlang herrschte Ruhe. Dann, als Terca schon hoffte, sie müsste sich nicht länger mit dem Schmied beschäftigen, machte er sich erneut bemerkbar: »Weißt du eigentlich, warum ich hierherkomme?«

»Du hast es mir bereits tausendmal erzählt. Du hast deinen Bruder getötet. Weil du ihm die Verantwortung über den Hengst des Stadtkrämers von Poitrea überlassen hattest, weil das Vieh ihn abwarf und zertrampelte.«

»Weil ich zu faul war, die Arbeit selbst zu erledigen«, lamentierte Caramae. »Ich war der Sünde der Trägheit verfallen und hurte herum, statt aufzupassen.«

»Ich frage mich, welch armes Geschöpf mit einem wie dir herumhuren wollte.«

»Halt dein Mundwerk im Zaum«, brüllte der Schmied, »sonst steig ich hoch und stoß dich eigenhändig in die Tiefe! Du Miststück! Du bist es nicht wert, meine Scheiße zu küssen oder auch nur meinen Namen auszusprechen! Du Krankheitsschleuder, du ... du ...«

Es war wieder mal so weit. Terca hörte nicht länger hin. Sie verschloss die Ohren, streckte ihre Beine aus und blickte auf die Cabrische See hinaus, auf diese unendlich friedliche Fläche voll Schwarz und Blau und Weiß, die nur hier, an jenen Steilrändern, die das Meer wie ein Juwel einfassten, jene rohen Gewalten andeutete, von denen es beherrscht wurde.

Es war ein schöner Morgen. Die Sonne fand immer wieder

Schlupflöcher zwischen den kleinen Horden Schäfchenwolken und ließ Terca ihre steigende Kraft spüren.

Sie nahm einen Schluck Wasser, gurgelte und spuckte aus. Mit ein wenig Glück und dem richtigen Wind würde das Nass auf Caramae hinabplatschen und seinen Zorn noch weiter anstacheln.

Doch nichts geschah. Der Schmied beruhigte sich allmählich. Er würde in düsterem Brüten versinken und nach einigen Stunden erneut das Gespräch mit ihr suchen, als hätte er nicht die wüstesten Beschimpfungen in ihre Richtung ausgestoßen.

Unter ihr gurgelte die See, stieß gegen die »Finger«, gegen die wie im Zorn hochgereckten Felsen, sechs an der Zahl, die den Gliedern eines Riesen ähnelten, der sich unter der Wasseroberfläche verbarg. Möwen hielten die steinernen Mahnmale besetzt. Sie bewegten sich unruhig, angesichts der Wut der Wellen, die immer wieder gegen ihre Beobachtungsposten brandeten. Manchmal, wenn das Wasser gar zu hoch spritzte und sie in die Tiefe zu ziehen drohte, flatterten sie hoch, um sich wieder am selben Platz niederzulassen, sobald sich die See beruhigt hatte.

Am Horizont glänzte und glitzerte es mit einem Mal, als würde das Licht der Sonne von metallenen Flächen reflektiert. Terca versuchte, die Erinnerung an die Oceanica heraufzubeschwören, an die fünf schwimmenden Städte, die die Cabrische See dank ihrer Flotten und ihrer Söldnertruppen beherrschten. Es war noch gar nicht so lange her, dass Paxe, die Dritte Stadt, an die Küsten der Steilstädte getrieben war und den Seehandel für geraume Zeit vollends zum Erliegen gebracht hatte. Was hatte die Stadt doch für einen atemberaubenden Anblick geboten! All die glänzenden Türmchen, Aufbauten, zinnenbewehrten Mauern, Palisaden, Seil- und Windkonstruktionen! Die fünf Oceanica sprachen allem Hohn, das über die Natur der Dinge bekannt war. Diese Riesenbauten konnten nicht an der Oberfläche des Wassers treiben – und taten es doch. Alle – bis auf eine. Alle – bis auf die Vierte Stadt …

War es denn schon wieder so weit? Näherte sich ihnen ein weiteres Oceanicum, um die Bewohner der hiesigen Küstenabschnitte in Angst und Schrecken zu versetzen?

Terca kniff die Augen zusammen und suchte nach weiteren Lichtreflexionen. Doch da war nichts. Bloß einige meterhohe Wellenkämme, die übereinanderstürzten und für ein klein wenig mehr Weiß in der dunklen Cabrischen See sorgten.

Oder beobachtete sie eben das Spiel einer Schule von Schwimmkröten, die, getrieben von ihren Müttern, das Tauchen und Jagen lernten? Diese monströsen Geschöpfe galten als die heimlichen Herrscher des Meeres. Nicht, weil sie die kräftigsten Geschöpfe waren, und erst recht nicht, weil sie fieser als die anderen waren. Aber sie waren hochintelligent. Es war ein Wunder, dass Menschen und andere Wesen dieses Weltenkreises einige von ihnen hatten fangen und zähmen können …

Terca wandte ihren Blick ab, zog sich an die Wand zurück und nahm das Frühstücksbrot aus ihrem Ranzen.

»Heute ist es so weit«, sagte sie sich. »Ganz gewiss.«

»Du traust dich ja doch nicht zu springen, alte Furztrommel!«, tönte Caramae. »Du bist nicht dazu in der Lage. Du beschmutzt die Magie der Wand mit deiner bloßen Anwesenheit.«

»Halt endlich dein Maul!« Terca hatte diesen Stänkerer gründlich satt. Seine Beleidigungen, seine Provokationen, das sinnlose Geschwätz.

Er wusste ganz genau, dass die Entscheidung zu springen nicht im Ermessen derjenigen stand, die hier auf den Tod hofften. Jene Magie, die vor Äonen diesen Küstenstreifen geformt hatte, war nach wie vor in Resten spürbar, und sie sorgte dafür, dass sich Menschen aus den entferntesten Regionen aufmachten, um hierherzugelangen und übers Meer zu starren, so lange, bis sie fühlten, dass der richtige Augenblick gekommen war.

Manchmal meinte Terca, das Verlangen überwunden zu haben und endlich frei zu sein. Doch kaum hatte sie sich mit diesem Gedanken angefreundet, kehrte der Wunsch, in die Wand zu klettern, mit noch mehr Vehemenz zurück.

Gerüchte sagten, dass die Magie der Wand mit dem Grauen Licht des Gottbettlers in Verbindung stand. Doch das stimmte nicht. Der Gottbettler und seine Horden waren vor etwa zwanzig Jahren erstmals in den zivilisierten Ländern aufgetaucht. Die Spuren in der Wand hingegen deuteten auf Selbstmordwillige aus einer Zeit vor dieser Zeit hin. Sie entstammten einer Periode, da die Länder rings um die Cabrische See noch vereint gewesen waren und die Dynastien der Hohen Könige über Jahrhunderte hinweg den Frieden garantiert hatten.

Terca beendete ihr karges Mahl, stand auf, streckte ihre Glieder und ignorierte dabei das Knacksen in den Knien sowie den Ellenbogen. Sie fühlte sich so alt, wie sie war. Der Rücken schmerzte, die einstmals so geschmeidigen Finger waren wie Fremdkörper. Auch Nässe und Kälte setzten ihr zu. Am liebsten hätte sie sich alle paar Minuten hingehockt und über die Klippe gepinkelt.

»Terca?«

»Was gibt's, Caramae? Hast du neue Schimpfwörter für mich ersonnen?«

»Er ist gekommen, Terca.«

»Wer ist gekommen?« Sie blickte hinaus auf die Cabrische See. »Ich kann nichts sehen.«

»Weil du blind bist. Weil du den Großen Gleichmacher nicht erblicken kannst. *Noch* nicht.«

»Meine Augen sind noch weitaus schärfer als deine. Du irrst dich. Da ist nichts.« Ihr Herz klopfte mit einem Mal wie verrückt.

»Du bist unendlich dumm, Terca. Du siehst immer nur mit den Augen.«

»Womit denn sonst?«

»Du wirst es wissen, wenn es so weit ist.«

Sie kroch vor bis zur Kante ihres kleinen Lagers und starrte hinab zu Caramae. Er stand da, drei Körperlängen unter ihr, auf seiner winzigen Felsinsel, angekettet und mithilfe einer eisernen Hüftklammer fixiert, deren Endstück fest in die Wand getrieben war. Wind umspielte Caramaes ungepflegte graue Haare, die Arme hielt er weit ausgebreitet, wie einer der vielen Propheten, die derzeit die Steilstädte bevölkerten und das Ende allen Seins verkündeten.

»Was hast du vor?«, fragte Terca, die mit einem Mal eine seltsame Unruhe spürte. Eine, die die Luft ringsum beeinflusste und eine leichte Trübung des Lichts bewirkte. »Mach ja nichts Unüberlegtes, du hirnloser Idiot!«

»Ich weiß, was ich tue.« Caramae wandte ihr das Gesicht zu. Er lächelte und zeigte seine sonderbar weißen Zähne. »Es wird alles gut. Ich bin am Ziel angelangt.«

Magie! Sie perlte aus dem Fels wie Schweiß aus der Haut, erzeugte ein flirrendes Muster aus Dunkelheit und packte Caramae ein. Sein Grinsen wurde noch breiter, noch intensiver. Es war, als hätte der Schmied eben die Antworten auf alle Fragen, die jemals gestellt worden waren, gefunden.

»Lass ja die Finger von dem Schloss, Mann! Bei der leichtesten Windbö …«

»Das ist es doch, was wir alle wollen, Terca – Erlösung. Die

Freiheit, sich fallen zu lassen und jeglicher Knechtschaft zu entsagen!« Caramae zog die eisernen Gurthälften auseinander und zwängte sich daraus hervor. »Ich habe genug gebüßt. Es ist für mich an der Zeit, nach Hause zu gehen.«

Er stand nun ganz dicht am Abgrund. Drei Körperlängen von Terca entfernt und doch so weit weg, dass sie ihn unmöglich erreichen konnte, bevor er diesen winzig kleinen Schritt nach vorn tat. »Du irrst dich, Caramae! Du darfst noch nicht gehen. Nicht jetzt! Bitte!«

»Du tust mir leid, Terca. Du weißt nicht, was du willst, und noch weniger weißt du, was du *bist*.«

»Dann sag es mir! Rede mit mir!« Sie verspürte Angst. Sie wollte nicht, dass Caramae den letzten, entscheidenden Schritt tat. Er war ein unsympathisches Arschloch – und dennoch ein Mensch, dem sie sich nahefühlte. Sie, die sie Jahre in der Wand verbracht, ihre Wohnhöhle bloß zum Schlafen aufgesucht hatte, wurde plötzlich von Panik erfasst.

»Er ist gekommen«, wiederholte Caramae, kaum verständlich. »Der Große Gleichmacher holt mich heim.«

Er tat diesen letzten Schritt seines Lebens, trat ins Leere, eingehüllt von einer Wolke aus Magie. Für eine Weile wirkte die Zeit wie eingefroren. Caramae blieb in der Luft stehen, mit abgewinkeltem Knie, als wäre sein Fuß auf festen Widerstand gestoßen. Er sah sich verblüfft um. Ihrer beider Blicke trafen sich. Der Schmied wollte etwas sagen, wollte seinem plötzlichen Entsetzen Ausdruck geben. Doch als er den Mund öffnete, endete die Erstarrung rings um ihn, und er stürzte in die Tiefe, sich immer wieder überschlagend, mit den Armen wie wild rudernd, verfolgt von einem Wolkenhauch aus Magie, den schäumenden Wellen und den Felsen entgegen.

Terca schrie. Sie rief den Namen des Hufschmieds, immer

wieder, als könnte sie ihn dadurch vor dem sicheren Tod bewahren.

Dann sah sie sein Gesicht, ein weißer Fleck inmitten des schmutzigen, zerrissenen Gewands, das seinen Körper umflatterte. Ein Arm deutete in ihre Richtung, als wollte er sie grüßen – oder sie locken, den gleichen Schritt wie er zu tun?

Caramae schlug auf einem der »Finger« auf. Sein Leib wurde auf obszöne Weise nach hinten gebogen und zerbrach dabei beinahe in zwei Teile. Wie eine leblose Puppe rutschte er am Fels weiter nach unten, langsam, viel zu langsam, dem Wasser entgegen. Terca betrachtete die breite Blutspur, die er hinterließ, und ebenso, wie sich Fleischfetzen und Teile seiner Kleidung lösten. Endlich, endlich platschte der Tote ins Wasser und versank gleich darauf, um nur wenige Sekunden später wieder hochgespült zu werden, an anderer Stelle, und gegen einen weiteren »Finger« geschleudert zu werden …

Entsetzt zog sich Terca zurück. Sie hatte dieses grässliche Schauspiel schon viel zu oft gesehen. Manchmal hatte die Cabrische See Lust darauf, mit ihren Opfern zu spielen, sie stundenlang umhertreiben zu lassen, alle Glieder zu zerschmettern und sie zu undefinierbaren Fleischklumpen zu verformen. Irgendwann verschwanden sie dann, plötzlich in die Tiefe gezogen, von einem der immer hungrigen Räuber, die hier auf Beutefang waren.

Bauschige, dicke Wolken zogen auf. Sie kündeten von baldigem Regen. Terca wollte so rasch wie möglich weg von diesem schrecklichen Ort. Die Magie rings um sie ließ ein wenig nach. Sie fand überraschenderweise die Kraft, aufzustehen und ihre Habseligkeiten zusammenzupacken, um dann ihren Lieblingsplatz zu verlassen. Sie fühlte eine selten gekannte Freiheit.

Vielleicht würde es ihr diesmal gelingen, die Wand hinter sich zu lassen. Womöglich könnte sie fortziehen von hier, ins

Hinterland der Steilstädte, nach Mirce, um sich dort eine neue Existenz aufzubauen.

Doch je weiter sie sich von ihrem kleinen Flecken Fels entfernte, desto schwammiger und unbedeutender erschien ihr dieser Wunsch. Sie wollte wieder zurück, über die Cabrische See blicken, die Nase in den Wind hängen und auf das Unausweichliche warten.

Doch an diesem Tag konnte sie widerstehen. Sie würde nach Poitrea zurückkehren und sich endlich mal wieder um ihre Angelegenheiten kümmern. Es gab gewiss Arbeit für sie. Vielleicht fand sie ausreichend Ablenkung, um auch den morgigen Tag in der Stadt verbringen zu können.

Terca tat die letzten paar Schritte aus der Wand und ging vorbei an den Neugierigen, Wartenden und Sensationslüsternen, die sich hier Tag für Tag versammelten. Sie achtete nicht auf das Geflüster und das Gemurmel, das ihr nachgetragen wurde, schon lange nicht mehr. Wen kümmerte es schon, was andere Menschen dachten?

*Nach oben!*, stand in die Holzwand der schäbigen Hütte eines Gemüsehändlers geritzt. *Immer nur nach oben!*

O ja. Besser konnte man das Credo der Bewohner dieser Stadt nicht zusammenfassen. Jedermann, ob hier geboren oder von den Geschichten über Poitreas sagenhaften Reichtum in die Küstengebiete gelockt, wollte Stufe für Stufe, Bezirk für Bezirk in die höher gelegenen Wohngebiete gelangen.

Doch die Stadt machte es einem schwer, diesen Weg einzuschlagen. Viel wahrscheinlicher war der Abstieg, in jene Tiefen, in denen bittere Armut herrschte.

Und dennoch – Poitrea war schön wie ein Diamant, vor allem an Tagen wie diesen. Terca atmete tief durch. Sie roch

Rosmarin, Fenchel, Lorbeer, Zimt, Anis, Warsenkraut, die unvermeidbare Salzrose sowie eine Vielzahl anderer Pflanzen und Gewürze.

Rings um sie wurde gekauft, verkauft und gehandelt. Ein Hagestolz aus der Norde hielt die Rechte fest um den Griff seines Kurzschwerts gekrampft, während er mit einem Patriarchen aus Süd-Aenas um den Preis mehrerer Zentner Butter stritt. Eine Frau, gekleidet in die rituellen Händlergewänder des Landes Lirballem, pries schlüpfbereite Raupen an, die dem Käufer nicht nur ewiges Glück bringen sollten, sondern auch Gesundheit, Schönheit und – wenn man danach fragte – auch die Heilung von Fußpilz und Sackratten. Ein düsterer Geselle, der die Kreidebemalung eines Fleischers aus der benachbarten Steilstadt Arabeor trug, verkaufte sich selbst und seine Begabung als Hausmeister. Der Sklavenring, den er bei sich hatte, war viel getragen. Er hatte gewiss schon einige Jahre als Eigentum eines reichen Fettsacks verbracht und hoffte wohl immer noch, eines Tages frei von allen Bürden und Verpflichtungen zu sein, um sich selbst Bedienstete leisten zu können. Zwei hellhäutige Kindskrieger aus den Südlanden traten spielerisch gegeneinander an. Die beiden Knaben, vielleicht zwölf Jahre alt, ließen die Schwerter kreisen, mit atemberaubendem Tempo und einer Geschicklichkeit, die jenen Söldnern, die über die Stadt wachten, gewiss den Zorn der Eifersucht in die Augen getrieben hätten – wenn sie sich hier hätten blicken lassen.

Und dann war da noch der Rekrutor. Ein feister Kerl, behangen mit Gold und Edelsteinen, in feinstes Tuch gehüllt, von einer Vielzahl von Dienern umringt, die sich geschäftig gaben und alles unternahmen, um sich besser und ihre Kollegen schlechter aussehen zu lassen. Der Rekrutor saß an einem breiten Tisch und hatte die Hände über seinem gewaltigen

Bauch ineinandergelegt. Er schien zu schlafen, doch Terca ahnte, dass er hellwach war und ganz genau registrierte, was rings um ihn vor sich ging.

Vor dem Tisch standen Menschen und andere Wesen Schlange. Zwei Hoboken ragten wie zu lang geratene Zaunpflöcke aus der Reihe hervor, auch einige Vertreter des Kleinen Volks warteten auf eine Gelegenheit.

»Das Oceanicum Lemen benötigt neue Arbeitskräfte!«, rief ein Ausschreier, der unmittelbar neben dem Rekrutor Aufstellung genommen hatte. »Lemen wächst schneller als die anderen Städte. Wir benötigen fleißige und geschickte Handwerker, Schiffszimmermänner, waffenfähige Frauen und Männer, Steinmetze, Mitglieder der niederen Künste.«

Die Wesen in der Reihe wurden unruhig. Offenbar fühlten sich die wenigsten angesprochen. Ihnen allen war die Hoffnung anzumerken, irgendwie in Lemen unterzukommen, auf einer der alles beherrschenden Inseln in der Cabrischen See. Dort, wo Silber angeblich eimerweise auf den Straßen lag und selbst die Hennen Gold schissen. So wurde es landauf, landab verbreitet, und so erzählten es auch jene wenigen, die aus den Städten zurückkehrten.

Terca gab nicht viel auf das Gerede. Gewiss war es möglich, in den Oceanica ein oder mehrere Vermögen zu machen. Aber war das nicht auch hier so oder anderswo in den zivilisierten Ländern? Allerorten musste man die nötige Energie sowie eine gehörige Portion Rücksichtslosigkeit aufbringen und darüber hinaus auf sein Glück vertrauen, wenn man es zu etwas bringen wollte.

Der Rekrutor schnaufte laut und winkte dem ersten Mann in der Reihe näher zu treten. Der Hagere verlagerte sein bisschen Gewicht unsicher von einem Bein aufs andere. Er beugte sich zum Rekrutor vor, als wollte er ihm etwas ins Ohr flüstern. Augenblicklich waren grimmig dreinblickende Soldaten an seiner Seite und drängten ihn zurück.

Der Rekrutor lauschte ohne erkennbares Interesse den Worten des Hageren, um ihn, noch bevor er geendet hatte, mit einem gelangweilten Wink zu entlassen.

Der Mann wollte in seiner Litanei fortfahren, doch er wurde rasch beiseitegeschoben und weggestoßen. Einige der Wartenden lachten höhnisch, andere blieben ernst und sahen betreten zu Boden. Sie befürchteten wohl, ein ähnliches Schicksal zu erfahren.

Terca kicherte unvermittelt. Was, wenn sie ebenfalls ihr Glück versuchte? Ihre Talente waren womöglich auch in Lemen gefragt. Sie wäre in Sicherheit, weit weg von der Wand, auf einer weitgehend isolierten Insel, und konnte den magischen Lockungen dieses verfluchten Fleckens nicht mehr nachgeben. Selbst die Truppen des Gottbettlers schienen keine Bedrohung für die Oceanica zu sein. Terca wäre gerettet, zumindest für einige Zeit …

Jemand beobachtete sie. Ihr sechster Sinn schlug an. Langsam drehte sie sich um und nahm die Wesen nahe einem Krämerladen, der gedörrte Früchte aus den Südlanden feilbot, näher in Augenschein. Niemand achtete auf sie. Nur das eine Geschöpf, dessen Rücken unter der Last eines Fellbündels gebeugt war, sah kurz zu ihr und gleich wieder weg.

»Kundschaft«, murmelte sie. »Wahrscheinlich eine mit wenig Geld und viel Tränen. Wie immer.«

»Wie bitte?« Ein Mann aus dem Kleinen Volk, der unmittelbar neben ihr stand, blickte zu Terca hoch.

»Ich habe mit mir geredet, mein Herr«, sagte sie höflich. »Entschuldigt die Eigenheiten einer alten Frau.«

»Ihr seid nicht alt«, brummte der Kleine. »Ihr mögt so aussehen, aber ihr zählt sicherlich weniger als zweihundert Jahre.«

»Dass ihr euch da bloß nicht täuscht …« Sie setzte die Unterhaltung mit dem Zwerg fort und tat so, als konzentrierte sie sich auf ihn, dabei galt ihre Aufmerksamkeit der Frau mit dem Fellbündel. Das Weib starrte weiterhin verstohlen zu ihr herüber.

*Sie ist nicht im Alter meiner üblichen Kundschaft. Sie kommt aus Mirce, aus einem der ärmlichen Dörfer an der Grenze zur Norde. Und sie hat mich bewusst ausgesucht. Womöglich hält sie schon längere Zeit nach mir Ausschau. Es gibt genug Menschen und andere Wesen, die ihr verraten konnten, dass ich mich häufig hier auf dem Basar aufhalte.*

Die Pelzfrau stellte keinerlei Bedrohung dar. Die Erfahrung hatte Terca gelehrt, dass sie Geduld haben musste. Sie wandte sich wieder den Wartenden in der Schlange zu. Eine narbenübersäte Frau, deren stämmige und behaarte Beine bis zu den Knien von einem Metallkilt bedeckt waren, wurde eben hinter den Rekrutor beordert, wo Schreiber hastig über Papierbögen kritzelten, ein Feldscher eine Untersuchung ihres Gebisses, ihrer Augen und Ohren vornahm und ihr ein Offizier mit sonnengegerbtem Gesicht einige Fragen stellte. Die Kriegerin schaffte die Kontrollen problemlos. Sie legte drei Waffen mit schartigen Klingen auf einen Tisch und erhielt dafür ein glänzendes Schwert und einige Münzen in die Hände gedrückt. Ein Brandmeister wartete mit dem glühenden Zeichen Lemens auf sie. Er würde sie markieren, oberhalb eines Knöchels, und damit für immer zeichnen. Kein Rekrutor eines anderen Oceanicum würde die Söldnerin mehr akzeptieren.

Terca sah in den Himmel. Die Sonne stand bereits hoch am Firmament. Caramae hatte vor mehr als drei Stunden den Sprung gewagt. Sie musste die Zeit des Tageslichts nutzen und Arbeit finden.

Unschlüssig tat sie einige Schritte in Richtung der Abgänge zur Unterstadt. Das Treiben hier, dieses wunderbare Durcheinander, das die Steilstadt Poitrea so besonders machte, übte eine Faszination auf sie aus, die jener der Wand ähnelte. Gerüchte besagten, dass auch hier Magie wirkte, weitaus schwächer zwar, aber offenbar stark genug, dass es ihr kaum gelang, sich von der Stadt zu lösen.

Die Unruhe in der Reihe der Wartenden nahm zu. Es sprach sich rasch herum, dass der Rekrutor tatsächlich Leute aufnahm. Die Hoffnungen der Männer und Frauen wurden weiter angefacht, und vor allem jene, die sich als Söldner bewerben wollten, wurden angesichts der gebrandmarkten Kriegerin unruhig.

Terca trat von einem Fuß auf den anderen, ihr Blick glitt wie von selbst in jene Richtung, in der sie die Wand wusste, dann wieder hin zum Tisch des Rekrutors. Sollte sie sich *doch* anstellen?

Nein. Nicht heute. Es würden andere Anwerber kommen, an einem besseren Tag.

Terca setzte ihren Weg fort, ohne sonderliche Eile, und beobachtete. Es war ein sonderbares Gefühl, Poitrea zu durchwandern, ohne dieses seltsame Ziehen in sich zu verspüren, das einen in die Wand sog, zog, lockte. Die Stadt glitzerte und glänzte in all ihren Facetten, benetzt vom feinen Sprühregen aus Salzwasser, der in den Sturmnächten bis hier heraufreichte.

Reiche Bürger ließen sich in ihren Sänften durch die gepflasterten Straßen der Mittelstadt tragen. Ein Läufer hastete an Terca vorbei, das Zeichen des Weinhändlers Pero Krotvie auf den wehenden Mantel gestickt. Er legte jene Rücksichtslosigkeit an den Tag, die man von ihm erwartete: Er schubste Junge und Alte gleichermaßen zur Seite und verschaffte sich mit den scharf geschliffenen Waffen Respekt, wo es notwendig war.

Man tat gut daran, den Läufern nicht in die Quere zu kommen. Sie standen unter dem Schutz des Händlerkonsortiums und waren damit so gut wie unantastbar.

Terca tauchte in den schattigen Bereich der Mittelstadt ein. Sie passierte Häuser, deren Besitzer ihren bescheidenen Wohlstand zur Schau stellten. Das familiäre Leben fand hier auf den Dächern statt, in wunderbar gepflegten Gärten. Jeder Bürger, der etwas auf sich hielt, pflegte ein Dachparadies mit Blumen und Gewächsen, die aus aller Herren Länder stammten und für ein Geruchswirrwarr sorgten, das kaum in Worte zu fassen war.

Kletterefeu umrankte Fenster und Türen der unteren Stockwerke. Salamander und harmlose Schlangen lagen dort, wohin sich Sonnenstrahlen verirrten, auf Stufen oder gegen Mauerwerk gepresst wie winzige Teile eines riesenhaften Gemäldes.

Poitrea die Wunderbare. Poitrea die Unglaubliche.

Jene Bürger, die sich in Sänften transportieren ließen, hatten meist das Handelshaus zum Ziel, diesen monumentalen Bau, den Terca bereits häufig und stets durch Hintertüren betreten hatte. Die Krämer tauschten dort Luxusgüter aus den fernsten Orten und verkauften Vieh sowie Sklaven, ohne auch nur eine dieser begehrten Waren mit sich zu führen. Sie machten Papiergeschäfte, bei denen gemauschelt und betrogen wurde. Hochbezahlte Schreiber saßen mit gewichtigen Mienen an ihren Tischen und hielten die Händel schriftlich fest. Nach Abschluss des Geschäfts sorgten sie dafür, dass die Waren tatsächlich übergeben oder gegen andere Papiere eingetauscht wurden.

Poitrea die Sagenhafte. Poitrea die Reiche.

Terca passierte die zentrale Station der Hochzug-Eimer. Auch hier herrschte reger Betrieb. Die hölzernen Tragegestelle waren reichlich verziert. Allerorts sah man das Symbol der Möwe, Insignium der Macht und der weitreichenden

Geschäftsbeziehungen, die Poitrea zur reichsten Steilstadt gemacht hatten. Manche der Hochzug-Eimer reichten ganz nach oben, zu den Palästen, in denen die Reichen und Adligen lebten, in im Gestein verankerten oder gar aus dem Fels geschlagenen Wohnstätten, so großzügig ausgestattet, dass ganze Hundertschaften an Menschen darin Platz finden konnten. Sie gaben sich Vergnügungen hin, die für die Arbeiter Poitreas nicht vorstellbar waren. Sie lebten sorg- und planlos in den Tag hinein – und schienen dennoch nicht glücklich.

Der Abend nahte. Einige der Reichen und Schönen der Stadt suchten bereits den Weg nach unten, um sich den Vergnügungen des niederen Volkes hinzugeben. Um zu saufen, zu völlern, herumzuhuren oder in der Unterstadt zwei Obdachlose für einige Silberne Mau gegeneinanderzuhetzen.

Mit einem Seufzer des Bedauerns wandte sich Terca von den Hochzug-Eimern ab und ging weiter in Richtung der Hängeleitern, der günstigeren, aber auch gefährlicheren Alternative, die für die Armen zur Bewältigung des Höhenunterschieds zwischen Mittel- und Unterstadt gedacht waren. Und selbst dafür würde sie einen Großteil ihrer bescheidenen Barschaft aufbrauchen müssen. Die Halsabschneider des Händlerkonsortiums hatten die Preise für eine einfache Passage wieder einmal erhöht.

Eine Sänfte wurde vorbeigetragen. Stattliche junge Männer, acht an der Zahl, trugen allesamt Glöckchen um den Hals, deren silberheller Klang das Markenzeichen des Müllhändlers Panapim war. Seine spitze Nase lugte hinter dem Vorhang seiner Trage hervor. Er bedachte die Mitglieder des einfachen Volks mit Verachtung und hielt sich ein parfümiertes Tüchlein vor Mund und Nase, als würden sie den Gestank von Leichen ausdünsten. Er und seinesgleichen waren das Grundübel dieser Stadt. Sie molken die Bürger, wo und wann sie nur konnten.

»Mit Verlaub«, sagte jemand und drängte sich neben Terca.

Sie war nicht sonderlich überrascht, als sie die Pelzfrau sah. Sie hatte sich stets auf ihre Intuition verlassen können.

»Du bist Terca?«, fragte das Weibchen mit Flüsterstimme.

»Das kommt darauf an.«

»Wie bitte?«

»Es kommt darauf an, ob diese Terca Schulden bei dir hat oder ob du Arbeit für sie hast.«

»Du hast ganz gewiss keine Schulden bei der alten Felita. Doch bin ich mir noch längst nicht sicher, ob du mir helfen kannst.«

Die Frau wollte Selbstsicherheit vortäuschen – und scheiterte kläglich. Sie bot aus der Nähe ein erbärmliches Bild. Sie zitterte, und der Blick ihrer Augen verriet große Angst.

Die Hängeleitern kamen in Sicht. Männer drängten die Wartenden immer wieder mit Lanzen, die sie quer vor sich hielten, zurück. Die uralten steinernen Böller, im Abstand von etwa einem Meter aneinandergereiht, dämmten ebenfalls den Druck der Nachdrängenden.

»Fast jeder, der meine Hilfe benötigt, hat so seine Zweifel«, sagte Terca und tat einen Schritt auf die Wachen zu. »Ich kann sie nicht zerstreuen. Du wirst von mir weder Unterstützung noch Hilfe bei deiner Entscheidung erhalten.«

»Man … man hat mich darauf vorbereitet, dass du kein sonderlich netter Mensch seiest.«

»*Man* hat recht. Ich interessiere mich kaum für andere Leute. Also sag, was du brauchst, oder scher dich deiner Wege.«

»Nicht hier.« Die Alte sah sich unsicher um.

»Niemand kümmert sich um uns.« Terca schnaufte. »Diese Leute sind in den frühen Morgenstunden in die Mittelstadt aufgestiegen, in der Hoffnung, heute ein gutes Geschäft zu machen. In der Hoffnung, dass ein Wunder geschieht. Aber ihr

Tag endet so wie der gestrige und alle anderen zuvor: Sie steigen zurück in ihre armseligen Behausungen, mit gerade mal so viel Münzen in den Taschen, dass sie einen weiteren Tag überleben können, manchmal sogar mit weniger. Diese Geschöpfe haben ihre eigenen Sorgen. Sie werden sich ganz gewiss nicht auch noch deine anhören wollen.«

»Mag sein. Aber über solche Dinge redet man nicht in der Öffentlichkeit. Zumindest nicht dort, wo ich herkomme.«

»Du stammst aus Mirca?«

»Ja.«

»Aus einer Gegend, die von den Heerscharen des Gottbettlers überrannt wurde, nicht wahr? Sie haben dein erbärmliches Dorf geplündert und dem Erdboden gleichgemacht, alle waffentragenden Männer getötet und die anderen versklavt und sind dann weitergezogen, jedoch nicht, ohne zuvor ihre Spuren bei all jenen Frauen zu hinterlassen, die ihnen gefielen.«

Felita blieb stumm. Ihre Finger krampften sich um schlecht gegerbte Felle, die Knöchel traten weiß hervor.

»Du bist hier, um die Spuren der Schande an einer Anverwandten beseitigen zu lassen.«

Wieder keine Antwort, wieder nur der Ausdruck ohnmächtigen Zorns.

»Wer ist es? Deine Tochter? Trägt sie die Frucht eines Soldaten Metcairn Nifes unter ihrem Busen? Gibt es niemanden, der es noch wagt, die Spuren dieser … Eroberung zu beseitigen, weil es bereits zu spät ist? Weil sich der Bauch schon zu weit gewölbt hat und keine Heilerin mehr die notwendigen Schritte tun möchte?«

Sie glitten zwischen zwei der steinernen Böller, drückten einem Wächter den Schandlohn für die Passage nach unten in die Hand. Dann wurde ihnen erlaubt, in die Wand zu steigen.

»Bekomme ich keine Antwort von dir?«, hakte Terca nach.

»Wozu antworten, wenn du ohnehin alles weißt?« Die Alte tastete mit ungeschickten Fingern nach dem groben Seil. Ein Helfer umgürtete ihre Hüfte mit einer zusätzlichen Leine, deren anderes Ende um die vertikale Begleitstange gewickelt war. Er klopfte ihr auf die Schulter, und mit unsicheren Schritten stieg Felita auf die oberste Sprosse. »Was muss ich tun?«, fragte sie ratlos. Ihre Blicke wanderten in die Tiefe, auf die Hütten und Verschläge der Unterstadt hinab, die aus dieser Höhe wie Spielzeug wirkten.

Terca nutzte die nächstgelegene Hängeleiter. Sie ignorierte den Helfer und verzichtete auf die zusätzliche Leine. Das Gefühl, ins Leere zu steigen, war ihr nicht neu, und die vielen, langen Aufenthalte in der Wand hatten sie gegen große Höhen nahezu unempfindlich gemacht.

»Mach immer einen Schritt nach dem anderen«, empfahl sie der Alten. »Richte die Blicke gegen die Wand, niemals nach unten.«

Felita tat, wie ihr geheißen. Nur einmal stockte sie, holte tief Atem und hielt sich mit zittrigen Händen an den Sprossen fest. Immer wieder sah sie hoch zu einem massigen Mann, der hinter ihr nachdrängte. Sie stiegen weiter ab, bis zur ersten Wechselstelle, an der sie von angegurteten Helfern zur zweiten Begleitstange geführt wurden, um dann weiter in die Tiefe zu klettern.

»Macht gefälligst weiter!«, rief der Dicke hinter Felita. »Mein Weib wartet auf mich, ich hab's eilig!«

Die Alte blieb stehen. Sie wirkte völlig entnervt. Es fehlte nur wenig, und sie hätte losgelassen, sich fallen gelassen. Auch wenn die Sicherungsstange ihren Sturz auf wenige Meter begrenzte, würde sie dann dennoch einem mörderischen Ruck ausgesetzt werden.

»Wenn ich mir deinen breiten, faltigen Arsch von unten

ansehe, könnte ich mir denken, dass dein Weib uns für jeden Augenblick dankbar ist, den wir dich von ihr fernhalten«, rief Terca. Sie drückte sich von der Wand weg, sodass ihre Stimme so weit wie möglich trug.

Gelächter klang links und rechts auf, Spott und Hohn prasselten auf den Dicken nieder. Auf mehr als zwei Dutzend Hängeleitern waren die Bewohner der Unterstadt auf dem Weg nach unten; bloß ganz links außen stiegen Leute in die Höhe.

»Wer bist du, dass du es wagst, den Aufrechten Carel zu beleidigen?« Der Fette unterbrach seine Kletterei und wandte sich ihr zu.

»Was steht denn so alles bei dir aufrecht? Hat man dein Weib zu diesem Thema befragt, oder hast du dir selbst einen derart stolzen Beinamen gegeben?«

»Warte nur, bis ich dich erwische, du weißhaariges Klappergestell! Sobald ich unten bin, bekommst du eine Abreibung, die du deinen Lebtag nicht vergessen wirst!«

»Ach ja? Wenn ich nicht so beschäftigt mit Klettern wäre, würde ich mir vor Angst ins Gewand scheißen. Dann wäre wir schon zwei mit voller Hose!«

»Sag mir deinen Namen, Weib, damit ich weiß, wem ich das Maul stopfen muss!« Er brüllte die Worte mit hochrotem Kopf, völlig außer sich, hielt nur noch einen Arm und ein Bein um die Leiter geschlungen, als wollte er sich jeden Moment auf sie hinabstürzen, um sie mit sich in die Tiefe zu reißen.

»Ich bin Terca, und du solltest zusehen, dass du weiterkommst. Denn *du* bist es, der den Verkehr aufhält!«

Während sie den Dicken beschäftigt hatte, war Felita weitergestiegen und wechselte eben zur dritten Sicherungsstange. Nur noch vier Mannslängen fehlten ihr zum festen Untergrund, während oberhalb von ihr eine Lücke von gut zehn

Metern klaffte und sich immer mehr Menschen auf engstem Raum stauten, aufgehalten durch den Aufrechten Carel.

»Doch nicht etwa *die* Terca?«, fragte er, nun mit Respekt (oder gar Angst?) in der Stimme.

»Ich stehe zu Diensten, Fettarsch. So du es jemals bis nach unten schaffst.«

Felita erreichte festen Erdboden. Weitere Helfer schoben sie vorwärts, weg von der Felswand, um Platz für die nächsten Ankömmlinge zu machen.

Auch der Aufrechte Carel fasste sich endlich. Er stieg rasch in die Tiefe. Das Knäuel an Menschen, das sich hinter ihm gebildet hatte, löste sich nach und nach auf. Man schmähte und beschimpfte ihn, er hatte durch seine Unvernunft Dutzende Menschen in Lebensgefahr gebracht. Er hastete davon, ohne auch nur zurückzublicken. Ein Halbwüchsiger schleuderte ihm eine faulige Frucht hinterher, die auf seinem schäbigen Mantel zerplatzte. Der Aufrechte Carel kümmerte sich nicht darum, hetzte weiter wie von Dämonen gejagt.

»Danke«, flüsterte Felita und legte das Fellknäuel beiseite, als sie die freie Fläche vor den Hängeleitern verlassen und in eines der vielen dunklen Gässchen der Unterstadt eingetaucht waren. »Der Dicke hat mich völlig aus der Fassung gebracht. Er ist mir auf die Finger gestiegen und wollte, dass ich ihm Platz mache.«

»Solchen jämmerlichen Figuren wirst du hier massenhaft begegnen. Sie hassen alles rings um sich, weil sie sich selbst hassen.«

Zwischen eng stehenden Hütten erhaschte Terca einen letzten Blick auf den Aufrechten Carel. Er schlich davon wie ein geprügelter Hund und zuckte zusammen, als er Terca bemerkte. Er hatte tatsächlich Angst vor ihr.

*Vor meinem Ruf, der längst mehr verspricht, als ich zu halten vermag ...*

Eine traurige Gestalt wie diese mochte sie damit verjagen. Doch die Unterstadt wurde von anderen Wesen beherrscht.

»Komm schon«, sagte sie zu Felita. »Wir sollten zusehen, dass wir nach Hause kommen.«

»Ich dachte, dass Poitrea bei Tageslicht sicher wäre.«

»Das war einmal. Heutzutage solltest du niemandem mehr über den Weg trauen.« *Und schon gar nicht mir, du dummes und naives Geschöpf!*

Terca führte die Pelzhändlerin quer durch den Wirrwarr der Unterstadt, dessen Gesicht sich stetig wandelte. Hütten brachen zusammen oder wurden zerstört, Feuer fraßen ganze Häuserzeilen, oder die Besitzer armseliger Behausungen segneten das Zeitliche, weil sie zwischen die Fronten der großen Famas bei Gebietsstreitigkeiten geraten waren. In der Unterstadt wurde man nicht sonderlich alt.

Sie erreichten Tercas Quartier. Es bestand aus kaum mehr als einigen Brettern, die schräg gegeneinandergelehnt waren und zwischen denen ein erbärmlicher Gestank herrschte.

»*Da* wohnst du?«, fragte Felita entsetzt.

»Wenn's dir hier nicht gefällt, steht es dir frei zu gehen und dir jemand anders zu suchen, der dir hilft.«

»Schon gut.« Felita folgte ihr hinter den Verschlag, der gegen eines der wenigen stabilen Steinhäuser der Unterstadt gelehnt war. Ein Haufen verfaulten Strohs diente als Schlafstätte. »Willkommen in der Villa Terca«, sagte Terca und registrierte mit Genugtuung die Verzweiflung ihrer Begleiterin. »Möchtest du ein Glas Tee?«

»J-ja.«

»Das hab ich mir fast gedacht.« Terca seufzte. »Dazu müssen wir wohl ins Wohnzimmer gehen. Folge mir.« Sie winkte Felita, schob das Stroh im hintersten Winkel des Verschlags zusammen und öffnete eine darunter versteckte Falltür, deren

Angeln quietschten. Terca schob sich in die Dunkelheit, wobei ihr Fuß geschickt die oberste der steinernen Stufen ertastete. Sie griff nach Zunder und Feuerholz, rasch glomm ein kleines Feuer auf. »Komm schon!«, rief sie ihrer Begleiterin zu.

Ihrer beider Schritte hallten von den Mauern wider. Das Echo verlor sich in der Ferne, dort, wo die Cabrische See gegen die Felsen rings um die Steilstadt Poitrea brandete. Es dauerte eine Weile, bis sie ihr Ziel erreichten, eine tief ins Gestein gehauene Höhle. Tercas Refugium, wo sie die Geheimen Künste ausübte, ihrer Sucht frönte und ihrem Beruf nachkam. Als Engelmacherin, Giftmischerin oder Hure – und manchmal, wenn die Wand sie nicht allzu sehr lockte, auch als Herrin der Unterstadt.

# 5. Der Hohe Herr

Schnee. Pirmen hatte ihn mittlerweile in all seinen Konsistenzen kennengelernt. Feucht. Pulvrig. Kristallen. Schwer. Federleicht. Wie feinste Sandkörnchen, die vom Sturmwind hochgeweht wurden. Als matschige Masse, die an den Stiefeln klebte und jeden Schritt erschwerte. Als heimtückische Eiskruste, vom Wind in bizarre Formen gezwungen, deren Kanten in die Fesseln seines Reittiers schnitten. Glitzernd und irritierend, seine Augen blendend.

Es gab tausend Varianten von Schnee, und für jede einzelne gab es einen Fluch, hatte man ihm in einer der vielen Tavernen gesagt, die zwischen dem heimatlichen Oceanicum und hier lagen.

Pirmen zog den steif gefrorenen Kragen höher und zupfte an den Zügeln seiner Stute. Widerwillig stapfte sie weiter, drohte auf dem leicht abschüssigen Untergrund wegzurutschen, fing sich, schnaubte laut und stob dabei Dampf durch die Nüstern aus. Gewiss machte sich auch das treue Tier seine Gedanken über diese grässliche Kälte, und gewiss hasste es ihn für jeden einzelnen Tag, den Pirmen es durch die Kälte trieb, immer weiter weg von den heimatlichen Ställen.

»Ruhig, Stellex«, mahnte er – und bereute es im nächsten Moment. Die Kälte bohrte sich ins wunde Zahnfleisch, in Hals und Rachen und machte, dass er husten musste. Der

Anfall war schlimmer als der vorherige, der wiederum schlimmer als der davor gewesen war. Er hatte sich verkühlt, und wenn er nicht bald einen Unterschlupf fand, in dem er sich wärmen und ein heißes Süppchen samt einiger Kräuter aus seinem Fundus zu sich nehmen konnte, würde die Entzündung tiefer in seinen Leib vordringen und ihn fiebern lassen.

Fieber. Schwäche. Desorientierung. Delirium. Das eine führte zum nächsten. Und er machte sich nichts vor: Am Ende dieser gar nicht so langen Strecke stand der Tod.

Befand er sich denn überhaupt noch auf dem Weg, der durch gekreuzte Stecken markiert war? Wie lange war es her, dass er die letzten Hölzer gesehen hatte? War es dort hinten in dem kleinen Wäldchen gewesen oder sogar noch davor? Und warum wusste er plötzlich nicht mehr, aus welcher Richtung er gekommen war und in welche er weiterreiten musste?

*Genug!* Pirmen rutschte vom Pferd. Er fiel auf die Knie, der Schnee dämpfte den Sturz. *Wenigstens etwas, wofür das Scheißzeugs gut ist!*

Er kämpfte sich auf die Beine, stützte sich für eine Weile an der Stute ab, tat dann einige vorsichtige Schritte zu ihrem Hinterteil, klatschte ihr fest gegen die Arschbacke und hielt sich dann am Schweif fest. Stellex, gutmütig wie kaum ein anderes Tier, setzte sich in Bewegung, ohne sich an ihm und dem ungewohnten Griff zu stören. Mit ein klein wenig Glück würden ihre Instinkte sie zu einem sicheren Ort führen.

*Glück?* Pirmen schnaubte. *Wann endete meine Glückssträhne? Oder noch besser gefragt: Hatte ich jemals wirklich Glück? Ich kann mich nicht daran erinnern, seit meinem Eintritt in die Dienste von Meister Larex auch nur einen einzigen schönen Moment erlebt zu haben.*

Magicae hatten einen hohen Preis für ihre anerlernten Fähigkeiten zu bezahlen. Sie wurden zu mächtigen Geschöpfen, vor deren Namen die Reichen und Mächtigen der zivilisierten Länder zitterten – doch ihr persönliches Schicksal war vom ersten Augenblick ihrer Lehr- und Wandertage an von Pein und Schmerz und Unglück bestimmt.

Gafelay, der mächtigste der noch lebenden Magicae, war ein Krüppel mit nur noch einem Arm und einem Ei. Die Krankheiten, die durch seinen Leib tobten, konnten nur durch mühevolle Zeremonielle gebändigt werden, die ihn mehr als die Hälfte eines jeden Tages kosteten.

Stellex furzte, hob den Schweif ein wenig an und ließ unmittelbar neben Pirmen einige dampfende Rossäpfel zu Boden klatschen. Wie benommen starrte er darauf. Sie versprachen ein klein wenig Wärme inmitten dieses Landes, in dem selbst das Sonnenlicht eingefroren wirkte.

Er schnalzte mit der Zunge, und die Stute blieb stehen. Er bückte sich, griff nach der Pferdescheiße und verrieb sie sich auf den Wangen. Ein prickelndes, leicht hitzendes Gefühl breitete sich dort aus. Es packte Nase und Stirn, es ließ ihn ein klein wenig freier denken.

*Feuer. Ich muss einen geschützten Platz finden und ein Feuer entzünden.*

Pirmen starrte auf die schmutzstarrenden Handschuhe. Seine Finger waren steif gefroren. Nutzlos angesichts einer Aufgabe, die ihm Gefühl und Geschick abverlangen würde. Aber er musste es versuchen. Sein Leben hing davon ab.

Er blickte sich um. Nahe einer Baumgruppe hatte sich Schnee meterhoch aufgetürmt. Die Wechte bot einen natürlichen Schutz vor dem Wind, das Gestrüpp ringsum bot ihm ausreichend Feuerholz, und der schwarzgraue Fleck vor den Bäumen deutete darauf hin, dass dort womöglich ein kleines Stückchen Erde von all dem Schnee unberührt geblieben war.

»Palias Aquerta, hilf mir«, murmelte er, nicht zum ersten Mal an diesem Tag, und schon die Nennung des Namens machte, dass sich Pirmen ein klein wenig besser fühlte. Er griff nach Stellex' Zügeln und führte das Tier auf sein Ziel zu. Es gehorchte zögernd und wieherte schrill. Unter anderen Umständen hätte er den gut ausgeprägten Instinkten der Stute vertraut und wäre zurückgewichen. Doch nicht hier, nicht jetzt.

Er stapfte durch den Schnee. Seine kniehohen Stiefel verschwanden mit jedem Schritt zur Gänze in dem grässlichen Weiß; manchmal fühlte er die Kälte des Schnees sogar bis zu den Eiern hoch. Die Spur, die er hinterließ, Löcher inmitten eines frostigen Einerleis, würden nicht lange bestehen bleiben, der wütend pfeifende Wind würde sie schnell wieder zudecken.

Der Sturm frischte weiter auf, als wollte er verhindern, dass Pirmen sein Ziel erreichte. Er stemmte den Körper gegen den Wind. Auch Stellex litt unter den Bedingungen, trotz des dicken Winterfells, das ihr während der letzten Monate gewachsen war.

Nur noch wenige Schritte. Die Tannen ragten vor ihm auf wie Stelen aus uralten Zeiten, der Wind verlor abrupt an Schwung, und beinahe wäre Pirmen nach vorn gestürzt, plötzlich von allem Widerstand erlöst.

Die Wechte war mehr als eine Mannslänge hoch und fast zwei breit, die Innenseite vereist und leicht überhängend. Wie auch immer dieses Wunder der Natur zustande gekommen war, es scherte ihn nicht. Er nahm es hin und gratulierte sich zu seiner Entscheidung, zumal bereits die Dämmerung nahte. Wäre er auch nur zwei oder drei Lauf weitermarschiert, wäre er von der Dunkelheit überrascht worden, und der Tod wäre ihm gewiss gewesen.

Pirmen hustete und spuckte gelbroten Schleim in den Schnee. Noch immer war sein weiteres Schicksal mehr als ungewiss. Er musste Holz sammeln, die Blutzirkulation in seinen Gliedern wieder in Gang bringen und irgendwie das Feuer entzünden. Angesichts der rotblau angelaufenen Finger und der Blasen auf den Kuppen erschien ihm das jedoch nahezu unmöglich.

»Das Wichtigste an einer großen Tat ist stets, den ersten Schritt zu tun«, hatte ihn Larex in einer seiner Lektionen gelehrt, und diese Weisheit ließ sich wohl auf jede Lebenslage anwenden. Pirmen zog das Langmesser aus seinem Gurt und schloss mit der einen Hand die Finger der anderen um den Griff. Die Sträucher ringsum wirkten zäh und biegsam und waren mit Dornen besetzt. Fast alles in der Norde hatte Dornen, die stachen und aufritzten oder sogar vergifteten. Doch das feuchte Niederholz war besser als nichts. Ein rauchendes und nasses Feuer war immer noch ein Feuer.

Pirmen drückte Stellex so nahe wie möglich an die Schneewechte. Die Flanken des Tiers zitterten, sonst blieb es ruhig. Der Lehrling betrachtete es nachdenklich, und zu seinem Erschrecken erwiderte die Stute seinen Blick, und das auf eine Weise, als würde Stellex sein Vorhaben durchschauen. Sie hatte ihn brav durch die Norde und andere Länder getragen. Nun sollte sie ihr Leben verlieren, um seines zu bewahren.

»Du solltest deine Götter anrufen, so du dir welche in deinem kleinen, dummen Hirn erträumen kannst«, sagte Pirmen mit heiserer Stimme. »Wenn es mir nicht gelingt, ein Feuer zu entzünden, werde ich dich aufschlitzen und in deinem Bauch schlafen müssen.« Er streichelte Stellex hinter den Ohren und ließ sie das Messer sehen. »Ich würde es sehr bedauern. Aber nenn mir einen Grund, warum ich dich schonen sollte, sodass wir dann beide erfrieren.«

»Ich kenne mindestens zwanzig«, sagte eine tiefe, brummige Stimme hinter Pirmen. »Und schon einer davon reicht, um *dich* aufzuschlitzen.«

Er fühlte die Klinge einer Waffe in seinem Rücken. Nein, er war wahrlich nicht vom Glück verfolgt.

»Lass den Dolch fallen. Beweg dich ganz langsam. Versuch ja nicht, tapfer zu sein. Schon mein erster Stich würde in die Tiefe führen, vom Rücken abwärts, um deine Gedärme aufzuschlitzen und deine Eier von innen zu kitzeln.« Der Atem des anderen roch selbst gegen den Wind so erbärmlich wie die Stadtkloake von Griam.

»Glaub mir, Tapferkeit ist für mich ein Fremdwort«, behauptete Pirmen und ließ den Dolch aus seiner Hand gleiten.

»Woran liegt es wohl, dass ich dir glaube?« Der andere hob die Waffe auf und murmelte dann: »Selbst der größte Narr würde bei einem Wetter wie diesem nicht den Schutz seines Hauses verlassen.«

»Da sind wir schon zwei Narren, nicht wahr?«

»Dieser Ehrentitel bleibt dir ganz allein, *Freund*. Wenn man kein Haus und auch keinen Unterschlupf hat, bleiben einem kaum andere Möglichkeiten, als im Schnee auf den Tod zu warten. Oder auf einen Verrückten wie dich.«

Pirmen erkannte, dass der Mann statt eines Obergewands mehrere grob genähte Säcke übereinander trug. Die Hände hatte er mit Tüchern umwickelt. Mehr konnte Pirmen von dem anderen nicht sehen, denn der stand noch immer in seinem Rücken. Dann aber spürte er die Klinge nicht mehr und hörte leise knirschende Stritte. Der andere musste von ihm zurückgewichen sein.

»Du kannst dich jetzt umdrehen. Aber immer schön langsam.«

Pirmen gehorchte. Er fühlte kaum Angst. Eben noch hatte er befürchten müssen zu erfrieren. Die Aussicht auf einen raschen Tod durch eine Klinge war im Grunde sogar eine Verbesserung seiner Situation.

Er starrte das Häufchen Elend an, das sich vor ihm mühsam

auf den Beinen hielt. Er hatte die Kreatur aus der Entfernung für einen Fleck Erde gehalten. Es war das kaum noch menschlich zu nennende Wesen, das er im Störrischen Ochsen zu Gesicht bekommen hatte. Es hielt seinen Dolch in der Hand. Den Mittelfinger seiner Linken hielt er weit ausgestreckt.

Er kicherte. »Da ist jemand noch dümmer, als er bislang geglaubt hat. Er hat einen ungepflegten Nagel an einem ungepflegten Finger an einer ungepflegten Hand für die Spitze einer Waffe gehalten.«

»Ich kenne dich«, sagte Pirmen, ohne den Spott des anderen zu beachten.

»Ein hübsches Gesicht wie meines vergisst man nicht so rasch, Herr Reisender. Aber ich wüsste nicht, dass wir uns schon über den Weg gelaufen wären. Im Übrigen interessiert es mich auch einen Scheiß. Sag, hast du was zu trinken bei dir? Wein? Ein wenig vom Sauren? Oder Schnaps?«

»Der Bettler. Der Latrinenputzer. Der … Hohe Herr.«

»Drei Ehrentitel, die ich mir an die Brust heften darf. Und einer ist schöner als der andere. Also wie sieht's aus? Hast du was zu saufen? Antwortest du mir, oder muss ich selbst nachsehen, nachdem ich dich abgestochen habe?«

»Ein Hoher Herr, so habe ich mir sagen lassen, legt besonderen Wert auf seine Ehre. Er würde niemals einem Wehrlosen etwas antun.«

»Spar dir die Weisheiten, Jungchen!« Der Bettler spuckte Geifer, seine Augen rollten wie wild in den Höhlen. »Ich habe Durst! Verdammten Durst!«

Pirmen streckte beschwichtigend seine Hände aus. »Ist schon gut, Hoher Herr. Ich habe nichts bei mir. Aber ich könnte etwas brauen. Du musst mir bloß helfen, ein Feuer zu entzünden. Ein wenig Wärme könnte uns übrigens beiden nicht schaden.«

»Belüg mich nicht! Die Bierbrauerei und die Schnapsbrennerei sind Künste, die Geduld und viel Zeit erfordern. Möchtest du in dieser verfluchten Kälte etwa ein Wunder vollbringen? Dazu müsstest du zaubern können.«

»Ich … bin ein Magicus. Ich vollbringe Wunder, sollte es notwendig sein.«

Pirmens Gegenüber lachte und fuchtelte wild mit der Klinge herum. »Mach dich nicht lächerlich, Kleiner! Magicae sehen ganz anders aus. Sie kriechen oder humpeln oder zittern, das bringt ihr Leben so mit sich. Du aber scheinst mir völlig gesund. Im Übrigen weiß man, dass es in der Norde keinen dieser verdammten Krüppel mehr gibt, dafür hat der Gottbettler gesorgt.«

»Ich stamme aus Aenas' Süden, und ich bin im Oceanicum Griam aufgewachsen, im Turm des weisen Meisters Larex.«

»Du bist zu jung, um ein Magicus zu sein«, beharrte der andere.

»Ich befinde mich noch in der Ausbildung und …«

»Ah! Damit kommen wir der Wahrheit schon näher. Du hattest ein paar Wochen oder Monate Unterricht bei deinem Meister, bist dann abgehauen und versuchst nun dein Glück auf eigene Faust, als fahrender Scharlatan, der den Leuten die Münzen aus der Tasche zieht. Aber nicht mit mir, Kleiner!«

Ein Hieb, überraschend schnell und überraschend gut gezielt, traf Pirmen an der Brust. Die Spitze durchdrang sein Lederwams, das Hemd und das klamme Untergewand und ritzte seine Haut. Er stolperte nach hinten und fiel schwer zu Boden, zu müde und zu schwerfällig, um den Schwung abzufangen. Er wollte sich rasch wieder erheben und Distanz zu seinem Gegenüber schaffen, doch er hatte nicht die Kraft dazu. Stattdessen sank sein Kopf nach hinten, und er starrte in den blaugrauen Himmel, der sich immer mehr verdunkelte. Zwei dicke Schneeflocken fielen langsam auf ihn herab, tanzten unschlüssig umher und schmiegten sich dann an sein Gesicht.

»Palias Aquerta hilf«, sagte er leise. (Oder bildete er sich bloß ein, den Namen der Geliebten genannt zu haben?)

So endete also alles. Nun gut, er hatte damit rechnen müssen. Nur mit viel Glück überlebten Magicae die ersten Jahre ihrer Karriere. Ihm war es offenbar nicht vergönnt, diese Einstiegshürde in ein Leben voller Macht und Einfluss zu überwinden.

Der Schatten des Latrinenputzers fiel über ihn, der hässliche Kerl füllte fast vollends sein Blickfeld. Die Klinge – seine Klinge! – streichelte über Pirmens Hals. »Ist das etwa Pferdescheiße in deinem Gesicht, Herr Lehrling?« Er lachte. »Es ist lange her, dass ich einen Mann getroffen habe, der noch übler roch als ich.«

»Ich braue dir ein Gesöff, das du dein Lebtag nicht vergessen wirst«, krächzte Pirmen. »Das Beste, das jemals deine Kehle hinabgeflossen ist.«

»Oder aber ich töte dich, nehme all dein Zeugs an mich und kaufe mir davon in der nächsten Ortschaft was zu saufen. Was mir das Risiko ersparen würde, von einem Mistkerl wie dir vergiftet zu werden.«

Feuchtigkeit rann über Pirmens Hals. Die Wunde an seiner Brust blutete heftig. Der Schmerz hingegen war auszuhalten. Die Kälte hatte seinen Körper fast völlig taub werden lassen. »Das Beste, das du jemals getrunken hast«, versuchte er es noch einmal. »Habanea schmeckt wie flüssiges Gold.« *Zu viel Poesie, du Depp! Du musst so sprechen, dass es dieser ungehobelte Bauer versteht!* »Wie die Möse der besten Hure, die du jemals geleckt hast.«

»Oho!« Der Latrinenputzer grinste. »Wenn du wüsstest,

wo ich schon überall meine Zunge drin hatte, würdest du niemals derart vollmundige Versprechungen abgeben.«

»Überleg doch mal. Du riskierst gar nichts – und könntest alles gewinnen. Den Rausch deines Lebens und die Möglichkeit, den nächsten Morgen zu sehen. Denn ich glaube nicht, dass du es allein schaffen wirst. Ebenso wenig wie ich. Wir sind aufeinander angewiesen und müssen uns gegenseitig helfen.«

»Glaubst du denn, es interessiert mich, ob ich morgen noch mal die Augen öffne? Ich habe lange genug diesen Scheiß mitgemacht, den man Leben nennt.«

»Du bist … *warst* ein Hoher Herr. Du hattest einmal Überzeugungen. Ansichten, die dich zu etwas Besserem machten, als es die meisten von uns sind.«

»Das stimmt. Doch diese Zeit ist lange vorbei.«

»Erinnere dich daran! Hätte dein früheres Ich einen Menschen getötet, einfach so, um seine Habseligkeiten zu stehlen?«

»Selbstverständlich. Auch als Hoher Herr war ich bloß ein Dieb und ein Mörder. Andererseits … Du kannst gut mit Worten umgehen, Kleiner. Ich bin fast davon überzeugt, dass du es ernst meinst. Außerdem habe ich von diesem Habanea gehört. Es wird aus einem Kräutersud gebraut, nicht wahr? Die Herstellung des Getränks gilt als hohe Fertigkeit, die man bloß Magiern und einigen wenigen Eingeweihten zutraut. Verdammt, ist meine Kehle trocken!«

Eine Hand packte nach Pirmens Wams. Er wurde hochgehoben und auf die Beine gestellt mit einer Kraft, die er dieser widerlichen Gestalt niemals zugetraut hätte.

»Du gehst Holz sammeln. Ich sattle indes dein Pferd ab und überprüfe den Inhalt der Satteltaschen. Missfällt mir, was ich sehe, bist du tot. Hast du keine Kräuter bei dir, bist du tot. Machst du eine falsche Bewegung oder furzt du zu laut, bist du tot. Solltest du glauben, mich überlisten zu können, bist du …«

»Schon gut«, unterbrach ihn Pirmen. »Ich habe verstanden, was du mir sagen möchtest.«

»Gut, Kleiner. Und denk nicht mal dran, zu weit wegzugehen. Du würdest nicht weit kommen. Entweder erfrierst du, oder du machst Bekanntschaft mit hungrigen Wölfen oder anderem Getier, das die Gegend um diese Zeit unsicher macht.«

»Ich weiß.« Pirmen zögerte.

»Was gibt's denn noch?«

»Wie soll ich Holz ohne Waffe schneiden?«

»Das ist wohl ein Problem.« Der Hohe Herr grinste. »Aber ich bin mir sicher, du wirst es lösen. Zur Not kannst du es ja abbeißen. Andernfalls …«

»Andernfalls bin ich tot, ich weiß.« Pirmen machte sich auf den Weg. Sein Herz schlug laut, und ihm war so warm wie schon seit Stunden nicht mehr.

Der Kräutersud blubberte im Kochtopf. Ab und zu rührte Pirmen um, roch, schmeckte ab und verfeinerte mithilfe seiner Zutaten. Wann immer sich die Gelegenheit bot, hielt er die Hände nahe ans Feuer, aber auch nicht zu nahe. Sie waren knallrot. Es war, als würden sich Hunderte feiner Nadeln in sein Fleisch bohren, und die schmerzenden Flächen dehnten sich nach und nach immer mehr aus.

»Pirmen ist ein seltsamer Name«, meinte der Latrinenputzer, ohne die Blicke vom Topf zu lösen, und immer wieder leckte er sich über die spröden und aufgesprungenen Lippen.

»Ich bin recht zufrieden damit. Und wie heißt du?«

»Nenn mich Hoher Herr. Das reicht völlig. Ich glaube kaum, dass unsere Bekanntschaft von längerer Dauer sein wird.«

Eine weitere kaum verhohlene Drohung. Das Gesicht von Pirmens Gegenüber wirkte im flackernden Feuer wie das eines

Dämons. Wie das eines besonders hässlichen Dämons, der sich lächelnd an den Qualen seines Opfers erfreute.

»Wie lang braucht denn diese Scheiße noch?«, murrte der Hohe Herr.

»Hab noch ein klein wenig Geduld.« Pirmen war schrecklich müde. Das Habanea würde ihm guttun. »Wie bist du eigentlich hierhergelangt, Hoher Herr? Es sind mindestens fünfzig Laufe vom Störrischen Ochsen bis zu diesem Ort. Als du gestern vom Wirt vor die Tür gejagt wurdest, sahst du nicht so aus, als würdest du einen derartigen Gewaltmarsch überstehen.«

»Wieso das, Herr Lehrling? Gefällt dir mein Zustand nicht? Findest du, dass ich die Pflege eines Barbiers und einer Badnerin benötigte? Ich hab viel zu viele Jahre in Militärlagern, in Ausbildungsstätten und in stinkenden Kasernen verbracht, um sonderlich viel Wert auf ein gepflegtes Aussehen zu legen.«

*Und wohl auch viel zu viele Jahre in der Gosse ...*

Blaue Augen musterten Pirmen. Sie glitzerten im Widerschein des Feuers und riefen bei ihm ein sonderbares Gefühl hervor, das er nicht zu benennen vermochte.

»Soll ich dir ein Geheimnis verraten, Herr Lehrling?«

»Bitte sehr.«

»Auch ich verfüge über magische Kräfte. Ich kann Gedanken lesen. Ich weiß ganz genau, wie du über mich denkst. Ich sehe deinen Abscheu. Deinen Widerwillen, deine Angst. Du glaubst, ich wäre unberechenbar und würde dich töten, wann immer es mir einfiele.« Der Hohe Herr lachte lauthals und warf dabei den Kopf in den Nacken. »Und du hast recht damit!«, schrie er. »Ich bin ein Wahnsinniger. In einem Augenblick bin ich friedlich wie ein Lamm, im nächsten ein Berserker.«

Pirmen gab sich unbeeindruckt. »Du hast mir noch immer nicht gesagt, wie du es bis hierher geschafft hast.«

»Und ob ich das habe! Es geht um Ausbildung und Abhärtung. Das Wissen ums Überleben, das ich mir in Lagern angeeignet habe. Natürlich hilft auch das Feuer, das der Saure in mir entfacht. Er macht, dass ich weiter funktioniere. Alkohol ist der Stoff, der mich am Leben erhält und mich vorwärtstreibt. Was sind da schon fünfzig oder mehr Läufe, wenn ich genug von dem Zeugs intus habe …« Der Hohe Herr wurde von einem angestrengten Husten unterbrochen, beugte sich weit nach vorn und spie in den Schnee.

»Wie konntest du dich bloß an mich heranschleichen, ohne dass ich dich bemerkt habe?«, fragte Pirmen.

»Was für eine Frage!« Der Hohe Herr schüttelte den Kopf. »Du bist ein unvorsichtiger Idiot. Du siehst bloß das, was du sehen willst. Ein schwarzer Fleck inmitten weißen Schnees ist für dich ein trockenes Stückchen Erdreich, auf dem du dein Lager errichten kannst. Du kommst gar nicht auf den Gedanken, dass es sich dabei um ein Bündel Mensch handeln könnte, das dort zusammengebrochen ist und auf den Tod wartet.«

»Moment mal! Du bist … ich meine …«

Schallendes Gelächter. »Natürlich, Herr Lehrling! Ich war bereits mehr tot als lebendig und habe auf das Erscheinen des Großen Gleichmachers gewartet, als mich das Wiehern deines Gauls weckte. Ich weiß nicht, ob ich dankbar oder traurig sein soll, dass es mich in dieses Jammertal zurückrief. Aber immerhin, ich darf noch einmal kräftig meine Kehle befeuchten. Was mich zu der Frage zurückbringt: Wie lange dauert es, bis diese Pisse endlich aufgekocht ist?«

Pirmen schnüffelte ein weiteres Mal am Topf. »Es ist gleich so weit. Ich muss das Habanea bloß noch abkühlen lassen und …«

Der Hohe Herr hielt ihm einen hölzernen Becher hin. Die Hand zitterte. »Mach schon, gieß ein! Rasch!«

Pirmen schöpfte aus der blubbernden Brühe. Sie roch

scharf, stechend und ein wenig faulig. So wie es sein sollte. »Bitte sehr.«

»Du trinkst zuerst, Kleiner!«

Nun, da es darauf ankam, hatte sich der Hohe Herr gut unter Kontrolle. Der Latrinenputzer sah zu, wie Pirmen zögerlich am heißen Habanea nippte und schließlich einen größeren Schluck nahm. Er schloss die Augen und genoss. Das Getränk war köstlich. Es wärmte, und es weckte die Lebensgeister. Es machte, dass seine Sinne und sein Verstand gleichermaßen an Schärfe gewannen.

»Stell den Becher vor dir in den Schnee«, befahl der Hohe Herr. »Wir warten ein klein wenig.«

»Ich verstehe nicht …«

»Du solltest besser als ich wissen, dass manche Gifte erst mit einiger Verzögerung zu wirken beginnen, damit sich der Attentäter rechtzeitig verkrümeln kann. Ich bin lieber vorsichtig als tot.«

»Vor einer Stunde war dir dein Leben nicht so wichtig.«

»Vor einer Stunde wusste ich nicht, dass mich noch ein Becher Habanea erwartet.«

»Manche Gifte wirken aber auch erst nach Stunden oder sogar Tagen.«

»Ich weiß. Aber bis dahin könnte ich dich längst gefoltert und in Streifen geschnitten haben, um zu erfahren, ob du mir was antun wolltest.«

Pirmen zog den Kopf zwischen die Schultern. Sein Gegenüber wusste ganz genau, wie er ihn verunsichern konnte. Und dann dieser Blick, diese unheimlichen Augen …

Sie saßen da und starrten sich an. Das Feuer knisterte. Dichter weißer Rauch zog kerzengerade in die Höhe, um oberhalb des Windschutzes vom Sturm gepackt und sofort verwirbelt zu werden. Irgendwo heulte ein Wolf, ein anderer antwortete.

Stellex bewegte sich unruhig und drängte trotz des ihr angeborenen Instinkts näher zum Feuer.

Der Hohe Herr griff nach dem Becher und konnte das Zittern seiner Hände kaum noch unter Kontrolle halten. Er führte das Gefäß andachtsvoll an die Lippen. Nahm einen Schluck. Runzelte die Stirn. Riss die Augen weit auf. Grinste breit. Und trank dann den Becher voll Gier leer.

»Mehr!«, verlangte er. »*Viel* mehr!«

Pirmen tat ihm den Gefallen. Er schenkte nach und sah zu, wie der Barbar allmählich in den Zustand der Trunkenheit glitt. Wie er die Kontrolle über seine Gesichtszüge verlor und nur noch blöd dreinblickte, infantil grinste, mit dem Oberkörper wippte, Sinnloses vor sich hin brabbelte.

So lange, bis das Gift seine Wirkung tat und sich so etwas wie Erstaunen beim Hohen Herrn einstellte.

»Du … Scheißkerl«, flüsterte er mit versagender Stimme. »Du … hast mich betrogen!«

»Natürlich.« Pirmen lächelte. »Es hat Jahre gedauert, bis ich immun gegen das beigemengte Sanderkraut wurde, und die Vergiftungen, die ich dabei erlitt, verschafften mir mehr als eine Magenverstimmung. Aber heute macht sich die weise Voraussicht meines Meisters Larex bezahlt. Und wie siehst du das?«

Der Hohe Herr wollte aufstehen und Pirmen die Klinge in den Leib stoßen. Doch er schaffte es nicht, fiel haltlos zurück, ritzte mit dem Dolch seine linke Seite und schlug mit dem Kopf schwer auf den vom Schnee geräumten steinharten Erdboden auf.

»Geist siegt über Kraft«, murmelte Pirmen. »Ein wahrhaft seltenes Ereignis in der Welt, in der wir leben.«

Er nahm einen brennenden Ast, hielt ihn über das Gesicht des Hohen Herrn und starrte ihm tief in die Augen. Er sah etwas, das nicht sein konnte und nicht sein durfte und dennoch da war.

*Um der Götter willen – warum ausgerechnet er ...?*

Pirmen beugte sich zu einem Ohr des Sterbenden hinab. »Ich weiß ganz genau, dass du mich hören kannst, du stinkender Misthaufen«, sagte er leise. »Ich bedauere zutiefst, was ich nun tun muss. Aber du bekommst ein Gegengift. Du wirst weiterleben, und wir beide werden gute Freunde werden. Denn du bist der Gesuchte, für den ich die Torturen der letzten Monate auf mich genommen habe. Du bist der Mann, der als Begleiter und Beschützer des Stummen Jungen auserkoren wurde.«

»Wir sind quitt«, sagte der Hohe Herr. »Ich habe dich übers Ohr gehauen, du hast es mir heimgezahlt. Wir sollten als Freunde auseinandergehen.«

»Du befindest dich in einer denkbar schlechten Position für Verhandlungen. Die Lähmung wird noch eine Weile anhalten, und wenn ich möchte, kann ich sie jederzeit erneuern.«

Der Latrinenputzer wurde blass. Er kämpfte mit aller Macht gegen das Gift in seinen Adern an. Er wollte aufstehen, und als ihm das nicht gelang, versuchte er, auf allen vieren zu Pirmen zu gelangen. Doch er kippte zur Seite auf das gefrorene Erdreich. »Du hast eben dein Todesurteil unterschrieben«, murmelte er.

Pirmen richtete den Mann auf. »Möchtest du mich etwa totspucken?«, fragte er und lächelte.

»Sobald ich wieder im Vollbesitz meiner Kräfte bin, werde ich dir die Gedärme aus dem Leib reißen und sie verknoten und ...«

»Selbstverständlich wirst du das. Aber bis es so weit ist, werden wir uns unterhalten.«

Der Hohe Herr beruhigte sich, als Pirmen einen Becher mit

Habanea füllte, ein weißes Pulver einrührte und sagte: »Somit ist dieser Göttertrunk wieder genießbar gemacht. Möchtest du daran riechen? Hm? Je länger das Habanea ruht, desto intensiver sein Geschmack. Manche Menschen würden einen Arm dafür geben, einmal in ihrem Leben etwas Derartiges genießen zu können.«

»Ich bin nicht käuflich!«, sagte der Hohe Herr, dessen Blick dem Becher folgte, wohin Pirmen ihn auch stellte oder schob. Immer wieder leckte er sich über die Lippen.

»Das weiß ich, Hoher Herr. Aber vielleicht verstehst du mich besser, wenn ich dir erkläre, warum ich in die Norde gereist bin und nach einem wie dir gesucht habe.«

»Womöglich höre ich zu, wenn du mir einen Schluck vom Habanea gibst, Herr Lehrling.« Die wenigen Zähne des Mannes klapperten hörbar aufeinander.

»Ich befürchte, dass dies deiner Konzentrationsfähigkeit abträglich wäre …«

»Red nicht so einen geschwollenen Scheiß daher!«, schrie der Hohe Herr unvermittelt. »Gib mir endlich was zu trinken!«

»Du schwächst deine Verhandlungsposition, wenn du derart herumbrüllst.«

»Ja, ja, Entschuldigung, Magicus, es tut mir leid. Aber ich bin innerlich ausgetrocknet. Ich fühle mich wie ein Schwamm, der seit Tagen kein Wasser mehr gespürt hat.«

*Extreme Stimmungsschwankungen. Selbstüberschätzung. Suchtverhalten. Wie ist es bloß möglich, dass Larex einen Mann wie ihn als Beschützer für den Stummen Jungen haben möchte?*

Pirmen fachte das Feuer weiter an und stellte den Trinkbecher unmittelbar davor hin, so, dass er im Blickfeld des Hohen Herrn war. »Reden wir erst mal über deine Augen, bevor wir zum geselligen Teil unseres Beisammenseins übergehen.«

»Was soll mit ihnen sein? Sie sind blaugrün.«

»Und sie haben goldene Einsprengsel.«

»Wird man in Magicae-Kreisen etwa wegen ein paar Pünktchen in den Augen mit Flüssigkeitsentzug bestraft?«

»Es gibt da diese Gerüchte …«

»Red nicht lang um den heißen Brei herum, Herr Lehrling!«

»Man sagt, dass manche Wesen, die mit dem Gottbettler und seinen Heerscharen in Berührung kamen, ein Stigma erhielten. Eine Kennzeichnung, die sie zeit ihres Lebens behalten – und darüber hinaus.«

»Was soll der Unsinn? Möchtest du etwa behaupten, dass ich … dass ich …«

»Bist du dem Gottbettler jemals begegnet? Und überleg dir deine Antwort gut.« Pirmen nahm einen kräftigen Schluck vom Habanea.

Der Hohe Herr setzte mehrmals an, brachte jedoch kein Wort hervor. Seine Blicke pendelten zwischen dem nun halb leeren Becher und Pirmen hin und her.

»Nun?«

»Es ist alles so schrecklich kompliziert.«

»Geht's ein wenig genauer?«

Der Hohe Herr wand sich, seine Lippen zitterten. Auch sein Kopf bewegte sich. Die Wirkung des Gifts ließ allmählich nach. »Es gab da mal eine Zeit, da hatte ich Berührung mit einigen Leuten, die den Gottbettler kannten.«

»Mit wem?«

»Meist mit Offizieren. Mit hoch dekorierten Goldfasanen.«

»Gehörte Metcairn Nife zu deinen Bekanntschaften?«

»Ich habe ihn ab und zu getroffen, ja.«

»Du hast an seiner Seite gekämpft?«

»Ja, bei allen Göttern!«, brach es aus dem Hohen Herrn hervor. »Ich habe für und gegen den Gottbettler das Schwert geschwungen. Ich bin stets dort gewesen, wo man mir am meisten für meine Dienste zahlte.« Er lächelte entrückt. »Du hättest mich sehen sollen, in meiner Uniform, wie ich zwischen meine Feinde gekommen bin und sie niedergemäht habe. Ohne Furcht, voll Kraft …«

»Ohne Rücksichtnahme, ohne auch nur über Gerechtigkeit und die Richtigkeit deiner Taten nachzudenken.«

»So war es. So ist es noch immer. Ein Söldner nimmt, was er bekommen kann.«

»Natürlich.« Es war müßig, mit diesem verlotterten Kerl über moralische Ansichten zu diskutieren. »Das alles erklärt aber noch immer nicht die goldenen Einschlüsse in deinen Augen. An deiner Stelle würde ich nachdenken, bis mir der Kopf brummt. Das Habanea hält nicht ewig vor. Und meine Geduld auch nicht.«

Pirmen trank. Der Becher war nur noch zu einem Drittel gefüllt.

»Ich kannte Metcairn Nife recht gut«, sagte der Hohe Herr mürrisch. »Und auch seinen heutigen Rechten, Marmer Dunne. Ein Drecksack, wie er im Buche steht …«

»Was war mit den Magicae?«

»Mit denen hatte ich nichts zu schaffen. Wer möchte schon Kerle in seiner Nähe wissen, die einem wegen eines schlechten Scherzes ein zweites Arschloch zwischen die Beine hexen?«

O ja … Auch Pirmen kannte einige amüsante Geschichten über seinen Stand; mühsam unterdrückte er ein Grinsen. »Aber du bist dem Gottbettler niemals nahe gekommen? Hast ihn niemals angeblickt?«

»Nein, du Idiot! Kannst oder willst du mich nicht verstehen?«

»Dann bist du für mich wertlos.« Pirmen griff nach seiner Waffe. »Ich werde das Habanea allein trinken müssen.«

»Halt! Warte!«

»Nanu? Ein neuer, wundersamer Erinnerungsschub?«

»Du hast von den Sibyllen gehört?«

»Gerüchteweise ...« Pirmen zögerte. »Über sie ist nicht allzu viel bekannt.«

»Es handelt sich um schreckliche Wesen und – noch schlimmer – ausschließlich um Weiber. Sie umgeben den Gottbettler und betätigen sich als dessen Einflüsterer. Man munkelte schon zu meiner Zeit, dass sie mehr Einfluss auf ihn hätten, als gut ist.«

»Weiter.«

Der Hohe Herr streckte die Finger aus und zog sie wieder zusammen, immer wieder, wie um die Zirkulation in seinen Gliedern anzuregen. »Da war diese eine Nacht. Wir hatten einen Sieg gefeiert, über irgendeinen Stammesfürsten, dessen Horden uns den Weg Richtung Nord-Aenas versperren wollten. Ich hatte einen Kampf mit einem Hoboken hinter mir und war froh, überlebt zu haben. Meine Kumpane und ich hatten also ein klein wenig über den Durst getrunken.«

»Ich verstehe.«

»Es war eine kurze Nacht. Eine sonderbare Nacht. Auf den Feldern hinter uns tanzten irgendwelche Gestalten – Frauen – im Widerschein der Feuer, die wir überall gelegt hatten. Sie feierten die Sonnenwende, verrenkten ihre schlanken Körper schlangengleich, reizten uns Krieger.«

»Komm zum Punkt! Deine Liebeseroberungen interessieren mich, ehrlich gesagt, nicht sonderlich.«

Der Hohe Herr ließ sich nicht irritieren. Er starrte blicklos ins Feuer, von den Erinnerungen an längst vergangene Tage gefangen. Seine Augen – sie strahlten hell. Golden. Voller Kraft.

Pirmens Herz schlug rascher. Er fühlte neue Zuversicht.

Dieses widerwärtige Wesen trug so viel Kraft in sich, dass es ihn fast erschreckte.

»Ich entfernte mich von meinen Gefährten. Ich meinte, die Stimme einer der Frauen in meinem Kopf zu hören, ohne dass sie einen Umweg über die Ohren nahm. Sie flüsterte mir etwas zu. Sie wollte, dass ich mit ihr tanzte. Dass ich sie berührte. Dass ich Dinge mit ihr tat, die sie bislang nur aus Erzählungen kannte.«

Der Hohe Herr stellte sich ruckartig auf die Beine. Pirmen zuckte zusammen. Er hatte ihn unterschätzt! Er hatte gedacht, es würde noch einige Minuten dauern, bis die Wirkung des lähmenden Giftes nachließ. Er hielt seine Waffe fest umklammert, bereit zuzuschlagen, sobald der andere auch nur Anstalten machte, sich auf ihn zu stürzen.

Die Kniegelenke des Hohen Herrn krachten laut, er kümmerte sich nicht weiter um Pirmen. All seine Konzentration galt noch immer dieser Geschichte aus alten Zeiten. Und dem Becher mit dem Habanea, den er aufnahm und in einem Zug leer trank.

»Sie war unvergleichlich. Ihr Körper war hässlich und wunderschön zugleich. Biegsam, geschmeidig, voll Schuppen und eitrigen Wunden, streichelweich und mit einem Geruch behaftet, der einen normalen Mann zum Erbrechen bringen würde. Doch ich war kein normaler Mann, nicht in diesen Stunden. Die Sibylle hatte mich verzaubert. Und nicht nur das, auch sie fand Gefallen an mir. An einem Wesen, dem sie sonst tunlichst aus dem Weg ging und von dem sie eine geringere Meinung hatte als von einem Hausschwein.«

»Was für eine seltsame Verbindung …« Mehr wusste Pirmen nicht zu sagen. Er schwebte in Lebensgefahr. Doch die Erzählung des Hohen Herrn machte Bilder im Feuer lebendig. Er sah hochgewachsene, schlanke Wesen, die ihre Arme verlangend ausstreckten. Sie umarmten einander, fanden in Vereinigung zueinander, trennten sich wieder, um ihr Spiel gleich darauf erneut zu beginnen. »Wohl die seltsamste, die jemals zustande gekommen ist.«

Der Hohe Herr trat unvermittelt gegen Pirmens Waffe und prellte sie ihm aus der Hand. So rasch und so zielgerichtet, dass Pirmen ahnte, welch schrecklicher Krieger dieses verlauste Häufchen Elend einmal gewesen sein musste.

Der Söldner nahm die Waffe blitzschnell auf und sprach weiter: »Wir hatten in dieser Nacht etwas, das weit übers Ficken hinausging. Es erfasste uns beide mit all unseren Sinnen. Wir gaben und wir nahmen. Wir tauschten uns aus, auf eine Weise, die selbst ein Schönsprecher wie du nicht in Worte fassen kann.«

»Ihr hattet nur diese eine Nacht?« Pirmen betastete sein Handgelenk. Es war taub. Der Hohe Herr ragte vor ihm auf, ein hässliches Monument, noch dazu mit einer mörderisch scharfen Klinge in der Hand.

»Wir hatten viele Nächte. Es dauerte einige Zeit, bis wir voneinander genug hatten. Doch irgendwann war es vorbei. Es traf uns plötzlich und unvorbereitet. Wir sahen uns und wussten, dass wir auseinandergehen mussten.«

»Habt ihr darüber geredet?«

»Sibyllen reden nicht. Sie vermitteln sich auf eine andere Weise.«

»Indem sie dir ihre Worte in den Kopf setzte?«

»Das – und einige andere Sachen mehr«, antwortete der Hohe Herr. »Sie ließ mich wissen, dass sie mich töten müsste, würden wir uns noch einmal sehen. Ich sollte die Heerscharen des Gottbettlers so rasch wie möglich verlassen, sonst würde sie mich in der nächsten Nacht aufsuchen und mich dafür zur Rechenschaft ziehen, was ich ihr angetan hätte.«

»So sind sie, die Frauen«, wagte Pirmen zu scherzen.

»So sind sie, richtig.« Die Stimme des Hohen Herrn bekam einen wehmütigen Klang. »Doch bevor wir uns trennten, gab sie mir einen Kuss. Er schmeckte nach Leidenschaft, Liebe, Verzweiflung, Hass und Wildheit. Und er hinterließ etwas in mir, das ich nicht verstehe. Eine Art ... Sehnsucht.«

*Die richtige Spur ... Ich habe sie gefunden!*

»Du spürst diese Sehnsucht heute noch?«

»Stärker als jemals zuvor, und je mehr ich dieses verfluchte Weibsbild zu vergessen versuche, desto heftiger suchen mich die Erinnerungen heim. Was für eine Scheiße.«

»War da noch mehr?«

»Bevor sie sich umdrehte und mich verließ, küsste sie meine Augen. Ich hatte das Gefühl, als würden sie einfrieren und gleichermaßen schmelzen. Drei Tage lang war ich nahezu blind. Über allem, das ich schemenhaft erkennen konnte, hingen goldene Wolken.« Der Hohe Herr, bislang in seinen Erinnerungen gefangen, kehrte in die Gegenwart zurück und zeigte ein wölfisches Grinsen. »Was soll ich nun mit dir anfangen? Darauf vertrauen, dass das nächste Habanea, das du anmischst, frei von irgendwelchen Giften ist?«

»Wir können uns wohl gegenseitig nicht vertrauen.« Pirmen schlug das Herz bis zum Hals. Dieser Kerl mochte ein widerlicher Feigling und Latrinenputzer sein. Doch er verfügte über körperliche Kräfte, die weit über die seinen hinausgingen – und er war ein Kämpe, dem selbst die miesesten Tricks geläufig waren. Noch einmal würde es Pirmen nicht gelingen, ihn hereinlegen.

»Nein.« Der Hohe Herr lachte dröhnend, streckte die Pranke nach ihm aus und zog ihn mit einem Ruck hoch. »Ich hatte in meinem Leben bestenfalls eine Handvoll Kameraden an meiner Seite, denen ich weiter als bis zur Spitze ihres Schwanzes trauen konnte. Und eigentlich nur einen einzigen, den ich Freund nennen durfte.«

»Was soll das heißen?«, krächzte Pirmen. Der Hohe Herr hielt ihn am Hals gepackt und schüttelte ihn wie einen Obstbaum.

»Dass du mich bei Laune halten solltest, Herr Lehrling. Dann bleibe ich eine Weile in deiner Nähe.«

»Du meinst, in der Nähe des Habanea.«

»Du bist ein schlaues Bürschchen.«

»Würdest du mich … bitte loslassen? Mein Hals … keine Luft …«

»Oh, Verzeihung.«

Der Hohe Herr schubste ihn achtlos beiseite, Pirmen krachte mit dem Rücken gegen die vereiste Schneewächte und rutschte daran zu Boden. Atemlos sah er zu, wie der ehemalige Krieger den Rest des Habaneas austrank und sich dann über seine Essensvorräte hermachte.

»Wie sieht's mit einer Belohnung aus?«, fragte er laut schmatzend.

»Wie bitte?«

»Du hast nach mir gesucht. Du benötigst meine Hilfe, für was auch immer. Irgendetwas mit einem stummen Jungen, nicht wahr?«

»J–ja.«

»Glaubst du, einen hoch dekorierten Hohen Herrn einzig und allein mit Habanea zufriedenstellen zu können? Ich verlange einen Lohn, wenn ich dich begleite. Silber. Oder Gold.«

»Ich habe nichts bei mir. «

»Schade. Und ich dachte, wir könnten gute Freunde werden.«

»Aber mein Meister in Griam … Er wird dich reich belohnen, wenn du mich begleitest und den Stummen Jungen beschützt und dein Wissen an ihn weitergibst.«

»Glaubst du denn, dass ich der richtige Lehrmeister für ein Kind bin?«

»Es handelt sich um kein normales Kind. Der Stumme Junge ist – wie soll ich sagen? – ein probates Mittel gegen den Gottbettler. Angeblich wird er diesen gnadenlosen Eroberer eines Tages stürzen. Aber nur dann, wenn er zuvor von einem Mann mit goldenen Augen unterrichtet wurde.«

»Was für ein Schwachsinn. Ich habe von dieser Legende gehört. Reisende erzählen derartige Märchen, um ein paar Münzen abzugreifen, und Frauen, die ihren greinenden Kindern ein wenig Hoffnung geben wollen, wenn ihr Vater nicht mehr aus der Schlacht zurückkehrt.«

»Du glaubst nicht an die Worte eines Magicus?«

»Ich glaube an den Wein, ans Schwert und an den Großen Gleichmacher.«

»Ich habe beinahe unerträgliche Mühen auf mich genommen, um dich zu finden«, sagte Pirmen leise. »Weil auf dir die Hoffnungen einer ganzen Welt ruhen.«

»Mach dich nicht lächerlich, Herr Lehrling.«

»Ich bitte dich, komm mit mir und hilf uns!«

»Wenn du meine Bedingungen erfüllst. Ich will Gold, so viel ich tragen kann. Weiber, so viele, wie ich stemmen kann. Wein. Habanea ...«

»Larex wird dich so gut wie möglich belohnen. Aber ich hätte etwas viel Wertvolleres zu bieten.«

»Und zwar?«

»Absolution.«

»Hä? Könntest du's so sagen, dass ich's auch verstehe?«

»Es gibt Gründe, warum du völlig verkommen in der Gosse gelegen hast, als ich dich gestern sah. Dich belastet etwas. Fehler, die du begangen hast. Vertrauen, das du gebrochen hast.«

»Und?«

»Tu, was ich und Larex von dir verlangen, und du wirst dem Großen Gleichmacher mit reinem Gewissen gegenübertreten, wenn es irgendwann einmal so weit ist.«

»Ich wusste nicht, dass Magicae mit dem Tod Handel treiben.«

»Du weißt vieles nicht, Hoher Herr. Aber ich schwöre dir, dass es wahr ist«, log Pirmen. »Bei meiner Ehre.«

Der Latrinenputzer schwankte in seiner Entscheidung. Er wollte etwas sagen, überlegte es sich dann anders, dachte nach und setzte erneut an. »Also schön, einverstanden. Ich helfe dir und diesem Jungen«, sagte er achselzuckend. »Mein Leben kann ohnedies nicht schlimmer werden, als es derzeit ist.«

# 6. Heeresschau

Wein!«, verlangte Metcairn Nife.

Eine Magd kam dienstbeflissen herbeigeeilt und füllte den Humpen. Er nahm einen Schluck. Der Rebensaft war süß und schwer und schmeckte nach einem Sommer seiner Jugendtage. Er erinnerte ihn an harte Arbeit auf dem Feld des Vaters. An Holzschwerter, mit denen seine Brüder und er gegeneinander gefochten hatten. An junge Liebe und Unschuld, die in einem baufälligen Heuschober verloren gegangen war. Damals, bevor die Familie nach Moina gezogen und alles grässlich geworden war.

»Der beste Sommer meines Lebens«, murmelte er und setzte den Humpen wieder an.

»Wie bitte?« Marmer Dunne schreckte aus seinem düsteren Brüten hoch.

»Ich denke an die vielen Tage, die hinter uns, und an die wenigen, die noch vor uns liegen.«

»Bist mal wieder schlechter Laune, wie?« Der Rechte rülpste.

»Ich denke nach.«

»Ich war immer schon der Meinung, dass dieses Grüblerische an dir eine verdammt schlechte Eigenschaft ist.«

»Nicht, wenn man ein Heer mit mehreren tausend Kämpfern befehligen muss; dann schadet ein klein wenig Nachdenken nicht.«

»Ein klein wenig. Stimmt. Aber du hast viel zu viele schlaue Gedanken in deinem Kopf.« Marmer Dunne hieb sich mit einer Faust gegen die Brust und stieß dann erneut lautstark auf.

Metcairn Nife bedachte seinen Waffenkameraden mit einem düsteren Blick. War das seine Zukunft? So wie Marmer Dunne auf einem Stuhl zu hocken, mit offener Hose, über die im Laufe der Jahre eine stetig größer werdende Wampe quoll? Wirres graues Haar, ein vom Wein gerötetes Gesicht, derbe Haut, ledrig und narbig?

*Sie* betrat das Zelt des Kommandanten. Ohne zu grüßen, sagte sie: »Die Heerschau beginnt in einer Stunde. Danach wartet eine Besprechung mit euren Wixern. Ihr solltet euch bereit machen.«

*Eure Wixer.* So nannte Pae Loriander die engsten Vertrauten. Die Ordonnanzen und Adjutanten, die Generäle und Obersten des großen Heers des Gottbettlers. Sie hatte für diese Leute niemals etwas übriggehabt. Am liebsten hätte die Linke ihre Kämpfe und Kriege ganz allein geführt.

*Wird sie es denn niemals lernen? Habe ich auf das falsche Pferd gesetzt, als ich sie aus einer Schar junger, hoffnungsvoller Kämpen auswählte, um den vakant gewordenen Posten des Linken neu zu besetzen?*

»Wir werden bereit sein«, sagte Metcairn Nife. »Lass uns jetzt allein. Wir haben wichtige Dinge zu besprechen.«

»Aber ...«

»Ich sagte: Lass uns allein!«

Pae Loriander setzte zu einer Entgegnung an, ließ es dann aber bleiben. Sie drehte sich um, der metallene Waffenrock schlug gegen das lederne Unterkleid. »Wir sehen uns«, sagte sie kaum verständlich und verließ das Zelt.

»Wann habe ich dir das letzte Mal gesagt, dass du sie niemals zu deiner Linken hättest machen dürfen?«

»Vor etwa einer Stunde. Du erinnerst mich etwa fünf Mal am Tag daran, und das seit nunmehr acht Jahren.«

»Weil ich recht habe!«

»Es steckt so viel Richtiges in ihr. Wenn ich bloß wüsste, wie ich es abrufen könnte …« Metcairn Nife trank. Der Becher war schon wieder leer, er rief nach mehr Wein.

»Wie war es, als du sie gefickt hast?«

»Du meinst Pae?«

»Wen denn sonst?«

Warum diese Frage? Seit Jahren stand sie im Raum, niemals hatte der Rechte sie zu stellen gewagt. Und nun, auf einmal, kam sie ihm über die Lippen?

»Es war sonderbar.«

»Sonderbar gut oder sonderbar schlecht?«

»Sonderbar. Mehr wirst du nicht von mir zu hören bekommen.«

Marmer Dunne und er leerten zwei weitere Becher, stritten und zankten sich wie ein altes Ehepaar und kämpften sich irgendwann auf die Beine, als außerhalb des schlecht durchlüfteten Zelts Trompetenstöße den Beginn des Zeremoniells verkündeten. Sie halfen einander beim Aufstehen und wankten nebeneinanderher auf den Ausgang zu.

»Du stinkst«, sagte Marmer Dunne.

»Du nicht minder.« Metcairn Nife straffte und konzentrierte sich. Von seinem Rechten wurde ein Lotterleben erwartet. Er verbrüderte sich mit den gemeinen Soldaten, mischte sich unters Volk und verkörperte die lebenslustige Seite der Heeresführung, während Pae Loriander all die Gemeinheiten und Grausamkeiten des seit beinahe zwei Jahrzehnten andauernden Kriegszugs zelebrierte. Und er, eingesetzt von Gnaden des Gottbettlers, hatte über den Dingen zu stehen. Weit oben, einsam, entrückt, von kühler Beherrschtheit.

Wie würde es sein, wenn eines nicht mehr allzu fernen Tages Marmer Dunne seines Postens verlustig ging? Wenn er den Kampf gegen den Feind oder gegen den Alkohol verlor? Metcairn Nife verdrängte den Gedanken gleich wieder. Er war zu unerträglich, um in aller Konsequenz zu Ende gedacht zu werden.

Er trat vor das Zelt, während die Bläser die letzten Töne aus ihren verbeulten Instrumenten quetschten. Rings um ihn hatte sich eine bedrohlich wirkende Menge an Adjutanten versammelt, allesamt verabscheuungswürdige, speichelleckerische Hurensöhne. Es war keiner unter ihnen, dem er die Heeresführung anvertraut hätte. Pae Loriander, die abseits stand, gegen den Pflock eines Mannschaftszelts gelehnt, war die Einzige, die in der Lage gewesen wäre, die Soldaten und die verschiedenen Truppenkörper zusammenzuhalten.

Er winkte den Gimpeln in ihren Fantasieuniformen, ihm den Weg frei zu machen. Den aufdringlichsten von ihnen, Mert von Stein, drängelte er weg, doch der verschlagene Kerl glitt gleich wieder an seine Seite, und es hätte Metcairn Nife nicht gewundert, hätte er sich für die grobe Behandlung auch noch bedankt.

»Verschwinde, du Wurm!«, brüllte der Rechte und stieß Mert von Stein zu Boden. »Du bist im Weg!«

Er machte sich mehr Feinde, als gut für ihn war. Metcairn Nife war Marmer unendlich dankbar, dass er den Hass all dieser Intriganten auf sich zog, doch eines Tages – oder eines Nachts – würde er dafür bezahlen müssen.

Gemeinsam traten sie durch die Menge und blickten vom kleinen Hügel der Kommandantur auf die Versammelten hinab. Schreie und Gezischel und unmenschliches Gebrüll schlugen ihm entgegen, als er die Faust weit in den Himmel reckte. Krieger schlugen mit den Schwertern gegen ihre

Schilde, Parveniden stimmten einen harmlosen Gesang an, einige Sibyllen wanden ihre Körper und zischelten dazu ihre so fremd klingenden Lieder.

»In den nächsten Tagen geht es gegen eine sogenannte Freie Stadt. Gegen die letzte Bastion im Land Lirballem, die den Heerscharen des Gottbettlers noch Widerstand leistet. Ich erwarte, dass ihr eure Arbeit gründlich und sauber erledigt.«

Wiederum Gegrunze, Gebrüll, Gezischel.

»Dann befindet sich das Land Lirballem endgültig in unserer Hand. Es wird aufhören zu existieren. Es wird Teil des Reichs des Gottbettlers sein.«

Weitere Beifallskundgebungen.

»Unsere Feinde mögen dumm und engstirnig sein – aber wir dürfen sie niemals unterschätzen. Befolgt die Befehle der Heeresführer, gehorcht den Anweisungen eurer Gruppenführer, auch wenn sie euch noch so unsinnig erscheinen.«

Wenig Applaus, nur ein klein wenig Geklatsche und Geklapper.

»Den Heerscharen des Gottbettlers kann niemand Widerstand leisten. Wir werden den Feind überrennen, und wir werden ihm zeigen, was wir von ihm halten. Keine Gnade! Keine Rücksicht! Kein Erbarmen!«

O ja, jetzt hatte er sie. Diese Horde von Sadisten, Mördern und Vergewaltigern, der schlimmste Haufen an Verrückten, den die Götter jemals durch die sogenannten zivilisierten Länder hatten wandeln sehen. Die Parveniden und die Sibyllen blieben ruhig, die Magicae hielten sich wie stets zurück, die *Älteren* rührten sich nicht einmal, wie immer, die Füße ihrer nackten Beine tief ins schlammige Erdreich gegraben. Doch alle anderen Heeresteile schrien ihre Lust an Blut und noch mehr Blut laut hinaus.

Metcairn Nife ließ sich schwer auf den bereitgestellten

Stuhl fallen und hob von Zeit zu Zeit den Arm, während verdiente Mitglieder einzelner Truppenteile an ihm vorbeizogen und ihn grüßten. Ihn dürstete nach mehr Wein. Nach *viel mehr* vom roten Rebensaft. Doch er musste an sich halten und mit finsterem Gesicht auf seine Leute hinabstarren. Ihnen einmal mehr Respekt vor dem Amt des Heerführers einflößen.

»Wie heißt das verfluchte Nest, das wir niederbrennen werden?«, fragte Marmer Dunne flüsternd.

»Moina.«

»Der Name kommt mir bekannt vor. Waren wir etwa schon einmal hier? Haben wir uns im Kreis bewegt und fangen mit unserer Vernichtungsarbeit nun wieder von vorn an?«

»Ich habe dir von der Stadt erzählt. Ich bin hier aufgewachsen.« Metcairn Nife nickte einem der wenigen Hoboken zu, die in Diensten des Gottbettlers standen. Sie waren wackere Kämpfer mit viel Elan und wenig Hirn.

»Oha! Gibt es jemanden, den wir schonen müssen? Sollen wir bestimmte Häuser oder gar Straßenzüge so belassen, wie wir sie vorfinden? Damit diejenigen, die nach uns kommen, eines Tages den Ursprüngen des Mythos um Metcairn Nife auf den Grund gehen können?«

»Alles vernichten«, sagte sein Heerführer kurz angebunden.

»Wirklich alles? Gibt es denn nichts, was …«

»Weg damit. Macht die Stadt dem Erdboden gleich.«

»Aber …«

»Sie haben es gewagt, dem Gottbettler die Stirn zu bieten. Sie sind zu eitel und zu selbstgefällig, um seine Argumente zu begreifen.«

»Begreifen wir sie denn?«

»Ich tu's. Dass du hingegen ein dummer Holzkopf bist, lässt sich nicht verleugnen.«

»Dann sag mir bitteschön, warum wir seit einer Ewigkeit durch die Lande ziehen, Städte erobern, Dörfer auslöschen und fruchtbares Land verwüsten.«

»Stellst du den Sinn unserer Aufgabe etwa in Zweifel?«

»Natürlich nicht«, sagte Marmer Dunne düster. »Aber es schadet nichts, wenn du von Zeit zu Zeit mein Gedächtnis auffrischst.«

Sein Rechter wurde in der Tat alt und senil. Und er sprach Dinge aus, für die er andere längst hätte hinrichten lassen. »Wir führen einen Krieg, der keinen weiteren Krieg nach sich ziehen wird. Wir suchen nach den wenigen, die dem Gottbettler gefährlich werden könnten, und wir vernichten jene, die sich ihm in den Weg stellen. Wenn wir unsere Arbeit getan haben, wird unser Herr unangreifbar sein. Gottähnlich. Und kein Mensch, kein Hoboke, kein Magicus wird mehr die Macht oder den Willen haben, ihm zu Leibe rücken zu können. Wir töten all jene, die den Krieg wünschen.«

Der Rechte brüllte einen Gruß in Richtung mehrerer Veteranen aus der Norde, die Teil seiner Regimenter waren.

»Wir vernichten allen Widerstand«, setzte Metcairn Nife seine Rede fort. »Wir töten die Wölfe und züchten uns Herden mit Lämmern. Es wird keine Landesgrenzen mehr geben, keine Familienfehden, keinen Grund für Streitigkeiten mehr, von den Eisbereichen der Norde bis hinab in die Sümpfe des zivilisierten Südens.«

»Jetzt kann ich mich wieder erinnern – und ich weiß, warum an dieser Stelle mein Denken stets aussetzt.« Marmer Dunne blickte ihn von der Seite her an. »Was geschieht mit uns, Freund, wenn die Arbeit getan ist? Was fangen wir mit diesen Arschlöchern an, die gerade vor uns das Knie beugen? Sie leben für den Kampf, denken nur noch ans Plündern und daran, wie sie ihre ungewaschenen Dinger in irgendwelche alten Mütterchen versenken können, die sich nicht rechtzeitig genug in Sicherheit gebracht haben.«

»Es wird sie nicht mehr geben. Die Heerscharen werden aufgelöst, die Veteranen nach Hause geschickt. Damit sie ein Leben in Frieden leben und ihre Felder bestellen können.«

»Kannst du dir Pae Loriander als liebendes Weib am Herd vorstellen, als Frau des Dorflehrers? Kuchen backend und Rezepte mit ihrer Nachbarin austauschend?« Marmer Dunne schüttelte den Kopf. »Du kannst den Wolf töten, aber du kannst kein Schaf aus ihm machen.«

»Ich weiß.«

»Du wirst sie beseitigen müssen.«

»Ich werde viele schwere Entscheidungen treffen müssen, wenn alles vorbei ist.«

»Auch eine, die mich betrifft, nicht wahr?«

»Ja«, sagte Metcairn Nife ohne Zögern. Der Freund hatte die Wahrheit stets geschätzt, und er hatte sie verdient.

»Dann werden wir uns eines Tages gegenüberstehen.«

»Wenn du weiterhin so säufst, brauche ich mich um dich gewiss nicht mehr zu kümmern.«

Marmer Dunne lachte dröhnend, wurde aber gleich wieder ernst. »Was ist mit dir selbst? Mit dem Leitwolf, den plötzlich keiner mehr benötigt?«

»Er ist müde geworden, und wer weiß, vielleicht sehnt er sich ja nach Ruhe. Nach einer reizenden kleinen Wölfin und einem Haufen Welpen, die über seinen fetten Bauch trampeln.«

»Lüg dir nicht selbst ins Hemd!«

»Es ist zumindest eine schöne Wunschvorstellung, der ich in manchen Nächten nachhänge.«

Etwa dreißig Parveniden trippelten leisen Schritts vorbei. Ihre Gesichter waren hassverzerrt, sie hatten sich kaum noch unter Kontrolle. Es war höchste Zeit, dass sie ins Gefecht geführt wurden.

»Also sag mir, was dich erwartet, sobald diese Arbeit erledigt ist«, verlangte Marmer Dunne.

»Ich werde mich vor dem Gottbettler verantworten müssen und die verdiente Strafe für all meine Untaten ohne zu zögern annehmen«, antwortete Metcairn Nife und hörte dann nicht länger dem Freund zu, der ihn mit weiteren Fragen löchern wollte. Seine Gedanken schweiften ab. Er hatte einen Auftrag zu erledigen, eine Stadt zu vernichten. So, wie es sich für einen guten Soldaten gehörte. Alles andere zählte nicht.

Mit dem pünktlich zur Schlacht einsetzenden Regen wurde alles zu Schlamm, der mit dem beginnenden Morden bunte Farbtupfer erhielt. Rotes Blut vermengte sich mit dem grünen der Nachtkrappen, das Geschrei der Angreifer mit dem der Verteidiger Moinas.

Metcairn Nife beobachtete die Schlacht aus sicherer Entfernung. Meldereiter kamen, lieferten ihm Informationen über die Geschehnisse entlang der nördlichen Wehr der Stadt und über einen Ausfall, den verzweifelte Bürger in Richtung Fluss wagten. Hier war eine Dutzendschaft des Kleinen Volks einem Geschoss aus Pech und Feuer zum Opfer gefallen, dort waren die Parveniden über die hölzernen Barrikaden ins Innere Moinas gelangt.

Metcairn Nife brauchte nicht viel nachzudenken, bevor er seine Anweisungen gab. Er hatte Sturmangriffe wie diesen oft genug mitgemacht und befehligt. Die Muster waren stets die gleichen. Die Verteidiger kämpften mit dem Mut der Verzweiflung, so lange, bis sich irgendwo eine Lücke auftat, in die die Heerscharen des Gottbettlers stießen, um diese dann Schritt für Schritt zu vergrößern. Anschließend wurden die

Kriegsveteranen nach vorn geschickt. Die grausamsten und verschlagensten Kämpfer setzten sich fest, unterstützt von den Zaubersprüchen der Magicae und dem Gesang der Parveniden, um einen Brückenkopf zu bilden, von dem aus sich weitere Angreifer über die Stadt ausbreiteten wie ein Geschwür, das mit rasanter Geschwindigkeit einen gesunden Körper in Beschlag nahm.

Die Meldereiter hörten ihm aufmerksam zu, während sie rasch ein Stück angekohltes Fleisch hinabschlangen und aus ihren Weinschläuchen tranken, um dann wieder davonzugaloppieren und Metcairn Nifes Befehle an die kleineren und größeren Kampfeinheiten weiterzugeben. Manche von ihnen kamen niemals am Ziel an, von Bogenschützen oder versprengten Einheiten der Gegner gemordet, andere fanden im allgemeinen Durcheinander nicht die Kommandostände der Generäle. Dies spielte kaum eine Rolle. Das Heer des Gottbettlers war wie eine gut geölte Maschinerie, viel zu groß und viel zu gut strukturiert, um es beschädigen oder gar zerstören zu können.

Natürlich hatte es einen Schwachpunkt, wie Metcairn Nife nur zu gut wusste. Ein winziges Schräubchen, das alles zusammenhielt und, wenn es einmal abgenutzt und ausgedreht war, das Maschinenwerk auf eine Anhäufung nutzloser Metallteile reduzieren würde. Dieser Schwachpunkt war er selbst. Ohne ihn war das Heer des Gottbettlers nichts wert. Also musste er überleben. Sein Leben war mit dem von tausend oder mehr Soldaten gleichzusetzen.

Er sah das Banner Marmer Dunnes an der Nordwehr. Darauf abgebildet war ein stachelbewehrter Schild, auf dem ein Kopf stak. Der Rechte war wie immer dort zu finden, wo die Feuer am höchsten loderten.

Die Linke, nicht minder fürchterlich in ihren Taten, näherte sich an der Spitze ihrer besten Leute frontal dem Haupttor. Metcairn Nife meinte, ihren Kampfschrei zu hören und ihr Haar trotz des Regens golden leuchten zu sehen. Auf ihrem mächtigen Streithengst sitzend, drängte sie Parveniden beiseite, ungeduldig und voll Mordlust.

Die Bogenschützen hatten die Verteidiger auf den Wehranlagen ausgedünnt. Die Linke duckte sich, als ein Pfeilhagel auf sie und ihr Gefolge niederging, dann hatten sie die angekohlten Stützpfähle des Tors erreicht. Veteranen schleuderten Seile über die Pfähle hinweg und schlangen deren Enden an den Sätteln fest.

Einer der Männer fiel vom Pferd, von vier Pfeilen gespickt, nicht, ohne seinem Gaul zuvor den Befehl zum Angaloppieren gegeben zu haben; eine kleine Heldentat, die zweifelsohne bald an den nächtlichen Lagerfeuern besungen werden würde. Das Tor sowie die beiden Türme links und rechts stürzten in den Schlamm. Für eine Weile war vom Befehlshügel aus nichts zu sehen, und Metcairn Nife ahnte, dass in diesen Sekunden weder Angreifer noch Verteidiger wussten, was rings um sie geschah. Das Chaos aus Lärm und Schmutz und stürzenden, schreienden, verletzten, sterbenden Männern würde all ihre Sinne betäuben und sie jeglicher Orientierung berauben. So lange, bis irgendjemand ein neues Ziel vorgab. Und es würde, wie so oft, die Linke sein, die mit der Spitze ihres Schwerts auf die überlebenden Verteidiger deutete und einen Kriegsschrei ausstieß, um den Angreifern den Weg zu weisen.

»Pae Loriander soll sich zurücknehmen«, sagte Metcairn Nife zu einem Meldereiter. »Sie soll die Verteidiger binden und auf sich ziehen.«

»Das wird ihr nicht gefallen, Herr!«, sagte der Mann. Ihm war die Angst anzusehen. Einer wie entfesselt kämpfenden

Linken den Befehl zu geben, sich zurückzuhalten, war für den Überbringer der Order nicht ungefährlich.

»Möchtest du wegen Befehlsverweigerung an Ort und Stelle exekutiert werden?« Metcairn Nife warf einen Blick auf den Henker, der nicht zufällig in Sichtweite herumlungerte. Der vierschrötige Mann hatte im Zuge von Kriegshandlungen immer ausreichend zu tun.

»Natürlich nicht, Herr!« Der Bote riss an der Kandare seines Pferdes, dass dem armen Tier die Augen hervorquollen. Er jagte davon, den Hügel hinab, vorbei an Bataillonen der Reserve, an Bogenschützen und an Sibyllen, um ins Getümmel einzutauchen und bald nur noch Teil einer gewaltigen Masse von Leibern zu sein.

Am Horizont fand die Sonne ein Schlupfloch zwischen den dichten Wolkenbänken und warf einzelne goldglänzende Streifen auf Moina hinab. Das Gelb verband sich mit dem Rot brennender Bauten. Rauchwolken standen wie eingefrorene Mahnmale über den Gebäuden, der Wind war fast völlig zum Erliegen gekommen.

»Wer befehligt die Kavallerie im Westen?«, fragte Metcairn Nife einen seiner Adjutanten.

»Mert von Stein, Herr.«

Als ob er es nicht gewusst hätte. »Ich möchte, dass er vorrückt. Die Städter sollen den Eindruck bekommen, dass wir sie von drei Seiten her angreifen.«

Niemand wagte einen Einspruch, auch wenn dieser Befehl bedeutete, dass sich die Reiter durch sumpfiges Gelände bewegen mussten und von Bogenschützen hinter den Stadtmauern unter Beschuss genommen wurden.

Die erfahrenen Reiter in der Einheit Mert von Steins waren in ihren Rüstungen viel zu gut geschützt, um Opfer eines Angriffs zu werden, wie auch die mit schweren Decken geschützten Pferde. Doch ihr Anführer hatte sich heute Morgen in seinen fein ziselierten und goldbeschlagenen Brustpanzer gequetscht, der zwar schön anzuschauen war, aber an den Seiten und im Halsbereich Lücken bot. Ein verirrter Pfeil mochte das blutige Ende des Speichelleckers bedeuten.

Die Schlacht nahm ihren Fortgang. Geduldig wartete Metcairn Nife auf den entscheidenden Moment, da sich die richtige, die passende Lücke für den Sturm auf die Stadt auftat. Seine Adjutanten wurden zunehmend unruhig. Sosehr er sich auch bemühte, unter ihnen jemanden zu finden, der ausreichend strategisches Geschick hatte, um seine Gedanken zu verstehen – da war niemand. Bestenfalls der stets im Hintergrund bleibende Margor entil Dusan mochte zu gefallen. Doch der Bauernbursche aus dem Hinterland Mirces, aus einem Kaff an der Grenze zur Norde stammend, wurde von seinen Kollegen mit Verachtung gestraft.

*Wenn du dich gegen diesen Haufen Idioten durchsetzen kannst, die so viel auf Rang und Namen geben, werde ich mich näher mit dir beschäftigen. Doch bis dahin wird noch viel Wasser die Abnam hinabfließen, befürchte ich.*

Die Abnam. Jenes schmutzige und nun rot gefärbte Gewässer, an dem er einige Jahre verbracht und sich bei Gerberarbeiten die Hände dunkel gefärbt hatte. Da unten floss sie, manchmal träge, manchmal, an von Felsen begrenzten Katarakten, plötzlich beschleunigt. Wie sehr hatte er diesen Fluss gehasst. Er hatte gemeint, niemals sein Mündungsgebiet an der Cabrischen See zu Gesicht bekommen zu dürfen!

Nun, er hatte sich geirrt. Er war mit dem Heer des Gottbettlers durch die Marschen und Sümpfe im Süden gezogen, hatte dort eine Vielzahl an Ansiedlungen dem Erdboden gleichgemacht und die Sklaven Lirballems von ihrem schrecklichen Schicksal befreit. Zwei Jahre lang hatte das Abschlachten gedauert, bis die eigentlichen Herrscher dieses fruchtbaren

Landes, die Bauern und Großgrundbesitzer, klein beigegeben hatten.

Metcairn Nifes schob die Erinnerungen beiseite. Heute saß er am Quell all des Schlechten, das dieses Land einstmals im Griff gehalten hatte. Die hiesigen Fürsten, allesamt fett wie die Maden im Speck, würden die Rechnung für jahrhundertelange Unterdrückung großer Teile der Bevölkerung zahlen müssen. Dank seiner Schwertarbeit würde im Land Lirballem niemand mehr Frondienst leisten.

Ein Meldereiter brachte neue Nachrichten. Im Osten war der Widerstand der Verteidiger gebrochen, die letzten erschöpften Kämpen hatten sich zurückgezogen und mühten sich nun mit der Errichtung einer eng gezogenen Verteidigungslinie rings um das Händlerviertel.

Der richtige Augenblick war gekommen, Metcairn Nife fühlte es. »Die Kavallerie nach vorn!«, befahl er. »Das schwere Gerät. Die Hoboken. Die Älteren. Die übliche Vorgangsweise.« Er drehte sich um und machte sich auf den Weg zum Zelt. Er hatte genug gesehen und gehört. »Ruft mich, wenn alles erledigt ist.«

Er war so schrecklich müde.

Mimar scharrte unruhig mit den Hufen. Die Feuerwand, bloß drei Häuserzeilen entfernt, und der beißende Rauch machten dem Schlachtross zu schaffen.

»Die Häuser der Bürger stehen unseren Leuten zum Plündern offen«, sagte Metcairn Nife zu seiner Linken. »Die Sklaven werden verschont, die erbärmlichen Hütten an der Südseite Moinas nicht angegriffen.«

»Wobei die Grenzen zwischen Leben und Tod fließend verlaufen.« Pae Loriander wirkte ungewohnt nachdenklich. »Gibt es denn diese Grenzen zwischen Gut und Böse? Du weißt ebenso gut wie ich, dass die sogenannten freien Länder den Gottbettler und uns hassen für das, was wir tun.«

»Weil sie nicht verstehen. *Noch* nicht verstehen. Doch der Zeitpunkt wird kommen.«

»Du glaubst wirklich den Mist, den du redest, nicht wahr?«

»Ja.«

»Dann bist du womöglich der Einzige auf dieser beschissenen Welt.«

*Manchmal reicht ein Mensch aus, um alles zum Besseren zu wenden. Ein Mensch – und die Gnade des Gottbettlers.* »Wir werden sehen. Solange ich der Heerführer bin, geschehen die Dinge so, wie ich es möchte. Oder bist du damit nicht einverstanden, Linke?«

Pae Loriander spuckte aus. »Natürlich bin ich es. Ich habe nie verhehlt, dass ich dich für den Besten auf deinem Platz halte. Andernfalls hätte ich mich längst um diesen Posten … beworben.«

»Und ich hätte dich längst beseitigen lassen, wäre ich mir deiner Loyalität nicht sicher.« Metcairn Nife grinste die Frau an. »Ich weiß ganz genau, was ich an dir habe.« Er stieg vom Pferd und tat einige Schritte über den aschebedeckten Boden. Er war warm und schlickig.

An der Längsseite einer Hausruine, deren Mauerwerk zur Hälfte niedergerissen war, stapelten sich Leichen, fein säuberlich nach Freund und Feind getrennt. Ein Schwerverletzter ohne Beine, den man gegen Stein gelehnt hatte, schrie seinen Schmerz in die Welt hinaus. Ein Feldscher bemühte sich, die stark blutenden Stümpfe abzubinden, und als die dunkle Lache rings um den Soldaten immer größer wurde, stand er auf, zuckte mit den Achseln und machte sich auf, um an anderer Stelle seinen Pflichten nachzugehen. Ein Söldner aus einer Runde Wartender ließ die Schultern weit nach vorn fallen, trat auf seinen sterbenden Kumpan zu, zog das Schwert blank und tat, was getan werden musste. Dann machte er sich über die Taschen des Toten her und nahm an sich, was er darin fand.

Es war einer von vielen Momenten des Krieges. Ein Augenblick des Schreckens, wie es ihn, ginge es nach Metcairn Nife, bald für die Bewohner dieser Welt nicht mehr geben würde.

Marmer Dunne kam auf ihn zu, auch er zu Fuß. Leicht torkelnd, mit einem Sack voll Beute über der Schulter, einen Weinschlauch in der freien Hand. »Es gibt einige Bürger, denen es bis jetzt gelungen ist, sich zu verkriechen und sich vor uns zu verstecken.«

»Aber du hast sie gefunden.«

»Du kennst meine Nase. Ich rieche den Reichtum, immer und überall.«

»Was wollen sie?«

»Mit dir reden. Ihr Schicksal in deine Hände legen.« Marmer Dunne lachte schallend, als wäre ihm ein besonders guter Witz gelungen.

»Dann bring sie zu mir.«

»Ehrlich?« Der Rechte verschluckte sich und prustete Wein. »Kämen diese Worte von Pae, würde ich glauben, dass sie sich ein klein wenig auf Kosten der Pfeffersäcke amüsieren wollte. Aber bei dir ...«

»Ich möchte sie sehen.«

»Selbstverständlich, Freund.« Marmer Dunne schüttelte den Kopf und winkte Soldaten am Ende der Straße. Sie setzten sich in Bewegung, mit einigen feisten Gestalten in ihrer Mitte, die in golden bestickten Mänteln steckten. Zwei großgewachsene Frauen begleiteten sie; Konkubinen, mit dunklen Ringen unter den Augen, tiefen Falten um den Mund und spröden Lippen – Zeichen eines ausschweifenden Lebensstils und des Drogenmissbrauchs.

Waren sie in ihre Rollen gezwungen worden, oder hatten sie sich freien Willens von diesen verkommenen Gestalten besteigen lassen?

Metcairn Nife besah sich die Krämer und ihre Huren ganz genau. Er sah die Angst, aber auch Reste einer Arroganz, die er in seinen jungen Jahren zu hassen gelernt hatte.

»Stehen bleiben!«, befahl er dem Trupp. Die Soldaten gehorchten, die Händler rückten noch enger aneinander, als fänden sie Schutz in der Masse. »Was wollt ihr von mir?«

Ein Mann wurde nach vorn geschubst. Er rieb sich nervös die Hände, als wollte er das Feilschen um ein unsicheres Geschäft beginnen. »Herr, du siehst die Hochbürgerschaft Moinas vor dir …«

»Zumindest das, was von ihr übrig geblieben ist.« Marmer Dunne lachte und nahm dann einen Schluck Wein.

»Lass uns bitte allein, Freund«, bat Metcairn Nife mit sanfter Stimme. Und in einem Ton, den der Rechte nur zu gut kannte und der ihn dazu brachte, so rasch wie möglich beiseitezutreten. Auch die Soldaten rings um die Gefangenen traten schrittweise zurück.

»Die Hochbürgerschaft von Moina, so, so.« Metcairn Nife sah sich wie suchend um. »Ich sehe kein Moina mehr. Bloß einige rauchende Ruinen, unter deren Dächern eure Toten begraben liegen. Und wisst ihr, warum, Hohe Bürger?«

Der Mann, feist, mit Schweinsäuglein und berechnendem Blick, wirkte verwirrt. Das Gespräch entwickelte sich wohl anders, als er es sich erhofft hatte. »Ja … Nein, Herr! Nun, es herrscht Krieg, und …«

»Der Krieg hätte nicht sein müssen. Ich habe ihn nicht gewollt. Ich habe euch ein Angebot zur Kapitulation übermittelt. Es war durchaus gerecht.«

»Gerecht nennst du das?« Ein anderer Mann trat vor. »Wir

hätten große Teile unserer Besitztümer abtreten und Tributzahlungen leisten müssen. Der im Schweiße unseres Angesichts und ehrlich verdiente Reichtum wäre dahin gewesen.« Die fein manikürten Finger waren mit wertvollen Ringen besetzt, die hohe Stirn mit den Hoheitszeichen der Stadt tätowiert. Es handelte sich zweifelsfrei um den Stadtkämmerer.

»Jetzt schwebt ihr in Gefahr, weit mehr als Gold und Brokatstoff und Land und Macht zu verlieren. Nämlich eure Köpfe.«

Gezeter und Gejammer hob an; der Auftakt zu einer Litanei, in der sich die Händler hochlizitierten, ihre Vorzüge benannten und Leistungen in Aussicht stellten, die dem Heer des Gottbettlers zugutekommen würden. Die ehrenwerten Mitglieder der Hochbürgerschaft konnten nicht aus ihrer Haut. Sie feilschten um ihr Leben, mit den üblichen Tricks und Zahlen im Kopf, die ihnen sagten, wie weit sie bei diesen Verhandlungen gehen konnten, ohne in Armut zu enden.

Metcairn Nife hörte sich an, was die Händler anzubieten hatten. Bis er genug hatte. Bis er meinte, der Kopf würde ihm platzen. Er tat eine herrische Handbewegung, die Männer verstummten. »Ist das alles, was ihr zu bieten habt?«

»Was meinst du, Herr?«, fragte der Stadtkämmerer erstaunt.

»Ich hatte auf mehr gehofft.«

»Mehr?« Ein alter Mann fuchtelte mit seinem goldverzierten Gehstock. »Wir gehen an unsere Grenzen, überschreiten sie, schenken dir die Herrschaft über die Stadt und sind bereit, als Vermittler der Bürgerschaft gegenüber aufzutreten – und es ist dir zu wenig?«

»Ihr habt mir diese Herrschaft nicht geschenkt, ich habe sie mir genommen. Und ich brauche Moina nicht.« Metcairn Nife spuckte aus. »Diese Stadt wird dem Erdboden gleichgemacht. Ich werde dafür sorgen, dass sich in einigen Jahrzehnten niemand mehr an sie erinnert.«

»Ein neues Moina«, murmelte der Stadtkämmerer. »Was für eine gewagte, was für eine visionäre Idee! Man stelle sich bloß vor: Das Bauhandwerk würde florieren und mit dem Bauhandwerk alle damit verbundenen Künste. Man bräuchte bloß ein wenig Gold in die Hand zu nehmen, Anstöße und Anreize zu geben – und schon bald würde ein neues Handelszentrum entstehen, das seinesgleichen sucht. Mit den richtigen Leuten an der Spitze, selbstverständlich.«

»Selbstverständlich.«

»Beseitigt das Alte und macht Platz für das Neue!« Die Augen des Kämmerers leuchteten. »Was für eine Botschaft, was für ein Gedanke!«

»Nicht wahr? Sie ist Kern der meisten Überlegungen des Gottbettlers. Aber ich befürchte, dass wir ein klein wenig aneinander vorbeireden.«

»Wie meinst du das, Heerführer?«

»Ihr seid *Bestandteil* des Alten. Ihr werdet Platz für das Neue machen. Eure Zeit ist abgelaufen.«

Metcairn Nife sah Angst in den Augen der Krämer. Angst, die zu Panik anwuchs. Die zu Schweißausbrüchen, unkontrollierbarem Gliederzittern und dazu führte, dass die Gefangenen kein vernünftiges Wort mehr hervorbrachten. Noch suchten sie Auswege. Wollten weiterfeilschen. Überlegten verzweifelt. Wollten Argumente vorbringen, um die letzte ihnen verbliebene Handelsware – ihr Leben – zu verkaufen.

»Wir bringen Wissen ein!«, sagte der Stadtkrämer mit sich unangenehm überschlagender Stimme. »Kenntnisse, die immer und überall gefragt sind, die nicht verloren gehen dürfen!«

»Manches Wissen kann ruhig in Vergessenheit geraten.«

»Aber …«

»Ich würde gern das Wort an die Damen in eurer Mitte richten.«

Die Frauen schoben sich an ihren Begleitern vorbei. Beide hatten sie zweifelsohne ihre Reize. Aber nicht für ihn, nicht für den Heerführer des Gottbettlers. »Ihr lasst euch von diesen verkommenen Gestalten bezahlen, nicht wahr?«

»Ich bin die Frau des Ehrenwerten Händlers Tario Fure, den deine Leute vor wenigen Stunden getötet haben«, sagte die größere der beiden.

»Das bedauere ich. Aber tust du es auch?«

»Ich verstehe nicht …«

*Tario Fure,* erinnerte sich Metcairn Nife, *war schon zu meiner Zeit der bedeutendste Tuchhändler Moinas gewesen. Ein skrupelloser Kerl. Bösartig wie eine Natter, ein rücksichtsloser Geschäftsmann und Ausbeuter. Und er war gewiss vierzig Jahre älter als seine bezaubernde Ehefrau.*

»Es bedauern«, präzisierte Metcairn Nife seine Frage. »Du siehst nicht so aus, als würdest du sonderlich um deinen Mann trauern.«

»Ich habe ihn sehr … geschätzt.«

»Falsch. Du hast seinen Reichtum geschätzt. Die gesellschaftlichen Möglichkeiten, die er dir bot. All die Annehmlichkeiten, das sorgenlose Leben. Aber hast du ihn auch geliebt und geachtet?«

»Ich …«

»Überleg dir deine Antwort ganz genau. Ich erkenne die Falschheit, wenn ich sie sehe. Und ich bin nicht sonderlich gut auf Lügner zu sprechen.«

»Er war mir stets ein guter Ehemann.«

»Das beantwortet nicht meine Frage. Hast du ihn geliebt?«

»N… nein.« Sie senkte den Kopf.

Metcairn Nife trat näher an sie heran. »Wie heißt du?«

»Amela Dusong. Und meine Freundin hier ist Carmie Newoshin.«

»Amela Dusong und Carmie Newoshin, wollt ihr den heutigen Tag überleben?«

»Ja«, antworteten die Frauen unisono.

»Gut. Was würdet ihr tun, um dieses Ziel zu erreichen?«

Die Frauen tauschten einen Blick und waren sich rasch einig. »Wir ... du kannst uns haben«, erklärte Amela Dusong. »Einzeln oder gemeinsam.«

»Du trauerst bemerkenswert kurz um deinen verblichenen Ehemann.«

»Ich bin nicht allein. Ich habe zwei Kinder zu versorgen und Carmie sogar drei. Allesamt sind sie noch nicht alt genug, um allein für sich sorgen zu können. Spielt es denn da eine Rolle, wie ich mich fühle?«

»Kinder ... Sie verändern alles, nicht wahr?«

»J ... ja.«

Zeigten sich da tatsächlich Tränen in den Augenwinkeln der Witwe? Empfand diese hartgesottene Frau, die in den Kreisen der besseren Gesellschaft Moinas gewiss wie ein Preis umhergereicht worden war und die dieses Spiel zweifellos gern mitgemacht hatte, denn wirklich etwas für ihre Brut? Wusste sie, wer der Vater der beiden Bastarde war?

Metcairn Nifes schöner Plan geriet mit einem Mal ins Wanken. Er war nach wie vor zu rührselig, verdammt! Aber er durfte sich nicht einwickeln, durfte sich in seinem Urteil nicht von Gefühlsduseleien verleiten lassen.

»Ihr kennt eure Begleiter allesamt?«

»Selbstverständlich.«

»Ihr wisst, wie schwer sie in Gold und Münzen, in Besitztümern und Schuldscheinen wiegen?«

»Ja.«

»Ihr würdet sie verraten, um euer Leben und das eurer Kinder zu retten?«

Ein Proteststurm der Empörung brach los. Die Händler, die ehemaligen Beherrscher Moinas, sahen sich übervorteilt. Sie drängten nach vorn, wollten die beiden Frauen packen und zurück in ihre Mitte ziehen. Augenblicklich waren die Soldaten da. Sie stachen in die Menge, verpassten einigen der Männer kleinere Wunden und versperrten ihnen den Weg.

»Muss ich meine Frage wiederholen, Amela Dusong und Carmie Newoshin?«

»Nein.« Wiederum waren sich die beiden Frauen einig. Und erneut sprach Amela Dusong für sie beide. »Wir sagen dir, was du wissen möchtest. Wir zeigen dir die Verstecke mit all dem Gold und den Juwelen. Wir beschaffen dir alle Urkunden, die du benötigst. Wir klären dich über die Besitzverhältnisse in Moina auf.«

Die Händler drängten wiederum nach vorn. Sie tobten und wüteten und schimpften, waren selbst von den bewaffneten Soldaten kaum noch zurückzuhalten. Der Gedanke, all ihr Hab und Gut zu verlieren, erschien den Krämern schlimmer als der, ihr Leben lassen zu müssen.

»Nun, meine Herren, unsere Verhandlungen sind leider gescheitert«, rief Metcairn Nife über sie hinweg. »Das Geschäftsleben lehrt uns, stets mehrere Angebote einzuholen und sie miteinander zu vergleichen. Ich denke, dass ihr mir weniger bieten könnt als diese beiden bezaubernden Damen.« Er winkte Marmer Dunne zu sich und sagte so laut, dass jeder es verstehen konnte: »Sobald wir haben, wonach wir suchen, werden diese Herrschaften dem Scharfrichter überantwortet. Sag ihm bitteschön, dass er seine Fantasie spielen lassen soll. Er ist ja ein Künstler auf mancherlei Gebiet. Gewiss fallen ihm neue Attraktionen ein, mit denen er unsere Leute belustigen kann.«

»Endlich wieder ein paar zünftige Hinrichtungen!« Der Rechte lachte laut. »Der arme Kerl hat sich mangels Arbeit bereits bei mir beschwert. Wir wären viel zu nachgiebig. Er fordert die Todesstrafe für zu lautes Fluchen im Glied. – Kommt schon, meine Freunde! Sagen wir dem Scharfrichter Hallo.« Marmer Dunne winkte den Händlern, ihm zu folgen, und rasch sorgten die bereitstehenden Soldaten, dass seiner Aufforderung nachgekommen wurde.

»Wir haben dein Wort?«, fragte Amela Dusong. »Das Leben der Kinder und unseres gegen ein klein wenig Verrat?«

Sie trat einen Schritt näher. Metcairn Nife roch ihr Parfum. Fühlte sich ihrer Ausstrahlung ausgesetzt. Sah das Fleisch ihrer Schenkel zwischen den Schlitzen des Kleides hervorlugen. Noch konnte sie die Fassade aufrechterhalten, noch hatte sie einige gute Jahre, bevor die Spuren ihres Lebenswandels alle körperlichen Vorteile zunichtemachen würden.

»Ja, ich verspreche es.« Der Heerführer nickte. »Aber es wird euch nicht viel mehr als das Leben bleiben.«

»Das bedeutet?« Amela Dusong schluckte schwer.

»Ihr werdet im Tross mitreisen. Ihr werdet den einfachsten, dümmsten, mitleidlosesten Kämpfern meines Heeres zu Willen sein.«

Die schlanke Frau hatte sich bislang um Haltung bemüht. Nun fiel sie in sich zusammen und ließ den Kopf hängen. Ihre Arme zitterten. Carmie Newoshin zeigte sich weit weniger beeindruckt. »Es wäre nicht das erste Mal, dass ich eine derartige Arbeit leiste«, sagte sie hart. »Und sie ist nicht viel anders als die der letzten Jahre.«

»Dürfen die Kinder bei uns bleiben?«, hakte Amela nach.

»Das Heer des Gottbettlers braucht stets frische Rekruten. Sie werden an den Waffen geschult und gemäß ihrer

Fähigkeiten eingeteilt, um irgendwann für unsere gerechte Sache einzutreten.«

»Eine letzte Bitte, Herr.«

»Und zwar?«

Amela Dusong war am Ende ihrer Kräfte. Sie verriet und verkaufte alles, das sie noch hatte – und erhielt dennoch den vorstellbar niedrigsten Preis. Auch die Freundin zitterte nun und drohte ebenfalls ihre Haltung zu verlieren.

Gut so.

»Gib ihnen Zeit, Herr! Gib ihnen einige Jahre oder Monate. Verfüttere sie nicht an der Front. Lass sie ein klein wenig Leben haben!« Amela Dusong fiel auf die Knie. Rotz lief ihr aus der Nase. Sie hatte den Kopf weit vornübergebeugt und schluchzte hemmungslos, erbrach sich. »Ich tue alles … alles …«

»Natürlich tust du alles, was ich von dir möchte.« Metcairn Nife streichelte sanft über ihr blondes Haar. Es fühlte sich gut an. »Aber ich weiß nicht, ob dieses *Alles* genug sein wird.« Er wollte sich abwenden und zu den wartenden Adjutanten zurückkehren, wandte sich dann aber noch einmal der Knienden zu und flüsterte: »Ein jedes Wesen, so gering es auch sein mag, sollte zumindest eine Chance im Leben bekommen und niemals für die Sünden seiner Eltern büßen müssen. Eure Kinder werden erfahren, was ihr getan habt – und sie werden vorerst nicht an der Front eingesetzt.«

Metcairn Nife drehte sich um und ging davon. *Du gefühlsduseliger Narr!*, schalt er sich – und hatte dennoch das Gefühl, das Richtige getan zu haben.

# 7. Die Herrin der Unterstadt

Sie blickten von der Admunthöhle aus auf die See, auf dieses kochende Etwas aus Schaum, hochblubberndem Wasser, salzigen Fontänen, Algenbüscheln und vereinzelten Stücken von Treibholz. Dieser unglaubliche Lärm! Diese gleichmütige Wut, mit der die Götter des Ozeans seit Äonen gegen ihre Feinde vom Festland ankämpften! Diese Lust, alles und jeden zu schlucken, alles und jeden zu zerreißen!

Terca zählte mit. Drei kleine unbedeutende Wellenschläge wurden von einem größeren gefolgt, der das Wasser durch die vielen Kamine der Admunthöhle presste und vielerorts Fontänen hervorrief. Jeder sechste dieser großen Wellenschläge wiederum war von einer derartigen Wucht, dass die glattgeschmirgelten Höhlenräume zu vibrieren begannen, und jeder hundertzweiundvierzigste vibrierende Schlag war so heftig, dass Teile der Unterstadt bebten. Wer in Poitrea lebte, nahm den Rhythmus des Ozeans in sich auf, ob er nun wollte oder nicht.

Terca legte einige Tücher fein säuberlich neben sich und entzündete Kerzen rings um den Lagerplatz. Sie winkte Felitas Tochter zu sich und deutete ihr, sich niederzulegen. Das junge Gör gehorchte zögerlich. Ihr dick angeschwollener Leib war unter weit fallendem Stoff verborgen; doch ein Griff an den Bauch reichte, um Terca wissen zu lassen, dass sie die Hälfte der Tragezeit längst überschritten hatte.

»Warum muss es ausgerechnet hier geschehen?«, fragte Felita mit lauter Stimme. »Warum nicht an einem ruhigen Ort, an dem sich Gunguelle entspannen kann?«

»Ich habe meine Gründe«, antwortete Terca, ebenfalls so laut wie möglich. »Und nun reich mir meine Tasche.«

Salzkristalle klebten am Fels. Sie bildeten seltsame Muster und mitunter auch Figuren, deren Aussehen Terca seit jenen Tagen, da sie den Weg hier herab entdeckt hatte, zu deuten versuchte. Die Gebilde hatten etwas zu sagen, dessen war sie sich sicher.

Die Halbwüchsige wimmerte, ihre Beine zitterten. Sie hatte keine Ahnung, was auf sie zukam, was sie erwartete. Sie war noch viel zu jung, um auch nur zu erahnen, was eine Mutterschaft bedeutete.

*Dennoch hatte sie gewusst, wie sie die Beine breitzumachen hatte. Dummes, dummes Kind!*

Sie tat Gunguelle unrecht, und sie wusste es. Das Mädchen war Opfer eines marodierenden Söldners geworden. An einem Bach, beim Wäschewaschen, in der Nähe irgendeines Kuhdorfs. Der Mann war über sie hergefallen. Hatte sie von hinten genommen, sie entjungfert. Hatte ihr binnen wenigen Minuten ihre Jugend gestohlen. Um, nachdem er sich erleichtert hatte, Gunguelle in ihrem Blut liegen zu lassen und weiterzuziehen, einem unbekannten Ziel entgegen. Fröhlich pfeifend, wie die Mutter des heranreifenden Kindes voll Hass in der Stimme erzählt hatte.

Und nun lag sie da und wartete darauf, dass ihr der Leib aufgeschlitzt wurde.

Wenn sie Glück hatte, würde sie die Operation unbeschadet überstehen. Wenn es die Götter gut mit ihr meinten, würde sich ihr Körper erholen und sie gebärfähig bleiben. *Wenn es in der Südwüste schneit und am selben Tag in der Norde trockener Wind allen*

*Schnee beiseitefegt, wenn also zwei Wunder zur selben Zeit geschehen, dann wird sie irgendwann vergessen, was man ihr angetan hat.*

»Halt still und hör auf zu greinen!«, fuhr Terca das Mädchen an. Sie hob die Stoffbahnen hoch und betrachtete den ausgemergelten Körper, aus dem der Kindsbauch wie ein Pilz hervorsprang.

Gunguelles hinter Schleiern verborgene Augen wurden groß, Tränen rollten ihr übers Gesicht. Doch sie war Gehorsam gewöhnt. Sie verkrampfte und lag nun ruhig wie ein Brett da.

»Gut so.« Terca öffnete die Tasche und beförderte ihre Instrumente zutage, ohne sie vorerst aus den Stoffhüllen zu nehmen. Dazu vier Flaschen wertvoller Flüssigkeiten. Die wichtigste beinhaltete tranigen, goldenen Saft. Habanea-Verschnitt, dessen Beimengungen das Mädchen ausreichend betäuben und den Schmerz ein klein wenig lindern würden. Einige Tropfen perlte sie in einen hölzernen Becher. Terca verdünnte sie mit Wasser, reichte Gunguelle das Gefäß und sagte: »Trink das!«

Felita fiel ihr in den Arm. »Die Gesetze besagen, dass sie keinen Alkohol trinken darf …«

»Eure Gesetze besagen auch, dass sie vor der Ehe kein Kind unter ihrem Herzen tragen darf! Wollen wir abwägen, was in deiner Heimat als verderblicher gilt?« Terca gab der Frau keine Gelegenheit zur Antwort. Sie setzte den Becher Gunguelle an den Mund und sorgte dafür, dass sie trank.

Dann warteten sie einige Minuten, allesamt schweigend. Mutter und Tochter hielten sich an den Händen. Terca starrte durch ein kopfgroßes Loch hinaus auf die See. Dann nahm sie ihr Werkzeug zur Hand, fühlte die Temperatur an der Stirn des Mädchens und deutete der Älteren, ein wenig beiseitezurücken.

Ein Feuer musste gemacht werden, um die Klingen und die

Haken zu entkeimen, und der entblößte Bauch musste mit Alkohol eingerieben werden. Mit Nadel und Zwirn würde sie den Leib des Mädchens wieder zunähen. Feinste Darmschnüre, Spiegel, ein Vergrößerungsglas, Scheren, sauberer Verbandstoff.

Der Kopf des Kindes – wo lag er?

Terca schloss die Augen und tastete sacht über den Bauch der werdenden Mutter. Sie fühlte das Leben unter der dünnen, rissig gewordenen Haut. Es bewegte sich mit viel Kraft und mit viel Unruhe. Der Junge – es handelte sich zweifelsohne um einen kräftigen, gesunden Burschen –, er war ein Kind des Zorns. Er würde zu einem stolzen Kerl heranwachsen, mit viel zu vielen Eigenschaften des Vaters in sich. Eigensucht, Jähzorn, wenig Selbstbeherrschung und viel hasserfüllte Leidenschaft. Er würde eines Tages durch die zivilisierten Länder marodieren und es seinem Vater gleichtun, sich und sein Schwert verkaufen, sich der Trunksucht hingeben und Frauen schänden.

Terca zögerte kurz. Ein Kind wie dieses würde sich gut verkaufen lassen.

Nein. Geld spielte in ihrem Leben schon lange keine Rolle mehr. Auch die Macht und die Kräfte, die sie verwaltete, bedeuteten ihr nicht sonderlich viel. Andere Dinge beschäftigten sie seit längerer Zeit. In gewisser Weise litt sie unter dem gleichen Fluch wie die Magicae: Ihre Kenntnisse und Begabungen forderten einen viel zu hohen Preis.

Terca zog die Hand zurück und machte sich bereit. In diesen Augenblicken empfand sie jenen Hass auf sich selbst, der sie jedes Mal überkam, wenn sie ein derart blutiges Werk vollbringen musste. Doch dieses Gefühl und all die Zweifel vergingen rasch wieder. Es war richtig und wichtig, was sie tat.

*Solange du es dir erfolgreich einredest, ist es gut.*

Terca erinnerte sich an ein uraltes Wiegenlied. Sie begann die

Melodie zu summen, und gleich fiel Felita mit ein. Gemeinsam schafften sie es kaum, das Brüllen des Ozeans zu übertönen. Doch der einfache Rhythmus und die einfachen Worte beruhigten das schwangere Kind vor ihr.

Terca unterbrach den Singsang und wandte sich der älteren der beiden Frauen zu. »Halte die Tücher bereit«, wies Terca sie an, »und ebenso das erwärmte Wasser. Der Schnitt tut kaum weh«, log sie, »aber die Wunde wird stark bluten. Sorg dafür, dass deine Tochter nicht zusieht bei dem, was ich mache.«

»Sonst kann ich nichts tun?«, fragte Felita. Die Falten in ihrem grauen Gesicht waren während der letzten Stunden noch tiefer geworden.

»Nein«, antwortete Terca und verbesserte sich im nächsten Augenblick: »Doch. Zeig ihr, dass du sie liebst. Sie muss es in deinem Gesicht sehen, an deinem Händedruck spüren. Sie muss wissen, dass du für sie da bist.«

*Mach es besser als meine Mutter bei mir ... Möge sie im Arsch eines Feuerdämonen stecken und mit jedem Furz erneut angeröstet werden!*

Sie griff nach dem Messer mit der schärfsten und dünnsten Klinge, schnitt Markierungen über den Bauch, ganz sacht, sodass bloß die obersten Hautschichten aufplatzten, und machte sich dann, nach einem letzten tiefen Atemzug, an die Arbeit.

*Gleich wirst du erfahren, warum wir hierhergegangen sind, Felita. Denn hier kann niemand die Schreie deiner Tochter hören.*

Terca tat den ersten Schnitt.

Niemals hätte sie geglaubt, dass sich bei einer derartigen Arbeit Gewöhnung einstellen könnte. Und doch war es so. Die Schreie, das Jammern, das Wehklagen, die Reuebekundungen – das alles hatte Terca schon viel zu oft gehört und erlebt. Sie wunderte sich längst nicht mehr über die sich widersprechenden Gefühle anderer Menschen. Sie erledigte ihre Arbeit und tat Dinge, die widerlich waren und die sonst kaum jemand bereit war zu tun.

Terca packte das blutige, in einen Stofffetzen gewickelte Bündel toten Fleischs und stopfte es durch eines der Löcher. Es plumpste in die Tiefe und wurde von dem Wasser einer zurückweichenden Welle in die Tiefe gesogen, um woanders wieder aufzutauchen, wie ein Kork, den es zurück an die Oberfläche trieb. Irgendwann würde das Ungeborene unten bleiben. Tierische Räuber, die in diesem ungebändigten Chaos der Natur auf Jagd waren, würden sein Blut riechen und sich um die Überreste des Babys kümmern.

Sie gab Gunguelle Wasser. Die junge Frau konnte kaum noch krächzen, geschweige denn noch schreien. Bald würde sie in einen Erschöpfungsschlaf fallen und ein klein wenig zeitlichen Abstand zu dem Martyrium der letzten Stunde gewinnen. Bis zu ihrem neuerlichen Erwachen mussten sie das Gör mit der Trage nach oben geschleppt haben, in Tercas Zuflucht, wo es auf weichen Fellen, die nach ihrer Heimat rochen, aufwachen würde und die Mutter neben sich hatte. Eine kräftigende Mahlzeit wartete auf Gunguelle, dazu sämiger Fruchtsaft, einige liebevoll geflüsterte Worte, Gespräche mit der Mutter. Und die bangen Fragen hinsichtlich ihrer Zukunft. Womöglich die Idee, die Tochter hierzulassen, damit sie etwas lernte und in ihrer Heimat nicht in den Ruch von Schande geriet.

*Denkt nicht einmal darüber nach,* ermahnte sich Terca. *Wenn Gunguelle hierbleibt, ist ihr weiterer Weg vorgezeichnet. Ein liebevoller Kavalier, wie es Hunderte in der Unterstadt gibt, wird sich ihrer annehmen, sie verführen und, nach ein paar Tagen voll Freude und Leidenschaft, mit gezielten Schlägen auf ihre zukünftige Arbeit vorbereiten. Man wird sie sich gefügig machen, Tag für Tag wird sie ein klein bisschen weniger über die Dinge nachdenken, die man ihr antut. So lange, bis ihr alles egal ist. Sie wird sich ihrem Schicksal ergeben und mit nicht einmal dreißig Jahren an einer Krankheit sterben, die sie von innen her auffrisst. Oder, wenn sie die Kraft dazu findet, den Weg ins Wasser suchen. Um so zu enden wie ihr Ungeborenes heute. Und ich, was werde ich dagegen unternehmen? Gar nichts. Denn ich bin die Herrin der Unterstadt. Ich darf nicht Partei ergreifen. Ich werde zusehen, wie dieses arme missbrauchte Ding immer tiefer fallen und in jeglicher Hinsicht entehrt werden wird. – Kehrt zurück in euer Kuhdorf! Der dümmste Dorftrottel ist allemal besser als ein Kerl aus der Unterstadt Poitreas.*

Gunguelle fielen die Augen zu, die junge Frau fing an leise zu schnarchen, um manchmal nervös zu zucken und mit den Händen die lange Wunde an ihrem Bauch entlangzutasten. Terca wartete eine Weile, bis sie sich sicher sein konnte, dass das im Wasser aufgelöste Betäubungsmittel vollends seine Wirkung tat.

»Jetzt!«, sagte sie zu Felita und deutete ihr, zwei Enden jener Decke hochzunehmen, auf der die junge Frau ruhte. Hastig packte sie ihre Habseligkeiten in die Behandlungstasche und nahm die anderen Enden der Decke. Ächzend und schwitzend schafften sie das Mädchen den Weg hoch, vorbei an scharfkantigen Ecken und durch Gänge, die man bloß gebückt passieren konnte. Sie schnauften, und immer wieder hielten sie inne und atmeten laut durch. Noch vor einigen Jahren hatte Terca diese Arbeit keinerlei Probleme bereitet. Doch heute schmerzten das Kreuz und die Lunge, und die Arme zitterten.

Sie erreichten ihr *Erstes Versteck*. Die Höhle war mehrere Meter hoch, und die natürlichen Wände hatte Terca im Laufe der Jahre abgehauen, geglättet und geweißt. Mehrere Kalksäulen, so dick, dass zwei ausgewachsene Mannsbilder sie nicht mit ihren Armen umfassen konnten, standen in der Mitte, knapp nebeneinander. Sie teilten die Höhle in einen privaten Bereich und in eine Art Saal auf, in dem Terca ihren Geschäften als Herrin der Unterstadt nachging. Dort türmten sich versiegelte Dokumente, Schatullen, Bullen, mit dem Herrschaftssiegel Poitreas versehen, Bücher, Karten, Pergamente, Verträge. Informationen aus allen drei Bereichen der Stadt.

Terca hatte keinen Blick für diese Schätze. Sie hatten wenig Bedeutung, und sie konnte sie trotz ihres Werts nicht in Geld umwandeln. So lauteten die Regeln, an die sie gebunden war, denen sie sich verpflichtet hatte.

Sie stiegen zwischen den Kalksäulen in den etwas höher gelegenen Wohnbereich der Höhle. »Aufs Bett!«, wies sie Felita an und deutete auf ein Lager, das augenscheinlich kaum benutzt wurde.

Ächzend legten sie das junge Mädchen nieder, überprüften die Verbände und deckten sie zu, bevor sie den Raum verließen und zurück in den vorderen Bereich der Höhle schlichen. Terca warf sich in ihren Lieblingsstuhl, dieses massive, mit abgenutztem Schweinsleder bezogene Beutestück aus einem der vielen Bandenkriege, das niemand mehr für sich beansprucht hatte.

Felita setzte sich ihr gegenüber auf den Boden. Die Frau wirkte reichlich erschöpft, doch das verhärmte Gesicht hellte sich ein wenig auf; sie dachte wohl, dass ihre Tochter und sie das Schlimmste hinter sich hatten.

»Meine Bezahlung!« Verlangend streckte Terca die Hand aus.

Felita nickte und griff in ihre Tasche. Sie kramte ein, dann das zweite Goldstück hervor.

»Und die Felle, die du mir versprochen hast.«

»Die Hälfte, nicht wahr?«

»Wir hatten zwei Drittel vereinbart.«

»Aber natürlich.« Felita lächelte unecht. »Wie konnte ich das bloß vergessen?«

»Es war sicherlich die Sorge um dein Kind.«

Terca nahm die Pelze in Empfang. Sie würden sich gut zu

Geld machen lassen und ihr eine weitere Woche das Überleben sichern. *Damit ich mich von den üblichen Geschäften als Herrin der Unterstadt freikaufen und in die Wand stellen kann, um auf den tödlichen Ruf zu warten.*

»Ich hätte eine Bitte, Terca.«

*Sag es nicht. Bitte behalte deine Worte für dich. Ich flehe dich an ...* »Ja?«

»Bevor es ... so weit war, habe ich mich mit Gunguelle über ihre Zukunft unterhalten.«

»Sie wird bald wieder gesund sein und in deiner Heimat einen guten Mann finden.«

»Aber die Narben ... Das Gemauschel, die bösen Gerüchte, die bereits vor unserer Abreise die Runde machten. Der Dorfheiler möchte sich mit uns unterhalten, sobald wir zurückkehren. Er ist ein bösartiges kleines Wiesel, das alles daransetzt, meiner Familie die Ehre abzuschneiden.«

»Besteche ihn. Oder lass ihn töten.«

Felita sah sie entsetzt an. »Ihn *töten lassen?* Er ist den Göttern näher als alle anderen im Dorf.«

»Dann wird er sich darüber freuen, ihnen noch ein klein wenig näher zu kommen. Ich habe Kräuter, die dabei helfen würden.«

»Ich könnte niemals jemanden ermorden!«

»Du bist zu mir gekommen, damit ich deinen ungeborenen Enkel töte. Du hast mich darum angefleht. Ich sehe keinen großen Unterschied zu dem, was ich dir vorschlage.«

»Aber die Ehre! Die Schande! Schon der Gedanke daran ...«

»Worum wolltest du mich bitten?«, unterbrach Terca die andere Frau, bevor diese zu lamentieren und zu klagen begann.

»Wir haben uns überlegt, ob Gunguelle eine Weile in Poitrea bleiben und bei dir unterkommen könnte.«

»Ausgeschlossen.«

»Aber ...«

»Ich bin keine Ersatzmutter. Ich führe ein seltsames, ein kompliziertes Leben. Ich habe keinen Platz für deine Tochter.«

»Aber du könntest mir raten, wo ich sie unterbringen sollte?«

*Warum tust du ihr das an? Siehst du denn nicht die Armut rings um dich? Die Verzweiflung, den Dreck, die Gefahren? Warum lässt du dich so sehr vom Glanz des Goldes blenden, vom weißen Marmor und den in feine Tücher gehüllten Herren der Oberstadt? Es sind bloß einige wenige, die es bis dort hinauf schaffen, und deine Tochter wird gewiss nicht dazugehören.*

Laut sagte sie: »Ich könnte es. Aber das Leben in Poitrea ist schwer und entbehrungsreich. Schlimme Dinge passieren hier, Tag für Tag …«

»Gunguelle ist ein gutes Mädchen! Sie kann putzen oder Botendienste erledigen oder …«

*… oder einem feisten, schwitzenden Händler in einer dunklen Seitengasse einen blasen. Er wird sich in ihrem Mund entleeren, ihr eine kleine Münze vor die Füße werfen, sich umdrehen und keinen müden Gedanken mehr an Gunguelle verschwenden.*

»Es gibt Leute, die es in Poitrea nicht schaffen«, sagte Terca. Weiter durfte sie nicht gehen, mehr Warnungen durfte sie nicht aussprechen.

»Sollte es hier nicht klappen, kann sie immer noch zurückkehren.« Felita zeigte nun ein hoffnungsfrohes Lächeln. »In zwei, drei Jahren ist Gras über diese hässliche Sache gewachsen. Ich erfinde eine glaubwürdige Geschichte, warum ich sie in deiner Stadt lassen musste. Gunguelle würde all dem Tratsch entkommen. Sie wäre frei, könnte ganz von vorn anfangen.«

*Sie würde als Sklavin in einem Puff landen. Wie all die anderen unerfahrenen Mädchen, die auf die Arbeit vorbereitet werden. Und zwar von Frauen, die diese Prozedur einige Jahre zuvor durchmachen mussten und froh sind, ihren Hass über ihr miserables Schicksal an jemand anders abreagieren zu können.* »Möchtest du das wirklich?«, fragte Terca laut.

»Ja.« Felita nickte, so heftig, dass man befürchten musste, ihr würde gleich der Kopf von den Schultern fallen. »Ich lasse so viel Geld da, wie ich erübrigen kann, und übergebe dir den Rest meiner Felle. Du versprichst mir, sie an einem guten Ort unterzubringen?«

*Mama Habich hat stets Bedarf an Frischfleisch. Sie weiß, wie man mit naiven Dörflerinnen zurechtkommt. Sie wird ihr binnen wenigen Wochen alle Flausen aus dem Kopf treiben und sie die Dinge lehren, die man auf der Straße benötigt.* »Ich tue mein Bestes.«

»Sie muss mir schreiben, hörst du? Einmal in der Woche soll sie sich hinsetzen und mir berichten, wie es ihr in Poitrea ergeht.«

*Sie wird Lügengeschichten erfinden. Um die Schande vor dir zu verheimlichen und von deiner Familie fernzuhalten, während sie dich im Stillen bis an dein Lebensende verflucht, weil du sie überredet hast hierzubleiben. Vielleicht war es in deinen jungen Tagen selbst einmal dein Wunsch, nach Poitrea zu gehen, um hier Abenteuer zu erleben. Möchtest du dir diesen Herzenswunsch erfüllen, indem du Gunguelle an deiner statt hierlässt?* »Ich sorge dafür.«

»Dann wird alles gut.« Felita seufzte erleichtert, kramte weitere Münzen hervor – silberne, abgenutzte. Zwei davon behielt sie bei sich, der Rest wechselte die Besitzerin.

»Ich bin gut genug bezahlt«, sagte die Herrin der Unterstadt, als Felita ihr die übrigen Pelze geben wollte. »Verkaufe sie in der Mittelstadt und bring das Geld nach Hause. Sorge dich um deine anderen Kinder, so gut du kannst.«

Felita hatte Tränen in den Augen, als sie aufstand. Sie umarmte Terca und sagte: »Du bist eine gute Frau. Gunguelle könnte keine bessere Beschützerin finden als dich.«

»Ich tue, was ich kann.« *Ich werde mich einige Tage lang um dein Töchterlein kümmern, sie gesund pflegen, ihr dann ein leicht betäubendes Mittel verabreichen und sie zu Mama Habich bringen. Die alte Puffmut-*

*ter wird mir drei Monate lang das Zehnte dessen geben, was deine Tochter ihr anschafft.* »Möchtest du nicht warten, bis Gunguelle wieder erwacht?«

»Ich könnte es nicht ertragen …« Felita schluchzte. »Der Abschied … Sie ist doch mein Kind … Wer weiß, ob ich sie jemals wiedersehe.«

Sie kehrte zum Bettlager ihrer Tochter zurück. Terca ließ ihr einige Minuten Zeit. Dann nahm sie Felita an der Hand und brachte sie zu einem Ausstieg, der in einen halbwegs sicheren Teil der Unterstadt führte.

Weitere Tränen folgten und die nochmals mit weinerlicher Stimme vorgetragene Bitte, dass sich Terca um Gunguelle kümmern sollte. Dann ging die Mutter der zukünftigen Hure.

Die Herrin der Unterstadt kehrte in ihre Gemächer zurück, setzte sich auf ihren lederbespannten Stuhl und betrachtete nachdenklich die Silber- und Goldmünzen. Heute war ein guter Tag gewesen.

Terca träumte von Leid und Schmerzen. Sie stand im Mittelpunkt einer Auseinandersetzung kleiner und großer, bedeutungsloser und immens wichtiger Figuren, die einander auf dem Schlachtfeld begegneten und aufeinander einhieben. Sie taten dies mit Fäusten und Schwertern, aber auch kraft ihres Geistes. Blitze zuckten über eine blutgetränkte Ebene. Ein Tier, ein Schakal, hetzte von einer Leiche zur nächsten, zerfetzte die Leiber der Toten und riss ihnen die Eingeweiden heraus, um dann weiterzujagen, weiterzusuchen, nach weiteren Opfern …

Terca hatte ausreichend Erfahrungen mit Phantasmagorien wie diesen. Sie kannte ihre Traumwelten, und sie wusste sogar im Schlaf, dass diese Bilder Bedeutung hatten. Es war müßig, sich gegen sie aufzulehnen. Sie drängten sich Terca auf, als würde eine fremde, unbekannte Macht sie ihr übermitteln. Als wollte jemand, dass sie dies alles sah und ihre eigenen Schlüsse zog.

Der Schakal zerriss einen weiteren Menschen. Er schleuderte die blutigen Fetzen hoch in die Luft und fing sie mit dem Maul wieder auf. Das Tier war von einer Wut besessen, wie Terca sie niemals zuvor erlebt oder gesehen hatte.

Indes gingen die Kämpfe weiter. Mensch gegen Mensch, Hoboke gegen Vertreter des Kleinen Volkes, Marchtrite gegen Sandinisches Schlangenwesen. Die Kämpfenden kamen aus aller Herren Länder, aus der südlichen wie aus der nördlichen Hemisphäre. Sie kämpften kalt, leidenschaftslos, heißblütig, gezielt, wie Verrückte, im Wahnsinn verhangen oder lächelnd. Das gesamte Weltenrund und deren Vertreter schienen in der Schlacht aufeinanderzutreffen. Sogar ein Wesen aus dem fernen Osten war auszumachen. Es teilte blitzschnelle Hiebe mit seinem Krummsäbel aus und verschwand dann wieder, indem es sich als Schatten an einen der Überlebenden anheftete und dort verharrte.

Irgendetwas störte Terca an diesem Bild. Es war nicht vollständig, doch in ihrem Traum vermochte sie nicht zu erfassen, wer oder was fehlte.

Die Vision wurde undeutlich, die Farben und die Töne verloren an Kraft. Die Herrin der Unterstadt fühlte, wie sie in die Realität zurückgerufen wurde, um, wie sie wusste, laut schreiend, schwitzend und womöglich von oben bis unten nass vom eigenen Urin aufzuwachen. Sie hasste diese Augenblicke – und die Stunden danach, da sie, von den Bildern geplagt, damit beschäftigt war, das Gesehene zu begreifen und in klare Gedanken umzusetzen.

Terca schrie. Alles tat weh. Sie wälzte sich hin und her, von schrecklichen Kopfschmerzen geplagt, mit Feuer im Leib, von

Messerstichen durchbohrt. Sie schlug um sich, als könnte sie dadurch die Trugbilder abwehren und wieder vergessen.

Und sie traf auf Widerstand. Jemand schrie und fluchte dann laut.

Terca öffnete die Augen. Sie war umringt von Menschen, die sie an den Armen und Beinen hielten und die Uniformen der Oberstadt trugen. Söldner, die sich in den Diensten der Reichen verdingten. Eine Hand legte sich ihr auf den Mund, sie biss zu. Der Mann brüllte auf und zuckte zurück, ein anderer nahm seinen Platz ein. Terca erhielt einen Schlag ins Gesicht und die ruhig gebrummte Mahnung: »Lass es bleiben, Terca. Lass uns diese Angelegenheit so ruhig wie möglich hinter uns bringen.«

Noch immer war ein Teil ihres Geistes in dem Traum gefangen. Der Schakal starrte sie an, mit weit aufgerissenem Maul und blutigen Augen, so als wäre er sich Tercas Anwesenheit eben bewusst geworden und wollte sie aus den Traumbildern in die Wirklichkeit verfolgen …

Terca riss die Arme hoch. Söldner hielten sie fest, und als der Schakal zum Sprung ansetzte, fühlte sie einen zweiten Schlag, heftiger als den ersten, und das grauenvolle Tier verschwand vor ihren Augen, just, als sie meinte, von ihm zerfetzt zu werden.

»Danke«, murmelte sie zur Überraschung der Söldner. Dann sagte sie: »Lasst mich aufstehen. Ich verspreche, mich nicht mehr zu wehren. Ich finde es etwas würdelos, auf diese Weise vor euren Herrn geschleift zu werden.«

»Würde ist ein Wort, das ein Miststück wie du nicht in den Mund nehmen dürfte«, sagte einer der Söldner, ein hässlicher Kerl mit bunt bemalter Augenklappe, und spuckte zu Boden.

»Halt's Maul, Finmark!«, meldete sich wieder der Bariton zu Wort. »Und lasst sie gefälligst los.«

Die Söldner gehorchten. Terca tat so, als würde es sie unendlich anstrengen, auf die Beine zu gelangen. Die Rolle fiel ihr nicht sonderlich schwer. Rings um sie drehte sich alles, die Bilder aus ihrem Traum waren nach wie vor präsent und lagen wie Schleier über den Gesichtern jener Männer, die sie umringten.

»Mach schon!«, knurrte Finmark, der ungeduldigste der Männer. »Ich habe Besseres zu tun, als auf eine alte, ausgedörrte Hure zu warten.«

»Bin schon … so weit«, ächzte Terca. Ihre Knie zitterten, doch irgendwie schaffte sie es, aufrecht stehen zu bleiben. Ihr Lager war bestenfalls hundert Schritte entfernt. Sie war nach wie vor auf heimischem Terrain, das mit Fallen und Fußangeln gespickt war. Es würde ihr womöglich gelingen, den Häschern zu entkommen oder sie einen nach dem anderen ins Verderben zu locken. Doch was dann? Wer ihr Versteck kannte und die Impertinenz hatte, sie trotz der Gefahr einer Auseinandersetzung mit den Banden der Unterstadt zu entführen, würde auch nicht davor zurückschrecken, einen Krieg anzuzetteln, um ihrer habhaft zu werden.

Sie betrachtete den Anführer der Söldner von oben bis unten. »Fren Hossa«, sagte sie. »Ich hätte bessere Manieren von dir erwartet. Eine Dame aus dem Schlaf zu reißen und sie einfach mit sich zu nehmen …«

»Hätte ich etwa fragen sollen?« Der Offizier biss herzhaft in eine Karotte.

»Das wäre eine Möglichkeit gewesen.«

»Jedermann in der Unterstadt weiß, dass es kein gemeineres und hinterhältigeres Weibsstück gibt als dich. Wir haben in deiner Höhle einige Fallen umgehen und sichern können. Dennoch hat es uns drei Leute gekostet, in deine Nähe zu gelangen. Hättest du nicht einen derart tiefen Schlaf, hätten wir es wohl nie geschafft, dich zu überwältigen.«

Die Schreie … Einige von ihnen waren also nicht ihrem

Albtraum entsprungen. »Ich wäre womöglich mitgekommen, wenn du mich brav darum gebeten hättest.«

»Sollen wir die ganze Nacht lang über Wenns und Abers plaudern? Aber nun gut, ich bitte dich, uns zu folgen und keine Probleme zu machen.«

»Und in wessen Auftrag handelst du?«

»Das geht dich nichts an, alte Hexe.«

Terca schnüffelte. »Du riechst nach Wein, Fren Hossa. Nicht so säuerlich wie an den meisten Tagen, da ich dich in den Hurenhäusern von Mama Habich gesehen habe. Es ist Wein, wie ihn sich die Hohen Herren der Oberstadt leisten. Ein gemeiner Söldner würde niemals an so etwas herankommen. Es sei denn, er steht in Diensten eines Weinhändlers, zum Beispiel in denen eines gewissen Pero Krotvie.«

Der Söldner zuckte zusammen, und sein Kumpane zur Linken, der dumpfe Haudrauf namens Finmark, murmelte: »Sie ist eine Hexe, ich hab's dir ja gesagt. Wir sollten ihr den Schädel einschlagen und dem alten Weinschlauch in der Oberstadt erzählen, dass sie über ihre Füße gestolpert ist.«

»Halt's Maul!«, fuhr Fren Hossa ihn an und trat vor seinen Kumpel, wie um Terca zu schützen. »Versprich mir, dass du nichts weiter unternimmst. Lass uns die Sache glimpflich hinter uns bringen.«

»Dann sag mir, was Pero Krotvie von mir will.«

»Du bist nicht in der Lage, Forderungen zu stellen.«

»Ich habe ein paar deiner Kinder auf die Welt gebracht. Du erinnerst dich? Und ich habe andere Kinder, die du nicht wolltest …«

»Es wäre besser, du würdest dein Maul halten!« Fren Hossa tastete über seinen Waffengurt, überlegte es sich dann aber anders, beugte sich zu Terca vor und sagte leise: »Es geht um Politik. Um Intrigen. Und um den Gottbettler.«

»Und was sollte ich bitteschön mit all diesen Dingen zu tun haben?«, fragte Terca ebenso leise.

»In der Stadt geschieht bekanntermaßen nichts, bei dem du nicht deine Finger mit drinstecken hättest.«

»Was für ein nettes Kompliment.« Terca seufzte. »Aber leider trifft es die Falsche. Ich weiß über einige Schweinereien Bescheid, die in Poitrea ablaufen, und ich weiß, welche Schmiermittel die Stadt am Funktionieren halten. Doch die großen Entscheidungen werden längst ohne die Herrscherin der Unterstadt gefällt. Es ist nicht mehr so, wie es einmal war. Die Dinge ändern sich.«

»Mag sein. Aber es scheint, als wären die Händler diesmal auf deine Unterstützung angewiesen.«

»Das erklärt noch nicht, warum man mich mit Gewalt aus meinem Herrschaftsbereich verschleppt und riskiert, die Gilden der niederen Gewerbe gegen sich aufzubringen.«

»Man möchte dich einschüchtern und Entschlossenheit zeigen.«

»Pero Krotvie kehrt also den starken Mann hervor, um seine Schwäche zu übertünchen ...«

»Du wirst dir merken, von wem du diese Informationen erhalten hast?«

»Das werde ich, Fren Hossa. Sollte ich dem Gedanken verfallen, meine Entführung als feindlichen Akt der Händlerschaft zu betrachten und überlegen, dagegen vorzugehen, werde ich dich verschonen.«

»Du bietest mir sehr wenig an, Hexe ...«

»Ich biete dir dein Leben – und das deiner Angehörigen. Gibt es denn etwas Wertvolleres?«

»N... nein.«

»Dann ist es gut, Fren Hossa. Ich mag keine hab- und raffgierigen Leute. Und nun lass uns diese Farce zu Ende bringen. Sorge dafür, dass deine Leute ihre Nerven im Zaum halten.«

»Ja, Terca.«

Auf Geheiß des Offiziers nahmen zwei Söldner Terca in die Mitte. Sie gaben sich nach wie vor grimmig, zeigten aber nun mehr Respekt und ersparten sich weitere Grobheiten.

Terca verzichtete im Gegenzug auf eine weitere Unterhaltung. Fren Hossa war kein schlechter Kerl, doch sein Horizont war eingeschränkt. Er wusste gewiss nicht über die Ränkespiele der Oberstadt Bescheid, und schon gar nicht darüber, wie weit der Machtbereich der hiesigen Händler reichte. Man munkelte über Verbindungen in ein jedes Land rings um die Cabrische See und auch über intensive Kontakte zu den sagenhaften Schwimmenden Städten, den Oceanica. Nur deshalb sei Poitrea im Gegensatz zu den meisten anderen Steilstädten von den Herren des Ozeans weitgehend verschont geblieben.

Pero Krotvie also. Ein Weinsack, der selbst oft genug den Grund seiner Fässer zu sehen bekam. Ein verkommener Kerl, der Moral und Anstand mit Füßen trat. *Wie wir alle, die wir uns als Lenker und Denker Poitreas betätigen. Der Unterschied ist: Er empfindet keinerlei Reue bei dem, was er tut. Ich hingegen steige fast jeden Tag in die Wand und warte auf Erlösung, auf Absolution.*

Über verschlungene Wege ging es zu einem Hochzug-Eimer. In diesen frühen Stunden, kurz vor der Dämmerung, ließ sich kaum ein Wesen auf den Straßen blicken. Die wenigen Passanten, Betrunkene oder jene, die ein nächtliches Gewerbe verfolgten, wichen ihnen mit jenem untrügerischen Instinkt aus, mit dem der geübte Unterstädter einer Gefahr aus dem Weg ging.

Eine mürrische Frau scheuchte sie in einen der Eimer, den sie hinter ihnen schloss, und gab dann Zeichen, die Auerochsen an der Winde anzutreiben. Die Tiere protestierten laut brüllend, machten sich aber an die Arbeit. Das Gefährt ruckelte unsanft nach oben, zwischen eiserne Gestänge gefasst.

Fackellichter markierten den Weg nach oben, hinauf zur Mittelstadt, in der sie rasch umstiegen und einen weiteren Eimer zur Oberstadt nahmen.

Siebzig Mannslängen Höhenunterschied und mehr mussten sie überwinden. Sie glitten in eine Schrägfahrt, zwischen immer näher kommenden Felswänden, hinein in jene Schluchten, die von unten kaum zu erahnen waren. Hier wohnten die Reichsten der Reichen, fernab der Probleme und Sorgen des Normalbürgers, geschützt vor deren Blicken, als wollten diese Herrschaften vom Rest der Welt isoliert bleiben. Der Transporteimer blieb dank der Kippgelenke in aufrechter Position. Mit den ersten Morgenstrahlen schälten sich die von vielen Mysterien umrankten Häuser der Oligarchen aus den Schatten.

Da war die Wasserburg des Kasbel Mirach, jenes Mannes, der mit Sklavenverleih ein Vermögen verdiente. Auf dem Dach des Gebäudes sprudelte selbst zu dieser Morgenstunde kühles Nass aus einem Springbrunnen in Form eines steinernen Kraken. Es wurde mithilfe eines komplizierten Pumpsystems über zig Meilen hierhergeleitet, bloß um das Auge des Patriarchen und seiner beiden mannstollen Töchter zu erfreuen.

Dort war das »Vogelnest«, ein wagemutiger Bau, der weit aus dem Fels hervorsprang und von einem Geflecht stählerner Seile gehalten wurde. Es gehörte Orama Pesial, der reichsten Apothekerin Poitreas, über deren Mittelchen viel bösartiger Klatsch im Umlauf war. Ein drittes Gebäude, in den engsten Bereich eines Felsspalts geklemmt und kaum einmal von Licht beschienen, war Eigentum der Magicae-Gilde. Man munkelte, dass der Bau bereits seit einigen Jahren verwaist war. Doch seltsame Lichterscheinungen, die ab und an des Nachts zu beobachten waren, sprachen gegen diese Gerüchte.

Der Eimer näherte sich seiner Endstation. Weitere Wächter

starrten ihnen grimmig entgegen. Sie trugen bunte Uniformen und klammerten sich an überlange Lanzen, die im Falle einer Auseinandersetzung ihre Träger mehr behindern würden, als den Gegnern gefährlich zu werden.

Terca wartete geduldig, bis der Eimer zum Stillstand gekommen war, und verließ ihn dann festen Schritts. Sie ließ sich nicht vom schwindelerregenden Ausblick irritieren, der weit über die See reichte, und auch nicht von den Simsen, die kaum breit genug waren, um einer Person Platz zu bieten. Stürmischer, böiger Wind pfiff ihr um die Ohren. Es war hier nicht viel anders als in der Wand. Nur dass keinerlei Magie zu spüren war.

»Nach rechts!«, rief ihr Fren Hossa zu.

»Ich weiß.« Terca drängte an den versammelten Söldnern vorbei und hielt sich an den Führungsstangen des Klettersteigs fest. Der Weg führte über eine gewagte Brückenkonstruktion zur gegenüberliegenden Seite eines schmalen Felseinschnitts, dann nahm Terca eine kaum erkennbare Abzweigung hinein in den dunklen Spalt, keine drei Mannslängen breit, der noch schmäler wurde, bevor er sich wieder verbreiterte und den Blick auf ein Anwesen gewährte, das scheinbar in die Luft gesetzt worden war. Erst beim näheren Hinsehen waren die dünnen Schnüre zu erkennen, die, einem Netz gleich, unter dem Anwesen gespannt waren. Sie und einige starke Seile, an denen die Eckpfosten des Hauses vertäut waren, trugen das gewaltige Bauwerk aus Stein und Holz.

Terca folgte dem Weg. Sie kümmerte sich nicht länger um ihre Begleiter, die unter dem Gewicht der schweren Rüstungen schnauften. Nun, da das Ziel erreicht war, fand sie zu all ihrer Selbstsicherheit zurück – und ihr Zorn wuchs. Wie hatte der Weinhändler es wagen können, sie entführen zu lassen?

Ein Mann trat aus dem Haus und auf die Holzbrücke, die

zum Pfad führte, den sie eben entlangging. Er nahm sie nicht wahr, streckte die kurzen Arme in die Luft, gähnend, kratzte sich an den Eiern und pinkelte dann von der Brücke in die Tiefe. Er furzte und gab andere Geräusche von sich, die darauf schließen ließen, dass er sich nicht sonderlich gesund ernährte.

Terca blieb stehen und wartete, bis der andere fertig war, bevor sie sagte: »Pero Krotvie, wie er leibt und lebt! Ein stattlicher Mann, ein Ausbund an Eleganz. So war es zumindest mal, vor vielen Jahren.«

Der Dicke schüttelte ab und drehte sich zu ihr um, seinen Schwanz langsam und ohne Schamgefühl unter dem Nachtrock verbergend. »Die alte Hexe! Schön, dass du meiner Einladung gefolgt bist!« Er breitete die Arme aus, als wollte er Terca umarmen. »Wie geht es dir, meine Schöne?«

»Wie soll's mir schon gehen, Pero? Das Alter zeichnet mir Falten ins Gesicht und lässt den Körper erschlaffen. Aber was soll ich dir das erzählen, du hast deine besten Jahre auch längst hinter dir.«

»Mit dem Unterschied, dass ich bestenfalls drei gute Dezennien hatte. Über dich munkelt man hingegen, dass du seit der Stadtgründung hier lebst.«

»Man munkelt vieles, wie du weißt.«

»Vielleicht könntest du uns dann aufklären, was Wahrheit und was Gerücht ist?«

»Wer ist *wir*?«

»Ich und einige Freunde.« Pero Krotvie schlug sich mit der flachen Hand gegen die Stirn. »Was bin ich bloß für ein schlechter Gastgeber! Darf ich dich in mein bescheidenes Heim bitten?« Er trat mit kurzen Schritten auf sie zu, schüttelte Nässe von seiner Rechten und nahm sie bei der Hand. »Du wirst mir doch nicht den Wunsch nach einem gemeinsamen Frühstück abschlagen?«

»Natürlich nicht«, antwortete Terca, die Fren Hossa unmittelbar hinter sich wusste. »Wenn ich schon so freundlich gebeten werde ...«

»Na also!« Der Weinhändler lachte dröhnend. »Ach, es ist schön, eine Freundin so völlig unerwartet wiederzusehen! Wie lange ist es her, dass wir beide einander zuletzt begegnet sind?«

»Abgesehen von den Gelegenheiten, da du in der Unterstadt warst, inkognito, wie du es bezeichnen würdest, um herumzuhuren und mich geflissentlich zu ignorieren, sobald wir uns über den Weg liefen?«

»Ach, du weißt doch, wie das ist mit der Politik, Terca. Würde ich mich an deiner Seite in der Öffentlichkeit blicken lassen, würde in den Gerüchteküchen ordentlich umgerührt werden. Mein guter Ruf wäre rasch dahin – und deiner ebenso.« Neuerliches Gelächter. Pero Krotvie hatte schon immer ein seltsames Verhältnis zum Humor gehabt.

Der Boden unter Tercas Füßen schwankte, als sie das Haus betrat. Es war ein unangenehmes, ein angsterregendes Gefühl. Ihr Gastgeber hingegen bewegte sich mit der Selbstsicherheit eines Menschen, der nichts anderes gewohnt war.

Weitere Wächter warteten. Grimmige, muskelbepackte Kerle, zweifelsfrei solche, die einen Menschen mit derselben Gleichgültigkeit töteten, wie sie Ameisen zertraten. Fren Hossa und seine Leute blieben vor dem Eingangstor zurück. Auch sie misstrauten dem Seil- und Gitterwerk, das Pero Krotvies Haus in der Schwebe hielt.

»Wo sind deine bezaubernden Töchter?«, fragte Terca.

»Du verstehst dich immer noch ausgezeichnet auf das Spiel mit Worten und Schmeicheleien. Soweit ich mich erinnern kann, hättest du meine Kinderchen gern am nächsten Baum aufgeknüpft.«

»Das sind alte Geschichten. Ich bin im Laufe der Jahre milder geworden.«

»Milde war stets ein Fremdwort für dich, Terca. Sie haben dich bekämpft, als du den Platz ihrer Mutter an meiner Seite einnahmst. Ich glaube nicht, dass du diese *alten Geschichten* vergessen hast.«

»Du kennst mich schlecht, Pero. Ich lege keinen Wert auf Rache.« *Weil ich sie schon bekommen habe, ohne dass du es weißt, alter Weinsack! Das eine Balg habe ich auf den Geschmack eines süchtig machenden Rauschmittels gebracht, das sie über kurz oder lang töten wird. Das andere hatte unglücklicherweise eine nächtliche Begegnung mit einem Kerl, dessen ansteckende Krankheit irgendwann zum Ausbruch kommen wird.*

Sie betraten den Wohnraum, ein von Pflanzen überwachsenes Refugium, das den überraschend guten Geschmack des Händlers offenbarte. Ein jahrhundertealter Weinstock war alles beherrschend; seine Wurzeln durchzogen den erdigen Boden, das füllige Blattwerk überspannte den deckenlosen Raum. Und als hätte Pero Krotvie ein ganz besonderes Schauspiel geplant, warf die Sonne ihre ersten Strahlen über das Geflecht aus Grün und Braun.

»Sehr beeindruckend«, sagte Terca – und meinte es auch so. Es war, als würde der Raum auf einen Schlag zum Leben erwachen; als würden die Kletter- und Efeupflanzen kräftig Atem holen und die vielen, vielfältigen Orchideengewächse mit einem Mal ihre Blütenkelche in Richtung des wärmenden Gestirns ausrichten. Das Zimmer begann sich zu strecken, zu leben, nach den dunklen Stunden wieder zu erwachen.

»Ist es hier nicht viel schöner als in den Höhlen deiner viel geliebten Unterstadt?«, fragte Pero Krotvie leise, lauernd.

»Ja, das ist es.« Terca flüsterte die Worte. »Aber dort unten ist das wahre Leben. Die Existenz, die du dir hier errichtet hast, ist kaum mehr als ein Trugbild, eine Illusion. Das Bild einer Welt voll Schönheit und Harmonie, wie es sie in Wirklichkeit nicht gibt.«

»Aber es ist schön hier!«, beharrte der Weinhändler, verärgert über ihre Worte.

»Streiten wir uns also wieder?«

Pero zögerte und nickte dann. »Verzeih mir. Es gibt Wichtigeres, über das wir zu sprechen haben, als persönliche Differenzen.« Er klatschte in die Hände, und zwei Bedienstete tauchten wie aus dem Nichts auf. Sie brachten Teller voll Fleisch und exotischer Früchte, die zwischen Eisklumpen lagen. Zwei Schüsseln, gefüllt mit dampfenden Suppen. Kekse. Hellen und dunklen Honig. Drei verschiedene Kuchen. Hartbrot, Aufstriche, Würste, Pasteten, Salate, Gemüse, ein halbes Dutzend Flaschen Wein, Tee ...

»Das ist genug, um fünfzig Leute zu sättigen«, murmelte Terca.

»Wie wär's, wenn du einfach Danke schön sagst und zugreifst, ohne darüber nachzudenken, wie du die Bewohner der Unterstadt retten kannst?« Pero hieb verärgert gegen eine Luftwurzel, die Teil jenes Sitzmöbels war, auf dem er sich eben niederlassen wollte.

»Du weißt, dass ich nicht aus meiner Haut kann.«

»Ich weiß, dass du auf der einen Seite die Welt retten möchtest und auf der anderen dafür sorgst, dass sie so bleibt, wie sie ist – oder sie sogar noch schlimmer machst.«

»Das ist meine Natur. Mein Fluch, wenn du so möchtest.« Warum stritt sie bloß mit diesem fetten, hässlichen, stinkenden und widerlichen Kerl? Er war bloß einer von vielen aus der Oberstadt, den sie bezirzt und für ihre Zwecke eingespannt hatte, und er war noch nicht einmal der Bedeutendste gewesen. Ein jeder Mann fand sie begehrenswert, wenn sie es wollte, immer noch, und sie hatte keinem Einzigen von ihnen einen

Platz in ihrem Herzen geschenkt. Männer waren stets Werkzeuge für sie gewesen. So lange, bis die Besuche in der Wand einen immer größeren Stellenwert eingenommen hatten.

»Wenn du weder Hunger noch Appetit hast, dann iss eben nicht.« Pero zuckte mit den Achseln. »Ich werde mich jedenfalls nicht davon abhalten lassen, mir den Magen vollzuschlagen.«

»Natürlich nicht.« Terca sah zu, wie der Weinhändler einen Teller mit allem Möglichen volllud und dann das Essen in sich hineinzuschaufeln begann. Um nach wenigen Sekunden aufzuhören und den Teller angewidert zur Seite zu schieben. »Du hast das seltene Geschick, mir den Appetit zu verderben.«

»Wenn ich deine Wampe betrachte, würde ich sagen, dass du jemanden wie mich öfter mal in deiner Umgebung brauchen könntest.«

»Ach, halt doch den Mund ...«

Schritte näherten sich, Kichern erklang. »Onkel Pero!«, rief jemand. »Bist du da? Hast du dich versteckt?«

Der Weinhändler verdrehte die Augen und sagte mit betont ruhiger Stimme. »Ich habe zu tun, mein Schäfchen. Geh zurück zu deiner Schwester ins Schlafzimmer und ...«

»Da bist du ja, mein Bärchen!«

Ein dunkelhaariges Etwas, schlank, langbeinig und gut riechend, kam herangeflogen, landete auf Pero Krotvies Schoß und riss den Mann beinahe von dem wurzeldurchzogenen Herrschaftsstuhl, auf dem er saß. »Aber, Onkelchen. Wie sollen wir bloß ohne dich schlafen?«

»Deine beiden Nichten?«, fragte Terca. Sie grinste, während sich ihr Gegenüber der Liebesbekundungen der jungen Frau erwehrte. »Wie zuvorkommend, dass diese bezaubernde Schönheit und ihre Schwester das Bettlager mit dir teilen dürfen. Hast du bei der Planung deines Hauses etwa nicht an genug Schlafzimmer gedacht?«

»Wir sind zu dritt«, sagte das Dummchen und streckte vier Finger hoch in die Luft. »Madja, Sabha und ich …« Verwirrt betrachtete sie den übrigen Finger.

»Eine Großfamilie. Wie nett!«

»Ja, ja, schon gut!« Pero Krotvie scheuchte das Mädchen weg. »Sag deinen … Schwestern, dass ich mich bald um euch kümmern werde. Jetzt aber gehen die Geschäfte vor.«

»Geschäfte, immer nur Geschäfte. Du kümmerst dich kaum noch um uns.« Das junge Mädchen zog eine Schnute, um gleich darauf wieder ein Lächeln zu zeigen. »Kaufst du uns was Schönes, wenn du hier fertig bist, Onkelchen?«

»Nur wenn ihr euch ruhig verhaltet.« Der Weinhändler klatschte der Schwarzhaarigen auf den Po, und sie verschwand mit einem Kichern hinter einem Pflanzenvorhang. Aufgeregtes Getuschel verriet, dass sie sich mit seinen anderen Bettgespielinnen über die versprochenen Geschenke unterhielt.

»Ich hatte schon immer ein Herz für arme, mittellose Mädchen«, sagte Pero.

»Ich kann mich erinnern. Einige dieser *armen, mittellosen Mädchen* trugen Schuld daran, dass unsere gemeinsame Zeit ein recht abruptes Ende nahm.«

»Lassen wir die Vergangenheit.« Er winkte ab, dann tunkte er zwei Finger in eine Schokoladensoße und leckte sie ab. »Ich habe dich nicht hergebeten, um mich bei dir für meinen Lebensstil zu entschuldigen.«

»Dann lass uns also zur Sache kommen. Was brauchst du von mir?«

*»Brauchen?«* Er lachte. »Die Hohen Herren sind auf die selbsternannte Herrscherin der Unterstadt kaum angewiesen. Aber wir wären bereit, angesichts der heraufdräuenden Gefahren einen zeitlich begrenzten Solidar-Pakt einzugehen.«

»Es geht um die Truppen des Gottbettlers, nicht wahr? Euch geht der Arsch auf Grundeis.«

»Einen Pakt, der für eine gewisse Zeitspanne bestehen wird und den Bürgern der Unterwelt gewisse Rechte und Freiheiten zugesteht, sollten sie notwendige Lasten und Bürden auf sich nehmen.«

»Bürden? Redest du etwa von Frondienst im Kampf gegen Metcairn Nife?« Terca lachte bitter. »Ich wüsste nicht, dass die Hohen Herren jemals um Erlaubnis gefragt hätten, bevor sie neue Soldaten rekrutierten.«

»Es geht auch nicht darum, ein Heer aufzustellen. Die Hohen Herren haben anderes im Sinn.«

»Du bist also befugt, für alle Hohen Herren zu sprechen?« Sie machte eine weit ausholende Geste, die alle in den Felsspalten und Schluchten verborgenen Besitztümer umfassen sollte, all die Hängehäuser, Vogelnester, Sturz- und Etagenbauten, die ins Gestein gehauenen Weingärten, Aquädukte, Treppen und Labyrinthe, die einen schier unermesslichen Reichtum zum Ausdruck brachten.

»Ja, das bin ich. Wir sind zu einer Einigung gekommen.«

»Wie ungewöhnlich! Es gibt doch das Sprichwort, dass eher die Cabrische See zufriert, als dass drei Hohe Herren zu einer Meinung finden.«

»Nun, vielleicht ist sie ja zugefroren. Oder aber es ist bald so weit.« Pero naschte weiterhin am Schokoladentopf, ohne Terca eines Blicks zu würdigen.

Sie kannte die Spielchen des Mannes gut genug. Er wollte sie nervös machen und ihre Geduld auf die Probe stellen.

Sie wartete und beugte sich ihrerseits über den Tisch, um nun doch ein klein wenig von den angebotenen Lukullitäten zu naschen. Auch sie war gut am Verhandlungstisch. Zwar sagte man ihr eine gewisse Grobheit nach und dass sie dazu neigte, ihre »Partner« zu erpressen. Doch nicht nur in der Unterstadt wurden Geschäftsfreunde übervorteilt.

Schweigend aßen sie. Schweigend und schmatzend. Bis sich Pero Krotvie zurücklehnte, verhalten rülpste und mit verdrießlicher Miene klagte: »Du bist noch immer so zäh und ungenießbar wie früher. Mit dir macht es keinen Spaß, Händel zu treiben.«

»Ich habe mir bloß vom besten Betrüger Poitreas einige Kniffe abgeschaut.«

»Du weißt das Herz eines alten Mannes mit deinen Schmeicheleien zu erwärmen. Aber lassen wir das.«

»Das wäre ganz in meinem Sinne. Man wartet auf mich.«

»Du meinst, die Wand wartet auf dich.«

Terca ging nicht darauf ein. Der Weinhändler hatte sich gut auf die Begegnung mit ihr vorbereitet. Er wusste ganz genau über ihre Umtriebe Bescheid. »Also – wofür benötigt man die Bevölkerung der Unterstadt, wenn nicht für den Kampf gegen die Truppen des Gottbettlers?«

»Oh, es geht natürlich um ihn und sein Schoßhündchen Metcairn Nife. Aber in einem anderen Zusammenhang, als du glaubst.« Pero Krotvie stand ächzend auf, rieb sich den kugelrunden Bauch und trat an jenes Fenster, von dem aus man durch die Felsspalte auf die See blicken konnte. »In der Gosse spricht man über die schrecklichen Dinge, die der Gottbettler auf seinen Eroberungsfeldzügen anrichtet«, fuhr er fort. »Doch es gibt auch eine andere Sichtweise der Dinge. Man könnte zum Beispiel sagen, dass dieser Mann, über den wir noch so wenig wissen, eine Art Flurbereinigung durchführt. Er reißt alte Krusten auf und sorgt dafür, dass Neues nach oben dringt. Er sorgt für eine Neuordnung. In der Politik, im Handel, in den Machtverhältnissen der Länder.«

»Worauf willst du hinaus, Pero?« Ihr schwindelte. Sie

wollte nicht hören, was der Weinhändler zu sagen hatte. Sie hatte Angst davor. Und dennoch musste sie bleiben und die Schönredereien des Hohen Herrn ertragen.

»Metcairn Nife hat großen Erfolg auf seinen Eroberungsfeldzügen. Er ist ein gewiefter Taktiker, und er verfügt über Ressourcen wie kein anderer Feldherr des Weltenrunds.«

»Er ist eine Bestie in Menschengestalt ...«

»Lass mich ausreden, Terca. Denn auch mit sogenannten Bestien kann man verhandeln. Schließlich möchte ein erfolgreicher Kriegsführer nicht nur niederreißen, sondern – vor allem dieser – auch Neues aufbauen. Sonst hätte eine Eroberung keinen Sinn, nicht wahr?«

»Sag es nicht, Pero. Bitte!« Sie streckte abwehrend die Hände aus.

»Die Heerscharen des Gottbettlers haben sich nach der Eroberung des Landes Lirballem und Süd-Aenas westwärts gewandt. Der Norde ist so gut wie erobert, wie auch das Hinterland Mirces. Nun haben die Steilstädte Metcairn Nifes Begehrlichkeit geweckt. Die vier Städte und der Ponton von Xyrecus sind die letzten freien Flecken an der Nordküste der Cabrischen See. Wir verteidigen eine Freiheit, auf die wir stets stolz waren und die wir als höchstes Gut in Ehren halten. Aber sie ist in Gefahr angesichts der Kräfte, über die der Gottbettler gebietet.«

Terca tat auf einmal das Herz weh. Sie wusste, was nun kommen würde, doch sie wollte es unter keinen Umständen hören. »Nein, Pero! Ihr könnt keinesfalls ...«

»Es ist an der Zeit, im Namen der Freiheit einige Opfer zu bringen. Ich denke, dass jeder vernünftige Bürger Poitreas und der anderen Städte verstehen wird, dass wir, um unsere Rechte zu erhalten, einige Dinge aufgeben müssen. Und einige Leben.«

»Nicht das! Wie könnt ihr es bloß wagen, über die Köpfe der Stadtbewohner hinweg ...«

»Über die Köpfe der Schafe hinweg, meinst du wohl, Terca!« Der Händler machte eine unwirsche Handbewegung. »Jener Schafe, die bloß laut mähen, wenn sie aus einer Ecke ihres Stalls in die andere getrieben werden, und keine Ahnung haben, warum sie sich überhaupt bewegen. Denn es gibt Wölfe, die über sie wachen, von Zeit zu Zeit ein besonders dickes Exemplar aus der Herde picken und es verzehren und den Rest der Herde ansonsten in dem Glauben lassen, dass sie selbst über ihr Schicksal bestimmt.« Er schlug mit der Faust gegen eine verholzte Weinwurzel, die Schwingungen des Hiebs setzten sich über den Boden fort und machten, dass das Haus ein klein wenig schwankte. »Es hat seinen Grund, dass sich die Hohen Herren in die oberen Bereiche Poitreas zurückgezogen haben. Wir blicken nicht nur auf die Schafe hinab. Wir denken für sie, wir lenken sie. Wir machen, dass sie springen, wenn wir es wollen, und dass sie sterben, wenn wir es für nötig erachten.« Pero lachte meckernd. »Wir sorgen sogar für einen stetigen Nachschub an lieben kleinen Kinderlein!«

»Ihr wollt uns verkaufen«, sagte Terca tonlos. »Die Bewohner der Unterstadt sind das Bestechungsgeld dafür, dass der Gottbettler Poitrea in Ruhe lässt.«

»Du warst selbst einmal ein Wolf. Ein äußerst erfolgreicher, möchte ich hinzufügen.« Er hatte sich wieder umgedreht und war auf sie zugegangen, legte ihr eine Hand auf die Schulter. Seine Berührung fühlte sich weich und nachgiebig an. Wie ein Batzen Schleim, den jemand auf sie gespuckt hatte.

»Du lieferst dem Gottbettler Tausende Menschen aus, damit sie in dessen Söldnerheere übernommen und dort Behandlungen unterzogen werden, über die wir nicht die geringsten Vorstellungen haben. Um dann gegen die anderen freien Völker des Weltenrunds zu kämpfen und den Hass, den der Gottbettler hegt, weiter zu verbreiten.«

»Wir müssen es tun!«, flüsterte ihr Pero Krotvie ins Ohr. Sein Atem roch nach bitterer Schokolode. »Nur so gewährleisten wir den Weiterbestand Poitreas.«

»Nur so gewährleistet ihr den Weiterbestand eurer Herrschaft.«

»Das eine bedingt das andere.«

»Bist du dir bewusst, wie zynisch deine Worte sind?«

»Ich habe mir von der größten Zynikerin Poitreas einiges abgeschaut.«

Terca streifte die Hand des Weinhändlers ab, während sie sich erhob, und tat einen Schritt weg von ihm. »Was erwartest du von mir, Pero? Dass ich in die Unterstadt hinabsteige, von Haus zu Haus gehe und Todesurteile verkünde?«

»Wir wissen nicht, was mit den Wesen geschieht, die in die Heerscharen des Gottbettlers aufgenommen werden. Womöglich haben sie ein tolles Leben, mit vielen Abenteuern in fernen Landen und so. So wie es sich der einfache Mann von der Straße vorstellt.«

»Halt dein Maul!«, fuhr Terca ihn an. »Ich werde mir diesen Unsinn nicht länger anhören ...«

»Und was wirst du tun, du alte, welk gewordene Engelmacherin? Eine Ansprache an die Bewohner aller Stadtteile vorbereiten, in der du kundtust, dass Poitrea in Kürze untergehen wird?«

»Wir werden uns wehren, und wenn es sein soll, sterben wir.«

»Das willst du ihnen sagen? Wie, meinst du, wird das ankommen, wenn ich aussprengen lasse, dass wir mit einem weitaus geringeren Opfer einen Großteil der Stadt retten könnten?«

»Es ist falsch!«, schrie Terca. Und noch einmal: »Es ist falsch!«

»Das zu beurteilen, meine Liebe, liegt nicht an dir. Im Übrigen habe ich dich nicht hergebeten, um über die Entscheidungen der Hohen Herren zu diskutieren. Du solltest die Möglichkeit erhalten, deine Schutzbefohlenen in der Unterstadt auf das Unausweichliche vorzubereiten.«

»Meinst du etwa, dass ich deine Erfüllungsgehilfin gebe?«

»Du bist alt und schwach geworden, Terca. Andere drängen nach und machen dir den Platz als Herrscherin in der Unterstadt streitig, und das nicht erst, seit du einen Großteil deiner Tage in der Wand verbringst. Es kostet mich bloß ein Fingerschnippen, um irgendjemanden statt dir einzusetzen, der weitaus gefügiger ist.«

Er hatte recht. Terca wusste es, und sie hasste Pero dafür, dass er ihr die Wahrheit so unverblümt sagte. Am liebsten wäre sie ihm ins Gesicht gesprungen, hätte ihm die Augen ausgekratzt und … und …

»Wir sollten diese Farce beenden«, sagte eine dunkle, hohl klingende Stimme. »Kommen wir zum Geschäft.«

Terca fühlte, wie sich eine Gänsehaut über ihren Rücken zog. Sie brauchte sich nicht umzudrehen, um zu wissen, dass ein Feind hinter ihr stand. Einer von … *ihnen.*

»Du hattest recht«, sagte Pero Krotvie über ihre Schulter zu demjenigen, der hinter Terca stand. »Ich bin viel zu nachsichtig mit diesem Gesindel. Der Pöbel hat ohnedies nichts zu sagen oder zu bestimmen, also brauche ich auch nicht auf die Anführerin des Pöbels zu hören.«

»Eine weise Entscheidung, Hoher Herr.«

Terca drehte sich langsam um und sah den Neuankömmling an. Er trug wie erwartet den weiten Anzug eines Magicus. An die Kragenaufschläge war die goldene Faust gestickt, Symbol des Heers des Gottbettlers. Sein Körper war zum Großteil unter dem Stoff verborgen, doch Terca erahnte die Verkrüppelungen und Narben. Das verkürzte rechte Bein, eine nässende Wunde im Magenbereich, die faulig gewordene Zunge, ein schielendes und triefendes Auge. Allesamt Folgen der Kämpfe im hierarchischen Gefüge der Magicae. »Und du bist …?«

»Mirem Zaug.« Der Hagere scherte sich nicht um die Umgangsformen. Weder verbeugte er sich, noch nickte er ihr zu. »Einer der Stellvertreter des mächtigen Nontwede, seines Zeichens Oberhaupt der Magicae-Gilde, die Metcairn Nife mit Rat und Tat beiseitesteht.«

»Er ist hier als Unterhändler des Heerführers«, ergänzte Pero Krotvie. Er lächelte. »Die Gespräche sind so weit gediehen, dass …«

Terca atmete tief ein, aktivierte gedankenschnell ihr Dusus – und warf sich dem Magicus entgegen. Sie schob die Hexenkraft, die mit einem Mal rings um sie war, wie ein Luftpolster vor sich her, wie eine Masse, deren Schwung kaum zu bremsen war und die immer größer, fester, kraftvoller wurde.

Pero Krotvie quiekte erschrocken auf, während der Magicus rasch beide Arme ausstreckte. Der Schwung der Dusus ließ nach, die Kraft versiegte und verpuffte, konnte gegen die Abwehrzauber Mirem Zaugs nichts ausrichten.

Terca verstärkte ihre Anstrengungen. Sie war bloß noch einen Schritt von ihrem Feind entfernt. Der grinste maliziös, murmelte die dunklen Worte seiner Zunft und leitete einen Gegenangriff ein, um sie in die Enge zu treiben. »Ich habe von dir gehört, Terca von den Dramac«, sagte er, und Speichel tropfte aus einem Mundwinkel. »Man sagte mir, dass du stark wärst und dass ich mich vor dir in Acht nehmen solle. Aber von dieser Stärke ist wohl nichts geblieben. Du bist eingerostet wie ein alter Wetterhahn und hast nichts mehr in dir, das ich fürchten müsste. Du bist bloß noch eine alte, verbrauchte Hure, die ihre Sippe entehrt hat und nun auf ihr Ende wartet. Nun, ich gewähre dir gern die Gnade eines raschen Todes!«

Sie schrie, einerseits aus Verzweiflung, andererseits vor Wut. Sie dachte an den Verrat, den der Weinhändler zu begehen gedachte. An die Hohen Herren, die womöglich hier, in diesem Raum, den Untergang der Unterstadt entschieden hatten, ohne sich auch nur einen Deut um das Schicksal der dort lebenden Wesen zu scheren. An eine Übereinkunft, die über die Köpfe ihrer Schutzbefohlenen hinweg getroffen worden war. An ein Wesen namens Gottbettler, das nichts Gutes im Sinn haben konnte, wenn es sich mit Magicae wie diesem hier umgab.

Ihre Dusus wuchs wie eine Blume, die nach langer Dürre einem Regenguss ausgesetzt war und vom Zorn gedüngt wurde. Sie griff um sich, ertastete die Kraft des Gegners, perforierte sie, erfühlte ihren Gehalt – und kehrte sie um.

»Das wagst du ... nicht!«, ächzte der Magicus.

Er verstärkte seine Anstrengungen, und sein eben noch blasses Gesicht lief puterrot an. Er tat Handbewegungen, die so grässlich waren, dass Terca tot umgefallen wäre, hätte sie sich auf deren Zeichnung konzentriert. Er rief Fähigkeiten ab, die zu den verbotenen Künsten zählten und – angeblich – seit Jahrhunderten nicht mehr angewandt wurden.

Sie war beinahe durch. Es bedurfte eines letzten Gewaltakts, um das dünn gewordene Netz seiner Magie auseinanderzureißen, es zu zerteilen und dann, da sie seinen Leib ungeschützt vor sich sah, das Notwendige zu tun.

Terca streckte zwei Finger ihrer Linken aus – es muss die Linke sein, die falsche, die verbotene Hand –, vergegenwärtigte sich, was sie zu tun hatte, und stach zu. Durchstieß das Fleisch und die magisch verstärkten Rippenplatten, sodass sie brachen wie morsches Holz. Tastete nach dem Herzen, nach diesem aufgeregt schlagenden Ding – und brachte es mit einem einzigen Griff zum Stillstand.

Mirem Zaugs stieß einen Schrei aus, der schon nach einem Augenblick wieder erstarb. Grüngelber Rauch entstieg seiner Lunge, letzte Reste jener Kräfte, die der Magicus in sich angehäuft hatte. Terca riss die Hand ruckartig aus dem Leib des Magicus und schleuderte die blutige Masse, die sie noch zwischen den Fingern hielt, in Richtung Pero Krotvies, als dieser eben den Mund öffnete und nach Hilfe schreien wollte. Das Fleisch traf ihn im Gesicht, Blut verteilte sich über Mund, Augen, Nase.

Der Weinhändler schrie – was Terca unbedingt hatte verhindern wollen. Doch sie war mit den Jahren träge geworden. Nicht nur ihre Arme und Beine fühlten sich wie eingerostet an. Auch ihr Verstand arbeitete viel zu langsam.

Sie tat die zwei Schritte zu Pero Krotvie und verschloss ihm mit der Rechten den Mund. »Die Dämonen werden deine Eingeweide fressen, sollten dich die Wachen gehört haben«, zischte sie ihm ins Ohr.

»Was ist denn los, Onkelchen?«, fragte eine schläfrige Stimme aus dem Nebenraum, gefolgt von leisem Gekicher. »Möchten deine Gäste ein klein wenig mit uns spielen? Es ist ausreichend Platz hier …«

»Es ist alles in bester Ordnung«, beeilte sich Terca zu versichern. »Onkelchen ist bald wieder bei euch.«

Metallenes Schaben. Das Schleifen einer Klinge über die Innenseite einer Scheide. Das Getrampel schwerer Lederstiefel. Ein leichtes Beben des Hauses. Die Wachen hatten Pero Krotvie gehört. Fren Hossa nahm seine Arbeit ernster, als für sie alle gut war. Er befand sich nahe dem Eingang, keine zehn Schritte von hier entfernt.

Sie sah sich um. Links, rechts. Die Nebenzimmer waren rings um den Hauptraum angeordnet. Sie alle boten Verstecke. Doch für wie lange? Terca hatte acht Wachen gezählt, doch wer wusste schon, wie viele sich noch in diesem weitläufigen Gebäude verbargen, im Gesinderaum, schlafend oder beim Kartenspiel.

Sie musste nach oben. Dort hatte sie die besten Chancen.

Und der Fettsack?

Terca sah die Panik in seinen Augen. Er fürchtete um seine miese Existenz. Gut so. Er hätte den Tod tausendfach verdient. Doch er würde ohnedies büßen, nun, da der Bote des Gottbettlers in seinem Haus ums Leben gekommen war. Sie musste sich die Hände nicht auch noch an ihm schmutzig machen.

Ihre Dusus ließ nach, jetzt schon! Sie konnte sich kaum noch auf den Beinen halten.

Sie hieb Pero Krotvie mit der Faust wuchtig gegen die Schläfe. Er verdrehte die Augen und plumpste zu Boden. Die Schwingungen im Haus verstärkten sich, die Huren im Nebenraum schrien erschrocken auf.

Terca stieg auf den Bauch des Händlers und griff nach zwei Wurzeln des Weinstocks. Sie waren grün und nachgiebig, und es bereitete ihr Mühe, sich daran nach oben zu hangeln. Die Söldner würden gleich da sein, den Raum betreten, die Leiche des Magicus und den bewusstlosen Pero Krotvie entdecken.

Sie kletterte höher, dorthin, wo das Blattgrün am dichtesten war, drückte sich dicht an mehrere Wurzeln, wagte es kaum zu atmen. Unter ihr wurde es laut. Fren Hossa schrie unartikuliert und gab dann sinnlose, einander widersprechende Befehle. Das Kreischen mehrerer Frauen mengte sich unter das Gebrüll der Söldner. Die Huren wurden in den zentralen Wohnraum gezerrt und mit den beiden reglos daliegenden und blutbesudelten Gestalten konfrontiert. Das Durcheinander unter Terca nahm immer größere Ausmaße an, das Haus schwang hoch und nieder, so sehr, dass man meinen konnte, auf hoher See zu sein.

Terca musste *jetzt,* da die Aufregung am größten war, verschwinden. Sie schob sich durch eine Dachluke und robbte dann vorsichtig über das Dach, das aus Ranken und Wurzelwerk bestand, vorbei an Seilen, die nach oben hin gespannt waren, und Richtung Brücke. Solange die Söldner wie die Trampeltiere umherliefen und im Inneren des Hauses nach ihr suchten, würde sie hier oben nicht weiter auffallen. Doch die Bewaffneten würden bald zu einem klaren Kopf finden, allen voran jene Leibwächter, die in den Vorräumen Dienst getan hatten.

Eine Klinge glitt neben ihr durchs Holz, durchstieß ihr Leinenhemd und ritzte ihr die Haut. Blut quoll hervor, ein rasch größer werdender Fleck zeigte sich auf dem Stoff. Terca sprang hoch, tat einen Schritt beiseite. Eine weitere Klinge stach hoch, unmittelbar neben ihrem rechten Fuß. Dann noch eine, die sie durchbohrt hätte, wäre sie dort geblieben, wo sie eben noch entlanggerobbt war.

Zwei Männer lugten zwischen Weinblättern hoch zu ihr. Muskelbepackte Gestalten mit grimmigen Gesichtern. Von ihnen war sicherlich keine Gnade zu erwarten.

*Wohin, Terca, wohin? Die Brücke hinüber zum rettenden Fels wird von den Muskelprotzen gesichert. An zwei Seiten berührt das Haus die Felswand, doch die ist so steil, dass ich unmöglich ohne Kletterhilfen hochsteigen kann.*

Sie lief zur Vorderseite des Hauses, hielt sich an einer nach oben gespannten Seiltrossen fest und blickte in einen dunklen Abgrund, in dessen Untiefen Wasser gurgelte. Wenn sie hinabsprang, sich an den Spannseilen unterhalb des Gebäudes abfing und über das Haltetau hin zu einem Ankerpunkt balancierte? Er war eine Körperlänge unterhalb des Pfades im Fels fixiert.

Unmöglich. Die Seile surrten leise und bewegten sich, rieben aneinander und waren in Schwingungen versetzt, sodass sie eine drohende Melodie sangen. Niemals würde sie sich auf diesem gerade einmal fingerdicken Tauwerk bewegen können.

Jemand brüllte, lauter als alle anderen. Pero. Er war wieder erwacht, viel zu früh. Terca hätte bedenken müssen, dass der Weinhändler den Dickschädel eines Bullen hatte, den man nur mit Mühe weichklopfen konnte. Schon schrie er Befehle, und auch wenn sie völlig sinnlos sein mochten, so sorgten sie doch dafür, dass keine widersprüchlichen Anweisungen mehr erfolgten.

Die Schwingungen des Hauses wurden stärker. Terca drehte sich um und sah, dass einer der Leibwächter seinen Körper aufs Dach gehievt hatte und nun auf sie zukam. Er hielt eine halblange Klinge vor sich, die er prüfend durch die Luft pfeifen ließ. Hinter ihm kletterte eben ein zweiter Krieger hoch. Die Männer gingen keinerlei Risiko ein und näherten sich ihr von zwei Seiten, die Dachluke des zentralen Raums umrundend.

Ihr blieb keine Wahl mehr. Sie musste den Sprung nach unten ins weit gespannte Netz wagen, etwa vier Meter tief, und dann auf ihr Glück beim Balanceakt vertrauen.

Oder?

Terca traf eine dumme, unlogische Entscheidung. Eine, die sie aus einem Bauchgefühl heraus fällte. »Kommt nur, meine beiden Freunde«, flüsterte sie und winkte den Leibwächtern, die sich gewiss nicht übertölpeln ließen.

Ihre Dusus. Ihre letzten Kraftreserven. Terca musste *jetzt* auf sie zurückgreifen. Sie glitt auf den linken der beiden Männer zu, wich seinem Hieb aus, duckte sich, brachte ihn mit einer Beinschere zu Fall und entriss ihm die Waffe. Der zweite Soldat war heran, stieß zu und zog sich blitzschnell wieder zurück. Auch der erste war schon wieder auf den Beinen. Er wechselte das kürzere Schwert in seine eigentliche Schlaghand und bedrängte sie, kaum beeinträchtigt von ihrem überfallartigen Beinschlag.

Die Dusus war so gut wie erschöpft. Terca musste handeln, jetzt gleich. Sie wich gut gezielten Schlägen aus. Hinter ihren beiden Gegnern drängten weitere Wächter nach oben, der hochrote Kopf Pero Krotvies zeigte sich zwischen dem Geäst des Weinstocks, mit einer deutlichen Schwellung im Schläfenbereich.

Da war die Haltetrosse. Sie war in die Ecke des Gebäudes gespannt. Mit all ihrer verbliebenen Kraft hieb sie zu, und das stark gespannte Seil zerfaserte. Ein zweiter Schlag. Sie wich dem Gegner aus, behauptete aber ihren Platz, drängte den Söldner zurück. Immer mehr Fasern des mehrfach gedrehten Seils platzten, und Terca steckte das Beuteschwert schnell in den Gürtel. Dann riss das Seil mit lautem Knallen. Terca bekam es gerade noch zu fassen und wurde ruckartig nach oben gerissen, so kräftig, dass sie meinte, es würde ihr die Schultern auskugeln.

Das Haus fiel unter ihr weg; zumindest hatte sie diesen Eindruck. Eigentlich war es bloß, eines von mehreren Halterungseilen beraubt, einen Meter tiefer geruckt, um nun mit mehr Gewicht auf den Bodenseilen zu ruhen. Terca indes wurde an dem gerissenen Tau wie eine Puppe in die Höhe geschleudert. Mit aller verbliebenen Kraft hielt sie sich fest, während sich Oben und Unten umkehrten und sie nun den Unwägbarkeiten ihres waghalsigen Tuns ausgeliefert war.

Sie erreichte den Scheitelpunkt ihrer Reise hoch in die Luft. Für einen Moment glaubte sie, wahrhaftig zu fliegen und wie ein Adler in der Luft zu stehen, getragen von Aufwinden. Sie bräuchte nur noch die Arme zur Seite wegzustrecken und sich davontragen zu lassen, hinein ins Blau und Grau des Himmels. Doch das Gefühl der Leichtigkeit ließ rasch nach. Sie wurde schwerer und schwerer, stürzte zurück auf das Haus zu, das aus dieser Höhe so winzig klein erschien. Die Söldner waren Spielzeugfiguren, die mit Schwertern aufgeregt in ihre Richtung fuchtelten. Sie meinte sogar, Fren Hossa zu erkennen, der eben mit schweren Beinen das Dach erklomm und sich in die Schar der Gegner einordnete.

Terca sammelte, was an Dusus noch übrig war. Bereitete sich auf den neuerlichen Ruck vor, wenn das Seil knapp über dem Haus Pero Krotvies auspendelte. Wie sollte sie diesen Augenblick abschätzen, während alles rings um sie verwirbelte und sie ein stürzendes Etwas war, das sich wie eine gliederlose Puppe drehte und überschlug und dem der Mageninhalt hochzukommen drohte, da alle ihre Wahrnehmungen durcheinandergerieten?

Der Sturz dauerte nur wenige Augenblicke, doch was sie in dieser Zeitspanne durchlebte und fühlte, hätte ganze Bücher gefüllt. Sie umwickelte beide Hände rasch mit dem Tau und machte sich bereit.

*Jetzt!*, sagte sie sich und konzentrierte die Dusus-Reste in eine Abwehrhaltung. Sie fühlte den Ruck des unnachgiebigen Seils, das seine volle Länge erreichte und auspendelte.

Da war Schmerz, doch er war unbedeutend. Die Dusus schützte sie vorerst. Ihre Beine hingen etwa zwei Meter über dem Dach des Hauses. Sie fühlte jemanden – oder etwas – unter sich. Ein Mann tastete nach ihr. Sie trat aus, fühlte Widerstand, trat nun auch mit dem anderen Bein zu, an dem Seil hin und her pendelnd. Jemand schrie. Ein Söldner inmitten der Masse jener Gegner, die nach ihr griffen, kaum als Einzelwesen wahrnehmbar, taumelte das Dach entlang, stolperte über eine Weinranke und kullerte vom Dach in die Tiefe, sein Schwert umklammernd, und weil er es aus einem Grund, den Terca nicht nachvollziehen konnte, weiterhin festhielt, stürzte er durch eine Lücke im Bodennetz des Hauses in diese bodenlose Dunkelheit, die bis ins Reich der Tiefen-Dämonen zu ragen schien.

Terca kümmerte sich nicht weiter um den Stürzenden. Sie griff Hand über Hand, trotz aller Schmerzen, und zog sich in die Höhe. Ein Söldner wollte ihr aufs Seil folgen, doch sie trat ihm ins Gesicht. Immer rascher kletterte sie, wie ein Wiesel, der Verankerung entgegen, die aus einem breiten, rostig gewordenen Ring bestand. Kaum oben angekommen, hängte sie sich mit einem Bein ein und durchtrennte das Seil unter sich, indem sie das Beuteschwert aus ihrem Gürtel zog und damit zuschlug. Zwei weitere Söldner stürzten aufs Haus hinab, gut zehn Meter tief. Einer blieb liegen, eine Blutlache breitete sich rasch um seinen Kopf herum aus, der andere richtete sich benommen auf. Das Haus schwankte bedenklich, ein weiteres Verankerungsseil riss. Die wagemutige Konstruktion war auf Belastungen dieser Art nicht ausgerichtet.

Terca hielt sich am Ring fest und sah sich um. Sie war während der letzten Jahre zur geschickten Kletterin geworden. Trotz des böigen Windes, trotz des leicht überhängenden und rutschig-nassen Felsens erreichte sie ihr Ziel binnen wenigen Augenblicken, stemmte sich mit einem letzten Armzug hoch und kam auf nassem Gras zu liegen. Sie schnappte nach Luft, keuchte, war einem Kollaps nahe.

Es dauerte Minuten, bis sie wieder zitternd auf die Beine kam und davonstolperte. Ihrer Orientierung nach befand sie sich nahe der nordwestlichen Ausläufer der Stadt. Links und rechts zerfurchten Spalten und Risse das Land. Sie wirkten, als hätte in den alten Tagen ein Riese im Meer gestanden, umspült vom Wasser, und voll Zorn mit seiner Axt auf die Felsen eingeschlagen.

*Und so war es auch, wenn man den Geschichten unserer Vorfahren Glauben schenkt …*

Es war nicht leicht, sich in diesem zerklüfteten Land zurechtzufinden. Es bestand jederzeit die Gefahr, durch eine der tückischen Grasnaben zu brechen und in einen bodenlosen Abgrund zu stürzen. Oder aber einem der Wölfe zum Opfer zu fallen, die in den Wäldern hinter den Klippen ihr Jagdgebiet gefunden hatten. Oder auf Ausgestoßene zu treffen, die der Stadt verwiesen worden waren und nun ein Dasein als Wegelagerer fristeten.

Terca eilte sich, so gut es ging. All diese Gefahren schreckten sie weniger als die Aussicht, in die Fänge der Hohen Herren zu geraten, deren Handel mit dem Unterhändler des Gottbettlers sie vereitelt hatte.

»Was hast du getan?«, keuchte sie und wischte sich Tränen aus den Augenwinkeln. »Du hast den Verstand verloren, Terca!«

Sie hatte eine folgenschwere Entscheidung getroffen, die eine ganze Region in den Krieg und in den Untergang zu reißen drohte. Metcairn Nife kannte kein Erbarmen. Er würde Poitrea belagern lassen, von der Land- und vielleicht auch von der Seeseite her, und dann würde er die Stadt dem Erdboden gleichmachen.

Sie war vogelfrei und auf der Flucht. Sie durfte auf keinerlei Unterstützung hoffen. Die Hohen Herren würden sie als Schuldige brandmarken – und selbst so rasch es ging das Weite suchen, um Poitrea und die anderen Steilstädte ihrem Schicksal zu überlassen.

Ihre Dusus war endgültig erschöpft, und bald würden sich

die Folgen ihres Tuns bemerkbar machen. Sie musste sich einen sicheren Platz suchen. In den nächsten Stunden würde sie für den Einsatz ihrer Hexenkraft den Preis bezahlen müssen. Schon jetzt tobte der Schmerz durch ihren Leib, bald würde er all ihre Glieder erfassen und ihren Geist auf eine Reise schicken, die sie gehofft hatte, niemals mehr antreten zu müssen.

# 8. Durch Feindesland

*Kalt. Nass. Übel.*

Drei Gedanken, endlos aneinandergereiht wie an einer Gebetskette, rissen ihn aus der Dunkelheit. Pirmen schlug die Augen auf und starrte auf Schnee. Und auf ein sich bewegendes Etwas, das seinem Gesicht verdammt nahe kam.

Es dauerte eine Weile, bis er begriff, dass er quer über Stellex' Rücken gebunden war, sodass er mit dem Kopf nach unten hing, während sich auf der anderen Seite des Tiers seine Beine befanden. Er erinnerte sich: Er war umgekippt, völlig erschöpft von der Kälte, von der Schlaflosigkeit, den irrwitzigen Verhältnissen in einem irrwitzigen Land.

Immer wieder drohte ihm der rechte Hinterlauf der Stute einen Stupser gegen die Nase zu geben, immer wieder wurde er von Schneespritzern im Gesicht getroffen.

»Mbll!«, stieß Pirmen hervor und spuckte aus. In seinem Mund war ein Geschmack, der ihn an eine verwesende tote Ratte denken ließ. Jene Teile seines Körpers, die er spürte, fühlten sich an, als wären sie durch einen Fleischwolf gedreht worden.

»Sieh an, der kleine Herr Magicus lebt also noch!«

Die Stute blieb stehen, tänzelte aber unruhig hin und her. Pirmen spürte den Druck des Sattels an seiner Hüfte. Seine Haut war aufgerieben und wund. Grobe Hände packten ihn.

Dann wurde die Verschnürung um seine Handgelenke gelöst, die unter Stellex' Bauch mit seinen Füßen verbunden war.

Pirmens Glieder waren steif gefroren. Er konnte nicht verhindern, dass er langsam nach vorn rutschte und in eine Schneewechte fiel, mit dem Kopf voran.

Er fiel weich, doch er war mit einem Mal vom weißen Nass umgeben, steckte vom Kopf bis zur Brust im Schnee, bekam keine Luft mehr. Panik befiel ihn, wider jede Vernunft.

Pirmen hörte dumpfe Laute. Gelächter. Der Hohe Herr machte sich einen Spaß aus seinem Unglück, aus seiner Unfähigkeit, sich zu bewegen.

Er krümmte die Finger unter Schmerzen. Versuchte sich hochzustemmen, dem Schnee Widerstand zu leisten. Doch er war zu schwach, zu erfroren, zu orientierungslos. Er schnappte nach Luft. Feuchtigkeit rann in seine Nase und in seinen Mund. Er würde … würde …

»… soll das, Kleiner?«

Er fühlte sich hochgezogen, die Welt stand plötzlich auf dem Kopf – beziehungsweise so, wie sie sein sollte. Da war die Stute, Stellex, nervös wiehernd, und der Hohe Herr, der ihn am Schlafittchen festhielt.

»Ich habe von Männern gehört, die sind im Suff in Bächen ertrunken, die keine Handbreit tief waren«, sagte der Hohe Herr. »Und von Helden, die beim Pissen im Stehen festgefroren sind.« Er grinste. »Aber kopfüber im Schnee zu ersticken – eine derartige Geschichte würden nicht einmal die Wanderbarden der Norde weitererzählen, weil sie fürchten müssten, für diese scheinbaren Lügen verdroschen zu werden.«

»K… k… kalt …!«

»Du brauchst ein wenig mehr Bewegung, Kleiner! Wie wär's, du würdest laufen, während ich auf deiner Stute sitze und die Reste des Habaneas trinke?«

Pirmen schaffte es, die Arme um den Körper zu schlagen. Einmal, zweimal …

»Ach, was soll's! Mir tut die Bewegung sicherlich auch ganz gut.« Der Hohe Herr hievte ihn aufs Pferd, zog eine steife Decke hinter den Satteltaschen hervor, legte sie ihm um den Körper, legte die Zügel um Pirmens steif gefrorene Finger.

Dann gab er Stellex einen Klatsch auf die Pobacke. Die Stute setzte sich augenblicklich in Bewegung und verfiel bald darauf in jenen Kräfte sparenden langsamen Trott, den Pirmen während der letzten Wochen an dem Tier so sehr bewundert hatte. Die Welt rings um ihn bestand nur aus Weiß, das kaum einmal von schwarzen Felsen, kleinen Tannenwäldchen oder zerklüfteten Hügeln durchbrochen wurde, die Gräber oder Kultstätten in diesem uralten Land darstellten. In der Norde, so sagte man, hausten allerorts Geister, und wenn man nicht aufpasste, wurde man allzu rasch selbst eine der vielen Mythen dieses Landes.

Pirmen hörte das Keuchen des Hohen Herrn. Er lief hinter Stellex her, womöglich in dem gleichen Kräfte sparenden Schritt wie das Tier. In dieser Einöde, so hatte man ihm einmal gesagt, unterschied man kaum zwischen vernunftbegabten und instinktbehafteten Lebewesen. In Zeiten wie diesen, da alles schlief und unter dem Weiß verborgen war, ähnelten sie einander sehr.

»Warum hast du mich am Leben gehalten? Ich möchte sterben! Ich halte diese Kälte nicht länger aus!«, wollte Pirmen sagen. Doch er brachte bloß ein kaum verständliches Krächzen zustande. Seine Lippen waren aufgerissen und fühlten sich blutig an, die Zunge war ein roher Klumpen Fleisch, ein Fremdkörper in seinem Mund.

»Weil wir zu zweit bessere Chancen zum Überleben haben«,

antwortete der Hohe Herr zu seiner Überraschung. »Und vielleicht auch, weil ich ein guter Mensch bin.«

*Du bist ein Säufer und ein verlauster Arsch, aber sicherlich kein guter Mensch!*

»Wusstest du, dass ich Gedanken lesen kann, kleiner Herr?«

Pirmen zuckte zusammen und wäre beinahe vom Pferd gestürzt.

Der Latrinenputzer lachte, kam an seine Seite und rückte ihn gerade. »Du solltest nicht alles glauben, was man dir sagt. Aber in meinem Kopf ist ab und zu ein klein wenig Platz für ein paar eigene Gedanken. Also denk ich mir: Wenn ich du wäre, würde ich mein Schicksal lauthals verfluchen.« Er ließ sich zurückfallen, um in Stellex' Hufspuren hinter dem Pferd herzulaufen.

Der Schnee reduzierte die Geräusche auf ein Minimum. Nun, da der Hohe Herr schwieg, war rings um Pirmen nur noch der pfeifende Wind zu hören und ab und zu ein knarrender Baum. Und ein Laut, an den er sich längst hätte gewöhnen müssen, der ihn aber dennoch immer wieder erschreckte: ein Krachen wie von einer Explosion in Meister Larex' Laboratorium.

Explodierender Fels. Gestein, von der ungeheuren Kälte der verfluchten Norde gesprengt. Der Ton hallte jedes Mal weit übers Land. Er konnte aus einem Gebirge stammen, das sich fünftausend Laufe oder mehr von hier entfernt hochfaltete – oder aber vom nächstgelegenen mannshohen Klotz, dessen Splitter dann wahllos herumfegten.

Stunde um Stunde verging. Nichts änderte sich ringsum. Einmal ließ sich ein Wolf blicken, dann ein Rotwild, das mit weiten Sprüngen davonsetzte, sobald es die beiden Menschen bemerkte.

Der Hohe Herr hinter Pirmen ermüdete nicht. Er hatte

während der letzten Tage gehörig an Kraft zugelegt, trotz seiner Saufereien und trotz der kargen Mahlzeiten.

Manchmal ließ er ein Stückchen mehr Abstand zwischen der Stute und ihm, dann wiederum kam er wieder nahe heran. Wie konnte ein minderwertiger Kerl und Säufer bloß dieses Tempo beibehalten?

*Unterschätz ihn bloß nicht!*, mahnte sich Pirmen. *Der Latrinenputzer ist Teil dieser Welt. Er versteht sie, während ich, ein kleiner Magicus in Ausbildung und ohne klangvollen Namen, in diesen lebensfeindlichen Gefilden stets ein Fremdkörper bleiben werde.*

Allmählich kehrte das Gefühl in seine Glieder zurück und damit auch das Interesse an seiner Umgebung. »Wohin reiten wir?«, fragte er.

»Richtung Südosten«, antwortete der Latrinenputzer knapp. »Nach Colean.«

»Colean? Die Grenzstadt? Sie ist von Truppen des Gottbettlers besetzt. Möchtest du mich etwa ausliefern?«

»Keine schlechte Idee.« Der Mann grinste unter seinem wirren Bartwuchs hervor. »Du bist sicherlich einige Mau wert, und ich bin immer für ein gutes Geschäft zu haben.«

»Du meintest, du warst immer für guten Fusel zu haben«, verbesserte Pirmen so leise, dass der andere ihn nicht verstehen konnte.

»Ich könnte dich tatsächlich an die Schergen des Gottbettlers verkaufen«, redete der einfach weiter. »Doch jedermann weiß, dass diese Kerle knauserig sind und einem als Belohnung meist bloß eine Tracht Prügel verabreichen. – Komm jetzt runter da!«

Pirmen gehorchte. Die Stimme des anderen klang befehlsgewohnt und wollte ganz und gar nicht zu dem Äußeren des ehemaligen Latrinenputzers passen, schon gar nicht zu jenem devoten Verhalten, das er im Störrischen Ochsen an den Tag gelegt hatte.

Pirmen rutschte seitlich vom Sattel und glitt in den Schnee. Er fühlte Stiche in den Beinen. Dort, wo er Erfrierungen erlitten hatte. »Ich bin nichts wert. Ich habe keinen Titel, habe kein Geld. Meinem Herrn war ich ein miserabler Lehrling.«

»Mach dich nicht schlechter, als du bist, kleiner Herr. Dein Magicus hat dich über Tausende von Laufen ins Unbekannte geschickt. Er war der Meinung, dass du der Richtige seiest, um eine bestimmte Person zu finden.«

»Ich bin einer von vielen, die ausgesandt wurden.«

Der Hohe Herr kniff die Augen zusammen und spielte mit den Fingern über den Griff seines Schwerts. »Möchtest du mich etwa davon überzeugen, dass ich dich umsonst mitschleppe? Dass es für mich keinen Grund gibt, dich weiterhin am Leben zu lassen? Wäre es dir lieber, ich würde dich an Ort und Stelle abmurksen?«

»N… nein.«

»Dann halt dein Maul! Erfreu dich deines Lebens, solange du es noch hast.« Er spuckte in den Schnee. »Komm jetzt! Die Stute hat dich lange genug getragen. Sie ist müde, und du siehst einigermaßen erholt aus.«

Er nahm Pirmen neben sich und sorgte dafür, dass Stellex wieder antrabte. Im gemächlichen Tempo ging es hinter der Stute her, die ihnen eine Spur durch den knietiefen Schnee zog.

»Wie heißt du eigentlich, Hoher Herr?«, fragte Pirmen.

»Ich habe meinen Namen vergessen.«

»Wie bitte?«

»Er ist es nicht mehr wert, genannt zu werden.«

»Und wie lautete er, als er noch einen Wert hatte?« Pirmen

keuchte zwischen den Worten, obwohl er gerade einmal hundert Schritte zu Fuß zurückgelegt hatten.

»Herr Rudynar Pole«, sagte der Latrinenputzer und beschleunigte seinen Schritt ein klein wenig.

Tag für Tag wurde es ein klein wenig wärmer. Die endlosen Hügellandschaften der Norde machten einem Flachland Platz, in dem Dörfer wie kleine Beulen platziert waren. Die Schneeschicht wurde dünner, das Eis zu Matsch, der Matsch zu einem schwarzbraunen Untergrund.

»Wir sollten Abstand zu den Wegen halten«, sagte Pirmen.

»Ich weiß, was ich tue.«

»Die Truppen des Gottbettlers ...«

»Ich weiß, was ich tue.«

Herr Rudynar Pole entpuppte sich als wortkarger, düsterer Mensch. Am nächtlichen Lagerfeuer brütete er meist vor sich hin und stierte in die Flammen, die Decken eng um die Schultern gezogen. Ab und zu verlangte er, dass Pirmen ihm einen oder mehrere Krüge Habanea braute. Nachdem er dem Hohen Herrn den Wunsch erfüllt hatte, versteckte sich Pirmen im Geäst irgendeines Baums, während sich sein Reisepartner dem Suff hingab. Dann tobte der ehemalige Söldner, schlug tiefe Kerben ins Wurzelholz, tanzte, fluchte, lachte wie ein Irrer, brachte sich mit einem Messer Narben an den Unterarmen bei und onanierte gelegentlich ins Feuer, um später erschöpft zu Boden zu sinken und im Morast einzuschlafen, oft mit dem Gesicht nach unten. Pirmen verbrachte diese Nächte in Angst und Schrecken. Herr Rudynar Pole war meist so besoffen, dass es fraglich erschien, ob er am nächsten Morgen wieder aufwachen würde.

Doch es gab auch Gelegenheiten, da er sich Pirmens Gegenwart bewusst wurde, sich ihm näherte und unverständliche

Wörter schrie, die scheinbar einer fremdartigen Sprache entstammten. Schaum stand ihm dann vor dem Mund, und der Wahnsinn in diesem ganz besonderen Blick, den Pirmen bereits an ihm wahrgenommen hatte, verstärkte sich in diesen Momenten ins Unermessliche.

*Ist diese Verrücktheit etwa das, was ihn ausmacht?*, fragte sich Pirmen bange. *Muss er durchgedreht sein, um den Stummen Jungen so behandeln zu können, wie er es benötigt?*

Es war ein erschreckender Gedanke, und der junge Magicus schob ihn rasch wieder beiseite. Er wusste kaum etwas über den Stummen Jungen. Nur die wenigen Dinge, die gerüchtehalber im Haus Larex kursierten. Dass er der entscheidende Faktor im Kampf gegen den Gottbettler war. Dass er in einem der Magischen Türme Griams festgehalten und von den dort Lebenden isoliert wurde. Dass sein Verhalten schier unerträglich sei und dass er besonderer Pflege bedurfte.

Trotz dieser bloß spärlichen Informationen hatte sich Pirmen ohne Fragen zu stellen auf den Weg gemacht, um nach dem Auserwählten zu suchen. Das Wort von Larex war ihm Garantie genug gewesen, dass er das Richtige tat – und weil die Ikonen seines Traumlands ihm gesagt hatten, dass seine Bestimmung in dieser Suche lag.

»Söldner.«

»Hm?« Pirmen schrak aus seinen Gedanken hoch.

»Ein kleiner Trupp mit Leuten des Gottbettlers kommt uns entgegen«, sagte Herr Rudynar Pole. »Mit einigen Schweinen im Schlepptau.«

»Wo?« Pirmen blickte geradeaus. Er sah den Weg, der sich hügelabwärts wand und zwischen gewaltigen Felsbrocken verschwand. Dunst und Nebel, ewige Begleiter in diesem Teil der Norde, hielten die Sicht auf etwa hundert Schritt begrenzt. »Und was haben die Soldaten mit den Schweinen vor?«

»Du hast keine Vorstellung von dem Aufwand, den man betreiben muss, um ein Heer von mehreren tausend Männern satt und zufrieden zu halten, nicht wahr?« Herr Rudynar Pole schüttelte den Kopf, das zerzauste und grau gewordene Haar flog ihm über die Schultern. »Drei Leute von zehn kämpfen, so lautet die Regel. Sieben von zehn sind dazu da, um die Truppen beisammen zu halten. Die Kämpfenden müssen gefüttert und mit Waffen versorgt werden. Schmiede befinden sich ebenso im Tross wie Schuster, Schneider, Tischler und andere Handwerker. Köche, Feldscher, Bader, Barbiere und Ärzte. Vertrauenswürdige Zahlmeister, die meist in einem Atemzug mit den Henkern genannt werden. Leute, die die Kriegsgeräte instand halten, und solche, die Straßen begehbar machen. Leichenfledderer, die sich ganz hinten halten und von dem leben, was ihnen die Soldaten beim Einsammeln der Habseligkeiten der Toten übrig lassen. Huren, Ehefrauen, Kinder.« Der Hohe Herr schüttelte erneut den Kopf, als könnte er sich nur mühsam aus dunklen Erinnerungen befreien. »Es ist, als würde man eine ganze Stadt auf Reisen schicken.«

»Und diese Männer mit den Schweinen …«

»Nein, die Tiere werden nicht zum Ficken ins Lager gebracht.« Herr Rudynar Pole grinste. »Zumindest denke ich, dass es nicht so ist. Die Tiere werden geschlachtet. Das Fleisch gegessen, die Häute gegerbt, die Borsten für Pferdebürsten in Alaun eingelegt und dann gebleicht, die Sehnen und Knorpel zu einem Seifensud verkocht. Ein guter Heerführer achtet darauf, dass nichts von der Beute verschwendet wird.«

Pirmen sah sie nun ebenfalls kommen. Vier breitschultrige Männer und eine Frau, die laut fluchend etwa ein Dutzend Schweine vor sich hertrieben und stets darauf achteten, dass die Tiere nicht zur Seite hin ausbrachen. Sie sahen nicht nach vorn, waren vollauf mit den grunzenden Viechern beschäftigt.

»Wir müssen uns verstecken!«, drängelte Pirmen leise. »Sie dürfen uns unter keinen Umständen sehen.«

»Ich muss nachdenken.«

»Worüber, verdammt noch mal?« Pirmen zupfte am Ärmel seines Begleiters. »Diese Kerle sehen nicht so aus, als wären sie auf einen Plausch aus.«

»Ich könnte eine Sau oder zwei gegen dich eintauschen.«

»Es ist jetzt keine Zeit für dumme Scherze. Komm schon.«

»Ich scherze nie.«

Einer dieser ganz besonderen Blicke traf Pirmen. Er war so intensiv, so grauenvoll, dass der Lehrling zusammenzuckte. Dieser Mann war völlig unberechenbar. Er würde ihn womöglich für einen Laib Brot verraten, wenn er Hunger verspürte. *Oder aber mich auffressen …*

»Ich bitte dich, hilf mir!«, drängte er, die Blicke auf die näher kommenden Soldaten gerichtet. »Sieh mich doch als deinen … Freund. Ich wurde ausgeschickt, um allen Wesen des Weltenkreises die Hoffnung wiederzugeben. Mein Lehrmeister Larex meint, dass der Gottbettler dank deiner Hilfe und der des Stummen Jungen besiegt werden könnte. Stell es dir bloß vor: ein Leben ohne Bedrohung durch Krieg, Krankheiten und Elend! Keine Heere mehr, die durchs Land ziehen und alles vernichten, was andere mühevoll aufgebaut haben. Kein …«

»Du hast ja keine Ahnung, wer oder was der Gottbettler ist und wofür er steht, sonst würdest du nicht einen derartigen Unsinn von dir geben.« Herr Rudynar Pole packte ihn und zerrte ihn von der Straße, ihn und ihr Reittier, das geduldig folgte. Eine kleine Böschung abwärts, ins Unterholz, das selbst der Stute ausreichend Deckung bot.

Pirmen verbarg sich hinter einem knorrigen Baum, der von Büschen umkränzt war. Sein Herz schlug heftig, er war verwirrt. Was hatte sein Begleiter vor? Wie weit konnte er ihm trauen? Sollte er weglaufen?

»Denk nicht mal dran«, knurrte der ehemalige Soldat, ohne ihn anzusehen.

*Ist es denn wirklich so offensichtlich, was in mir vorgeht?* Pirmen presste die Kiefer fest aufeinander, damit seine Zähne aufhörten zu klappern. Bei ähnlichen Gelegenheiten in der Vergangenheit hatte er stets so rasch wie möglich das Weite gesucht. Doch aus dieser Situation gab es kein Entkommen. Nicht, solange der Hohe Herr an seiner Seite war.

»Du bleibst hier, bis du von mir hörst«, flüsterte der Mann neben ihm. Er hielt sein Schwert in der Hand. Routiniert rückte er sich den Waffengurt zurecht, prüfte, ob das Messer auch in der Scheide steckte, prüfte den Sitz der schützenden Lederriemen an seinen Unterarmen.

Über ihnen, vielleicht zehn Schritte entfernt, wurden Schemen sichtbar. Grunzende Schweine, dazu die Beine der Soldaten des Gottbettlers. Sie steckten in schmutzigen, kaum vor der Kälte schützenden Sandalen. Die Männer fluchten in einem Dialekt aus dem Süden Aenas', den Pirmin nur zu gut kannte. Die einzige Frau beteiligte sich nicht an den Schimpfereien ihrer Begleiter, sie trottete hinterdrein.

Herr Rudynar Pole verließ die Deckung, kaum, dass die kleine Gruppe sie passiert hatte. In geduckter Haltung und in aller Stille schlich er die Böschung hoch und machte sich an die Verfolgung, das Schwert in der Hand.

Eine Nebelbank verschluckte die Gestalten. Dann ein gurgelnder Laut, dem bald darauf ein greller Schrei folgte, der aber augenblicklich erstarb. Rüstung klirrte gegen Rüstung, Schwerter prallten aufeinander. Die Schweine grunzten und quiekten. Pirmen sah, wie eine Gestalt auf allen vieren aus dem Nebel kroch, über die Straße und auf ihn zu. Dann fiel sie vornüber und purzelte die Böschung herab. Das Wesen blieb in einer Pfütze liegen, keine fünf Meter von ihm entfernt. Stellex schreckte hoch, wieherte und stieg auf die Vorderläufe. Pirmen hatte größte Mühe, das Tier zu beruhigen.

Herrn Rudynar Poles Stimme erklang. Er sang, und er lachte, während er offenbar den dritten und den vierten Gegner niedermachte. Das letzte Mitglied der feindlichen Patrouille jedoch schien sein Kriegshandwerk zu verstehen. Ein Veteran wahrscheinlich, dem aufgetragen worden war, gemeinsam mit einigen Frischlingen eine vermeintlich harmlose Aufgabe zu erfüllen. Nun umrundeten er und Herr Rudynar Pole einander, zwei Schattengestalten im Nebel, die wie Dämonen wirkten. Sie schnauften und prusteten, und mit jedem Schlagwechsel klangen die beiden Gegner erschöpfter. Die Laute, die sie von sich gaben, hatten kaum noch etwas Menschliches an sich.

Nachdem sie sich mehrmals umrundet, Schläge ausgetauscht und Schwächen in der Verteidigung des anderen gesucht hatten, stürzten sie sich aufeinander, wie auf Kommando, beide wild entschlossen, eine Entscheidung herbeizuführen. Der Kleinere – Herr Rudynar Pole? – zog sich kurz vor dem Zusammenprall zurück. Sein Gegner hielt die Waffe hoch erhoben, duckte sich kurz vor dem vermeintlichen Zusammenprall nach unten weg und zielte nach den Beinen des Widersachers, in einer fast graziösen Bewegung, die auf ausgezeichnete Körperbeherrschung schließen ließ. Doch der Hohe Herr ließ sich nicht täuschen. Leichten Fußes, fast tänzelnd, ließ er den Angriff ins Leere rennen, gab dem Feind einen Tritt hinterher, brachte ihn damit endgültig aus dem Gleichgewicht. Noch bevor sich der Mann von der Überraschung erholen, ausweichen oder eine weitere Attacke starten konnte, wurde er von einem fürchterlichen Hieb in den Rücken gefällt.

Pirmen hörte, wie das Schwert Rudynar Poles am Metall eines schützenden Brustreifens entlangstreifte. Es fand die Lücke und schnitt in Fleisch, traf auf Widerstand und blieb irgendwo, irgendwie stecken, wahrscheinlich in einem Knochen. Ein letzter Schrei, mehr ein Stöhnen, kurz und abgehackt. Dann herrschte Stille.

Pirmen wartete mit laut klopfendem Herzen. So lange, bis er es nicht mehr aushielt und hoch zur Straße kroch, stets bereit, Fersengeld zu geben und diesen grässlichen Ort so weit wie möglich hinter sich zu lassen. Zögerlich ging er auf die einzige noch stehende Gestalt zu, auf einen Schatten, dessen Umrisse sich jedoch immer deutlicher aus dem Nebel schälten.

Herr Rudynar Pole stand da, keuchend und über einen Toten gebeugt. Das Haar hing ihm wirr ins Gesicht. Eine Wunde zeigte sich unter seinem rechten Auge. Ein Kratzer, nicht mehr, doch heftig blutend. Der Bart färbte sich allmählich rot, das Blut tropfte von seiner Spitze schwer zu Boden. Platsch. Platsch. Platsch.

Der Säufer lächelte ihn an. Er zog sein Schwert mit einem satten Schmatzen aus dem Leib des Gegners und summte eine Melodie. Ein weitverbreitetes Lied, das Mütter ihren Kindern vorsangen, um sie zum Schlafen zu bringen.

»Ein weiterer Bluttag«, sagte Herr Rudynar Pole schließlich. »Ich dachte, ich hätte diese Zeiten hinter mir.« Er drehte den Toten mit einem Fußtritt zur Seite. »Die Uniform sollte mir stehen. Und du holst dir die der Frau, kleiner Herr.«

»Ich soll das Gewand einer Toten tragen?«

»Das Weib hat sicherlich nichts mehr dagegen. Doch sollte sie dennoch meckern, sag mir Bescheid, dann schlag ich sie gern noch mal tot. Jetzt hilf mir! Wir müssen die Leichen so rasch wie möglich von der Straße schaffen.«

Pirmen gehorchte und half. Er schleppte leblose, blutige

Körper zur Seite und schleuderte sie gemeinsam mit seinem Begleiter in den Graben, einen nach dem anderen.

Er hatte oft genug Leichen gesehen. In Griam waren sie während des dritten und vierten Lehrjahrs Bestandteil seiner Ausbildung gewesen, und er hatte gelernt, sie nach allen Regeln der Kunst aufzuschneiden, um die Organe zu betrachten und deren Funktionen zu verstehen, und danach hatte er die leblosen Körper wieder kunstvoll zusammengeflickt. Doch an diesem Tag war alles anders. Diese Leiber waren noch warm, und es hingen Fetzen von Leben an ihnen, wie Pirmen mit seinen sensiblen Sinnen wahrnahm. Ihre Geister berührten ihn. Sie waren verwirrt, voller Angst und Wut. Und sie wollten nicht dort sein, wo sie sich soeben aufhielten.

»Mach schon!«, fuhr Herr Rudynar Pole ihn an und winkte in Richtung der Söldnerin. »Heb dir deine Gefühlsduseleien für später auf. Wenn du überleben und nach Griam gelangen möchtest, tust du gefälligst, was ich dir sage!«

Pirmen gehorchte. Auch Larex hatte ihn stets herumgescheucht. Er war es gewohnt, auf Befehl hin Dinge zu tun, die ihm zutiefst widerstrebten. Er stieg zur Toten hinab. Zwei Schweine ließen eben ihre Rüssel über den Leib der Frauen wandern. Eines der Tiere quiekte zornig. Es hatte vom Blut am Rücken der Frau geleckt und Geschmack daran gefunden. Immer wieder schnappte es zu, um ihr das Gewand vom Leib zu reißen und an ihr Fleisch zu gelangen.

Pirmen scheuchte die Tiere weg. Das alles hier war völlig falsch! Das Blut, die zerrissenen und zerfetzten Glieder, der Gestank, das Sterben … Tränen füllten seine Augen. Er war unendlich müde, wollte nur noch nach Hause, zurück nach Griam.

Und dennoch tat er, was ihm befohlen worden war. Er öffnete den metallenen Brustschutz und dann das Obergewand der Frau, zog ihr die Sandalen aus und schob ihr die Schützer von Armen und Beinen. Die Bekleidung war grau, schmutzig, schmierig. Sie stank nach einem Menschen, der seit Wochen keine Gelegenheit mehr gehabt hatte, sich zu waschen – oder es aus anderen Gründen nicht getan hatte. Dort, wo das Metall über die Haut gescheuert war, zeigte sich Schorf. Eine mit groben Stichen vernähte Verwundung war durch den Sturz aufgebrochen, und winzige Tierchen, Würmer und Maden, taten sich bereits am offenen Fleisch gütlich. Fette, grün schillernde Fliegen umkreisten die Tote.

Nun die Hose. Pirmen öffnete den mit einer einfachen Schnur fixierten Bund und zog ruckartig an den Beinen, sodass die Frau ein wenig tiefer rutschte …

… und laut schrie.

Sie richtete ihren Oberkörper auf, schlug wild um sich, kratzte und spuckte, saß mit weit aufgerissenen Augen da, verrückt und nicht mehr von dieser Welt, aber dennoch lebendig.

Pirmen wich zurück. Stolperte. Fiel auf seinen Hintern. Wollte wegkriechen von diesem Ding, dessen Existenz nicht sein durfte, das allen Lehren Hohn sprach. Die Frau schrie und schrie und schrie. Blutiger Speichel sprühte aus dem weit geöffneten Mund, und eine andere, dunklere Substanz, gefolgt von etwas, das womöglich ein Lebewesen war. Ein zuckender Klumpen mit haarigen Fühlern, die umhertasteten und sich irgendwo festklammern wollten.

Das Etwas kam ein wenig zur Ruhe. Es schob den unförmigen Körper hin und her, als suchte es ein Ziel – und fand es schließlich in Pirmen. Es kam auf ihn zu, während der Leib der Frau entseelt zurücksank. Es bewegte sich viel zu rasch, viel zu zielgerichtet. Der angehende Magicus wusste nicht, was er tun, wie er sich verhalten sollte. Kein Spruch und keine Abwehrbewegung wollten ihm einfallen, um etwas gegen diesen Gegner ausrichten zu können. Wie konnte er sich gegen einen Fleischklops verteidigen, der gerade mal so groß wie eine Faust war und mit atemberaubender Geschwindigkeit auf ihn zuraste? Pirmen kroch rücklings, dabei das Ding im Blick behaltend. Nun war *er* es, der schrie, die Hände weit von sich gestreckt, als könnte er diese Kreatur durch eine abwehrende Geste davon abhalten, über ihn herzufallen.

Es wuselte über den Boden, auf seine Beine zu, hielt kurz inne, als würde es Maß nahmen, und stieß sich dann ab. Es flog auf ihn zu, auf seinen Kopf, auf sein Gesicht, vorbei an den Armen, wollte offensichtlich an seinen Mund gelangen und mit den kräftigen Fühlern die Lippen auseinanderspreizen, die Zähne wegbrechen und durch den Schlund in sein Körperinneres vordringen …

Pirmen schloss die Augen. Er wartete auf das Unausweichliche. Auf etwas, das schlimmer als der Tod sein musste.

Doch es kam nicht. Stattdessen fühlte er einen leichten Windzug, eine Verwirbelung unmittelbar vor seinem Gesicht.

»Idiot!«, sagte jemand. »Bist du denn noch niemals dem Unleben begegnet? Weißt du nicht, wie du dich verhalten musst? Ich hab dir doch gesagt, wenn sie's Maul aufmacht, gib Bescheid, dann erschlag ich sie noch mal.«

Pirmen blinzelte unter den Lidern hervor. Er sah den Fleischklumpen, leicht zuckend, aufgespießt von einer Schwertspitze, die sich für seinen Geschmack viel zu nahe an seinem Gesicht befand.

»Du musst das Unleben töten, sobald du es bemerkst. Wenn es ins Freie gelangt, ist es viel schwieriger, es zu besiegen.«

»Dafür habe ich ja dich«, wagte Pirmen mit zittriger Stimme zu entgegnen.

»Ich hatte Glück. Das Unleben war schwach und langsam. Offenbar fühlte es sich in der Frau nicht sonderlich wohl.«

Der Hohe Herr schleuderte das Unleben beiseite, packte Pirmen und zog ihn hoch. »Und nun mach weiter. Zieh die Kleider an. Die Gefahr ist noch längst nicht vorüber.«

»Was war das?«, fragte er. »Warum nennst du es Unleben?«

»Da kämpfst du gegen den Gottbettler und weißt nicht, über welche Kräfte er gebietet, welche Mächte an seiner Seite stehen? Nein, du brauchst mir keine Antwort geben, ich seh's an deinem blöden Gesicht, dass du keine Ahnung hast.« Der Hohe Herr schüttelte den Kopf. »Erledige deine Arbeit. Wir reden, sobald sich die Gelegenheit ergibt.«

Wieder tat Pirmen, was ihm Rudynar Pole befahl, und dachte nicht länger darüber nach, was eben geschehen war. Andernfalls wäre er wohl schreiend davongelaufen.

Je näher sie der Grenzstadt Colean kamen, desto öfter trafen sie auf Söldner des Gottbettlers. Viele von ihnen trugen das Symbol der Silbernen Faust und gehörten zu den Rückraumtruppen des riesigen Heers. Die Eliteeinheiten, mit einem goldenen Symbol verziert, hatten dieses Gebiet vor einem halben Jahr erobert und waren dann Richtung Lirballem weitergezogen.

»Wie man munkelt, haben sie ihre Aufgabe erledigt und sind längst wieder auf dem Weg Richtung Steilstädte«, erstattete Herr Rudynar Pole Bericht, nachdem er von einer Unterhaltung mit zwei altgedienten Söldnern zurückkehrte.

»Und das Südliche Aenas?«, frage Pirmen. Sein Herz schlug heftig gegen seine Rippen. Es fiel ihm schwer zu glauben, dass sie mithilfe blutverschmierter Uniformen des Feindes und eines gefälschten Marschbefehls quer durch die eroberten Gebiete gelangen würden.

»Du stammst aus den Marschlanden Aenas', nicht wahr? Wahrscheinlich aus dem Delta des Flusses Triba.«

»Ich dachte, ich hätte meinen Dialekt längst abgelegt.« Pirmen zog den Kopf zwischen die Schultern. Der Hohe Herr zeigte immer wieder eine erstaunliche Scharfsinnigkeit. Der Säufer, der Süchtige, der unbeherrschte Schläger – das waren bloß Facetten einer rätselhaften Persönlichkeit. Besonders seltsam mutete jene Melancholie an, die Rudynar Pole von Zeit zu Zeit befiel und die ihn dann stundenlang schweigen ließ.

»Ich bin weit herumgekommen«, sagte er. »Ich kenne viele Länder und die Angehörigen von noch mehr Völkern nördlich der Cabrischen See. Sogar besser, als ich es mir wünschen würde.« Der ehemalige Söldner lachte, doch es klang bitter. »Der Süden Aenas' hat sich längst seinem neuen Herrscher ergeben. Metcairn Nife weiß ganz genau, was er den Bewohnern der eroberten Länder zumuten kann. Er lässt seine Leute eine Weile lang plündern, doch sobald sie sich ausgetobt haben, befiehlt er den Wiederaufbau, und jedermann hat mitzuhelfen, auch seine Soldaten. Sollte es dann noch gewalttätige Übergriffe auf die Einheimischen geben, werden die Übeltäter erbarmungslos verfolgt und hingerichtet. Er mag grausam sein, doch seine Vorstellung von Gerechtigkeit findet selbst bei seinen erbittertsten Feinden Achtung.«

»Für meinen Geschmack hast du eine viel zu gute Meinung vom Stiefellecker des Gottbettlers.«

»Er ist kein Stiefellecker!« Herr Rudynar Pole fuhr herum, ein Irrer mit rollenden Augen, stürzte auf Pirmen zu und packte ihn an den metallenen Bruststreifen. »Ich war nie mit dem einverstanden, was Metcairn Nife tat. Aber er trägt eine schlimmere Bürde, als sie je auf den Schultern eines Mannes ruhte, und er trägt sie mit schier übermenschlicher Kraft. Er ist … Ach, was soll's!«

Er stieß Pirmen zur Seite, in den Morast neben der Straße, und es dauerte eine Weile, bis dieser sich wieder so weit freigekämpft hatte, dass er Rudynar Pole hinterhereilen konnte, vorbei an weiteren Wachtposten, die ihn misstrauisch beäugten, aber vor allem die brav hinterdrein trabende Stellex mit begierigen Blicken bedachten. Pferde waren rar in diesem Teil der Norde.

Pirmen passte sich dem Tempo des Hohen Herrn an, und schweigend stapften sie nebeneinanderher durch die öde Landschaft, jeder in seine Gedanken versunken. Das Land rings um sie war in farbloses Grau getaucht. Ab und zu ragten Giebel schäbiger Gehöfte aus dem Nebel, und einmal passierten sie ein Dorf, dessen Bewohner sich nirgends blicken ließen.

Die Menschen dieses Teils des Landes hatten trotz des Wetters, mit dem sie zeit ihres Lebens zu kämpfen hatten, stets als freundlich und lebenslustig gegolten. Nun aber, da sie dem Gottbettler verpflichtet waren, ließen sie sich kaum noch auf den Straßen blicken. Sie kamen ihren Verpflichtungen nach, bestellten das Land und sorgten fürs Vieh, trieben Handel mit den Eroberern und ergaben sich augenscheinlich ihrem Schicksal als Besiegte. Doch sie hatten ihre Fröhlichkeit verloren, und mit ihnen hatte dieser Teil der Norde viel von seinem ursprünglichen Charakter verloren. Dies war, was die freien Länder mehr fürchteten als alles andere: das Grau, das alle Lebendigkeit vernichtete.

»Erzähl mir mehr über den Gottbettler«, bat Pirmen, nachdem sie mithilfe ihrer Papiere eine weitere Straßensperre passiert hatten.

»Diese Frage sollte ich eigentlich *dir* stellen.« Der Hohe Herr nahm einen Schluck vom Habanea. »Ich habe die letzten drei Winter in der Kälte der Norde zugebracht. Und was hast du für eine Ausrede für deine Ahnungslosigkeit?«

»Ich weiß bloß das, was mir mein Herr über ihn erzählte, doch dabei hatte ich das Gefühl, dass sich selbst er auf

Gerüchte verlassen musste, obwohl er Informanten in allen zivilisierten Ländern hat.«

»Und aufgrund solcher Gerüchte schickte dieser Larex dich und andere Magicus-Lehrlinge aus, um nach mir zu suchen? Damit ich einen Jungen beschütze, von dem genauso wenig bekannt ist wie über den Gottbettler?« Herr Rudynar Pole schüttelte den Kopf. »Mir sind in meinem Leben schon viele Dummköpfe begegnet, kleiner Herr. Aber ihr Magicae übertrefft sie alle.«

»Ich wurde für dieses eine Ziel ausgebildet. Ich sollte dich finden. Larex nahm uns viele unserer Schwächen und forcierte unsere Stärken. Er sorgte sogar dafür, dass ich mich außerhalb der Magischen Türme Griams leidlich gut zurechtfinde, was für ein Mitglied unserer Sippe keine Selbstverständlichkeit ist. Leider ließ meine Ausbildung zum Magicus nicht viel Platz für anderen Unterricht. Die Zeit drängte, als ich mich vor einem halben Jahr auf den Weg machte.«

»Warum ausgerechnet jetzt? Der Gottbettler betreibt seine Eroberungsfeldzüge seit langer Zeit, und es wird noch eine Weile dauern, bis Metcairn den gesamten Weltenkreis für seinen Herrn gesichtet hat. Die Völker des Südens haben sich noch längst nicht ergeben, und auch die Norde ist noch lange nicht erobert.«

Pirmen zuckte mit den Schultern. »Es gehe nicht um die Größe des eingenommenen Gebietes, teilte mir Larex mit. Er meinte, dass bald eine *kritische Masse* erreicht sein würde. Die danach folgenden Geschehnisse wären unumkehrbar.«

»Ich verstehe kein Wort, kleiner Herr. Rede gefälligst so, dass auch ein einfacher Kerl wie ich es versteht.«

»Was soll ich dir sagen, Hoher Herr? Larex hat seine Geheimnisse stets vor mir verborgen gehalten, doch mehr schien er nicht über den Gottbettler zu wissen, und wenn doch, dann hat er es verschwiegen.« Pirmen lachte. »Ich erhielt einen Auftrag, und als ich Griam verließ, dachte ich nicht weiter darüber nach. Alles wirkte so einfach und klar. Ich hatte einen Mann zu finden und zum Oceanicum Griam zu bringen. Was weiter geschehen würde, interessierte mich nicht. Wie einfältig ich doch war …«

»Nicht einfältiger als all die Freiwilligen, die sich zum Heeresdienst melden.« Herr Rudynar Pole trat missmutig einen Stein beiseite. »Sie lassen sich von der vermeintlichen Aussicht auf Ruhm und Erfolg locken und meinen in ihren jungen Jahren, ganz allein die Welt auf ihren Schultern stemmen zu können. Diesen Glauben erhalten sie sich, bis sie dem ersten Mann im Kampf gegenübertreten und ihn, so sie Glück haben, auch besiegen. Dann kommt das Erwachen. Das Erschrecken, das Weinen, die Albträume. Der Selbsthass. Der Wunsch, nach Hause zurückzukehren und sich am Rockzipfel der Mutter auszuweinen. Man will niemals wieder zur Waffe greifen. Aber man muss, weil man sich dazu verpflichtet hat. Also macht man weiter, tötet den nächsten Gegner, dem wie einem selbst die Angst im Gesicht geschrieben steht. Dann noch einen und noch einen. So lange, bis es einen selbst erwischt oder man so gut als Schlächter geworden ist, dass einen der Tod eines anderen so wenig schert, als würde man eine Fliege mit der Hand erschlagen.« Rudynar Pole nickte sich selbst zu. »Ein solcher Kerl ist mindestens genauso dumm wie du, der du dem Befehl deines Lehrmeisters gehorchst. Nicht wahr?«

»J… ja.« Hatte der Hohe Herr etwa gerade einen Teil seiner Lebensgeschichte vor Pirmen ausgebreitet, oder kannte er das alles nur von Erzählungen aus den Schankstuben?

Wiederum wanderten sie schweigend weiter. Pirmen fühlte sich schrecklich müde. Die Feuchtigkeit kroch in sein Gewand, alles war klamm und steif. Liebend gern hätte er sich entlang des Weges ein Loch gegraben und hineingelegt, um all den neuen, verwirrenden Gedanken zu entgehen, die gemeinsam mit dem Hohen Herrn aufgetaucht waren.

Was war seine Rolle in diesem seltsamen Spiel? Warum hatte ausgerechnet er Rudynar Pole ausfindig gemacht? War es Bestimmung gewesen oder Zufall?

Er verachtete den Mann neben sich und fürchtete ihn gleichermaßen. Rudynar Pole stand für all das, was er an der Welt außerhalb der Magischen Türme Griams verabscheute. Es gab hier draußen weder Regeln noch Strukturen, auf die man sich verlassen konnte. Solange er allein unterwegs gewesen war, hatte sich Pirmen in seine Einsamkeit zurückziehen können. Doch nun, da sie gemeinsam reisten, gab es kein Ausweichen mehr. Rudynar Pole stand für das Chaos des Lebens, für die Unordnung, die ein gut ausgebildeter Magicus stets verachtete.

Die Siedlungen entlang der Straße wurden größer und besser bewehrt. Da und dort zeigten sich Spuren des Eroberungsfeldzuges Metcairn Nifes, doch sie waren allmählich verblassende Erinnerungen an Kämpfe, die hier vor längerer Zeit getobt haben mussten. Wehr- und Straßenschäden waren ausgebessert, die Versorgungswege instand gesetzt worden.

Menschen umlagerten einen fahrenden Händler, der unmittelbar neben dem Pfad Richtung Colean seine Waren feilbot. Huren wanderten auf und ab, ihr Fleisch schamlos zur Schau stellend, stets auf der Suche nach Freiern, bewacht und kontrolliert von schmierigen Gestalten, die sich an einem in die Gegend gestellten Tisch dem Würfelspiel hingaben. Ein Schmied lobpreiste seine Waren, sein Geselle hieb mit dem schweren Hammer auf ein glühendes Stück Metall ein. Ein Scharlatan bewarb sein Wunderwasser, das angeblich gleichermaßen gegen Haarausfall und Warzen half, ganz zu schweigen von den angenehmen Nebenwirkungen wie eine Stärkung der Liebeskraft. Mehrere Akrobaten tänzelten nebenher; sie wollten die Passanten dazu überreden, dem unweit gelegenen Unterhaltungszelt einen Besuch abzustatten, um zwei Hoboken gegeneinander kämpfen zu sehen …

»Da ist die Stadt«, sagte Rudynar Pole überflüssigerweise und deutete auf eine Reihe übermannshoher Pfähle am Horizont. »Ab nun müssen wir mit verstärkten und genaueren Kontrollen rechnen.«

»Das bedeutet?«

»Das bedeutet, dass wir deine Barschaft angreifen müssen. Unter all diesen Strauchdieben wird sich wohl einer finden, der sich bestechen lässt.«

»Trotz des strengen Regimes, das Metcairn Nife angeblich führt? Müssen diese Lumpen denn nicht mit der Todesstrafe rechnen, wenn sie dem Feind helfen?«

»Für ausreichend Mau vergessen diese Lumpen jedwedes Risiko. Es hat seinen Grund, warum sie bloß die Uniform mit der silbernen Faust tragen und nicht diejenige mit dem goldenen Emblem.«

»Wie willst du den Richtigen für dein Vorhaben finden?«

Der Hohe Herr grinste freudlos. »Glaub mir, ich weiß ganz genau, wonach ich suchen muss. Leute mit verschwommenen Augen, roten Nasen und torkelndem Gang. Säufer und solche, die mit Rauschmitteln zu tun haben.«

*Also deinesgleichen,* dachte Pirmen. Er tat gut daran, den Mund zu halten. Rudynar Pole war niemand, der Kritik vertrug. »Du solltest dich beeilen, die richtigen Leute zu finden.« Er nickte in Richtung Palisadenzaun und der beiden Tore, vor denen sich Warteschlangen gebildet hatten. Soldaten des Gottbettlers wiesen jedermann zurecht, der sich vordrängeln wollte.

»Keine Bange, kleiner Herr.«

Mehr hatte Rudynar Pole nicht zu sagen. Er war von einer

düsteren, unnahbaren Ruhe umgeben, während sie sich immer mehr einem der Tore näherten, vor dem Soldaten genau kontrollierten und Papiere überprüften.

*Aber ich habe nun mal Angst! Seit ich die Magischen Türme verlassen habe, musste ich mich mit widerwärtigen Gestalten herumschlagen und immer wieder Demütigungen hinnehmen. Man hat mich wegen meiner geringen Körpergröße verhöhnt, weil meine Nase zu groß ist, meine Stimme zu hoch, mein Auftreten ungelenk. Ich verstehe das alles nicht ... Warum legt es alle Welt drauf an, mir weh zu tun und mich zu beleidigen?*

Pirmen kannte die Antwort auf diese Frage nur zu gut: Die Wesen des Weltenkreises, allen voran die Menschen, fühlten oder erahnten seine Andersartigkeit. Sie wussten, dass er nicht wie sie war und tief in ihm drin Kräfte steckten, die ihnen gefährlich werden konnten.

»Das Geld«, drängte Herr Rudynar Pole.

Pirmen förderte zehn Silberne Mau zutage und gab sie so unauffällig wie möglich seinem Begleiter.

»Das könnte reichen«, sagte der Hohe Herr, ohne die Münzen zu zählen. »Warte hier.« Er drängte aus den Reihen der Wartenden hervor. Soldaten des Gottbettlers musterten ihn missmutig, ließen den Mann, der ihre Uniform trug, aber passieren. Er verschwand aus Pirmens Blickfeld und tauchte dann weiter vorn wieder auf, dort, wo sich die meisten Söldner des Gottbettlers zusammengerottet hatten und ihre Hände über den Flammen eines fröhlich prasselnden Feuers wärmten.

Pirmen wurde vorwärtsgeschoben, und je näher er den Palisaden kam, desto beengter fühlte er sich. Die Bauern, Händler, Künstler, Boten und Transporteure hatten es eilig, in die Stadt zu gelangen. Die Sonne würde bald untergehen. Wer es bis zum Einsetzen der Dunkelheit nicht bis zu den Wächtern an der Palisade geschafft hatte, musste die Nacht im Freien verbringen, in klammer Kälte und den herumlungernden Strauchdieben ausgeliefert.

Wenige Meter vor Pirmen wurde heftig gestritten. Zwei Frauen gerieten sich sprichwörtlich in die Haare. Zudem traten und kratzten sie sich und fluchten dabei wie die Bierkutscher. Worum es ging, war aus dem Gekeife nicht herauszuhören, und es war auch einerlei. Die Soldaten des Gottbettlers sortierten die Streithennen aus und brachten sie zu einem Zelt, vor dem ein dicker Mann saß, vielleicht dreißig Jahre alt.

Pirmen kümmerte sich nicht weiter um die hiesige Rechtsprechung. Das Grinsen zweier Bewaffneter sagte ihm, dass es dabei weniger um Gerechtigkeit ging, als vielmehr um willkürliche Strafe, die der Unterhaltung der Truppen diente.

Wo blieb der Hohe Herr? Die Warteschlange vor ihm wurde immer kürzer, der Haufen Soldaten rückte näher. Sollte er aus der Reihe treten und warten, oder würde er sich dadurch verdächtig machen? Was konnte, was sollte er den Männern des Gottbettlers sagen? Man würde bei seinem ersten Wort erkennen, dass er kein Söldner war und dass er nicht den geringsten Dunst davon hatte, was rings um ihn vorging.

»Komm, kleiner Herr!«

Pirmen wurde am Arm gepackt und aus der Warteschlange gezogen. Er atmete erleichtert auf. Rudynar Pole war rechtzeitig zurückgekehrt und nahm ihn mit sich.

»Das ist unser Mann«, flüsterte ihm der Hohe Herr zu und nickte in Richtung einer mausgesichtigen Gestalt. »Er wird uns entlang des Palisadenzauns rings um Colean geleiten, vorbei an den Lagern der Soldaten.«

»Du vertraust ihm?«

»So sehr wie mir selbst.« Rudynar Pole kicherte. »Natürlich wird Gibling versuchen, uns übers Ohr zu hauen. Es hängt alles von dir ab. Führst du noch ausreichend Kräuter bei dir, um einen Topf Habanea zu brauen? Du weißt schon, das ganz besondere Zeugs, mit dem du mich flachgelegt hast.«

»Ich sehe zu, was sich machen lässt …«

»Du bist ein Abszess an meinem Arsch, kleiner Herr! Würdest du *ein einziges Mal* mit Ja oder Nein antworten? Mich nervt dieses stetige Herumgeeiere!«

Da war er wieder, der Blick des Wahnsinns und des Zorns! Er zeigte sich bloß für die Dauer eines Blinzelns, aber er war so erschreckend intensiv, dass sich Pirmen am liebsten geduckt und irgendwo untergetaucht wäre. »Verzeih«, sagte er leise.

»Ja, ja, schon gut.«

Sie erreichten ihren Wegführer. Gibling sah ihnen entgegen, rieb sich die Hände und lächelte. Die weit vorragenden und übergroßen Schneidezähne verstärkten noch den Eindruck, einem Nagetier gegenüberzustehen.

»Ah, meine Freunde, meine guten Freunde! Ihr müsst also … verlegt werden?«, sagte Gibling im Akzent des Landes Lirballem.

»Ganz richtig, Herr Gibling«, antwortete Rudynar Pole mit ebenso lauter Stimme wie sein Gesprächspartner.

»Und ihr habt die notwendigen Unterlagen für die Passage nach Griam bei euch?«

»Einen Teil davon habe ich dir bereits gezeigt.« Der Hohe Herr rieb die Finger übereinander, die Geste für ein Schmiergeschäft. »Den Rest bekommst du zu sehen, wenn ich es für notwendig erachte.«

»Dann wäre es wohl am besten, wenn wir gleich losgehen. Wenn ich bloß nicht so einen Durst hätte.«

»Mein Freund hier wird dafür sorgen, dass du uns nicht umkippst.«

»Sehr schön, sehr schön.« Gibling drehte sich um und trottete vornweg, ohne sich darum zu kümmern, ob sie ihm folgten oder nicht.

»Halte stets einige Schritte Abstand«, raunte der Hohe Herr Pirmen zu. »Gibling ist wie eine Natter, die jederzeit zubeißen kann.«

Pirmen nickte und tat, wie ihm geheißen. Rudynar Pole ging einen Schritt vor ihm, wie ein Prellbock, um ihn, den Kleineren, vor allen Gefahren zu schützen. Er gab sich dabei ganz entspannt und locker, doch Pirmen erkannte die Zeichen der Nervosität bei seinem Begleiter.

Ein Meer aus Zelten erstreckte sich entlang des Palisadenzauns. Gibling ließ sich zurückfallen, um den Abstand zu den beiden anderen zu verringern, und warf Pirmen einen Blick über die Schulter zu. »Wie war das noch mal mit dem Habanea?«, fragte er. »Du kannst es tatsächlich zubereiten?«

»Ich bin mir nicht ganz …« Pirmen stockte, als ihm der Hohe Herr einen grimmigen Blick zuwarf, dann erklärte er mit möglichst fester Stimme: »Ja. Wenn du uns sicher an unser Ziel bringst, wirst du so gutes Habanea bekommen, wie du ihn noch nie zuvor getrunken hast.«

»Ich kenne Habanea! Ich habe es im Süden Aenas' gekostet. Es war … unglaublich.«

»Meines ist besser«, behauptete Pirmen.

Gibling leckte über die Lippen und ging weiter. Er murmelte einem gelangweilten Wachtposten ein paar launige Worte zu, schlug im Vorbeigehen einer mit Wäsche beladenen Frau mit der flachen Hand auf den drallen Hintern, salutierte ehrerbietig vor einem ranghohen Vorgesetzten und sorgte ansonsten dafür, dass man sie nicht behelligte. Nur als er in der Ferne Vertreter des Kleinen Volkes sah, zeigte er leichte Nervosität. Die Zwerge waren für ihr feines Gespür für Lug und Trug bekannt. Das Dreiergespann tat gut daran, ihnen so weiträumig wie möglich auszuweichen.

Eine Stunde verging, sie entzündeten Fackeln. Die Palisaden der Stadt blieben stets rechts von ihnen. Endlich hatten sie die gut bewehrte Stadt umgangen. Sie bewegten sich über einen steinigen Weg, der zwischen dornigem Gebüsch Richtung Süden führte.

Pirmen meinte, den Geruch der Macchia und des untrennbar damit verbundenen Ozeans wahrzunehmen. Diesen herben und salzigen Duft, ein wenig schwer und etwas schwülstig, nach einem längeren Regenguss aber mit einer Note versehen, die einen tief durchatmen ließ, ob man nun wollte oder nicht.

Er wusste, dass er einer Illusion unterlag. Die Cabrische See war noch mehrere Tagesmärsche entfernt, und das Land rings um sie zeigte noch längst nicht jenen sanften Charakter, wie er für die Nähe der Küste typisch war, sondern war von alten, knorrigen Bäumen geprägt, meist Eichen, in deren Geäst nachtjagende Vögel auf den Sonnenuntergang warteten.

»Noch eine halbe Stunde«, unterbrach ihr mausgesichtiger Führer Pirmens beschauliche Betrachtungen. »Dann erreichen wir jene Wegkreuzung, deren Abzweigungen zu den Steilstädten führen.«

»Sehr gut«, sagte Rudynar Pole.

»Wolltest du nicht das Habanea aufsetzen?«, wandte sich Gibling an Pirmen.

»Erst, wenn wir unser Ziel erreicht haben«, antwortete statt seiner der Hohe Herr. »So war es abgemacht.«

»Eine kleine Rast mit einem kleinen Trunk schadet doch nichts …«

»Es ist fast dunkel, und wir sollten so rasch wie möglich aus dieser Gegend gelangen. Es gibt eine Menge nächtlicher Räuber hier, wurde mir gesagt.«

»Ach, die Leute übertreiben.«

»Möchtest du wirklich den Beginn unserer wunderbaren Freundschaft durch ein paar unbedachte Worte trüben?« Rudynar Pole grinste und zeigte dabei Zahnlücken. »Wir machen es so, wie es beschlossen war. Andernfalls kannst du die restlichen Mau und den Götterbräu vergessen.«

»Ist schon gut, ist schon gut! Ich scherze doch bloß ein wenig.« Gibling hob abwehrend beide Hände und lächelte so unschuldig, wie es ihm sein mausgesichtiges Gesicht erlaubte. »Du hast ja recht, bringen wir den Wald rasch hinter uns. Wir müssen noch zwei Wachtposten passieren.«

»Ich wusste doch, dass du ein vernünftiges Kerlchen bist.« Rudynar Pole bedeutete ihm voranzugehen, bevor er sich ihm anschloss, wobei er die rechte Hand stets in der Nähe seines Schwertgriffs beließ.

»Er ist harmlos«, raunte Pirmen ihm zu.

»Er ist ein Säufer. Trinker sind niemals harmlos, sondern absolut unberechenbar. Ich weiß, wovon ich rede.«

Der Weg schlängelte sich zwischen Eichen auf eine sanfte Erhebung zu. Stellex wieherte unruhig, der halb volle Mond erhob sich über ihnen am Horizont, umkränzt von einer Sternenpracht, wie sie Pirmen in all den Monaten in der Norde nicht gesehen hatte. O ja, er kam der Heimat mit jedem Schritt ein wenig näher. Er fühlte, roch, schmeckte und ahnte es mit all seinen Sinnen.

Das Mondlicht spiegelte sich in zwei riesigen bernsteinfarbenen Augen. Pirmen trat auf einen Ast, und erschrocken flatterte die Eule vom Geäst eines der größten Bäume entlang des Weges auf. Sie schlug gemächlich mit den breiten Flügeln, wich einem anderen Baum aus und ließ sich dann nahe dem Ufer eines kleinen Tümpels nieder. Die Sterne glitzerten im sich leicht kräuselnden Wasser, sie hatten die Anhöhe beinahe erreicht.

»Dahinter befindet sich die Wegkreuzung. Kommt schon, kommt schon! Ich habe grässlichen Durst.« Gibling beschleunigte seine Schritte, als könnte er es nicht mehr aushalten.

Wie von selbst fielen Rudynar Pole und Pirmen in die gleiche schnellere Gangart ein. Sie wussten die Truppen des Feinds im Rücken, und dieser Gedanke erschien ihnen wie eine Last, die sie in wenigen Augenblicken ablegen durften, um erleichtert durchzuatmen. Das Grau, das der Gottbettler und seine Truppen verbreiteten, hatte sie während der letzten Tage verfolgt und ihnen gehörig aufs Gemüt geschlagen. Doch nun verblasste es allmählich.

Sie stiefelten die Anhöhe empor. Von oben aus bot sich ihnen eine prachtvolle Aussicht, auf jene Ebene, die nur noch vom Ozean, von Felsen und den Klippen begrenzt war, an denen die Steilstädte klebten. Hinter ihnen zeigte sich der helle Lichterschein der Grenzstadt Colean, in dem sich einstmals Volk aus drei Nationen getroffen hatte, um friedlichen Handel zu treiben. Auch jetzt hätte man glauben können, alles wäre in Ordnung und die Feuer rings um die Palisaden der Stadt wären bloß weitere Farbtupfen. Doch das Grau, das wie eine dünne Nebelschicht über den Bauten lag, belehrte sie eines Besseren. Colean war eingenommen worden, war vom Gottbettler bezwungen und in jeglicher Hinsicht besetzt worden.

»Das Schlimmste liegt hinter uns«, sagte Pirmen. »Bei den Göttern, was bin ich froh.«

Ein Schatten fiel aus dem Baum links von ihnen und wurde von anderen Gestalten verfolgt. Von Menschen und Zwergen und einem Nachtkrappen, der seine Krallenflügel weit ausbreitete.

Pirmen wollte zu seiner Waffe greifen, doch etwas hinderte ihn daran. Es war eine Stimme, die lauter und lauter wurde. Das Wesen, eine Parvenide, schrie ihm seine Verachtung und seine Wut entgegen, und er fiel auf die Knie, all seiner Kräfte beraubt, und war bereit zu sterben.

Gibling trat an seine Seite und fiepte: »Du hättest mir das Habanea machen sollen, du Scheißkerl! Du Scheißkerl!«

Er hielt mit einem Mal ein Messer in der Hand, mit unterarmlanger Klinge, hob es weit in den dunklen Himmel und stach dann zu. Einmal, zweimal, wieder und immer wieder, in wilder Raserei.

Pirmen fühlte den ersten Stich in seinem Hals. Der zweite erwischte ihn an der rechten Hand. Hiebe trafen ihn von allen Seiten. Mit der flachen Klinge geführt, aber auch so, dass die Schneide tief in sein Fleisch eindrang. Pirmen nahm den Schmerz nicht mehr wahr. Er blickte auf die tiefen Wunden in seinen Beinen und auf einen halb abgehackten Arm, der wie ein Fremdkörper von seiner Schulter baumelte. Er stürzte zu Boden und kam auf dem Rücken zu liegen. So, dass er den Halbmond über sich scheinen sah, übergroß und von einem roten Hof umgeben.

Der morgige Tag versprach schönes Wetter, aber nicht mehr für ihn.

# 9. Die Eroberung der Steilstadt

Ruhig, Mimar.« Der Hengst ließ sich kaum bändigen. Doch diesmal war es nicht eine bevorstehende Schlacht, die ihn nervös machte, sondern der Trupp sich nähernder Magicae, allen voran deren Oberhaupt, Nontwede, hinter vorgehaltener Hand auch *Humpelarsch* genannt.

Metcairn Nife unterdrückte ein Grinsen. Nontwedes verkürztes linkes Bein ließ die breiten Fettbacken seines Hinterns mit jedem Schritt weit zur Seite quellen. *Quatsch, quatsch.* Der Magicus konnte die Unförmigkeit seines Leibes trotz des weiten und langen Mantels, den er trug, nicht verbergen, zumal sein Oberkörper schmal und die Beine spindeldürr waren.

»Du musst sie büßen lassen!«, sagte Nontwede statt einer Begrüßung. »Die Bewohner Poitreas verdienen einen Denkzettel, an den sich noch ihre Urenkel erinnern sollen.«

»Ich urteile erst, nachdem ich weiß, was vorgefallen ist«, sagte Metcairn Nife reserviert. Er stieg vom Pferd und stand dem Magicus daraufhin von Angesicht zu Angesicht gegenüber. Ein Knecht nahm die Zügel und führte das Schlachtross in den Stall, nun, da das Tier seinen Auslauf bekommen hatte.

»Mirem Zaug war ein unendlich wertvoller Magicus«, sagte Nontwede. »Er hatte das Zeug, eines Tages meine Rolle auf der Burg einzunehmen.«

»Ach ja? Ich meine, mich erinnern zu können, dass du dich

wenige Tage vor seinem Abschied recht abfällig über ihn geäußert hast. Er sei ein Schmarotzer, viel zu gierig, und wolle dir deinen Platz streitig machen.«

»Du begibst dich auf gefährliches Terrain, Heerführer.« Nontwede kniff die Augen zusammen. »Ich kenne kein anderes Wesen im Heereszug, das ich nach derartigen Worten am Leben lassen würde.«

»Nur, weil ich dir die Wahrheit offen ins Gesicht sage, Magicus?«

»Du bezichtigst mich der Lüge, Metcairn Nife!«

»Ich bezichtige dich der Falschheit, Nontwede. Mirem Zaug war weder dein Freund, noch bist du sonderlich gut mit ihm ausgekommen.«

»Er war ein Teil der Burg und ist damit nur schwer zu ersetzen. Wir benötigen nun einen anderen Meister, und es wird eine Weile dauern, bis er sich in den Verbund eingefügt hat.«

»Dann werden wir wohl eine Weile ohne eure Hilfe auskommen müssen.« Metcairn Nife lächelte. »Wie bedauerlich.«

»Ich habe dich nie ausstehen können, Heerführer, und es ist mir unerklärlich, warum der Gottbettler so einen Narren an dir gefressen hat. Aber ich anerkenne dein strategisches Geschick und bewundere dich für deine Erfolge. Wenn du nun aber anfängst, dich in Angelegenheiten der Magicae einzumischen, dann haben wir beide ein ernsthaftes Problem.«

»Haben wir das nicht schon seit langer Zeit?« Metcairn Nife fühlte ein Kribbeln im Nacken, ein Ziehen und Zerren. Sein Gegenüber griff mit unerklärlichen Kräften nach ihm und versuchte, in seinen Willen einzudringen, um ihn zu manipulieren, wie er es mit Ordonnanzen, Adjutanten, Obersten und gemeinen Soldaten nach Belieben tat.

»Gib dir keine Mühe, Nontwede. Ich bin immun gegen deine Kräfte.«

»Du bist nicht immun, mein kleiner Heerführer. Nur schützen dich deine unerträgliche Ignoranz und Überheblichkeit.«

»Nenn es, wie du willst. Aber du wirst mich niemals bekommen. Hast du gehört? Niemals!«

»Wir bekommen euch alle.« Nontwede lächelte und entblößte dabei ein Gebiss mit gelb und grün lackierten Zähnen. »Es ist bloß eine Sache der Zeit. Vielleicht bin nicht ich es, der deinen Widerstand bricht, vielleicht auch nicht mein Nachfolger. Doch das Geschlecht der Magicae ist unsterblich. Unser Wissen wandert von einem Oberhaupt zum nächsten, über Generationen hinweg, und es wächst stetig an. Irgendwann werden wir deinen schwachen Punkt entdecken und angreifen, wenn du am wenigsten damit rechnest.«

»Ich kann diesen Moment kaum erwarten«, sagte Metcairn Nife trotz seiner Angst und des flauen Gefühls in seinem Magen.

Es war Nontwede anzusehen, dass er sich nur schwer beherrschen konnte. Selten bekam er Widerspruch zu hören, und schon gar nicht wollte er akzeptieren, dass jemand gegen seine Forderungen entschied. »Willst du es auf einen offenen Machtkampf ankommen lassen, Heerführer?«

Wieder war da dieses Prickeln in Metcairn Nifes Nacken. Es wurde auch stärker. Als griffen die anderen Magicae im Inneren der fahrenden Burg mit in diese Auseinandersetzung des Geistes ein. »Nein, das will ich nicht, Nontwede. Denn es würde einen Zerfall des Heeres bedeuten. Und letztendlich euer aller Ende. Denn selbst ihr könnt gegen die Wut mehrerer tausend Soldaten nicht bestehen, die bloß auf die Gelegenheit warten, über euch herfallen zu können.«

Ja, das war der wunde Punkt der Magicae. Sie mochten neben den Sibyllen die mächtigsten Geschöpfe im Heerkörper sein, doch sie waren bloß wenige. Nur sein Wort stand zwischen ihnen und den Soldaten. Kämpfer, die selbst den schlimmsten Gefahren trotzten und dem Tod hundertfach ins Auge geblickt hatten, zitterten im Angesicht der fahrenden Burg der Magicae. Angst gebar Wut, und die Wut würde dazu führen, dass man über diese Diener des Gottbettlers herfiel, so es der Heerführer nicht verhinderte.

»Ich möchte, dass die Mörder Mirem Zaugs gefunden und zur Rechenschaft gezogen werden«, sagte Nontwede in deutlich gemäßigterem Tonfall, um dann mit noch leiserer, kaum hörbarer Stimme hinzuzufügen: »Bitte, Hoher Herr.«

»Ich sehe, was ich tun kann.« Metcairn Nife nickte. »Den oder die Täter erwartet eine harte Strafe, dessen kannst du dir sicher sein.«

»Ich … danke dir, Heerführer.« Nontwede zog sich die Kapuze seines Mantels tief ins Gesicht und ging dann ohne weiteren Gruß zurück zur fahrenden Burg, vorbei an Soldaten, die sich dem seltsamen Gefährt nicht zu nähern wagten. Die Erde rings um die Burg war über Nacht schwarz geworden, wie verbrannt. Die Magicae hinterließen Spuren, auch wenn sie kaum einmal ihre Nasenspitzen aus ihrem Gefährt steckten.

Eine breitschultrige Gestalt schob sich an den Zelten vorbei. Sie schubste Offiziere beiseite und kam schnurstracks auf Metcairn Nife zu. »Du siehst aus, als hättest du einen Korb voll Zitronen gefressen oder – noch schlimmer – Stück für Stück in deinen Hintern geschoben bekommen«, sagte Marmer Dunne und nickte in Richtung Nontwedes. »Ist Humpelarsch wieder mal unverschämt geworden?«

»Er vertritt seinen Standpunkt, ich den meinen«, wich Metcairn Nife aus.

»Du hörst dich wie ein verdammter Diplomat an, Freund!« Marmer Dunne zog einen Hühnerflügel aus der

Brusttasche, wischte achtlos einige Schmutzkrümel vom dunkel gebratenen Fleisch und knabberte daran herum. »Du hast schon viel zu lange nicht mehr dein Schwert geschwungen und stattdessen deine Zunge vom vielen Reden anschwellen lassen.«

»Irgendeiner muss es ja tun, Marmer. Zumal ich immer wieder mal deine Aufgaben mit übernehmen muss.«

»Was willst du damit sagen?« Der Rechte spuckte einen Knorpel aus.

»Dass du deine Pflichten vernachlässigst. Dass du viel zu oft beim Würfel- und Kartenspiel zu finden bist. Dass du immer mehr Zeit mit Huren und immer weniger mit Soldaten verbringst.«

»Einem anderen Kerl würde ich für diese Worte den Schwanz abreißen und ihm ins Maul stecken«, sagte Marmer Dunne lächelnd. Es war ein gefährliches, ein provozierendes Lächeln, das Metcairn Nife nur zu gut kannte.

»Auch Nontwede glaubte, mir drohen zu können. Ihr beide habt mehr gemein, als man glauben möchte.«

»Also schön.« Der Rechte schleuderte den zur Hälfte verzehrten Hühnerflügel weg. Einige streunende Hunde stürzten sich kläffend darauf. »Warum beleidigst du mich, Freund? Was gibt's?«

»Ich brauche jemanden, auf den ich mich verlassen kann und der mir den Rücken freihält.«

»Ich war immer für dich da, Metcairn, und bin es auch heute.« Marmer Dunne sagte es mit einem treuherzigen und zugleich ernsten Blick, der glauben machen sollte, dass er seine Worte ernst meinte.

»Das freut mich zu hören. Deine Pflichten und deine Erfahrung als Rechter werden bei der Eroberung der Steilstädte von besonderer Bedeutung sein.« Metcairn Nife zögerte, bevor er fortfuhr: »Denk an unsere Ziele. Wofür wir kämpfen. Und für wen.«

»Ich tue den ganzen Tag nichts anderes. Ich denke an den Gottbettler, und ich frage mich …« Marmer Dunne verstummte, zögerte offenbar.

»Ja?«

»Ach, nichts.« Marmer Dunne winkte ab. »Du hast recht. Ich saufe zu viel, und wenn ich zu viel saufe, rede ich auch zu viel. Ich muss mal dieses schwere, brummende Ding, das anstelle eines Kopfs zwischen meinen Schultern steckt, in kaltes Wasser tauchen. Danach kümmere ich mich um meine Leute. Wenn du mich entschuldigst …«

»Natürlich, Rechter.« Metcairn Nife nickte seinem Freund zu und beobachtete ihn, wie er den ausgetretenen und schlammigen Weg entlangtorkelte, hin zu jenem Teil des Heereslagers, der seinen Leuten zur Verfügung stand.

Marmer Dunne würde sie auf Vordermann bringen und morgen, wenn es zu ersten Plänkeleien kam, an vorderster Front kämpfen. Als Vorbild aller Soldaten des Gottbettlers, als Held.

Doch es war nicht zu übersehen, dass der Rechte seine Pflichten vernachlässigte. Auch an diesem Tag trat er sie erst nach Metcairn Nifes Ermahnung an. Zudem war es gewiss kein Zufall, dass er erst aufgetaucht war, nachdem sich Nontwede verabschiedet hatte. Marmer Dunne war der Begegnung mit dem Magicus ausgewichen.

Vielleicht gab ihm eine seiner Huren das Gefühl, geliebt zu werden, oder vielleicht hatte er in der Schlacht um Moina eine Narbe zu viel erhalten. Vielleicht geriet er ins Grübeln angesichts der grauen Haare in seinem Bart und auf seinem Kopf.

Es war einerlei. Metcairn Nife würde es bedauern, einen derart guten Rechten zu verlieren. Aber so war der Gang der Dinge nun mal. Herr Rudynar Pole, Marmer Dunnes Vorvorgänger, war ein ebenso guter Mann gewesen. Doch auch ihn hatten die Zweifel gepackt, und er hatte das Weite gesucht, bevor Metcairn ihn für seine Fehler zur Rechenschaft hatte ziehen können.

»Hoher Herr?«

»Ja?«

Mehrere gesichts- und namenlose Ordonnanzen umschwirrten ihn auf einmal wie Schmeißfliegen.

»Die Generäle warten auf die morgendliche Befehlsausgabe. Ein Bote Pae Lorianders ist aus dem Westen kommend eingetroffen. Ein Vertreter der Unlebenden verlangt neue Order von dir. Es warten etwa zwei Dutzend Bittsteller auf einen Richterspruch, und du wirst in etwa ebenso vielen Fällen Strafurteile fällen müssen.«

Er würde also den Vormittag mit öder Routine verbringen müssen, statt sich im Training mit Soldaten messen oder seine strategischen Erfahrungen an aufstrebende Offiziere weitergeben zu können. Manchmal hatte er das Gefühl, dass ihn dieser riesenhafte Heeresmoloch stückweise verschlang. Es gab kaum etwas, das von den Illusionen seiner jungen Jahre übrig geblieben war. Nur der süße Geschmack des Triumphs war noch da, wenn er ein weiteres Stück Land im Auftrag des Gottbettlers erobert hatte und seinem Ziel ein weiteres Stück näher gekommen war.

»Wir bekommen sie alle«, murmelte er.

»Wie bitte?«

»Nichts. Ich war nur in Gedanken und habe wiederholt, was jemand vor Kurzem zu mir sagte.«

»Ich verstehe, Hoher Herr.« Die Ordonnanz senkte den Kopf und entfernte sich rückwärtsgehend, begleitet von anderen Kreaturen ihrer Art, Adligen aus der Blume von Oriath, dem Geburtsland des Gottbettlers, die dieser mit unwichtigen Versorgungsposten beschenkt hatte.

Selbst sein Herr, der sonst kaum ein Interesse an weltlichen Dingen zeigte, war sich der Bedeutung des Adels bewusst. Diese Adjutanten waren allesamt Töchter und Söhne von Beruf, und sie lebten wie die Maden im Speck, denn sie wurden mit Kisten voll Mau entlohnt.

Andererseits ... solange sie um ihn herumscharwenzelten, konnten sie nirgendwo anders Schäden anrichten. Schlimmstenfalls ruinierten sie das Nervenkostüm Metcairn Nifes. Doch ihre Familien, wohlhabende und einflussreiche Leute in der Blume von Oriath, würden niemals am Gottbettler zu zweifeln beginnen. Zumindest so lange nicht, wie ihre Kinder lebten, vom abenteuerlichen und romantischen Leben als Ordonnanz nach Hause schrieben und einen Teil ihres Solds ablieferten.

Metcairn Nife blickte zur fahrenden Burg, dann zu leise tuschelnden Adjutanten und schließlich zu Marmer Dunne, der eben seinen Kopf aus einer Wassertonne zog.

Ein Unlebender tanzte mit unvergleichlicher Grazie auf sein Zelt zu. Ganz im Gegensatz zu seiner Beweglichkeit, Körperbeherrschung und Geschicklichkeit im Kampf hatte er das Aussehen eines Monsters, das einem Albtraum entstiegen war. Das seltsame Wesen, das wie einige Dutzend andere von seinen Magicae aus Leichenteilen zusammengenäht und wiederbelebt worden war, lächelte freundlich und entblößte dabei die Zahnreihen eines Kindes, die ihm eingesetzt worden waren. »Wir müssen reden, Herr«, sagte der Unlebende. »Wir benötigen mehr Frischfleisch.«

Metcairn Nife nickte unwillkürlich und bat das tote Wesen ins Innere des Zeltes. Er fühlte sich so allein wie schon lange nicht mehr, und beinahe wünschte er Pae Loriander, seine Linke, herbei.

»Wozu dieser Ausflug?«, fragte Marmer Dunne. »Du weißt, dass ich mich auf dem Wasser verdammt unwohl fühle.«

»Mir geht's genauso. Aber ich wollte, dass ihr alle zu sehen bekommt, *was* wir erobern. Und *warum* wir es tun.« Metcairn Nife deutete in Richtung der Stadt. Er hatte Mühe, auf den Beinen zu bleiben. Die nördliche Cabrische See war wie so oft unruhig, ihre Schaluppe war klein und wurde zwischen den Wellenkämmen hin- und hergeworfen. Die Bootsleute blickten immer wieder besorgt zu den Felsen und Riffen, die der Steilküste vorgelagert waren. »Schaut euch die Stadt an und sagt mir, was ihr seht.«

»Einen Ort, der auf seine Eroberung wartet.« Pae Loriander gab sich zwar unbeeindruckt von dem Schwanken unter ihren Füßen, doch ihr wettergegerbtes Gesicht nahm allmählich einen zarten Grünton an, und immer wieder schnappte sie heftig nach Luft, wie ein Fisch, der an Land gespült worden war.

»Festungen entlang der Häfen«, sagte Marmer Dunne. »Starkes Mauerwerk, hohe Brüstungen, Wächter allerorts. Poitrea ist auf Feinde gefasst. Selbst die Piraten der Oceanica hätten Mühe, die Steilstadt zu erobern.« Er trank aus seinem Humpen, und erst, als er Metcairn Nifes missbilligenden Blick sah, stellte er ihn beiseite.

»Ich sage euch, was *ich* sehe.« Der Heerführer hielt sich am Mast des Schiffs fest. »Poitrea ist ein Ort, wie er schlimmer nicht sein kann. Hoch oben in den Felsen leben die Reichen und Großkopfeten. Sie blicken auf das mindere Volk hinab. Sie haben sich gewagte Bauten in den Fels hauen lassen, Marmorburgen, scheinbar frei schwebende und nur mit Tauen fixierte Häuser, goldverzierte und das Sonnenlicht widerspiegelnde Türme. Prahlereien. Werke, die auf den Rücken der Armen und Ärmsten Poitreas errichtet wurden, die weiter unten dahinvegetieren müssen. Die von der Scheiße der Reichen leben. Sie müssen sich mit den Krümeln dessen zufrieden geben, was Bewohner der Oberstadt zu ihnen hinunterfallen lassen.«

»Na und?«, fragte Pae Loriander. »So ist es auch andernorts, so wird es immer sein.«

»Mag sein, dass es niemals völlige Gerechtigkeit gibt. Aber wir werden dafür sorgen, dass ein gewisser Ausgleich stattfindet.«

»Ach ja? Und wie, Heerführer? Wer wird denn die Stadt verteidigen, sobald wir angreifen? Man wird uns bezahlte Söldner entgegenschicken, um die Enge zur Mittelstadt zu verteidigen. Und wenn wir diese Verteidiger so weit dezimiert haben, dass die Überlebenden es für klüger halten, das Weite zu suchen, wird die Unterstadt ausgehoben, so dies nicht längst geschehen ist. Die Bewohner der oberen Stadtteile werden sich von ihrer Wehrpflicht freikaufen, so wie es auch in Moina und unzähligen anderen Städten zuvor der Fall war.«

»Die Stadt wird fallen, daran besteht kein Zweifel. Und Ungerechtigkeiten werden beseitigt werden.«

»Reichtum findet immer Wege, sich zu arrangieren. Einer deiner Adjutanten wird hinter unserem Rücken einen Handel mit den Geldsäcken Poitreas abschließen. Wollen wir darauf wetten?«

»Ich habe diese Speichellecker selbst nur ungern um mich.« Metcairn Nife wandte den Kopf und sah seine Linke an. »Aber wir werden ihnen keine Gelegenheit für irgendwelche Ränkespiele geben.«

»Was hast du vor?«, fragte Marmer Dunne.

»Wir tun das Unerwartete.«

»Willst du etwa von der See her angreifen? Das wäre Wahnsinn!« Der Rechte rülpste unterdrückt und hielt sich eine Hand vor den Mund. Er und die Linke ähnelten sich mittlerweile in ihrer Gesichtsfarbe. »Wenn ich nur daran denke …«

»Nein, mein Freund.« Metcairn Nife lächelte. »Wir greifen wie geplant in der Enge der Mittelstadt an.« Er wandte sich wiederum Pae Loriander zu. »Du bist in Nord-Aenas aufgewachsen, nicht wahr?«

»Aufgewachsen bin ich hier, im Heer des Gottbettlers. In Nord-Aenas war ich bloß eine Sklavin und Tochter von Sklaven.«

»Aber du kennst die Gebirge deiner Heimat. Du weißt, wie man sich im Fels bewegt.«

»Natürlich.«

»Dann habe ich einen Auftrag für dich, der dir gewiss Freude bereiten wird. Könntest du dir vorstellen, die Oberstadt mit einigen deiner besten Leute einzunehmen?«

»Du weißt, dass das so gut wie unmöglich ist. Es gibt dort oben unzählige Schluchten und Spalten. Manche von ihnen sind so abgeschieden und so gut im Labyrinth der Schluchten versteckt, dass man sie erst entdeckt, wenn man unmittelbar vor den Zugängen steht.«

»Ich sagte nicht, dass es leicht sein wird.«

»Ich verstehe. Du möchtest das Problem bei den Wurzeln packen.«

»Was *ich* möchte, steht nicht zur Debatte. Wir sind der verlängerte Arm des Gottbettlers.«

»Ach ja? Warum kümmert er sich dann nie um uns?«

»Ich wäre an deiner Stelle ein klein wenig vorsichtiger mit deinen Worten.«

»Verzeih mir«, sagte Pae Loriander ohne viel Überzeugung. »Aber manchmal macht es mir unser Herr nicht leicht, seine Beweggründe zu verstehen.«

»Vielleicht werde ich sie dir beizeiten erklären«, sagte Metcairn Nife. »Aber jetzt sollten wir uns darauf konzentrieren, diese stolze Steilstadt zu erobern. Also – traust du dir zu, den Auftrag auszuführen?«

Pae Loriander nickte zögernd. Sie zählte auf: »Ich brauche hundert Leute, davon mindestens sechs Hoboken und sechs Zwerge. Keinen Magicae, keine Sibyllen oder Nachtkrappen …«

»Die Flugwesen könnten hilfreich sein und das Gelände erkunden.«

»Du weißt, dass ich ihnen nicht vertraue, und noch weniger in den Nachtstunden.«

»Du möchtest in der Dunkelheit angreifen? Das ist Wahnsinn!«

»Das ist vernünftig, Heerführer. Dann wird niemand mit uns rechnen. Die reichen Händler und die Adligen werden ruhen, ihre Wachen unaufmerksam sein.«

Metcairn Nife überlegte, während eine Woge nach der anderen gegen das kleine Boot schwappte und Wasser ins Innere drang. Weiter draußen türmten sich Wolkenberge über dem Meer. Ein Unwetter kam landwärts, von heftigem Wind getrieben.

»Einverstanden«, sagte er dann. »Du hast freie Hand. Nimm dir, wen du brauchst.«

»Und die Magicae?«

»Ich werde sie dir vom Hals halten. Sie haben genug bei unserem Angriff in der Mittelstadt zu tun. In Poitrea leben gerüchteweise einige sehr fähige Leute ihrer Zunft, und um die werden sie sich kümmern müssen.«

Pae Loriander streckte ihre linke Hand nach ihm aus, wenn auch zögerlich, und Marmer Dunne seine rechte. Beide berührten sie seine Schultern, einem uralten Ritual gemäß. Auf diese Weise schworen sie ihm, dem Heerführer, unabdingbare Treue, wie es jedes Mal vor einer Schlacht geschehen musste.

Metcairn Nife schloss die Augen und konzentrierte sich auf die Berührungen. Beide fühlten sie sich nicht sonderlich gut an. Seine schwach ausgeprägten Kräfte, die er als Sohn eines Magicus ererbt hatte, ließen ihn auf der einen Seite Abneigung und auf der anderen Furcht erahnen. Die Zeiten, da er sich auf seinen Rechten und seine Linke hatte verlassen können, gehörten der Vergangenheit an. Sie hatten mit dem Betrug Rudynar Poles ein Ende gefunden.

Der Hügel hieß bezeichnenderweise Galgenberg, und die Obersten Poitreas ließ dort mehrmals im Jahr Volksbelustigungen abhalten. Nun wurde er, wohl erstmals seit geraumer Zeit, zum Schauplatz von Gerichtsverhandlungen, die dazu dienten, der Gerechtigkeit Genüge zu tun.

Metcairn Nife lümmelte auf seinem Stuhl aus Eichenholz herum, dessen Armlehnen in den Köpfen albtraumhafter Gestalten ausliefen. Immer wieder ließ er seine Fingernägel durch das Reißzahngebiss der rechten Figur gleiten. Die Leute, die vor ihm knieten, starrten mit angsterfüllten Blicken zu ihm auf. Er ließ sie Verachtung spüren, auch wenn sie ihm völlig gleichgültig waren. Sie waren die ersten Gefangenen eines gegnerischen Trupps, die seine Leute bei einem Angriff auf die Mittelstadt gemacht hatten. Mitläufer, die kein anderes Leben kannten als das, das sie als tumbe Haudraufs im Sold der Stadt Poitrea zugebracht hatten.

»Sperrt sie in einen Pferch«, sagte er zu einer Ordonnanz. »Sie sollen zu essen und zu trinken bekommen, und ein Feldscher soll ihre Wunden anschauen. Wir werden morgen entscheiden, wie es mit ihnen weitergeht.«

Die Männer wurden aus ihrer knienden Haltung gerissen und weggeführt. Sie interessierten Metcairn Nife nicht weiter. Er war mit den Gedanken bei Marmer Dunne und Pae

Loriander. Der Rechte meldete zögerliche Fortschritte beim Vordringen in die Mittelstadt, die großteils dem Einsatz der Magicae zu verdanken waren.

Trotz ihrer Schwächung leisteten Nontwedes Mitstreiter und er selbst hervorragende Arbeit. Ihre fahrende Burg war selbst hier, aus einer Entfernung von mehreren Laufen, als leuchtendes Fanal auszumachen, umtanzt von blauen Elmsfeuern, die immer wieder in die Höhe schossen und seltsame Bilder in den nachtschwarzen Himmel zeichneten. Zwei der Zugochsen, so hatte man Metcairn Nife mitgeteilt, waren mittlerweile verendet, mit vor Angst geweiteten Augen, mit Schaum vor dem Maul. Selbst die mathrominoisch geladenen Siegel rings um die Wohnburg hatten die Tiere nicht vor ihrem grässlichen Schicksal bewahren können.

Pae Lorianders Trupp war in das Klippenland westlich der Stadt vorgedrungen. Sie besahen das Terrain unter der tatkräftigen Mithilfe der nachtsichtigen Mitglieder des Kleinen Volks, während die Hoboken nach Feinden schnüffelten. Es war vorgesehen, dass die Linke kurz vor Sonnenaufgang angriff. Dann, wenn die Aufmerksamkeit ihrer Gegner am geringsten war.

Metcairn Nife war müde. Gern hätte er sich in sein Zelt zurückgezogen, um ein klein wenig Schlaf zu finden. Doch er kannte sich gut genug, um zu wissen, dass er sich bloß herumwälzen und in Gedanken bei seinen Leuten sein würde. Seit Jahren schon träumte er nicht mehr, seit Jahren schon diente er mit all seinem Sinnen und Streben dem Gottbettler.

*Tue ich das Richtige? Kann es sein, dass sich unser Herr irrt? Was, wenn es keiner Ordnungsmacht bedarf, um die Bewohner des Weltenkreises vor sich selbst zu beschützen?*

Dieser verfluchte Rudynar Pole hatte ihm diese Gedanken eingepflanzt! Ihm waren all die Unsicherheit und die Bedenken zu verdanken, die ihm den Schlaf raubten.

»Sattelt Mimar!«

»Aber Herr …« Ein Adjutant schreckte aus seinem Halbschlaf hoch.

»Tut, was ich sage!«, brüllte Metcairn Nife ihn an. »Ich werde ganz gewiss nicht hier auf meinem immer fetter werdenden Arsch hocken und auf Nachrichten warten. Ich möchte wissen, was dort draußen vor sich geht!«

»Ja, Heerführer.« Der Adjutant wieselte davon und verschwand in der Nacht, in Richtung der Stallungen, gemeinsam mit einem der Pferdearbeiter. Mimar duldete nur wenige Menschen in seiner Nähe, und es war für die Knechte stets eine lebensgefährliche Angelegenheit, das Streitross ihres Heerführers zu satteln und ihm das Kampfgeschirr aufzulegen.

Metcairn Nifes Waffen und der Brustpanzer wurden bereitgelegt. Er achtete kaum darauf. Vor ihm, in der Mittelstadt, loderte nach wie vor blaues Feuer weit in die Höhe. Die Magicae kämpften mit all ihrer Wut und all ihrer Kraft. Die Rache an den Mördern ihres Mitstreiters blieb ihnen verwehrt, also suchten sie nach anderen Möglichkeiten, ihren Zorn zu entladen. Die Söldner Poitreas und die waffenpflichtigen Männer der Unterstadt mussten büßen. So wie es Pae Loriander vorhergesagt hatte.

Metcairn Nifes Gefolgsleute, fast allesamt mit für den Ritt viel zu schweren Rüstungen unterwegs, unausgeschlafen und den Umgang mit Pferden kaum gewöhnt, fielen immer weiter zurück. Diejenigen, die ihn kannten, hatten erst gar nicht versucht, bei seinem Tempo mitzuhalten. Sie wussten um Mimars unvergleichliche Kraft und Ausdauer. Es war beileibe nicht das erste Mal, dass er ausbrach und weit vornweg ritt.

*Weil ich ab und zu den Duft von Schweiß und Angst in der Nase brau-*

*che. Weil ich hin und wieder erfahren muss, dass ich noch wirklich lebe und nicht nur im eng anliegenden Korsett des Heerführers dasitze und Befehle erteile.*

Metcairn Nife vertraute seinem Schlachtross blindlings; selbst in diesem Gebiet voller Spalten und Höhlenöffnungen, wo jeder falsche Schritt den Tod bedeuten konnte, hielt das Tier im Galopp nicht inne. Es fand seinen Weg mit traumwandlerischer Sicherheit und trug seinen Herrn auf jenes Lager zu, das Pae Loriander gestern bezogen hatte, unweit der Klippen, im Rücken der Oberstadt.

Rechts von ihm zeigten sich im fahlen Mondlicht die Ausläufer eines kleinen Wäldchens. Er meinte, eine Bewegung wahrzunehmen, achtete aber nicht weiter darauf. Dies hier war Wolfsland. Die Tiere verfügten über einen ausgezeichneten Instinkt. Sie würden ihn nicht angreifen und schon gar nicht Mimar, dieses kraftstrotzende Ungeheuer, sondern zurückbleiben und nach sichererer Beute Ausschau halten.

Das Schlachtross wurde langsamer und ging in einen gemächlichen Trab über. Vor ihnen zeigte sich ein breiter Einschnitt im Gestein, den sie umrunden mussten. Dahinter tanzten Schemen durch die Dunkelheit. Solche, die die goldene Faust am Brevier trugen. Der Hengst umrundete die Spalte, setzte vorsichtig Huf vor Huf, bis er das Lager von Pae Lorianders Leuten erreicht hatte. Misstrauische Blicke begegneten ihnen. Die drei Wachen, allesamt im Kampf gestählte Unteroffiziere, beugten erst ihr Haupt, als Metcairn Nife ihnen Vidal, das Schwert der Hoffnung, gezeigt hatte.

»Wo ist sie?«, fragte er ohne weitere Umstände.

»Sie ist mit einer der Gruppen eingestiegen, Heerführer.«

»Gibt es Rückmeldungen?«

»Nein, Herr. Der Plan sieht vor, dass unsere Leute an mehreren Stellen gleichzeitig zuschlagen. Wir haben zehn Häuser ausgemacht, in denen wir die Spitzen der hiesigen Aristokratie vermuten.«

»Zehn Häuser von vermutlich mehr als zweihundert.«

»Wir haben weitere Seile in die Tiefe gespannt. Wir sind darauf vorbereitet, die Reserven von etwa zwanzig Mann in den Kampf zu schicken und uns gleich darauf die nächsten zehn Häuser vorzunehmen.«

Der Plan Pae Lorianders beruhte auf Improvisation. Wie so oft, wenn sie in die Schlacht zog. Und dennoch hatte sie noch niemals versagt. Sie hatte einen untrügerischen Instinkt dafür, stets zur richtigen Zeit am richtigen Ort zu sein. Und sie war von einer Erbarmungslosigkeit, die Metcairn Nife niemals zuvor bei einem Menschen erlebt hatte.

»Diese Seile hier, wohin führen sie?«, fragte er und deutete auf jene Erdspalte, der sein Pferd eben ausgewichen war.

»Zum Hängehaus eines gewissen Pero Krotvie, eines Weinhändlers, Herr. Gerüchteweise wurde hier unser Magicus getötet.«

»Pae wird sich dieses Haus persönlich vornehmen, vermute ich?«

»Ja, Heerführer.«

»Wie lange noch, bis sie den Angriff beginnt?«

»Es wird gleich so weit sein, Heerführer.«

Metcairn Nife reichte dem Unteroffizier Mimars Zügel und flüsterte dem Schlachtross einige beruhigende Worte ins Ohr. Er zog den Waffenrock aus und rückte den ledernen Unterschurz zurecht, überprüfte den Sitz seiner Waffen und griff dann nach dem nächstgelegenen Seil. Kurz überlegte er, ob er Vidal zurücklassen sollte, entschloss sich aber dagegen. Das Schwert der Hoffnung mochte ihn beim Klettern behindern, doch es war ein Insignium seiner Macht. Beinahe jedermann im Weltenrund erkannte diese ganz besondere Klinge.

»Du solltest nicht …«

»Möchtest du mir etwa Ratschläge geben?«, fuhr Metcairn Nife den Unteroffizier an. »Habt ihr Kalk?«

»J-ja, Heerführer.«

In der Dunkelheit wurde getuschelt und gezischelt. Bald darauf reichte man ihm eine Schale. Er spuckte in die Hände und verteilte den Weißkalk sorgfältig, bevor er nach dem Seil fasste und sich an den Abstieg machte. »Meine Begleiter werden bald eintreffen. Sag ihnen, wo ich bin, aber achte darauf, dass sie sich nicht vor Sorge um mein Schicksal in die Hosen scheißen. Sollten sie dennoch in Ohnmacht fallen, sollen sie es so leise wie möglich tun. Verstanden?«

»Ja, Heerführer.«

»Und sag ihnen, dass ich unzufrieden wäre. Sie hätten mich auf dem Ritt hierher im Stich gelassen. Sie müssten sich vor mir verantworten, sobald ich zurückkehre. Die Angst wird sie davon abhalten, sich um mein Schicksal zu kümmern.«

»Ja, Heerführer.«

Metcairn Nife ließ die Beine über den Abgrund baumeln. Mit einem Mal befiel ihn Angst. Die meist im Sitzen verbrachten Jahre hatten ihn steif gemacht. Er musste seine Kräfte sorgfältig einteilen.

Metcairn Nife stieg in die Wand und stieß sich ab. Das Seil war roh gedreht, aber es würde ihn sicherlich tragen. Er hangelte sich abwärts, machte an einem Knoten eine Verschnaufpause, kletterte bald weiter. Er hing nun frei, die Dunkelheit unter ihm erzeugte eine beunruhigende Sogwirkung.

Wo war das Haus dieses Weinhändlers? Er konnte es nicht entdecken. Müsste es nicht beleuchtet sein? Verdammt, wie war das möglich? Das Seil endete wenige Meter unter ihm, in der Leere.

Rechts von ihm. Ein Vorsprung, breit genug, um darauf

Platz zu finden. Einige Dinge waren darauf abgelegt – zu schwer gewordene Bekleidungsstücke, ein Schwert, Rüstungsteile. Entlang des Vorsprungs war ein Halteseil im Fels verankert.

Er holte mehrmals Schwung, und beim dritten Mal gelang es ihm, das Halteseil zu erhaschen. Er ließ das andere los, und es war ihm klar, dass er es nicht mehr würde erreichen können. Für Pae Loriander gab es im Kampf nur eine Richtung: nach vorn. Sie setzte sich immer wieder den unmöglichsten Risiken aus, um dann doch alle Gefahren zu meistern. Sie riskierte viel, doch in der Achtung ihrer Untergebenen stieg und stieg sie dadurch. Metcairn Nife gab sich keinen Illusionen hin: Die Linke war im Heer des Gottbettlers trotz ihrer Rohheit weitaus beliebter als Marmer Dunne oder er selbst.

Er folgte dem Halteseil. Der Boden, nicht breiter als zwei Fuß, war zum Abgrund hin abschüssig. Immer wieder rieselten Steinchen über die Kante und in die Tiefe.

Er stockte vor Schreck und vor Überraschung. Er hatte das Haus des Weinhändlers gefunden – es hing über ihm in einem Netz verfangen. In einem Netz, in dem sich acht bis zehn Gestalten völlig lautlos bewegten. Der Angriff hatte begonnen. Metcairn Nife würde den Sprung in die Leere wagen müssen, wollte er in die Vertäuung des Netzes gelangen, über etwa zwei Körperlängen hinweg.

Er dachte nicht nach, er handelte einfach. Er ging in die Hocke, stieß sich mit aller Kraft ab, machte seinen Körper so lang wie möglich und griff nach einem der Seile.

Panik befiel ihn, als er fühlte, wie ihn das Schwert der Hoffnung in die Tiefe zog, diese monströse Waffe, deren Gewicht er sträflich unterschätzt hatte. Er fühlte die Berührung eines Taus am Handgelenk, schnappte rasch mit den Fingern zu, fand Halt und baumelte dann über dem Abgrund. Er nutzte den Schwung des eigenen Körpers, griff mit der anderen Hand zu und zog die Beine so weit wie möglich hoch, um sie um ein weiteres Seil zu schlingen. Vidal hing weit nach unten, nur vom einfachen Ledergurt gehalten. Doch er machte sich keine Sorgen um das Schwert, es würde ihn niemals verlassen.

»Heerführer?« Ein gewispertes Wort, voll Erstaunen und vielleicht mit ein klein wenig Ärger ausgesprochen.

»Ja, Pae.« Metcairn Nife schwang sich ins Netz und hangelte sich Richtung Haus, auf die Wartenden zu. »Mir ist die Decke des Zelts auf den Kopf gefallen.« Je näher er dem Gebäude kam, desto stärker wurden die Schwingungen, die womöglich die Wachen auf den Plan rufen würden.

»Nun gut. Wir können ein Schwert mehr gut brauchen.« Pae Loriander glitt an seine Seite und drückte ihm die Schulter.

Sie sagte kein Wort davon, dass er eine Behinderung bei ihrer Waffenarbeit sein mochte, und er war ihr dankbar dafür. Es hätte ihr durchaus zugestanden, ihn zurückzuschicken. Sie hatte das Kommando und trug die Verantwortung, so war es vereinbart. Er selbst hatte diese Regeln aufgestellt, und so konnte er sie schlecht auf einmal ändern.

Pae Loriander blickte in den Himmel. Bloß ein kleines Segment des Firmaments war von hier aus zu erkennen, ein Ausschnitt, der Metcairn Nife das beruhigende Gefühl gab, diese Welt noch nicht verlassen zu haben. Denn die Enge des Spalts einerseits und andererseits der drohende Abgrund unter ihm machten, dass er sich so unwohl wie selten zuvor fühlte. Er war die Weiten des Landes gewöhnt, uneingeschränkte Bewegungsfreiheit.

Der Schein einer Fackel flackerte dort oben auf. Sie wurde hin- und hergeschwungen. Das Zeichen für den Angriff.

»Ich zähle bis zehn«, sagte Pae Loriander. »Jeder weiß, was er zu tun hat. Drei. Vier.«

Die Linke erwähnte ihn nicht. Es war keine Zeit für weitere Erklärungen. Sie erwartete wohl, dass er sich ihr anschloss und möglichst wenig im Weg war.

»Sieben. Acht.«

Er zog das Schwert der Hoffnung. Die Klinge summte leise. Sie ahnte, dass sie Blut schmecken würde.

»Neun. Zehn.«

Die Frauen und Männer des kleinen Trupps kletterten an den Seilen nach oben, in atemberaubender Geschwindigkeit und mit einem Geschick, über das Metcairn Nife nicht verfügte und nie verfügen würde. Schon erreichten sie die Knüpfungen an der Unterseite des Hauses des Weinhändlers. Einige freihängende Rebwurzeln tasteten in die Tiefe, nach Erdreich suchend, in das sie sich bohren konnten. Die meisten von ihnen waren mit dem Holz des Hauses verwachsen. Sie würden das Gebäude eines Tages sprengen.

Pae Loriander schwang sich auf einen Steg, der zum Haus führte, und Metcairn Nife folgte ihr. Er sah grimmige Gesichter rings um sich. Leute, die den Feind nicht fürchteten. Die mithilfe von geringen Dosen des Sanderkrauts immun gegen das Gefühl der Angst gemacht worden waren.

Sie erreichten den Hauseingang. Zwei Wachen dösten gegen die Wand gelehnt vor sich hin. Eine Bohle knarrte. Irgendjemand ihres Trupps hatte eine unbedachte Bewegung gemacht, und es stand zu befürchten, dass er selbst, Metcairn Nife, dieser unvorsichtige Idiot gewesen war.

Eine der Wachen schrak hoch. Griff nach seiner Waffe, einem Kurzschwert. Noch bevor er einen Laut von sich geben konnte, bohrte sich ihm ein Messer in den Mund, von Pae Loriander geschleudert. Mit weit aufgerissenen Augen stand er da, im schwachen Fackellicht, und versuchte sich zu bewegen, griff nach dem Heft der Waffe, gurgelte, zitterte, fuchtelte wild um sich, wusste nicht, was er tun sollte.

Der andere Mann erwachte. Er war schnell, viel schneller als erwartet. Schon stellte er sich in Position, um den Zugang zum Haus zu verteidigen. Und er schrie. Laut, schrill, mit aller Kraft.

Die Linke stieß einen Fluch aus, Metcairn Nife drängte sie harsch beiseite. Er hatte einen Fehler begangen, also stand er in der Verantwortung. Heerführer hin, Heerführer her. Er stürzte auf den Verteidiger zu, schlug das Schwert der Hoffnung gegen die Waffe seines Gegners, um ihren Gesang kennenzulernen. Er war grauenvoll. Der Stahl dieses … *Dings* war von erbärmlicher Qualität. Der Mann, der sie hielt, hätte etwas Besseres verdient.

Er wich dem Hieb des anderen aus, fintierte, hieb gegen dessen Beine, brachte ihm eine Wunde am rechten Unterschenkel bei. Der Mann grunzte, mehr erschrocken denn schmerzerfüllt. Er drängte weiter vor, mit einer Verve, die ungewöhnlich war für einen Söldner. Metcairn Nife fühlte die kühle Zielgerichtetheit seines Gegners, aber auch die Angst angesichts der Überlegenheit der Gegner, dass sein Ende unmittelbar bevorstand. Doch er kämpfte weiter, um seinen Kameraden im Inneren des Hauses Zeit zu erkaufen.

Metcairn Nife ließ zu, dass Vidal ein Quäntchen mehr Macht über ihn erlangte. Er setzte mehrere spielerisch wirkende Hiebe, die mit dem Gewicht seiner Waffe nicht vereinbar schienen, und tat dann das Unvermeidliche. Bevor das Schwert der Hoffnung seine Arbeit beenden wollte, übernahm Metcairn Nife wieder die Kontrolle. Er prellte seinem Gegner das Kurzschwert aus der Hand und hieb ihm dann mit der Breitseite gegen den Körper, sodass er vom Steg purzelte und in die Tiefe stürzte. Wenn er Glück hatte, würde er vom Netz aufgefangen werden und überleben. Sollte es so sein, würde Metcairn Nife dem tapferen Mann anbieten, die Seiten zu wechseln. Wenn er durch die weiten Maschen rutschte und in den Abgrund stürzte – nun, dann hatte ihn ein gerechtes Schicksal ereilt. Er hatte während des Dienstes geschlafen.

Metcairn Nife erlöste den zweiten Wächter von seinem Leid, indem er ihm den Kopf vom Rumpf schlug. Dann trat er die Tür ein, sprengte sie dabei aus dem Rahmen. Ein Gegner im Inneren des Hauses wurde darunter begraben, einige andere stürmten Metcairn Nife entgegen.

Schweiß und Blut. Das war, was er herbei ersehnt hatte, und nun, da er mittendrin im Kampf war, wünschte er sich zurück in sein Zelt, in die ruhige Beschaulichkeit. Nicht aus Angst, sondern aus Entsetzen. Die Klinge Vidals begann zu leuchten. Das Schwert sang die schon so oft gehörte Melodie des Todes, und der Heerführer summte heiter mit.

Das Haus des Weinhändlers wurde erobert, der schlaftrunkene Hausherr samt seiner Konkubinen gefesselt und für den Transport ins Lager des Heeres vorbereitet. Die Gruppe der Kämpfer zog weiter, nach einem zuvor festgelegten Plan. Sie würden an diesem Tag noch mindestens drei oder sogar vier Häuser des Oberstadt von Poitrea erobern. Auf die Besitzer, allesamt Mitglieder des Hoch- und Geldadels, warteten schlimme Tage. Sie würden sich für ihre Gewissenlosigkeit verantworten müssen und in letzter Instanz dem Henker des Heeres gegenübertreten.

»Mir scheint, du hattest viel Spaß an der Arbeit«, sagte Pae Loriander, bevor sie sich ihren Leuten anschloss und Metcairn Nife zurückließ.

»Das Morden hat mir niemals Freude bereitet. Vidal singt nur dann so hell und laut, wenn meine Sache gerecht ist.«

»Eine jede Kriegspartei beansprucht für sich, auf der Seite der Gerechtigkeit zu stehen.« Die Linke wischte sich achtlos Blut von der Stirn. Sie hatte eine kleine Schnittwunde davongetragen. »Es gibt leider keine Instanz, die beurteilen könnte, wer denn recht hat.«

»Doch, die gibt es. Den Gottbettler.«

»Dieser Weinhändler hier würde dir sicherlich widersprechen.«

»Und du, Pae Loriander? Was meinst du?«

»Ich habe keine Meinung. Die Worte des Gottbettlers sind bindend für mich.«

»Und du denkst niemals über seine Entscheidungen nach? Du siehst sie völlig unkritisch?«

»Wie es sich für eine brave Linke gehört.« Sie grinste ihn an.

Sie war hübsch, hübsch wie eine Schlange, deren Hautmuster, deren Geschmeidigkeit und Eleganz ihr Opfer in den Bann zog. Ob irgendetwas Menschliches in der Linken steckte, hatte Metcairn Nife nie in Erfahrung bringen können, trotz der Nähe, die einstmals zwischen ihnen bestanden hatte.

»Deine Leute warten. Mach dich auf den Weg. Die Oberstadt Poitreas soll niemals wieder so sein, wie sie heute ist.«

»Ja, Heerführer.« Die Linke drehte sich um und ging mit festen Schritten davon.

Vidal in seiner Hand gab einen letzten, hellen Ton von sich. Es hörte sich an, als wollte ihn das Schwert der Hoffnung warnen, und das nicht zum ersten Mal.

Metcairn Nife warf einen Blick auf das Haus des Weinhändlers. Teile des Dachs waren eingestürzt, im Vorraum schwelte ein Feuer. Das Tragenetz war zerrissen, einige Haltetaue hingen lose. Es brauchte nicht viel, um es in die Tiefe stürzen zu lassen, dem Söldner hinterher, dem er als erstem gegenübergestanden hatte und der nicht wieder aufgetaucht war.

Der einzige zurückgebliebene Soldat bewachte die Gefangenen. »Du garantierst mit deinem Leben dafür, dass diese Leute am Leben bleiben, Soldat«, sagte Metcairn Nife zu ihm.

»Ja, Heerführer.«

»Wie ist dein Name?«

»Daewan Mo Brae, Heerführer.«

»Du stammst aus Mayeur?«

»Ja, Heerführer.«

»Du bist einer der wenigen aus der Enklave, die sich dem Heer des Gottbettlers angeschlossen hat. Es hat uns viel Mühe gekostet, Mayeur für unsere Ziele zu gewinnen. Und noch immer ist nicht sicher, ob König Perpesole der Achte tatsächlich auf unserer Seite steht. Er dreht sich wie eine Fahne im Wind. Deine Landsleute sind störrisch und den Ideen des Gottbettlers gegenüber nicht sonderlich aufgeschlossen.«

»Das stimmt, Heerführer.«

»Was hat dich hierhergeführt, noch dazu in eine der Eliteeinheiten Pae Lorianders?«

»Nun … es erschien mir richtig.«

»Es war also nicht die Aussicht auf Gold, Land oder Abenteuer?«

»Das widerspräche den Ansichten des Gottbettlers, nicht wahr, Heerführer?«

Die Frage war mit unsicherer Stimme gestellt, und in ihr äußerte sich das Dilemma, in dem die Soldaten steckten. Sie *wollten* an die guten Absichten des Gottbettlers glauben und daran, dass sie in seinem Namen das Richtige taten. Doch der Oberste war niemals präsent, ließ sich nie blicken. Ab und an war das Grau rings um sie von größerer Intensität. Doch dieser Eindruck war stets flüchtig. Er kam und ging gleich wieder, ohne sich in der Erinnerung der Soldaten festzusetzen.

»Du machst deine Sache gut, Daewan Mo Brae. Wenn deine

Arbeit hier beendet ist, melde dich in meinem Zelt. Ich möchte mehr über Mayeur und seine Leute erfahren.«

»Ja, Heerführer.« Wieder ein knappes Nicken, respektvoll und nicht so unterwürfig, wie Metcairn Nife es bei seinen Adjutanten zu hassen gelernt hatte.

Er ließ den einfachen Soldaten stehen und machte sich auf den Weg zurück ins Zeltlager. Er nutzte Stege, die ihm Pae Loriander beschrieben hatte. Teile des Wegesystems waren erobert worden, bald würde man auch die Hochzugeimer unter Kontrolle haben und damit einen weiteren kleinen Vorteil im Kampf um Poitrea erringen.

Vidal sang leise. Das Schwert der Hoffnung forderte weiteres Blut, doch Metcairn Nife widerstand der Versuchung.

Drei Tage. Drei Tage voll Blutvergießen. Erbarmungslos morden, erobern, sich vor einer Übermacht zurückziehen und wieder vorstoßen. Truppen verlagern, frische Kräfte in die Schlacht werfen, die geeigneten Geschosswaffen herankarren und die Verteidiger der Stadt mürbe machen.

Metcairn Nife forderte den Barden auf, ein weiteres schwermütiges Lied aus seinem Repertoire zu singen. Der blinde Kerl namens Hoemax hatte ein außergewöhnlich gut ausgebildetes Organ, doch die Sehnsucht, von der er sang, klang butterschmalzig und … fremd.

»Ich möchte den Rechten sehen!«, verlangte Metcairn Nife.

Eine der Ordonnanzen trat zögernd vor. Wahrscheinlich hatte er beim Würfelspiel verloren und musste darum die schlechte Nachricht überbringen. »Herr, du weißt doch, wie es ist mit dem Hohen Herrn Marmer Dunne«, wisperte der Mann mit zu Boden gewandtem Blick. »Die Schlacht ist geschlagen, und er gibt sich den … Vergnügungen hin.«

»Das ist mir sehr wohl bewusst!« Metcairn Nife hieb

wütend auf die Armlehne. »Er hat mir noch immer nicht Bericht erstattet. Ich möchte aus seinem eigenen Mund hören, wie es in der Mittelstadt und ganz unten am Wasser steht. Wenn ihr ihn nicht auftreiben könnt, macht einer von euch Bekanntschaft mit dem Henker!«

Die Männer zuckten zusammen. Die Adjutanten erinnerten sich gewiss noch an diesen lispelnden Idioten, einen Kleinadligen aus Oriath – wie hatte er bloß geheißen? –, einen Speichellecker ohne sonderlich großen Einfluss, an dem Metcairn Nife vor etwa einem Jahr ein Exempel statuiert hatte. Wochenlang war sein Kopf, aufgespießt auf einer der Heeresstandarten, vornweg getragen worden, sodass die Ordonnanzen das langsam verfaulende Fleisch und die riesige Fliegenwolke, die den Schädel umschwirrte, stets im Blick behalten hatten.

»Also? Ich warte!«, brüllte Metcairn Nife und hieb erneut auf die Armlehne. Seine Untergebenen schwirrten davon, rempelten sich gegenseitig nieder und irrten wie eine Hühnerschar auf der Flucht vor dem Fuchs durchs Zelt. Einer nach dem anderen fanden sie den Weg nach draußen, in eine dunkle und feuchte Welt, in der einige dünne Rauchfahnen kerzengerade nach oben stachen. Trotz des grässlichen Regenwetters in diesem grässlichen Landstrich ging kaum ein Lüftchen. Über allem lag der Totengeruch, der sich entlang der Küste ausbreitete.

Der Zeltvorhang schwang zu und öffnete sich wenige Augenblicke darauf gleich wieder. Ein Soldat mit der Hand am Schwert führte eine Gruppe von Gestalten an, die in dicke Gewänder gehüllt waren.

»Bittsteller aus Poitrea, Heerführer«, sagte der Soldat und nahm mit steinerner Miene Aufstellung. »Sie haben um Audienz ersucht.«

»Aus Poitrea? Das ging aber rasch …« Metcairn Nife

kannte dieses Prozedere nur zu gut. Während sich verzweifelte Führer der Verteidigungstruppen noch in den letzten Widerstandsnestern verschanzt hielten, auf ein Wunder hofften, die Flucht planten oder an Selbstmord dachten, krochen die Ratten bereits aus ihren Löchern. Vor ihm standen Vertreter jenes Abschaums, den er am meisten verachtete. Angehende Kriegsgewinnler, die sich ihm zu Füßen werfen wollten. Die ihre Heimat verrieten und ihm Geschäfte vorschlugen, um »die Nöte der unschuldigen Bevölkerung zu lindern«.

Kein Wunder, den Truppen des Gottbettlers eilte das Gerücht voraus, dass sie nicht auf die Vernichtung ihrer Gegner aus waren. Metcairn Nife eroberte, um dann neue Strukturen zu schaffen, und bot den Besiegten die Möglichkeit, so rasch wie möglich wieder ihr früheres Leben aufzunehmen, bloß ergänzt um einige Regeln, die der Oberste formuliert hatte.

»Was wollt ihr?«, fragte er barsch.

Der Vorderste der Verhüllten kniete nieder und nahm das Tuch vom Kopf. Er entpuppte sich als alter Mann mit dem Aussehen eines Welses, dessen Barteln ein zahnloses Maul umgaben. »Ich bin Panapin, Hoher Herr, und ich bin dein untertänigster Diener. Ein armseliges Wesen, ein Wurm angesichts dessen, was du repräsentierst, Heerführer.«

»Bescheidenheit mag eine Zier sein, aber zu viel davon vermittelt den Eindruck von Schäbigkeit.«

»Verzeih mir, Hoher Herr.«

»Was willst du? Was wollen deine Begleiter?«

»Wir sind die Sprecher der Steilstadt Poitrea. Wir sind gekommen, um Gnade für deren Bewohner zu erflehen.«

»Wurdet ihr von eurem Rat beauftragt, Verhandlungen zu führen? Habt ihr einen offiziellen Titel, der euch für solche Gespräche ermächtigt?«

Panapin seufzte gekünstelt. »Ihr wisst wohl besser als ich, was in der Oberstadt gerade vor sich geht. Die treuesten Diener Poitreas sind verschwunden.«

»Wahrscheinlich sind sie geflüchtet. Wie es so oft der Fall ist, wenn *getreue* Diener eines Landes oder einer Stadt ihre Felle davonschwimmen sehen.«

»Mag sein, dass es anderswo derartige Fluchtbestrebungen gegeben hat. Doch die Bürger Poitreas halten stets treu zu ihrer Stadt. Womöglich ist es zu Gewaltausbrüchen gekommen.« Panapin lächelte und hielt die Hände wie abwehrend vor sich. »Die ich allerdings keinesfalls dem Heer des Gottbettlers anlasten möchte. Viele Dinge geschehen in Panik angesichts des nahenden Todes. Wer weiß schon, wozu die Bewohner der Unterstadt fähig sind?«

Ah. Die Schuldigen waren gefunden, eine Lesart formuliert. So oder ähnlich würde es eines Tages in den Stadtannalen Poitreas geschrieben stehen: *Im Zuge der Eroberung Poitreas kam es zu Aufständen in der Unterstadt. Ruchlose Verbrecher fielen über standhafte und gesetzestreue Verteidiger her. Es kam zu Massakern in der Oberstadt, die an Grausamkeiten nicht zu überbieten waren ...* »Also was willst du? Gnade wird jedem gewährt, der sich friedlich verhält. Die Heere des Gottbettlers erobern, aber sie zerstören nicht.«

»Ich habe davon gehört, und ich freue mich zu erfahren, dass diese Gerüchte der Wahrheit entsprechen.« Ein fischiges, knapp bemessenes Lächeln folgte seinen Worten. »Aber ich denke, dass das Volk Poitreas im Umgang mit den Soldaten des Gottbettlers eines Vermittlers bedarf. Jemandes, der die Worte beider Seiten versteht und interpretieren kann.«

»Du hast dabei an dich selbst gedacht?«

»In aller Bescheidenheit, ja. Ich bin viel herumgekommen, habe eine Menge erlebt und gesehen. Ich bin Händler und verstehe es, auf jedermanns Bedürfnisse einzugehen. Die Bewohner der Steilstadt achten mich. Sie sehen mich als einen der ihren. Als Mann, der zu seinem Wort steht und auf das Wohl aller bedacht ist.«

»Das hast du in all deiner Bescheidenheit wunderschön formuliert. Wer sind eigentlich deine Begleiter? Warum sind sie immer noch vermummt?«

»Sie sind Teil des Handels, den ich mit dir abschließen möchte.« Als hätte er etwas Falsches gesagt, fügte Panapin rasch hinzu: »Eines Handels, dessen Ergebnis einzig und allein der Bevölkerung dienen soll, selbstverständlich.«

»Selbstverständlich.«

Er gab ein Zeichen, die Gestalten streiften ihre Übergewänder ab. Manche von ihnen zögerlich, andere mit der Routine langer Jahre.

»Frauen«, sagte Metcairn Nife leise.

»Frauen. Die besten, schönsten, aufregendsten Weiber, die du in weitem Umkreis finden wirst. Manche von ihnen sind erfahrene Liebesdienerinnen, andere waren bis vor Kurzem dem Hochadel Poitreas zugehörig.« Panapin zählte an seinen Fingern ab: »Eine Jungfrau, deren Brüste eben erst erblühen. Eine Dame aus dem Etablissement der Hohen Frau Montera, der die Zähne extrahiert wurden, um edlen Kunden wie dir ein möglichst berauschendes Mundgewitter zu verschaffen. Eine Zwergin, die Dicke Marthé, weithin für ihre Zügellosigkeit bekannt. Dazu ein Geschöpf aus den Gossen der Unterstadt, schmutzig und verdorben, das dankbar ist, wenn du es tüchtig bestrafst. Du siehst, ich habe keine Mühen gescheut, den guten Willen der Bürger Poitreas unter Beweis zu stellen.«

»In der Tat.« Metcairn Nife stand auf und betrachtete die Frauen, eine nach der anderen. Vielen von ihnen stand die

Angst im Gesicht geschrieben, bei manchen aber war jeglicher Glanz in den Augen schon vor Jahren erloschen. »Was, wenn mir der Sinn mehr nach Knaben stünde?«

»Dieses Problem ließe sich mit Leichtigkeit lösen, Herr. Auch mein Sohn wäre nur zu gern bereit, dir zu Diensten zu sein.« Panapin hob den Kopf. Er lächelte. »Allerdings würde ich mich sehr wundern, würdest du Schwänze bevorzugen. Meine Kundschafter …«

»Von welchen Kundschaftern redest du?«

»Ein Händler, dessen Beziehungen weithin reichen, ist auch stets über die politischen und militärischen Geschehnisse im Weltenkreis informiert. Also …«

»Du wusstest demnach bereits seit geraumer Zeit, dass wir kommen würden«, unterbrach ihn Metcairn Nife. »Du wusstest, dass wir die Stadtstädte nicht verschonen würden, schon gar nicht nach dem Tod eines Magicus aus unseren Reihen. Doch du hast die Kunde über unser Nahen nicht an das Gremium der Obersten in Poitrea weitergegeben und dich selbst rechtzeitig in einem sicheren Haus versteckt, um einem möglichen Massaker zu entgehen. Womöglich wartet sogar ein Schiff im Hafen auf dich, sollte es trotz aller Vorbereitungen zu brenzlig für dich werden.«

»Weitsichtigkeit ist eine meiner größten Tugenden, Heerführer.«

»Da magst du recht haben, Händler. Aber was soll ich von einem Menschen halten, der tatenlos zusieht, wie seine Mitbürger untergehen? Der darauf aus ist, aus dem zu erwartenden Chaos nach der Eroberung der Stadt Kapital zu schlagen?«

Erstmals zeigte sich so etwas wie Unsicherheit in Panapins Fischgesicht. Er wirkte verwirrt und verstand nicht, worauf Metcairn Nife hinauswollte.

»Ich halte gar nichts von einem solchen Menschen«, beantwortete der Heerführer seine Frage selbst. »Ich würde ihn als wertlosen Lumpen bezeichnen. Hätte ich Muße und Lust, länger über dich nachzudenken, würden mir sicherlich noch ein Dutzend weitere Bezeichnungen einfallen.«

»Aber, Herr, du verstehst mich falsch …«

»Tue ich das?« Metcairn Nife fühlte, wie sich Wärme in seinem Magen breitmachte. So war es immer, wenn er eine Entscheidung traf, die *richtig* war. »Ich sehe einen gewissenlosen Verräter vor mir stehen, einen Mann ohne Ehre, der keinerlei Mitleid verdient.«

»Aber, Heerführer! Ich bin als Emissär in dein Lager gekommen, hab Leib und Leben riskiert …«

»Dann hat sich dein Risiko wohl nicht bezahlt gemacht. Wachen!«

Zwei Soldaten stellten sich an die Seiten des Händlers. Einer von ihnen zeigte ein grimmiges Lächeln. Er würde im Lager weitererzählen, was hier vor sich gegangen war, und damit Metcairn Nifes Ruf als Mann, der ehrbares Verhalten über alles schätzte, untermauern. »Der Henker soll sich um diesen Kerl kümmern«, sagte der Heerführer

»Das ist nicht gerecht! Ich bin ein Oberster, ein Hoher Herr der Stadt! Ich genieße Immunität, ich bin unantastbar …«

»Erzähl das dem Mann mit dem Beil. Er wird dir sagen, was er von deiner Unantastbarkeit hält. Abführen!«

Der Händler wollte die Flucht ergreifen. Seine Mimik schwankte zwischen abgrundtiefem Hass auf Metcairn Nife und ebenso tiefer Angst. Die Augen tränten, aus seinem Fischmaul troff Geifer, er zitterte am ganzen Leib, und die Worte, die er hervorstieß, ergaben keinen Sinn. Einer der Soldaten hieb ihm den Knauf seines Schwerts gegen den Hinterkopf, und Panapin sackte wimmernd auf die Knie. Dann wurde er aus dem Zelt gezerrt.

»Herr …« Eine Ordonnanz wollte Metcairn Nifes Aufmerksamkeit auf sich lenken.

»Scht!«

Nach einer Weile erklang ein dröhnendes Lachen. Es war das des Henkers, der sich die Beschwerden des Händlers anhörte. Dann war wieder Stille, und das nächste Geräusch, das Metcairn Nife zu hören bekam, war unverkennbar das eines fallenden Beils.

»An Tagen wie diesen könnte man glauben, dass es tatsächlich Gerechtigkeit gibt«, flüsterte er leise. Doch gleich darauf schalt er sich für sein Tun. Er hatte persönliche Befriedigung darin gesucht – und auch gefunden –, dass er zugleich Ankläger und Richter gespielt hatte. Dies aber stand nicht im Einklang mit den Ideen des Gottbettlers.

Oder?

Was wusste er schon über dieses geheimnisvolle Wesen? Seine Doktrin mochte in klaren und deutlichen Worten aufgeschrieben worden sein. Doch hielt sich der Gottbettler selbst daran, oder hatte er bloß ein Idealbild des Zusammenlebens zwischen den einzelnen Wesen und ganzen Völkern gezeichnet? Was wusste Metcairn Nife schon über die Beweggründe dieses Einen, dem er mit all seiner Kraft und all seinem Verstand diente?

*Immer diese Selbstzweifel …*

»Herr?«

Metcairn Nife schreckte aus seinen düsteren Gedanken hoch. »Was ist?«

»Die Frauen. Was soll mit ihnen geschehen?«

»Wer von euch wurde vom leider zwischenzeitlich verblichenen Händler Panapin gezwungen, ihn hierher zu begleiten?«

Ein junges Mädchen schob seinen Arm langsam in die

Höhe. Andere taten es ihr zögernd nach, zwei von ihnen nahmen sich lange Zeit. Den beiden letzten war anzumerken, dass sie sich in einer Zwickmühle befanden. Sie waren freiwillig mitgekommen, wohl in der Hoffnung, an der Macht teilhaben zu können, die er repräsentierte, wenn sie sich ihm anbiederten.

Metcairn Nifes Blick fiel auf eine der jüngeren Frauen. Sie mochte vielleicht siebzehn oder achtzehn sein. Sie wirkte unsicher. Es war ihr anzusehen, dass sie keine Ahnung hatte, was rings um sie vor sich ging.

»Du da!«

Das Mädchen erschrak. Zögernd trat sie einen Schritt vor.

»Was hat dir Panapin als Belohnung dafür besprochen, dass du ihn hierher begleitest?«

Es dauerte eine Weile, bis sie zu einer Antwort fand. »Er hat mir mein Leben versprochen. Und Freiheit.«

»Freiheit wovon?«

»Das sagte er mir nicht.«

»Du stammst nicht von hier. Dein Dialekt ist schrecklich. Ich würde sagen, dass du aus dem Hinterland der Stadtstädte zugewandert bist. Aus Mirce.«

Die junge Frau zuckte zusammen, sagte aber kein Wort.

»Ein Mädchen aus ärmlichen Verhältnissen kommt in die große, fremde Stadt, auf der Suche nach einem besseren Leben. Womöglich ist sie auf der Flucht vor irgendjemandem. Doch was sie findet, ist ganz und gar nicht das, was sie sich erhofft hat. Stimmt's?«

»Ja, Herr«, flüsterte sie.

»Man hat dir übel mitgespielt. Du hast Dinge erlitten, die du niemals für möglich gehalten hättest, und du hasst deine Existenz.«

Sie nickte, und Tränen füllten ihre Augen.

»Dann taucht dieser fischgesichtige Händler auf. Er bietet dir und anderen einen Ausweg, zeigt euch einen Hoffnungsschimmer. Die Freiheit, wie er es nennt. Du ahnst, dass er lügt, doch du möchtest es nicht glauben, denn nur die Hoffnung steht zwischen dir und dem Irrsinn oder dem Tod.«

Ihr Gesicht verlor alle Farbe, und sie zitterte am ganzen Leib.

»Ich muss dich leider enttäuschen, Kleines. Freiheit ist ein Gut, das niemand einfangen und erst recht niemand vergeben kann. Freiheit steckt bloß in uns selbst. Lass dir das gesagt sein.« Metcairn Nife beugte sich weit vor und fügte hinzu: »Auch ich bin nicht frei. Mein Käfig mag golden sein, aber er ist immer noch ein Käfig.«

»Das ist traurig, Herr«, sagte das Mädchen.

Sie fiel auf die Knie und weinte Rotz und Wasser. Die anderen Frauen wichen verängstigt zurück. Womöglich befürchteten sie, dass Metcairn Nife wegen des unschicklichen Verhaltens des Mädchens die Geduld verlieren und sie alle ebenfalls dem Henker überantworten würde.

»Diese Frauen dürfen in die Stadt Poitrea zurückkehren«, sagte Metcairn Nife nach einer Weile. »Es steht ihnen allerdings frei, sich dem Tross des Heeres anzuschließen. Diese hier jedoch«, Metcairn Nife stand auf und half dem Mädchen auf die Beine, »bleibt bei mir.«

Niemand widersprach. Er war das Gesetz, er war Herr über zigtausende Wesen. Nur sein Rechter und seine Linke hatten das Recht, ihm ihre Meinung zu sagen. So waren die Regeln. Man folgte seinen Anweisungen, oder man nahm den Tod in Kauf.

Die Frauen wurden in aller Stille hinausgeführt, Metcairn Nife sah ihnen hinterher. »Ihr verschwindet nun ebenfalls«, befahl er den zurückgebliebenen Ordonnanzen und Soldaten. »Ich möchte allein mit ihr sein.«

Schweigend schlossen sich seine Berater und Wächter dem Tross der Frauen an. Zwei Bewaffnete nahmen vor dem Zelt Aufstellung, gut im Licht eines flackernden Lagerfeuers zu sehen.

Nur das unglückliche, verzweifelte Stück Elend blieb bei ihm. Er betrachtete das Mädchen von oben bis unten. Mithilfe von zwei oder drei Stück Seife würde man unter der Dreckschicht vielleicht ein apartes und hübsches Gesicht zu sehen bekommen. Ihr Körper war schlank, die Hüften ein wenig zu breit für seinen Geschmack, die Brüste zu klein. Die Haare waren stumpf und zerstrubbelt, sicherlich trug sie ganze Heerscharen von widerlichem Getier am Körper. Doch das war nicht alles. Wollte man ein aufrichtiges Lächeln auf dieses verhärmte Gesicht zaubern, musste man sehr, sehr viele Sachen richtig machen und die schlechten Erinnerungen so gut wie möglich aus ihrem Kopf jagen.

»Wie heißt du?«

»Gunguelle«, antwortete sie leise.

»Also schön, Gunguelle. Dann lass mich überlegen, was ich mit dir anfangen soll.«

Sie war eine Aufgabe, eine Herausforderung. Eine, wie er sie schon seit langer Zeit nicht mehr gehabt hatte.

# 10. Begegnungen

Terca erwachte. Ihr Körper schmerzte, sie vermochte sich kaum zu bewegen. Sie hatte sich mit trockenen Herbstblättern bedeckt und Moosflächen darübergelegt. Wie ein Tier, das sich vor den Unbilden der Natur schützen wollte.

Sie schob die Moosschicht beiseite. Darunter kam blaue Haut zum Vorschein, die von Myriaden von Krabbeltierchen bedeckt war. Die Tierchen suchten nach neuer Deckung, und eine Vielzahl von ihnen flüchtete zwischen Tercas Beine. Das Gefühl war entsetzlich. Hätte sie die Kraft dazu gehabt, sie wäre wie eine Wilde auf- und abgesprungen, um all das abzuschütteln, was sich auf und möglicherweise *in* ihr befand. Doch sie schaffte es nicht. Rings um sie drehte sich alles, und in ihrem Kopf war eine schreckliche Leere. Sie war in Gefahr, so viel zumindest wusste sie noch.

Erinnerungsfetzen kehrten zurück. Sie ergaben allmählich ein Bild. Terca war geflüchtet, nachdem sie diesen Magicus getötet hatte. Sie hatte es irgendwie geschafft, hier, nahe einer Lichtung, Deckung zu finden, in einem Versteck, das womöglich einmal von Wölfen genutzt worden war, denn die Jagdhunde, die man ihr hinterhergehetzt hatte, hatten einen weiten Bogen um ihr Schlupfloch gemacht.

Wie lange war das her? Zwei oder drei Tage? Wann hatte das Kläffen der Köter aufgehört? Terca wusste es nicht, es spielte auch keine Rolle. Sie lebte, und es gab Möglichkeiten, diesen höchst erfreulichen Zustand aufrechtzuerhalten. Wenn sie denn auf die Beine gelangte und sich zum nächsten Wasserloch zu schleppen vermochte.

Terca wälzte sich auf den Bauch und wollte sich auf die Arme hochstemmen. Nur mit Mühe unterdrückte sie einen Schrei. Sie fühlte ein Kribbeln im Leib wie von tausend Ameisen, die sie von innen her fraßen. Finger, Hände, Hals, Unterschenkel, Zehen – alles fühlte sich fremd an. Eine Spinne seilte sich aus ihrem Haar ab und setzte sich auf Tercas Handrücken. Sie wollte das Krabbeltier beiseitewischen – und verfehlte es. Selbst das Gefühl für Entfernungen war verloren gegangen.

*Regelmäßig atmen. Einfachste Bewegungen tun. Die klebrige Masse aus den Augen wischen, Blut und Schorf mit sauberen Blättern abreiben. Etwas Gras in den Mund stopfen und langsam darauf herumkauen, hinunterschlucken, den bitteren Geschmack ignorieren. Hauptsache, du bekommst etwas in den Magen.*

Je deutlicher sie ihren Körper fühlte, desto größer wurden die Schmerzen. Alles an ihr war aufgerieben und aufgeschlagen. Die Knochen knackten laut. Arme und Beine waren geprellt, und wenn sie ihrem Gefühl vertrauen konnte, waren mindestens drei Finger gebrochen.

Terca kam hoch und stolperte vorwärts. Es fiel ihr schwer, sich zu orientieren. Die Bäume ringsum sahen allesamt gleich aus, und sie hätte nicht zu sagen gewusst, aus welcher Richtung sie gekommen war. Sie folgte ihrem natürlichen Instinkt; schließlich war sie vor langer Zeit in einer Wildnis aus Baum und Fels und Wind aufgewachsen, die dieser hier ähnelte. Damals, als die Dinge in der Welt noch nicht so kompliziert gewesen waren und sie dank ihrer betörenden Schönheit die Männer für sich hatte einnehmen können.

Terca stolperte fast in das Matschloch hinein, doch sie ließ sich vorher fallen, mit dem Gesicht voran, und tauchte ihren Kopf in trübes Wasser. Wie ein Tier trank sie, wie eine wilde Kreatur.

Ihr Magen rebellierte rasch, und unter weiteren Schmerzen würgte sie die Reste dessen aus, was noch in ihrem Magen gewesen war. Doch der Vorgang, so unangenehm er auch war, hatte etwas Reinigendes. Er spülte Staub und Schmutz aus ihrem Leib.

Hunger. Sie musste etwas Essbares finden, das über Gräser und Wurzeln hinausging. Käfer und andere Krabbeltiere. Vielleicht gab es sogar Besseres. Vogeleier, die in mit den Händen erreichbaren Nestern lagen. Beeren. Aasfleisch.

Sie lauschte. Auf Vogelgezwitscher oder das Pochen eines Spechts. Doch da war nichts. Rings um sie herrschte unheilvolle Stille.

Sie warf sich zur Seite, ihren Instinkten gehorchend, und landete weich im Moos, gerade noch rechtzeitig, um einem halbmannsgroßen Bündel Leben auszuweichen, struppig und stinkend. Terca packte zu und erwischte das Vieh. Es wand sich, biss und kratzte und fauchte. Da war ein geiferndes Maul, zahnbewehrt, das sie kaum von ihrer Kehle fernhalten konnte. Sie stemmte sich heftig gegen den Leib des Tiers, ohne auf die Verletzungen zu achten, die sie in diesen Sekunden erlitt. Es waren bloß ein paar mehr auf ihrem ohnedies zerschundenen Körper, die keine Rolle spielten.

Das Vieh fauchte und schnappte nach ihr. Es war eine Wildkatze, wie sie zu Tausenden außerhalb der Grenzen Poitreas streunten. Ein Jäger, wie sie sich im Laufe der letzten Jahrzehnte in dieser Gegend breitgemacht hatten, angezogen von den Abfällen der Stadtbewohner. Ungemein aggressiv und manchmal in kleinen Gruppen unterwegs, völlig gegen die Instinkte des Einzelgängers handelnd.

Das Tier wand sich und fügte ihr weitere Wunden zu. Überall war Blut. Sie musste rasch eine Entscheidung herbeiführen. Die geringen Kraftreserven, die sie seit ihrem Erwachen gesammelt hatte, drohten bereits wieder zu versiegen.

Terca streckte mit einem Ruck beide Arme empor und schleuderte das Vieh mit aller Wucht gegen einen Felsen. Es drehte sich im Flug und prallte seitlich dagegen, miaute jämmerlich, kam gleich wieder auf die Pfoten. Es stand unsicher da und wusste wohl nicht, ob es einen neuerlichen Angriff wagen oder das Weite suchen sollte angesichts eines Gegners, der sich als weitaus stärker entpuppt hatte, als es anfänglich den Anschein gehabt hatte.

»Du bleibst schön hier!«, knurrte Terca. Sie fixierte die Wildkatze mit ihrem Blick, während sie mit den Händen über den Boden tastete, bis sie fand, was sie gesucht hatte. Zwei faustgroße Steine. Sie nahm sie auf, wog ihre Chancen ab. Nie und nimmer würde sie das Tier mit einem Wurf treffen, selbst unter den besten Umständen nicht.

Also aktivierte sie die Dusus. Das Bild ihrer Umgebung wurde besser, deutlicher. Alles zeigte sich fein gezeichnet, scharf konturiert und in klaren Strukturen.

Die Wildkatze wich fauchend zurück. Sie fühlte, dass sich etwas geändert hatte. Dass sie vom Jäger zum Opfer wurde.

Terca schleuderte einen der Steine. Es war sicher, dass er die richtige Flugbahn beschreiben würde, und ebenso, dass das Tier just im richtigen Moment am richtigen Ort sein würde. Alles war eins. Alles passte zusammen. Perfektion geschah, und ein Tier starb, getötet unter Umständen, die nicht hätten sein dürfen.

»Warum?«, keuchte Terca. »Warum kann ich den Tod nicht einfach gewähren lassen?«

Sie taumelte auf die Katze zu, drehte dem zuckenden Vieh

den Hals um, wartete, bis es verendet war, und machte sich dann über sein Fleisch her. Es schmeckte nach Kraft, die rasch auf sie überging. Ein Rausch aus Lust und Ekstase überkam sie.

Sie würde die Dusus mindestens zwei Tage lang nicht anwenden können. Ihre besonderen Kräfte waren bis zum Letzten aufgezehrt, und diese Leere würde sich auch auf ihren Verstand auswirken. Von nun an war sie nichts anderes als eine Sterbliche.

»Wohin, alte Frau?«, fragte sie sich und betrachtete den blutigen Kadaver der Wildkatze.

»Nördlich, östlich, südlich, dem Geruch des Bluts eines Einzelnen nach«, sagte das eben erst verstorbene Leben.

»Wie lange wirst du mich begleiten?«

»Bis du in deiner Aufmerksamkeit nachlässt. Dann laufe ich davon, dem nächsten Mond entgegen.«

»Katzen sind untreue Begleiter. Selbst wenn man sich ihren Geist einverleibt, kann man sich kaum auf sie verlassen.«

»Das ist unsere Natur, Frau aus der alten Zeit.«

»Woher weißt du …«

»Wir Katzen wissen viele Dinge. Der Wind raunt sie uns zu, die Erde lässt sie uns spüren. Und andere Wissende verbreiten Gerüchte über die Frau, die schon viel zu lange lebt. Der es nicht einmal gelingt, in der Wand nach dem Tod zu greifen.«

»Obwohl ich es immer wieder versuche. Die Götter wissen, wie sehr ich mir das ewige Vergessen wünsche.«

»Oh, die Frau aus der alten Zeit lügt. Vor allem belügt sie sich selbst.«

Terca nickte betroffen. Sie musste es sich eingestehen, dass sie das Leben zu sehr liebte, um es aufzugeben. *Nicht hier! Nicht jetzt! Es gibt noch so viele Dinge zu sehen und zu erleben!*

»Lass uns gehen, rasch. Der Norden ruft, der Osten ruft,

und dann der Süden. Es gibt Zweipfoter, die deiner Hilfe bedürfen.«

»Eine schicksalhafte Wendung?«, fragte Terca, teils spöttisch, teils ehrfürchtig. Die besonderen Sinne der Katzen überraschten sie immer wieder.

»Eine schicksalhafte Wendung, ja. Aber du musst dich beeilen, willst du rechtzeitig auf sie treffen. Rasch, rasch. Dem Wind hinterher, den richtigen Gerüchen folgend, weg von hier, diesem Ort voll Mord und Lust und Mordlust.«

Terca ahnte, worauf die Katze hinauswollte. Das Heer des Gottbettlers war auf dem Vormarsch. Durch ihr Eingreifen und den Tod des Unterhändlers stand Poitrea eine Belagerung bevor und mit hoher Wahrscheinlichkeit die Eroberung durch Metcairn Nifes Streitheer.

»Dann lass uns gehen, Katze. Wirst du mir den Weg weisen?«

»Kannst du mir folgen? Siehst du meinen Schatten in der Dunkelheit? Denn ich werde die Schatten nutzen. Und sobald du mich aus den Augen verlierst, bin ich weg, bin ich dahin!«

»Du kannst mir nicht entkommen, wenn ich es nicht möchte. Denn ein Teil von dir steckt in mir.«

»Welkes Fleisch bloß, das ich nicht mehr benötige. Ich bin jetzt frei, freier als zuvor!« Der Kadaver kam wacklig auf die Beine. Das verstorbene Tier schien sich zu strecken, dann hetzte es mit weiten Sprüngen davon, an uralten Eichen vorbei, dem hier und dort wachsenden Katzenkraut ausweichend.

»Fang mich, wenn du kannst, Frau aus der alten Zeit!«

Terca setzte vorsichtig einen Schritt vor den anderen, immer noch wackelig. Sie hatte die Blutungen an den Unterarmen zwar stillen können, doch die Wunden waren tief. Sie würden über die Jahreszeit hinweg vernarben, die Narben zwanzig Jahre oder länger sichtbar bleiben und dann unter frischeren Wunden verschwinden, um irgendwann in Vergessenheit zu geraten. So wie alle anderen, die sie im Laufe ihres Lebens erlitten hatte.

Sie tauchte in den Wald ein, der womöglich älter war als sie. Die gebändigte Wildkatze wartete, ein Schatten im Schatten, und sie setzte sich erst wieder in Bewegung, als Terca ihr das Zeichen dafür gab. »Wie ich es mir dachte«, murmelte Terca. »Sie lügt und gaukelt mir etwas vor, bloß um den Schein der Unabhängigkeit zu wahren. Ich befürchte, dies wird keine leichte Reise werden.«

Die Stadt Poitrea blieb hinter ihr zurück. Und mit ihr die Wand, die ihr so lange Refugium gewesen war. Die Flucht war wie ein Akt der Befreiung.

Der Wald wich immer weiter zurück, und hinter den weiten fruchtbaren Feldern Mirces breiteten sich jene steinigen Ebenen aus, über die schon zig Generationen von Bauern geflucht hatten. Hier gedieh kaum etwas, das Vieh war dürr und ausgemergelt, wie auch die Menschen, die in den wenigen Ortschaften siedelten.

Terca blieb abseits der üblichen Wege, weiterhin geführt und geleitet von der Knochenkatze, die für sich mittlerweile den Namen Yankela beanspruchte. Das nimmermüde Geschöpf hatte zuerst den Weg Richtung Norden eingeschlagen und wanderte nunmehr ostwärts, wie sie es angekündigt hatte.

»Und wann geht es südlich?«, fragte Terca.

»Ungeduld ist eine Tugend, die ich nur bei mir selbst toleriere.«

»Du meinst wohl *Un*tugend?«

»Ich sage, was ich meine, und ich meine, was ich sage.«

»Deine Kommentare nerven allmählich, Yankela.«

»Dann lass mich gehen, Frau aus der alten Zeit. Der blaue Mond lockt, er ist nur noch wenige Tage weit weg.«

»Hör auf mit deinem Katzenjammer! Mach dich gefälligst auf und sieh zu, dass du mir was zu essen beschaffst. Und keine Ratten diesmal.«

»Böse, alte, verwöhnte Frau.« Der leichte Schein in Yankelas Augenhöhlen erlosch, sie hetzte davon. Ihre Knochen klapperten leise gegeneinander, doch die ungewohnten Geräusche verklangen bald, vom Wind verschluckt.

Terca wanderte weiter, einen Hügel bergan, auf dessen granitener Kuppe sich mehrere Obelisken aneinanderlehnten. So unwirtlich das Land auch wirkte, es war Ursprung einer bemerkenswerten Zivilisation gewesen, an die sie sich jedoch kaum noch erinnerte. In mancher Gesteinsspalte lagen noch Relikte aus diesen alten Tagen, abgeschliffen und kaum noch als das erkennbar, was sie einstmals gewesen waren. In den Dolmengräbern und nahe der Obelisken hingegen hielten sich alte Geister versteckt. Solche, die selbst ihr gefährlich werden konnten. Sie tat gut daran, weiträumig auszuweichen.

Sie stieg an der östlichen Seite des Hügels wieder hinab und fand in einer Mulde Deckung. Hier hatte womöglich einmal ein Haus gestanden, gut geschützt vor dem böigen Wind, der oft zu einem verheerenden Sturm ausartete.

Terca entzündete ein Feuer, schöpfte aus einem nahe gelegenen Rinnsal Wasser, wusch sich Staub aus dem Gesicht und trank. Mithilfe ihres Langmessers fertigte sie mehrere Bratenspieße. Es war an der Zeit, dass Yankela zurückkehrte.

So intensiv wie möglich dachte sie an das untote Tier. Es würde reagieren, unwillig zwar, aber es würde sich auf den Weg machen. Terca erahnte, dass es bereits Beute geschlagen hatte. Ungewöhnlich fette Beute, wie sie zu spüren meinte.

»Die Jagd erfordert Ruhe und Ausdauer«, sagte Yankela, nachdem sie die Böschung überwunden hatte und in die Mulde herabgesprungen war. »Wann wirst du das endlich begreifen?«

»Das Jagdfieber hatte dich gepackt«, widersprach Terca. »Nicht mehr lange, dann hätte ich dich verloren, nicht wahr?«

»Ich bin nicht verpflichtet, die Wahrheit zu sagen.«

»O doch, bist du, Naseweis. Stell nicht andauernd Behauptungen auf, die nicht stimmen. Andernfalls …«

»Du drohst mir? Womöglich mit dem Tod?« Yankela ließ die Kieferknochen amüsiert aufeinanderklappern.

»Es gibt schlimmere Dinge als den Tod. Doch lassen wir das. Wo ist unser Essen?«

»Es ist zu klein für einen allein …«

»Nein, du wirst es nicht für dich behalten. Du kannst es ohnehin nicht verdauen. Bring es mir!«

»Es ist zäh und alt.«

Terca hob einen faustgroßen Stein und wog ihn in der Hand. Sie ließ eine Winzigkeit ihres Dusus durch den Arm fließen, gerade so viel, dass Yankela es erahnen konnte.

»Ich bringe es, ich bringe es!«, sagte das Katzenskelett schnell und huschte davon, die Böschung hoch, um bereits wenig später mit einem Hasen im Maul zurückzukehren. »Alt und zäh ist er, wie ich sagte. Er wird dir nicht schmecken, dir den Magen verderben.«

Terca achtete nicht weiter auf ihren Begleiter. Sie packte den Hasen bei den Löffeln, hielt ihn in die Höhe und besah die ausgezeichnete Arbeit, die Yankela geleistet hatte. Mit einem Biss hatte sie ihre Beute geschlagen. Aus kleinen Löchern am Hals troff ein wenig Blut.

Terca zog dem Tier routiniert das Fell über die Ohren. Auch wie man es ausweidete, hatte sie noch nicht verlernt.

»Morgen geht's übrigens zurück in den Süden, weit in den Süden.«

»Wie bitte?«, fragte Terca.

»Dein Schicksal. Du wirst ihm heute noch begegnen. Zweibeiner wie du sind ganz in der Nähe. Sie brauchen deine Hilfe. Der eine mehr, der andere weniger.«

»Und das sagst du mir erst jetzt?« Terca legte den gehäuteten Hasen beiseite und sah sich um. »Wo sind sie?«

»Wenn du sie suchst, verpasst du sie, Frau aus der alten Zeit. Sie werden *dich* finden, so wie es vorherbestimmt ist.«

Terca stand auf. »Schicksal ist das, was man daraus macht«, sagte sie, sah sich um und stieg dann jenen Weg hoch, den Yankela zuvor benutzt hatte, und sah sich um. Das Land wirkte friedlich, doch der böige Wind sorgte für eine gewisse Unruhe. Obwohl sie ihre Sinne in alle Himmelsrichtungen ausstreckte, bemerkte sie nichts Außergewöhnliches. Es war ruhig.

»Lügt mich dieses verdammte Vieh etwa an? Warum habe ich mir bloß eine Katze als Reisebegleiter ausgesucht?«

Terca kannte die Antwort nur zu gut. Die Intuition dieser Tiere hatte ihr mehr als einmal das Leben gerettet. Darüber hinaus sorgte ihre Unberechenbarkeit für Abwechslung. Mit Wölfen, Schweinen, Hasen oder Kriechechsen hatten ihre Versuche niemals große Erfolge gezeitigt, und sie war ihrer meist rasch überdrüssig geworden.

Sie tat einige Schritte – und stolperte. Sie war mit dem Fuß in einer Erdspalte hängen geblieben und fiel der Länge nach hin. Etwas in ihrem Fuß knackste laut, und noch bevor sie aufprallte, ahnte sie, dass die nächsten Tage Schmerzen mit sich bringen würden.

»Verdammter Mist!« Sie fiel in eine Ansammlung Brennnesseln, sprang rasch auf und stolperte zurück, trotz des Stechens im linken Knöchel. Schon nach nur wenigen Augenblicken zeigten sich rote Pusteln an den nackten Oberarmen. Auch ihr Gesicht brannte wie Feuer, in ihrem Hals steckte mit einem Mal ein immer größer werdender Klumpen.

Fluchend humpelte sie zum Rinnsal und tauchte erst das Gesicht, dann das verletzte Bein ein. Stechmücken lösten sich aus den Gräsern und stürzten sich gierig auf sie, um ihren Blutdurst zu stillen. Terca schöpfte Wasser und kehrte so rasch wie möglich zu ihrem Lagerplatz zurück, vorbei an der Knochenkatze, die ihr auswich, als befürchtete sie, getreten zu werden.

Terca ließ sich neben dem schwelenden Feuer nieder und fütterte frische Blätter nach. Grüner Rauch stieg auf und vertrieb einen Großteil jener Mücken, die ihr wie ein tausendfach zerteilter Schatten gefolgt waren.

»Das Schicksal«, sagte Yankela, »es lässt sich nicht betrügen.«

»Verschwinde gefälligst!«, schrie Terca, warf einen Stein nach dem toten Tier und fügte dann vorsorglich hinzu: »Aber du kommst wieder zurück und bringst mir Leberkraut aus dem Wald, verstanden?«

»Fast. Fast hättest du den Bannspruch aufgelöst.« Yankela fuhr wütend mit ihren Krallen über blanken Fels, und tiefe Furchen blieben zurück. »Das nächste Mal wirst du darauf hereinfallen, und dann …«

»Lass mich in Ruhe mit deinen Geschichten vom blauen Mond! Bring mir gefälligst das Leberkraut!« Sie umwickelte den rasch anschwellenden Knöchel mit einem feuchten Stoffstreifen. Die Bänder waren gedehnt, aber das Gelenk heil geblieben. Die Heilpflanze würde ihre Schmerzen lindern. Mithilfe einer behelfsmäßigen Schiene aus Knochen würde sie schon am nächsten Tag weitermarschieren können. Der abgezogene Hase würde ausreichend Material liefern.

Terca sah sich um. Yankela hatte sich bereits aus dem Staub gemacht. Es wurde kühl, der Abend nahte. Doch noch an diesem Tag würde eine Entscheidung fallen, und sie sah keine

Möglichkeit, dagegen etwas zu unternehmen. Höhere Mächte waren im Spiel, und so musste sie die folgenden Ereignisse so hinnehmen, wie sie geschahen.

Terca kümmerte sich wieder um den Hasen. Sie hatte Hunger.

Ihre anderen Sinne rissen sie aus dem Schlaf, noch bevor sie das Knacksen brechender Hölzer hörte. Sie griff nach dem bereitliegenden Knüppel, kam rasch auf die Beine und stellte sich so hin, dass der verletzte Knöchel möglichst wenig belastet wurde.

Schritte. Schwer und unregelmäßig. Röcheln und Schnaufen, wie von einem brunftigen Waldhirsch. Und ein leises Wimmern, das eine Kakophonie ergab, wie sie sonst nur von angetrunkenen Musikern in den widerlichsten Gasthäusern der Unterstadt Poitreas erzeugt wurde.

Terca wich vom Feuer zurück und verbarg sich im Schatten, in der Deckung der Böschung.

»… nicht mehr …«, sagte eine Stimme.

»… sind schon da«, eine andere. »… haben es fast geschafft. Feuer. Wärme. Nahrung. Vertrau mir …«

»… lass mich sterben …« Weiteres Wimmern und Schluchzen.

Dann blieb es für eine Weile still, selbst das angestrengte Schnaufen brach ab.

Schließlich ein Schrei. Er klang nach Verzweiflung und Erschöpfung. »Hilfe!«, tönte die kräftigere der beiden Stimmen. »Wer auch immer dort unten ist – hilf uns, im Namen aller Götter!«

»Die Götter sind längst tot«, hörte sich Terca sagen. Sie trat ins flackernde Licht des Feuers und starrte nach oben, hin zu einer mit dicken Tüchern umwickelten Gestalt. »Und selbst wenn sie noch da wären, würde sie dein Geschrei nicht kümmern.«

Was tat sie da? Warum warf sie ihre eigenen Prinzipien über Bord? Männer, die durch die Nacht stolperten und sinnlos vor sich hin stammelten, waren in den seltensten Fällen eine gute Gesellschaft. Sie bedeuteten Schwierigkeiten und Sorgen und schlimmstenfalls einen Kampf auf Leben und Tod.

»Hilf uns«, krächzte der Mann. »Bitte.«

Warum wollte jedermann, dass sie half? Konnte man sie nicht einfach in Ruhe lassen? »Ich bin alt und runzlig und hässlich und noch dazu eine Niete im Bett.«

»Wie bitte?«

»Ich sage das bloß zur Sicherheit. Damit du gar nicht auf den Gedanken kommst, mich vergewaltigen zu wollen. Du willst mich doch nicht vergewaltigen?«

»Erwartest du eine Antwort von mir?«

»Ja. Denn du würdest mich sicherlich nicht anlügen. Oder?«

»Ich frage mich, wie du es geschafft hast, alt und runzlig zu werden. Weiber, die so dumm sind wie du, haben meist ein kurzes Leben.«

Terca konzentrierte sich auf die Stimme. Sie klang, als würde der Mann kurz davor stehen zusammenzubrechen. Vielleicht war er ansonsten ein geschickter Lügner, doch er schien derzeit viel zu schwach, um die Unwahrheit zu sagen.

»Weiber wie ich haben meist ein viel zu langes Leben«, korrigierte sie ihn. Sie griff nach einem Stecken und stieg vorsichtig die Böschung hoch, Schritt für Schritt. Die Verletzung am Fuß machte sich durch ein unangenehmes Pochen bemerkbar, doch für ein paar Minuten ließ sich der Schmerz aushalten. Danach würde sie die Rechnung mit Zins und Zinseszins bezahlen müssen. »Hoffentlich bist du es wert, Kleiner«, sagte sie leise.

»Hm?«, brummte der Mann. Er stand da, schwankend, kaum noch in der Lage, sich auf den Beinen zu halten. Er wirkte viel zu erschöpft, um die wenigen Schritte hinab zum Feuer allein zu schaffen.

»Was trägst du da auf der Schulter?« Tatsächlich schleppte er ein dickes Fell- und Stoffbündel mit sich herum. »Und was ist dir passiert, dass du schwankst wie ein Grashalm im Sturm? Ich könnte dich mit einem Furz umwehen, scheint mir.«

»Hilf mir runter. Bitte.«

Na schön. Ein humorloser Mensch also. Enttäuscht packte sie zu, hielt den Mann so gut es ging am Arm fest, während er die Böschung nach unten stolperte. Unmittelbar neben dem Feuer fiel er auf die Knie. Er ächzte wie eines jener Walrosse, die von Zeit zu Zeit auf den Felsen unterhalb der Wand gegen die tosenden Wasser ankämpften. Das Bündel ließ er von der Schulter gleiten und zu Boden fallen – und im nächsten Moment drang ein Wimmern daraus hervor.

»Was, bitteschön, ist das?«, fragte Terca erschrocken.

Sie hatte nur noch Augen für dieses Stück Leben, das der Mann mit sich herumgeschleppt hatte. Nun, im flackernden Schein des Feuers, sah sie, dass die Stoffbahnen mit Blut vollgesogen waren.

»Ein Kumpel«, sagte der Träger, ein Mann mit Strubbelbart, dessen Gesicht von Schweißkrusten überzogen war. »Hab ihn eine Weile getragen. Pirmen hat's momentan nicht so mit dem Gehen.«

»Momentan?« Terca versuchte zu verstehen, was sie da sah. Sie wusste nicht, wo sie hinblicken sollte. Wo war der Anfang und wo das Ende dieses Wesens? Saß es, stand es, war es noch in einem Teil? Felle und Dutzende Tücher, allesamt schmutzig, voll Blut und Eiterkrusten, bedeckten es. Da waren Fliegen, Maden, Würmer und andere Tierchen, die sich zumeist von totem Fleisch ernährten. Sie quollen zwischen den Fell- und

Stoffbahnen hervor, die Hitze des Feuers scheuend. Oder wichen die Kriecher vor ihr zurück?

»Töte mich!«, drang eine Stimme unter den Tüchern hervor. »Bitte.«

»Ich habe dich quer durchs Land geschleppt, kleiner Herr, hab mir tagelang dein Gejammer angehört, habe dir die Scheiße aus deinem dürren Hintern gewischt. Das habe ich bestimmt nicht alles auf mich genommen, damit du mir nun wegstirbst.« Der Bärtige nahm einen tiefen Schluck Wasser aus seiner Fellflasche. Er erholte sich bemerkenswert rasch. »Du wirst ihm helfen«, sagte er zu Terca, und im Klang seiner Stimme lag unverrückbare Gewissheit.

»Wie kommst du darauf, dass ich diesem … *Etwas* helfen könnte? Und warum glaubst du, dass ich es wollte?«

»Es wurde mir zugeflüstert.« Er verzog das Gesicht zu etwas, das man als Grinsen mit fünfeinhalb Zähnen deuten konnte. »Von einem elenden Katzenvieh, das stundenlang nicht von unserer Seite wich und uns unter allen Umständen hierherbringen wollte. Das Tier wirkte zwar ein wenig abgemagert, und hätte mir dieses Scheißland nicht schon längst die letzten Reste meines Verstandes aus dem Kopf gebrannt, wäre ich dieser Einladung niemals gefolgt. Aber du weißt ja, wie sie sind, die Katzen. Sie umschmeicheln dich und geben keine Ruhe. Und wenn man nicht tut, was sie von einem verlangen, dann kratzen sie einem die Haut vom Arsch.«

»So viel zum Schicksal«, murmelte Terca.

»Wie bitte?«

»Ach, nichts. Mein kleines Schoßtier hat dich nicht zufällig bis hierher begleitet?«

»Yankela meinte, sie hätte noch etwas zu erledigen«, antwortete der Bärtige. »Ist dir eigentlich schon aufgefallen, dass sich das Tier äußerst merkwürdig verhält? Es ist nicht nur der

Mangel an Fleisch und Haut, sondern auch die Tatsache, dass es reden kann und sich einen Namen gegeben hat.«

»Würdest du Yankela näher kennen, würdest du noch andere seltsame Eigenschaften an ihr feststellen«, meinte Terca. »Aber du wirkst nicht sonderlich überrascht. Ich kannte Männer, die größer waren und tapferer wirkten als du und die wegen derartiger Wesen schreiend die Flucht ergriffen haben.«

»Ich hatte schon mit seltsameren Geschöpfen zu tun, alte Frau. Doch ich bin noch keinem begegnet, das sich merkwürdiger als wir Menschen benahm.«

»Wir werden uns beizeiten darüber unterhalten. Aber jetzt zu deinem Begleiter.« Terca tastete über das, was sie als Brust des Verletzten erachtete. »Was ist mit ihm geschehen?«

»Wir hatten eine kleine Auseinandersetzung mit ein paar Burschen, die uns nicht sonderlich wohlgesinnt waren. Pirmen hat da und dort kleinere Fleischwunden davongetragen. Vielleicht möchtest du sie dir ansehen? Yankela meinte, du wärst in diesen Dingen recht erfahren.«

»Ich würde Yankela selbst gern einige Fleischwunden zufügen, wenn ich's nicht schon längst getan hätte«, murmelte Terca geistesabwesend. Sie war damit beschäftigt, Tücher und Fleisch schichtweise voneinander zu trennen. »Bring mir frisches Wasser. Koch es ab. Hast du irgendein Kleidungsstück bei dir, das nicht nach Schweiß und Scheiße stinkt und halbwegs sauber ist?«

»Nein.«

»Dann nimm das hier.« Terca riss sich Stoff aus den Hosenbeinen. »Wasche es, so gut es geht. In meiner Tragtasche findest du einen Lederbeutel mit Fettsand zum Reinigen. Da ist auch Nähzeug, das du mir bringen wirst. Mach schon!«

Der Bärtige stand ächzend auf und brachte Terca, was sie benötigte, um sich dann daranzumachen, die Tücher so gut es ging zu reinigen. Sie kümmerte sich nicht weiter um ihn. Alle Konzentration galt dem Wesen vor ihr. Dieser jämmerlichen Gestalt, deren Augen fiebrig glänzten und die kaum noch etwas Menschliches an sich hatte.

»Du heißt also Pirmen?«

Keine Antwort. Nur ein unkontrolliertes Zähneklappern.

»Ja, das ist Pirmen Courtix!«, rief ihr der Graubart zu. »Mein Name ist Rudynar Pole. Hast du etwas zu essen für mich?«

»Nimm dir vom Fleisch neben dem Feuer.« Sie sah wieder den Verwundeten an. »Rudynar Pole … Mir kommt der Name bekannt vor.« Terca befreite Pirmen Schicht für Schicht von seiner Kleidung beziehungsweise von dem, was davon übrig war.

»Jeder dritte Mann in der Norde heißt Rudynar«, meinte der Bärtige laut schmatzend. Er entfernte sich mit langsamem Schritt, wohl, um Wasser zu holen, wie sie ihm aufgetragen hatte.

»Kleiner Mann«, flüsterte sie dem Verletzten zu, nachdem sie ihn freigelegt und seine Wunden begutachtet hatte, »es sieht sehr schlecht aus. Es ist ein wahres Wunder, dass du noch lebst.«

Pirmen presste ein Wort hervor, das sie erst nach längerem Nachdenken verstand. »Magicus«, wiederholte Terca nachdenklich. »Du bist ein Mitglied dieser schrecklichen Brut. Ein Unheilsbringer.«

»Du bist … Hexe.« Pirmen versuchte ein Grinsen. Es misslang.

»Ganz richtig. Ich müsste lachen, wenn ich könnte. Dein seltsamer Freund verlangt von mir, dass ich einem Todfeind das Leben rette. Das Schicksal spielt mir in der Tat seltsame Streiche.«

»Töte mich. Bitte.«

»O nein, Pirmen. Dafür bin ich viel zu neugierig auf deine Geschichte. Und womöglich macht es mir auch ein klein wenig Spaß, dich leiden zu sehen.«

»...tte!«

Terca ignorierte das Gestammel und Wimmern des kleinen Mannes und machte sich daran, die Verletzungen zu untersuchen. Pirmen hatte einen Arm und ein Bein verloren, das Gesicht war eine verschwollene Masse, der Brustkorb deformiert. Überall war Blut, und dass Pirmen noch lebte, war mit Gewissheit jener Magie zuzuschreiben, die ihm anhaftete, auch wenn er offenbar lieber tot gewesen wäre.

Rudynar brachte Wasser und reinigte gemeinsam mit ihr den verstümmelten Leib des Magicus. Pirmen schrie anfänglich unter den Berührungen wie ein Verrückter, doch allmählich zog sich sein Geist in ein Delirium zurück.

»Kannst du ihm helfen?«, fragte Rudynar, der von den Wunden wenig beeindruckt schien.

»Vielleicht. Aber es wird einige Zeit dauern. Außerdem gibt es bestimmte Voraussetzungen, die erfüllt werden müssen.«

»Und zwar?«

»Könnt ihr meine Arbeit bezahlen?«

»Der Kleine hatte Geld, aber es ist alles weg. Ebenso sein Pferd und seine restlichen Besitztümer.«

»Dann haben wir ein Problem. Ich bin gezwungen, einen Lohn einzufordern. So verlangen es die Regeln, denen ich gehorche.«

»Ich sagte eben, dass wir nichts bei uns haben.«

»Aber ihr habt euch.«

»Willst du etwa, dass sich Pirmen als dein Sklave verpflichtet? Was wolltest du schon mit einem Krüppel anfangen?«

»Es wäre womöglich amüsant, einen Magicus als Leibeigenen zu besitzen, aber es wäre auch riskant. Ich dachte vielmehr an dich, Rudynar.«

»Wie bitte?«

»Du betrachtest dich als Pirmens Freund, nicht wahr?«

»Nun ja, eigentlich sind wir Partner …«

»Wenn du das Leben deines *Partners* retten möchtest, wirst du dich mir unterwerfen müssen. Du wirst eine Zeitlang mir gehören.«

»Etwa als dein Lustsklave? Brr, da wär's mir lieber, du würdest den Kleinen sterben lassen.«

»Als mein *Diener*, Rudynar«, log Terca. Sie umschmeichelte den Barbaren mit jener rauchigen, betörenden Stimme, die sie gelernt hatte, bewusst einzusetzen, und mit deren Hilfe sie die Männer, sobald sie die Augen schlossen, immer noch zu verführen vermochte. »Ein Jahr lang gehörst du mir. Du wirst tun, was ich von dir verlange. Du wirst mich beschützen, mir zu Diensten sein.«

»Ich kenne Weiber deines Schlags«, entgegnete Rudynar zu ihrer Überraschung. »Es gibt nicht mehr viele von euch. Man nennt euch im Volksmund Hexen, Wicca oder Truderer. Meist seid ihr uralt. Noch älter, als ihr ausseht.«

»Und wenn dem so wäre?«

»Es ist noch selten gut gegangen, wenn sich ein Mann mit einer Hexe einließ.«

»Du musst dich entscheiden, Rudynar. Ohne Bezahlung keine Hilfe, ohne Hilfe stirbt dein Freund. So einfach ist das.« Sie drückte dem Schwerverletzten zwei Finger zwischen die Rippen. Er schrie laut auf.

»Lass mich überlegen, verdammt!« Der Bärtige leckte sich über die Lippen.

*Die beiden kennen sich kaum. Doch es existiert ein unsichtbares Band zwischen ihnen, ohne dass sie sich dessen bewusst sind. Wenn ich Rudynar beherrsche, beherrsche ich womöglich auch den Magicus. Ich hätte Macht wie schon lange nicht mehr.*

»Einverstanden.« Rudynar spuckte in seine Rechte und hielt sie ihr hin.

Terca schlug ein und schüttelte sie energisch. »Ein Jahr bist du mein. Unter allen Umständen. Wenn du meinst, mich betrügen zu können, irrst du dich. Ich kenne Mittel und Wege, mich deiner Ergebenheit zu versichern.«

»Ich bin ein Hoher Herr. Ich gehe keinen Meineid ein.«

*Du lügst. Ich kann es an deiner Stimme hören. Du magst vor langer Zeit ein Mann von Ehre gewesen sein. Doch du hast deine Würde längst verloren. Vielleicht gebe ich dir die Gelegenheit, sie wiederzuerlangen. Aber nur dann, wenn du wirklich das tust, was ich von dir verlange.*

»Dann lass uns deinen Freund retten. Zumindest das, was von ihm übrig ist.« Terca griff nach Nadel und Faden. Mit einem in langen Stunden präparierten Knochen und gut durchgekauter tierischer Darmhaut würde sie den Magicus zusammenflicken. Sie würde einige Zauber sprechen, während sie ihr Werk verrichtete. Denn sie ahnte, wie Pirmen reagieren würde, sobald er das Schlimmste überstanden hatte und wieder zu sich kam.

»Wir kümmern uns zuerst um den linken Arm«, wies sie Rudynar an. »Wir müssen weghacken, was da sinnlos von der Schulter hängt, und den Reststummel ordentlich vernähen. Danach kümmern wir uns um das rechte Bein. Du musst ihn ruhig halten. Verstanden?«

»Verstanden«, antwortete der Barbar. Er warf sich mit seinem ganzen Gewicht auf den kleinen Magicus, und während Terca die richtige Stelle für die Amputation bestimmte, kaute er mit Hingabe auf seinem dunkel gebratenen Stück Hasenlauf herum.

»Warum hast du das getan?«, schrie Pirmen. »Warum hast du

dich ihr versprochen, du hirnverbrannter Barbar?« Er fiel zurück auf sein Lager und brabbelte sinnloses Zeugs vor sich hin.

Terca flößte ihm trotz seines Widerwillens einige Mundvoll heiße, kräftigende Kräuterbrühe ein, und schon bald glitt der kleine Magicus in unruhigen Schlaf zurück. Seine Gesichtsfarbe wirkte gesünder als noch vor zwei Tagen. Auch die Narben verheilten gut. Bloß die Naht, die sich quer über seinen Bauch zog, machte Terca Sorgen. Sie nässte noch immer. Terca hatte die Wunde sorgsam von Schmutz und Schorf gereinigt, dennoch hatte sie sich entzündet. Kein Wunder, angesichts der Umstände, unter denen sie gearbeitet hatte, stundenlang, bis weit in den Morgen hinein.

»Mit ein klein wenig Glück ist er morgen bei klarem Verstand«, sagte sie zu Rudynar.

»Die Götter mögen uns vor allem schützen, was heutzutage *ein klein wenig Glück* genannt wird.«

»Pirmen wird sich wieder beruhigen, keine Sorge. Wenn er ein gelehriger Schüler war, wird er die Vorteile seiner Verkrüppelung erkennen.«

»Es hat Vorteile, dass er bloß noch ein Bein mit drei Zehen und einen Arm hat, dessen Finger wie dünne blaue Würste wirken und die er kaum bewegen kann? Welche denn? Etwa, dass er das Mitleid jungfräulicher Schönheiten erwecken wird und deren Betten wärmen darf? Irgendwie habe ich so meine Zweifel daran.«

»Die Magicae sind ein eigener, ein sonderbarer Menschenschlag. Sie haben es gelernt, mit Unglücksfällen zurechtzukommen.«

»Wollen wir's hoffen.« Rudynar sah sich um, stand auf, setzte sich wieder. Er war unruhig.

Terca erkannte die Anzeichen. Dieser Mann benötigte Beschäftigung, wollte sie nicht, dass er zum Problem wurde. Er stand kurz davor durchzudrehen. Er würde bald nicht mehr auf sie hören, Schwur hin oder her. Es verlangte ihn nach etwas zu trinken.

»Begleite mich in den Wald«, schlug sie ihm vor.

»Wir können den Kleinen unmöglich allein lassen, Frau Terca.«

»Yankela wird über ihn wachen. Nicht wahr?«

»Ich werde ihn auffressen, sobald ihr außer Sichtweite seid, auch wenn ich von dieser kleinen Portion sicherlich nicht satt werde.«

»Du wirst tun, was ich dir sage!« Terca streckte eine Hand aus und bewegte die Finger. Die Rippenknochen der ehemaligen Wildkatze zogen sich zusammen, die Wirbel des toten Tiers knirschten. »Hast du verstanden?«

»Schon gut, schon gut!« Yankela tat einige steife Sprünge und rollte sich unmittelbar neben Pirmen zusammen.

»Was willst du im Wald?«, fragte Rudynar.

»Wir sammeln Kräuter. Meine Vorräte gehen zur Neige. Und du wirst mir endlich eure Geschichte erzählen. Wie es dazu kam, dass Pirmen derart schwer verletzt wurde. Was euch beide zusammengeführt hat. Wohin ihr unterwegs seid, was ihr vorhabt.«

»Das sind viel zu viele Fragen auf einmal. Ich bin zu dumm, um sie alle an einem Stück beantworten zu können.«

»Du solltest aufhören, dich blöd zu stellen, Rudynar. Du hast einen überaus wachen Verstand und bist weitaus mehr, als du zu sein vorgibst.«

Der Mann schwieg. Er half ihr, den Quellbach zu queren. Mit bemerkenswerter Leichtigkeit hob er sie darüber hinweg und setzte sie auf der anderen Seite ab.

»Es gibt viele Rudynar Pole«, begann Terca erneut, »aber nur einen Rudynar Pole, der einstmals mit dem Heer des Gottbettlers zog.«

Er zuckte unmerklich zusammen, gab sich dann aber gleich wieder den Anschein, als würden ihre Worte ihn nicht weiter kümmern. »Und wenn schon, Terca. Dann bin ich eben *dieser* Rudynar Pole. An meine Taten erinnern sich ohnedies nur noch alte Weiber wie du und womöglich einige Söldner, die das Kriegstreiben der letzten beiden Jahrzehnte durch besondere Fügungen des Schicksals überlebt haben.«

»In Nord-Aenas singt man an den Lagerfeuern Lieder über deine Heldentaten, in den Steilstädten fürchtet man den Klang deines Namens, im Land Lirballem würde man dich vierteilen, pfählen und verbrennen, so man deiner habhaft würde.«

»Was für ein Glück, dass ich die letzten Jahre meines Lebens in der Norde verbracht habe und mich niemand erkannte.«

»Hast du ihn noch immer?«

»Was meinst du, Hexe?«

»Den Blick. Man erzählte mir, dass du Wahnsinn versprühst, wenn dich etwas ganz besonders rührt.«

»Mag sein.«

»Du redest nicht gern über dich, großer Mann.«

»Ich habe meine Gründe, Frau Terca.«

»Du hast Metcairn Nife verraten. Und damit den Gottbettler. Du hast den Gang der Geschichte verändert, sagt man.«

»Unsinn! Du siehst doch, dass der Heerführer drauf und dran ist, die Länder nördlich der Cabrischen See für seinen Herrn zu erobern. Dafür braucht er nicht einen wie mich.«

»Du hast als der mächtigste Krieger des Weltenkreises gegolten. Deine Schläge hätten immer getroffen, und du trugst stets ein Lächeln auf den Lippen, während du deine Schwertarbeit erledigt hast.«

»Du weißt ja, wie das mit Gerüchten ist. Sie quellen auf wie Teig. Ich an deiner Stelle würde nur wenig darauf geben, was die Leute über mich erzählen.«

Sie erreichten den Waldrand. Terca suchte den schmalen Grünstreifen zwischen Steinfeldern und dem düster wirkenden Unterholz ab. Sie entdeckte einige Blätter und Kräuter, die von gewissem Nutzen für sie waren, und begann zu zupfen. Sie erteilte Rudynar Pole Anweisungen, wie er ihr zur Hand gehen sollte. Jedes Mal, wenn sie sich bückte, fühlte sie einen leichten Schmerz im verletzten Knöchel.

»Ich war nicht gut genug für die Position als Metcairn Nifes Linker«, sagte Rudynar Pole leise. »Ich neidete ihm sein Amt, und ich verstand nicht, warum er dem Gottbettler so blind ergeben ist.«

»Ist dir schon einmal der Gedanken gekommen, dass er *tatsächlich* an die Ideale seines Herrn glaubt?«

»Aber der Kerl ist wahnsinnig. Jedermann weiß es. Er überzieht die zivilisierten Länder mit Krieg und tötet jeden, der ihm im Weg ist. Ohne Gnade, ohne Rücksicht.«

»Er führt einen Krieg, um alle Kriege zu beenden.«

»Der Gottbettler ist wahnsinnig«, beharrte Rudynar Pole.

»Bist du ihm denn je begegnet?«

»Ich hatte Kontakt mit jemandem, der ihm sehr nahesteht.«

»War es eine Frau?«

Rudynar Pole schwieg.

»Ich sehe den Gottbettler als schlimmstes Übel, das jemals gelebt hat«, fuhr Terca fort. »Ich habe mich vor langen Jahren eingehend mit ihm beschäftigt. Ich traue mich zu sagen, dass seine grundlegenden Ideen richtig sind. Aber er geht die Probleme nicht richtig an.«

»Er hat eine ganze Generation in fast einem Dutzend Ländern in diesen erbarmungslosen Krieg gezogen.«

»Weil er eine Vision hatte, und er schaffte es, diese Vision einigen Wesen glaubhaft zu machen. Unter anderem Metcairn Nife. Doch über die Jahre hat er sich von seinen eigenen Ideen immer weiter entfernt, ganz im Gegensatz zum Heerführer. Über kurz oder lang wird es zwischen den beiden zu einer Auseinandersetzung kommen. Derzeit bilden sie noch eine Art Zweckgemeinschaft. Der eine ist getrieben von seinem Wunsch, im Weltenkreis alles Übel von der Wurzel aufwärts zu vernichten. Der andere … Nun, wir wissen nicht genau, was der Gottbettler im Schilde führt.«

»Es kümmert mich auch nicht, Frau Terca. Ich möchte nur meine Ruhe haben. Zumindest war es so, bis Pirmen auftauchte und mich aus meinem beschaulichen Leben in der Norde riss.«

»Ich erkenne eine Lüge, sobald sie ausgesprochen ist, Rudynar Pole. Nimm dich in Acht.«

Schweigend sammelten sie weiter. Irgendwann wies Terca ihren Begleiter an, aus einem knorrigen Eichenbaum Misteln zu zupfen. Stöhnend kletterte Rudynar Pole ins Geäst und tat, wie ihm geheißen.

»Lassen wir den Gottbettler beiseite«, rief sie zu Rudynar Pole hoch. »Ich möchte wissen, wie Pirmen derart schwer verletzt wurde und was ihr hier zu suchen habt. Was spielt der Kleine für eine Rolle?«

»Ich habe mich bereit erklärt, ihm zu folgen. Mit Aussicht auf ausreichend Geld, um mir für die letzten Jahre meines Lebens einen Rausch anzusaufen, aus dem ich niemals mehr erwachen werde.«

»Das sind ja spannende Aussichten …« Terca wunderte sich über den Mann, den man einstmals als umsichtigen Strategen geschätzt und gefürchtet hatte. War er denn zu dumm, eine Lüge zu erkennen? Wusste er derart wenig über Magicae? Diese Sippe interessierte sich nicht für materielle Werte. Was auch immer Pirmen ihm versprochen hatte, Rudynar Pole würde es niemals bekommen.

»Wir haben auf unserem Weg Richtung Süden die Grenzstadt Colean umgangen, die von den Truppen des Gottbettlers gehalten wird. Wir glaubten uns bereits in Sicherheit, als wir in einen Hinterhalt gerieten.«

»Was geschah?«

»Das Übliche. Die Jungs wähnten sich im Vorteil, weil sie zu siebt waren. Aber sie waren langsam, behäbig, überheblich. Ich tat, was getan werden musste.«

»Und Pirmen Courtix wurde schwer verletzt.«

»Ich habe noch nie einen Menschen gesehen, der derart ungeschickt mit einer Waffe umgeht. Mag sein, dass er sich das eine oder andere Glied mit dem eigenen Schwert abhackte.« Rudynar Pole kam aus dem Wipfel des Baums herabgeklettert, übergab Terca die Mistelzweige und schüttelte bedauernd den Kopf. »Einer von den Kerlen entkam, daher galt es, so rasch wie möglich zu verschwinden. Ich packte zusammen, was von Pirmen übrig geblieben war, und machte mich auf den Weg.«

»Wohin, wenn ich fragen darf?«

»Pirmen wollte mich zu seinem Herrn bringen, zu einem Magicus namens Larex. Zu dem wollte ich gelangen.«

»Wo lebt dieser Larex?«

»Auf Griam. Auf einem der Oceanica.«

Terca lachte. »Du wolltest ihn quer durch Mirce schleppen, durch das Hinterland der Stadtstädte, vorbei an allen Truppen des Gottbettlers, um dann irgendwie einzuschiffen und auf eine der bestbewachten Treibinseln in der Cabrischen See zu gelangen?«

Rudynar Pole zuckte mit den Schultern. »Pirmen hatte mich darum gebeten.«

Terca griff nach seinem Arm. »Wärst du bei klarem Verstand, würdest du den Irrsinn deines Vorhabens erkennen. Der Magicus beeinflusst dich. Du bist ihm hörig.«

»Unsinn!« Er befreite sich unwirsch aus ihrem Griff.

»Denk doch mal nach! Warum wolltest du all diese Mühen auf dich nehmen? Wegen der Aussicht auf einige Goldstücke riskierst du Kopf und Kragen, reist wochenlang durch besetztes Gebiet und schleppst einen Wildfremden mit dir? Hätte der ehemalige Linke des Heerführers, der mächtige Rudynar Pole, irgendjemandem einen derartigen Freundschaftsdienst geleistet?«

»Was geht dich das alles an, Wicca? Ich habe das Versprechen gegeben, Pirmen zu beschützen, und ich halte mich daran.«

Die kurze Berührung hatte gereicht, um das Innenleben des Mannes auszuloten. Der Magicus beeinflusste ihn in der Tat. Der Einfluss war nicht allzu tief, doch er reichte aus, um diesen in seinem Geist geschwächten Mann für sich einzunehmen. Es würde einige Zeit benötigen, um Rudynar Pole von Pirmens Wirken zu befreien – damit sie ihn ihrerseits kontrollieren konnte.

»Lassen wir das, und suchen wir weiter«, sagte sie zu ihrem Begleiter und führte ihn tiefer in den Wald. Sie fanden Weißwurzeln, Stachelkraut, Laugenblatt und Täufzwiebeln, die sich für ihre Zwecke verwenden ließen. So karg das Land auf ein ungeübtes Auge auch wirkte, so zeigte die Natur auch hier demjenigen ihre verschwenderische Fülle, der sich ein wenig auskannte.

Sie kehrten zum Lager zurück, nachdem der mitgebrachte Stoffsack voll und Terca der Meinung war, genug Kräuter gesammelt zu haben. Pirmen schlief nach wie vor. Yankela verabschiedete sich mit einem Kieferklappern und streunte davon, ohne ein Wort zu sagen. Die Hexe machte Wasser heiß, zupfte einige Kräuter und streute sie hinein. Sie befahl Rudynar Pole, beständig umzurühren, bevor sie sich um den siechen Magicus kümmerte und seine Verbände wechselte.

»Dieser grobschlächtige Kerl gehört mir«, flüsterte sie Pirmen ins zerfetzte Ohr, »mir ganz allein. Ich nehme ihn dir, während du schläfst, heute noch. Du wirst dich damit abfinden müssen, ihn verloren zu haben. Aber dafür darfst du dein miserables kleines Leben behalten.«

Sie stand auf und sagte: »Er erholt sich besser als erwartet. Schon morgen werden wir uns mit dem kleinen Sonnenschein unterhalten können.«

»Sehr schön.« Rudynar Pole hielt die Nase über den dampfenden Lederkessel. »Was ist das für ein Zeug? Es riecht scharf und verdammt gut.«

»Es ist eine kleine Überraschung für dich.« Terca lächelte. »Es wird dir gefallen.«

Während der nächsten Stunden würde sie an ihre Grenzen gehen müssen. Doch ihr Ziel, Rudynar Pole vollends unter ihre Kontrolle zu bringen, war ihr jede Mühe wert.

»Das ist das Beste, das ich jemals getrunken habe!«, rief Rudynar Pole. »Du hast einen alten Mann sehr, sehr glücklich gemacht!«

»Ach ja?« Terca schob sich näher an ihn heran. »Ich wusste ja, dass es dir schmecken würde.«

Kräuterschnaps. Kaum vergoren, mit einigen Zutaten versetzt, die einen Mann sprichwörtlich den Verstand verlieren ließen. Rudynar Pole war ein geübter Trinker, wie sie längst vermutet hatte. Doch dieses Gebräu entfaltete auch bei ihm seine Wirkung.

»Nimm noch einen Schluck«, forderte sie ihn auf und hielt das hölzerne Gefäß vor sein Gesicht. Gierig griff er zu und leerte den Inhalt in einem Zug. Seine Lider flatterten, die Adern am Hals traten deutlich sichtbar hervor. Er war kurz davor umzukippen.

»Mein tapferer Krieger«, flüsterte sie und leckte über sein

salzig schmeckendes Gesicht. »Ich stehe auf starke Männer. Auf solche, die wissen, wie sie eine Frau zu nehmen haben.«

»Verschwinde, alte Vettel!« Unwillig stieß er sie von sich und zu Boden. »Eher ficke ich ein Astloch, als mich mit dir einzulassen!«

Sie wollte aufspringen, wollte ihn für seine Unverschämtheiten züchtigen, doch sie musste sich beherrschen, wollte sie ihn sich gefügig machen. Dies alles fiel ihr schwer, viel schwerer als jemals zuvor. »Sieh mich an«, forderte sie mit leiser, säuselnder Stimme, die nicht mehr die ihre war. »Ich bin nicht das, was du glaubst. Ich bin …«

»Du bist wunderschön!« Rudynar Pole glotzte sie auf einmal ungläubig an. Seine Augen drohten aus den Höhlen zu quellen. »Bei den Göttern – was ist das für Hexenwerk, das du mit mir anstellst?«

»Ich bin, was auch immer du möchtest.« Sie stand auf. Die Bewegung war grazil, doch sie schmerzte, war ungewohnt. »Soll ich dein kleines Heimchen sein? Deine Hure? Ein wertloses Ding, das du verprügeln musst, um Leidenschaft zu empfinden?« Sie setzte sich vor Rudynar Pole hin, legte ihre Arme auf seine Schenkel und streichelte deren Innenseiten. Langsam und ruhig. »Oder möchtest du wissen, wie es ist, Frau zu sein? Soll ich dir Vergnügen bereiten, wie du sie bislang nicht kanntest? Sag mir, was dir gefällt.« Terca streckte einen Zeigefinger aus und steckte ihn Rudynar Pole in den Mund. Er begann instinktiv daran zu lecken und zu saugen.

»Du bist eine Wicca«, mümmelte er mit geringer werdendem Widerstand.

»Alle Frauen sind Hexen. Wir haben unsere Begabungen. Manch eine nutzt sie besser als andere.« Terca stand auf und setzte sich auf ihn, rieb mit ihrem Hintern über seinen Schoß, vor und zurück, vor und zurück. Sie fühlte seine Reaktion auf ihre Bewegungen.

Rudynar Pole war fast so weit. Er verlor alles andere aus dem Blick, konzentrierte sich nur noch auf ihren prachtvollen, mittels anstrengender Magie erzeugten Scheinkörper. Tastete mit den Händen über ihre Hüften, betastete ihre Brüste, die schlaff vom Leib hingen, doch in seiner Vorstellung prall und fest waren.

Terca griff in seine Hose, umfasste sein steif gewordenes Glied und begann es zu massieren – hoch und nieder, hoch und nieder –, während sie sein Gesicht, seinen Hals, seine Brust mit Küssen bedeckte.

Rudynar Pole ließ sich nach hinten fallen. Er nahm sie mit sich, grob und ungestüm. Terca fiel auf ihn. Rieb über seinen Körper. Es fiel ihr schwer, die Kontrolle zu behalten und gegen diesen grässlichen Ansturm der Gefühle anzukämpfen.

Er drang in sie ein, grob und ohne Rücksicht auf sie. Er stieß zu, wild und hektisch, verdrehte die Augen, grunzte wie ein Schwein, schwitzte und prustete ihr mit jedem Stoß Speichel ins Gesicht.

Terca ließ es geschehen und ging mit seinem Tempo mit. Ihre Möse war trocken und brannte, als stünde sie in Flammen. Doch sie musste seiner Leidenschaft folgen und dem Dreckskerl das Gefühl geben, dass sie seinen rüden Liebesakt tatsächlich genoss. Sie stöhnte laut und lauter, zog alle Register ihres Könnens, das sie vor Ewigkeiten in einem Hurenhaus erworben hatte. Er befummelte sie, betatschte sie, ließ seine breiten Hände auf ihr Fleisch klatschen, steckte ihr einen Finger in den Hintern …

Es hatte alles keine Bedeutung. Wichtig war einzig und allein sein Geist, der in diesen Augenblicken angreifbarer war als zu jeder anderen Gelegenheit. Sie waren ja so leicht zu beeinflussen, diese Vertreter des vorgeblich stärkeren Geschlechts!

Während sie ihren Körper arbeiten ließ, konzentrierte sie ihre übrigen Sinne auf die eigentliche Aufgabe. Da war der von Alkohol benebelte Verstand des Mannes unter ihr. Er lag offen vor ihr. Seine Widerstandskraft erlahmte immer mehr, kaum noch etwas war kopfgesteuert. Terca bewegte sich schneller und schneller. Sie wollte es rasch hinter sich bringen. Seine Verteidigungslinien würden rasch durchbrochen sein. Nur noch ein klein wenig, dann konnte sie mit ihrer Dusus zugreifen, die Bollwerke seines Restgeistes niederreißen und ihm jeden Gedanken einpflanzen, der dann in den nächsten Tagen knospen und aufblühen würde.

»Ja!«, schrie Rudynar Pole. Er stieß hastig zu, mit seinem völlig durchschnittlichen Schwanz, der der Vorstellung von einem Helden seines Kalibers Hohn sprach.

Er war kurz davor abzuspritzen. Sie musste jetzt handeln, den entscheidenden Durchbruch schaffen, ihn für alle Zeiten zu ihrem Werkzeug machen.

»Er … gehört mir!«, hörte Terca eine Stimme, die nicht hierhergehörte.

*Nicht er. Nicht jetzt.*

»Du wirst ihn … mir nicht wegnehmen.« Die Stimme klang rasselnd, und sie wurde von trockenem Husten begleitet. Aber sie hatte eine Kraft, die womöglich der ihren gleich war.

Rudynar Pole bäumte sich auf. Über seine Lippen sprühte erneut Speichel, er schrie seine tierische Geilheit in die Weiten des Landes, während Terca vergebens versuchte, ihre Konzentration aufrechtzuerhalten und ihre Arbeit zu vollenden. Rudynar Pole zitterte, stieß noch drei-, viermal zu und fiel dann ermattet nach hinten, den Blick in den dunklen Himmel gerichtet.

»Ist schiefgegangen … nicht wahr?« Pirmen krächzte. Es sollte wohl ein Lachen sein. »Er gehört … mir. Du hast kein Recht auf ihn.«

Terca schwang sich von ihrem erschöpften Liebhaber und betrachtete den Krüppel voller Wut. Sie hatte die falsche Entscheidung getroffen, hätte ihn töten sollen, als sie die Gelegenheit dazu gehabt hatte. Nun war es zu spät. Ein Gespinst aus Macht und Kraft und Verlangen und gegenseitiger Beziehungen umschloss sie.

Was war geschehen? Was waren die Konsequenzen ihres Tuns? Wie viel Dusus war auf Herrn Rudynar Pole übergegangen? Gehörte er nun ihr, gehörte er dem Krüppel oder sogar … sich selbst? Sie wusste es nicht.

Terca ging zum Bach und wusch sich angewidert das Zeugs des Barbaren aus der Möse.

Ein leises Klappern weckte sie tief in der Nacht. Terca öffnete die Augen, von einem Moment zum nächsten hellwach. Sie starrte auf Yankela, die es sich zwei Handbreit von ihr entfernt bequem gemacht hatte.

»Ich werde dich jetzt verlassen, Hexe.«

»Nicht ohne meine Erlaubnis.«

»Du brauchst mich nicht mehr, und du hast nicht länger das Recht, über mich zu verfügen.«

Was das tote Tier sagte, stimmte. Terca fühlte, dass das Band zwischen ihnen nur noch so dünn wie Spinnweben war. Die Auseinandersetzung am letzten Abend, ihr Versuch, Rudynar Pole in ihrem Sinne zu beeinflussen, hatte das Kräfteverhältnis verschoben. Yankela war nicht länger Teil dieses Spiels.

»Was wirst du nun tun?«, fragte sie.

»Mich auf den Weg zum blauen Mond machen.«

»Er ist nur sehr, sehr schwer zu finden.«

»Sollte ich scheitern, komme ich in deinen Träumen zurück und quäle dich, womöglich in Gestalt einer Hyäne.«

»Woher weißt du von der Hyäne?« Terca hielt inne. Sie hatte

sich von einem toten Tier überrumpeln lassen und plauderte mit ihm über ihre intimsten Ängste. Wo war ihre Souveränität geblieben, ihre Selbstbeherrschung?

»Keine Sorge, deine Geheimnisse sind bei mir gut aufgehoben.« Yankela lachte klappernd. »Es hat Spaß gemacht, mit dir zu reisen. Und weil du mein Unleben derart bereichert hast, möchte ich dir noch einen Blick in deine Zukunft gewähren.«

Terca schwieg. Dies war einer der wenigen Momente ihres Lebens, da auch sie von den Geschehnissen überrollt wurde und nicht wusste, wie sie sich verhalten sollte.

»Du wirst deine beiden Gefährten nach Griam begleiten, und wenn ihr erledigt habt, was getan werden muss, wirst du sie sicher durch ferne Länder führen. Sodass sie dem Gottbettler gegenübertreten können.«

»Wie bitte?«

»Es ist dein Los. Deine Pflicht. Alles, was du bislang erlebt hast, war bloß Vorbereitung auf diese eine große Aufgabe.«

»Ich denke gar nicht daran, das zu tun, was mir ein Haufen Knochen vorschreibt!«

»Seinem Schicksal kann man nicht entkommen. Selbst du nicht. Gehab dich wohl, Zweibeinerin. Vielleicht sehen wir uns wieder, zu einer anderen Zeit, in einem anderen Land ...«

Yankela stand auf, streckte den knochigen Körper und hetzte dann davon. Ein Schatten, der in Richtung des eben aufgehenden Monds jagte.

# II. Intermezzo

Nodsumde betrat das Gasthaus, schob die Bettlerschale in seinen schäbigen Leinensack, setzte sich an einen Tisch und trank, was der Knecht ihm brachte. Der Wirt bedachte ihn mit abschätzigen Blicken. Doch solange der neue Gast bezahlte, würde der vierschrötige Kerl es tunlichst unterlassen, ihn zu verjagen.

Er verschüttete ein wenig vom Saft. Seine Hand zitterte mehr als während der letzten Tage. Gedankenverloren zeichnete er Symbole in die sämige Flüssigkeit. Solche, die ihm schon seit Tagen nicht mehr aus dem Kopf gehen wollten. Die Rune der Fruchtbarkeit, das Insignium unerschütterlicher Liebe, das Zeichen der Überraschung und fünf weitere Elemente, die sich seinem Geist nicht so leicht erschlossen. Für sich allein ergaben sie kaum einen Sinn, doch in der richtigen Reihenfolge gewannen sie an Bedeutung. Sie zeichneten einen Weg in die Zukunft, der ihm Angst bereitete.

Wann hatte er denn einmal keine Angst gehabt? Sie beherrschte seine Existenz und machte, dass sich die Welt rings um ihn voll Schrecken, Alben, Grauen, grässlichen Schimären und als eine Aneinanderreihung furchterregender Geschehnisse darstellte.

*Es ist gut. Es ist alles in Ordnung. Das Chaos verringert sich, Tag für Tag. Es wird dir bald besser gehen …*

Ein weiterer Gast betrat das Wirtshaus. Ein Tölpel, wie sie den äußersten Norden der Blume von Oriath bewohnten. Einer von nur noch wenigen, die den Kontakt zu den Mitgliedern anderer Völker suchten.

Er war hochgewachsen, und er hatte Probleme, seine Stummelflügel ruhig zu halten. Für einige Sekunden wurde es still ringsum, dann setzte wieder das wirtshausübliche Gemurmel ein.

Der Tölpel ließ sich in einer dunklen Ecke nieder. Nur noch seine überlange Nase und die feingliedrigen Hände ragten aus dem Schatten hervor.

Nodsumde bestellte einen weiteren Saft und drückte dem Knecht eine weitere Kupfermünze in die ausgestreckte Hand. Der Mann bedankte sich mit einem Grunzen und ging weiter, hin zum Tölpel.

Nodsumde konnte die Unterhaltung zwischen dem neuen Gast und dem kahlköpfigen Schankhelfer nicht verstehen. Es war auch nicht notwendig. Vor seinen Augen breiteten sich rote Wolken aus, Wolken aus Sinneswahrnehmungen, die ihm klarmachten, dass der Tölpel nicht das war, als das er sich darstellte.

»Ich erkenne Sie«, sagte Nodsumde mit seiner Unterstimme. Die Worte durchdrangen die Wolken und trieben hinüber zum Tölpel, drangen in dessen Tarnhülle ein, verwirbelten, ließen diesen ganz besonderen Schutz erzittern.

»Ich erkenne Sie auch«, kam die Antwort. Sie fühlte sich leidenschaftslos an. Von einer Interesselosigkeit, wie sie nur eine Sibylle vermitteln konnte.

»Wir sollten uns woanders treffen.«

»Ja, das sollten wir.«

Nodsumde trank vom Saft. Er schloss die Augen und stellte sich einen beliebigen Ort vor. Eine noch rauchende

Ruine in der Stadt Moina schien ihm ein geeigneter Treffpunkt zu sein. Er vermittelte der Sibylle in Tölpel-Gestalt seinen Zielort und wartete, bis sie ebenfalls dorthin fand.

Vergessen war die Umgebung des Wirtshauses, vergessen dieser schreckliche Körper, in dem er gefangen war. In seinen Gedanken war er frei und durch keinerlei Grenzen eingeschränkt. Er ertastete die Präsenz der Sibylle. Ihr Namen fiel ihm ein, sobald er ihr gegenüberstand, doch er erwähnte ihn nicht. Sie präsentierte sich nun als sechsarmiges Wesen, als schlankes und biegsames Geschöpf. Sie beugte ihr Haupt, und er tat es ihr gleich.

»Wie geht es Ihnen und Ihren Brüderschwestern?«

»Wir sind traurig, weil wir bloß noch so wenige sind. Wir weinen viel.«

»Das bedauere ich. Ich wünsche Ihnen baldige Geburten.«

Wo Menschen und andere Wesen ein einfaches »Hallo« oder »Guten Tag« verwendeten, ergaben sich die Sibyllen vielschichtigen Gesprächsritualen. Nodsumde mochte diese Art der Unterhaltung.

»Was haben Sie mir mitzuteilen?«, fragte er.

»Ich war in letzter Zeit viel unterwegs.«

»Wohin haben Sie ihre Instinkte geführt?«

»Ich suchte nach dem Stummen Jungen.« Die Sibylle wand ihren Körper, als hätte sie keinen Knochen im Leib. »Doch er ist nach wie vor nicht fühlbar.«

»Das sind schlechte Nachrichten.«

»Aber ich habe eine vielversprechende Spur aufgenommen.«

»Und zwar?«

»Die Magicae von Griam haben Boten in die nördliche Welt ausgesandt.«

»Das ist mir nicht neu.«

»Aber wir konnten ihre Motive in Erfahrung bringen. Sie sind auf der Suche, wie wir.«

»Ich verstehe nicht, worauf Sie hinauswollen.«

»Es handelt sich um eine peinliche Angelegenheit. Sie müssen verstehen, dass ich nicht sonderlich gern darüber spreche.«

»Nehmen Sie sich die Zeit, die Sie brauchen.« Die Sibyllen ließen sich gern bitten. Sie benötigten stets eine Weile, bis sie auf den Punkt kamen und sagten, was sie zu sagen hatten. Nodsumde hatte gelernt, geduldig zu sein. So auch diesmal. Er setzte sich auf ein schwelendes Stück Holz, das einstmals Teil des Dachfirstes gewesen war. Er fühlte die Hitze, doch sie konnte ihm nichts anhaben.

»Warum lieben Sie diesen alten Körper so sehr?«, wechselte die Sibylle überraschend das Thema.

Nodsumde blickte an sich hinab. Er trug ein weites, wallendes Gewand. Das Gesicht war von grauen Haaren und einem grauen Bart bedeckt, die Hände zitterten leicht, mit der Rechten stützte er sich auf einen knorrigen Stock. Er hatte nicht lange über seine Erscheinungsform nachgedacht, bevor er hierher aufgebrochen war. »Ich fühle mich darin wohl«, sagte er knapp. »Sie wollten mir etwas über eine Spur erzählen, die Sie aufgenommen haben.«

»Ja. Ich schweife ab. Verzeihen Sie.« Die Sibylle umfasste ihren Körper mit allen sechs Armen und bedeckte die schlaffen Brüste. »Einer der Suchenden, der Lehrling eines Magicus, wurde in der Norde entdeckt. Er trieb Unzucht mit einer Frau, die uns gehört. Er befleckte sie nicht nur, er zeigte auch ungewöhnliche und abstoßende Fähigkeiten, die uns bislang unbekannt waren.«

»Ich verstehe.« Nodsumde übte sich weiterhin in Geduld.

»Er befand sich unseren Informationen nach auf der Suche nach einem Mann mit goldenen Augen.«

Nodsumde zuckte zusammen. »Ich dachte, es gäbe diesen Mann nicht mehr. Man sagte mir, er hätte sein Ende gefunden.«

»Wie es aussieht, handelte es sich bei den Nachrichten um sein Ableben nur um Gerüchte. Denn die beiden, Gesuchter und Suchender, haben sich gefunden. Sie trieben aufeinander zu, als würde das Schicksal sie leiten.«

»Wir wissen beide nur zu gut, dass es derartige Anziehungskräfte gibt. Sie sind widerlich und zerstören alle Ordnung.« Nodsumde dachte über die Folgen nach, die diese Neuigkeit mit sich brachte. Er musste neue Pläne schmieden und womöglich sogar seine bisherigen Vorhaben vergessen.

»Der Mann mit den goldenen Augen und Pirmen, der Lehrling des Magicus, befinden sich mittlerweile auf dem Weg Richtung Griam.«

»Wie stark sind die Kräfte des Lehrlings?«

»Vernachlässigbar. Abgesehen von seiner besonderen Fähigkeit scheint er nicht allzu viel Kenntnisse zu haben.«

»Wir dürfen unsere Gegner keinesfalls unterschätzen. Denken Sie daran, dass wir bereits zwei Mal gescheitert sind.«

»Sie gehen zu streng mit sich selbst ins Gericht, Nodsumde. Ich würde es nicht als Scheitern bezeichnen, sondern als zweimaliges Anlaufnehmen, das nicht zum gewünschten Erfolg führte. Doch wir werden weitermachen. So lange, bis Ihr und unser Ziel erreicht ist.«

»Sie haben natürlich recht.« Nodsumde deutete eine Verneigung an. »Doch zurück zu unserem Problem. Wir müssen davon ausgehen, dass der Mann mit den Goldenen Augen nach Griam geführt wird, was wiederum bedeutet, dass sich der Stumme Junge dort befindet, geschützt von einem Kreis der Magicae.«

»Was erklären würde, warum wir den Jungen bislang nicht ausfindig machen konnten. Wir haben zwar mit einem derartigen Fall gerechnet, jedoch waren wir bislang davon überzeugt, dass es sich um Hexen handelt, die ihn schützen.«

»Die Rivalität zwischen Magicae und Hexen hilft uns zwar auf der einen Seite, andererseits bringt sie Probleme mit sich. Ich frage mich, ob die Magicae im Lager Metcairn Nifes mit der Sache zu tun haben.«

»Ich werde das überprüfen lassen, Nodsumde.«

Er dachte nach. Es gab Dinge, die selbst ihm unklar waren. Trotz seiner stark ausgeprägten Gabe, Zusammenhänge frühzeitig zu erkennen, hingen manche Stränge seiner weitreichenden Überlegungen lose. Sie verloren sich in einer Zukunft, die ihm unklar blieb, und das bereitete ihm gehöriges Unbehagen.

»Sie sind der Verursacher allen Übels«, sagte er.

»Ja, das bin ich, Nodsumde.« Der Körper der Sibylle leuchtete mit einem Mal in einem kräftigen Gelb. Gesichtskonturen, die bislang vage erschienen waren, gewannen deutlich an Substanz.

Sie zeigte unerklärliche Scheu, sich über dieses Thema zu unterhalten. Dabei kannten Sibyllen unter normalen Umständen keinerlei Tabus. *Doch was ist bei dieser einen Sibylle schon normal?*

»Wie konnte es damals so weit kommen?«

»Ich weiß es mir selbst nach wie vor nicht zu erklären, Nodsumde.« Nachdenklich wippte sie mit dem Körper vor und zurück. »Ich befand mich in meiner Ovarium-Phase. Ich beschäftigte mich über lange Zeit hinweg besonders intensiv damit, dass meine Artgenossen und ich keinen Nachwuchs zeugen können. Und dann tauchte dieses Wesen auf, dieser menschliche Barbar. Er faszinierte mich. Er wirkte auf mich wie ein Rettungsanker in stürmischer See. Ich suchte und fand für eine Weile Halt bei ihm. Es war unverzeihlich, und es widert mich an, auch nur über Herrn Rudynar Pole nachzudenken.« Sie machte eine kurze Pause, bevor sie kalt hinzufügte: »Ich kann das, was passiert ist, nicht ungeschehen machen. Doch ich kann die Folgen meines Tuns ausmerzen.«

»Natürlich können Sie das.« Nodsumde dachte nach. »Warum haben Ihre Artgenossen sie angesichts Ihrer Verfehlungen nicht getötet?«

»Weil ich mir den Tod wünschte. Sie ließen mich zur Strafe weiterleben.«

»Bereuen Sie, noch hier zu sein?«

»Ja. Ich wünsche mir den ewigen Schlaf so sehr …«

»Sobald wir den Stummen Jungen in Gewahrsam haben, werde ich ein gutes Wort für Sie einlegen. Sie sollen nicht bis in alle Ewigkeit für einen einzigen Fehler leiden.«

»Ich danke Ihnen für Ihre Güte.«

Die Sibylle wirkte in Eile. Sie wollte weg und sich um ihre Aufgaben kümmern. Sie hatte zudem Sehnsucht nach der Gesellschaft ihrer Brüderschwestern. Also beeilte er sich und gab ihr neue Aufträge mit auf den Weg. Sie würde sie zweifellos mit aller Gewissenhaftigkeit erledigen. »Sie müssen mir noch eine Frage beantworten.«

»Ja, Nodsumde?«

»Werden Sie den Stummen Jungen für mich töten?«

»Selbstverständlich.«

»Er ist Ihr Sohn.«

»Er ist ein Wesen, das keinerlei Daseinsberechtigung hat. Ich hätte dieses Geschöpf niemals in die Welt setzen dürfen.«

»Sie sollten nicht zögern. Der Stumme Junge ist eine Gefahr für Sie alle und für mich. Sobald er Ihnen in die Hände fällt, muss er sterben.«

»Natürlich, Nodsumde.«

Die Sibylle sagte noch einige rituelle Worte, bevor sie sich verabschiedete und das Haus verließ. Ihr Abgang ähnelte einer Flucht, und er ahnte, dass diesem Geschöpf keinesfalls zu trauen war.

Der Stumme Junge war der erste Nachkomme der Sibyllen

seit mehreren hundert Jahren, und er war das unwahrscheinliche Resultat eines Amalgams, das niemals hätte entstehen dürfen. Er war in der Lage, sie allesamt zu vernichten, aber er stand auch für die Hoffnung dieses seltsamen Volks, eines Tages doch wieder Kinder zu gebären. *Richtige* Kinder, von den Brüderschwestern untereinander gezeugt.

Nodsumde verließ das zerstörte Haus in Moina. Er empfand das hier herrschende Leid wie ein Wispern, das leiser wurde. In der neu entstehenden Stadt weiter ostwärts setzte sich allmählich die Meinung durch, dass der Gottbettler das weitaus geringere Übel war als jene Halunken, die jahrhundertelang die Stadt regiert und den Großteil der Bevölkerung am Rande der Armut gehalten hatten. Jene, die geblieben waren, und jene, die zurückkehrten, trugen Hoffnung im Herzen. Sie mussten bloß das tun, was die Stellvertreter des Gottbettlers ihnen auftrugen, und das war reichlich wenig im Vergleich zu den früheren Auflagen.

Nodsumde kehrte in seinen Körper zurück. Die roten Wolken rings um ihn lösten sich auf. Der Tölpel erhob sich eben von seinem Stuhl, warf achtlos einige Münzen auf den Tisch und verließ die Gaststube.

Nodsumde wartete eine Weile, bevor auch er das Wirtshaus verließ. Der Tölpel war nirgends mehr zu sehen. Womöglich hatte die Sibylle längst eine andere Gestalt angenommen und war bereits auf der Reise Richtung Westen, um seine Anweisungen weiterzugeben.

Nodsumde zog den geflickten Mantel enger. Ihn fröstelte, und die Gesellschaft all der Menschen in der Stadt bereitete ihm Schmerzen. Trotz seiner bisherigen Bemühungen würde es noch eine oder zwei Generationen dauern, bis er sein Ziel völliger Ordnung erreicht hatte.

Er stützte sich schwer auf den Stock und humpelte davon.

Hin zu einem hageren Kerl an der nächsten Straßenecke, dessen Gewänder aus feinem Stoff gewebt waren. »Etwas Geld, Herr?«, fragte er und hielt ihm seine fein ziselierte Schale hin. Nodsumde, der Gott, der ein Bettler war, machte sich an sein Tagwerk, fernab jener Wirklichkeit, die sein eigentliches Zuhause war.

# 12. Erfolge und Erkenntnisse

Eine Steilstadt war erobert, die weiteren würden folgen. Arabeor im Osten sowie Necore und Car im Westen bereiteten Metcairn Nife nicht sonderlich viel Kopfzerbrechen. Schon jetzt waren kleinere Einheiten unterwegs, um die Verteidiger der Städte nervös zu machen und, so sich die Gelegenheit ergab, sie in kleinere Scharmützel zu verwickeln.

In Poitrea kehrte allmählich Ruhe ein. Die Plünderungen hielten sich in Grenzen. Einige Bewohner der Unterstadt waren in die Lager reicher Händler eingefallen und hatten die Gunst der Stunde genutzt. In den Häfen waren mehrere Schiffe gekapert worden. Die Heeressoldaten des Gottbettlers verhielten sich ausnahmslos friedlich. Sie hatten die Wahl zwischen der Schneide des mitreisenden Henkers und der versprochenen Belohnung für die Eroberung Poitreas.

»Ich möchte gern so rasch wie möglich weitermarschieren«, sagte Marmer Dunne. »Car und Necore sind nur schwach befestigt. Sie haben sich stets darauf verlassen, dass Poitrea standhalten oder sich freikaufen würde. Ich bin mir sicher, dass die Bewohner beider Städte flüchten, um die Cabrische See herum, Richtung Süden.«

»Du hast vermutlich recht.« Metcairn Nife nickte dem erfahrenen Soldaten zu. »Mach dich auf. Sorge dafür, dass die Eroberungen unblutig verlaufen.«

Der Rechte griff nach seinem Arm und packte zum Gruß kräftig zu. Von Pae Loriander verabschiedete er sich lediglich mit einem angedeuteten Nicken.

»Du hast die Wahl, Linke«, sagte Metcairn Nife zu ihr. »Entweder Arabeor gefügig machen oder hier die üblichen Arbeiten verrichten.«

»Du weißt, wie meine Antwort lautet. Ich werde mich um die Stadt im Osten kümmern.«

»Es leben störrische Menschen dort. Außerdem gibt es einen großen Zwergenanteil, der für den Seehandel des Kleinen Volkes zuständig ist. Diese Wesen gelten als besonders heimtückisch. Du musst dich in Acht nehmen.«

»Ich werde zurechtkommen.« Pae Loriander grinste. »Und du? Ich kann mir nicht vorstellen, dass du länger hier hocken bleiben möchtest.«

»Es läuft ab wie immer. Ich mache verdienten Veteranen des Heeres das Angebot, sich in Poitrea anzusiedeln und die Stadt auf Vordermann zu bringen. Sie erhalten die üblichen Richtlinien und sind mir persönlich verpflichtet, ihre Arbeit nach bestem Wissen und Gewissen zu erledigen.«

»Du bist viel zu gutgläubig, Heerführer. Sie werden sich über deine Vorgaben hinwegsetzen und sich ein möglichst großes Stück vom Kuchen abschneiden wollen. Die Steilstadt ist reich, und nachdem die meisten Mitglieder des Hochadels nicht mehr unter den Lebenden weilen, werden sie sich über deren Reichtümer hermachen.«

»Ich brauche deine Belehrungen nicht«, beschied Metcairn Nife seiner Linken. »Ich kenne die Versuchungen, aber ich weiß auch, wie ich Habgier und Machtstreben einschränken kann.«

»Wie du meinst.« Pae Loriander winkte ab. »Mit deiner Erlaubnis mache ich meine Truppen abzugsbereit. Ich möchte bereits übermorgen vor Arabeors Toren stehen.«

»Gib ihnen einen Tag Zeit, um sich von den Strapazen zu erholen. Sie haben einen Gewaltmarsch und harte Kämpfe hinter sich.«

»Wenn sie müde wären, würden sie sich nicht an den Siegesfeiern ringsum beteiligen. Nein, innezuhalten bedeutet Stillstand, und Stillstand macht die Leute feist und träge.«

Metcairn Nife erhob und streckte sich. »Ich sagte: Gib ihnen einen Tag zur Erholung.« Er klang gelangweilt. »Du solltest längst gelernt haben, zwischen einem Wunsch und einem Befehl zu unterscheiden.«

Pae Loriander wich einen Schritt zurück. Für einen Moment zögerte sie, als überlegte sie, ihm zu widersprechen. Dann nickte sie. »Ich gehorche, Heerführer.« Sie drehte sich um, schlug die Zeltbahnen wütend beiseite und verließ ihn.

Sie zog sich ins Lager ihrer Kämpen zurück, das sich entlang der östlichen Klippen zog, in einen Bereich, in dem wundersame Dinge geschahen, wenn man den Worten der Einheimischen glauben durfte.

Metcairn Nife entspannte seine Muskeln. Er hatte befürchtet, dass es diesmal so weit sein würde. Dass sich die Frau an ihm reiben und ihn herausfordern würde. Doch sie hatte einmal mehr nachgegeben, was sie in seinen Augen umso gefährlicher machte. Die Linke hatte sich besser in der Gewalt, als es bislang den Anschein gehabt hatte. Dies verkomplizierte die Dinge. Sie würde den bestmöglichen Zeitpunkt abwarten und ihn keinesfalls frontal angreifen, sondern mit heimtückisch gezücktem Messer. Nicht so wie Marmer Dunne, der dazumal mit der Waffe in der Hand auf ihn losgestürzt war und ihn mit der Kraft seines Schwertarms hatte besiegen wollen. Metcairn Nife hatte ihn in den Staub geschickt, ihm dann in allen Ehren das Leben geschenkt – und von diesem Tag an einen Freund an seiner Seite gewusst, der ihm niemals in den Rücken fallen würde.

»Ein Bote möchte dich sprechen, Herr.«

Metcairn Nife betrachtete den jungen Mann, der ihn angesprochen hatte. Er wirkte wie ein Bauernbursche, den man etwas vorschnell in die glänzende Uniform eines Leibgardisten gesteckt hatte. Er wirkte linkisch und unsicher.

»Wie heißt du?«, fragte er.

»Varcio Achde, Heerführer.«

»Du stammst aus dem Hinterland der Stadtstädte? Aus Merce?«

»Ja, Heerführer.«

»Was hat dich dazu bewogen, den Truppen des Gottbettlers beizutreten?«

»Ich ... bin mir nicht ganz sicher.« Varcio Achde trat von einem Bein auf das andere. Er hatte gewiss nicht damit gerechnet, ihm Rede und Antwort stehen zu müssen.

»Denk nach, Bursche.«

»Ich beobachtete den Heereszug aus der Ferne. Ich sah glänzende Rüstungen, leuchtende Helme, bunte Wimpel, feurige Kriegshengste. Soldaten sangen Lieder, in der nachfolgenden Wagenkolonne wurde unter den Frauen geschäkert und gescherzt. Es war etwas, das ich niemals zuvor gesehen hatte.«

»Du bist uns also nachgelaufen und hast dich freiwillig gemeldet wegen einiger weniger Lichtreflexe auf zerbeulten Rüstungsteilen.«

»Sie sind nicht verbeult!«, rief der Junge aus, zuckte dann aber zusammen, weil er sich bewusst wurde, dass er es an Respekt mangeln ließ, und fügte leise hinzu: »... Heerführer.«

Metcairn Nife achtete nicht weiter darauf. Weniger Ehrerbietung und etwas mehr Selbstbewusstsein hätte Varcio Achde nicht geschadet. Doch was wollte man von einem Bauernjungen erwarten? »Wie hast du die Kämpfe um Poitrea miterlebt?«

»Ich hatte Dienst, Herr. Im Zeltlager. Ich musste Runden schieben.« Der Junge ballte die Hände zu Fäusten. Es war ihm anzusehen, dass er verärgert war und viel lieber an vorderster Front mitgemischt hätte. Um Köpfe einzuschlagen, Gliedmaßen abzuhacken, in Blut und Tränen zu waten.

*Weil er es nicht besser weiß. Weil er die hehre Vorstellung hat, einer guten Sache zu dienen. Weil er nicht ahnen kann, dass seine Begeisterung zu einem Großteil den Magicae zu verdanken ist. Wohin wir auch ziehen, diese Krüppel verbreiten mittels ihrer Kräfte den Wunsch, uns zu begleiten. Nicht jedermann spricht auf diesen Zauber an, doch sehr wohl ein einfacher Bauernlümmel, der kaum jemals die Grenzen seines heimatlichen Dorfes überschritten hat und die Sehnsucht nach Abenteuern in sich trägt.*

Metcairns Gedanken wurden jäh unterbrochen. Der Bote, von dem der Junge sprach, wurde ungeduldig. Er hatte nicht vor, länger zu warten.

»Im hinteren Bereich des Zelts befindet sich ein Mädchen, etwa so alt wie du«, sagte er zu Varcio Achde. »Ich möchte, dass du Gunguelle mit dir nimmst und sie während der nächsten Stunden unterhältst.«

»Aber ...«

»Habe ich mich etwa unklar ausgedrückt? Nein? Schnapp sie dir und mach dich auf den Weg. Rasch!« Er schob den Bauerntölpel vor sich her, hin zu seinem Lager, rüttelte Gunguelle, die dort schlafend lag, an der Schulter und übergab sie der Obhut seines Soldaten. Es war nicht gut, wenn der Bote das Mädchen hier entdeckte, gar nicht gut ...

Die jungen Leute verschwanden so rasch es ging, beide wirkten sie verstört. Er konnte sich nicht länger um dieses kleine Problem kümmern. Die Sibylle ließ sich nicht länger vertrösten und näherte sich seinem Zelt.

Er schob die Zeltbahnen beiseite und trat ihr entgegen. Sie hielt ihre natürliche Erscheinungsform unter weiten Gewändern verdeckt, so wie ihre Brüderschwestern, die im Gefolge des Heereszugs reisten.

Diese hier war außergewöhnlich. Sie trug viel Kraft in sich, aber auch Schmerz, Wut und Irritation. Metcairn Nife erkannte sie sofort, auch wenn sie ihr Gesicht verbarg. »Ich begrüße Sie, Belundaire. Wie geht es Ihnen und Ihren Brüderschwestern?«

»Wir sind traurig, weil wir bloß noch so wenige sind. Wir weinen viel.«

»Das bedauere ich. Ich wünsche Ihnen baldige Geburten.«

»Danke sehr.« Sie trat an ihm vorbei, brachte durch eine bloße Berührung die Ölschale zum Brennen und wärmte ihre langen, grazilen Finger über den Flammen. »Das Feuer wärmt nicht mehr so wie ehedem. Alles ringsum wird kälter.«

Metcairn Nife schwieg. Fasziniert beobachtete er das seltsame Geschöpf. Es war Verursacher einer Reihe von Übeln, und dennoch war es von seinesgleichen weder hingerichtet noch ausgestoßen worden. Dafür waren die Sibyllen zu wenige geworden. Sie zählten nur noch in wenigen Hunderten, und jedes einzige Mitglied dieses Volkes war von unschätzbarem Wert. Zumal es diesem hier gelungen war, sich fortzupflanzen. Zwar nur mit einem Menschen, doch auch damit hatte sie ihren Brüderschwestern neue Hoffnung gegeben.

»Es gibt neue Entwicklungen«, sagte Belundaire nach einer Weile. »Der Gottbettler hat mich gebeten, diese Entwicklungen zu beobachten und gegebenenfalls zu lenken.«

»Ich verstehe.« Das tat er in der Tat. Wenn eine Sibylle ihre Worte derart umständlich formulierte, dann ging es meist um einen Tötungsauftrag.

»Es gibt eine vage Spur zum Stummen Jungen.«

»Sie meinten, zu Ihrem Sohn?«

»Wir glauben zu wissen, wo er sich mittlerweile aufhält. Ich ersuche Sie, Ihre besten Leute auszusenden, um seiner habhaft zu werden.«

»Wünschen Sie, dass ich diesen Auftrag selbst erledige?«

»Nein. Sie sind nach Ansicht des Gottbettlers für den Fortgang des Befriedungsfeldzuges viel zu wichtig. Ich persönlich teile diese Meinung nicht.«

*Du hasst mich. Komm schon, sag es frei heraus! Du gibst mir die Mitschuld daran, dass du Rudynar Pole begegnet bist, und an den Folgen dieser Begegnung. Wenn es nach dir ginge, würdest du alles vernichten, was unmittelbar mit dir und meinem ehemaligen Linken in Zusammenhang steht.*

»Meine Linke wird sich um den Auftrag kümmern.«

»Ist sie gut genug?«

»Wenn es ums Einfangen oder ums Morden geht, ist sie die Beste.«

»Ausgezeichnet. Ich erwarte sie im Zelt meiner Brüderschwestern.« Die Sibylle zögerte. »Er lebt noch«, sagte sie dann.

»*Wer* lebt noch?«

»Er. Der Mann, der mich geschändet hat. Ihr Freund. Der Verräter. Diese Pae Loriander wird ihn endgültig vernichten müssen.«

Belundaire verließ das Zelt ohne einen weiteren Gruß. Dieser Akt der Unhöflichkeit spielte keine sonderliche Rolle. Metcairn Nife stand dennoch da wie vom Donner gerührt. Rudynar Pole lebte. Der Mann, den er so sehr geschätzt hatte – und den er nun hasste wie keinen Zweiten.

# 13. Ziel Griam

Der Krüppel ließ sich von Rudynar Pole tragen. Er hing über seinen breiten Schultern wie ein gut abgehangenes Stück Fleisch und gab Anweisungen, wie sich der Hohe Herr zu verhalten hatte.

Immer wieder bedachte er Terca mit finsteren Blicken. Pirmen, längst nicht im Vollbesitz seiner geistigen Kräfte, musste all seine Konzentration aufbringen, um sie von Rudynar Pole fernzuhalten. Der Krieger hingegen wirkte völlig abwesend. Er befand sich in einem Kraftfeld, das Terca und Pirmen beständig um ihn woben. Sie kämpften um ihn wie um ein Stück Land, das es zu erobern galt, unsichtbar und unhörbar, bestenfalls von Tieren des Landes wahrgenommen, die jedoch gut daran taten, ihnen weiträumig auszuweichen.

Sie marschierten durch unwirtliches Gelände, in dem der Wind der beherrschende Faktor war. Terca stemmte sich gegen den Sturm. *Eine Hexe und ein Magicus, die miteinander reisen. Gemeinsam mit einem versoffenen Barbaren, der weder dem einen noch dem anderen hörig ist – oder doch beiden zusammen? Der andererseits dazu ausersehen ist, den Stummen Jungen zu beschützen, und damit über mehr Macht verfügt, als wir beide gemeinsam jemals haben werden. Ich könnte mich übergeben vor Freude.* Sie war tunlichst darauf bedacht, Pirmen keine Angriffsfläche zu bieten. Der Magicus wirkte zwar geschwächt, doch er mochte sich verstellen.

Womöglich bereitete er gerade eben eine Attacke gegen sie vor.

Ahnte Rudynar Pole, welche entscheidende Rolle ihm im Kampf gegen den Gottbettler und seine Vasallen zukam? Würde er sich gegen Metcairn Nife stellen, seinen ehemaligen Freund?

*Ja. Wenn ich ihn in meine Finger bekäme, würde er tun, was ich von ihm verlange. Doch bleibt er unter der Fuchtel des Krüppels, wird die Geschichte anders ausgehen. Pirmen ist so sehr auf seine eigenen Probleme und seinen Hass auf mich fixiert, dass Fehler wahrscheinlich sind. Außerdem mag er jederzeit den Kopf verlieren.*

Doch auch Tercas Geist hatte nicht die Freiheit, die notwendig war, um Rudynar Pole und damit dem Stummen Jungen den notwendigen Halt zu gewähren. Die vielen Jahre in der Wand, das Warten auf den Impuls, endlich ihr Leben zu beenden, hatten sie geschwächt und gezeichnet. Sie wusste nicht, ob sie die notwendige Kraft aufbringen würde, um ihren versoffenen Begleiter zu schützen.

»Wir müssen reden«, sagte sie zu Pirmen.

»Ich wüsste nicht, worüber. Bleib gefälligst weg von mir!« Der Magicus wedelte mit seinem nur noch eine Handbreit langen Armstummel in ihre Richtung.

»Wenn du deinen Auftrag zu Ende bringen möchtest, werden wir zusammenarbeiten müssen.«

»Ich lege keinen Wert auf Zusammenarbeit! Es hindert dich zudem niemand daran, deines Wegs zu ziehen. Rudynar Pole und ich brauchen dich nicht. Verschwinde!«

»Du weißt so gut wie ich, dass das nicht möglich ist. Er und ich – wir sind aneinander gebunden.«

»Du hast versucht, ihn mir zu stehlen!« Pirmen ließ Rudynar Pole anhalten, so wie man einen Gaul zum Halten brachte. »Du hast ihn mithilfe deiner Kräfte becirct und wolltest ihn dir gefügig machen …«

»Was dir schon gelungen ist.«

»Ich tue es für einen höheren Zweck. Aber du? Du willst bloß mehr Macht, so wie alle Wicca!«

Terca schüttelte den Kopf. »Du hast keine Ahnung, wie falsch du liegst, Magicus. Nichts liegt mir ferner als das.«

»So? Und wofür wolltest du Rudynar Pole dann missbrauchen?«

Die Wahrheit war ein seltsames Ding. Sie ließ sich formen und drehen und wenden, bis sie völlig entstellt war. Doch Terca hatte keine Lust mehr, hochtrabende und dennoch bedeutungsleere Worte zu finden für etwas, das so einfach zu erklären war. Sie war es müde, andere zu täuschen. Erst recht sich selbst.

»Ich brauche ihn, weil ich sonst vergehe. Ich verliere allmählich meinen Daseinszweck.«

»Du bist alt, nicht wahr?«, fragte Pirmen, plötzlich nachdenklich geworden. »Mein Meister erzählte mir, dass ihr viel zu lange durch den Weltenkreis wandert und irgendwann einmal den Lebenssinn verliert.«

»Ich bin *sehr* alt«, gab Terca zu.

»Wie lautet dein richtiger Name?«

»Ich hatte mehrere, und alle waren sie richtig. Einmal, vor gar nicht allzu langer Zeit, hieß ich Dharma.«

Pirmen zuckte zusammen. Das kleine Bündel Leben auf Rudynar Poles Schultern wirkte auf einmal noch winziger, noch unbedeutender. »Du meinst *die* Dharma?«

»Ja.«

»Das ist unmöglich!«, rief der Magicus. »Dharma ist gestorben. So erzählte man mir.«

»Es wird viel erzählt und viel gelogen. Weil die Leute die Lüge leichter ertragen als die Wahrheit.«

»Und Gafelay? Weiß er davon, dass du noch lebst?«

»Ja. Aber wir sind übereingekommen, meine Existenz geheim zu halten. Eigentlich war das sogar seine Idee.«

Hatte sie Pirmens Weltbild damit ein klein wenig erschüttert? Glaubte er ihr, dass sie die legendenumwobene Frau des mächtigsten noch lebenden Magicus namens Gafelay gewesen war? Oder war er so ignorant wie fast alle seiner Zunft, sodass für ihn nicht war, was nicht sein durfte?

»Wie ist Gafelay?«, fragte der Kleine neugierig, während Rudynar Pole blöde in die Gegend stierte. Er stand unter ihrer beider Einfluss, sein Geist ruhte.

»Du meintest, wie *war* er?«

»Ich verstehe nicht …«

Terca seufzte. »Zwischen uns bestand ein Band, wie es nicht hätte existieren dürfen. Es war ähnlich gestrickt wie jenes zwischen dem da«, sie deutete auf Rudynar Pole, »und der Sibylle. Wir vertraten zwei gänzlich unterschiedliche Weltanschauungen. Mann und Frau. Hexe und Magicus. Sanftheit und Rohheit. Kurzfristiges Denken und langfristiges Planen. Und dennoch fanden wir zusammen.« Warum vertraute sie sich Pirmen an, ausgerechnet ihm? Warum sprach sie über Dinge, die sie stets für sich behalten hatte? »Gemeinsam empfanden wir sogar so etwas, das man als Glück oder Liebe bezeichnen könnte, zumindest für eine Weile. Doch dann …« Sie zögerte.

»Ja?«

»Dann spielte uns die Zeit einen Streich. Gafelay alterte rasant, und er kam in seinen Studien nicht so rasch weiter, wie er es gern gehabt hätte. Du musst wissen, dass er dazumal ein recht durchschnittlicher Magicus war. Ich übte mit ihm, so gut und so viel ich konnte, aber er gelangte an seine natürlichen Grenzen. An die Grenzen seines Körpers, wenn du verstehst, was ich meine.«

Pirmen knirschte mit den Zähnen. »Weiter.«

»Sein Haar wurde grau, Runzeln zerfurchten sein Gesicht. Er verfiel rapide. Und er begann, mich dafür zu hassen.«

»Weil du ihm die Kraft gestohlen hattest, nicht wahr? Weil sich die Natur gegen eure Verbindung wehrte.«

»Unter anderem. Doch Gafelay war auch ein eitler und selbstbezogener Mann, der es nicht ertrug, dass ich mehr Kenntnisse angehäuft hatte als er und manche Dinge mit einer Leichtigkeit erschuf, für die er eine wochenlange Vorbereitungszeit benötigte.« Terca holte tief Luft. Die Erinnerungen waren mit einem Mal wieder ganz frisch. Sie schmerzten umso mehr, da es ausgerechnet Pirmen war, mit dem sie sie teilte. Pirmen, der eben erst die schlimmsten und schmerzvollsten Erfahrungen seines noch kurzen Lebens gemacht hatte. »Also verlangte er, dass ich ihm helfe.«

»Du meinst …?«

»Ja. Er war ein stattlicher Mann. Groß und aufrecht gebaut, bis dahin frei von allen Verletzungen, die das Unglück des Magicus nun mal auf sich zieht. Und er verlangte um unserer Liebe willen, dass ich diesen Zustand änderte. Ich zierte mich lange Zeit. Doch irgendwann wurde sein Drängen unerträglich. Er jammerte und weinte und fluchte und schimpfte. Also gab ich ihm, was er mehr begehrte als meine Liebe.«

»Aber … es ist verboten!«

»Es ist ebenso verboten zu lügen, zu stehlen und zu morden. Willst du bestreiten, dass gelogen, gestohlen und gemordet wird?«

Pirmen schwieg.

»Ich tat es. Ganz allein. Ich brachte ihn in die Keller seines Anwesens, schnallte ihn fest und operierte ihn bei vollem Bewusstsein. Ich amputierte beide Arme und Beine. Ich schnitt ihm seinen Schwanz ab, nahm ihm die Nase und blendete seine Augen. Wie er es wünschte.«

Seltsam. Sie hatte noch Tränen über für Gafelay. Trotz alldem, das er ihr gesagt und angetan hatte, nachdem er aus seiner Apathie erwacht war und die Konsequenzen dessen erkannt hatte, was mit ihm geschehen war.

»Gafelay hat also seine Kräfte auf verbotene Weise erlangt?«

»Ja. Er hat betrogen. Und gilt heute dennoch als begabtester und mächtigster Magicus der Gegenwart. Dank der durch die Operationen erlangten Kräfte gelang es ihm, den Alterungsprozess zu verlangsamen und sich Zeit zu erkaufen. Mittlerweile muss er gut hundert Jahre zählen.«

»Das ist eine recht ausgefallene Geschichte«, sagte Pirmen und rückte seinen Leib zurecht. »Und ich glaube kein Wort davon. In Wirklichkeit bist du ein unbedeutendes Hexenweib, das alles tun würde, um mich für dich einzunehmen. Du weißt, dass meine Kräfte während der nächsten Tage so weit wachsen werden, dass sie den deinen grenzenlos überlegen sind.«

»Du irrst dich. Ich …«

»Halt dein Schandmaul!«, schrie Pirmen und spuckte aus. »Du hast Angst! Davor, dass ich dich zerquetschen werde wie einen Floh!«

Er begann zu schimpfen und spie Begriffe aus, die sie aus der Unterstadt Poitreas kannte, die sie aber niemals im Wortschatz eines behütet aufgewachsenen Magicus vermutet hätte.

Terca hörte nicht länger hin. Sie entfernte sich und schuf räumlichen Abstand zu Pirmen und Herrn Rudynar Pole. Es wurde kälter, auch wenn sie nach Süden unterwegs waren. Sie ahnte, dass die Reise nach Griam schwierig werden würde, zumal die Kräfte des Magicus tatsächlich mit jeder Stunde wuchsen. Die Verkrüppelung zeitigte den erwarteten Effekt. Pirmens Körperlichkeit spielte nun nur noch eine untergeordnete Rolle. Er konnte sich bloß noch auf die Entwicklung seiner magischen Fähigkeiten konzentrieren – und seinen Hass auf alles, das ihn umgab, so gut es ging pflegen.

Die Truppen des Gottbettlers gaben sich bereits als Herren in einem Land, das sie vor gerade einmal vierzehn Tagen betreten hatten. Sie erwarteten kaum Widerstand von den anderen Steilstädten, nachdem sie Poitrea erobert hatten. Das eherne Bollwerk, das bislang weder von der See- noch von der Landseite her erobert worden war, befand sich fest in den Händen von Metcairn Nifes Kriegern. Bewohner des Hinterlandes zogen mutlos Richtung Norden, um sich in der Nähe der Grenze Mirces zur Norde anzusiedeln, darauf hoffend, den Kämpfen entkommen zu können. Doch sie ahnten, dass sie irgendwann von der grässlichen Kriegsmaschinerie des Gottbettlers eingeholt werden würden.

»Metcairn Nife zieht weiter Richtung Westen, um Necore und Car zu erobern«, sagten die einen. »Beide Steilstädte werden ihm wie reife Früchte in die Hände fallen.«

»Metcairn Nife greift Arabeor an«, behaupteten die anderen. »Von den störrischen Eseln, die dort wohnen, erwartet er den meisten Widerstand.«

Die Wahrheit lag, so ahnte Terca, in der Mitte. Das Heer des Gottbettlers war groß genug, um es zu teilen, zumal Metcairn Nifes Rechter und seine Linke erfahrene und erbarmungslose Schlachtenführer waren.

»Es bleibt uns nur die Pontonstadt, um nach Griam zu gelangen«, sagte sie zu Pirmen.

»Kein Mensch in Xyrecus wird uns helfen, nach Griam überzusetzen. Die Stadt wurde dreimal von Piraten der Oceanica gestürmt und fast völlig zerstört. Sie hassen alles, was mit Griam und den anderen treibenden Städten zu tun hat.«

»Die Bewohner von Xyrecus hassen alles, was von außerhalb ihres kleinen Reichs stammt. Und dennoch wird uns irgendjemand eine Passage besorgen. Es ist alles nur eine Sache der Überzeugungskraft.«

»Du glaubst, jemanden mit Geld bestechen zu können?«

»Es ist nicht immer Bares allein, das einem Wege und Möglichkeiten eröffnet. Es gibt eine Menge Leute in Xyrecus, die mir einen Gefallen schulden und froh sein werden, die Rechnung begleichen zu können.«

Pirmen sah sie von oben herab an. »Das ist alles, was ihr Hexen könnt – Leute unter Druck setzen, sie erpressen und sie in euer böses Spiel mit einbeziehen.«

»Während ihr Magicae die sanfteren Methoden anwendet, nicht wahr? Ihr vernichtet, was sich euch in den Weg stellt.«

Pirmen wollte ihr widersprechen, ließ es dann aber bleiben. »Lass mich runter!«, verlangte er von Herrn Rudynar Pole.

Der reagierte, als würde er eben aus einem Traum erwachen. Er zuckte zusammen, band Pirmen los und setzte ihn vor sich ins Gras. Der Kleine schrie unterdrückt auf, als er seinen Beinstumpf ausstreckte. »Die Wunden eitern«, behauptete er. »Du hast schlechte Arbeit geleistet.«

»Die Narben verheilen ausgezeichnet, das weißt du ganz genau. Würdest du die Kräuterpaste, die ich dir gegeben habe, regelmäßig auftragen, wären auch die Schmerzen geringer. Aber so seid ihr nun mal, ihr Magicae – ihr *wollt* leiden. Weil nur das Leid euch stark macht, ob es nun euer eigenes ist oder das anderer Wesen.«

Pirmen presste die Lippen fest aufeinander. Noch reiste er in dem Bewusstsein, zu schwach zu sein, um Terca gefährden zu können. Doch bald schon würde er einen ersten Versuch unternehmen, sie zu besiegen. Sie musste auf der Hut sein.

»Lass uns eine Rast einlegen«, sagte er schließlich, »und überlegen, wie wir in die Pontonstadt gelangen.«

Terca nickte. »Gute Idee«, sagte sie und meinte es auch so. Der Magicus zeigte immerhin Einsicht. Er akzeptierte, dass sie Gegend und Leute viel besser kannte als er, der Novize, der sich auf seiner ersten Reise außerhalb der heimatlichen Magie-Türme befand.

»Gibt's was zu trinken?«, fragte Herr Rudynar Pole. Sein Blick war leicht getrübt, doch es war ihm anzumerken, dass ihrer beider Einfluss auf ihn allmählich nachließ. Er war stark wie ein Ochse, und auch seine geistige Widerstandskraft ging weit über das hinaus, was Terca bei Menschen bislang kennengelernt hatte.

»Da.« Sie warf ihm einen Getränkeschlauch zu, und er trank mit gierigen Schlucken.

Solange sie ausreichend Alkohol mit sich führte, drohte ihr von dieser Seite keinerlei Gefahr. Die Kräutermischung machte nicht nur trunken, sie schwächte auch darüber hinaus den Geist.

»Verdammt gutes Zeugs!«, sagte Herr Rudynar Pole anerkennend und rülpste genüsslich. »Wenn du noch mehr davon hättest, würde ich doch glatt deinen runzligen Arsch küssen, Hexenweib.«

*Das hast du schon, mein Lieber. Schade, dass ich diese kleine Episode aus deinem Gedächtnis streichen musste. Denn du beherrschst diese Kunst ganz ausgezeichnet.*

Man stellte ihnen kaum Fragen, als sie durch die Pforte zum Ponton von Xyrecus zogen. Pirmens und ihre Kräfte harmonierten überraschend gut. Sie schufen eine Blase aus Magie rings um sich, die von den grimmig dreinschauenden Bewaffneten an den

Toren nicht bemerkt wurde. Auch zwei Magicae, die sie misstrauisch beäugten, blieben stumm. Sie waren schwach und wirkten unkonzentriert. Wenn diese beiden Witzfiguren alles waren, was die Verteidiger dem Heer des Gottbettlers entgegenzusetzen hatten, sah es schlecht um die Stadt aus.

»Und nun?«, fragte Pirmen. Herr Rudynar Pole trug ihn noch immer auf seinen Schultern, doch niemand achtete auf ihn. Niemand *wollte* ihn bemerken. Darin lag die Besonderheit dieser ganz besonderen Magie, die Hexe und Magicus gemeinsam gewoben hatten.

»Ich fordere einen Gefallen ein«, beschied ihm Terca knapp. Sie orientierte sich rasch in diesem Gewimmel an Menschen, Hoboken und Mitgliedern des Kleinen Volks, das auf dem Festlandmarkt herrschte, unmittelbar hinter jener bewehrten Enge, durch die sie Xyrecus betreten hatten. Sie stellte Passanten einige Fragen und folgte dann einem der vielen Wege hin zum Vierten Ponton, jenem Schwimmkörper, der am weitesten in die Cabrische See ragte.

Der Boden unter ihren Füßen schwankte heftig. Unter den vertrauten und über die Jahrhunderte immer wieder ausgebesserten schwimmenden Holzinseln tobte das Meer, wütend darüber, dass ihm hier ein von Menschenhand gefertigtes Werk widerstand. Gischt spritzte aus Lücken zwischen einzelnen morsch gewordenen Planken empor, fontänenartig, die Leute ringsum mit Salzwasser bedeckend. Doch die Bewohner der Pontonstadt hatten sich längst an die Lebensumstände gewöhnt. Sie standen am Morgen mit von Salzkrusten bedeckten Körpern auf, kratzten sich das Zeugs noch vor dem Frühstück von der Haut, erledigten ihr Tagwerk und gingen des Nachts ins Bett, wiederum von einer Schicht aus weißen Kristallen bedeckt.

Ein Alarmsignal ertönte, das Tuten eines Nasenhorns, das

einstmals einem der vielen Meeresungeheuer gehört hatte. Irgendwo am Stadtrand war ein Teil des Pontons weggebrochen und womöglich die eine oder andere Behausung ins Wasser gerutscht. Rings um diese künstliche Insel, die mehrere hundert Meter in den Ozean ragte, scharten sich Raubfische, die sich über alles hermachten, was ins Meer gerutscht kam und nach Nahrung roch. Abfälle, Lebendes und Totes, Tier oder Mensch. Die Zimmerleute von Xyrecus, denen ein hervorragender Ruf anhaftete, würden die Schäden in Stundenfrist beheben und, als wollten sie den Bewohnern der Cabrischen See eins auswischen, wieder ein Stückchen weiter ins Meer hinausbauen.

»Das sind sonderbare Leute«, sagte Rudynar Pole, der sich lange nicht mehr zu Wort gemeldet hatte.

»Sie sind ein störrisches Volk.« Terca suchte nach den Schnitzzeichen der Raute in den Wegpfeilern und folgte ihnen dann. »Der Untergang von Xyrecus wurde bereits vor mehr als drei Jahrhunderten vorhergesagt. Wie um es den Sehern zu beweisen, bauen sie seitdem immer weiter in die See hinaus, mit noch mehr Energie und noch mehr Wagemut. Sie spotten den Göttern – und sie tun es mit Erfolg.«

»Weil sie von Magicae unterstützt werden«, schoss Pirmen die erwartete Spitze in Richtung Terca ab, »während die Prophezeiungen von Hexen getätigt wurden.«

Sie würdigte ihn keiner Antwort und ging schweigend neben Rudynar Pole und Pirmen her. Vorbei an Fischbuden, gewaltigen Netzen, die auf noch gewaltigeren Stangen hingen, an Ständen von Wasserhändlern, miefigen Bordellen. Abgehärmte Gestalten balancierten Kloakeneimer links und rechts ihrer Tragestangen, jedermann wich ihnen weiträumig aus. Ein Leichnam, leidlich gut in Tücher gewickelt, wurde auf einem Karren beiseitegeschafft. Ein Fischermesser stak im Brustkorb des Mannes. Kläffende Hunde stritten um ein Stück traniges Fleisch, drei alte Weiber um etwas, das vielleicht einmal ein Tuch gewesen war und womöglich dem Toten gehört hatte. Wächter sicherten den Weg für einen in Weiß gekleideten Händler, dem wiederum sehnige, dunkelhäutige Männer in Ketten folgten. Ein Hoboke reckte seinen mächtigen Körper weit nach oben, um von einer Pökelstange Fisch zu angeln. Die Stadt war lebendig wie ehedem.

»Wie weit ist es noch?«, fragte Pirmen.

»Dort vorn.« Terca deutete in Richtung einiger Behausungen aus Holz, die stabiler als alles andere wirkten, was sie bislang in Xyrecus zu sehen bekommen hatten.

»Er ist reich, dein Freund?«

»Er ist ein größerer und besserer Betrüger als die meisten Leute hier.«

»Womit verdient er sein Geld?«

»Mit Handel aller Art. Und mit dem Transport von Dingen.«

»Von *Dingen?*«

»Ja.« Terca ging nicht näher darauf ein. Es gab keine geeigneten Worte, um Balthazars Tätigkeiten zu beschreiben.

Eine Art Grenzpfosten markierte den Übergang zum Vierten Ponton, zu einem der zentralen und ältesten Bezirke der schwimmenden Stadt. Hier war es vergleichsweise sauber, und der Boden schwankte kaum.

»Wohin?«, fragte ein mürrischer Alter in Uniform und vertrat ihnen den Weg.

»Zu Balthazar. Er erwartet uns.« Terca zeichnete einige magische Symbole in die Luft, und der Mann trat augenblicklich beiseite und scherte sich nicht mehr um sie.

»Wie überaus beeindruckend«, sagte Pirmen und kicherte.

»Eine Fingerübung, nicht mehr.« In Poitrea hatte sie sich über lange Jahre hinweg bemüht, ihre Gaben so wenig wie möglich anzuwenden, um nur ja den Anschein zu erwecken, »normal« zu sein. Doch hier gab es keinen Grund, ihre Fähigkeiten zu verbergen.

Sie traten in die Schatten sauber wirkender Häuser. Hier waren weitaus weniger Leute unterwegs als in den Außenbezirken. Hier und dort hockten Kerle auf Leitern und reparierten kleine Schäden oder bearbeiteten das Holz mit einer tranigen Flüssigkeit, um es vor dem schädlichen Meersalz zu schützen. Andere Handwerker kümmerten sich um Ausbesserungen im metallverstärkten Boden, ein Mann mit einem Bauchladen bot dampfend heiße Würste feil. Drei Frauen standen prächtig gewandet unter den Kolonnaden eines Gebäudes, bei dem es sich unzweifelhaft um den hiesigen Luxus-Puff handelte. Allein der Kleidung willen, die sie trugen, hätten Bewohner anderer Stadtteile gemordet.

Terca las Schildaufschriften, die mit silbernen oder goldenen Symbolen verziert waren; Zeichen eines Wohlstands, den es in dieser Form selbst in Poitrea nur selten gegeben hatte. In diesem Viertel gab es ebenso Bankiers wie Edelsteinhändler, Goldschmiedekünstler, Glasmacher, Buchdrucker oder reiche Fischhändler.

Endlich entdeckte sie das Gesuchte. Eine Hinweistafel, die beinahe bescheiden wirkte verglichen mit den anderen. *Dabei ist Bescheidenheit noch nie Balthazars Markenzeichen gewesen,* dachte sie und trat in den Hinterhof eines dreistöckigen Hauses, an dessen First sich holzgeschnitzte Narwale aneinanderreihten. Dann schritt sie durch eine Tür, die so schmal war, dass Herr Rudynar Pole Schultern und Kopf einziehen musste, und in einen Raum, in dem es nach Wald und Wiesen roch. In Messing-Kandelabern an den Wänden steckten Räucherstäbe, die unzweifelhaft diesen unerwarteten Duft verbreiteten.

»Womit kann ich dienen?«, fragte ein kahlköpfiger Mann mit Fettranzen. Er taxierte sie von oben, beurteilte und schätzte sie ab und zeigte ihnen dann sein Missfallen mit einem Stirnrunzeln.

»Balthazar. Sag ihm, dass Dharma ihn zu sprechen wünscht.«

»Es tut mir leid. Balthazar befindet sich in einer wichtigen Besprechung. Vielleicht kann ich dir weiterhelfen.«

»Du bittest ihn augenblicklich hierher, Kahlkopf! Andernfalls unterrichte ich die hiesigen Obrigkeiten von Balthazars Geschäften mit den Leuten des Gottbettlers!«

»Ich weiß nicht, was du …«

»O doch, das weißt du sehr wohl. Mach schon. Meine Geduld ist begrenzt!«

Der Glatzköpfige sah sie verunsichert an, nickte dann zögerlich und entschwand hinter einem Vorhang.

»Woher wusstest du von der Sache mit dem Gottbettler?«, fragte Pirmen nach einer Weile leise.

»Ich wusste es nicht. Aber Balthazar ist bekannt dafür, stets mit allen Seiten Handel zu treiben. Moral und Anstand sind Begriffe, deren Sinn er kaum versteht.«

»Und so einem Menschen sollen wir uns anvertrauen?«

»Wenn du einen besseren Vorschlag hast, um nach Griam zu gelangen, nur her damit.«

Sie schwiegen und sahen sich in dem von schummrigem Licht erhellten Raum um. Pirmen hieß Herrn Rudynar Pole, ihn auf einem schäbigen Stuhl abzusetzen. Er unterdrückte ein Stöhnen, doch ihm stiegen die Tränen in die Augen.

Schwere Schritte erklangen. Ein Riese trat in den Raum, ein Koloss von eineinhalb Mannslängen Körperhöhe und so dick, dass der Bauch durch ein Stützkorsett gehalten werden musste und die Brüste wie die einer alten Vettel schlaff vom Leib hingen.

»Dharma!«, rief der Mann und stapfte mit einem Lächeln auf sie zu. »Wie schön, dich wiederzusehen, nach all den Jahren!«

Er breitete die Arme aus und wollte sie umfassen, doch Terca wich vorsorglich einen Schritt zurück. »Es freut mich, dass du dich an mich erinnerst, Balthazar. Aber du wirst einsehen, dass ich auf eine Umarmung verzichten möchte. Ich erinnere mich an Menschen, die du mit all deiner Liebenswürdigkeit zerquetscht hast.«

»Das würde ich bei dir niemals tun, nicht bei meiner besten Freundin.« Der Mann ließ beleidigt die Unterlippe hängen.

»Vielleicht nicht, vielleicht doch. Belassen wir es doch bei freundlichen Begrüßungsworten, um unserer guten Freundschaft willen.«

»Selbstverständlich, Dharma, wie du es wünschst. Ach, wie schön, dich wiederzusehen. Was hast du während all der Jahre getrieben? Wie geht es dir?«

»Das weißt du ganz genau, Balthazar. Oder soll ich glauben, dass deine Spione, die du im ganzen nördlichen Weltenkreis verteilt hast, dein Gold nicht wert sind?«

Der Riese grinste. »Wie entzückend. Du bist noch immer dasselbe unleidliche Biest wie ehedem.«

»Und du noch immer derselbe falsche Bastard wie vor fünfzig Jahren.«

»Wie schön, dass wir uns einig sind.« Das Lächeln verlor sich im geröteten Wabbelgesicht. »Dann können wir ja gleich zum Geschäftlichen kommen, Dharma. Womit kann ich dir helfen?«

»Ich möchte einen Gefallen einlösen.«

»Ich dachte, das wäre längst geschehen? Ich habe dir gewisse Dinge besorgt, und du hast mich von meinen Schulden freigesprochen.«

»Nach intensivem Nachdenken bin ich zur Ansicht gelangt, dass ich dich viel zu leicht habe davonkommen lassen. Ich würde sagen, dass ich noch einmal deine Unterstützung verdiene.«

»Und ich würde sagen, dass du unverschämt bist.«

In Balthazars Augen zeigte sich etwas, das Terca Angst machte. Dennoch sprach sie weiter: »Es handelt sich bloß um eine Kleinigkeit. Meine Begleiter und ich müssen so rasch wie möglich nach Griam gelangen.«

»Griam? Doch ich wüsste nicht, wie ich dir dabei helfen könnte, eine sichere Passage in dieses Piratennest zu erhalten.«

»Hüte deine Zunge, Fettarsch!«, zischte Pirmen. »Ich komme aus der Schwimmenden Stadt, und du kannst dir sicher sein, dass dieses Etablissement, das du dein Eigen nennst, dort nicht einmal als Kuhstall genutzt werden würde.«

»Ich frage mich, was du immer mit diesen Magicae hast«, sagte Balthazar, den Blick nach wie vor auf Terca gerichtet. »Sie sind unhöflich, und sie haben keine Ahnung von den wahren Machtverhältnissen auf dieser Welt.«

»Verzeih Pirmen. Er ist ein klein wenig verbittert. Er hat eben erst seine … Narben erhalten und braucht noch Zeit, um mit seinen körperlichen Unzulänglichkeiten zurechtzukommen.«

»Damit sollte er sich aber besser beeilen. Andernfalls lasse ich mich einfach auf ihn fallen, dann nützt ihm selbst die stärkste Magie nichts mehr.«

»Pirmen wird kein Wort mehr sagen, wenn er nicht dazu aufgefordert wird. Stimmt's?«

»Ja … ja«, flüsterte der Magicus, auf einmal eingeschüchtert.

»Frag den Krüppel gleich einmal, warum er auf fremde Hilfe angewiesen ist und nicht selbst in diese ach so wunderbare Schwimmende Stadt zurückkehren kann.«

»Weil er auf dem Festland abgesetzt wurde und sich nicht mehr erinnern kann, wie er dorthin gelangt ist«, antwortete Terca an Stelle des Magicus. »Er sollte Kontaktpersonen in Poitrea aufsuchen, um eine Passage zurück zu erhalten. Doch wie du weißt, ist die Steilstadt derzeit ein viel zu heißes Pflaster.«

»Blöd gelaufen für deinen Begleiter. Ich kann allerdings nicht sagen, dass mich sein Schicksal sonderlich interessiert.«

»*Meine* Wünsche sollten dich aber sehr wohl interessieren. Ich *verlange*, dass du mir eine Passage nach Griam besorgst. Andernfalls müsste ich dein kleines Geheimnis verraten. Deine Geschäftspartner wären nicht sonderlich begeistert, würden sie davon erfahren.«

»Ich könnte dich töten, Dharma. Hier und jetzt gleich.« Der Riese beugte sich zu Terca hinab.

»Nein, könntest du nicht, und du weißt das.« Sie widerstand dem Drang zurückzuweichen, vor diesem Geschöpf, dessen körperliche Präsenz im wahrsten Sinne des Wortes erdrückend war und das zu einem der gefährlichsten im Weltenkreis zählte. »Beschaff mir die Passage, und du wirst niemals mehr von mir hören.«

Sie fühlte sich gepackt. Hochgehoben. So schwungvoll auf den Tresen gesetzt, dass ihr Steißbein schmerzte.

»Ich werde dir diesen Gefallen tun, Hexe«, sagte Balthazar. Sein Gesicht näherte sich dem ihren. Sie konnte jede Hautunreinheit in diesem zeitlos alten Gesicht erkennen. Der Atem des Händlers roch nach Minze. »Aber ich werde dich danach auf meine Namensliste setzen lassen. Du weißt schon, welche ich meine. Sollte einer meiner Leute dich danach irgendwo außerhalb deines Herrschaftsbereichs in Poitrea antreffen, wird man dich zu mir schleppen, und ich werde mich um dich kümmern. Verstehen wir uns, Terca?«

»Ja, das tun wir.« Sie schluckte ihre Angst hinunter und erwiderte den Blick des Händlers. »Auch ich würde unsere kleinen … Missverständnisse gerne für alle Zeiten aus der Welt räumen.«

»Sehr gut.« Balthazar klatschte in die Hände, und der Kahlkopf, beinahe eine kleinere Kopie des Händlers, tauchte wie aus dem Nichts auf, mit zwei Flaschen dunklen Weins in der Hand. »Dann lasst uns mit dem Sauren anstoßen. Auf die Welt, wie sie ist, und darauf, wie sie einstmals war.«

Terca nahm ein Glas. Es war geschafft. Balthazar war in gewissem Sinne ein Ehrenmann und würde sie nach Griam bringen lassen. Über die Folgen dieses Handels wollte sie jetzt nicht nachdenken. Ihr Schicksalsweg war ohnedies vorgezeichnet. Yankelas hatte ihn gewiesen.

Der Kapitän ließ das Schiff losmachen und segelte zurück, der Dämmerung entgegen. Man hatte sie wortlos abgesetzt, mehr als zwanzig Seemeilen vom Ufer entfernt, das Terca trotz des Kriegs nun weitaus sicherer erschien als die Löcher, in denen sie nun hockten.

»Ich scheiß mir gleich in die Hose«, sagte Herr Rudynar Pole. Sein Kopf und seine Schultern ragten aus dem Loch neben dem ihren hervor, sein Gesicht war schweißbedeckt und blass, und mit unstetem Blick sah er sich um. »Bist du dir sicher, dass uns dein Freund Balthazar nicht reingelegt hat?«

»Es gibt keine bessere und schnellere Möglichkeit, in eine der Treibenden Städte zu gelangen, als mithilfe einer Schwimmkröte.« Terca streckte die Nase in den Wind und atmete die frische Luft, die ihr nach dem Gestank nach Pech und fauligem Fisch an Bord des Seglers wohltat.

»Ich sitze im Inneren einer Schwimmkröte … brr!« Rudynar Pole schüttelte sich, und Pirmen, den er sich auf den Rücken gebunden hatte, wurde heftig gebeutelt. »Ich habe gerüchteweise von diesen Monstren gehört, aber niemals geglaubt, dass sie tatsächlich existieren.«

»Und ob. Wenn man sie kontrollieren kann, sind sie die besten Gefährten des Seemanns. Doch man sagt, dass nur einer von drei Krötentreibern die Ausbildung eines Tiers überlebt.«

Terca sah sich um. Das Loch, in dem sie steckte, war in den Oberpanzer des Tiers geschnitten worden. Sie stand auf einer feuchten, glibberigen Masse, die an Gelatine erinnerte. War die Sonne mal nicht von Wolken verhangen und leuchteten ihre Strahlen ins Innere, erkannte man dicke Stränge, durch die Blut floss. Die Seekröte kümmerte sich nicht um ihre Passagiere, von denen Terca etwa zwanzig rings um sich ausmachte. Sie waren für die Meeresbewohner so bedeutungslos wie die Möwen, die zwischen ihren Panzerrillen nach Nahrung pickten.

Terca stand auf und beugte sich weit zur Seite, um über die Panzerwölbung hinweg einen Blick auf den rechten hinteren Paddelfuß zu erhaschen. Er war etwa so lang wie fünf aneinandergereihte Menschen. Wenn die vier voluminösen Beine ins Wasser platschten, spritzte es hoch auf, und über die Reisenden ergoss sich ein Sprühregen.

Terca überlegte, ob sie tiefer in die Höhlung unterhalb des Panzers kriechen sollte. Dort gab es geschützte Flecken, in denen sie von wortkargen Seemännern Tee und gepökelten Fisch serviert bekam. Doch sie verzichtete darauf. Dieser atemberaubende Ausblick war das Salz in Gesicht und Haar allemal wert.

»Für wen arbeiten die Krötentreiber?«, rief ihr Rudynar Pole zu.

»Sie sind niemandem verpflichtet, sehr zum Ärger der Herrscher der fünf Oceanica. Sie sind stolz auf ihre Unabhängigkeit. Allerdings geben sie sich äußerst ungern mit Landbewohnern wie uns ab, sondern viel lieber mit ihresgleichen.«

»Mit Piraten, Halsabschneidern, Mördern und Vergewaltigern, die über Inseln und Archipele im Süden der Cabrischen See herrschen?«

»Ich würde nicht zu laut über derlei Dinge sprechen. Die Krötentreiber mögen recht wortkarg sein, aber sie haben bekanntermaßen gute Ohren«, mahnte Terca. »Möchtest du wissen, was sie mit Passagieren machen, die sie als unhöflich erachten?«

»Sie schmeißen sie über Bord, nach guter alter Seemannsmanier.«

»Dazu sind sie viel zu höflich. Aber sie quartieren dich um. In einen Körperteil der Seekröte, in den niemals die Sonne scheint und den du dir mit Parasiten und Würmern teilen darfst. Ganz abgesehen von den mehrmaligen … *Entladungen* täglich, deren Gestank du über Wochen hinweg nicht aus der Haut bekommst.«

»Ich widerrufe hiermit meine Worte über diese netten und aufmerksamen Leute«, rief Herr Rudynar Pole eilig.

Terca grinste in sich hinein. Dieser Bursche war an das Leben an Land gewöhnt und glaubte ihr sogar dieses völlig absurde Seemannsgarn. Dabei war weithin bekannt, dass die Krötentreiber jene Passagiere, die sie nicht mochten, schlichtweg kielholten.

Sie hielt die Nase weiter in den stürmischen Wind. Der »Boden« unter ihr schwankte. Die unruhigen Bewegungen deuteten die Geschwindigkeit an, mit der sie sich vorwärtsbewegten. Die Seekröte war gewiss schneller als der kühnste Segler der Cabrischen See. Sie brach immer wieder durch Gischtberge, durchstieß sie gleichmütig und ließ dabei von Zeit zu Zeit ihren Echsenkopf sehen. Im Maul trug sie eine

Art Metallkandare, sicherlich so schwer wie ein Mann, und deren mächtige Haltetaue verschwanden links und rechts in Luken am Panzeransatz, dort, wo die Krötentreiber saßen und das Tier mit gewaltigem Körpereinsatz lenkten.

Terca kroch tiefer in ihr Loch. Im Halbdunkeln machte sie einen Seemann aus, der in das traditionelle, weit gewebte Gewand seines Volks gekleidet war und den grünen Turban eines Treiber-Anwärters trug. Er trat sofort näher, nachdem er sie erblickt hatte, gebückt, den Panzer des Tiers nicht berührend. Seine Augen leuchteten in hellem Blau, wie selbst im Dämmerlicht hier unten zu erkennen war.

»Wie weit ist es bis Griam, Anwärter?«, fragte sie.

»Zwei Tage und zwei Nächte, Frau.«

»So lange? Ich dachte, wir würden die Strecke wesentlich rascher bewältigen.«

»Die Seekröte ist unruhig. Sie spürt Treibgierde. Wir müssen ihr womöglich ausweichen.«

Treibgierde ... Terca hatte davon gehört, aber nicht geglaubt, dass sie noch immer existierte. *Nach all den Jahrhunderten ...* Sie nickte, nahm eine fein ziselierte Teetasse von dem Seemann in Empfang und entließ ihn dann mit dem rituellen Wink einer Hand.

Sie nahm einen Schluck vom heißen und überraschend gut schmeckenden Getränk, bevor sie zu ihrem Aussichtsplatz zurückkehrte. Treibgierde. Seltsam. Sie hätte niemals geglaubt, dass sie irgendetwas in ihrem Leben noch überraschen könnte. Aber die Vorfreude auf ein ganz besonderes Schauspiel, auf dieses seltsame Phänomen, wurde mit jedem Atemzug größer.

Der Seemann weckte Terca im Morgengrauen. Er rüttelte an ihrer Schulter, reichte ihr eine weitere Tasse Tee und machte sie darauf aufmerksam, dass es so weit war.

Terca kam rasch auf die Beine. Die Sonne stieg eben rot leuchtend aus dem Meer. Sie suchte den Horizont ab. Die dunkelblauen Wassermassen, deren Wellen von Schaum gekrönt waren, reichten scheinbar bis in die Unendlichkeit. Wo war die Treibgierde? Wie groß war sie? Würden sie sie in ausreichend knappem Abstand passieren, sodass Terca Einzelheiten ausmachen konnte? Die Seeleute hatten ihr keine verbindliche Auskunft geben können, und sie hatte den Eindruck gehabt, dass selbst diese harten Burschen verunsichert waren. Kein Wunder angesichts dessen, was die Treibgierde eigentlich ausmachte.

Sie drehte sich um – und erblickte sie. Im Süden. Nahe genug, um Details ausmachen zu können, und zu weit entfernt, um das Verlangen zu verspüren, sie betreten zu wollen.

Der hässliche, verbeulte Schädel Rudynar Poles tauchte neben ihr auf. Er rieb sich die Augen und brummte etwas vor sich hin. Er hielt einen Stecken in der Hand, der etwa bis zu seiner Schulter reichte. Er bearbeitete ihn müde mit seinem Messer.

»Wo ist Pirmen?«, fragte sie ihn.

»Schläft. Er wollte nicht geweckt werden.«

»Er sollte sich das hier ansehen. Es hat mit ihm und mit seinen Leuten zu tun.«

»Aber auch mit dir und anderen Hexenweibern. Nicht wahr, Frau Terca?«

»Ich war nicht daran beteiligt. Ich hätte einen derartig tiefen Eingriff in die Natur der Dinge niemals gebilligt.«

»Spricht dich das etwa von aller Schuld frei? Wenn ich das richtig verstehe, hasst du die Magicae mit ähnlicher Inbrunst, wie sie dich und deinesgleichen hassen.«

»Du hast recht.« Terca nickte. Sie tastete nach Herrn Rudynar Poles Verstand und dämpfte ihn ein klein wenig. Sie mochte es nicht, von ihm an den Konflikt zwischen magisch begabten Frauen und Männern erinnert zu werden, zumal sie selbst einen nicht unbedeutenden Anteil daran hatte. Damals, vor so langer Zeit …

»Also, sag schon. Was ist die Treibgierde?« Rudynar Pole griff sich an beide Schläfen und schüttelte den Kopf, als könnte er greifen, was sie ihm in den Verstand gepflanzt hatte.

»Magie«, antwortete Terca. »Magie, die feste Formen angenommen hat. Vor einigen hundert Jahren, als in der Cabrischen See eine von vielen sogenannten Entscheidungsschlachten zwischen Magicae und Hexen tobte.« Sie deutete in Richtung Süden. »Die Auswirkungen dieses Kampfes waren fatal. Ein Teil des Meeres verfestigte sich. Es altert nicht oder nur kaum. Fische und andere Meerestiere, die bis zu einer Tiefe von etwa sechs Körperlängen hin zur Oberfläche zugange waren, sind seitdem in einer molasseähnlichen Substanz festgesetzt.« Sie schüttelte den Kopf. »Es gibt angeblich mehrere dieser Flächen. Sie treiben dahin, treffen aber niemals aufs Ufer. Siehst du diese weißen Streifen, die wie Arme ins Freie ragen?«

Herr Rudynar Pole kniff die Augen zusammen. »Ja. Sieht irgendwie glitschig aus.«

»Sie gehören einem Kraken. Sie befindet sich am Rand der Treibgierde. Sie bewegt sich unendlich langsam hin zur offenen See. Womöglich begreift sie instinktiv, wohin sie sich wenden muss. In fünfzig Jahren, wenn du längst zu Staub zerfallen bist, wird sie freikommen. Um gleich darauf zu sterben. An Altersschwäche. Denn die Zeit lässt sich nicht betrügen.«

»Ach ja? Und was ist mit dir?«

»Ich bin einen Pakt eingegangen, für den ich eines Tages den Preis bezahlen muss.« Er war noch immer zu aufmüpfig und stellte Fragen, die ihr ganz und gar nicht behagten. Lernte er etwa, sich ihren Kräften zu widersetzen?

In der Ferne, im Westen, ballten sich Wolken zusammen. Vielfach verästelte Blitze zuckten ins Wasser, und es dauerte lange Sekunden, bis das Donnergrollen zu hören war. Doch das Unwetter näherte sich rasch, wie auf offener See üblich. Terca fröstelte, nicht nur aufgrund der frischen Brise, die über ihre Köpfe hinwegfuhr. Sie hielt den Blick weiterhin auf die Treibgierde gerichtet; auf überhängende Wellenkämme, die erst in zwei Tagen oder einem Jahr, wer wusste das schon zu sagen, in sich zusammenstürzen würden. Ein Stück Treibholz ragte hoch in die Luft, und sie meinte, eine Hand danach greifen zu sehen. War es die einer Hexe, die inmitten des von ihr erschaffenen Chaos gefangen war und die Jahrhunderte überlebt hatte? Jahrhunderte, die wie Minuten erschienen? Kannte Terca diese Hexe etwa? Und das Wesen, das knapp über der Masse schwebte und beide Hände weit ausgestreckt hielt, war das ein Magicus, der das Auftauchen der Hexe verhindern wollte?

Schaudernd wandte sich Terca ab, während die Seekröte die Treibgierde allmählich umrundete, stets auf ausreichenden Abstand achtend, um dann wieder geradeaus zu schwimmen, dem Ziel Griam entgegen.

Das Unwetter erreichte sie. Die Himmelsschleusen öffneten sich. Der Regen war bald so dicht, dass sich Terca ins Innere des Tiers zurückzog. Ein Seemann schloss das Loch über ihr mit einer behelfsmäßigen Holzluke. Terca trank weiteren Tee, aß dazu trockenes Salzgebäck. Die Bilder des eingefrorenen Untergangs, die noch spürbaren Reste von Magie wirkten sich allzu deutlich auf ihren Geist aus.

Griam. Die mächtigste aller Oceanica. Ein Bau aus Stein und Holz inmitten der Cabrischen See. Eine künstliche Insel und ein Fanal für Freiheitsliebende aus allen Ländern des Weltenkreises. Gegenstand vieler Erzählungen und Mythen.

Hier trafen sich Piraten und Händler, Arme und Reiche, Geistesriesen und Idioten, Starke und Schwache. Niemand missachtete den anderen, jedermann war anerkannt, ungeachtet seiner Herkunft oder sozialen Stellung.

»So wird es zumindest erzählt«, murmelte Terca.

»Wie bitte?« Pirmen zeigte sich mäßig interessiert. Er hatte bloß Augen für die Türme der Stadt, deren mächtigste gut zweihundert Körperlängen in die Höhe ragten.

»Es ist nichts. Ich war bloß in Gedanken.« Terca hatte zu viel erlebt und gesehen, um noch an Märchen zu glauben. Sobald Menschen, Magicae oder Wicca im Spiel waren, so hatte sie die Erfahrung gelehrt, faulten selbst die Früchte des schönsten Paradieses.

Einst war Griam eine Treibinsel gewesen, die den Ausgestoßenen aus allen an den Ozean angrenzenden Ländern als letztes Refugium gedient hatte. Nun war es am Meeresboden festgemacht, durch unglaubliche Leistungen der hiesigen Magicae und wagemutigen Taucher, die es mithilfe seltsamer Wassergefährte geschafft hatten, bis in mehrere hundert Meter Tiefe zu gelangen, um dort ihre Arbeiten zu verrichten.

»Endlich wieder daheim!«, rief Pirmen aus. Er krampfte seine verbliebene Hand um die Panzerreling und atmete tief ein. »Ich hätte beinahe den Glauben verloren, es jemals zurückzuschaffen.«

»Du solltest nicht vergessen, wer dir dabei geholfen hat.« Terca bemühte ein Lächeln, doch es wollte ihr nicht so recht gelingen.

Pirmen antwortete nicht. Er stierte weiter vor sich hin, mit verzückter Miene. Sein Blick wanderte immer wieder über jene hohen Türme, die sich wie gedrehte Spindeln in die Höhe schraubten, schlank und elegant. An den Spitzen wehten blutrote Flaggen. Sie folgten nicht dem Wind, sondern dem Willen ihrer Bewohner, dem der Magicae.

»Macht euch bereit«, rief jener Seemann, der Terca während der gesamten Überfahrt betreut hatte. Auch er wirkte aufgekratzt. Die Ankunft an den Landepontons des Oceanicums schien selbst für ihn von besonderer Bedeutung zu sein.

Die Seekröte verlangsamte den Paddelschlag und trieb dann langsam auf ihr Ziel zu. Sie schwankte mehr als gewohnt, und es war dem riesenhaften Tier anzumerken, dass es sich angesichts der vor ihr hochtürmenden Gebäude unwohl fühlte. Dies war nicht seine Heimat und schon gar nicht ein Umfeld, das es gewohnt war.

Kommandos ertönten, Taue wurden geworfen. Die bislang so schweigsamen Krötentreiber wuselten aufgeregt umher, riefen den Arbeitern auf dem griamschen Festland Kommandos zu, die für Terca keinen Sinn ergaben.

Das Tier betrat den felsigen Boden und watschelte schwerfällig eine Schräge hoch. Es hob den Kopf, sah sich um, schrie, spuckte grünes Zeugs in die Luft. Seine Meister hatten alle Hände voll zu tun, es wieder zu beruhigen. Immer größer wurde die Hektik, immer größer auch das Durcheinander im Inneren des Panzers. Einrichtungsgegenstände purzelten durcheinander. Das Blut in den Arterien der Kröte wurde dunkler, und es floss mit beunruhigender Geschwindigkeit durch den Leib des riesigen Geschöpfs.

Ein letzter Befehl, eine letzte Bewegung. Zwei Paddelbeine klatschten zugleich auf den Boden. Breitbeinig blieb die Kröte stehen, unmittelbar vor einem Haufen verfaulender Kohl- und Salatköpfe. Sie grunzte zufrieden und begann zu fressen. Alle Sorgen, alle Ängste waren vergessen.

»Aussteigen!«, befahl der Seemann, der sich während der Überfahrt um Terca gekümmert hatte. »Wir müssen die

Ladung gelöscht haben, bevor Gerdomoirr-te wieder unruhig wird. Rasch!«

Kräne ließen Netze auf die Kröte herabfallen. Diese Kräne wurden von mehreren Winden bewegt, an denen muskelbepackte Sklaven mit auffällig heller Haut schufteten. Während Terca ihren beiden Begleitern folgte und durch eine Seitenluke im Panzer zu einer Strickleiter gelangte, wurden Kisten und Säcke abgeladen. Sie befanden sich in der vorderen Körperhälfte Gerdomoirr-tes und beinhalteten zum Teil Nahrungsmittel, aber auch Erde und Felsbrocken, so groß wie ausgewachsene Männer.

»Jedermann, der nach Griam kommt, ist verpflichtet, das Fünffache seines Körpergewichts mitzubringen«, belehrte Pirmen sie ungefragt. »Steine, nährreiche Erde, Wasser, Lehm … Was auch immer hilft, das Oceanicum zu festigen oder auszubauen. Lass mich nun los, Herr Rudynar Pole«, verlangte er. »Dies ist meine Heimat. Niemand soll mich auf dem Rücken eines Trunkenbolds zurückkehren sehen.«

Rudynar Pole setzte ihn wortlos ab und reichte ihm jenen Stecken, den er während der Überfahrt bearbeitet hatte. Nun war er an der Oberseite mit einem ledernen Polster ausgestattet, den sich Pirmen unter den Armstummel klemmte. Das stumpfe Unterteil hatte eine breite Stehfläche. Die Krücke ermöglichte es dem Magicus, sich allein vorwärtszubewegen.

»Wohin nun?«, fragte Terca.

»Herr Rudynar Pole und ich werden meinem Meister Larex einen Besuch abstatten, in seinem Magischen Turm. Er wird mit mir sehr zufrieden sein. Unser trinkfreudiger Begleiter hier wird sich ab nun um den Stummen Jungen kümmern. Meine Aufgabe ist hiermit erledigt, ich werde mich wieder meinen Studien widmen. Die mir nun nicht mehr so schwerfallen werden wie bisher.« Pirmen blickte sie an. »Was dich betrifft, so trennen sich unsere Wege. Du hast hier nichts zu suchen. Du musst froh sein, wenn ich meinem Meister nicht verrate, dass sich eine Hexe auf dem Oceanicum aufhält.«

»Niemand hindert dich daran.« Tercas altes Herz klopfte laut und kräftig. »Ich habe nicht vor, mich zu verstecken.«

»Warum hast du uns begleitet?«, stellte erneut Pirmen die Frage, die ihm schon lange beschäftigte.

»Ich kam hierher, weil es mein Schicksal ist. Und ich glaube nicht, dass unsere gemeinsame Reise bereits zu Ende ist.«

»Es ist vorbei, Hexe! Ich habe viel zu viel von dieser barbarischen Welt gesehen und viel zu viel dort erlebt.«

»Diese Reise hat dich weitergebracht. Nicht nur in magischer Hinsicht. Du bist gereift und hast deinen Horizont erweitert.«

»Was ich jemals über den Weltenkreis wissen wollte, hätte ich auch von den Büchern der Magischen Bibliothek Griams erfahren können. Ich hätte auf all diese Erfahrungen gut und gern verzichten können.«

»Wie du meinst. Wir reden ein andermal weiter.« Sie ging fort, weg von der Seekröte, deren gewaltige Paddelarme sich immer wieder unruhig bewegten. An Land verströmte das Tier einen Gestank nach Fäulnis und Erbrochenem. Der Unterleib, bleich und von zahlreichen Parasiten besetzt, wurde beständig mit Wasser abgespritzt. Übernächtigt wirkende Krötentreiber verließen ihre in den Panzer getriebenen Behausungen und machten sich heißhungrig über dampfend warme Suppe her, die ihnen von den Hafenarbeitern Griams gereicht wurde.

»Es gibt kein anderes Mal!«, rief ihr Pirmen hinterher. »Wir werden uns niemals wiedersehen, Weib!«

Terca zuckte mit den Schultern, schenkte Herrn Rudynar Pole ein Lächeln und entließ ihn vorerst aus ihrer geistigen

Kontrolle. Sie machte sich auf, um das Oceanicum zu erkunden, dieses gewaltige Bollwerk freien Willens und der Anarchie.

Vielleicht sollte sie sich hier niederlassen, für ein oder zwei Jahrhunderte, bis sich all die Aufregung auf dem Festland gelegt hatte und der Gottbettler Vergangenheit war.

# 14. Hinter den Magischen Mauern

Rudynar Pole folgte Pirmen in einigem Abstand und beobachtete dessen linkische Versuche, mit seiner Krücke zurechtzukommen, enthielt sich aber jedweden Kommentars. Er spürte die Verbitterung des jungen Magicus, und er ahnte, dass es derzeit wenig ratsam war, Spott mit ihm zu treiben.

Der Hafen blieb hinter ihnen zurück und damit auch das übliche Treiben, das mit Handel und Fischfang verbunden war. Über ansteigende Wege näherten sie sich Befestigungen, die den Kern Griams umgaben. Großteils steinerne Bauten wurden von grimmig dreinblickenden Frauen und Männern bewacht. Allesamt waren sie schwer bewaffnet. Misstrauische Blicke folgten Rudynar Pole und Pirmen, wohin auch immer sie sich wandten.

»Wohin?«, fragte Rudynar Pole den Magicus.

»Zu den Magischen Türmen. Wohin denn sonst, Tölpel?«

Herr Rudynar Pole nahm die Beleidigungen seines Begleiters mit der üblichen Gelassenheit hin. Pirmen litt unter den Folgen seiner körperlichen Versehrtheit. Es war kein Wunder, dass er andere, Gesündere, beschimpfte.

Sie traten durch ein Tor. Metallgespickte Zäune zwangen sie, im Zickzack zu laufen, an gewaltigen Steinmauern entlang und auf ein Holzhaus zu, vor dem eine misstrauisch dreinblickende Frau mit der Statur und dem Körpergewicht einer trächtigen Kuh saß.

»Was wollt ihr in Griam?«, fragte sie.

»Zu Meister Larex. Ich bin Pirmen, sein Lehrling.«

»Kannst du einen Bewohner Griams nennen, der deine Behauptungen bezeugen möchte?«

»Meister Larex selbst.«

»Er wird wohl nicht sehr gut gelaunt sein, wenn ich ihn bitte hierherzukommen. Kennst du noch jemanden, den ich nach dir befragen könnte?«

»Jeden einzelnen Magicus, der auf Griam lebt.«

»Dann nenn mir einen, der freiwillig hinter den Magischen Mauern hervorgekrochen käme.«

Pirmen beugte sich so weit vor, wie es ihm seine Krücke erlaubte. »Hör mir gut zu, Weib. Meister Larex erwartet mich. Es geht um Leben und Tod. Um das Ende der Herrschaft des Gottbettlers …«

Die Dicke gähnte mit demonstrativ weit aufgerissenem Maul. »Es geht eigentlich immer um das Schicksal des Weltenkreises, wenn ein unangemeldeter Gast Zutritt zur Inneren Stadt verlangt. Mittlerweile müssten die Länder rings um die Cabrische See tausendmal oder öfter untergegangen sein, wenn ich daran denke, wie oft ich bereits aufgeblasenen Gockeln wie dir den Durchgang verwehrt habe.«

»Bezweifelst du meinen Status als Magicus? Möchtest du behaupten, einen Bewohner Griams nicht zu erkennen?«

»Ich sehe einen Krüppel sowie einen abgetakelten und stinkenden Barbaren, der größer tut, als er eigentlich ist. Dein Dialekt verursacht mir Schmerzen. Ihr beide seid ganz gewiss nicht von hier.«

»Ich war viele Monde lang auf Reisen und …«

»Auch diese Ausrede kommt mir sattsam bekannt vor. Und da du ja ein Magicus bist, der stets abgeschieden lebte, hattest du niemals Kontakt mit den normalen Bürgern der Stadt.

Kein Krämer könnte deine Glaubwürdigkeit bezeugen, keine Hure die Länge und Form deines Schwanzes bewerten.« Die Dicke entblößte ihr strahlend weißes Gebiss. »Ich würde dir ja wirklich gern glauben, aber leider, leider bin ich an Regeln gebunden.«

»Du verarschst mich, nicht wahr?«

»Würde ich das jemals wagen?« Das Grinsen wurde breiter, dann läutete die Frau mit einer Glocke. Zwei Bewaffnete traten hinter sie, beide legten sie die jeweils linke Hand auf den Knauf ihres Schwertes.

Rudynar Pole tastete nach seiner Waffe. Der Stahl in seiner Hand fühlte sich gut an. Er erinnerte ihn an längst vergangene Zeiten, da er ganz genau gewusst hatte, was richtig und was falsch war. Dieser Unterschied hatte in den letzten Jahren an Bedeutung verloren. Er war froh darüber, es nun wieder zu wissen.

»Lass das Schwert stecken«, sagte der Krüppel. »Dies ist meine Stadt. Hier braucht es keine Gewalt. Zumindest keine, die mit Waffen ausgeübt wird.«

Pirmen tat eine Handbewegung, die bedeutungslos wirkte – und doch die beiden Söldner zu Boden schickte. Sie verloren den Halt unter ihren Füßen und schlidderten dahin, die Straße aufwärts, über steinigen Boden, bis sie gegen eine Wand prallten und verdutzt sitzen blieben, unfähig, sich zu bewegen.

»Ist dir das genug Magie als Beweis?«, fragte der Kleine, »Oder brauchst du eine weitere Kostprobe?«

Seine nächsten Fingerbewegungen waren gegen die Dicke gerichtet. Ihre Beine schnappten nach oben wie die einer Dirne, und ihr nackter haariger Hintern kam zum Vorschein. Dann verlor sie die Kontrolle über sich selbst, bepinkelte ihren Rock und ihre Sandalen.

»Bist du nun zufrieden? Oder soll ich dir zeigen, wie man

die Glieder einer äußerst fetten Person derart verknotet, dass sie sich niemals mehr wieder befreien kann?«

»Nein!«, kreischte die Frau mit panischer Stimme. »Nein! Ich glaube dir! Verzeih mir. Ich wollte nicht ... Wusste nicht ...«

Pirmen ließ sie stehen und humpelte an Böllern vorbei, die eine künstliche Verengung bildeten, vorbei an den nach wie vor fest gegen den Boden gepressten Wächtern. Rudynar Pole folgte dem Krüppel, hin zum inneren Tor des Oceanicums Griam, in dessen kühlendem Schatten mehrere Frauen mit dem Gildezeichen der Schlächter standen und sich lebhaft unterhielten.

Er holte auf und schritt dann neben dem sichtlich aufgekratzten Pirmen her. »Ich wusste nicht, dass du über derart beeindruckende Fähigkeiten verfügst«, sagte er.

»Ich auch nicht.« Die Zähne des Kleinen klapperten laut aufeinander. Er wirkte keinesfalls mehr so selbstsicher wie noch vor wenigen Augenblicken. »Die Kraft kam einfach über mich. Ich wollte sie nutzen, und sie war da. Es ging alles so erschreckend einfach.«

»Dann wollen wir hoffen, dass du niemals die Kontrolle über deine Magie verlierst.« Rudynar Pole zog seine Jacke enger um seinen Leib. Ihn fröstelte auf einmal, trotz der drückenden Hitze, die über den Dächern des Oceanicums lag.

Er musste sich immer wieder bewusst machen, dass sie sich auf einer künstlich geschaffenen Insel befanden. Die Geschichte Griams reichte mehrere Jahrhunderte zurück, in eine Zeit, da die Kämpfe zwischen den Ländern, die damals andere Namen getragen hatten, besonders intensiv gewesen waren. Verzweifelte und Vertriebene waren hinaus aufs Meer gesegelt, trotz der Gefahren, die die Cabrische See geboten hatte. Auf ihren Haus- und Fischerbooten, auf Flößen, auf Ruderschiffen und Seglern. Ohne jegliche Hoffnung auf Wiederkehr hatten sie einen Weg ins Nirgendwo gewählt und sich lieber den Unbilden des Meeres ausgeliefert, als an Land von den Feinden abgeschlachtet zu werden. Es waren hauptsächlich Kinder, Greise und Frauen gewesen, die diesen Schritt gewagt hatten.

»… viele von ihnen starben«, erzählte Pirmen, während er neben Rudynar Pole humpelte, »und manche überlebten, indem sie ihre erbärmlichen Boote aneinanderbanden und größere Flächen schufen, die sich dann mit anderen zu noch beeindruckenderen Siedlungen zusammenschlossen. Zu Inseln, auf denen Elend, Hunger und Durst herrschten – und auf denen es dennoch mehr Freiheit als auf dem Festland gab.«

Rudynar Pole sah sich um. Die Häuser rings um ihn unterschieden sich kaum von jenen an Land. Sie waren fest gebaut, um den Winterstürmen widerstehen zu können, und sie ruhten auf einem Erdboden, den zig Menschengenerationen festgestampft hatten. Auch andere Wesen hatten Spuren hinterlassen. Erdlöcher wiesen darauf hin, dass sich Angehörige der Kleinen Völker tief ins Innere Griams gegraben hatten. Nur – wie war das möglich?

»Dieses Oceanicum ist seit etwa hundert Jahren mit dem Meeresboden verbunden«, erklärte Pirmen und zeigte dabei ein Lächeln, wahrscheinlich das erste, seitdem er von den Männern des Gottbettlers in Teile gehackt worden war. »Es existiert ein Steinsockel, der ausgebessert und stetig verbreitert werden muss, denn auch die Insel wächst immer mehr in die Breite und in die Höhe. Wir Magicae tragen unseren Teil dazu bei, dass Griam kaum noch erschüttert werden kann.«

»Und was spielen die Leute vom Kleinen Volk für eine Rolle?«

»Sie sind dafür verantwortlich, dass dieses Bauwerk hält. Sie arbeiten im Inneren und bewohnen Kavernen mit Zugängen zu den tiefsten Bereichen des Sockels. Sie unterstützen die Taucher und schleusen sie dort aus, wo Reparaturen oder Zubauten notwendig sind.«

»Wie kann ein Taucher in einer Tiefe von mehreren Hundert Lauf überleben?«

»In meinen früheren Lehrjahren war ich für derlei Kleinzeugs zuständig«, sagte Pirmen, nicht ohne Stolz. »Ich schuf Blasen rings um die Arbeiter, die sie für eine Weile mit Luft versorgten. Und mit Licht. Du musst wissen, dass es in den Tiefen des Meeres dunkler ist als ... als ...«

»Als im Arsch eines Gottes«, vollendete Rudynar Pole.

»So drastisch hab ich's nicht ausdrücken wollen, aber der Vergleich hat etwas für sich.«

Sie schwiegen und gingen weiter nebenher durch die engen Gassen Griams. Allerorts herrschte geschäftiges Treiben. Rudynar Pole wurde rasch klar, dass auf dem Oceanicum nichts verschwendet wurde. Man sammelte Abfälle und brachte sie zu Sammelstellen. Straßenstaub wanderte eimerweise auf mit Flugnetzen bedeckte Haufen. Viele Bewohner trugen Bekleidung aus bunten Lumpen – und dies mit ungewohntem Stolz, wie auch die Kloakenreiniger ihr Gewerbezeichen offen vor sich hertrugen.

»Wir sollten uns darüber unterhalten, was nun mit mir geschieht.« Rudynar Pole streifte mit den Fingern über die steinernen Wände eines Hauses.

»Ich liefere dich bei Larex ab.« Pirmen hielt inne und holte tief Atem. Der Schweiß von der ungewohnten Anstrengung des Fußmarschs tropfte ihm von der Stirn. »Mehr kann ich dir nicht sagen. Ich weiß allerdings, dass dich mein Meister sehnsüchtig erwartet. Er hält hohe Stücke auf den Mann mit den goldenen Augen.«

»Dann mag er mich mehr als ich mich selbst.«

Der Kleine setzte seinen Weg fort. »Ich bin froh, dass ich

dich los bin«, sagte er. »Und ich möchte dich niemals mehr wiedersehen.«

»Gibst du mir etwa die Schuld daran, was geschehen ist, Kleiner Herr?«

»Natürlich!« Pirmen blieb wieder stehen und wandte ihm das Gesicht zu. Schwarze Wölkchen umkränzten seinen Kopf, blanker Hass stand in seinen Augen. »Deinetwegen musste ich Griam verlassen!«, schrie er, ohne sich um die verdutzten Blicke anderer Passanten zu kümmern. »Deinetwegen musste ich in die verfluchte Kälte der Norde vordringen! Deinetwegen gerieten wir in diesen Hinterhalt! Ich würde dich auf der Stelle töten, wärst du nicht so wichtig für meinen Meister!«

»Du solltest mehr auf deine Worte achten, Kleiner Herr. Ich habe dir immerhin das Leben gerettet.«

»Und ich habe dich aus deinem Elend befreit!«

»Du hast mir lediglich geholfen, weil dein Meister es so wünschte. Ich hingegen ...«

»Erzähl jetzt bloß nicht das Märchen von deiner Uneigennützigkeit, Trunkenbold! Du bist doch bloß hier, weil du dir Bares erhoffst. Goldstücke, die du in Wein und Sauren investieren kannst. Etwas anderes interessiert dich nicht! Es wundert mich, dass du die letzten Tage überlebt hast, ohne nach einem Krug zu schreien oder zu winseln, du verkommenes Stück Dreck!«

Zwei der Wölkchen trieben auf Rudynar Pole zu. Er ließ es geschehen, dass sie ihn berührten, in seinen Verstand eindrangen und Bilder des Schreckens in ihm erzeugten. Solche, die einmal mehr seine Schuldgefühle weckten und ihn wünschen ließen, wieder ein Kind zu sein, frei von allen Makeln, unbelastet von all den schlimmen Dingen, die er im Laufe seines Lebens getan hatte.

Als Rudynar Pole wieder die Augen öffnete, lag er am

Boden. Speichelfäden hingen aus seinem Mund, rings um ihn standen Menschen und gafften ihn ratlos an.

»Du solltest das nicht mit mir machen, Herr Pirmen«, ächzte er und rappelte sich hoch. Vor seinen Augen drehte sich alles.

»Ach ja? Warum nicht?« Der Kleine umrundete ihn auf seiner Krücke, die Rudynar Pole für ihn in schweißtreibender Arbeit gefertigt hatte.

»Es könnte dir schlecht bekommen. Womöglich vergesse ich meine gute Erziehung.«

Pirmen sah in verdutzt an, legte dann den Kopf weit in den Nacken und lachte herzhaft. »Der Trunkenbold droht mir! Dieses kleine, unbedeutende Geschöpf, das ich wie einen Wurm zertreten könnte!« Abrupt wurde er wieder ernst. »Du solltest froh darüber sein, dass dich mein Meister in einem Stück haben möchte.« Er drehte sich um und deutete Rudynar Pole mit einer herrischen Geste, ihm zu folgen, vorbei an Passanten, die ihn noch immer anstarrten.

Rudynar Pole ergab sich seinem Schicksal. Er folgte dem vorneweg humpelnden Magicus und dachte über die Warnungen nach, die ihm Terca vor einigen Tagen zugeflüstert hatte.

Wie hatte sie so gesagt? *»Die Verkrüppelungen machen nicht nur, dass Pirmen von nun an seine Körperlichkeit hintanstellen muss und sich ganz auf seine magischen Fähigkeiten konzentrieren wird. Darüber hinaus wird sich sein Charakter ändern. Aus einem lebensbejahenden jungen Mann wird ein verbitterter, bösartiger Kerl werden, der die Menschen und andere Wesen als Vieh ansieht, das man beliebig für seine Zwecke einsetzen kann. Nimm dich vor dem Kleinen in Acht, Rudynar Pole!«*

Er hatte gelacht und die Alte nicht ernst genommen. Schließlich war sie eine Hexe, eine erklärte Todfeindin der Magicae. Er hatte stattdessen gemeint, so etwas wie ein Vertrauensverhältnis zu Pirmen aufbauen zu können. Der Kleine hatte sich während des ersten Teils ihrer gemeinsamen Reise als durchaus passabler Begleiter erwiesen. Doch seit seiner Verstümmelung hatte sich alles zum Schlechteren hin verändert.

Was wusste er eigentlich über Larex? War er etwa ein ebenso gefühl- und skrupelloser Kerl wie Pirmen?

»Ich hätte bei meinen Spucknäpfen bleiben sollen«, murmelte er und folgte Herrn Pirmen.

Die Magischen Türme wirkten aus der Nähe bei Weitem nicht so imposant wie aus der Ferne. Hier und dort hatten Ausbesserungen stattgefunden, vereinzelt fehlten Steine, der Mörtel bröckelte ab. Auch vom Glanz, den Rudynar Pole gemeint hatte zu sehen, war nichts mehr geblieben. Die Türme, sieben an der Zahl, waren durch klobige Mauern miteinander verbunden. Hinter schießschartenartigen Sichtlöchern lugten dunkle Augenpaare hervor.

Sie folgten eine Weile der Mauer, von einem Turm zum nächsten, und als sie diesen umrundet hatten, sahen sie wenige Schritte vor sich ein schäbiges Tor. Eine Männerstimme schrie Anweisungen.

Pirmen trat vor den Eingang und stellte sich so hin, dass er durch den Sehschlitz im Tor zu erkennen war. Dann klopfte er in einem komplizierten Rhythmus gegen das Holz und sprach Worte in einer Sprache, die Rudynar Pole unbekannt war.

»Was willst du?«, fragte jemand. »Wir sind in Klausur, wie vor jedem vollen Mond.«

»Ich bin es, Herr. Pirmen, ein Lehrling des Magicus Larex. Ich bin von meiner langen Reise zurückgekehrt. Ich habe meinen Auftrag erfüllt und …«

»Larex ist nicht zu sprechen. Er kümmert sich um die Vorbereitungen für die Mondfeier. Verschwinde und komm in drei Tagen wieder!«

»Aber …«

»Hast du mich nicht verstanden, kleiner Krüppel? Hau ab!«

Das Augenpaar verschwand, der Sehschlitz wurde geschlossen. Pirmen blickte auf das Tor, als wollte er nicht glauben, was eben geschehen war. »Das ist unmöglich!«, brachte er mühsam hervor. »Larex hat sich noch niemals um die Mondfeier gekümmert. Diese Tage des Jahres verbringt er stets in seinem Turm und meditiert, um seine Kräfte zu stärken.«

»Du hast gehört, was der Mann gesagt hat«, meinte Rudynar Pole. »Wir sollten von hier verschwinden. Ich habe ein seltsames Grummeln im Bauch. Da stimmt etwas ganz und gar nicht. Wir sollten mit Terca reden. Vielleicht weiß sie …«

»Erwähne den Namen der Hexe niemals wieder in meiner Gegenwart!«, fuhr Pirmen ihn an. »Wir sind nicht auf sie angewiesen. Und jetzt …« Er klopfte erneut gegen die Tür und kippte dabei beinahe nach vorn, als er fast das Gleichgewicht verlor.

Die Schiebeklappe wurde wieder geöffnet. Ein anderes Augenpaar zeigte sich. Grüne, freundlich dreinblickende Augen. »Du bist Pirmen?«, fragte eine helle Stimme.

»Ja, Herr. Ich …«

»Du musst Tartaran, dem alten Brummbär, verzeihen. Er hat's nicht so mit der Höflichkeit. Doch nun zu dir: Du bist Larex' Lehrling, und du warst auf der Suche nach dem Lehrmeister für den Stummen Jungen. Richtig?«

»Richtig«, sagte Pirmen erleichtert.

»Und du hast ihn wahrhaftig gefunden?«

»Er steht neben mir.« Er winkte Rudynar Pole näher heran. Der tat dem Kleinen widerwillig den Gefallen und zeigte sich dem unbekannten Beobachter.

»Wie schön. Unsere Sache ist also doch noch nicht verloren. Dein Meister wird sich freuen, dass du zurückgekehrt bist. Ich lasse ihn benachrichtigen. Wenn ihr beide eintreten möchtet …«

Das Tor wurde geöffnet und quietschte dabei laut in den Angeln. Der Teil eines Hofs wurde sichtbar, auf dem kniehoch das Unkraut wucherte. Mehrere Magicae standen umher und betrachteten sie neugierig, aber auch misstrauisch.

*Sie wirken, als würde sie jemand als Staffage verwenden ...* Rudynar Pole trat ein, vorsichtig, jeden Schritt abwägend. Er fühlte sich ganz und gar nicht wohl in seiner Haut.

Terca ließ sich von der Menge treiben. An einer Holzbude kaufte sie knusprige getrocknete Makrelen und aß sie mit Hochgenuss. Der Fisch schmeckte weitaus besser als jener, den sie in Poitrea bekommen hatte, und auch an den überall in winzigen Gefäßen kredenzten Tee gewöhnte sie sich allmählich. Die Bewohner von Griam waren freundlich, blieben aber reserviert. Viele von ihnen wirkten abgezehrt. Das Leben auf See, weitab von anderen Zivilisationen, hatte die Leute hart gemacht und sich auf ihre Mentalität ausgewirkt. So hegten sie besonderen Stolz auf ihr ganz besonderes Schicksal. Einen Stolz, der Terca völlig fremd war. Die Griamis hatten sich mit den Lebensumständen auf dem Ozean arrangiert und machten das Beste daraus.

Terca betrat eine Taverne in Hafennähe. Müde Seeleute lungerten am Tresen oder an grob gezimmerten Holztischen herum und umklammerten ihre Becher, als wären sie das Wichtigste auf der Welt. Niemand kümmerte sich um sie. Terca war eine von vielen kruden Gestalten, die sich hierher zurückgezogen hatten, um ein wenig Ruhe vom bunten städtischen Treiben zu finden. Ein Mann in der Uniform der Stadtwache streifte sie mit seinem Blick, ließ dann aber seine Nase wieder in sein Bier hängen. Mehrere Malekuften aus den südlichen Ländern steckten ihre Köpfe am größten Tisch zusammen und unterhielten sich leise. Eines der stiernackigen Wesen wieherte durch seine absurd großen Nüstern, doch seine Kameraden fanden sein Gelächter offenbar eher peinlich. Die Plätze ringsum waren leer. Der ätzende Körpergeruch der Malekuften hielt die Menschen auf Abstand.

Terca setzte sich auf einen der leeren Hocker. Der Schankbursche näherte sich, wischte achtlos über den Tisch, ohne dabei viel von dem Schmutz und den klebrigen, eingetrockneten Weinresten zu entfernen. »Tee?«, fragte er. »Oder Wein?«

»Wie sieht's mit klarem Wasser aus?«

»Nur wenn du vorher ausreichend Geld auf den Tisch legst.«

Terca kramte eine Silbermünze hervor, eine von etwa hundert, die Balthazar ihr gegeben hatte. Dazu kamen etwa ein Dutzend goldene Mau, glänzend und frisch poliert, aus den Schatztruhen jenes Manns, dem sie nun tunlichst aus dem Weg gehen musste.

Der Bursche nickte, verließ sie und kehrte bald darauf mit einem halben Krug der hier so wertvollen Flüssigkeit und einem Becher zurück. Er schnappte sich wortlos die Münze und machte sich davon.

Sie nippte am Wasser. Es schmeckte fade und abgestanden, und doch war es eine angenehme Abwechslung zu all dem Tee, den sie während der letzten Tage getrunken hatte.

Das also war Griam die Großartige, die Wunderbare. Die Perle der Cabrischen See. Der Ort, an dem sich freiheitsliebende Wesen aus allen Teilen des Weltenrunds versammelten. Reisende Bänkelsänger und Poeten des Festlandes fanden nur die schönsten Worte für diese Insel, für viele junge Leute war sie das Ziel ihrer Sehnsüchte, mochten sie auch noch so weit von hier entfernt leben.

Die Wirklichkeit sah anders aus. Alles hier wirkte völlig normal, von den trutzig wirkenden Türmen der Magicae einmal abgesehen. Glanz und Glorie, überschäumender Reichtum, verschwenderischer Luxus und Dekadenz waren nirgends zu finden. All das, was durch Piraterie in die Kassen der Bürger Griams gespült wurde, wurde augenscheinlich in die Aufrechterhaltung der Stadt investiert. Der Mythos überstrahlte die Wirklichkeit bei Weitem.

Der Malekufte wieherte erneut und hieb mit der Faust auf den groben Tisch, und diesmal schnauften seine Artgenossen zustimmend, verstummten aber sofort, als sie bemerkten, dass sie sich auf einmal im Zentrum der Aufmerksamkeit befanden. Dann beugten sie sich weit nach vorn, sodass sich die Schnauzen mit den weichen rosafarbenen Lippen beinahe berührten, und unterhielten sich weiter, Mund an Mund.

Neue Gäste fielen in die Taverne ein, hungrige und durstige Seefahrer, die augenblicklich den Lärmpegel im Schankraum bestimmten. Sie hatten wohl ein gutes Geschäft gemacht, und wenn man ihren Worten glauben durfte, verdienten sie ihr Geld mit Kaperungen, Schutzgeld-Erpressungen und rücksichtslosen Überfällen auf kleinere Ortschaften entlang des nordwestlichen Ufers der Cabrischen See.

Andere zweifelhafte Gestalten gesellten sich zu ihnen. Sie rochen, dass hier spendable und nicht mehr ganz nüchterne Gesellen darauf aus waren, einen Teil ihrer Beute loszuwerden. Bald schon wurden Freirunden ausgerufen, und als es draußen zu dunkeln begann, herrschte eine ausgelassene, fast hysterische Stimmung im namenlosen Wirtshaus.

Terca war es nur recht. Sie liebte es, in der Anonymität zu verschwinden. In den Schatten lebte es sich ausgezeichnet, vor allem als Hexe. Den einzigen Seemann, der so betrunken war, dass er ihre Altersrunzeln glattweg übersah, ließ sie großzügig ihre schlaffen Brüste betatschen. Daraufhin wurde er rasch wieder nüchtern und suchte das Weite.

Sie genoss die Atmosphäre, sog die Stimmung in sich auf, horchte in alle Richtungen und merkte sich, was erzählt wurde. Hier erfuhr sie weitaus mehr, als hätte sie sich an irgendwelche Stadtoffizielle gewandt. In Wirtshäusern wurde die nackte Wahrheit ausgesprochen, meist mit einer derartigen Unverblümtheit, dass es schmerzte.

Zwei Seeleute unterhielten sich über eine Vergewaltigung, an der sie sich beteiligt hatten. Ein zwielichtiger Händler erzählte einem zwielichtigen Kunden, dass er neben Blumenzwiebeln auch zwölfjährige Kinder vermittelte, und fügte grinsend hinzu: »Auch das sind Zwiebeln, die noch austreiben und geöffnet werden müssen, wenn du verstehst, was ich meine.« Schmuggler tauschten sich über Schiffs- und Festlandrouten aus, die angesichts des immer größer werdenden Drucks durch die Truppen des Gottbettlers noch sicher waren; eine verhärmte Frau eröffnete ihrem Schwager, was für ein Schwein ihr Mann doch sei, und Terca hätte ein Vermögen darauf gesetzt, dass sie sich noch heute, nach dem dritten oder vierten Becher vom Sauren, dem lüstern auf ihre Brüste starrenden Kerl hingeben würde. Zwei »Sängerinnen« quietschten auf, als ihre Hintern betätschelt wurden. Eine genoss ihre Macht über die Männer, die andere wirkte verängstigt; sie wurde gewiss zu dieser Arbeit gezwungen. Zwei Männer unterhielten sich über dubiose Gestalten, die vorgestern den Weg nach Griam gefunden hätten und seitdem als spurlos verschwunden galten …

Terca horchte auf. Sie wandte sich den beiden Flüsterern zu. Es waren ausgerechnet die Malekuften.

Sie winkte den Schankburschen herbei, drückte ihm einen Goldenen Mau in die Hand und orderte einen vollen Krug Panschwasser, ein Sauermilch-Getränk mit leichtem Limonen-Geschmack, das kaum jemandem außer den Pferdegesichtigen mundete. Der junge Mann beeilte sich, das Verlangte zu bringen. Sie deutete ihm, Krug samt der Becher am Tisch der Malekuften abzuladen, und drehte sich ihnen zu. »Wohl bekomm's«, sagte sie. »Ich freue mich, Vertreter eures Volkes auch abseits der üblichen Wege anzutreffen.«

Man begegnete ihr mit Schweigen und Misstrauen. Einer der Männer – Terca hatte niemals in ihrem Leben eine weibliche Malekufte zu Gesicht bekommen – mahnte seine Begleiter mit Gesten zur Vorsicht, ohne zu ahnen, dass sie die Zeichensprache der seltsamen Wesen aus dem Süden des Weltenkreises ausreichend gut beherrschte.

»Ich bin eine Hexe«, sagte sie mit entwaffnender Offenheit und im Dialekt der Steilstädte, »und ich wäre froh, in einer Stadt wie Griam Freunde zu haben.«

»Eine Hexe«, wiederholte einer der Malekuften anerkennend. »Hätte nicht gedacht, dass eine wie du hier willkommen ist.« Er prostete ihr zu und trank vom Panschwasser.

»Geht mir bei euch Malekuften ebenso. Mir ist sehr wohl bekannt, wie die Magicae zu euch stehen.«

»Sie hassen uns. Weil wir sie durchschauen. Weil wir ihr Verhalten missbilligen.«

»Und dennoch seid ihr hier, fernab der Heimat?«

»Es gibt gewisse Zwänge, denen wir unterliegen«, wich der Mann einer direkten Antwort aus.

Seine Nüstern waren geweitet, die Atmung kam ruhig, und sein Misstrauen schwand rasch. Malekuften galten nicht unbedingt als die hellsten Wesen des Südens, und das aus gutem Grund. Terca wusste nur zu gut Bescheid über die Herkunft dieser Geschöpfe, die mit wenig Verstand, aber großen Körperkräften gesegnet waren. Genau diese Eigenschaften machten sie zu ausgezeichneten Söldnern, und aus diesen Gründen hatte man sie, als Hexe und Magicus noch eins gewesen waren, in den verborgenen Farmen des Südens gezüchtet.

Wussten diese Malekuften, wer und was ihre Vorfahren einstmals gewesen waren? Terca bezweifelte es.

Sie bestellte eine zweite Runde Panschwasser, und je mehr die Pferdeähnlichen davon tranken, desto freundlicher und auskunftsfreudiger wurden sie. Kuferner, ihr Anführer, erzählte ihr schließlich, was sie hören wollte.

»Unheimliche Fremde«, nuschelte er und gähnte laut, »sind mit uns an Bord eines Seglers nach Griam gekommen. Angeblich handelte es sich um Krieger aus fernen Ländern des Nordens, die Schwertarbeit suchten. Aber das ist bloß die halbe Wahrheit.« Er rülpste, sein säuerlicher Mundgeruch war kaum zu ertragen. »Es waren Soldaten des Gottbettlers. Ich konnte Artgenossen riechen, die mit ihnen in die Schlacht ziehen. Malekuften, die blindlings morden, die keinerlei Ehre im Leib haben.«

»Du bist dir sicher?« Terca schob Kuferner einen vollen Becher Panschwasser vor die Nüstern.

»Völlig. Du musst wissen, dass meine Landsleute fürchterlich zu stinken beginnen, sobald sie dampfig werden.« Die anderen Malekuften nickten beifällig.

»Wie viele Soldaten des Gottbettlers waren es?«

»Etwa zehn. Sie wurden von einer hochgewachsenen Frau angeführt, vor der alle gehörigen Respekt zeigten.«

»Sind Namen gefallen?«

»Nein.«

»Und du weißt auch nicht, was diese Leute auf Griam zu suchen haben?«

»Nein.«

»Du bist dir dessen sicher?« Terca legte ein klein wenig Magie in ihre Frage. Die Malekuften, trunken und müde von einem langen Tag, machten es ihr nicht sonderlich schwer.

»Die Höflichkeit verbietet es, Gesprächen zu lauschen, aber

ich war zufällig in der Nähe ihrer Kajüte an Bord des Schiffs, als Pläne geschmiedet wurden.«

»Ihr Malekuften habt ausgezeichnete Ohren, habe ich mir sagen lassen«, schmeichelte sie Kuferner. »Und du hast ihre Unterhaltung gewiss nicht absichtlich mitgehört.«

»Natürlich nicht.« Er blies kräftig durch Nüstern und Mund, und Schaum spritzte von seinen rosafarbenen Lippen. »Die Frau gab Anweisungen, wie man sich im Reich der Magicae verhalten soll.«

»Sie wollten zu den Magicae«, murmelte Terca und fragte dann laut: »Um *was* zu tun?«

»Die Frau erwähnte zwei Namen. Einer lautete Laryx oder so ähnlich.«

»Larex also.« Tercas Herz schlug schneller. »Und der andere?«

»Sie nannte ihn bloß den Jungen. Den schweigsamen Jungen.«

Er meinte mit Sicherheit den Stummen Jungen. »Du sagtest, ihr seid vor zwei Tagen von Bord gegangen?«

»Ja. Die Söldner betraten gemeinsam mit uns Griams Boden, und seitdem sind sie verschwunden.«

»Sie befinden sich im Reich der Magicae«, sagte Terca tonlos. »Dort könnt ihr sie nicht riechen.«

»Das wäre möglich. Alles, was mit den Türmen und der Magie ringsum zu tun hat, ist für uns nicht zu erfassen. Es ist, als würden diese Bereiche gar nicht existieren.«

Zwei Tage Vorsprung. Terca war wie betäubt. Die Leute des Gottbettlers hatten die richtige Spur aufgenommen. Der Stumme Junge befand sich aller Wahrscheinlichkeit nach längst in ihrer Gewalt, und heute würden ihnen Pirmen Courtix sowie Rudynar Pole in die Falle gehen.

Sie bedankte sich so rasch, wie es die Höflichkeit erlaubte, bestellte zum Abschluss eine weitere Runde Panschwasser für die Malekuften und verließ dann das Wirtshaus. So schnell sie ihre krummen Beine trugen, durchquerte sie die Stadt in Richtung der Magischen Türme von Griam. Dabei schalt sie sich eine Närrin. Warum lief sie nicht zum Hafen und erkundigte sich dort nach dem nächstbesten auslaufenden Schiff?

*Ich werde bloß nach dem Rechten sehen,* sagte sie sich. *Vielleicht haben sich die Malekuften geirrt. Aber sollte tatsächlich etwas geschehen sein, werde ich bestenfalls diesem dummen, hässlichen Barbaren aus der Patsche helfen. Pirmen kann ruhig dort bleiben, wo der Pfeffer wächst. Wie käme ich dazu, ausgerechnet ihm zu helfen?*

Da lungerten finstere Gestalten in den Schatten der Türme. Solche, die an einem Hort des Wissens, wie ihn der Bau der Magicae darstellte, sicherlich nichts zu suchen hatten. Rudynar Pole verfluchte sich, die Gefahr nicht schon früher gerochen zu haben.

»Zurück!«, sagte er zu Pirmen und schob sich schützend vor den Kleinen. Er griff nach seinem Schwert, diesem schartigen Ding, das einzige Überbleibsel seiner Zeit als Linker im Heer des Gottbettlers, zog es blank und wich zurück, hin zum Tor.

Es quietschte und fiel mit lautem Knall ins Schloss. Rudynar Pole fuhr herum, hieb instinktiv zu, zerteilte Luft. Der Mann, den er hatte treffen wollen, war längst zur Seite hin ausgewichen. Er grinste und blieb auf Abstand, eskortiert von zwei weiteren Soldaten, denen die Kampferfahrung mit wulstigen, breiten Narben im Gesicht geschrieben war.

»Gute Reflexe«, sagte der Riese, »aber nicht gut genug.« Dann ging er seinerseits zum Angriff über. Mit einem Messer in der einen und einem Kurzschwert in der anderen Hand tänzelte er auf Rudynar Pole zu, beweglicher, als es angesichts seiner Körpergröße möglich erschien.

Er stach mit dem Messer zu, ritzte Stoff und Haut am rasch hochgerissenen Arm seines Gegners. Er bewegte sich schnell, viel zu schnell!

Rudynar Pole fühlte Schmerz im Unterschenkel. Womöglich hatte er sich einen Muskel gezerrt. Doch das spielte keine Rolle. Durfte es jedenfalls nicht. Er parierte den folgenden Angriff des Riesen, wich zur Seite aus, blieb in Bewegung. Hatte er ursprünglich Pirmen schützen und decken wollen, achtete er nun nicht mehr auf den Kleinen. Es war schwierig genug, auf den Beinen zu bleiben und die nächsten Augenblicke zu überleben.

»Du möchtest sicherlich wissen, wer dein Gegner ist, Mann«, sagte der andere und zeigte ein weiteres Mal dieses widerlich beeindruckende Lächeln, an dem tatsächlich noch alle Zähne beteiligt waren. »Ich bin Petjar Koske, Weidenmeister aus dem Dorf Nefenmey in der Blume von Oriath. Denk an diesen Namen, wenn dich der Große Gleichmacher mit sich nimmt. Er wird dich mit mehr als hundert Kämpen bekanntmachen, die ich ihm ebenfalls als Zeichen meiner Ehrerbietung geopfert habe.«

Rudynar Pole warf sich nach vorn, schneller, als es ihm eigentlich möglich war, unterlief den Hieb Petjar Koskes, riss ihn von den Beinen, spuckte ihm ins Gesicht, wich gleich wieder zurück und wartete auf die Reaktion des Gegners. Während die Magicae im Hof wie erstarrt dastanden, johlten die anderen Söldner rings um sie vor Begeisterung, weitere Feinde, die auf den Ausgang des Zweikampfs warteten, um den Sieger zu bejubeln, so er Petjar Koske hieß, oder ihn in eine Ecke zu treiben und ihn abzuschlachten, sollte es sich wider Erwarten um Rudynar Pole handeln.

*Nicht daran denken. An gar nichts denken*, mahnte sich dieser, *einfach weitermachen. Alles aus diesem morschen, alten Körper rausholen. Und lächeln, immer nur lächeln …*

Petjar Koske sprang auf, mit wutverzerrter Miene. Er brüllte seinen Hass auf den Gegner in die Welt. Er, der stolze und ungeschlagene Krieger, war vor den Augen seiner Kameraden gedemütigt worden!

Rudynar Pole orientierte sich rasch. Neun oder zehn Gegner. Zwei hatten Armbrüste bei sich, einer einen Langbogen, der in der Enge des Hofs aber kaum von Nutzen sein würde. Allesamt wirkten die Frauen und Männer kampferfahren und so, als hätten sie dem Großen Gleichmacher bereits mehr als einmal tief in die Augen geblickt.

Petjar Koske trug seine nächste Attacke voller Wut vor. Hektisch, fast unbeherrscht. Er wollte eine Entscheidung herbeiführen, und zwar so rasch wie möglich. Die Erfahrung lehrte ihn, Rudynar Pole eine möglichst geringe Angriffsfläche zu bieten und diese mit der Messerhand abzudecken, während er mit der anderen zuschlug. Doch er stand dem ehemaligen Linken gegenüber, einem der heimtückischsten und gemeinsten Krieger, die jemals das Waffenhandwerk erlernt hatten. Der hielt sich an keinerlei Regeln. Er tat Dinge, die unvorhersehbar waren.

Er warf sich Petjar Koske entgegen und riskierte eine weitere Verwundung. Die Klinge stach in seinen Wanst, zerfetzte den Stoff, durchdrang die Haut und glitt zur Seite ab, als er sich seinerseits drehte. Er war nun ganz nahe an seinem Gegner. Umklammerte ihn, sodass dieser seine Waffen nicht mehr einsetzen konnte. Rammte ihm den Schädel unters Kinn, missachtete alle Schmerzen, biss in den Hals des Mannes, zerfetzte Haut und Fleisch und Adern, spuckte aus, was in seinem Mund war. Trat Petjar Koske mit angewinkeltem Knie in den Unterleib, sodass dessen Augen so groß wie Hühnereier wurden. Er riss den Mund weit auf, um zu schreien, was ihm aber nicht mehr gelang, weil ein Teil seiner Kehle fehlte.

Rudynar Pole stieß den Sterbenden von sich, und Petjar Koske schlug schwer auf dem Boden auf. Schon war der Mann vergessen. Es gab neun andere, die etwas von ihm wollten. Sollten sie doch kommen, sie alle. Er würde sie töten, würde sie in Stücke hauen. *Niemals mehr wieder weglaufen!*, schwor er sich. *Keine Angst mehr!*

Einer der Kumpanen Petjar Koskes fluchte erschrocken, während er zugleich auf ihn zustürmte. Der Idiot riss den Schwertarm viel zu langsam hoch. Ein Hieb, von oben herab geführt, und das Ding hing nur noch an einem Fetzen am Rumpf, und noch bevor sich der Mann vom Schock erholt hatte, stak auch schon Rudynar Poles Messer in seinem weit aufgerissenen Maul.

Weiter. Der Nächste. Auch er war zu langsam, noch immer im Schock gefangen. Er wusste nicht, ob er den Kampf annehmen oder sich in den Kreis seiner Kumpel zurückziehen sollte, und noch bevor er eine Entscheidung treffen konnte, lag er schon im Staub, mit durchtrennter Kehle.

Rudynar Pole tat den ersten tiefen Atemzug seit seiner bewusst in Kauf genommenen Verletzung. Die anderen Soldaten des Gottbettlers wichen einige Schritte zurück, mit deutlich mehr Respekt als zuvor.

Die Wunde tat verdammt weh. Sie war zwar nicht allzu tief, doch Petjar Koskes Klinge hatte ihm ein Stück Fleisch aus der Brust gerissen. Einerlei. Jammern nutzte nichts. Wenn er hier und jetzt sterben musste, dann sollte es ehrenhaft sein.

Er sah sich nach Pirmen um. Der Kleine lehnte an der Außenmauer, das Gesicht leichenblass, und murmelte irgendetwas vor sich hin.

Der Mann beim Tor war der Nächste. Er stand als Einziger zwischen ihnen und jener Freiheit, die Griams Straßen versprachen.

»Wenn nicht diese hässliche Visage wäre, könnte ich glauben, dir Arschloch schon einmal begegnet zu sein.«

Rudynar Pole zuckte zusammen. Er kannte diese Stimme. Er sah sich um und blinzelte gegen die Sonne, die auf einmal hinter einem der Magischen Türme hervorlugte, als wollte sie ihn verlachen.

Da stand sie. Breitbeinig, lässig auf ihr Schwert gestützt. Das lange blonde Haar umkränzte den Kopf, feurig brennend im Lichterschein. Sie lächelte wie ein Raubtier, das seine Beute gefunden hatte.

»Was für eine Überraschung«, sagte er und versuchte, sich seine Angst nicht anmerken zu lassen.

»Nicht wahr?« Pae Loriander hob die Waffe und betrachtete prüfend die Klinge. »Wie lang ist es her, dass wir uns zuletzt begegnetet sind?«

»Das war in einem anderen Leben.«

»In deinem zweiten, nicht wahr? Nachdem du aus diesem beschissenen Kuhnest abgehauen bist, habe ich mir erzählen lassen, dass du einstmals Metcairn Nifes Linker warst. Dass du einer meiner Vorgänger warst und … sein Freund.«

Rudynar Pole schwieg. Er sah sich um. Suchte nach einem Ausweg. Nach einem Loch, in dem er sich verkriechen konnte.

»Wie fühlt man sich als Verräter und Feigling?« Sie kam näher, Schritt für Schritt. »Wie ist es, wenn man den Feind im Rücken spürt und davonläuft, immer weiter weg, obwohl man weiß, dass man ihm nicht entkommen kann?« Pae Loriander runzelte die Stirn. »Hast du versucht, dein erbärmliches Leben selbst zu beenden? Hat es nicht geklappt, weil du einstmals von den Magicae des Gottbettlers behandelt wurdest? Weil nur die Klinge eines Freundes dich töten kann? Hast du es dennoch versucht? Mit Gift, mit Alkohol? Hast du dich ertränken wollen oder bist irgendwo in die Tiefe gesprungen, um festzustellen, dass du immer noch atmest und dass dir bloß alles scheißweh tut?«

Das verdammte Weibsstück roch betörend gut. »Ich habe mich zurückgezogen, das war alles. Ich hoffte, niemals wieder mit deinesgleichen in Berührung zu kommen.«

»Wie das Leben so spielt ...« Sie zuckte mit den Schultern und lächelte ihn an. »Sollen wir die Wirksamkeit des Zaubers der Magicae überprüfen, hier und jetzt? Soll ich dich in Stücke hauen? Oder muss ich dich mitschleppen, hin zu deinem Freund, den Heerführer, damit du ihm die Füße lecken und ihm in den Arsch kriechen kannst?«

Kein Ausweg. Rings um ihn befanden sich Mauern, und die Leute der Linken kesselten ihn zudem ein. Sechs erfahrene Krieger, die den Tod ihrer Kameraden hinnahmen, ohne in Panik davonzulaufen, wie er es gehofft hatte und wie es wohl die meisten Schwerthände getan hätten.

»Ich würde wieder davonrennen, wenn ich könnte«, sagte Rudynar Pole. »Aber es scheint kein Schlupfloch zu geben, durch das ich passe.«

»Nein. Zumal du eine feiste Wampe vor dir herträgst, die es dir unmöglich macht, dich wieder zu verkriechen.«

»Das Leben hat es gut mit mir gemeint.«

»Hat es nicht, *Herr* Rudynar Pole. Ganz im Gegenteil. Es hat dich weich und schwach gemacht.«

Sie trat vor, nach wie vor lächelnd, und führte einen ansatzlosen Hieb von oben her, so wuchtig, dass es ihm beinahe das Schwert aus der Hand prellte, als er den Schlag mit seiner Klinge abfing. Er wich zurück und erwehrte sich mit Mühe ihrer weiteren Attacken. Pae Loriander drosch mit enormer Kraft auf ihn ein, ohne dass sie sich dafür groß anzustrengen brauchte, wie es schien. Mit welchen Dämonen stand das Weibsbild im Bunde, dass sie eine derartige Serie von Hieben austeilen konnte, ohne auch nur ein klein wenig schneller zu atmen?

Rudynar Pole täuschte einen Schritt zur Seite an und trat der Gegnerin stattdessen entgegen. Er wehrte ihren Schlag so früh wie möglich ab, nahm den Schwung ihres Hiebs auf, drehte sich um die Achse und stach zu.

Seine Klinge durchbohrte nur Luft. Pae Loriander war längst nicht mehr dort, wo sie hätte sein sollen, sondern in seinem Rücken. Sie trat ihm in den Hintern, dass er in den Staub stürzte, und lachte.

Er warf sich zur Seite, und der Stahl seiner Gegnerin schlug neben ihm Funken, wo sie gegen den felsigen Boden prellte. Er rollte weiter und weiter … O ja, der Bauch war ihm wirklich im Weg, und er war bereits völlig außer Atem.

Weiter, nur weg von diesem Höllenweib! Irgendwie kam Rudynar Pole wieder auf die Beine, stolperte schwindlig davon, orientierte sich entlang des Mauerwerks, stürzte an Magicae vorbei, die entsetzt dastanden und fassungslos den Kampf auf Leben und Tod im Innersten ihres Heiligtums verfolgten. Sie waren bloß Statisten eines Schauspiels, das schon vor einigen Jahren hätte stattfinden sollen, damals, als er seinen Freund, Herrn Attamay, im Stich gelassen hatte.

Die Klinge zischte über seinen Kopf hinweg. Er hätte schwören können, dass er nun um einige graue Haare kürzer war. In früheren Zeiten hätte er nur noch mit noch mehr Verve gekämpft. Doch angesichts der Kampf- und Fechtkunst seiner Gegnerin war er ratlos. Was auch immer er versuchte, sie kannte die passende Antwort. Sie spielte mit ihm. Eilte mit langen, eleganten Schrittsprüngen hinter ihm her, stach ihm in die Hüfte, ritzte seinen Hals, brachte ihm eine Fleischwunde am linken Unterschenkel bei. Und sie lachte unentwegt. Wie ein kleines Mädchen, das seiner Lieblingspuppe in kindlicher Bosheit nacheinander alle Glieder ausriss.

»Du beherrschst das Spiel nicht sonderlich gut!« Wieder

musste er eine Schnittwunde an der Brust hinnehmen. Dort, wo sein Wams ohnehin schon blutgetränkt war.

Er umkreiste das Halbrund eines Turms, warf seiner Verfolgerin ein halb gefülltes Wasserfass vor die Beine. Sie lachte und sprang leicht wie eine Feder darüber hinweg, schwang die Waffe, ließ sie kreisen und stoppte sie plötzlich ab, kurz bevor sie seinen Kopf vom Rumpf getrennt hätte. Noch immer verschonte sie ihn. Sie wollte ihre Überlegenheit bis ins Letzte auskosten und ihm seine Hilflosigkeit vor Augen führen.

Er blieb stehen, ließ das Schwert fallen und stellte sich vor Pae Loriander hin. Sich weiterhin gegen sie verteidigen zu wollen erschien ihm sinnlos. Es zögerte das unausweichliche Ende nur hinaus.

Sie sah ihn an, und das erste Mal bemerkte er so etwas wie Überraschung in ihrem Blick. »Ich verstehe allmählich«, sagte sie leise. »Die goldenen Augen … Du bist also der Mann, der laut Legende auf den Stummen Jungen aufpassen soll.« Sie seufzte. »Ist es nicht schade, dass du ihm niemals begegnen wirst?«

»Warum will jedermann mein Schicksal kennen?«, fragte er seufzend – und warf sich auf sie, einen Moment früher und rascher, als sie geglaubt hatte. Hatte sie ihm einen derartigen Kraftakt nicht mehr zugetraut?

Sie tänzelte seitlich weg, brachte ihr Schwert aber nicht mehr in die notwendige Abwehrhaltung. Sein Messerstich glitt über ihre Klinge, über das Heft, ritzte über die Haut ihrer Hand und drang dann in die linke Ellenbeuge. Rudynar Pole drehte das Messer hin und her, zerfetzte Fleisch und Sehnen.

Pae Loriander schrie, und auf einmal klang sie wie ein kleines, erschrockenes Mädchen. Es rührte etwas in ihm. Den Instinkt eines Vaters, der er niemals gewesen war. Er wich zurück, statt diesen einen winzigen Vorteil auszunutzen und die Linke endgültig zu erledigen. Er blieb stehen und starrte die Frau an, die völlig fassungslos auf ihren nutzlos gewordenen Arm starrte. Die einfach nicht glauben wollte, dass jemand sie verletzt hatte.

»Das darf nicht sein!«, jammerte sie. »Sie hat mir versprochen, dass dies niemals geschehen würde! Sie hat mich belogen! Dieses miese Stück, diese alte Hurenmöse …«

Pae Loriander gebrauchte Schimpfworte, wie Rudynar Pole sie noch nie vernommen hatte – und er kannte Kraftausdrücke aus mehr als einem Dutzend Ländern. Die Linke wollte gar nicht mehr aufhören, während sie mit dem Fuß aufstapfte, verzweifelt die Blutung zu stillen versuchte und nicht mehr auf ihn achtete. Ihre Leute wichen vor Pae Loriander zurück, erschrocken, fast panisch.

*Ein Hieb, und alles wäre erledigt. Ich könnte ihr den Kopf vom Rumpf trennen, einfach so …* Doch er tat es nicht. Es fühlte sich falsch an. Es entsprach nicht dem, was er sein wollte, nachdem er beschlossen hatte, sich Pirmen anzuschließen.

Er lief zum Kleinen, packte und schüttelte ihn an den Schultern. »Wo finden wir diesen Larex? Und wo den Stummen Jungen? Rasch!«

Pirmen starrte ihn voll Unverständnis an. Begriff er denn nicht, worum es ging? Er musste doch die Chance erkennen, die sich ihnen bot, nun, da sich Pae Loriander in Selbstmitleid erging und die restlichen Söldner offenbar von der Situation überfordert waren. Die unbesiegte Kriegerin, der sie bedenkenlos ins Reich der Dämonen gefolgt wären, war vor ihren Augen zu einem verwundbaren, laut greinenden Weib geworden.

»Rede schon! Wo hält sich Larex auf?« Rudynar Pole schlug ihm mit der flachen Hand ins Gesicht.

Pirmen reagierte mit diesem hasserfüllten Blick, der gegen den gesamten Weltenkreis gerichtet war und den Rudynar

Pole mittlerweile zur Genüge kannte, dann stieß er hervor: »In seinem Turm.« Er deutete auf das Rund rechts von ihnen, ungefähr halb so hoch wie alle anderen Bauwerke im Inneren der Magicae-Enklave auf Griam, dessen Stein verwittert und baufällig wirkte.

Rudynar Pole packte Pirmen, hob ihn sich auf die Schulter und lief davon, darauf hoffend, dass sich der Kleine irgendwie festhalten würde. Ein Soldat des Gottbettlers stellte sich ihm in den Weg, doch er war kein würdiger Gegner. Rudynar Pole schlug ihm die Waffe aus der Hand und verpasste ihm einen Faustschlag gegen die Schläfe. Der Mann fiel zu Boden, doch Rudynar Pole kümmerte sich bereits nicht mehr um ihn. Wichtig war die Tür vor ihm, hölzern, mit verrosteten Beschlägen und von Würmern zerfressen. Zwei Magicae-Novizen standen davor, auch sie völlig überfordert von den Geschehnissen. Rudynar Pole hatte keine Zeit für lange Diskussionen und rammte die beiden blassen Burschen einfach aus dem Weg, und als sich die Tür nicht öffnen ließ, trat er sie mit drei wuchtigen Tritten ein.

Pae Loriander fand zu sich selbst zurück, und aus ihrem Wimmern wurden wieder herrische Kommandos. Rudynar Pole zog den Kopf zwischen die Schultern. Er meinte zu spüren, wie Armbrüste gespannt wurden, wie man die Waffen auf ihn ausrichtete.

Er musste kichern, als er daran dachte, dass er einen lebenden Schutzschild auf seiner Schulter trug. Die Pfeile und Bolzen würden Pirmen viel eher treffen als ihn.

Er stolperte durch die eingetretene Tür ins Dunkel, an das sich seine Augen erst noch gewöhnen mussten. Ein Pfeil sirrte dicht an ihm vorbei und prallte gegen Stein. Da war ein Kasten, ein Riesending von einem Möbel, kunstvoll verziert und mit Silberbeschlägen, die ein kleines Vermögen wert sein mussten.

Rudynar Pole umfasste es, spannte die Muskeln an und schob es zur zerstörten Tür, klemmte es zwischen die Steine des schmalen Eingangs. Doch das Möbel würde die sieben verbliebenen Soldaten des Gottbettlers nur kurze Zeit aufhalten.

Auf einem Tisch waren Gläser aufgereiht, die teils in hölzernen Halterungen steckten und durch ebenfalls gläserne Röhrchen miteinander verbunden waren. In ihnen befanden sich grellbunte Flüssigkeiten, von denen einige blubberten und dampften. Eine Versuchsanordnung von Pirmens Meister Larex, wie es schien. Oder Larex stellte auf diese Weise irgendeine magische Substanz her. Rudynar Pole kannte sich mit so etwas nicht aus.

»Nimm dieses Glas dort! Und das mit der blauen Flüssigkeit! Und das dort!«, wies Pirmen seinen Träger an. »Stell sie nebeneinander vor die Tür, damit die Soldaten darüber stolpern, wenn sie eindringen, und die Flüssigkeiten sich vermischen.«

Rudynar Pole tat, wie ihm geheißen, dann lief er auf die Treppe zu und wollte die Stufen nach oben hetzen. »Nach unten, du hirnloser Säufer!«, keifte ihm Pirmen ins Ohr.

»Aber …«

»Larex' Turm reicht wesentlich weiter in die Tiefe als nach oben! Er steht schon so lange in Griam, dass das Niveau der Stadt ringsum mittlerweile bis zu seiner Mitte aufgeschüttet wurde!«

Rudynar Pole unterdrückte einen Fluch. Er musste Kraft sparen. Er bekam kaum noch richtig Luft, und seine Wunden, vor allem die an der Brust, schmerzten immer heftiger.

»Mach endlich!«, schrie Pirmen.

Rudynar Pole gehorchte, nahm die Stufen nach unten, verfluchte seine alten Knochen. Er hörte, wie die Söldner über ihm in den Turm eindrangen, hörte das Splittern von Holz, ihr wütendes Schreien und dann …

Ein ohrenbetäubendes Krachen. Er wurde wie von einer Titanenfaust getroffen nach unten geschleudert, von einer Feuerlohe verfolgt. Er wollte sich an einem schmiedeeisernen Ring an der Steinwand festhalten und griff daneben, wurde in die Tiefe geweht, während ihn eine unsägliche Hitze einholte, die ihm Bart und Augenbrauen versengte, sein Gesicht verbrannte und Blasen auf seiner Haut entstehen ließ, bis die Feuerlohe kleiner und kraftloser wurde, aufgesogen von irgendeinem Kamin und nach oben getragen. Womöglich würde irgendwo aus dem Turm eine gewaltige Stichflamme weit in den Himmel schießen und die Bevölkerung Griams aus ihrer Beschaulichkeit reißen.

Waren die Soldaten des Gottbettlers noch am Leben? Nein, unwahrscheinlich. Dennoch sagte ihm sein Instinkt, dass er weiter nach unten musste. Pirmens Mund befand sich unmittelbar neben seinem Ohr und brüllte etwas, das er nicht verstand. Aber er wusste ohnedies, was zu tun war. Er musste tiefer hinab, immer tiefer, auf der Suche nach Larex.

Und was würde geschehen, sobald er ihn gefunden hatte?

*Ich hatte gehofft, diese schlechte Angewohnheit, den Helden zu spielen, längst abgelegt zu haben. Helden sind Idioten, und meist haben sie ein relativ kurzes Leben,* dachte Rudynar Pole, bevor er den Abstieg fortsetzte. *Das ist ja wohl auch einer der Gründe, warum ich das Amt als Linker ohne Wehmut hinter mir gelassen habe.*

Die völlige Stille wurde von einem Bimmeln abgelöst, das anfänglich monoton und langweilig klang, nach und nach aber schmerzlich laut wurde. Rudynar Pole vermochte sich kaum noch auf seine Umgebung zu konzentrieren, auf die Treppe, die sich schier endlos in die Tiefe schraubte und die sich um ihn zu drehen schien. Sein Gleichgewichtssinn war verlorengegangen. Das menschliche Paket auf seinem Rücken war auch nicht sonderlich hilfreich bei diesem Abstieg in die tiefsten Tiefen Griams. Es schlug aus, schimpfte und beleidigte ihn. Dabei schien die Stimme von weit her zu kommen, war kaum hörbar.

Die Wände ringsum glänzten feucht. Salzkristalle klebten am Stein. Seltsame Tierchen, blass und mit kaum ausgebildeten Augen, krochen darüber hinweg. Es roch nach Moder und nach Fäulnis. Viermal passierte Rudynar Pole Ausstiege aus dieser endlos wirkenden Spirale, viermal bedeutete ihm Pirmen, den Weg nach unten fortzusetzen.

Endlich erreichten sie den letzten Absatz – und standen vor einer gemauerten Wand. Es ging nicht weiter.

Pirmen verlagerte sein Körpergewicht und brachte Rudynar Pole dazu, sich ein klein wenig nach rechts zu neigen. Der Kleine tippte gegen einige Steine – und daraufhin schob sich ein Teil der Wand rumpelnd zur Seite. Dies hier war zweifellos das Werk eines höchst begabten Magicus.

Rudynar Pole trat in einen Raum, der an einen Thronsaal gemahnte und so gar nicht zur bedrückenden Enge und der Kargheit des Turms passte. Ringsum hingen und lagen Dinge, die von Reichtum zeugten. Wertvolle Teppiche und Tücher, Kästen voll Silbermünzen, Edelsteinketten, wie sie die Häupter von Königen schmückten, Statuen und Figuren aus purem Gold, Pokale, sorgfältig ziseliert und mit Einlegearbeiten versehen, und auf hölzernen Halterungen Schwerter und andere Waffen, deren Wert Rudynar Pole viel besser als alles andere einzuordnen vermochte. Drei von ihnen, so stellte er mit gehörigem Bauchgrimmen fest, gehörten zu den Ewigen Waffen, zu einer Auswahl an Kriegswerkzeugen, mit deren Hilfe man weit überlegene Heere bezwingen und Schlachten gewinnen konnte.

Vidal, das Schwert Metcairn Nifes, gehörte ebenfalls zu diesen insgesamt elf Kriegsinstrumenten, und wenn man bedachte, was der Heerführer und ehemalige Freund mit nur dieser einen Klinge angerichtet hatte, konnte man sich ausrechnen, welchen immensen Wert dieser Fund besaß.

Rudynar Pole lehnte sich gegen die Wand, erneut befiel ihn Schwindel, und erst das Zappeln des Körpers auf seinem Rücken erinnerte ihn daran, dass Pirmen noch da war, dessen ausgemergelter, verkrüppelter Körper zwischen ihm und der Wand eingeklemmt war. »Saukerl!«, hörte er das Geschimpfe des Kleinen von weit her.

Sehr gut. Sein Hörvermögen kehrte zurück. Leider aber auch die Schmerzen, die ihn vor allem an die Wunde in seiner Brust erinnerten.

Er torkelte in den Raum. Exotische Gerüche umfingen ihn. Solche, die er nur vage kannte und die er mit unangenehmen Dingen in Verbindung brachte. Sie machten, dass ihm speiübel wurde.

Rudynar Pole blickte sich um. Seine Instinkte schlugen an. Hier stimmte etwas nicht. Pirmen hingegen benahm sich wie ein quengelndes Kleinkind, das seinen Vater nach langer Zeit endlich wieder zu Gesicht bekommen sollte. »Weiter hinten!«, rief er, »Larex sitzt meist bei den Öfen!«

Rudynar Pole torkelte nach vorn. Der Schmerz war kaum noch zu ertragen. Überall strömte Blut aus Dutzenden kleinen wie großen Wunden an seinem Körper. Mit jeder Sekunde, die verstrich und die er sich nicht um die Versorgung all dieser Verletzungen kümmerte, näherte er sich dem Großen Gleichmacher. Womöglich lauerte er bereits irgendwo in den Schatten, sprungbereit, um sich auf ihn zu werfen, sich mit seinen wulstigen Lippen an seinem Mund festzusaugen und ihm die letzten Reste Leben aus der Lunge zu saugen, wie es die Mutter Rudynar Pole in den dunklen Abendstunden in der äußersten Norde immer wieder erzählt hatte.

Pirmen packte seinen Kopf und zwang ihn, nach rechts zu blicken. Dort war eine Gestalt, die Ähnlichkeit mit den vielen Statuen im Raum hatte, aber durch und durch hässlich war. Diese Statue bewegte sich. Sie erhob sich und stand dann auf wackligen Beinen da, auf Beinen, die aus Holz und Metall bestanden, die miteinander verschraubt waren.

Dies war zweifellos Larex der Magicus. Er verströmte den Geruch von Macht, von Arroganz, Stärke und von etwas, das Rudynar Pole nicht richtig benennen konnte. Der Mann vor ihm, so schwach und hinfällig er auch auf den ersten Blick wirken mochte, war womöglich noch gefährlicher als Pae Loriander.

Larex stützte sich auf ein Rollkästchen mit Griffen und schob es vor sich her, auf Rudynar Pole zu. Der Mund des Magicus bewegte sich, und von ganz weit weg hörte der ehemalige Linke eine heisere Stimme, so leise, dass er kaum ein Wort verstand.

Larex kam näher, rümpfte die krumme Nase und blinzelte ihn aus tränenden Augen an. »Du bist der Goldene!«, krächzte er. »Du kommst mit Krach, mit Explosionen, mit Blut. So wie es die Barbaren tun, statt sich der ruhigen Dinge des Lebens zu erfreuen.«

»Der Stumme Junge …«

»Er ist hier, ganz nahe. Und wir werden dich so rasch wie möglich zu ihm bringen.« Der Alte umrundete Rudynar Pole und tätschelte Pirmens Kopf. »Ich hätte niemals geglaubt, dass du es sein würdest, der mir den Goldenen bringt«, sagte er mit kalter und mitleidloser Stimme, ohne sich zu bedanken oder den Kleinen auch nur mit einem Gruß zu bedenken. »Ich habe nie viel von dir gehalten. Aber nun sind eine Menge Dinge in dir erwacht. Kraft. Zorn. Verbitterung. Du hast bessere Anlagen, als ich für möglich gehalten habe. Deine Kräfte wachsen mit jeder Stunde. Interessant, höchst interessant …«

»Herr, ich bin so froh, dich wiederzusehen«, sagte Pirmen, der die beleidigenden Worte seines Meisters kommentarlos zur Kenntnis nahm. »Wir werden verfolgt! Die Leute des Gottbettlers … Wir mussten gegen sie kämpfen, um hier herabzugelangen …«

»Ich weiß, ich weiß.« Larex machte eine wegwerfende Geste. »Diese Soldaten sind eine kleine Unannehmlichkeit, die ich sehr bedauere. Sie haben meine Brüder völlig überrascht.«

»Ich bin nicht sicher, ob Herr Rudynar Pole sie allesamt erledigt hat. Die Überlebenden sind womöglich auf dem Weg hierher. Wir müssen weg von hier, so rasch wie möglich! Der untere Ausgang, ist er frei? Wir sollten ihn nehmen und …«

Wieder unterbrach der Meister seinen Lehrling. Diesmal zeigte sich echte Überraschung in seinen knittrigen Gesichtszügen. »Du sagtest … dies hier ist Rudynar Pole? *Du* bist Herr Rudynar Pole? Der ehemalige Linke Metcairn Nifes?«

»Ja.« Ihm schwindelte. Alles, was eben geschah, dieses sinnlose Geplapper, das Ringen um Worte, es wurde zunehmend bedeutungslos. Ihm war speiübel, und der Raum rings um ihn drehte sich.

Aus seiner Brustwunde quoll das Blut nur noch zähflüssig und dunkel. Ganz anders, als Blut normalerweise aussah. Woher kam das? Und warum fiel ihm jeder Atemzug so ungeheuer schwer? Und warum hörte sich seine Lunge so sonderbar an? Er musste sich setzen und dann eine ernsthafte Unterhaltung mit diesem Kerl führen, der sich langsam aus den Schatten löste und sich ihm näherte. Sollte er ihn ruhig mit sich nehmen. Rudynar Pole hatte keinerlei Einwände mehr dagegen. Aber warum beeilte sich der Große Gleichmacher nicht? Warum tat das Sterben bloß so unglaublich weh?

»Jetzt verstehe ich.« Larex lachte. Er legte den Kopf weit in den Nacken, kicherte und lachte noch mehr, wobei sein ganzer Körper bebte. Wenn er so weitermachte, dachte Rudynar Pole, würde der Große Gleichmacher zwei Opfer mit in sein dunkles Reich nehmen. »Es stand alles so klar und deutlich vor uns – und dennoch haben wir es allesamt übersehen. Der Mann mit den Goldenen Augen …«

»Darf ich mitlachen?«

Rudynar Pole drehte sich um. Pae Loriander stand in der Mitte des Raums, zwei leicht verletzte Soldaten flankierten sie. Einer hielt seine Armbrust auf Rudynar Poles Brust gerichtet.

»Ist das nicht ein nettes Zusammentreffen? Der Meister und sein Lehrling. Der Goldene. Und der Stumme Junge ist gewiss auch nicht weit.« Pae Loriander zog einen Stofffetzen über ihrem nutzlos gewordenen Arm fester und nahm ihre Waffe dann in die unverletzte Schwerthand. Sie zeichnete Schlagschlaufen in die Luft, als wollte sie demonstrieren, dass der Augenblick, da sie die Beherrschung und ihre Selbstsicherheit verloren hatte, der Vergangenheit angehörte. Pae Loriander war wieder ganz Herrin der Lage. »Ich habe einen Auftrag zu erfüllen, und ich *werde* ihn erfüllen. Der Stumme Junge muss leben, den Goldenen kann ich Metcairn Nife auch als zerstückelten Kadaver vor die Füße werfen.«

»Hat er das so gesagt, Frau Loriander?«, fragte Rudynar Pole. Seltsam, nun, da es endgültig mit ihm zu Ende ging, war sein Gehör wieder da.

»Du kennst doch deinen Freund. Er ist viel zu sehr nobler Herr, als dass er einen derartigen Befehl geben würde. Er würde aber auch nichts sagen, wenn ich ihm einen großen Haufen stinkenden Fleischs übergebe. Wichtig ist bloß, dass die Augen zu erkennen sind, ihr goldenes Funkeln.«

»Ich werde es nicht dulden, dass hier unten gekämpft wird!«, donnerte Larex mit einer Stimme, die tief aus seinem Leib drang und einen Hauch der ihm innewohnenden Macht erkennen ließ. »Ihr werdet eure Händel gefälligst an einem anderen Ort austragen!«

»Du hast hier gar nichts zu bestimmen, Magicus.« Pae Loriander grinste. »Das Recht dazu hast du längst verwirkt. Damals, als du dich dem Gottbettler verkauft hast.«

Rudynar Pole spürte, wie Pirmens Körper auf seinem Rücken versteifte. Wie er um Atem rang, etwas sagen wollte, sich dabei verschluckte und zu husten begann.

Er würde für den Kleinen sprechen. Er war in einer Welt aus Verrat und Intrigen und miteinander und ineinander verfilztem Gebaren aufgewachsen. Er verstand noch längst nicht, was hier geschah, doch dies war ein Terrain, auf dem er zu Hause war.

»Sieh mal einer an«, sagte er. »Der ach so ehrenwerte Magicus Larex stellte sich also den Leuten des Gottbettlers als Verräter zur Verfügung. Ist der Preis, der auf meinen Kopf ausgesetzt wurde, wenigstens hoch genug, um mehrere Tote zu rechtfertigen?«

»Der Tod ist eine völlig überschätzte Angelegenheit«, meinte der alte Mann. »Ich weiß es. Ich bin ihm bereits mehrmals begegnet und war auch schon in seinem Reich zu Gast.«

»Du hast also das Sterben anderer einkalkuliert. Belastet das denn nicht dein Gewissen, Herr Larex? Oh, verzeih mir. Ich vergaß. Man lehrt einen Magicus, sein Gewissen so rasch wie möglich abzulegen, richtig?«

»Genau deshalb ist Pirmen stets ein schlechter Zögling gewesen. Er trägt immer noch seltsame und belastende Ansichten in sich«, entgegnete Larex gelassen. »Hoffentlich ändert sich das bald, nun, da er seine Wund-Initiation erhalten hat und sich nicht mehr um seine Körperlichkeit kümmern muss.«

»Du mieses altes Dreckschwein«, murmelte der Kleine an Rudynar Poles Ohr. »Du hast mich betrogen, hast mich um mein Leben gebracht. Hast mich für deine Zwecke eingespannt und ...«

»Aber, aber ... Wer wird denn gleich persönlich werden?« Larex löste die Hände vom Schiebewagen und richtete sich auf. Ein Ruck ging durch seinen Leib, er wirkte mit einem Mal um einen Kopf größer, und seine Präsenz war die eines Titanen. »Letztlich hast du deine Sache gut gemacht, Pirmen. Du hast den Goldenen hierhergebracht, und wir übergeben ihn nun im Paket mit dem Stummen Jungen. Das wird das Wohlwollen des Gottbettlers uns gegenüber weiter erhöhen, nicht wahr, Kriegerin?«

»Ja, das wird es.« Pae Loriander rückte einen Schritt vor, ihre beiden Begleiter ebenfalls. »Allerdings frage ich mich, warum du uns den Stummen Jungen nicht schon längst übergeben hast. Warum erfahren wir erst jetzt, dass er hier versteckt gehalten wird?«

»Das ist hohe Politik, Pae Loriander. Beschäftige dich besser nicht mit derlei Angelegenheiten und bleib bei den Waffenspielchen, die du so gut beherrschst«, sagte Larex und fügte dann listig hinzu: »Allerdings längst nicht so gut, wie du dachtest, nicht wahr? Hat *er* dir etwa den Arm zerstückelt? Ist womöglich doch etwas dran an dem Mythos, dass der Mann mit den Goldenen Augen Tod über jene bringt, die sich für unsterblich halten, während er selbst sein Leben nicht verlieren kann?«

Rudynar Pole setzte Pirmen sacht ab und ließ sich auf einen Stuhl fallen. »So, wie ich mich fühle, habe ich allerdings nicht mehr viel Zeit.«

Und dennoch lebte er weiter. Und dennoch funktionierte sein Verstand so gut wie schon lange nicht mehr. Und dennoch suchte er nach einem Ausweg aus dieser schier hoffnungslosen Situation.

»Lassen wir dieses fruchtlose Gerede.« Pae Loriander trat

einen weiteren Schritt vor und hielt ihre Klinge Rudynar Pole vors Gesicht. »Bringen wir diesen Handel zu einem Ende. Wenn wir das Leben des verkrüppelten Zwergs schonen sollen, dann sag es uns, Larex. Doch der Goldene gehört mir. Mir ganz allein. Ich werde ihn an mich nehmen. An Bord unseres Schiffs auf dem Weg zurück zum Heerlager Metcairn Nifes werde ich mich dann ausgiebigst mit ihm beschäftigen. Der Heerführer würde womöglich so etwas wie Sympathie für diesen Kerl entwickeln, wenn er ihn lebend zu Gesicht bekäme und …«

Rudynar Pole griff an. Ohne Vorwarnung und mit einer Beherztheit, die er sich selbst nicht mehr zugetraut hätte, nicht in seinem derzeitigen Zustand.

Pae Loriander schlug seine Waffe mit einer lässigen Armbewegung zur Seite. Sie prellte ihm das Schwert aus der Hand und stach zu. Ihr Stahl fuhr unter das zerfetzte Fleisch seiner Brust und löste es noch ein klein wenig mehr ab, so als wollte sie ihn Stück für Stück filetieren.

Er stürzte zu Boden und blieb dort liegen, zu keiner Bewegung mehr fähig. Immerhin fühlte er keinen Schmerz mehr. Er nahm die zusätzliche Verwundung hin. So war das nun mal, wenn man einen Kampf verlor, und letztlich verlor jedermann den Kampf gegen den Großen Gleichmacher.

»Also wo finden wir den Stummen Jungen?« Pae Loriander achtete nicht weiter auf ihn, sondern sah den Magicus an.

»Im untersten Stock, nahe dem alten Ausgang. Dort lebt er, seit vielen Jahren, und wartet darauf, dass sich sein Schicksal erfüllt. Und jetzt möchte ich meine Belohnung haben.«

Larex' Präsenz war überaus kräftig. Er ließ die anderen Versammelten in diesem übel riechenden Raum wissen, dass ihm durch nichts beizukommen war.

»Sie steht dir zu. Allerdings frage ich mich, was du mit einem alten, zerbeulten Helm anfängst?«

Einer der Begleiter Pae Globanders warf dem Magicus einen schmutzigen Beutel vor die Füße. Er beugte sich hinab, griff danach, zog die Verschnürung auf und lugte hinein. Dann zog er den Preis seines Verrats hervor, einen unscheinbaren, matt gewordenen Kopfschutz, der in seiner Form einer Suppenschüssel ähnelte, der Länge nach zweigeteilt war und nur durch mehrere Lederriemen zusammengehalten wurde.

»Die Rüstung ist vollständig«, sagte der Alte, und nochmals: »Die Rüstung ist vollständig!« Larex wandte sich ab, als kümmerte ihn nicht, was weiterhin geschah. Er hatte keine Augen mehr für die Verwundeten und Verkrüppelten, geschweige denn für ihn, Rudynar Pole, den Sterbenden. »Tut mir den Gefallen und tötet Pirmen«, sagte er nur noch. »Ich kann ihm nicht vertrauen.«

»Dein Wunsch ist uns Befehl.« Pae Loriander lächelte. Nichts war mehr von ihrer Unsicherheit geblieben, auch die schwere Verwundung beeinträchtigte sie nicht länger. »Machen wir uns an die Arbeit, Freunde.«

Der Mann mit der Armbrust nickte und richtete seine Waffe auf Pirmen …

Terca ging mit Bedacht vor. Sie umrundete das Gelände der Magicae zweimal und in gemächlichem Tempo, um nur ja niemanden auf sich aufmerksam zu machen. Griams Wachen drehten ihre Runden. Nun, da die Dunkelheit hereingebrochen war, wirkten sie weitaus aufmerksamer als noch vor wenigen Stunden.

Sollte sie mit den Herrschern Griams Kontakt aufnehmen? Mit den beiden geheimnisvollen Frauen eines Duumvirats, die angeblich seit mehr als vierzig Jahren die Geschicke des Oceanicum lenkten, aber kaum einmal persönlich in Erscheinung traten?

Nein. Das erschien ihr als zu umständlich, vor allem nicht zu nachtschlafender Zeit, und würde nicht zum Ziel führen. Sie benötigte dennoch dringend Unterstützung. Doch woher und wie? Den Malekuften konnte sie nicht vertrauen. Diese Geschöpfe mischten sich höchst selten in die Angelegenheiten anderer ein.

Terca sah sich in den Schatten um. Sie entdeckten krude Gestalten, die sie ihrerseits beobachteten und darauf warteten, dass sie sich zu weit auf ihr Terrain vorwagte. Diebe und Halsabschneider, die Kinder der Nacht. Sie waren auf leichte Beute aus. Vermutlich würde Terca ein paar der Totschläger für ihre Pläne gewinnen können, doch auch solche Kerle waren unzuverlässig. Sie würden beim geringsten Widerstand das Weite suchen und sie im Stich lassen. Nein, sie benötigte Hilfe von Wesen, auf deren gegebenes Wort sie sich verlassen konnte.

Eine Wache grüßte sie mit einem Kopfnicken. Der Mann hielt sich an einer lächerlich anmutenden Hellebarde fest, die ihm hier, in diesem verwinkelten Gassenwerk rings um das Gelände der Magicae, bestenfalls als Stütze für seinen Schlummer dienen konnte. Terca erwiderte den Gruß und ging davon, Richtung Hafen. Ihr war eine Lösung für ihr Problem eingefallen. Doch es würde sie viel kosten. Mehr, als sie eigentlich zu zahlen bereit war.

Die gepflasterten Wege wurden von solchen aus festgetretenem Erdreich abgelöst, hier und dort zeigten sich ärmliche Hütten und umgedrehte Fischerboote, die während der Nacht den Ärmsten des Oceanicum als Unterschlupf und Schlafstelle dienten. Kleine Feuer brannten entlang der Straßen; die meisten waren bis auf eine schwache Glut heruntergebrannt. Diese Menschen würden bereits in wenigen Stunden wieder auf die See hinausfahren und ihrem Tagwerk nachgehen.

Zwischen den Booten fand sie, wonach sie gesucht hatte: Erdlöcher, so schmal, dass Terca gerade mal Kopf und Schultern ins Innere quetschen konnte. Vor einem waren sonderbare Zeichen in die Erde gekratzt worden. Terca hatte vor langer Zeit gelernt, die Symbole, die Sigilen, zu deuten. Wollte sie mit einem Mitglied des Kleinen Volkes Kontakt aufnehmen, durfte sie dies auf gar keinen Fall versuchen. Die Zeichen wiesen ihr den Weg woandershin. Zu einem Zugang auf neutralem Boden, wo man Verhandlungen führen konnte. Gewiss befand sich dort ein hoher Anteil an Silikaten, und die wirkten beruhigend auf die Mitglieder des Kleinen Volks.

Weitere wertvolle Zeit verging, während sie nach den Sigilen suchte. Endlich wurden ihre Mühen belohnt. Sie entdeckte ein Loch, das hinter einem Gebüsch verborgen war.

Sie beugte sich tief hinab, holte tief Luft und brüllte einige alte, kaum noch bekannte Zwergenworte in die Tiefe. Dreimal wiederholte Terca sie, dann wartete sie. Um Pläne zu schmieden, deren Gelingen von der Hilfsbereitschaft dieser seltsamen Wesen abhing.

Ein Raunen riss sie aus ihrer Konzentration. Mit einem Mal fühlte sie die Präsenz eines Zwerges, nein, von zweien der kleinen Wesen.

Ein Kopf ohne erkennbare Wesensmerkmale, der eher an eine Kartoffel erinnerte, schob sich aus dem Loch. Zwei wurzelähnliche Anhängsel rieben gegeneinander und erzeugten Töne, die man mit ein wenig Fantasie für Sprache halten konnte. »Was willst du, junge Frau?«, fragte der Vertreter des Kleinen Volks.

»Ich benötige Hilfe.«

»Du möchtest handeln, oder hast du Besseres anzubieten?«

»Ich bitte um eure Unterstützung in einem Fall höchster Not.«

»Du bist eine Hexe.« Das Wesen rieb seinen Kartoffelkopf am Saum ihres Kleids. »Wir hatten einstmals Abmachungen, aber die sind längst hinfällig. Ihr habt uns übervorteilt.«

»Ich weiß. Wir haben euch großes Leid zugefügt.«

»Und dennoch wagst du es, uns um einen Gefallen zu bitten?«

»Um der alten Zeiten willen …«

»Was du die alten Zeiten nennst, ist für uns, als wäre es gestern gewesen, junge Hexe.«

»Ich bitte euch inständig um Hilfe.«

»Wie heißt du, Frau?«

»Terca. Aber ich hatte früher andere Namen.«

»Jedermann hat nur einen einzigen Namen. Alles weitere ist bloß Tand und Schaumschlägerei. Also nochmals, wie heißt du?«

Sie beugte sich weit vor zu diesem Wesen, das etwa die Größe eines neugeborenen Menschenkinds hatte, und flüsterte ihm die Antwort zu, ohne zu wissen, wo sich bei diesem Kopf die Ohren befanden.

»Dieser Name hat noch einen recht guten Klang bei uns«, sagte der Zwerg nach einer Weile. »Uns ist nicht bekannt, dass du uns jemals Leid angetan hättest.«

O doch, das hatte sie. Aber Terca war schlau genug gewesen, damals nicht offen in Erscheinung zu treten. »Nun?«

»Wofür benötigst du unsere Hilfe?«

»Freunde … Ein Freund von mir läuft Gefahr, im Herrschaftsbereich der Magicae seine Freiheit oder sogar sein Leben zu verlieren.«

»Haben Hexen denn Freunde? Das wäre uns neu.«

»Mir auch«, gestand Terca, um dann zu ihrem eigenen Erstaunen zu ergänzen: »Aber Herr Rudynar Pole ist ein Mann voll Ehre, dem ich nahestehe.«

»Wir kennen auch diesen Namen. Er steht für viel Schlechtes.«

»Sagtest du nicht, dass man lediglich nach dem ersten, dem wichtigsten Namen urteilen sollte?«

»Und der wäre?«

»Er ist der Mann mit den goldenen Augen.«

Der Zwerg verschwand, das Loch verbreiterte sich binnen wenigen Augenblicken. Terca zog sich erschrocken zurück, denn der Boden unter ihr bewegte und schüttelte sich, als würde ein Teil der Stadt in sich zusammenbrechen. Dann steckten etwa zwei Dutzend Zwerge ihre erdbedeckten Häupter aus dem Boden. Der Kleinste der Kleinen übernahm wie zuvor die Rolle des Sprechers: »Große Dinge geschehen, und es hat den Anschein, als würden sie auch Griam betreffen.«

»So ist es.«

»Wir werden unseren Pakt mit den Magicae auf diesem Oceanicum brechen. Wir helfen dir. Allerdings nur unter zwei Bedingungen.«

»Und die wären?« Zwerge machten niemals etwas umsonst.

»Erstens gehört uns, was in den Magischen Türmen zu finden ist. Manche dieser Dinge haben in den Händen dieser Wesen nichts verloren. Sie müssen sicher verwahrt werden, damit sie keine Gefahr darstellen.«

»Einverstanden.« Das würde die Situation weiter verkomplizieren. »Und zweitens?«

»Du wirst für unser Volk eintreten, sollte es in Zukunft notwendig sein. Du wirst uns beschützen, mit all deinen Kräften.«

Terca dachte für einen Moment ernsthaft darüber nach, einfach davonzugehen und Rudynar Pole seinem Schicksal zu überlassen. Die Zwerge taten mitunter unerklärliche Dinge. Sie gingen mit unnötiger Brutalität gegen Feinde vor, stahlen, mordeten und brandschatzten. Ihre Fähigkeiten und ihre Arbeitskraft wurden allerorts geschätzt, doch vertrauen konnte man ihnen nicht. »Auch damit bin ich einverstanden«, sagte sie schweren Herzens.

»Dann lass uns gehen.« Zwei dünne, lange Arme wurden sichtbar. Der Kleine reckte sie ihr entgegen, während das Loch, in dem er steckte, vergrößert wurde. »Wir graben dir einen Weg.«

»Und ihr wisst wohin?«

Was für eine dumme Frage. Diese Zwerge wussten über alles und jedermann in Griam Bescheid. Sie fühlten, was über ihren Köpfen vorging, sie hörten das Wispern an der Erdoberfläche. Sie spürten, wenn Mann und Frau Liebe machten, und wenn sie sich einen Spaß erlauben wollten, brachen sie nach vollzogenem Akt durch die Holzdielen, um der Frau weiszusagen, dass sie schwanger werden würde. Und sie behielten mit ihren Behauptungen stets recht.

Terca holte tief Luft, beugte sich vornüber, schaufelte Erde beiseite und zwängte sich in das Loch. Die Dunkelheit war allumfassend, doch sie wusste aus früheren Erfahrungen, dass sie bloß ein wenig warten musste, bis sich ihre Augen an das matte Glimmen gewöhnten, das die Zwerge den Lichtsteinen abzwangen und mit dessen Hilfe sie sich in ihrem Reich bestens zurechtfanden.

Sie war versucht zu fragen, ob der schmale Stollen, durch den sie sich voranschob, nicht einbrechen konnte, doch sie ließ es bleiben. Zwerge waren an derlei Unfälle gewöhnt und hielten sie für nichts Besonderes. Wurden sie verschüttet, verfielen sie in Starre, die mitunter Jahrhunderte andauern konnte, bis sie befreit wurden. Zeit hatte für die Vertreter des Kleinen Volks keine Bedeutung.

Terca wühlte sich durch den Boden, bis er auf einmal unter ihr nachgab. Sie brach ein, klatschte in eine breiige Masse aus Schlamm und stinkenden Abfällen und trieb dahin.

»Die Kloake Griams«, sagte ein Zwerg, der neben ihr schwamm. Mit schlängelnden Bewegungen seiner langen, scheinbar knochenlosen Gliedmaßen hielt er sich an der Oberfläche der schlammigen Brühe, die immer dünnflüssiger wurde.

Terca trieb immer schneller dahin. Sie wagte kaum zu atmen. Nicht nur wegen des Gestanks, sondern auch, weil ihr Kopf immer wieder untergetaucht wurde und sie keinesfalls etwas von dem Zeug schlucken wollte.

Sie blieb ruhig, und es blieb ihr auch nichts anderes übrig. Sie hatte die Unterstützung der Zwerge gewollt, also musste sie auch die Gegebenheiten in ihrem Reich hinnehmen.

»Vorn beim Fallgitter links!«, rief ihr der Kleine zu.

Terca machte eine Ansammlung metallener Streben aus. Sie griff zu, hielt sich irgendwo, irgendwie fest und zwängte ihren Leib nach links, durch eine Lücke im gemauerten Gestein. Dort befand sich eine Art unterirdischer Weg, der wohl für die Kloakenreiniger gedacht war.

»Gut gemacht, junge Hexe!«, lobte der Zwerg, ließ sich an ihr vorbeitreiben, reichte ihr die Hand und half ihr, über mehrere ausgetretene Stufen aus dem Güllefluss zu steigen. »Die meisten Menschen geraten in den Tiefen seltsamerweise in Panik. Sie sind recht merkwürdig. Sie bevorzugen die Weiten des grässlichen grellen Himmels und fühlen die beruhigende Wirkung des Gesteins nicht.«

»Wir sind sehr verschieden, du und ich, Herr Zwerg. Darf ich deinen Namen wissen?«

»Dramir rief mich mein Herr, als ich erwachte und ich mir meines Selbst bewusst wurde.«

»Dramir ... Dieser Name hat einen guten Klang. Er hört sich sehr alt an.«

»Ich habe vergessen, die Jahrtausende zu zählen, zumal ich viele von ihnen verschlafen habe.«

»Kann es sein, dass wir uns früher schon einmal über den Weg gelaufen sind, Herr Dramir?«

»Möglich wäre es, aber ich würde mich nicht mehr daran erinnern. Ihr Menschen langweilt mich.« Dann wies er sie an: »Nach rechts, die Stufen hoch.«

Terca tastete sich eine Wand entlang, die sich trocken anfühlte. Sie hatte das Gefühl, nicht weit von der Erdoberfläche entfernt zu sein. Ihre Sinne sprachen an. Sie fühlte die Präsenz mehrerer Magicae. Allerdings war das Wesensmuster Pirmens nicht darunter.

»Du weißt, wo sich Larex' Turm befindet?«, fragte sie den Zwerg.

»Selbstverständlich. Wir haben ihn gebaut, wie wir überhaupt einen Großteil Griams errichtet haben – und dies nach wie vor tun. Gäbe es uns nicht, wäre das Oceanicum längst auseinandergebrochen.«

»Ihr leistet hervorragende Arbeit.«

»Danke, junge Hexe.«

Dramir führte sie weiter. Rings um sie wurde es heller. Terca meinte, am Ende des Ganges Tageslicht auszumachen. Doch das musste eine Täuschung sein. Oben herrschte finsterste Nacht.

Schatten bewegten sich beinahe lautlos. Die Zwerge verhielten sich ungewöhnlich ruhig. Es war, als wollten sie ihre Anwesenheit niemandem verraten. Womöglich fürchteten sie die Macht der Magicae, die angeblich auch tief ins Erdreich reichte.

»Hier!«, sagte Dramir und deutete auf einen Aufstieg, der von Dunkelpflanzen derart überwuchert war, dass man die Steigleiter kaum noch sehen konnte. »Wir haben vor einigen Jahren einen Erdpfropfen angebracht, etwa fünf Mannslängen hoch, den wir entfernen müssen. Es dauert nicht lange …«

In diesem Moment strömten von überall her kleine kartoffelgesichtige Gestalten herbei und stürzten übereinander, denn jeder der Zwerge wollte die Leiter als Erster emporsteigen. Nach einigem Gezischel und Gegrunze war die Hackordnung geklärt. Dramir kletterte an dritter Stelle empor, ein sicheres Zeichen dafür, dass er in der Gemeinschaft der Zwerge eine hohe Position einnahm.

Man machte Terca Platz, als sie selbst nach den Sprossen griff. Aus unerfindlichen Gründen gaben sich die Kleinen freundlicher, als sie es von ihnen gewohnt war. Terca stieg empor, vorsichtig und leise. Über ihr wurden Geräusche laut. Stimmen. Eine davon gehörte zweifelsfrei Rudynar Pole. Terca fühlte ihr altes Herz rascher schlagen. Sie war … froh. Glücklich, dass der Hohe Herr noch lebte.

Sie erreichte die letzte Sprosse und hievte sich auf einen Absatz hoch, der gerade mal drei Handbreit maß. Sie richtete sich auf und hielt mit Mühe das Gleichgewicht, während die Zwerge links und rechts von ihr unruhig von einem Bein aufs andere traten.

»Was nun?«, fragte sie Dramir mit leiser Stimme.

»Es gibt mehrere Zugänge zum Magischen Turm, von denen Larex nichts weiß. Meine Stammleute werden sich verteilen und aus dem Dunklen heraus angreifen. Du, ich und unsere stärksten Schachtgräber«, er deutete auf mehrere recht muskulöse Zwerge, »werden für das notwendige Durcheinander sorgen, sodass du deine Freunde in Sicherheit bringen kannst.«

»Hüte dich vor Larex. Er soll über große Kräfte verfügen.«

»Solche, die bei uns nur bedingt greifen, wie du weißt.«

»Dennoch würde ich vorsichtig sein.«

»Du sorgst dich um uns? Das ehrt dich.« Dramir verbeugte sich und verlor dadurch fast das Gleichgewicht, hielt sich dann aber schnell an der Wand fest. Seine Finger glitten in winzige Ritzen und fanden dort Halt.

»Kannst du verstehen, was geredet wird?«, fragte Terca.

Auf einmal wurden bei dem Zwerg so etwas wie Sinnesorgane erkennbar. Aus der Kartoffelhaut stülpten sich breite Falten, die sich nach oben richteten. Der Kleine lauschte eine Weile und sagte dann: »Ich zähle sechs Leute, zwei davon sind Magicae. Dein Freund ist an seinem unsicheren Tritt zu erkennen. Er ist schwer verletzt. Ich höre das Blut aus seinem Körper tropfen.« Dramir machte eine kurze Pause und ergänzte dann: »Wir müssen uns beeilen. Die Situation spitzt sich zu.«

»Befindet sich eine Menschenfrau unter den Anwesenden?«

»Ja. Sie ist ebenfalls verletzt. Ich fühle ihre Unsicherheit, womöglich auch ein klein wenig Angst.«

»Gut.« Terca schloss die Augen und ging alle Möglichkeiten durch, die sie sah, um diese Angelegenheit so unblutig wie möglich zu beenden. Es waren bloß wenige. Womöglich würden sie allesamt sterben. Larex verfügte über enorme magische Fähigkeiten, zumal er sich im Zentrum seiner Macht befand. Sie würde rasch und zielgerichtet agieren müssen.

Terca gab ihre Anweisungen, dann drangen die Zwerge nach oben vor, gruben sich durch winzige Löcher und zwängten sich mit der ihnen eigenen Geschicklichkeit durch enge Spalten. Jene Schachtgräber, die bei Terca und Dramir blieben, stellten sich in Zweierreihe auf. Über ihnen, keine drei Meter hoch, fand ein Drama statt, das nur noch sie beeinflussen konnten.

»Jetzt!«, sagte Terca, sah zu, wie zwei der wendigsten Zwerge die Wände senkrecht emporkletterten, und ließ sich von weiteren Mitgliedern des Kleinen Volks in die Höhe hieven.

»Machen wir uns an die Arbeit, Freunde«, sagte eine Stimme, die ihr sattsam bekannt war.

Der Armbrustschütze riss die Waffe auf einmal zur Seite und drückte dann ab. Der Bolzen sirrte an Pirmen vorbei, schlug gegen Stein und zerbarst.

Ein Schatten sprang aus der Dunkelheit, dann noch einer und noch einer, und plötzlich wuselten zig Wesen durch das Heiligste des Magicus.

»Zwerge! Verfluchte Brut!«, schrie Larex wutentbrannt. »Ihr betrügt mich, trotz der alten Abmachungen?« Er wich zurück, plötzlich nicht mehr auf Gehhilfen angewiesen. Er schwebte dahin, eine Handbreit über dem Boden, und lenkte seinen Leib mit Geschick und atemberaubender Geschwindigkeit an Rüstungsteilen, Tischen, Kesseln, angehäuftem Unrat und Regalen vorbei, die die darauf abgestellten Einlegegläser fast nicht aufnehmen konnten.

Rudynar Pole stolperte nach vorn. Irgendetwas stimmte nicht mit ihm. Er steuerte stets die Gefahr an, statt ihr auszuweichen, selbst als er sich kaum noch auf den Beinen halten konnte. Er stürzte sich auf den Armbrustschützen und riss ihn mit sich zu Boden, begrub ihn unter sich. Mehr konnte er nicht tun. Seine Arme waren viel zu schwach. Also blieb er auf dem Gegner liegen, während immer mehr Zwerge in den Raum fluteten.

Pae Loriander stand nur einen Fußbreit von ihm entfernt und richtete ihr Schwert gegen die Zwerge, hochkonzentriert und mit einem Ausdruck im Gesicht, der glücklich wirkte. Der andere verbliebene Soldat des Gottbettlers verschwand eben unter einem Haufen Zwerge, wurde unter ihnen begraben und unter den Dutzenden kleinen Leibern erstickt.

Etwa zehn der unerwarteten Retter wälzten Rudynar Pole grob beiseite und schnappten sich den Armbrustschützen. Sosehr sich der Krieger des Gottbettlers auch wehrte, gegen diese wie entfesselt kämpfenden Gegner kam er nicht an. Sie bissen in sein Fleisch, mit seltsam geformten Kieferknochen, die aus Hautwülsten hervorwuchsen, oder stachen mit winzigen Fingerchen Löcher in seinen Leib, als wollten sie Grubenschächte ausheben.

Eine Explosion. Staub fiel von der Decke, eine Stützsäule zerbarst, und eine Stichflamme schoss über Rudynar Pole hinweg, gefolgt von einer dicken, nach Schwefel riechenden Wolke. Darüber hinweg tönte Larex' Lachen. Es klang nach Panik und Irrsinn gleichermaßen. Der Magicus entfachte ein zerstörerisches Feuerwerk, das wohl den gesamten Bau dem Erdboden gleichmachen sollte, ohne dass er auf sein eigenes Leben Rücksicht nahm.

»Glaubt ihr ernsthaft, mich besiegen zu können?«, geiferte er aus dem Nirgendwo. »Mich, den mächtigsten Mann Griams, den Herrscher des Oceanicum?«

Weitere Explosionen. Mauerwerk fiel in sich zusammen, und die Wolke wurde auf einmal dichter, nahm Konturen an und wurde zum Schatten eines überdimensionierten Kraken, der in alle Ecken langte und nach Gegnern tastete, um sie mit seinen langen Armen zu umschlingen und ihnen die Luft aus der Lunge zu quetschen.

Ein Zwerg hastete an Rudynar Pole vorbei, panisch quiekend, doch ein Arm der Wolke holte den Kleinen ein, zwängte sich in seine Körperfalten und schob sich immer weiter in sein Inneres, bis sich der Leib des Zwerges aufblähte und zerplatzte.

Rudynar Pole war vor Schreck wie erstarrt. Hier war eine Macht am Werk, der er nichts entgegenzusetzen hatte. Gegnern, die man nicht mithilfe eines starken Schwertarms besiegen konnte, wich man tunlichst aus. Nur zu gern wäre er davongelaufen. Doch wohin? Und wie? Seine Beine wollten ihn nicht mehr tragen. Der Große Gleichmacher machte sich immer deutlicher bemerkbar. Er steckte in seinen Beinen, in seiner Brust, in seinem Kopf. Er machte, dass die Dinge rings um ihn farb- und bedeutungslos wurden.

»Dass ich deine grässliche Visage noch einmal ertragen muss …« Eine Gestalt tauchte vor ihm auf, und sie zerteilte die vage Körperform des verärgert wirkenden Gleichmachers. »Du hast hier nichts zu suchen.« Terca machte ein paar seltsame Handbewegungen, und der Totenbote verschwand, laut heulend und dabei selbst Larex' irres Geschrei übertönend.

Wie war das bloß möglich? Träumte er? Glitt er allmählich in ein Delirium? Oder hatte die Hexe tatsächlich den Tod vertrieben?

Sie beugte sich zu ihm herab. So weit, dass er jede Runzel, jedes Nasenhaar deutlich erkennen konnte. Sie war abgrundtief hässlich, alt wie ein verwitterter Stein – und hatte dennoch etwas an sich, das Rudynar Pole in diesen Momenten unglaublich attraktiv fand.

»Du wirst leben«, sagte sie mit seltsam anmutender Zärtlichkeit. »Das sind ja allesamt bloß Fleischwunden …«

Fleischwunden? War die Hexe völlig verblödet? Sie musste doch sehen, dass Blut und Leben aus ihm troffen und er kaum noch zu atmen vermochte.

*Wobei ich mich, ehrlich gesagt, um einiges besser fühle, seitdem die alte Schrulle aufgetaucht ist …*

»Bevor ich mich um dich kümmere, habe ich noch eine Kleinigkeit zu erledigen. Doch wenn du möchtest, kannst du mich gern begleiten.«

Eine unsichtbare Kraft hob Rudynar Pole vom Boden. Terca lockte ihn mit einem Zeigefinger hinter sich her, und seine Beine bewegten sich, ohne dass er es ihnen befohlen hätte. Er schritt durch den Nebel, stets die alte Frau vor sich, die gemächlich dahinschlurfte und ganz genau zu wissen schien, wohin sie sich wenden musste.

Plötzlich tauchte vor ihnen eine weitere Gestalt auf. Es war Pae Loriander, das Schwert in der Hand. Das spöttische Lächeln war aus ihrem Gesicht gewichen, die Kiefer mahlten vor Zorn.

»Du also«, sagte sie leise zu Terca. »Ich hätte es wissen müssen.«

»Ihr beide kennt euch?«, keuchte Rudynar Pole erstaunt.

Die Hexe nickte. »Woher, glaubtest du wohl, hat Metcairn Nifes Linke ihre Kampfkraft, ihren Nimbus der Unbesiegbarkeit? Wir beide haben vor einigen Jahren einen Handel abgeschlossen.«

»Und ich habe einen Teil meiner Abmachungen erfüllt«, sagte Pae Loriander. »Du hast bekommen, was du wolltest. Also lass mich gefälligst in Ruhe. Dies hier ist nichts zwischen dir und mir. Ich erledige bloß meine Arbeit.«

»Da irrst du dich, Pae. Herr Rudynar Pole stand schon lange vor dir auf meiner Liste. Aber er war zu eigenwillig und vielleicht auch ein klein wenig zu blöde, um damals meinen Lockungen nachzugeben.«

Die Linke schüttelte den Kopf. »Na und? Wichtig ist einzig und allein der Vertrag zwischen uns beiden. Du hast mir körperliche Unversehrtheit zugesichert.«

»Du glaubst doch wohl nicht, dass dieser Zauber auch wirksam ist, wenn du gegen mich antrittst?«

Pae Loriander wurde schlagartig blass. Sie trat vorsichtig näher und ließ Terca nicht aus den Augen. »Ich verstehe«, sagte sie heiser. »Mein Zauber versagte also, sobald du in meine Nähe kamst. *Deshalb* war dieser Holzkopf in der Lage, mich zu verletzen!«

»Ganz richtig. Allerdings hätte ich deine Präsenz spüren

müssen, sobald ich den Fuß auf Griams Boden setzte. Dann hätte ich diese Auseinandersetzung vielleicht vermeiden können.«

Pae Loriander stürmte los, auf ihr Gegenüber zu, und hielt das Schwert, als wollte sie Tercas Leib der Breite nach durchtrennen. Doch die Alte wich aus, mit Schritten, die langsam und zögerlich wirkten und dennoch flink genug waren, um die Linke auf einen Tisch auflaufen und beinahe darüberstürzen zu lassen.

Terca hustete angestrengt und klopfte sich selbst vor die Brust. Wie jemand, der kurz vor dem Erstickungstod stand. Sie krümmte den Leib und spie gelben Schleim, der in Bodennähe im Nebel verschwand. Dann wandte sie sich wieder der schwertschwingenden Feindin zu, die eben einen neuen Anlauf wagte, diesmal langsamer und vorsichtiger. Jener Arm, den Rudynar beinahe abgetrennt hatte, pendelte nutzlos hin und her, doch das schien die Kriegerin nicht wirklich zu beeinträchtigen, und auch die Schmerzen spürte sie offenbar nicht mehr.

Terca bückte sich, wiederum hustend. Zischend fuhr das Schwert Pae Lorianders über sie hinweg. Die Alte tat so, als kümmerten sie die Angriffe gar nicht, als wäre sie bloß mit sich selbst beschäftigt.

»Hexenweib!«, knurrte die Linke.

»Verschwinde von hier und kehre niemals mehr wieder«, bot ihr Terca an, nachdem ihr Hustenanfall ein Ende gefunden hatte. »Geh in die Norde, dorthin, wo es nur noch Eis und nackte Landschaft gibt, oder ersuche um Asyl in einem der südlichen Länder. Aber stell dich mir nicht länger in den Weg.«

»Du weißt, dass ich das nicht kann.«

»Natürlich weiß ich das.« Terca tat einen Schritt nach vorn, streckte gemächlich ihre rechte Hand aus und berührte Pae Lorianders Bauch. Die Bewegung wirkte völlig unspektakulär und war recht langsam, doch Rudynar Pole sah, wie die Finger der Alten immer tiefer in den Leib ihrer Feindin glitten. Die Hand verschwand darin, dann der Arm bis zum Ellenbogen. Die Linke stand bloß da, unfähig, sich zu rühren, und musste dulden, dass die Hexe im Inneren ihres Leibes herumfuhrwerkte, Organ für Organ ertastete, sie zerquetschte oder zerriss, Adern und Arterien aufriss und Gedärme verknotete.

Pae Loriander wollte nach der Hexe greifen; doch ihre Hände fuhren immer wieder an ihr vorbei. Sie agierte wie jemand, der völlig die Orientierung verloren hatte.

Dunkle Flüssigkeit strömte ihr aus dem Mund, übers Kinn, tropfte auf die Brust, zog schmale Bahnen weiter nach unten, bis sie an Tercas Arm ankam und dort stockte.

»Du warst eine meiner großen Hoffnungen«, sagte die Alte. »Ich habe dich eine Zeitlang als besonders gelungenes Werkzeug betrachtet. Aber letztlich hast du mich sehr, sehr enttäuscht. Aber lassen wir das. Fühlst du ihn, den Großen Gleichmacher? Ich habe ihn gerufen. Er wird dich nun dorthin begleiten, wo dein Platz ist. Ich vermute, du wirst dich vor einigen Opfern deiner Mordlust verantworten müssen. Mach's gut, Pae.«

Die Augen der Linken wurden glasig. Der Arm der Hexe glitt aus ihrem Leib, die Wunde schloss sich wie von selbst. Ein letztes Zittern, ein letztes Aufbäumen, dann fiel die Frau entseelt zu Boden, und ein Schatten schlich leise davon, mit der lange gejagten Beute unterm Arm.

*Kurz zuvor:*

Pirmen fühlte unbändigen Zorn. Nun, da er die Dinge ringsum klar erfasste und in ihm Kräfte tobten, die nach draußen wollten, sollte er sterben, hingerichtet von einem tumben Söldner, indem dieser ihm einen Armbrustbolzen in den Leib jagte? Nein, das durfte nicht geschehen!

Mit einem Mal roch er die Kleinen. Sie bewegten sich durch die Dunkelheit und durch Erde, die aus Dutzenden Ländern zusammengetragen worden war, um das Fundament Griams zu bilden. Sie kamen, um ihn zu retten, und sie wurden von der alten Vettel begleitet.

Warum tat sie das? War sie Rudynar Pole zuliebe hier?

Es scherte ihn nicht. Wichtig war bloß sein Überleben. Es galt, möglichst ruhig zu bleiben, um dann, im entscheidenden Moment, das Richtige zu tun.

Er sprach langsam, gab sich zornig und verzweifelt und zögerlich. Er bot Larex und Pae Loriander das Bild eines Mannes, der in die Enge getrieben worden war und davon ausging, dass es kein Entkommen mehr gab. Doch in seinem Hinterkopf legte er sich bereits Pläne zurecht. Er verinnerlichte die Räumlichkeiten und versuchte vorauszuahnen, wie Larex auf die Attacke der Zwerge reagieren würde.

Warum konnte der alte Magicus die Präsenz der Kleinen nicht spüren? Hatten seine Kräfte nachgelassen, oder ging seine Obsession für diesen lächerlich wirkenden Helm so weit, dass er alles rings um sich vergaß?

Nun musste alles rasch gehen. Pae Loriander gab den Befehl, ihn hinzurichten. Seine Retter, die sich im Untergrund und im Schatten verbargen, warteten immer noch, viel zu lange schon. Pirmen bündelte seine Kräfte und richtete sie auf einen der Kleinen. Er hieß Dramir. Wenn er das Kommando gab, würden seine Landsleute nicht weiter zögern und ihm folgen. Also brachte er den Zwerg dazu, die entscheidenden Worte zu rufen.

Erde brach rings um ihn auf, Steine flogen durch die Gegend, wie von Riesen geschleudert. Die allgemeine Verwirrung war groß, so, wie Pirmen es erhofft hatte.

Larex war sein Gegner. Ihn musste er neutralisieren, bevor diese seine überragenden Kräfte einsetzte und daranging, alles ringsum zu vernichten, was das Oceanicum Griam in den Untergang ziehen würde. Also dachte Pirmen an die alten Worte, die er verinnerlicht und sich bereitgelegt hatte, sprach sie mit der notwendigen Betonung und bündelte alle Kraft, die seit Neuestem in ihm steckte, in einen Verteidigungszauber.

Larex scheiterte an seinem Versuch, ein Chaos auszulösen. Seine Hände wollten sich nicht so bewegen, wie er es gerne gehabt hätte, und eiserne Klammern bohrten sich in seine Lippen, sodass er keinen Ton mehr hervorbringen konnte.

Es war ein Triumph sondergleichen. Er, der stets missachtete Lehrling, überflügelte den Meister-Magicus! Gewalten, die in ihm tobten, verbanden sich mit einem Zorn, dem Larex nichts entgegenzusetzen hatte. Er musste bloß noch …

Larex riss den Mund trotz der Klammern auf. Blut und Fleisch spritzten davon, doch das kümmerte den Alten nicht. Er schleuderte Pirmen einen bitterbösen Fluch entgegen, der in seinen Leib fuhr und machte, dass Pirmen keine Luft mehr bekam, während sich seine Innereien schmerzhaft zusammenzogen.

Der Meister-Magicus flüchtete. Er machte sich davon wie der Feigling, der er stets gewesen war. Um sich in der Dunkelheit zu verkriechen und von dort aus weiterhin todbringende Bösartigkeiten über den Bewohnern Griams auszuschütten.

Er flüchtete, also war er geschwächt …

Pirmen fand zur inneren Ruhe zurück. Er hatte in den letzten Wochen so viel eingebüßt und gleichzeitig so viel gewonnen, dass ihm diese zusätzlichen Schmerzen nichts anhaben konnten. Er zwang sie kraft seines Geistes nieder und machte, dass sie sich auflösten. Sie wurden bedeutungslos, wie auch der magische Nebel, der ihn umgab und der Larex' Spuren verwischen sollte.

*Diese kleinen Zaubertricks nützen dir nichts, alter Mann. Ich rieche dich und weiß, wo du dich versteckst.*

Pirmen humpelte Larex hinterher. Entlang leergefegter Tischreihen, vorbei an uralten Uniformen, Hängebildern, Waffen, nur mühsam gebändigten Büchern, die nun, angesichts der entfesselten Gewalten, umso deutlicher nach Freiheit verlangten. Durch die Gänge eines Labyrinths, von dem nur die wenigsten Geschöpfe wussten, selbst die Zwerge nicht.

Larex stieß Drohungen aus. Er rief Explosionen hervor und heuchelte Selbstsicherheit. Doch er stank nach Furcht. Selbst aus größerer Entfernung waren diese Ausdünstungen zu riechen. Der Meister, der stets Kontrolle über alles hatte haben wollen, was ihn umgab, musste improvisieren und sich eines Lehrlings erwehren, den er selbst ausgebildet hatte.

Pirmen holte auf. Trotz seiner körperlichen Unzulänglichkeiten bewegte er sich rasch wie der Wind, getragen vom Willen zu töten. Sein Fuß berührte kaum einmal den Boden. Der Wunsch zu gehen, zu laufen, genügte, damit er sich seinem Lehrer beständig näherte.

Er durchschritt das letzte magische Tor. Die Schutzmaßnahmen, die ihn daran hindern sollten, erschienen ihm lächerlich. Er wischte sie mit einer einzigen Handbewegung beiseite und trat in den Raum, in dem sich Larex noch sicher wähnte.

»Du kannst mich nicht aufhalten, alter Mann«, sagte er und schnippte mit den Fingern. Die Wände begannen zu leuchten. Sie zeigten einen vor Angst bibbernden Larex, der sich dem Stummen Jungen zu Füßen geworfen hatte.

»Pirmen, du verstehst nicht ...«

»Und ob ich verstehe, Herr. Du hast mich ausgenutzt und

missbraucht. All deine Schlechtigkeit hast du an mir ausgelassen, um mich zu verderben und mich nach deinen Vorstellungen zu formen.«

»Ich wollte doch nur …«

»Hör auf!« Pirmen konzentrierte seine Kräfte auf einen ganz bestimmten Punkt nahe Larex' Herzen. So, wie er es gelehrt bekommen hatte. »Tut es weh? Fühlst du, wie die Kälte nach dir greift?«

Larex wand sich. Vergebens versuchte er, dem Schmerz auszuweichen und seinerseits Pirmen zu attackieren. Seine Kräfte waren nichts im Vergleich zu dem, was in seinem ehemaligen Lehrling heranwuchs und bald zur vollen Blüte gelangen würde. Hier und jetzt musste sich Pirmen entscheiden, wofür er sie einsetzen würde. Zwei Wege lagen klar und deutlich vor ihm. Der eine führte über den schmalen Pfad der Rechtschaffenheit an ein unbestimmtes Ziel. Unzählige Gefahren lauerten. Wählte er hingegen die andere Richtung, erwartete ihn eine leichte Reise, auf ein genau bestimmtes und hell leuchtendes Ziel zu.

»Ich könnte Gnade walten lassen«, sagte er nachdenklich zu Larex. »Dann müsste ich allerdings in Kauf nehmen, dass du dich eines Tages an mir rächen willst.«

»Niemals! Ich schwöre es, hier und jetzt!« Der Alte rutschte winselnd über den Boden. Mit beiden Händen betastete er seine Brust, als könnte er den Schmerz aus sich herausziehen.

»Versprechungen sind leicht gegeben, wenn man dem Tod ins Auge sieht.«

Larex raffte sich noch einmal auf. »Sieh dich doch an!«, krächzte er. »Ich habe dich geformt! Ich habe dir all das gegeben, was du heute darstellst. Ich …«

»Du weißt, dass es die Pflicht eines Lehrlings ist, den Meister zu töten, sobald er sich bereit dazu fühlt.«

»Aber doch bloß in den alten Geschichten! In den Märchen, die unsere Bücher füllen und mit denen wir unseren Adepten Respekt einflößen wollen. Bitte ...!«

Doch Pirmen zeigte keine Gnade. Er drückte fester und fester zu und nahm zugleich in sich auf, was Larex an Wissen bislang verheimlicht hatte. Oh, es war so einfach, es zu tun. Dieser Weg, den er nahm, war leicht. Er führte bergab. Er führte durch ein sonniges Tal, und er brachte keinerlei Beschwerden mit sich.

*Tu es!*, rief irgendwer weit weg. *Tu es! Töte ihn! Presse und lutsche ihn aus. Mach dir zu eigen, was dir schon seit Langem zusteht! Mach es! Jetzt!*

Die letzten Zweifel vergingen. Er hätte Larex verschonen und ihm Gnade gewähren können. Doch diese Möglichkeit erschien ihm völlig unsinnig, und die Stimme, die ihn zu dieser Wahl drängen wollte, war so dünn, dass Pirmen sie kaum vernahm.

»Das war es, alter Mann«, sagte er und tat, was getan werden musste.

Der Nebel löste sich auf, als würde er vom Gestein aufgesogen. Aller Lärm verstummte. Selbst das Kriegsgeschrei der Zwerge wurde zu einem unbedeutenden Murmeln. Die Kleinen standen stumm da, wie winzige Statuen, während Rudynar Pole um Fassung rang.

Der Turm war mit einem Mal kein Ort des Schreckens mehr, sondern ein Gebäude wie jedes andere, das er im Laufe seines Lebens von innen gesehen hatte. All das miefige Zeugs ringsum flößte ihm weder Angst ein, noch nötigte es ihm Respekt ab. Es war tot und bedeutungslos. So tot und bedeutungslos wie Pae Loriander vor ihm.

»Ich möchte weg von hier«, sagte er zu Terca, »und ein paar Krüge vom Sauren trinken. So viel, dass ich alles vergesse, was hier vorgefallen ist.«

»Du warst schon immer gut im Davonlaufen.«

»Woher möchtest du das bitteschön wissen?«

»Du vergisst, wer ich bin.« Terca wirkte mit einem Mal gewachsen und kräftiger, womöglich auch um drei oder vier Jahrzehnte jünger.

*Dann wäre sie immer noch um die sechzig Jahre alt,* dachte Rudynar Pole.

»Wie geht es deinen Verletzungen?«

Er blickte an sich hinab. Sein Körper war voll Blut. Fast schwarzer Schorf bedeckte vor allem den Brustbereich. Doch als er seinen Körper abtastete, war keine Verletzung mehr zu spüren.

»Das verdanke ich wohl dir«, sagte er.

»Ob du mir dankbar sein solltest, weiß ich nicht. Fest steht, dass du mir einen Gefallen schuldest. Einen großen sogar.«

»Ich habe nicht darum gebeten, gerettet zu werden.«

»Du hast es nicht gesagt, aber du wolltest es. Und das ist für mich entscheidend. Du wirst dich nicht aus deinen Verpflichtungen mir gegenüber herausreden können.«

»Wie sehen diese Verpflichtungen aus?«

»Darüber reden wir ein andermal«, wich Terca aus. »Nun sollten wir zusehen, dass wir von hier verschwinden und …«

»Was ist mit Larex?«, unterbrach er sie.

»Er stellt keine Gefahr mehr dar. Ich spüre, dass sich Pirmen um ihn gekümmert hat.«

»Sind weitere Soldaten von Metcairn Nife auf dem Weg hierher?«

»Es sind unsere Verbündeten, um die ich mir Sorgen mache«, flüsterte ihm die alte Hexe so leise zu, dass er die Worte kaum verstand. »Noch sind sie gebannt von all dem, was rings um sie zu finden ist. Larex' Mittelchen und Bücher und magische Gegenstände faszinieren sie. Aber ich befürchte, dass sie bald aus ihrer Starre erwachen, und dann möchte ich mich nicht mehr hier befinden.«

»Na dann, gehen wir.«

»Nicht ohne den Stummen Jungen.«

Ihr Blick ließ erahnen, was ihn erwartete, wenn er sich nicht dem Willen der Hexe beugte.

»Hier ist er.«

Rudynar Pole wirbelte erschrocken herum in der Befürchtung, dass Larex entgegen Tercas Worten noch lebte und sich in seinen Rücken geschlichen hatte, um ihm und der Hexe doch noch den Garaus zu machen.

Doch es war Pirmen. Der junge Magicus, dessen Stimme und Gehabe völlig verändert wirkten und um dessen Mundwinkel sich tiefe Falten eingegraben hatten, einfach so, binnen wenigen Minuten. Auch das Haar wirkte dünner, und an den Schläfen zeigten sich silbrige Schatten. Nur die Krücke schien ihn noch aufrecht zu halten.

Ein dürrer Bursche trabte ihm hinterdrein. Er wirkte ausgezehrt, der Blick seiner Augen war stumpf, und die Blässe seiner Haut ließ darauf schließen, dass er seit langer Zeit kein Sonnenlicht mehr gesehen hatte.

Terca eilte auf den Jungen zu, riss dabei ein rotes Tuch von einem der Tische, schlang es um den Leib des Jungen, murmelte ihm einige Worte ins Ohr und kümmern sich danach erst um Pirmen. Dem Magicus war anzusehen, dass ihm diese Respektlosigkeit keinesfalls schmeckte. Doch er sagte nichts, auch er wollte zunächst erst einmal so rasch wie möglich von hier verschwinden. Die Zwerge standen da, stierten umher, gaben rasselnde Geräusche von sich, und Rudynar Pole fiel im nächsten Moment auf, dass die Kartoffelkörper Beulen bekamen.

»Sehen wir zu, dass wir von hier wegkommen!«, rief ihm Terca zu.

Er nickte ihr zu und fühlte schreckliche kreatürliche Angst vor den kleinen, hässlichen Kreaturen. Von dem Stummen Jungen hingegen fühlte er sich auf merkwürdige Weise angezogen und wusste bereits jetzt, dass sie beide durch eine seltsame Fügung des Schicksals aneinandergekettet waren und sich nicht wieder voneinander würden lösen können.

Der erste Zwerg setzte sich in Bewegung, und als hätte er dadurch eine Lawine losgetreten, fielen seine Artgenossen über all die wertvollen Reliquien her, die Larex zusammengetragen hatte. Einige wenige befassten sich mit Pae Loriander und den beiden anderen toten Soldaten. Sie rissen die Menschen in Stücke und stopften sich deren Fleisch in die weit aufgerissenen Mäuler.

Rudynar Pole zögerte nur noch einmal kurz, als er etwas Bestimmtes entdeckte, das er schleunigst an sich nahm. Einen Rüstungsgegenstand, von dem eine unerklärliche Faszination ausging. Dann machte auch er, dass er wegkam. Weg von den Schatten, weg von den Erinnerungen der letzten Stunden.

# 15. Der Rückzug

Necore und Car waren eingenommen, der Fall von Arabeor nur noch eine Sache von Tagen, und um den Ponton von Xyrecus zog sich der Belagerungsring immer enger. Das Land der Steilstädte hätte bald zur Gänze den Truppen des Gottbettlers gehört.

Und dann diese Nachricht: Der Stumme Junge war gefunden worden und dann doch wieder entschlüpft! Die näheren Umstände blieben unbekannt, doch es hieß, der Mann mit den goldenen Augen und einige Zwerge hätten die Magischen Türme von Griam erobert. Bereits jetzt machten im Heereslager die wildesten Geschichten die Runde. Pae Loriander, die Unbesiegbare, sei abgeschlachtet worden, hieß es. Ein Krieger sei aufgetaucht, der noch unbarmherziger als die Linke sei. Gerüchte verbreiteten sich rascher als der kühle Wind, der vom Süden her übers Land wehte.

Metcairn Nife nahm die Frau unter ihm ohne jede Rücksicht. Gunguelle wehrte sich nicht. Sie lag bloß da und starrte ihn an, blass, das Gesicht vom seidigweichen Haar umkränzt. Sie gab sich nicht einmal Mühe, ihm Lust vorzugaukeln. Sie verhielt sich wie ein Gegenstand, der keinerlei Gedanken daran verschwendete, was mit ihm geschah.

Er hasste Gunguelle, und je mehr er sie wegen ihrer Lethargie verabscheute, desto größer wurde seine Begierde. Er wollte, dass sie ihn in sich spürte! Dieses verdammte Stück, dem er das Leben geschenkt hatte, zeigte nicht den geringsten Dank!

Metcairn Nife knetete ihr Fleisch, ihre flachen Brüste, den knochigen Arsch. Immer rascher bewegte er sich, Schweiß tropfte von seiner Stirn auf sie hinab. Sie ließ es geschehen. Starrte gegen die Decke, mit Blicken, die in weite, unbekannte Fernen gerichtet waren. Vielleicht war sie in Gedanken in ihrem heimatlichen Dorf, bei all den kümmerlichen und dummen Kuhhirten, in deren Gegenwart sie ihre Jugend vergeudet hatte und denen sie sich dennoch verbundener fühlte als ihm, dem bedeutendsten Mann des Weltenrunds. Metcairn Nife, dessen Heere fast alle Länder des zivilisierten Nordens erobert hatten.

Seine Wut erreichte ein nicht mehr kontrollierbares Maß, und als er den Hass gegen dieses wertlose Geschöpf nicht mehr zügeln konnte, kam er. Zuckend und laut stöhnend entleerte er sich in ihrer Möse, schob seinen Schwanz noch mehrmals ganz tief in sie hinein und ließ sich dann erschöpft auf sie fallen.

Gunguelle war so klein und zart. Das Mädchen hatte vielleicht die Hälfte seines Körpergewichts. Wenn er auf ihr liegen blieb, würde er sie womöglich ersticken.

Für einen Augenblick dachte er ernsthaft über diese Möglichkeit nach. Er war es leid, beim Ficken in dieses blasse Gesicht zu starren. Er hatte bereits tausendfach über Leben und Tod entschieden.

Gunguelle kehrte in die Realität zurück, als würde sie aus einer Ohnmacht erwachen. »Ich liebe dich«, flüsterte sie und streichelte zärtlich sein Gesicht. »Ich liebe dich so sehr …«

Er ertrug ihre Sanftheit, obwohl sie ihn zur Weißglut brachte. *Warum nicht früher, Mädchen? Warum machst du stets das, was ich am wenigsten erwarte?*

»Schon gut«, brummte Metcairn Nife und wälzte sich von ihr. Er war müde und abgespannt und erleichtert. Er hatte seine Sorgen abgeladen, dieser riesengroße Ballon geballter Wut war zerplatzt, und sein Zorn versickerte nun als winzige Tröpfchen, in leicht erträglichen Dosen. »Geh jetzt, Gunguelle. Mir bleibt nicht mehr viel Zeit bis zum Abmarsch.«

»Wir sehen uns heute Abend wieder?« Ihre Stimme klang hoffnungsfroh. Sie stand vom Bettlager auf, ging breitbeinig zur Leibschüssel und spritzte sich vorbereitetes warmes Wasser zwischen die Beine.

»Womöglich.«

»Ich liebe dich. Ich liebe dich wirklich.« Sie zupfte ihr Untergewand zurecht, zog das Hemd an und wandte sich ihm dann zu. »Du bist das Beste, das mir in meinem Leben widerfahren ist.«

Metcairn Nife wusste nicht, was er darauf sagen sollte. Sie überraschte ihn einmal mehr, und weil er mit einer Antwort zögerte, wandte sie sich ab, mit Tränen in den Augen. Ein junges Mädchen, mehrfach verletzt, in ein Leben gepresst, das kaum Freude und Freiheiten bot. Gezwungen, mit Männern zu schlafen, die sich einen Spaß daraus machten, sie zu demütigen.

*So wie ich es eben getan habe …*

Er stand auf, legte ihr eine Hand auf die Schulter. »Wir reden später weiter. Versprochen.«

Gunguelle fühlte sich warm und geschmeidig an. Sie reagierte auf seine Nähe und spielte instinktiv ihre Reize aus. Sie duftete mit einem Mal gut. Nach Begierde und Lust. Nach noch mehr Zeit, die er mit ihr zwischen den Kissen verschwenden sollte …

»Geh jetzt!«, verlangte er mit heiserer Stimme. »Ich habe zu tun.«

Sie versteifte. Dann nickte sie, ohne ihn anzublicken, zog sich komplett an und verließ das Zelt, vorbei an statuenhaft dastehenden Wächtern, hinein ins Lager, aus dem überbordender Lärm an seine Ohren drang, den Metcairn Nife aber jetzt erst gewahrte.

Der Abmarschbefehl war kurz nach dem Morgengrauen ergangen. Schon jetzt waren erste Trupps unterwegs, Richtung Osten, und der Hauptteil des Heeres würde in den frühen Nachmittagsstunden folgen.

Metcairn Nife zog die Zeltbahnen hinter Gunguelle zu, wusch den Schweiß aus seinem Gesicht und vom Oberkörper und zum Schluss sein Geschlecht. Danach setzte er sich an den Arbeitstisch und starrte auf ein Stück Pergament, das vor ihm lag. Er verspürte mit einem Mal den Wunsch, auf etwas oder jemanden einzudreschen. Man musste sich das einmal vorstellen: Die Armee des Gottbettlers befand sich auf dem Rückzug! Das erste Mal, seit er das Amt des Heerführers übernommen hatte. Je länger er darüber nachdachte, desto stärker wurde die Wut in ihm, und am liebsten hätte er Gunguelle zurückgerufen.

Rückzug! Das Wort fühlte sich so an, als hätte ihm jemand mit einem Metallsporn an der Stiefelspitze zwischen die Beine getreten.

»Du wirst nicht umhinkommen, eine Entscheidung zu treffen«, sagte Marmer Dunne und nahm einen tiefen Schluck aus seinem Trinksack.

»Noch nicht. Ich muss nachdenken.«

»Ich gebe zu, dass ich Pae Loriander nie gemocht habe. Aber sie hatte ihre Leute im Griff. Nun, da sie tot ist und über die Umstände ihres Todes die irrwitzigsten Gerüchte kursieren, musst du so rasch wie möglich einen Ersatz für sie finden.

Andernfalls greift Unsicherheit um sich. Das können wir uns nicht leisten, Freund.«

»Ich weiß sehr wohl, was ich tun und lassen muss, Marmer!«, fuhr Metcairn Nife den Rechten an. »Anstatt mich zu belehren, solltest du dich um deine eigenen Leute kümmern. Unter ihnen wird nicht weniger getuschelt. Sieh zu, dass du wenigstens sie unter Kontrolle hältst.«

»Aber ...«

»Ich dulde kein weiteres Aber!«, brüllte Metcairn Nife. »Mach dich an die Arbeit, Rechter!«

Marmer Dunne wollte erneut widersprechen, überlegte es sich dann, lenkte sein Pferd zur Seite weg und verließ den Pulk der hoffärtigen Ordonnanzen, Adjutanten und Generäle, in dessen Zentrum sich Metcairn Nife befand.

Die fahrende Burg der Magicae befand sich unmittelbar vor ihnen. Die Turmspitzen des dunklen Gebäudes schwankten hin und her, die Zugochsen trotteten gemächlich dahin. Eine Wolke hing beständig über dem unheimlichen Bau, Fliegen sonder Zahl folgten ihm.

Die Sibyllen befanden sich in Wagen mit blickdichten Wänden. Unheimliche Laute drangen daraus hervor, wurden immer lauter. Mit ein wenig Fantasie hätte man sie für Gelächter halten können. Doch die Lichtblitze, die unter den Stoffbahnen hervorzuckten, entzogen sich jeglicher Erklärung.

Beide Gruppen wurden von starken Soldaten-Kontingenten begleitet und nach den Seiten hin beschützt. Metcairn Nife bezweifelte jedoch, dass die Bewaffneten die Magicae und Sibyllen besser beschützen konnten als die sich selbst.

Weiter vorn zogen Kontingente des Kleinen Volkes und der Malekuften dahin, Nachtkrappen flatterten erregt über den Bannern mit der goldenen Faust. Söldnerfamilien ergaben weitere Farbtupfer im geordneten Durcheinander der Heeresteile, so wie auch die Gruppe der Älteren zur Vielfalt des Heereszugs beitrug.

Hunderte Gedanken schwirrten Metcairn Nife im Kopf herum, so wie immer. Diese Ansammlung von Individuen und Gruppen in einem Gleichgewicht zu halten, ohne dass es Tag für Tag zu Auseinandersetzungen kam, diese Aufgabe nahm den Großteil seiner Zeit in Anspruch. Und nun, da der Platz zu seiner Linken verwaist war, hatte er noch viel mehr Arbeit zu erledigen.

Eine Sibylle näherte sich ihm. Sie ging zu Fuß, und dennoch hielt sie problemlos mit seinem Schlachtross Mimar mit. Die Militärs rings um Metcairn Nife wichen zur Seite, sobald sie ihrer ansichtig wurden.

»Der Gottbettler erwartet, dass du dich beeilst«, sagte sie.

»Ich tue mein Bestes.«

»Das ist nicht genug. Er verlangt, dass du von heute an in zwanzig Tagen die Grenze zur Blume von Oriath überschreitest.«

»Das ist Wahnsinn!«

»Es ist notwendig. Das Heer muss in voller Stärke angerückt sein, bevor ihn der Stumme Junge und seine Begleiter angreifen.«

»Ich habe es noch immer nicht verstanden, Wanderfrau. Der Gottbettler zieht alle seine Heereskräfte zusammen, um sie gegen einige wenige Leute antreten zu lassen?«

»Es handelt sich um keine … Leute«, widersprach die Sibylle. »Es ist niemals zuvor im Weltenkreis vorgekommen, dass sich Macht in seiner pursten Form auf einige wenige Wesen konzentrierte und diese noch dazu zusammenfanden.«

Auf einmal packte sie das Sattelhorn und schwang sich auf den Rücken des Pferdes, direkt vor ihm, mit einer flinken Bewegung, zu der kein Mensch fähig war. Sie war ihm nun ganz nahe, ihr Hintern rieb gegen seinen Schritt, sie roch nach Minze und nach anderen Kräutern, und in ihrer Stimme klang etwas mit, das ihn innerlich zum Vibrieren brachte. Er fühlte, wie ihm die Hose eng wurde, während die Sibylle den Kopf wandte und ihm zuflüsterte: »Stell dir die Kraft der Sonne während der Mittagsstunden vor und addiere die Mächte des Hasses sowie der Liebe. Zu guter Letzt füge eine Portion Wahnsinn hinzu. Das Ergebnis ist das, was wir von unseren Feinden zu erwarten haben. Kräfte, größer als alles, was du bisher gekannt hast, gesteuert und unterstützt von zwei Trieben, die beide derart unberechenbar sind, dass weder die Magicae noch wir voraussagen können, was als Nächstes geschehen wird.«

»Sie sind und bleiben Lebewesen. Du kannst sie nicht mit Naturgewalten vergleichen.«

Die Sibylle tastete nach hinten und rieb ihm den Schwanz. So fest, dass Metcairn weder zu atmen noch zu denken vermochte. Sie erzeugte Lust und Schmerz zugleich.

»So fühlt es sich an, wenn drei dieser Mächte zusammenwirken und sich der vierten annehmen. Allerdings ist die vierte nicht so kümmerlich wie dein Anhängsel, sondern – wie gesagt – eine Sonne.«

Die Sibylle drückte ein letztes Mal zu und sprang dann wieder vom Pferd. Sie ließ ihn gerade noch rechtzeitig in Ruhe. Ein klein wenig länger, und er, der bislang unumstrittene Heerführer, hätte vor den Augen seiner Begleiter in die Hose gespritzt.

»Verstehst du nun?«, fragte sie.

»Ja.« Metcairn Nife schluckte. »Aber wenn der Stumme Junge und seine Begleiter derart mächtig sind, was können wir ihnen entgegensetzen?«

»Unsere Masse. Unsere Präsenz. Unseren Geist. Die Aufgabe des Heeres wird es sein, die Sonne zu verdunkeln und die Kraft der Feinde einzudämmen. Einerlei, wie viele Soldatenleben es kostet.«

»Ich soll notfalls all diese Leben opfern?«

»Es dient dem Wohl des Gottbettlers.«

*Und dem euren,* dachte Metcairn Nife, während die Sibylle mit eleganten Schrittsprüngen davoneilte und schon bald wieder im Inneren ihres hell erleuchteten Wagens verschwand. *Wir alle sollen sterben, damit ihr überleben könnt.*

Es hätte bloß einiger weniger Worte bedurft, um seine Getreuen, von denen manche schon seit mehreren Jahrzehnten auf ihn und seine Weitsicht vertrauten, vor den Plänen der Sibyllen zu warnen. Doch es gelang ihm nicht, diese Worte zu formulieren, und erst recht nicht, den Zug anzuhalten und ihnen die Wahrheit zu offenbaren. Was auch immer die Frau mit ihm angestellt hatte, er war völlig blockiert.

*Und mein Schwanz tut so weh, dass ich Gunguelle drei oder vier Tage nicht an mich heranlassen werde.*

# 16. Auf dem Weg

Der übereilten Flucht durch die Straßen Griams folgte eine durch Hektik geprägte Überfahrt zurück aufs nördliche Festland. Hexe und Magicus hielten die höchst zweifelhafte Schiffsmannschaft mithilfe ihrer seltsamen Kräfte im Zaum. Danach stahlen sie Pferde und Ausrüstung, wobei Rudynar Poles wiedergenesener Schwertarm reichlich zu tun bekam. Sie machten sich auf den Weg in dieses geheimnisvolle Land namens Blume von Oriath, dessen ebenso geheimnisvoller Herrscher zum mächtigsten Wesen des Weltenrunds aufgestiegen war.

Man suchte bereits nach ihnen. In den aenasschen Sumpfstädten begegnete man ihnen mit Misstrauen, und nach einer heftigen Auseinandersetzung mit Kopfgeldjägern beschlossen sie, abseits der belebten Straßen in Richtung Norden weiterzureisen.

Was machten sie bloß hier? Was machte *er* hier?

Vier Leute, allesamt gezeichnet, auf dem Weg ins Kernland des Gottbettlers, um diesen Unheilbringer für seine unzähligen Untaten zur Verantwortung zu ziehen.

Der Stumme Junge erwies sich zunächst als schlechter Gesprächspartner. Sein blasses, noch bartloses Gesicht war meist in den Himmel gerichtet, als folgte er dem Lauf eines Gestirns, das nur er selbst sehen konnte. Er kramte dabei in seinem Sackgewand umher und kratzte sich, immer wieder, als hätte er die Krätze. Blutrote Strähnen verunzierten seine Brust, seine Arme, die Wangen und die leicht krumme Nase. Womöglich rührten sie von Hieben her. Oder handelte es sich um Ekzeme?

Rudynar Pole unternahm einen Versuch nach dem anderen, mit dem Stummen Jungen Kontakt aufzunehmen. Er bot ihm zu essen an, half ihm bei den täglichen Routinearbeiten einer immer länger werdenden Reise, wusch ihn, sorgte für sein Wohlergehen. Doch je mehr er tat und je mehr er sich bemühte, desto weiter zog sich der Junge zurück. Er ließ dann die Kapuze seines Gewandes weit übers Gesicht hängen, wie einen Vorhang, hinter dem er seine hellen Augen versteckte.

Nach und nach erwachte der schlanke, fast dürre Bursche aus seiner Lethargie. Starrte ihm tief in die Augen und streckte die Hand aus, um ihn mit den Fingerspitzen zu berühren, streichelte über sein Gesicht und stammelte Worte, die einer fremden Sprache entstammten und von der selbst Terca vorgab, sie nicht zu kennen.

Rudynar Pole genoss diese Momente. Da war ein Wesen, das ihn mochte und das ihn seine Zuneigung spüren ließ.

Was hatte es mit all den Prophezeiungen auf sich? Wer hatte vorhergesehen, dass sie beide aufeinander angewiesen waren und einander brauchten? Der Junge ließ nicht erkennen, dass er irgendetwas von dem verstand, was Rudynar Pole ihm beizubringen versuchte. Und dennoch zeigte er sich bald lebendiger. Nahm auf, was rings um ihn vor sich ging. Lernte, seine Schuhe zu binden und Essen zu sich zu nehmen, ohne sein grob gewebtes Hemd zu beschmutzen. Kratzte krakelige Buchstaben in den lehmigen Boden, während Rudynar Pole und Terca einige Reisenotizen in einem kleinen Büchlein niederschrieben … Der Stumme Junge lernte in angsterregender

Geschwindigkeit. Es war, als müsste er im Eiltempo all das aufholen, was er während der letzten Jahre vernachlässigt hatte.

»Was fange ich bloß mit dir an, Kleiner?«, fragte Rudynar Pole den Burschen. »Ich mag dich ja. Aber viel lieber hätte ich einen Kumpel an meiner Seite, mit dem ich mich über Weiber und übers Ficken unterhalten könnte.«

Der Stumme Junge reagierte nicht. Oder? War da ein Lächeln? Ein Augenverdrehen, ein resignierender Blick?

»Das Leben war viel leichter, als ich noch Latrinen putzte«, sagte Rudynar Pole, während er an die Spitze der kleinen Gruppe ritt. »Tagaus, tagein die gleiche leichte Arbeit. Keine Verantwortung. Ab und zu Besoffene aus den Kloaken ziehen, das war's auch schon mit den Schwierigkeiten.«

»Für ein paar Messing- oder Kupferstücke hast du Spucknäpfe oder Ärsche ausgeleckt, nicht wahr?« Terca ritt dicht hinter ihm, beschleunigte den Schritt ihres Pferdes und befand sich dann an seiner Seite. »Du hast dich wie ein Sklave verhalten, hast dich dem Alkohol unterworfen. Jetzt hingegen triffst du freie Entscheidungen. Was für eine Qual das für dich sein muss.«

»Halt doch dein Schandmaul, alte Hexe, und lass mich von früheren Zeiten träumen, als alles noch viel einfacher und ich bedeutend jünger war. Außerdem musste ich nicht in Gesellschaft einer Hexe und eines Magicus reisen.«

Pirmen war in einem Holzgestell auf einem Muli festgebunden. Seine Gesichtshaut schälte sich ohne erkennbaren Grund, die Augen lagen tief in den Höhlen. »Ich hätte dich tatsächlich in deiner Scheiße verrotten lassen sollen«, krächzte er und atmete schwer. »Ich verstehe den Humor der Götter nicht. Ausgerechnet dich, ausgerechnet ein so schwaches und unnützes Wesen, machen sie zu einer der wichtigsten Figuren in diesem Spiel und …«

»Es ist kein Spiel!«, fiel ihm Terca ins Wort. »Es liegt an uns, die Macht des Gottbettlers zu brechen und die Welt wieder so zu gestalten, wie sie sein sollte.«

»Wird sie denn besser und freier sein, wenn der Gottbettler nicht mehr ist?«, fragte sich Rudynar Pole laut.

»Es wird so sein, wie es sein soll.« Tercas Stimme klang ruhig, fast gelangweilt. »Das natürliche Gleichgewicht muss wiederhergestellt werden. Der Starke wird den Schwachen fressen, bis er alt ist und von einem Jüngeren verdrängt wird. So ist der Lauf der Dinge.«

»Und wie sieht es mit dem endlosen Kampf zwischen Magicae und Hexen aus?«, fragte Rudynar Pole. »Wird er wieder aufgenommen, sollte das Reich des Gottbettlers zerfallen?«

Weder Terca noch Pirmen antworteten ihm darauf. Sie blickten beiseite, fast so als schämten sie sich. Hatte Rudynar Pole ihren schwachen Punkt erwischt?

Einerlei. Er nahm einen tiefen Schluck vom Sauren und warf den leeren Trinksack dann einfach fort. Das Gesöff schmeckte widerlich, doch es benebelte ihn, und je weniger er von der Welt rings um sich mitbekam, desto besser fühlte er sich.

Sie querten eine Furt. Eine von vielen am heutigen Tag. Das Flachland von Süd-Aenas, dessen Sümpfe und Fluss-Deltas sie längst hinter sich gelassen hatten, zeigte sich allmählich von seiner angenehmeren Seite. Abgesehen von Gelsen und anderen Stechmücken gab es hier nur noch eine Gattung von Raubtieren, vor denen sie sich in Acht nehmen mussten: Menschen, die auf den zahlreichen Inseln und Halbinseln in armseligen Behausungen ein nicht minder armseliges Dasein fristeten, fetteten ihre Fischdiät von Zeit zu Zeit auf, indem sie über Reisende herfielen.

So jedenfalls war es gewesen, als Rudynar Pole dieses Land

das letzte Mal bereist hatte. Doch die Heerscharen des Gottbettlers hatten offenbar für Ordnung gesorgt. Viele Hütten lagen verwaist, manche waren dem Erdboden gleichgemacht. Die wenigen größeren Siedlungen wirkten sauber und gepflegt.

*Ich kenne Metcairn Nifes Handschrift nur zu gut. Wo auch immer er auftaucht, pflügt er um und kehrt das Unterste zuoberst,* dachte Rudynar Pole. *Seine Leute sichern das Land. Sie pflanzen Ordnung und Zivilisation. Sie bauen Schulen, schaffen Strukturen, bringen den Bewohnern völlig neues Wissen. Sodass sie sich nach einer Weile trotz all der Entbehrungen, die im Sog eines Kriegs nun mal zu erleiden sind, wieder selbstständig versorgen können. Frei von der Willkür irgendwelcher Räuberhäuptlinge oder selbsternannter Landesfürsten. Metcairn Nifes Saat geht meist schon binnen einer Menschengeneration auf.* Er schüttelte innerlich den Kopf. *Der Heerführer bringt Tod, der neues Leben hervorbringt. Muss man ihn verdammen oder für seine Leistung würdigen?*

Der Stumme Junge machte seinem Beinamen nach wie vor alle Ehre. Seitdem sie Griam verlassen hatten, sprach er kein einziges Wort. Er hielt den Kopf unter dem roten Tuch verborgen, das er um den Körper geschlungen hatte, selbst in der schwülen Hitze des Aenas-Deltas. Bloß die Nasenspitze und sein dünner Mund waren zu sehen.

*An wen erinnert er mich bloß? Ich bin mir sicher, dass ich ihm bereits einmal begegnet bin …*

»Warum glaubt man, dass du den Gottbettler besiegen kannst?«, fragte er, nicht zum ersten Mal auf dieser Reise. »Erzähl mir von deinen Gaben.«

Der Junge zuckte unter den Worten Rudynar Poles zusammen, drehte den Kopf hin und her, gab aber keine Antwort. Wie immer. Also ging Rudynar Pole wieder auf Distanz, griff nach einem weiteren Trinkschlauch, öffnete ihn und nahm einen tiefen Schluck.

»Da stimmt etwas nicht«, sagte Pirmen zu ihm, sobald sie

sich weit genug vom Stummen Jungen entfernt hatten. »Larex meinte, dass ihr beide augenblicklich aufeinander reagieren würdet.«

»Tun wir doch. Aber auf eine Weise, die du nicht verstehst und die du nicht siehst, Kleiner Herr. Abgesehen davon war Larex nicht unbedingt ein Freund der Ehrlichkeit.«

»Warum hätte er mich in dieser Hinsicht anlügen sollen?«

»Weil er nichts anderes konnte, als stets Intrigen zu spinnen, und weil er deshalb die Leute über sein wahres Wissen im Unklaren ließ«, mischte sich Terca ein. »Was auch immer er dir sagte, muss nicht in allen Punkten der Wahrheit entsprechen.«

»Und was ist mit dir, Hexe?«, fragte Pirmen. »Weißt du nicht auch mehr, als du uns bisher offenbart hast?«

»Selbstverständlich. Aber ich bin seit langer Zeit ungeübt im Spiel von Niedertracht und Verrat. Gebt mir zwanzig oder dreißig Jahre, um wieder zu mir zu kommen. Danach würde ich euch beide so sehr einkochen, dass der eine mir freiwillig als Hofnarr dienen und der andere mir voll Wolllust die Zehennägel anknabbern würde.«

»Das sind ja schöne Aussichten.« Rudynar Pole schüttelte es.

»Du sagst es. Wenn du mir also den Lustknaben machen möchtest, mein Schöner, steht dir jederzeit frei, das Nachtlager mit mir zu teilen. Ich könnte dir Dinge beibringen, von denen du bisher nicht zu träumen gewagt hast.«

»Natürlich.« Er musterte verstohlen das so ungleiche Paar, Hexe und Magicus. Es war höchst anstrengend, zwischen ihnen zu stehen und ihnen beiden zu Gefallen zu sein. Noch glaubten sie, über ihn bestimmen und ihn beeinflussen zu können. Seit Wochen schon spielte er mit ihnen, so wie sie glaubten, mit ihm zu spielen. Doch irgendwann würde das auffliegen, und sie würden die Kraft, über die er tatsächlich verfügte, als Gefahrenquelle erkennen.

Rudynar Pole dachte an die vielen Gelegenheiten, da Pirmen oder Terca ihn genötigt hatten, wie ein Hampelmann herumzutanzen. Er war auf sie eingegangen, weil … Ja, warum eigentlich? Weil sie seinen Ehrgeiz angestachelt hatten und er diese vorgeblich so mächtigen Geschöpfe gegeneinander ausspielen und sie ganz kräftig auf die Nase fliegen lassen wollte?

Lächerlich! Er hatte jedwedem Ehrgeiz abgeschworen, als er Metcairn Nife und dem Heer des Gottbettlers den Rücken gekehrt hatte. Es war seine verfluchte Neugierde. Die Schuldgefühle. Die Hoffnung, ein klein wenig von dem gutmachen zu können, was er einstmals unzähligen Wesen des Weltenrunds angetan hatte.

Sie passierten eine weitere Furt. Vor ihnen erstreckte sich ebenes Gelände, das von mäandernden Flussläufen beherrscht wurde. In der Ferne stachen drei Rauchfahnen steil in die Höhe. Wahrscheinlich gehörten sie zu einer Ansiedlung, die sie wie alle anderen der letzten beiden Tage links liegen lassen würden.

Eine hutzelige Gestalt saß am Ufer eines der Flüsse und angelte. Sie ritten auf die Frau zu, und Terca verlangte von ihren Gefährten: »Überlasst mir das Reden.«

Pirmen schüttelte unwillig den Kopf. »Ich wüsste nicht, warum. Du hast bislang kein sonderlich diplomatisches Geschick bewiesen.«

»Sie ist eine von meiner Art«, sagte die Hexe kühl, ohne auf die Provokation einzugehen.

»Deswegen ist sie so hässlich.«

»Immerhin besitzt sie noch alle Körperteile.«

Pirmens Gesicht wurde blass, seine Hand krampfte sich um

die Zügel, doch er blieb ruhig und brachte sein Pferd dazu, langsamer zu reiten. Womöglich hatte er Angst. Das sonderbare Verhältnis zwischen Hexen und Magicae entzog sich Rudynar Poles Verständnis. Seine Begleiter empfanden so etwas wie Sympathie füreinander, doch der äonenlange Streit zwischen Hexen und Magicae ließ es nicht zu, dass sie dies offen zeigten.

Terca ritt vornweg, Rudynar Pole folgte ihr. Die Frau am Ufer drehte sich ihnen nicht zu, sie sagte nur: »Es gibt nicht mehr viele von uns, deren Gegenwart ich so deutlich spüren kann, Schwester.«

»Und die, die übrig geblieben sind, haben allesamt einige Jahrhunderte auf dem Buckel.«

»Man sagte mir, eine neue Klosterzelle sei eröffnet worden, tief unten im Süden.«

»Mir ist davon nichts bekannt.«

»Nun ja, vielleicht handelt sich's auch bloß um ein Gerücht, Schwester. Ich kümmere mich ohnedies nicht mehr um den Tratsch. Es wird viel zu viel geredet in diesen Jahrhunderten. Du bist schon die Dritte in diesem Jahr, die mich bei der Arbeit stört.«

»Du lebst vom Fischfang, Frau Wicca?«, hörte sich Rudynar Pole fragen.

»Du hast diesen Mann immer noch bei dir? Seltsam. Ich kann ihn kaum spüren.« Die andere Hexe hustete angestrengt und spuckte ins Wasser. »Aber du solltest ihn besser erziehen. Wie kann er es wagen, mich anzureden?«

»Ich werde ihn dafür zur Rechenschaft ziehen, Schwester. Er ist leider ein Barbar, sowohl im Verhalten als auch in seiner Denkweise.«

»Aber er trägt einige Geheimnisse mit sich.«

»Ich weiß.«

»Ach ja? Dann weißt du auch, dass deine Kräfte ihn kaum beeinflussen? Er ist frei in all seinen Willensentscheidungen.«

»*Wie bitte?* Das ist unmöglich!«

Es war das erste Mal, dass er Unsicherheit in Tercas Gehabe bemerkte. Sie war völlig überrascht von den Worten der anderen Hexe und wandte sich ihm zu. »Stimmt das, Rudynar Pole?« Ihre Blicke waren zornig, und sie ließ ihn einen kleinen Teil dessen spüren, was ihre eigentliche Macht ausmachte.

Er zuckte mit den Achseln. »Mag sein.«

Ihre Wut verebbte. »Du konntest mich also täuschen, wie du auch den Magicus hintergangen hast. Du bist weitaus stärker, als ich dachte. Wie seltsam.«

»Nimm dich vor ihm in Acht«, mahnte die andere Hexe und holte die Angelschnur ein, nachdem die Rute zu zucken begonnen hatte. »Er wirkt harmlos. Aber in ihm steckt mehr Gefahr als in deinen anderen Begleitern.«

»Wie ist dein Name, Schwester?«

Die Anglerin sagte etwas, das sich wie das Flüstern des Windes anhörte. Terca verkrampfte. »Das ist falsch, das darf nicht sein …«

»Nimm es hin, wie es ist.«

»Aber du … Ich meine, ich …«

»Scht! Oder möchtest du dem Hohen Herrn all unsere sorgsam gehüteten Geheimnisse verraten?« Die Hexe zog etwas aus dem Wasser, das wie ein schwarzlederner Schuh aussah, der allerdings eine Art Gesicht zeigte. »Was für ein prachtvoller Bursche, sieh mal! Woher dieses Relikt wohl stammt? Aus einem der Kriege aus der Zeit vor der Zeit? Oder ist es eine Erinnerung, die wir allesamt zu sehen bekommen, weil sie wichtig für unseren weiteren Lebensweg ist? Oder handelt sich's bloß um weggeworfenen Abfall?« Die Alte lachte hässlich. »Was meint ihr?«

»Ich habe keine Ahnung«, murmelte Rudynar Pole. Er musste wegsehen, denn er war sich sicher, dass er ein vielfach facettiertes Augenpaar hatte aufblitzen sehen, und er erinnerte sich nur zu gut an alte Geschichten, dass angeblich einstmals Monster mit Fliegengesichtern den Weltenkreis mit Feuer und Grauen überzogen und die Menschheit fast ausgerottet hatten.

»Dein Begleiter sieht viel zu viel, Schwester«, sagte die alte Hexe. »Bist du dir sicher, dass er keiner von uns ist?«

»Die letzte männliche Hexe existierte vor ... Lass mich nachdenken ...«

»Streng dein armes Köpfchen nicht allzu sehr an.« Die Anglerin erhob sich, biss herzhaft in das nasse Etwas und ließ den Rest dann in einem bereits prall gefüllten Lederbeutel verschwinden. »Dieses Rätsel lässt sich womöglich niemals auflösen«, sprach sie dann kauend und schmatzend weiter, »und wer weiß schon, ob es irgendeine Bedeutung hat.« Sie zog ihre blau gewordenen und krampfadrigen Beine aus dem kalten Wasser, raffte ihre Siebensachen zusammen und umschnürte ihren Körper mit der Angelrute. »Der Hohe Herr ist wichtig im Kampf gegen den Gottbettler. Wichtiger als du, Schwester, und auch wichtiger als der verkrüppelte Magicus. Er darf unter keinen Umständen verloren gehen. Und dennoch spüre ich, dass genau das geschehen wird.«

»Was willst du damit sagen, Frau Wicca?«, fragte Rudynar Pole erschrocken.

»Mit dir habe ich nicht gesprochen, Hoher Herr!« Die alte Hexe wirkte mit einem Mal bedrohlich. »Du musst auf seine Gesundheit achten«, richtete sie ihre Worte wieder an Terca. »Er darf nicht so viel saufen. Versucht nicht, ihn zu beeinflussen. Er muss bei möglichst klarem Verstand bleiben. Hast du mich verstanden, Terca?«

»Ja … Schwester.«

Warum dieses Zögern? Warum die eigenartige Betonung des letzten Wortes? Was verband die beiden Wicca, und was trennte sie?

»Wir sehen uns wieder?«, fragte Terca.

»In achtzehn Jahren oder mehr. Bis dahin – gehab dich wohl, Schwester.« Die eigenartige Hexe ließ sich rückwärts ins Wasser fallen. Die Oberfläche des kühlen Nasses blieb ruhig, als sie auf das Wasser traf und darin eintauchte. Dann trieb ein dunkler Körper unter der Oberfläche flussaufwärts, entgegen der Strömung, um schließlich in der Nähe eines Strudels zu verschwinden, als hätte es ihn niemals gegeben.

»Scheißhexen«, sagte Pirmen, der sein Reittier langsam an den Fluss herantrieb. »Hoffentlich bleibt sie für alle Zeiten dort unten.«

»Sicherlich nicht.« Terca kümmerte sich nicht weiter um die Beleidigung des Magicus. Sie wirkte, als wäre sie in Gedanken woanders, ganz weit weg, und sie benötigte eine Weile, um wieder zu sich zu kommen. Schließlich sagte sie zu Rudynar Pole: »Du hast die Warnung meiner Schwester gehört, Hoher Herr. Du bekommst keinen Tropfen mehr, und du bleibst von nun an immer in meiner … in unserer Nähe. Verstanden?«

»Ich bin nicht euer Gefangener!«

»Aber du hast dich verpflichtet, den Stummen Jungen in deine Obhut zu nehmen. Ich verlange von dir, dass du deine Aufgabe nach bestem Wissen und Gewissen verrichtest.«

Rudynar Pole bemerkte, wie angestrengt sie ihre Kräfte auf ihn richtete, ihre Dusus, die sich mit Pirmens Magie vereinte und ihn unter Kontrolle bringen sollte.

Er widerstand. Es fiel ihm leicht wie niemals zuvor. Diese beiden Wesen stellten keinerlei Herausforderung mehr für ihn dar. Der Einzige, der ihm während dieser Reise gefährlich werden konnte, war der Stumme Junge. Denn in ihm ruhte etwas, das ihn faszinierte und zugleich ängstigte. Wenn er ihm doch wenigstens einmal einen Blick in sein Gesicht erlaubt hätte …

»Weiter!«, befahl Terca nach einer Weile. Sie ließ sich nicht anmerken, wie sehr sie über das Scheitern ihres Versuchs, ihn zu beeinflussen, enttäuscht war. »Die Sonne steht hoch. Wir sollten noch einige Laufe hinter uns bringen, bevor wir unser Nachtlager aufschlagen.«

Tag reihte sich an Tag. Rudynar Poles Hintern war längst wund geritten, doch er genoss die Welt rings um sich. Die Gerüche der Natur, die rasch wechselnden Wetterbedingungen, der Übergang vom Sumpf zur Weidelandschaft und von kleinen, dürren Gewächsen zu mächtigen Bäumen. Der Kampf gegen den Gottbettler war weit, weit weg. Was zählte, war das Hier und Jetzt, das lange nicht mehr genossene Gefühl der Freiheit und der Unabhängigkeit.

Pirmen und Terca stichelten einander den gesamten Ritt lang, und Rudynar Pole sah keinen Grund, für eine der beiden Seiten Partei zu ergreifen. Die alte Vettel und der Krüppel waren einander in gewisser Weise ähnlich. Die Hexe gab sich griesgrämig und sparte nicht an bösen Kommentaren, und Pirmin tat sein Bestes, um ihr Kontra zu geben. Doch wenn er hin und wieder nicht mit Terca stritt, verbesserte und verfeinerte er seine Fähigkeiten. Er ließ unschuldige Tiere in Explosionen vergehen, zerstörte Wald durch Brände oder ließ Wasser weit über die Ufer treten, ohne auch nur für einen Augenblick lang an die Konsequenzen seines Tuns zu denken.

Als ihm ein unbedarfter Bauer nicht sofort Auskunft über den weiteren Weg geben konnte, trieb er ihm einen Dorn in die Stirn, den er einfach aus dem Nichts herbeizauberte und der so lang war, dass er an der Rückseite wieder austrat, und als sich das jammernde Weib des Mannes verzweifelt über ihn warf, tötete er auch sie mit einem Lächeln auf den Lippen.

»Es ist genug«, sagte Terca schmallippig und bleich geworden.

»Das ist erst der Anfang!« Pirmen ballte seine verbliebenen Finger zur Faust. »Hätte ich gewusst, wie es ist, über solche Kräfte zu verfügen, dann …«

»Was dann?«, fiel sie ihm ins Wort. »Hättest du dir die Glieder selbst amputiert oder einen anderen darum gebeten? Hättest du es Gafelay gleichgetan und die Gesetze deiner Mitbrüder gebrochen? Bloß, um dieses scheinbare Gefühl der Macht zu spüren?«

»Was weißt denn du?« Pirmen grinste böse. »Mir wurde ein Tor zu einer anderen Welt aufgestoßen. Zu einer Welt der Wunder.«

»Zu einer Welt des Grauens! Ich beschwöre dich, Magicus: kehr um! Du beschreitest den falschen Weg!«

Der Kleine lachte. »Du hast bloß Angst vor mir, Hexe. Meine Macht schreckt dich.«

»Natürlich tut sie das«, flüsterte Terca. »Ich sehe, wohin zu viel Macht führt. Sie bringt Wesen wie den Gottbettler hervor.«

»Aus!«

Rudynar Pole drehte sich erstaunt zur Seite, während Magicus und Hexe zusammenzuckten und sich wie unter Schmerzen wanden. Der Stumme Junge – er war es, der diesen verzweifelt klingenden Schrei ausgestoßen hatte!

»Ihr zerstört alles, wenn ihr so weitermacht«, sagte er mit piepsiger Stimme und zog die Kapuze weiter nach unten, um sicherzugehen, dass sie sein Gesicht verhüllte. Dann verfiel er wieder in dumpfes Brüten, als wäre alles gesagt.

Und so war es anscheinend auch. Denn Rudynar Pole verlor

mit einem Mal jede Lust, auch nur ein Wort mit seinen Begleitern zu wechseln. Terca und Pirmen ritten Seite an Seite, die Flanken ihrer Tiere berührten sich beinahe. Beide wirkten sie verstört, und Rudynar Pole sah, wie ihnen beiden Tränen übers Gesicht liefen.

Das Grenzgebiet zur Enklave Mayeur breitete sich vor ihnen aus. Ein bewaldeter Hügel reihte sich an den nächsten. Das grüne Einerlei der Nadelbäume wurde von einem braunen Streifen unterbrochen, der gerodeten Grenzlinie, etwa eine Viertellaufe breit, die das kleine Land von seinem wesentlich größeren Nachbarn Aenas trennte. Hier und dort standen Zollhütten, verfallen und kaum genutzt. Rotwild röhrte laut, die Balzzeit hatte begonnen.

Die Enklave Mayeur, die von der Krämerseele Perpesole VIII. regiert wurde, hatte es über die Jahrzehnte hinweg verstanden, sich mit den Leuten des Gottbettlers zu arrangieren und sich damit zum Großteil aus dem Kriegsgeschehen hinauszuhalten.

Eine bewundernswerte Leistung, wie Rudynar Pole befand. Die Enklave, eingeklemmt zwischen der Blume von Oriath und den beiden Aenas-Teilen, war winzig wie ein Fliegenschiss. Folgte man den Hauptwegen, querte man das Land binnen zwei Tagen, und nahm man wie sie weniger frequentierte Straßen, beanspruchte der Ritt kaum doppelt so viel Zeit.

»Perpesole hat die Jugend seines Landes an den Gottbettler verkauft«, sagte Terca. »Jeden Monat schickt er hundert abenteuerhungrige Burschen und Mädchen den Truppen Metcairn Nifes hinterher. Sie werden dort ausgebildet und für fünf Jahre in den Dienst gestellt. Nicht einmal jeder Zehnte überlebt die Kämpfe an der Front und von diesen wiederum nur die Hälfte, ohne körperliche Schäden davonzutragen.«

»Warum erzählst du mir das alles, Frau Hexe?«, fragte Rudynar Pole. »Diese Dinge weiß ich besser als du.« Er war mit vielen Mayeuren geritten. Sie galten als unerschrocken und blauäugig, ideales Menschenmaterial für lebensgefährliche Einsätze.

»Ich möchte dir deine Schuld bewusst machen.« Terca deutete auf das hügelige Land ringsum, und er folgte mit seinem Blick den Gesten.

Der Boden war saftig und grün, alles wirkte friedlich. Eine geruhsame Beschaulichkeit lullte ihn und die anderen Reiter ein. »Wunderschön«, sagte er.

»Dieses Hügelland galt einstmals als Kornkammer Mayeurs und der angrenzenden Länder. Mittlerweile sind die Gehöfte verschwunden, verschluckt vom Grün der Sträucher und Bäume. Die Natur erobert sich die Gebiete zurück, die der Mensch ihr einst abtrotzte.«

»Und?« Rudynar Pole zuckte mit den Achseln. »Ich erkenne nichts Schlechtes daran.«

»Schon heute muss König Perpesole Getreide aus Süd-Aenas zukaufen und dafür seine Schatzkammern plündern. Das Land verarmt, weil es sich mangels Arbeitskräften nicht mehr selbst versorgen kann. Man hungert in den Dörfern. In drei Jahren wird die Armut das Bürgertum in den Städten erreichen, in fünf wird selbst der König seinen Gurt enger schnallen müssen. Und dann …«

»Ja?«

»Dann gibt es eine Revolution. Irgendjemand wird aufstehen, mit dem Finger auf König Perpesole deuten und lautstark fragen, was dieser pausbäckige Kerl mit dem Land angestellt hat. Einige werden ihm folgen, andere werden an den Sauttrögen der Macht hängenbleiben. Bürgerkrieg ist die Folge, und damit ist das Stichwort für den Gottbettler gegeben. Metcairn

Nifes Leute werden einmarschieren und die Enklave Mayeur *befrieden*. Mit Soldaten in ihren Reihen, die von hier stammen. Der Friedensvertrag, den der König mit den Unterhändlern des Gottbettlers geschlossen hat, ist die Tinte nicht wert, mit der die Unterschriften geleistet wurden, und so wird ein weiteres Land dem Reich des Gottbettlers einverleibt.«

»Das alles willst du jetzt schon wissen, Frau Terca?«, fragte Rudynar Pole. »In dieser Geschichte gibt es so viele Unwägbarkeiten, dass es sich gar nicht lohnt, darüber zu diskutieren.«

»Ich erkenne die Zeichen und kann sie lesen«, sagte die Hexe geheimnisvoll.

»Ich muss der Wicca recht geben.« Pirmen rückte seinen Leib im Tragegestell zurecht. Er stöhnte unter den Schmerzen, die ihm die Riemen bereiteten, mit denen er daran festgebunden war. »Die Enklave ist bereits jetzt reif für den Fall. Wer weiß, ob es überhaupt noch fünf Jahre dauern wird, bis Metcairn Nife einen Grund sieht einzumarschieren. Mag sein, dass seine Agenten bereits im Land sind und die Unzufriedenheit schüren.«

»Metcairn Nife ist nicht so, wie ihr denkt!«, behauptete Rudynar Pole vehement. »Er treibt kein falsches Spiel! Er ist seinen Prinzipien trotz seiner Machtfülle immer treu geblieben. Intrigen und Ränkespiele widern ihn an, für Unehrlichkeit empfindet er Abscheu.«

»Was dies der Grund, warum du ihn im Stich gelassen hast?«, stichelte Terca. »Warst du nicht gut genug für ihn?«

Rudynar Pole musste an sich halten. Sie hatte kein Recht, so mit ihm und vor allem über ihn zu reden. Noch weniger gefiel es ihm, dass sie jene Wahrheit erkannte, die er immer wieder vor sich selbst zu leugnen versuchte.

Der Stumme Junge tat indes das, was er am besten konnte: Er schwieg. Er saß auf seinem Pferd und hatte den Kopf nach vorn gebeugt, als würde er schlafen. Ab und zu griff er in eine Satteltasche und holte Salatblätter hervor, die er langsam kaute.

»Ich bleibe dabei, dass das Land schön ist«, sagte Rudynar Pole, »idyllisch und friedlich.«

»Du wirst viel lernen müssen, möchtest du ein zweites Lebensjahrhundert erreichen.«

»Ich halte zunächst mal die Fünfzig im Blick. Irgendwann in den nächsten sieben Jahren sollte ich sie erreichen.« Er tastete über den Trinksack, den er am Sattelhorn festgemacht hatte. Er war prall gefüllt. Doch nicht etwa mit Saurem, sondern mit widerlichem, nach nichts schmeckendem Wasser.

Ihre Reittiere trotteten hinab in eine Senke und vorbei an Ruinen, die bereits überwuchert wurden und seltsamen Tieren mit langen Beinen sowie zweigeteilten Rüsseln als Versteck dienten. Schnurgerade Streifen zwischen üppig wachsendem Gras ließen ehemalige Raine erkennen. Entlang dieser Wege waren vor nicht allzu langer Zeit Bauern mit ihren Karren in beiden Richtungen gezogen, um die wintergefrorene Scholle zu brechen, zu säen, zu bewässern, Unkraut zu zupfen, Schädlinge zu vertreiben und letztlich die Ernte einzubringen. Tagaus, tagein, das Jahr hindurch, so lange, bis der Rücken krumm und die Gerste fett war.

Diese Zeiten waren vorbei, und so ungern Rudynar Pole seiner Begleiterin recht gab, die Bevölkerung der Enklave kämpfte auf verlorenem Posten. Die Menschen gaben über Generationen hinweg einstmals kultiviertes Land der Natur zurück, und sie würden dafür zahlen müssen.

»Noch ein Tagesritt bis Haime«, sagte er und deutete in Richtung der länger werdenden Schatten. »Ich kenne ein Dorf, in dem wir uns ausruhen und dem Tratsch über die Geschehnisse in der Blume von Oriath lauschen können.«

»Ich vermute, dass in diesem Dorf auch ein Wirtshaus zu finden ist?« Terca beäugte ihn misstrauisch.

»Wo, wenn nicht in einer Schänke, sollten wir uns über den Feind informieren?« Rudynar Pole leckte sich über die Lippen. »Nirgendwo sonst als im *Rülpsenden Eber* bekommt man für wenig Geld derart viel geboten.«

»Abgelehnt«, bestimmte die Hexe. »Wir dürfen uns keinesfalls in der Öffentlichkeit blicken lassen.«

»Aber …«

»Wir nächtigen heute in einer der Ruinen, und morgen quartieren wir uns am Rand der Stadt Haime irgendwo ein. Ich besorge die notwendigen Lebensmittel sowie Ausrüstungsgegenstände für die Weiterreise, ihr wartet indes auf mich.« Terca kicherte. »Es ist kaum zu glauben, ich falle weniger auf als ihr.«

»Wir benötigen Informationen«, startete Rudynar Pole einen neuerlichen Versuch. »Wir müssen in Erfahrung bringen, was uns in der Blume von Oriath erwartet, und womöglich weiß man auch etwas über die Bewegungen des Heeres des Gottbettlers.«

»Ich kümmere mich darum. Es geschieht so, wie ich es sage. Oder, Pirmen?«

»Ich lasse mir von dir nichts befehlen«, sagte der Magicus, wirkte allerdings unsicher. »Andererseits sollten wir nicht ausschließen, dass sich die Prophezeiung deiner … Schwester bewahrheiten könnte. Der Hohe Herr ist ein klein wenig zu begierig darauf, den Wirts- und wahrscheinlich auch den Hurenhäusern einen Besuch abzustatten. Ich habe erlebt, wie er sich benimmt, wenn er zu viel vom Sauren intus hat. Ich befehle dir also, allein in die Stadt zu gehen, Terca, und zu tun, was notwendig ist.«

Die Hexe lächelte und nickte. »Du hast es gehört, Hoher Herr?«

Rudynar Pole fühlte sich hilflos. Er wollte sich nichts sagen lassen, und schon gar nicht von diesen beiden kruden Gestalten. An jenem Tag, da er wieder auf die Beine gekommen war und sich daran erinnert hatte, dass die Freiheit das wertvollste Gut eines Mannes war, hatte er sich geschworen, sich niemals mehr unter den Willen eines anderen zu stellen. »Seid ihr sicher, mich mit euren Kräften halten zu können?«

»Nein«, gestand Terca gelassen. »Aber wir würden es versuchen. Und dir Schmerzen bereiten. Ich könnte deine Brustwunde aufbrechen lassen und ein klein wenig mit Feuer darin herumstochern. Es wäre ein Kampf mit ungewissem Ausgang.«

»Ich sollte es darauf ankommen lassen, Frau Wicca und Herr Magicus.«

»Du weißt, dass du mir verpflichtet bist«, sagte die Hexe. »Ich habe dir das Leben gerettet.«

Rudynar Pole schwieg. Sie ritten seit Wochen nebeneinander her, allesamt angespannt, aneinandergefesselt, aber auch Konkurrenten, weil jeder von ihnen letztendlich seine eigenen Ziele verfolgte, ohne darüber allerdings offen zu sprechen. Ihr Bündnis war fragil, und es würde in nicht allzu ferner Zukunft auseinanderbrechen.

»Du hast recht. Ich schulde dir etwas«, sagte er und gab sich entspannt.

»Das kommt mir ein klein wenig *zu* rasch.«

»Man brachte mir vor langer Zeit bei, nicht mit Hexen oder Magicae zu streiten.« Rudynar Pole zuckte mit den Achseln. »Können wir jetzt bitteschön das Nachtlager aufschlagen? Mein Arsch fühlt sich an, als hätte ihn jemand stundenlang mit der Kardätsche bearbeitet …«

Rudynar Pole näherte sich Haimes Stadtzentrum. Dort vorn war das Leben, wie er es so lange vermisst hatte: Es roch nach

Pisse und Erbrochenem, nach fettigem und schlechtem Essen, nach Pferdedung und Echsenscheiße. Frauen lachten hysterisch, Männer grölten Lieder über Heldentaten, die sie nie begangen hatten. Manchmal mischten sich die Stimmen von Kindern und Jugendlichen in das allgemeine Durcheinander. Sie beobachteten das Treiben der Älteren und nahmen sie sich als Vorbilder, um sich irgendwann selbst so zu benehmen.

Er kicherte. Hatten seine beiden Wachhunde denn wirklich geglaubt, ihn aufhalten zu können? Er hatte gewartet, bis Pirmens Atemzüge regelmäßig geworden waren und die Hexe laut zu schnarchen begonnen hatte, dann hatte er sich davongeschlichen, so unauffällig wie ein Furz im Wirbelwind. Wie er es gelernt hatte, vor langer Zeit.

Die Lichter wurden greller, das Getümmel dichter. Rudynar Pole atmete tief durch. *Frische Luft ist schön und gut – aber es schadet auch nichts, von Zeit zu Zeit mit den Vorteilen modernen Lebens in Berührung zu kommen.*

Eine Hübschlerin tauchte vor ihm im Halbschatten auf. Sie drehte ihren lächerlich wirkenden Schirm und schleuderte die Arschbacken während des Gehens von links nach rechts, eine einzige Versuchung für Rudynar Pole, der seit langen Jahren keine Frau mehr gehabt hatte. *Und der Schwielen an den Händen hat, die gewiss nicht von der Schwertarbeit herrühren.*

Aber nein. Er hatte nicht allzu viel Geld bei sich, bloß einige Kupfermünzen. Vielleicht konnte er das Zeugs verkaufen, das er seit der Flucht aus dem Turm des Magicus Larex bei sich trug. Das Rüstungsteil hatte ihn dazumal gelockt, doch je länger er die fein ziselierte Maske in seinem Besitz hatte, desto wertloser erschien sie ihm. Hier und jetzt wäre er froh gewesen, sie für einen silbernen Mau an den Mann zu bringen.

Rudynar Pole ignorierte die anzüglichen Blicke und den Geruch nach billigem Parfum. Er schob sich an der Hure vorbei und trat auf die breite, stark frequentierte Straße, die beiderseits von Fackellichtern erhellt wurde. Er ließ sich von anderen Menschen treiben, die gleich ihm auf der Suche nach Unterhaltung waren: nach Ablenkung vom harten Leben, das sie ansonsten führten.

Ein Junge bot ihm ein Stück Fleisch an, das wie der Hintern einer fetten Ratte aussah, aber verführerisch gut roch. Er schnippte dem kleinen Wusel eine seiner Kupfermünzen zu, griff nach dem Spieß und biss herzhaft in das krustige Fleisch.

Ein Hutzelweibchen an einem Stand in der Mitte der Straße verkaufte ihm gesüßte Zitronenlimonade, die ihn nur noch durstiger machte. Händler boten mit Inbrunst ihre Waren an. Je lauter sie schrien, desto wahrscheinlicher war, dass sie betrogen. Sie hielten Schwerter in die Höhe, deren Griffe mit glitzernden Steinsplittern besetzt waren. Sie glitzerten und zogen die Aufmerksamkeit jener Einfaltspinsel auf sich, die noch nie im Feld gekämpft hatten und nicht wussten, dass die besten Waffen jene waren, die möglichst einfach gehalten waren. Es bedurfte keines Schmucks, keines Zierrats, keiner angeblich wertvollen Einlegearbeiten im Griff. Wichtig waren die Balance des Schwerts, die Qualität des Stahls und ein Gefühl, das sich einem aufdrängte, sobald man das richtige Arbeitsgerät in der Hand hielt.

»Ein Messer«, schrie ein hochgewachsener Betrüger, »das einstmals der Schildwache eines Königs gehörte!« Er hielt es possenhaft in die Höhe und ließ die Lichtreflexe der Fackeln darauf tanzen. »Es gehen Gerüchte, dass diese Waffe einstmals unseren vielgeliebten König Gulstivier vor dem Tod bewahrte, geschleudert von einem aufmerksamen Begleiter, der in der Menge der Jubelnden die falsch glänzenden Augen des Verräters-ohne-Namen entdeckte. Ja, ich könnte schwören, dass es dieses Messer war, das unseren Herrscher gerettet …«

»Du schwörst also bei deinem Leben?«, unterbrach Rudynar Pole den Händler. »Hast du denn keine Angst, dass dich ein Zornesblitz der Götter für deine Lügen strafen könnte?«

»Du zweifelst?« Der Händler drehte sich im Kreis. »Er zweifelt! Der Fremde beschmutzt das Andenken unseres heiligen Königs, Ururgroßvater unseres vielgeliebten Herrschers!«

»O nein, Herr Händler.« Rudynar Pole lächelte, obwohl ihm gar nicht danach war, denn er zog immer mehr Aufmerksamkeit auf sich. »Eure Könige sind außerordentliche Leute, ganz im Gegensatz zu einigen ihrer Bürger, die Scheiße als Edelsteine verkaufen wollen.«

Mit einem Mal herrschte Stille. Rings um ihn verstummten Krämer, Marktfrauen, Huren und Bänkelsänger, die bislang allesamt um die Aufmerksamkeit der Passanten gebuhlt hatten. Sie sahen ihn an. Irritiert, verwirrt oder zornig. Er musste weiterreden, rasch, bevor sich seine Situation weiter verschlechterte.

Er nahm dem Händler das Messer aus der Hand, wog es, begutachtete es und sagte dann: »Es ist schlecht ausbalanciert. Die Klinge ist stumpf und schartig. Der Holzkern des Griffs ist gebrochen, weil die Waffe seit geraumer Zeit nicht mehr gepflegt wurde. Mit diesem Ding wurde gewiss noch niemand verletzt oder gar getötet. Bestenfalls diente es dazu, Rockschürzen auseinanderzuschneiden, um seinen früheren Besitzer möglichst rasch ans Ziel seiner Wünsche zu bringen.«

»Und das alles möchtest du in den wenigen Sekunden erkannt haben, da du die Waffe hältst?« Der Lange gab sich selbstsicher, doch es war ihm anzusehen, dass er sich in die Verteidigung gedrängt fühlte. »Bist du etwa ein Meisterschmied? Weißt du mit dem Messer umzugehen?«

Rudynar Pole grinste. »Ich habe ein klein wenig Erfahrung damit. Da!« Er schleuderte die Klinge hoch in die Luft, sodass sie für eine Weile aus dem Lichterschein der Fackeln verschwand und die Passanten die Blicke nach oben richteten, blinzelten, ratlos suchten. Nach zwei, drei Sekunden war da ein Reflex. Rudynar Pole streckte seine Linke aus, fing das verdammte Ding wieder auf und wechselte es rasch in die Rechte. Grinsend, damit nur ja niemand bemerkte, dass er sich an der verfluchten Klinge geschnitten hatte. »Na gut, sie fliegt recht gut.«

»Also gibst du zu, dass …«

Der Lange verstummte. Er blickte an sich hinab, auf die Hose, die langsam an seinen dürren Beinen nach unten rutschte, nachdem Rudynar Pole mit seiner eigenen Klinge den Gürtel durch- und die Knöpfe abgeschnitten hatte, in diesen zwei Sekunden, da aller Aufmerksamkeit in die Höhe gerichtet gewesen war.

»*Das* ist eine gute Waffe«, sagte er und lächelte erneut. »Wäre sie es nicht, hättest du jetzt keine Eier mehr.«

Die Einwohner von Haime blieben eine Weile stumm, bevor sie lauthals loslachten, mit den Fingern auf den Händler zeigten und sich über den Halbnackten lustig machten. Sie klopften Rudynar Pole auf die Schultern, zogen und schoben ihn mit sich, zu jenen Häusern, in denen das Treiben besonders bunt war. In denen es nach Wein und Bier roch. Nach Unterhaltung, nach Gelächter und billiger Freude, nach angenehmer Entlastung seines schwer gewordenen Kopfs, der sich mit Gedanken an so viele Probleme gefüllt hatte. Er wollte bloß für eine ganz kleine Weile nicht mehr über diese beschissene Reise nachdenken. Und auch nicht über den Stummen Jungen.

»Komm, komm, komm …«, lockten ihn die Unbekannten, die Fremden eines fremden Landes, die sich dennoch kaum von all den anderen Trunkseligen unterschieden, die er in den

Städten Aenas', Merces, der Norde, Lirballems und vieler anderer Länder kennengelernt hatte.

Er wollte nicht. Er wehrte sich gegen die Rufe – aber nicht allzu lange. Denn insgeheim war es dies, was er wollte. Im Mittelpunkt stehen, eine Runde sauren Weins nach der anderen spendiert bekommen, einige billige Scherze machen, einem nicht allzu alten Weib an die Brüste greifen und einfach nur Spaß haben.

Er würde sich zurückhalten, das schwor er sich. Nach drei oder vier Humpen würde er zu seinen Begleitern zurückschleichen und sich ins Heu werfen. Vielleicht würden es fünf oder sechs werden, und im äußersten Fall sieben oder acht. Die Zehn würde er keinesfalls überschreiten.

»Wach auf!«

Pirmen schreckte aus seinem Albtraum hoch, den Göttern sei Dank! Er träumte immer wieder vom Kampf nahe Colean. Der Hinterhalt, seine vergebliche Gegenwehr, der zahnlückige Söldner, der wie von Sinnen auf ihn einschlug, ihn in Stücke zerhackte und selbst dann nicht aufhörte, als Rudynar Pole ihm sein Schwert von hinten in den Leib rammte. Der Wahnsinnige schlug bis zu seinem letzten Atemzug blindlings zu, säbelte ihm in diesen entscheidenden Sekunden das Bein ab und verletzte seinen Unterleib so sehr, dass er sich seitdem in die irrwitzigsten Positionen wälzen musste, um pissen zu können.

»Wach auf, Magicus! Der Hohe Herr ist verschwunden!«

Die Hexe. Das widerliche, warzengesichtige Geschöpf, das nach Schlechtheit und Falschheit stank. Eine Frau. Es war wider die Natur, dass Frauen über magische Fähigkeiten verfügten. So hatte es ihn Larex gelehrt, so stand es in den Büchern geschrieben.

Was sagte sie? Was wollte sie ihm mitteilen? Die Bilder aus seinem Traum überdeckten immer noch die Wirklichkeit. Beides wurde von einer Person beherrscht, von diesem Latrinenputzer Rudynar Pole. »Was'n los?«, murmelte er, drehte sich zur Seite, verfluchte den Schmerz in seinem Armstummel und verkroch sich unter seiner Decke.

Er fühlte … etwas. Einen Geist, der in den seinen kroch, das Gespinst seiner Gedanken zerriss und stattdessen das Bild einer Frau von verführerischem Aussehen hineinsetzte. Sie trug ein karmesinrotes Kleid, der Mund war blutrot, ihre Brüste wölbten sich unter dem Stoff. Auf der Stirn saßen zwei elfenbeinfarbene Hörner, die sich krümmten und weit hervorstachen. Rotes Haar, Sommersprossen, grüne Augen.

»Wir müssen den Hohen Herrn suchen!«, sagte das Weib und ließ eine mehrgeteilte Zunge weit über ihr Kinn hinabrollen. »Jetzt gleich!« Die Schimäre streckte den Arm aus und berührte ihn in seinem Innersten, auf eine schmerzvolle und zugleich lusterregende Weise, die er niemals zuvor kennengelernt hatte.

Pirmen schrie, riss die Augen weit auf, zog sich an seiner Krücke hoch, tanzte durchs Heu, ohne dieses brennende Gefühl in sich loswerden zu können. Terca hatte sich in seinem Geist eingenistet, dieses dreckige Weibsstück, hatte ihn … ihn … gefickt!

»Keine Sorge«, hörte er ihre spöttisch klingende Stimme. »Ich bin schon wieder weg. Es sind bloß Erinnerungen, die du noch siehst. Doch augenscheinlich sind sie sehr intensiv. Ihr Magicae seid sonderbare Wesen. Die Gedanken an eine Frau schrecken euch so sehr, dass man euch damit selbst aus dem Reich des Großen Gleichmachers zurückholen könnte.«

Pirmen schüttelte den Kopf, und tatsächlich, das Bild der roten Frau verblasste allmählich. Terca hatte sich wieder zurückgezogen. »Ist das dein wahres Aussehen?«, fragte er, nachdem er tief durchgeatmet hatte.

»Es ist das, das im Laufe meines Lebens am besten zu mir gepasst hat. Ich hatte ungeheuren Erfolg damit. Und nicht nur bei Männern. Aber jetzt rasch, mach dich fertig!«

Pirmen konzentrierte sich, und allmählich verstand er, warum die Hexe ihn geweckt hatte. Rudynar Pole hatte sie also reingelegt und war abgehauen. Wohl, um sich in Haime dem Suff hinzugeben.

»Wie hat er das bloß gemacht?« Pirmen fluchte und ließ es zu, dass Terca ihm mit dem Übergewand half. »Ich hatte stets das Gefühl, ihn zu kontrollieren. Selbst im Schlaf meinte ich, ihn zu spüren.«

»Es ist etwas in ihm, das ihn uns ebenbürtig, wenn nicht sogar überlegen macht.« Terca schüttelte den Kopf. »Er widersteht den Gaben der Magicae und der Hexen. Er ist etwas, das nicht sein darf.«

»Du und Gafelay – dachtet ihr jemals daran, Kinder in die Welt zu setzen?« Pirmen zog sich den einen Schuh an und wehrte Tercas Versuche, ihm auch dabei zu helfen, unwirsch ab.

»Nein. Ja. Vielleicht.« Die Frau starrte vor sich hin, in eine Weite, die keinen Horizont hatte. »Wir hatten Pläne. Aber wir konnten sie niemals verwirklichen.«

Seltsam. Es gab Momente, da wirkte Terca zerbrechlich und angreifbar. Gar nicht so, wie man sich eine Hexe vorstellte. Dann fand er sie sympathisch und hätte ihr gern geholfen. Doch stets dann, wenn er meinte, eine Gesprächsbasis mit ihr gefunden zu haben, zeigte sie ihr wahres Gesicht, das einer bösen, alten Frau. Sie machte sich über ihn lustig oder brachte eine der vielen anderen schlechten Eigenschaften hervor, die ihr anhafteten.

Die guten Momente wurden weniger, je länger sie beisammen waren. Sie entfernten sich voneinander. Terca warf ihm vor, dass dies mit seinen Verstümmelungen zu tun hatte. Doch in Wirklichkeit war *sie* es, die sich von ihm wegbewegte.

»Also komm!« Sie zog ihn schwungvoll auf die Beine, beziehungsweise auf *das* Bein. »Sieh dich draußen um. Ich kümmere mich indes um den Stummen Jungen.«

»Du willst ihn mitnehmen? In die Stadt?«

»Möchtest du ihn etwa hierlassen?«

»Nein, aber …«

»Ich könnte Rudynar Pole allein suchen gehen, und du passt indes auf den Jungen auf.«

»Niemals! Ich …« Pirmen brach ab. Er wollte nicht über das Misstrauen sprechen, das er der Hexe gegenüber empfand. Womöglich war dies eine abgekartete Sache, und sie sowie Rudynar Pole wollten ihn bloß geschickt aus dem Spiel nehmen. Aus einem Spiel, das er nicht durchschaute, das niemand durchschaute. Das das Zusammentreffen mit einem gottähnlichen Wesen zum Ziel hatte.

Was dachte er nach, warum zögerte er so lange? Plötzlich fühlte Pirmen den Druck, der auf ihnen lastete. Sie mussten Rudynar Pole finden, so rasch wie möglich!

Er öffnete die Stalltür. Sie quietschte. Ein Knecht schnarchte unter dem Vordach. Er drehte sich einmal um, knurrte einen Fluch und schlief dann weiter.

Pirmen humpelte davon. Er wartete nicht auf die alte Vettel. Er fühlte sich vom Fackelschein angezogen, der die Häuser der Stadt wie eine Glocke einfasste. War es das, was den Hohen Herrn lockte? Wollte er endlich wieder mal im Licht stehen, im Mittelpunkt der Aufmerksamkeit, nach all der Zeit, die er in der Dunkelheit zugebracht hatte?

Er hörte Terca hinter sich keuchen. Sie folgte ihm, mit dem Stummen Jungen im Schlepp. Mühelos holte sie ihn ein, ihn, der noch vor einem Jahr der flinkste Lehrling innerhalb der Mauern der Magicae in Griam gewesen war. Sie setzte sich an die Spitze des kleinen Zugs, ihr stummer Begleiter folgte ihr wie ein Hund.

*Verfluchtes Weib! Am liebsten würde ich ihr die Beine abhacken und sie hier im Schweinedreck verbluten lassen!*

Woher kamen bloß diese Gefühlsaufwallungen? Schrecklicher Zorn stieg von Zeit zu Zeit in ihm auf und machte, dass er alles rings um sich vergaß und nichts anderes tun wollte, als Schmerz zu verbreiten. Er wollte all das, was in ihm tobte, nach außen ableiten und sich selbst dadurch für ein paar Sekunden Erleichterung verschaffen. Terca – war sie nicht das ideale Ziel für ihn?

»Lass es bleiben«, sagte sie, ohne sich nach ihm umzudrehen. »Ich fühle, was du vorhast.«

»Ach ja? Und wie, wenn ich fragen darf?« Pirmens Herz schlug schneller. Hatte sie Zugriff auf seine Gedankenwelt? Man hatte ihn gelehrt, dass manche Hexen in ein Gegenüber kriechen und ihm sagen konnten, was es tun und lassen sollte.

Terca blieb ihm eine Antwort schuldig. »Konzentrier dich gefälligst auf die Suche nach Rudynar Pole! Wenn wir zusammenarbeiten, können wir ihn rascher ausmachen.«

Die Lichter kamen näher, mehr und mehr Leute bevölkerten die Straßen. Alles sah schäbig aus, und dennoch verhielten sich die Einwohner Haimes so, als wäre dieses Kuhnest der Mittelpunkt der zivilisierten Welt.

»Er ging hier entlang«, sagte Pirmen, ohne zu wissen, woher dieser Gedanke kam. Er deutete auf eine Frau, die mit ihrem Körper gegen eine Hauswand gelehnt dastand und von einem besoffenen Bürger von hinten genommen wurde. Ihr Stöhnen klang gelangweilt. Sie ließ ihren Arsch kreisen und tat all das, was notwendig war, damit der Kunde so rasch wie möglich kam.

»Hat er's mit ihr getrieben? Könnte sie uns Auskunft geben?«, hakte Terca nach.

»Nein. Er hat sich bloß für sie interessiert. Für einige Augenblicke. Dann ging er weiter, dem Licht entgegen.« Ah. Er besaß also Kräfte, die nicht zum Repertoire der Hexe gehörten. Wenn er Larex' Worten vertrauen konnte, dann entwickelten sich die besonderen Fähigkeiten eines Magicus recht bald nach … nach …

Und wieder schweiften seine Gedanken ab, hin zum Kampf bei Colean, und er meinte, seine fehlenden Glieder schmerzhaft zu spüren.

Grelles, blendendes Licht. Es kam aus allen Häusern ringsum, es beleuchtete die breite Straße. Spiegel verstärkten es und warfen es zurück, hin zur anderen Seite, wo es wiederum aufgefangen wurde, in einem raffiniert angelegten System, das Blicke in eine scheinbare Unendlichkeit erlaubte.

»Was haben diese Menschen bloß alle mit ihren Waffen?«, fragte Terca. »Die Dinger sind gefährlich.«

Sie deutete auf eine Gruppe von Söldnern, die laut grölend auf ein Gasthaus zusteuerten. Die Frauen und Männer wurden von Angehörigen der Stadtgarde verfolgt, die demselben Gesindel angehörten. Der einzige Unterschied zwischen den beiden Gruppen war, dass die eine von den Regierenden als Ordnungskraft legitimiert worden war.

»Ich habe Rudynar Poles Spur!«, sagte Pirmen. »Dort entlang.« Seine Aufregung stieg. Er fühlte sich wie ein Jagdhund, der die Witterung aufgenommen hatte. Es war ein ungemein starkes Gefühl, das sich in ihm breitmachte. Es schmeckte nach noch viel mehr Macht, als sich ohnedies schon in ihm konzentrierte.

Sie schritten an einem Hurenhaus vorbei, an das sich ein Konkurrenzunternehmen anschloss. Die Nutten schrien sich gegenseitig Schmähungen zu, mögliche Kunden lauschten amüsiert. Auf der anderen Straßenseite beobachteten Passanten einen Faustkampf, der innerhalb eines willkürlich abgesteckten Areals ausgetragen wurde. Wagte einer der beiden Männer, es zu verlassen, wurde er von den blutgierigen Zuschauern zurückgestoßen. Dieses böse Spiel würde erst dann ein Ende finden, wenn einer von ihnen bewusstlos am Boden lag.

Hier standen Holzsärge in der Auslage, dort wurden die schlimmsten Störenfriede der Stadt in ein steinernes und mit Metallbarren gesichertes Haus geschleppt. Ein Prediger schrie das Ende der Welt herbei, und er konkurrierte dabei in der Lautstärke mit einem Händler, der ein Wundermittel gegen Liebeskummer und Krätze anpries. Beide waren sie der Mittelpunkt des Gespötts der Leute, doch sie kümmerten sich nicht weiter um den Hohn, der ihnen entgegenschlug. Denn ihre Kunden würden später angeschlichen kommen, verschämt und das Gesicht hinter Tüchern versteckt. Um sich Trost fürs Seelenheil zu holen oder die Aussicht auf ein klein wenig mehr Gesundheit.

»Irgendetwas stimmt hier nicht«, sagte Terca. Sie blickte nach links und rechts. »Manche der Leute im Gewimmel gehören nicht dazu. Sie bewegen sich … anders. Sie wirken viel zu nüchtern für diese Umgebung.«

»Ich spüre nichts.« Pirmen log. Da war Unbehagen, und sein Herz schlug rascher als noch vorhin, obwohl er da auch schon aufgeregt gewesen war.

»Dann mach deine Augen auf, Magicus!« Terca zog den Stummen Jungen näher an sich heran und legte ihm wie einem jugendlichen Liebhaber eine Hand auf die Schulter.

Pirmen wollte aufbrausen und hatte alle Mühe, seinen Zorn zu unterdrücken. Doch dann bemerkte auch er inmitten dieses bunten Treibens jene Gestalten, die sich nicht bewegten, die wie Fremdkörper wirkten. Sie standen bloß da oder taten, als wären sie Teil des Geschehens, ohne daran teilzunehmen. »Bewaffnete«, sagte er leise. »Armbrustschützen. Schwertträger. Beobachter. Und Leute, die Kommandos geben.« Er deutete beiläufig nach oben, in Richtung des Balkons eines Bürgerhauses rechts von ihm, das im Gegensatz zu den anderen ringsum dunkel war. »Die Gefahr geht von dort aus.«

Terca kniff die Augen zusammen. »Du hast recht. Sind sie unsertwegen hier? Ich sehe nirgendwo die goldene Faust Metcairn Nifes.« Sie seufzte. »Vielleicht sind wir bloß zufällig in ein Intrigenspiel geraten, das der hiesige Adel gegen den ach so geliebten König laufen hat.«

»Das glaubst du doch selbst nicht. Diese Kerle sind unsertwegen hier. Wir sollten machen, dass wir wegkommen.«

»Ohne Rudynar Pole? Du hast die Prophezeiung meiner Schwester gehört, dass …«

»Pfeif auf deine Schwester! Wer weiß schon, ob sie damit richtig lag. Außerdem ist mir mein eigenes Leben weitaus wichtiger als das des Latrinenputzers, der …« Er brach ab. Schnüffelte. Fühlte einen ziehenden Schmerz an der Nasenwurzel, der ihn dazu brachte, den Kopf nach links zu wenden, hin zu einem Wirtshaus, in dem es drunter und drüber ging. »Er sitzt da drin«, sagte er. »Rudynar Pole, dieser Mistkerl! Er lässt sich aushalten und gibt kleine Beispiele seiner Schwertkunst zum Besten. Und er ist voll wie ein Fass.« Das Gefühl war unglaublich. Er meinte, mit dem Hohen Herrn auf höchst merkwürdige Weise verbunden zu sein, mit seinem Kopf zu denken und mit seinem Körper zu handeln. Er geriet in Versuchung, den bedauernswerten Leib dieses Krüppels namens Pirmen zu verlassen und in den von Rudynar Pole zu schlüpfen. Vielleicht konnte er ihn dazu bringen, seinen Anweisungen zu folgen oder, noch besser, den bescheidenen Verstand von Rudynar Pole wie eine Mücke zerquetschen und selbst das Kommando übernehmen?

»Also los«, sagte Terca. »Sehen wir zu, dass wir ihn so rasch wie möglich da rausbekommen.«

»Und der Stumme Junge?«

»Bleibt bei uns.« Sie lächelte. »Vielleicht ist er derjenige, der uns aus der Patsche hilft. Was wissen wir schon über seine Fähigkeiten. Nun mach schon, komm!«

Pirmen humpelte auf die Tür des Gasthauses zu. Immer rascher, immer aufgeregter. Drinnen gingen entscheidende Dinge vor sich, und nun, da sich die Situation zuspitzte, spürte er eine Art Lust, die er niemals zuvor gekannt hatte. So musste sich ein Jäger fühlen, der die Spur der Beute aufgenommen hatte.

Rudynar Pole trank aus dem Humpen, es war der sechste, und damit lag er noch unterhalb des selbst gesetzten Limits. Mit der Waffenhand erwehrte er sich der wütenden Angriffe eines lokalen Heroen, der meinte, ihn im Schwertkampf besiegen zu können. Die neu gewonnenen Freunde bogen sich vor Lachen, als er seinem Gegner ein obszönes Zeichen in die Haut ritzte und der Kerl immer weiter in die hinteren Bereiche des *Feisten Kapauns* zurückweichen musste. Das Gesicht des Haimers war puterrot angelaufen. Er wusste längst, dass er auf verlorenem Posten stand. Er wollte bloß noch das Gesicht wahren.

Rudynar Pole mochte keine Leute, die zu stolz waren, um sich einen Fehler einzugestehen. Sie widerten ihn an, und wenn ihn etwas anwiderte, dann wurde aus einer kleinen Wette rasch Ernst. Zumal dieses Gesöff, das ihm als Bier verkauft wurde, nach Ochsenpisse schmeckte.

»Lass es bleiben!«, rief er dem Mann zwischen zwei Schlucken zu. »Geh heim zu Mama und wein dich an ihrem Rockzipfel aus.«

Der Mann tat schwer keuchend einen Ausfallschritt, stieß mit der Klinge nach Rudynar Poles Beinen. Der parierte problemlos und fuhr dem Gegner so heftig in die Parade, dass sich die eingesetzte Kraft auf die Hand des anderen übertragen musste. Wahrscheinlich war sie nun taub, und er konnte nichts mehr mit ihr anfangen.

»Hast du Schmerzen?« Rudynar Pole grinste. »Wenn du nicht augenblicklich aufgibst, wird dir gleich noch viel mehr wehtun.«

Der Mann aus Haime machte weiter, aufgestachelt von seinen Kumpanen, die ihm in diesem Moment denkbar schlechte Ratgeber waren. Sie feuerten ihn an und nannten ihn einen Feigling.

Rudynar Pole ärgerte sich. Was machte er eigentlich hier? Diese Leute waren dumm, das Bier schlecht, man hatte ihn seiner letzten Kupfermünzen beraubt, und ihn erwartete Ärger, wenn er zu seinen Begleitern zurückkehrte. Er musste diese Angelegenheit beenden und sich dann aus dem Staub machen. Also täuschte er einen mächtigen Hieb an, von oben geführt, drehte das Handgelenk ein wenig und veränderte den Schlagwinkel. Er traf nicht die zur Abwehr hochgehobene Waffe seines Gegners, sondern dessen Hand am Gelenk und trennte sie ab. Sie und das Schwert fielen zu Boden.

Stille. Niemand sagte ein Wort. Selbst sein Gegner blieb stumm. Das Puterrot wich einem Kalkweiß. Fassungslos starrte der Kerl seinen Armstumpf an, aus dem das Blut pulsierte. Er begriff nicht, was geschehen war.

»Hältst du das nicht für ein klein wenig übertrieben?« Eine Stimme, dröhnend laut, klang hinter Rudynar Pole auf. Er kannte sie. Sie gehörte Metcairn Nifes Rechtem.

Marmer Dunne war hier.
*Sein Bruder.*

»Marmer Dunne«, sagte er, ohne sich umzudrehen. »Das treu ergebene Schoßhündchen des Heerführers. Wo du bist, kann auch dein Herrchen nicht weit sein.«

Gelächter. Rau und wenig herzlich. Es klang nach viel Alkohol und einem ungesunden Lebenswandel. Aber es schwang auch viel Kraft darin mit. »Du bellst noch immer wie ein ausgewachsener Wolf, kleiner Bruder, doch du bist nur noch ein alter, zahnloser Straßenköter.«

»Dass du dich mal nicht irrst.« Rudynar Pole sah sich um. *Du Idiot! Du hast die einfachsten Spielregeln nicht beachtet! Bevor man dich in diese Lotterbude geschleppt hat, hättest du dich nach dem Hinterausgang umsehen müssen, nach anderen Fluchtwegen, nach möglichen Feinden, die dir in den Rücken fallen. Jetzt ist es zu spät dazu.*

»Du bist unvorsichtig geworden. Ringsum ist alles von meinen Leuten abgesichert. Es gibt kein Entkommen.«

Marmer Dunne hatte also seine Blicke bemerkt. Natürlich. Sie waren einander so ähnlich, wie es Zwillingsbrüder nur sein konnten. »Und nun?«, fragte Rudynar Pole »Worauf läuft es heute hinaus?«

Der Rechte seufzte. »Eigentlich würde ich gern einen Plausch mit dir halten. Über die alten Zeiten, über Familienbande und das ganze Zeugs. Aber ich befürchte, dass es dazu nicht kommen wird.«

»Ein Kampf also?«

»Kein Kampf, sondern eine Hinrichtung. Womöglich kannst du diese Dorftrottel mit deinen kleinen Kunststückchen beeindrucken. Aber ich habe dich beobachtet: Du bist fett und träge geworden, deine Schwerthand ist frei von Schwielen. Du hast es nicht mehr so mit dem Training, nicht wahr?«

»Ich habe viel mit meinem anderen Schwert trainiert. Nun, eigentlich handelt sich's um eine Lanze, und das ist wohl der größte körperliche Unterschied zwischen uns beiden: Soweit ich mich erinnere, trägst du im Gegensatz zu mir bloß ein Messer in der Hose. Besser gesagt, ein Messerchen.«

Niemand lachte. Seine Saufgenossen verschwanden in den Schatten oder stahlen sich davon. Sie schlüpften an schwer bewaffneten Kriegern vorbei, die unzweifelhaft zu Marmer Dunne gehörten. Rudynar Pole war allein, und es gab keinen Fluchtweg, kein Schlupfloch. »Ich möchte mit Metcairn Nife sprechen«, sagte er, um Zeit zu gewinnen.

»Wozu? Möchtest du dich etwa entschuldigen, jammern und greinen und lügen? Glaubst du denn, dass er noch ein einziges Wort von dir hören möchte?« Marmer Dunne nahm ein Glas vom Tresen, trank und wischte sich mit dem Handrücken den Bierschaum vom Bart.

»Es gibt Dinge, die bloß für seine Ohren bestimmt sind«, behauptete Rudynar Pole.

»Selbstverständlich. Gewiss möchte der Heerführer gern hören, wie du seine Linke getötet hast.«

»Das war nicht ich …«

»Dann war es einer deiner Begleiter. Wo sind sie denn überhaupt? Wo ist der Stumme Junge?«

Rudynar Pole schwieg.

»Du weißt, dass du damit nicht durchkommst, nicht bei mir!« Marmer Dunne hielt seine Klinge in die Höhe und betrachtete sie sinnend. »Ich werde dir sehr, sehr wehtun. Und wenn du glaubst, es kann nicht mehr schlimmer werden, dann beginne ich erst richtig. Es gibt einige Punkte an deinem Körper, von denen du bislang nicht einmal wusstest, dass man dort Schmerzen empfinden kann. Ich werde es dir beweisen, Bruder.«

»Du warst schon immer ein sadistisches Arschloch, Kleiner.«

»Ganz im Gegensatz zu dir?« Marmer Dunne grinste erneut. »Nicht doch, ich habe vom Besten gelernt, und das warst du.«

Was sollte er darauf erwidern? Sein Bruder hatte recht. Er hatte Menschen aufgeschlitzt, bloß aus einer Laune heraus und um zu sehen, was in ihrem Inneren steckte und was sie am Leben hielt. Und er hatte Unschuldige gequält, um es anschließend betrunken und kichernd diesem Arschloch zu erzählen, das nun vor ihm stand und nach Überheblichkeit stank wie ein Schwein nach Scheiße.

Marmer Dunne griff unvermittelt an. Stieß mit der Schwertspitze nach Rudynar Poles rechtem Arm. Berührte ihn, ritzte das Hemd, ritzte die Haut. Rudynar Pole wich gerade noch rechtzeitig zurück, um eine schlimmere Verletzung zu vermeiden.

»Nicht schlecht, aber auch nicht gut.« Marmer Dunne blieb wieder stehen, nahm einen weiteren Schluck Bier. »Es ist so, wie ich's mir gedacht habe. Du bist eingerostet.«

»Lassen wir es auf einen weiteren Versuch ankommen.«

Die Bretter unter ihm klangen hohl, sie knarrten. Oder? Was würde es ihm nutzen? Und die Treppe, die hinter Marmer Dunne nach oben führte? Wenn er sich irgendwie an seinem Bruder vorbeischmuggeln könnte und …

Der Daumen der Schwerthand des Kleinen zuckte verräterisch, so wie immer, bevor er angriff. *Schlechte Angewohnheiten lassen sich nur schwer ändern.* Rudynar Pole kam seinem Gegner zuvor, stürzte auf ihn zu, reduzierte den Platz zwischen ihnen so sehr, dass der andere seine Waffe nicht mehr hochreißen konnte, während Rudynar Pole selbst in Höhe der Nieren zustach. Er wich gleich wieder zurück, auf der Hut und bereit zur Abwehr.

Marmer Dunne war das Grinsen vergangen. Er starrte zuerst ihn an und dann auf die Wunde in seinem Leib, aus welcher der Lebenssaft immer rascher aus ihm heraussprudelte.

»Press die Hand drauf«, riet ihm Rudynar Pole. »Dann lebst du womöglich ein klein wenig länger.«

»Was …«

»Du hast schon immer zu viel geredet, Kleiner.«

»Wie …«

»Ich habe dich eigentlich nie gemocht. Ich musste mich viel zu lange um dich kümmern, dir den Arsch auswischen und dir beim Zubinden der Schuhe helfen.«

»Warum …«

»Schön, dass du mir die Gelegenheit gegeben hast, diese bösen kleinen Erinnerungen für alle Zeiten aus meinem Gedächtnis zu streichen.«

Marmer Dunne fiel vornüber, und zwei seiner Kumpanen, die bislang allesamt schockstarr dagestanden hatten, fingen ihn auf.

»Metcairn Nife wird es schwer haben, einen Nachfolger für dich zu finden. Hat er denn schon einen für die Linke? Oder sitzt er nun ganz einsam und allein auf dem Thron des Heerführers? Gehen ihm allmählich die Berater aus? Ich habe mir sagen lassen, dass ein Heer ohne Kopf so wertlos ist wie eine Frau ohne Möse.«

Rudynar Pole tat einige Schritte vor, hin zur Treppe, die in diesem Moment, da sich alles auf seinen sterbenden Bruder konzentrierte, schlecht gesichert war. Er durfte bloß nicht aufhören zu reden. Die Worte schläferten die Soldaten ein. Sie hatten noch immer nicht begriffen, was geschehen war. Dass sie ihren Führer verloren hatten und nun selbst Entscheidungen treffen mussten.

»Er war ohnedies ein lausiger Rechter«, sagte er, »und ein

ganz miserabler Bruder. Trinkt ein Glas vom Sauren auf ihn, prostet dem Großen Gleichmacher zu. Dankt ihm, dass es nicht euch erwischt hat, und verscharrt den Halunken dann.«

Der Treppenabsatz. Man starrte ihn weiterhin verständnislos an, als wäre er ein Geist, den man nicht richtig greifen konnte. Marmer Dunne stöhnte, als wollte er etwas sagen, einen letzten Abschiedsgruß an diese beschissene Welt verschwenden.

Rudynar Pole tat den ersten Schritt nach oben. Die Diele knarrte, doch niemand scherte sich darum. Er blieb weiterhin unsichtbar. *Und wenn ich's mir noch länger einrede, glaube ich es vielleicht irgendwann …*

Sein Bruder krächzte: »Bringt ihn … mir. Lebend!« Er deutete auf Rudynar Pole.

Die Soldaten erinnerten sich seiner. Sie starrten ihn an, mit verzerrten Gesichtern. Dann brüllten und geiferten sie, schwangen ihre Schwerter, stürzten sich von allen Seiten auf ihn, packten ihn, noch bevor er die Hälfte der Treppe bewältigt hatte. Sie brachten ihn zu Fall und zogen ihn an den Beinen hinter sich her. Wo auch immer er sich festhielt, sie lösten seinen Griff, brachen ihm nacheinander die Finger, bis sie wie Stacheln nach allen Richtungen wegstanden. Eine Frau mit obszönen Tätowierungen an den Schenkeln und den Oberarmen hielt seinen Kopf nach unten, sodass er sich an jeder einzelnen Stufe anstieß, als würde er über ein Waschbrett gezogen.

Knochen brachen, Blut troff aus seinem Gesicht, er spuckte ausgebrochene Zähne. Irgendjemand trat ihm heftig in den Rücken; er fühlte einen Stich tief drunten, knapp oberhalb seines Beckens, und der Stich beendete all die Schmerzen in seinem Körper. Er fühlte gar nichts mehr. Was auch immer die rasende Menge mit ihm anstellte, es wurde uninteressant.

Rudynar Pole lachte lauthals los und hörte erst dann auf, als sie ihn auf den Rücken gedreht und ihm mit Schwertgriffen alle Zähne aus dem Maul geschlagen und den Kiefer zertrümmert hatten.

Sollten sie doch machen, was sie wollten! Es war ihm einerlei. Er war so schrecklich müde. Es hätte bereits im Turm des Magicus Larex alles zu Ende gehen sollen. Diese letzten Wochen erschienen ihm mit einem Mal schrecklich sinnlos. Sie waren quer durchs Land geritten, um … um … Ja, um was zu tun? Um einem lebenden Gott auf den Saum seines Gewandes zu scheißen und drauf zu hoffen, dass er fluchtartig davonlief? Wie konnte man bloß so vermessen sein!

Jemand stach mit einem scharfen Messer in den Winkel des rechten Auges und pulte es aus der Höhle. Wie lustig! Er registrierte, dass es geschah, doch er spürte nichts, auch nicht, als ihm jemand ins rechte Ohr stach. Als man ihm die Eier abschnitt, fühlte er so etwas wie Erleichterung. Es war bekannt, dass der Große Gleichmacher mit Eunuchen so seine Probleme hatte.

Eigentlich war er zufrieden. Der Fluch des ewigen Lebens war gelöst. Er starb im Kampf. Diesmal würde keine Hexe zu seiner Rettung kommen und entfleuchtes Leben in seinen Leib zurückzwingen. Oder? Würde ihn der Fluch auch diesmal daran hindern, dieses Jammertal der Lebenden zu verlassen?

Rudynar Pole dachte an weite, grüne Felder. An eine Ernte, die eingebracht werden musste. An seine Brüder und ihn, wie sie sich weigerten, dem Vater zu helfen, und wie sie stattdessen dem Lockruf eines Anwerbers folgten und die heimatliche Scholle verließen, dieses nach feuchter und schwerer Erde riechende Stück Land, nach dem er sich seither verzehrte. Wie gern hätte er es noch einmal gesehen.

Stattdessen blickte er in die hässliche Fratze Marmer Dunnes, der von seinen Kameraden eben hochgehoben wurde und über ihm zum Stehen kam.

Was für eine Willensleistung! Der Scheißkerl hätte längst tot sein müssen. Stattdessen klammerte er sich an sein Leben, bloß, um einen letzten kleinen Triumph zu feiern.

Man redete auf ihn ein. Der Rechte schüttelte den Kopf. Ließ sich ein Langmesser in die Hand drücken. Grinste. Spuckte ihm Blut ins Gesicht. Deutete den Soldaten, ihn loszulassen.

Sie gehorchten. Marmer Dunne sank mit nach vorn gestreckter Waffe auf ihn herab. Er sagte etwas, das Rudynar Pole nicht verstand. Halbblind starrte er auf die unendlich langsam näher kommende Klinge. Er beobachtete, wie sie seinen Wanst durchdrang und sich zwischen zwei Rippen in sein Fleisch bohrte.

Er hätte so gern gelacht. Marmer Dunne war schon immer schlecht im Zielen gewesen. Selbst jetzt noch hatte er sein Herz verfehlt. Doch es war egal. Sein Körper versagte, mindestens drei seiner Verletzungen waren tödlich, und er verlor viel zu viel Blut. Er fühlte das Leben aus seinem Leib fließen. Wie Luft, die aus einer undichten Schweineblase entwich.

Ein Schatten senkte sich über ihn, die Stimmen der Soldaten entfernten sich. Es war getan, er hatte ausgelitten. In der Ferne hörte er einen Schrei, dann war es zu Ende.

Mit einem Mal herrschte unbeschreibliches Durcheinander. Die feierwütigen Bürger Haimes wurden von Bewaffneten zurückgedrängt, irgendwo in der Menge schrie jemand schmerzerfüllt auf, Leute rempelten und stießen. »Feuer!«, schrie eine Frau und deutete auf grelle, hohe Flammen, die auf einmal auf einem hölzernen Vorbau tanzten, das Erdreich senkte sich merklich ab, eine Glasscheibe zerbarst in tausend

Scherben. Menschen gerieten in Panik und rannten sich gegenseitig über den Haufen. Auch die Bewaffneten wirkten unsicher. Sie reagierten, indem sie die Bürger mit noch mehr Brutalität behandelten und sie von der Straße prügelten.

»Was geht da vor sich?«, fragte Pirmen. Er schüttelte den Kopf. »Sind *wir* das etwa?«

»Das *könnten* wir bewirken, wenn wir zusammenarbeiteten.« Terca überlegte, ob sie es dem jungen Magicus erklären sollte, ließ es dann aber bleiben. Vielleicht ein anderes Mal. »Ich befürchte, dass der Hohe Herr das Durcheinander bewirkt.«

»Du *befürchtest?*«

»Er macht es unbewusst. All seine Fähigkeiten und Gaben machen sich bemerkbar, weil ...«

»... weil er stirbt«, sagte der Stumme Junge mit seiner glockenhellen Stimme. Er lächelte sie beide traurig an und fiel zurück in düsteres Schweigen. Er war für einen Moment in der Wirklichkeit gewesen und hatte sich gleich wieder in jene fremden Welten zurückgezogen, in denen er den Großteil seines Lebens verbrachte.

Terca zog ihn mit sich, hin zu den Soldaten. Wenn Rudynar Pole starb, machte auch ihrer aller Existenz keinen Sinn mehr. So zumindest hatte es ihre Schwester behauptet. Sie mussten sich zu erkennen geben, das Wirtshaus stürmen, in dem sie den Hohen Herrn wusste, ihn befreien, ihn mit sich nehmen und flüchten. In Zusammenwirken mit Pirmen mochte es gelingen. Sie vertraute dem Magicus zwar keinen Schritt weit, doch in Momenten der Gefahr hatten sie bislang gut harmoniert. Ihre Kräfte verschmolzen dann und wurden zu etwas Größerem.

»Pirmen ...«

Er reichte ihr wortlos die Hand und stützte sich an ihr ab. Der Stumme Junge blieb hinter ihnen. Terca fühlte seine regelmäßigen Atemzüge. Er wirkte keinesfalls irritiert oder gar beunruhigt. Der nahende Tod des Begleiters schien ihn kaum zu interessieren.

Sie trat auf den Soldatenkordon zu, sammelte ihre Dusus, machte sich für den Angriff bereit. Pirmen neben ihr bereitete sich ebenfalls vor. Er machte ähnliche Konzentrationsübungen wie sie, allerdings nicht mit jener Intensität, die sie sich im Laufe ihres langen Lebens angeeignet hatte.

Wie seltsam … Sie fühlte den Stummen Jungen. Seinen Geist, der verworren und auf der anderen Seite völlig klar war. Seine Verzweiflung. Seine Sehnsucht, mit der Außenwelt in Kontakt zu treten und sich mitzuteilen. Terca schluckte. Er war weiß und klar und unberührt. Niemals zuvor hatte sie ein Wesen gespürt, das derart rein gewesen war. Ihm fehlte jegliche Form von Schlechtheit. Da war kein Zorn, keine Niederträchtigkeit, keine Eifersucht oder auch nur ein einziger böser Gedanke. Der Knabe war schlichtweg … perfekt.

Sie fühlte den Wunsch niederzuknien und zu diesem Wesen hochzusehen, es anzuhimmeln, es anzubeten. Tränen traten ihr in die Augen. Sie wollte dem Stummen Jungen all ihre Verfehlungen beichten und ihm versprechen, niemals mehr wieder etwas zu tun, das andere Geschöpfe in diesem Weltenkreis verletzen könnte. Alles hätte sie für ihn gegeben, alles …

»Verschwinde, alte Vettel!« Jemand rempelte sie an. Ein Soldat, der seinen mehrfach eingekerbten Schild vor sich hielt und Passanten beiseitedrängte. »Da gibt's nichts zu sehen!«

Terca kehrte in die Realität zurück. Ihr Herz pochte heftig, die Hände zitterten. Auch Pirmen wirkte reichlich verschreckt. Beide blickten sie auf den Stummen Jungen, der sich gegen ihre Schultern lehnte und teilnahmslos vor sich hin starrte. Ohne irgendein Interesse an der Situation zu zeigen, völlig in sich gekehrt, die Lippen wie im Gebet bewegend.

»Wird's bald?« Der Soldat rückte näher. Eben noch hatte er

mit der Breitseite der Waffe gedroht. Nun drehte er sie so, dass die Schneide Terca zerhacken würde.

»Du wirst uns anstandslos passieren lassen«, singsangte Terca. »Du wirst deine Kameraden davon überzeugen, dass wir zum Gasthaus dürfen. Wir sind wichtig. Wir werden dort dringend benötigt. Hast du mich verstanden?«

Eine Mannesstimme fiel ein. »Wenn du uns nicht gehorchst, wirst du deinen Lebtag lang von Wanzen träumen«, sagte Pirmen. »Wanzen, die über deinen Körper kriechen, dein Fleisch zerbeißen und ihre Eier unter deiner Haut ablegen.«

Typisch Magicus. Wo ein Befehl reichte, fügten sie Drohungen hinzu und schufen Schreckensbilder. Wie viele Leben hatten Kreaturen wie dieser da aus einer Laune heraus zerstört?

»J... ja.« Der Soldat machte nicht nur den Weg frei, er fuhr auch seine Kollegen rechts und links an, gefälligst Platz zu machen. Die Männer gehorchten anstandslos. Auch sie waren von einem Teil der Dusus gestreift, ihre Willenskraft geschwächt.

Sie schlüpften durch den Kordon und querten die geräumte Fläche vor dem *Feisten Kapaun*. Niemand achtete auf sie. Die Aufmerksamkeit all jener Soldaten rings um die Holzbretterbude war aufs Innere des Wirtshauses gerichtet. Anfeuerungsrufe wurden laut, dann ertönte ein einziger, lang gezogener Entsetzensschrei.

Waren sie zu spät gekommen, bloß um wenige Augenblicke? Hatten die Soldaten des Gottbettlers Rudynar Pole hingerichtet?

Nein! Terca hätte es gefühlt. Die Verbindung zwischen ihr, Pirmen und Rudynar Pole hatte während der gemeinsamen Reise eine nahezu unfassbare Intensität erreicht. Sie spürte, dass er noch am Leben war.

Weiteres Gebrüll. Zornig und laut. Menschen geiferten ihre

Wut in die Welt hinaus, verwandelten sich in instinktgesteuerte Tiere, in eine Masse, die keinen Verstand hatte und sich nur noch von ihren Gefühlen leiten ließ.

»Wir müssen da rein!«, drängte sie Pirmen. »Sofort!«

Der Kleine nickte und humpelte so rasch er konnte auf das Wirtshaus zu. Ein weiteres Mal verbanden sie ihre Kräfte, Mann und Frau, Magicus und Wicca, und befahlen den Soldaten, zur Seite zu treten.

Niemand gehorchte. Die Bewaffneten tobten und schrien und kreischten, waren völlig enthemmt, waren nicht mehr bei Sinnen. »Stopf ihm die eigenen Eier ins Maul!«, schrie der eine. »Reiß ihm die Gedärme aus dem Leib und verfütter sie an die Schweine!«, ein anderer. Vieles, was gebrüllt wurde, blieb unverständlich. Die Soldaten hatten ihre Sprache verloren, wie sie ihre Beherrschung verloren hatten.

»Nein!«, rief Terca, die das Herz von Rudynar Pole schlagen zu fühlen glaubte. Ja, es pochte laut und unregelmäßig. »Lasst uns durch!«

Sie zwängte sich vorbei, verteilte Ellbogenstöße nach allen Richtungen und verschmolz mit einer wogenden Masse, die von den übelsten Emotionen getragen wurde. Die Soldaten stachen mit ihren Messern in die Luft und ahmten damit jene nach, die ein Dutzend Schritte entfernt den Hohen Herrn massakrierten. Terca war froh, bloß einen Teil von Rudynar Poles Körper sehen zu können. Es war auch so schlimm genug und würde ihr, einer Hexe, die schon die schlimmsten Dinge gesehen und miterlebt hatte, einige unruhige Nächte bescheren.

Da war viel Blut. Haarige Hautfetzen, die vom Kopf ihres Begleiters stammten. Fleisch, würfelig und in Streifen geschnitten. Innereien, Zähne, Knochen. Teile eines Wesens, dessen Herz immer noch schlug und schlug und schlug!

Die Sibylle … Ihr Kuss und ihre Berührungen hatten ausgereicht, um aus Rudynar Pole etwas Außergewöhnliches zu machen. *Er besitzt eine Art Unsterblichkeit. Sie werden ihn in kleinste Stücke hacken müssen, wollen sie sein Leben auslöschen.*

Terca fühlte den Triumph in Rudynar Poles Gedanken. Er war so unendlich froh, sein Leben endlich hinter sich zu bringen. Pure Erleichterung schwappte über sein Denken, über den Schmerz hinweg, während sein Herz rasend schnell schlug.

»Wir können ihn noch retten!«, rief Pirmen, der sich, obwohl auf eine Krücke angewiesen, ebenfalls weit genug vorgedrängt hatte. Niemand achtete auf sie und den Stummen Jungen. »Wir müssen bloß …«

»Lass es.«

»Aber …«

»Lass es.« Terca legte ihm begütigend eine Hand auf die Schulter.

»Wir können doch nicht … Der Gottbettler … Wir haben einen Auftrag …«

*Niemand hat einen Auftrag,* dachte sie. *Wir fühlen uns bloß aneinander gebunden. Wir folgen Spuren, die andere Leute gelegt haben, und tanzen wie Marionetten an Schnüren, die ein Toter bewegt. Das Schicksal wollte, dass es für Rudynar Pole so endet, und wer weiß, wozu es gut ist. Vielleicht ist der Weg des Gottbettlers ja der richtige, und wir sind bloß zu dumm und zu borniert, um seinen großen Plan zu erkennen.*

Rudynar Poles Herzschlag wurde langsamer, die Wildheit der Soldaten noch größer. Hier und jetzt entlud sich ein Donnerwetter an Gefühlen, das ganz gewiss keinen natürlichen Ursprung hatte. Die Frauen und Männer des Gottbettlers fühlten in ihrem tiefsten Innersten das Gleiche wie sie: dass hier kein Krieger, sondern ein ganz besonderes Wesen lag, das ihrer aller Lebensgrundlage zunichtemachen konnte.

Das Herz setzte aus, schlug dann wieder, verlor erneut seinen Rhythmus. Rudynar Pole war nicht mehr als der zu erkennen, der er einstmals gewesen war.

Innere Ruhe füllte Terca aus. Alles war längst nicht mehr so schlimm wie noch vor wenigen Augenblicken. Ihre Sorgen waren weit weg, auch ihre Ängste – und selbst dieser niemals nachlassende Wunsch, alles und jeden rings um sie zu kontrollieren.

»Es ist alles gut«, sagte sie leise. »Schlaf gut, Hoher Herr.«

Das Herz des dummen, dummen Säufers stand endlich still. Ringsum wurde es ruhig, bis sich die Freude der Soldaten in einem stimmgewaltigen Schrei entlud. Bloß eine Stimme klang entsetzt und schrill.

Doch niemand achtete auf den Stummen Jungen, der mit einem Mal zu sich gekommen war und registriert hatte, dass sein Vater gestorben war.

## 17. Auf dieser verfluchten Insel

Der Gottbettler ließ sich Zeit, bevor er der Sibylle in deren bevorzugtes Versteck folgte. Er reiste wie immer mit wenig Gepäck. Kraft seiner Gedanken flog er dahin und ließ sich auf einem winzigen Eiland nieder, auf einem namenlosen Felsen vor der Küste von Lirballem in der Cabrischen See, der gerade mal zwei Dutzend Schafzüchtern ein karges Zuhause bot.

Sie trafen sich in einer Kate, die seit Jahrzehnten kein Lebender mehr betreten hatte. In einer Ecke stand ein Schaukelstuhl. Eine Gestalt saß darin, eine Frau, die mit toten Augen auf die See hinausstarrte. Wind pfiff durch Ritzen, der Stuhl bewegte sich ein wenig, er knarrte leise über die Dielen.

»Dinge ändern sich«, sagte die Sibylle. »Sie ändern sich rasant. Was gestern für alle Ewigkeiten Bestand zu haben schien, ist heute nur noch ein morsches Bauwerk, das irgendwann zusammenbrechen wird.«

»Sagen Sie, was Sie zu sagen haben, und lassen Sie diese Vergleiche. Ich habe es nicht sonderlich mit Metaphorik«, sagte der Gottbettler. Er erinnerte sich an dieses seltsame Wort, wusste allerdings nicht, ob er es richtig einsetzte. Er hatte vor langer Zeit aufgehört, sich mit Sprache zu beschäftigen.

»Wir lieben diesen Ort ...«

»Ich weiß.«

»Man sagt, dass hier unsere Vorväter aus der Erde gekrochen kamen. Leider gibt es keine Zeugen mehr. Und sollte es noch welche geben, würden sie ganz gewiss nicht darüber sprechen.« Die Sibylle sammelte sich, fuhr zwei ihrer Arme in den Körper ein, veränderte ihr Antlitz und erschien kraft ihres Willens plötzlich wie eine ganz gewöhnliche Menschenfrau. »Wir sind uns uneins, ob wir das Bündnis mit Ihnen aufrechterhalten sollen, Gottbettler.«

Ihre Worte erzeugten Schmerzen. Und damit auch Erleichterung. Er hatte sich schon gefragt, wann das seltsame Wesen endlich damit beginnen würde, ihn zu quälen. »Es ist unabdingbar, dass wir gemeinsam weitermachen, Sibylle.«

»Ach ja? Nennen Sie mir einen Grund, warum wir uns mit einem Verlierer abgeben sollten.« Sie beugte sich über den Leichnam, zerschnitt mit ihren spitzen Fingernägeln das fadenscheinig gewordene Gewand und griff zwischen die Rippen der toten Frau. »Mächtige Feinde sind auf dem Weg in Ihr Kernland; sie lassen sich durch nichts davon abhalten. Der Eroberungszug Ihres Heeres ist zu einem Stillstand gekommen. Wir sind der Meinung, dass Sie es niemals schaffen werden, den gesamten Weltenkreis unter einem einzigen Banner zu vereinen. Zudem hat dieses Heer zwei seiner drei Führer verloren. Es ist nur noch Metcairn Nife übrig. Er mag ja der starke Mann sein, um den sich bisher alles drehte. Doch er ist müde geworden und beginnt zu zweifeln. Er wird es nicht schaffen, ohne seine Linke und seinen Rechten für Ordnung zu sorgen.«

»Es wird Nachfolger geben …«

»Natürlich wird es das. Aber sie werden schwach sein. Irgendwelche Lakaien, Menschen aus inzestuösen Blutlinien irgendeines Adelsgeschlechts aus der Blume von Oriath, die oben nicht von unten unterscheiden können.«

»Es wird Nachfolger geben«, beharrte der Gottbettler. »Solche, die geeignet sind.«

»Ich habe andere Leute so wie Sie sprechen gehört. Gleich darauf sind sie mit ihren Schiffen in der See versunken oder einen Abgrund hinuntergestürzt oder in der Schlacht getötet worden. Sie machten sich selbst Mut, bevor der Große Gleichmacher sie abholte.«

»Der Große Gleichmacher ist bloß eine allegorische Figur, ein Mythos, und Sie wissen das, Sibylle. Die Wirklichkeit ist viel grausamer.« Er hasste diese trivialen Gespräche. Er hatte keinen Kopf dafür. Er wollte zurück in die heimatliche Stadt und sich dort in die Anonymität der Bürger mischen, unter einer Brücke schlafen und um Almosen betteln, weit weg von all den Problemen, mit denen man ihn belastete.

Was für eine Ironie des Schicksals. Er war dank seines Intellekts und seiner Geistesfähigkeiten mächtiger als die Götter und aufgrund seiner Unfähigkeit, das Leben der niederen Wesen zu verstehen, schwächer als deren geringster.

»Es wird alles wieder gut«, wiederholte er. »Das Heer wird weiterbestehen. Ich habe bereits einen Nachfolger für Metcairn Nife ausfindig gemacht.«

»Was ist mit dem Linken, was mit dem Rechten? Meine Schwestern im Heeresverbund wollen Antworten von mir. Ratschläge. Hinweise, wie es weitergehen wird.«

»Schon bei den geringsten Problemen geraten Sie und Ihre Brut in Panik. Sie stellen sinnlose Fragen. Manchmal zweifle ich an meiner Fähigkeit, die richtigen Verbündeten auszuwählen.«

»Verzeihen Sie uns unsere Dummheit. Wir verfügen leider nicht über Ihren Weitblick.«

Es klang spöttisch, und es war spöttisch gemeint. Die Sibylle zog *irgendetwas* aus der Brust der Toten, betrachtete es sinnend und schluckte es dann hinunter. Sie verdrehte dabei genießerisch die Augen.

»In einer Woche wird diese Angelegenheit entschieden sein«, sagte der Gottbettler. »Bis dahin bitte ich um Ihre Geduld. Verhalten Sie sich ruhig, und vertrauen Sie mir.«

»Was geschieht in einer Woche?«

»Ich werde die einzigen Personen, die mir gefährlich werden könnten, aus dem Weg räumen. Wicca, Magicus und der Stumme Junge sind auf dem Weg zu mir. Ich werde warten und mich ihrer entledigen. Danach läuft alles so weiter wie geplant.«

»Sie wollen tatsächlich allein gegen das Triumvirat der Macht bestehen? Wie aufregend.«

Es war das erste Mal im Verlauf des Gesprächs, dass die Sibylle so etwas wie Interesse an seinen Plänen zeigte. Wie der Gottbettler wusste, sehnten sie sich nach dem Ungewöhnlichen. Nach Gefühlen, wie Menschen sie empfanden. Nach Widersprüchen, nach Wahnvorstellungen, nach Geisteskrankheiten. Aus keinem anderen Grund hatten sie einer Zusammenarbeit zugestimmt, denn sein Geist war der verrückteste, den man sich nur vorstellen konnte. Also suchten sie ihn jede Nacht heim, während er schlief, nisteten sich in seinem Kopf ein, zupften hier und dort einige Gedanken hervor und nährten sich von ihnen. Und das würden sie tun, solange er lebte. So lautete die Abmachung. Er war Nahrungsquelle für die Sibyllen, sie stellten ihm ihre Fähigkeiten bei der Eroberung des Weltenkreises zur Verfügung.

»Eine Woche also?«

»Ja. Ich warte auf Pirmen, Terca und dieses Geschöpf, das es nicht geben dürfte, doch das eine Sibylle geschaffen hat. Sie werden ihre Strafe erhalten. Danach geht das Leben weiter wie bisher.«

»Sie versprechen, sich auch um neue Heerführer zu kümmern?«

»Ja.«

»Sie bekommen diese Zeit. Sollte Ihr Plan nicht funktionieren, ändert sich alles. Dann stehen Sie allein da.«

»Tue ich das nicht immer?«

»Ich verstehe nicht ...«

»Niemand versteht mich. Das ist mein Los.« Er dachte sich weg von dem Eiland, zurück in die Heimat, und fand sich nahe einer Güllegrube wieder, die eben von Abdeckknechten befüllt wurde. Ratten und andere Tiere huschten an ihm vorbei. Manch einer der Nager bedachte ihn mit gierigen Blicken. Sollten sie doch ihr Glück versuchen ...

Der Gottbettler machte sich auf den Weg hinab zum Fluss. Dorthin, wo er zwischen Lumpen und Tierkadavern sein Sommerlager aufgeschlagen hatte, wo ihn die Welt und die Götter nicht mit ihren Problemen belästigen konnten.

# 18. Die Blume von Oriath

Wie waren sie entkommen, auf welchen Schleichwegen hatten sie die Stadt hinter sich gelassen? Pirmen wusste es nicht. Er war wie in Trance hinter der alten Vettel hergetrottet, hatte sich am Stummen Jungen festgehalten oder er sich an ihm. Sie hatten sich durch düstere Straßen bewegt und an dunklen Häusern vorbei, über Brücken und durch geheime unterirdische Gänge und schließlich über Stock und Stein, durch Täler und über Hügel, immer weiter weg von Haime, der Stadt, in der die Hoffnung auf eine Befreiung vom Gottbettler den Schwerthieben einer Horde von Barbaren zum Opfer gefallen war.

Nun saß er auf einer Schindmähre. Es regnete. Alles rings um ihn war grau in grau. Ihm war kalt, in seinem Schritt sammelte sich Wasser. Regen platschte auf breite Farnblätter, zog dort unzählige winzige Spuren, die sich vermengten und zu größeren Rinnsalen wurden. Unterhalb des bodennahen Blattwerks gab es heimtückische Schlammlöcher, in denen sich ein Pferd leicht die Fessel brechen konnte.

Platsch, platsch. Pirmens Pferd sank immer wieder bis zu den Fesseln im Erdreich ein. Es hatte den Weginstinkt eines Malekuften, nämlich gar keinen. Wenn die Stute feststeckte, musste er abspringen und sie mit Flehen, Fluchen, Ziehen, Schieben und Schlägen in die knöchrige Seite dazu bringen,

Bein für Bein aus dem Schlamm zu heben und nach festem Stand zu tasten, bis sich das Vieh endlich wieder befreit hatte und weiterstakste.

*Und das mit bloß einem Bein und einem Arm ... Den Göttern sei Dank, dass ich meine magischen Kräfte immer besser in den Griff bekomme.*

Irgendwo am Horizont zeigte sich ein winziger Fleck blauen Himmels. Doch dieser Ausblick war trügerisch, wie Pirmen nur zu gut wusste. Es war, als wollte der Regen das gesamte Land ertränken, bis sich die Blume von Oriath in einen riesigen See verwandelt hatte, eingerahmt von kahlen blauen Bergen, wo scheue und seltsame Völker beheimatet waren.

»Wie geht es dir?«

»Warum willst du das wissen, Alte?«, fauchte er.

»Es wird Zeit, dass wir über das Kommende reden.«

»Das Kommende? Du meinst, dass wir unseren Tod so gut wie möglich planen sollten. Damit wir auch etwas davon haben, wenn wir wie der Hohe Herr zerrissen und zerfetzt werden.«

»Das wird nicht geschehen.« Terca beugte sich zur Seite und ließ Wasser von ihrer Hutkrempe rinnen. »Ich werde das verhindern.«

»Du bist nicht sonderlich gut darin, etwas zu verhindern. Deine Stärke liegt eher darin, stets zu spät zu kommen.«

»Rudynar Pole war dumm und unvernünftig. Er hätte den Verlockungen widerstehen müssen. Wenigstens dieses eine Mal in seinem Leben.«

»Hat er aber nicht. Wir waren gewarnt. *Du* warst gewarnt. Und dennoch hast du ihn gehen lassen.«

Er war ungerecht, und er wusste es. Doch die Worte purzelten aus seinem Mund, ohne dass er etwas dagegen tun konnte. Es war zwanghaft. Er hasste jedes kleinste Element, das mit dieser Frau in Verbindung stand. Ihre Stimme, ihre Worte, ihr

Tun. Wie sie ihre Dusus anwandte und wofür. Was ihresgleichen in der Vergangenheit auf der Welt angerichtet hatte. Ihre Glut, ihre Hitze. Ihr verführerisches Wissen – und, vor allem, dass ihn nun, da er war, wie er war, kein Weib mehr anschauen oder gar anfassen würde. Sie waren böse, allesamt.

»Lassen wir das.« Terca lenkte ihren Gaul an seinem vorbei und übernahm erneut die Führung.

Der Stumme Junge folgte, wie immer. Seit dem Tod Rudynar Poles in Haime verbarg er sein Gesicht nicht mehr. Es war blass, wirkte verhärmt und zeigte widerliche nässende Ekzeme.

»Komm, meine Hübsche«, sagte Pirmen zu seiner Stute und trieb ihr die Hacken in die Seiten. »Immer brav den anderen hinterher, so wie wir es gewohnt sind.«

Der Weg schlängelte sich durch Hügelland. Auf und ab, auf und ab. Im Grenzgebiet zwischen der Enklave Mayeur und der Blume von Oriath herrschte angespannte Stille, die selbst die Tierwelt erfasst hatte. Kein Adler krächzte, keine Ziege meckerte. Selbst die Insekten summten leiser als sonst.

»Die Welt hält den Atem an«, sagte Pirmen so laut, dass Terca es hörte.

»Unsinn!«

»Ach ja? Was ist das dann?« Er wedelte mit der Hand, deutete über Land und Berge und Himmel. »Woher kommt diese bedrückende Stille?«

»Es ist das Wetter. Es verleitet nicht unbedingt zum Tanzen oder Fröhlichsein.«

»Du weißt, dass ich recht habe!«, beharrte Pirmen. »Es gibt Mächte, die über uns wachen. Sie lassen uns spüren, dass sich das Gefüge im Weltenkreis verschiebt, und zwar nicht unbedingt zum Besseren. Dieser Trunkenbold, so widerlich er sich auch benahm, war wichtiger, als wir überhaupt ahnen konnten.«

»Ja, das ist richtig. Aber spar dir dieses Gerede von höheren Mächten. Das sind Ammenmärchen, die dir dein Meister eingeredet hat. Letztlich kommt es bloß auf uns an. Darauf, was wir aus unserem Leben und aus dieser Welt machen.«

»Du glaubst also nach wie vor, dass wir den Gottbettler besiegen können?«

»Selbstverständlich. Sonst wäre ich kaum auf dem Weg zu ihm.«

»Ich sage dir, warum du ihn suchst. Es ist diese verdammte Todessehnsucht in dir. Du hast ein schlechtes Gewissen wegen all der Fehler, die du begangen hast und deren letzter Rudynar Pole das Leben kostete. Du möchtest leiden, dafür, dass du zeit deines Lebens Scheiße gebaut hast!« Pirmen spuckte aus. Er dachte an Dinge, die er gern mit der Vettel angestellt hätte. An Foltermethoden aus der umfangreichen Bibliothek Larex' zu diesem Thema.

»O ja«, sagte Terca bemerkenswert ruhig, »ich möchte gern erlöst werden. Aber nicht hier und nicht jetzt. Ich habe sehr wohl vor, die Auseinandersetzung mit dem Gottbettler zu überleben. Und ich würde es begrüßen, wenn du ebenso dächtest. Denn *wir haben eine Chance!* Glaub mir!«

»Und wie? Denk an die Prophezeiung deiner Schwester …«

»Pfeif auf die alte Schachtel! Meinst du etwa, wir Hexen würden immer unumstößliche Wahrheiten vorhersagen? Sie hat sich geirrt. Sie war ein seltsames Weib, nicht sonderlich vertrauenserweckend.«

Pirmen starrte Terca an. Manchmal wusste er nicht, ob er sie ernst nehmen oder für verrückt halten sollte. »Na schön«, sagte er dann müde. »Wie sieht dein Plan also aus?«

»Noch habe ich keinen.« Terca grinste. »Vorerst geht es darum, das zu wecken, was zweifelsohne in dem Stummen Jungen steckt. Rudynar Pole war auf einem guten Weg. Er hat es geschafft, ihn für kurze Zeit aus seiner Lethargie zu holen. Und dir, mein Lieber, würde ein klein wenig mehr Selbstvertrauen nicht schaden. Du musst an uns glauben.«

»Wenn es nur so leicht wäre.«

»Das Trübsalblasen ist vorbei, junger Mann. Von nun an erhältst du von mir ein paar Lektionen in Optimismus und Zuversicht. Und wage es ja nicht, mir den weiteren Tag mit deinem miesepetrigen Gesicht zu verderben, das Wetter ist schon schlecht genug.«

Allmählich zeigte sich, warum Oriath mit dem Beinamen »Blume« geschmückt wurde. Die häufigen Regengüsse brachten in den Sommer- und Herbstmonaten die Hochebenen des Landes zum Erblühen. Die gewaltigen Weiten waren von roten, blauen, violetten und gelben Farbtupfern überzogen, die, wenn man genau hinschaute, sogar einem gewissen Muster folgten.

Hier hatten sich vor unzähligen Generationen Felder befunden. Kornfelder, deren Grenzen auch heute noch vage zu erkennen waren und nach wie vor von derselben Straße zerschnitten wurden. Auf diesem Pfad waren einst jene wilden Horden geritten, die Aenas sowie die Norde erobert und Merce ihr heutiges Aussehen verliehen hatten. Irgendwann waren die Beutesuchenden müde und sesshaft geworden; sie hatten sich in fremden Ländern angesiedelt und sich mit Einheimischen vermengt. Rückkehrer hatten widerstandsfähige Getreidesorten mitgebracht und aus einer verödeten Landschaft ein Paradies gemacht, das das entstehende Königreich Oriath zur Gänze ernährt hatte.

*Die geheimnisvollen Atarpen,* dachte Terca. *Sie sind ausgestorben, ihr Mythos ist geblieben. Wenn ich wollte, könnte ich ein klein wenig über sie erzählen. Aber es interessiert sich niemand für diese alten Geschichten. Wir sind zu dumm, um aus der Vergangenheit zu lernen. Selbst ich, die ich es besser wissen müsste, mache immer wieder die gleichen Fehler.*

Sie ließen die Ebenen hinter sich, ritten tiefer ins Land. Gehöfte schmiegten sich hier und dort gegen den Fels. Die Felder waren bestellt, die Anwohner gaben sich beschäftigt. Sie verhielten sich so, wie man es von ihnen erwartete: Sobald sie der Reiter ansichtig wurden, scheuchte der Bauer seine Angehörigen in die zweifelhafte Sicherheit seines Hauses und bewaffnete sich mit einem Dreschflegel oder einem rostigen Schwert.

»Ich dachte, die Blume von Oriath wäre vom Geist des Gottbettlers durchdrungen?«, fragte Pirmen. »Hieß es nicht, hier herrsche ewiges Grau, und die Menschen würden ständig Trübsal blasen?«

»Ich wiederum habe gehört, dass die Männer Griams allesamt nur ein Bein, aber dafür drei Eier hätten. Und über die Barbaren der Norde sagte man mir, dass sie Nasenrotz spuckten, sobald sie den Mund aufmachten, und dass sie durch die Ohren atmen. Wie man sieht, sollte man nicht allzu viel auf Gerüchte geben.«

»Aber Larex …«

»Spukt dir dein Meister noch immer im Kopf herum? Verstehst du nicht, dass er dich bei jeder sich bietenden Gelegenheit angelogen hat? Er hat dich manipuliert und zu seinem Geschöpf gemacht, zu einem Hündchen, das über den Tod hinaus noch immer auf ihn hört.«

Pirmen stieg ab und fuhr mit der Hand durch das reifende Korn. Es fühlte sich prall und fett an. Die Ernte würde ausgezeichnet werden. »Was, wenn der Gottbettler recht hat?«, überlegte er laut. »Was, wenn sein Weg der richtige ist? Es gibt so viel Krieg und Unglück auf dieser Welt. Wenn er und seine Heerscharen nun dies alles beenden könnten …«

»... dann wäre er alleiniger Machthaber. Er könnte nach Gutdünken herrschen. Vielleicht ist er ein gerechter Mann, der nur das Beste im Sinn hat. Was aber, wenn jemand in irgendeiner Hinsicht anderer Meinung ist als er? Wird sich der Gottbettler dann dessen Argumente anhören? Seine eigene Anschauung unter Umständen ändern? Und was ist, wenn ihn der andere nicht überzeugen kann und trotzdem auf seinem Standpunkt besteht? Gibt es irgendeine Instanz, die seine Entscheidungen kontrolliert? Nein, niemand darf derart viel Macht besitzen. Nicht einmal ein Gott.«

»Du hältst ihn also für ein Wesen, das über uns steht?«

»Ich habe eine ungefähre Ahnung, wer oder was er ist.«

»Würdest du mich dann bitteschön an deinen Weisheiten teilhaben lassen?«

»Später.«

»Es gibt kein Später. Unsere Zukunft ist bloß noch in Tagen bemessen. Ich möchte die Wahrheit wissen, bevor mir der Große Gleichmacher gegenübertritt.«

»Später«, wiederholte Terca bestimmt. »Ich will dich nicht noch mehr verletzen, Kleiner. Ich brauche dich im Vollbesitz deiner geistigen Kräfte.«

Er ballte seine dreifingrige Hand zur Faust, dann machte er blitzschnell eine Bewegung in ihre Richtung. Etwas fuhr über sie hinweg, gefährlich, aber schlecht gezielt. Rasch errichtete sie ein Gedankennetz, das sie einhüllte und schützte, und warf ihm dann ihre Dusus entgegen.

Pirmen schrie erschreckt auf, verlor das Gleichgewicht und plumpste zu Boden. Sie hatte ihn an der Hüfte getroffen und ihm eine Verbrennung zugefügt. Da war die Versuchung, ihm noch mehr wehzutun und ihn weiter zu demütigen, doch sie zog ihre Hände zurück. »Steh auf und merk dir diese Lektion, Magicus. Du glaubst, stark genug zu sein, um mich in einem

Zweikampf zu besiegen. Doch du bist noch längst nicht so weit, und es wird noch einige Tage dauern, bis du dich mir offen gegenüberstellen kannst. Bis dahin wirst du das tun, was ich sage. Verstanden?«

»Du bist …«

»Hast du mich verstanden?« Terca jagte ihre Dusus ein weiteres Mal über Pirmen und traf seinen Armstumpf.

»Ja!«, jaulte er. Er wälzte sich über den Boden, presste das Getreide platt. »Ja! Ja!« Immer wieder schrie er seine Zustimmung, bis die Worte ihre Bedeutung verloren und er nur noch irgendwelche Laute ausstieß. Sein Kopf brannte aus, wie Terca nur zu gut wusste. Alles an ihm war Schmerz, selbst das Denken tat weh.

Plötzlich war er wieder bei sich. Er lag da, atmete wunderbar frische Luft, blickte in den Himmel. Diese eine Wolkenbank über ihm ähnelte einem Schlitten, wie er sie in der Norde kennengelernt hatte.

Die Alte beugte sich über ihn. Sie lächelte. »Du hast geschworen. Das ist gut. Ein Zauberer ist nicht in der Lage, seinen Schwur zu brechen.«

»Ich habe *was?*«, krächzte Pirmen. Seine Stimme war die eines alten Mannes. Mühsam zog er sich mit einem Arm an der Krücke hoch, bis er stand. Ihn schwindelte.

»Du hast versprochen, meinen Anweisungen zu folgen. Es wird keine weiteren Diskussionen über unser Reiseziel und über unser Vorhaben geben. Keine Fragen, keine Zweifel, kein Aufbegehren. Es ist schön, dass du zur Vernunft gekommen bist.«

»Aber ich habe doch gar nicht …«

»Horch in dein Inneres. Du wirst erkennen, dass ich die Wahrheit sage.«

Pirmen tat es, und tatsächlich, da war der Schwur verankert, saß eisern fest. Er war an die Befehle der Hexe gebunden. »Du hast mich dazu gezwungen!«, schrie er und wollte zu einem weiteren Angriff ansetzen – doch seine magische Energie verpuffte, stand ihm nicht länger zur Verfügung.

»Du gehörst mir, Kleiner.« Terca trat näher an ihn heran. »Ab heute werden wir beide ein ausgezeichnetes Gespann abgeben.«

»Du kannst mich nicht zwingen …«

»Und ob ich das kann!« Sie war ihm nun so nahe, dass er jede einzelne Runzel in ihrem Gesicht sehen konnte, das wie die Scherben eines zersprungenen Spiegels wirkte.

»Du hast eben einen großen Fehler begangen.« Er betrachtete sie genau. Er wollte sich jedes einzelne Stück dieses Mosaikgesichts einprägen. Damit er sie wiedererkannte, sobald er sie im Reich des Großen Gleichmachers wiedertraf. Denn dass dieses Abenteuer kein gutes Ende nehmen würde, war ihnen beiden klar.

»Mein Leben besteht ausschließlich aus Fehlern, mein Lieber. Leider.«

Sie klang … traurig. Was stimmte bloß nicht mit dieser Frau?

Sie gaben den Pferden zu fressen, versorgten den Stummen Jungen und aßen ihr karges Mittagsmahl. Dann ritten sie schweigend weiter, vorbei an Bauernhöfen, Weilern, Dörfern, kleineren Städten. Im Reich des Gottbettlers war es friedlich und ruhig.

»Keine Soldaten, keine Versorgungsstationen. Nirgendwo gibt es Sammelstellen für die Pferde oder Betriebe, in denen Waffen gehortet, ausgebessert oder verbessert werden. Das gefällt mir ganz und gar nicht.«

»Lebt keine Schwester in der Blume von Oriath, die uns Auskunft geben könnte?«

»Nein. Sie wurden allesamt vertrieben oder getötet. Metcairn Nife ging gründlich und unerbittlich gegen die meinen vor.«

»Weil er auf uns Magicae setzte«, sagte Pirmen, nicht ohne Häme.

»Er nahm den Weg des geringeren Widerstands«, erklärte Terca, »denn er wusste, dass wir im Gegensatz zu euch Magicae nicht käuflich sind.«

Pirmen schluckte seine Widerworte hinunter. Diese endlosen Sticheleien langweilten ihn allmählich. Zumal Terca dann immer wieder Larex' Verrat zur Sprache brachte. Gegen dieses Argument konnte und wollte er nicht anreden.

Immer mehr Häuser standen entlang der Straßen. Die Bewohner grüßten freundlich, blieben aber reserviert. Niemand fragte sie nach ihrem Begehr oder dem Ziel ihrer Reise. Dass sie nach Gallwar wollten, der Heimatstadt des Gottbettlers, war offensichtlich, denn dahin führte ihr Weg.

»Ich kann ihn spüren«, sagte Terca unvermittelt.

»So?« Pirmen horchte in sich hinein. »Ich spüre gar nichts.«

»Er ist da. Er hockt wie eine Spinne im Netz und wartet auf seine Opfer.«

»Die dumm genug sind, ihm in die Falle zu laufen.«

Sie erreichten die Abbruchkante eines schroffen Bergs, der ganz und gar nicht zu dieser sonst so friedlich wirkenden Gegend passte. Sie hielten an und blickten auf die Ebene unter ihnen hinab. Selbst die Pferde wirkten beeindruckt, denn dort breitete sich eine paradiesische Landschaft aus, wie Pirmen sie niemals zuvor gesehen hatte. Das Getreide war goldgelb und stand hoch, Wind fuhr durch die Felder. Raine waren durch Blumengewächse markiert; von hier oben wirkten sie wie Umrahmungen einer Vielzahl von großen und kleinen, kurzen und langen Flecken, die einander begrenzten und sich über die sanfte Hügellandschaft in Richtung Stadt erstreckten. Und die Stadt …

»Fantastisch«, murmelte Pirmen. »Sieh doch! Alles blüht, alles wirkt so dick und fett und gesund.«

»Weil die Bewohner der Blume auf Kosten anderer leben. Die Kriege in den anderen Teilen des Weltenkreises berühren sie nicht und bekümmern sie ebenso wenig.«

Pirmen kniff die Augen zu schmalen Schlitzen zusammen und versuchte Einzelheiten in der Stadt auszumachen. Er sah Türme der Magier, aber auch solche, die Händlern zuzuordnen waren. Kuppelbauten glänzten golden in der Sonne, ein breiter Fluss durchlief die Stadt Gallwar, in deren Zentrum er sich teilte, sodass er eine Insel schuf, die sich auf seltsame Weise von dem Rest der Stadt abhob. Pirmen wusste noch nicht zu sagen, was dort anders war, doch er meinte zu spüren, dass sich dort die Residenz des Gottbettlers befand.

»Das ist wirklich beeindruckend«, schloss sich Terca widerwillig seiner Meinung an. »Die Stadtmauern reichen weit ins Land hinaus, dreifach hintereinander gestaffelt, und sie wirken wie Blütenblätter, die die Stadt umkränzen.«

»Die Blume von Oriath … Das Land trägt seinen Beinamen auch wegen der Stadt.« Er sah sie erstaunt an. »Warst du denn jemals hier?«

»Ich kann mich nicht erinnern«, antwortete die Hexe zurückhaltend. »Manche Dinge habe ich im Laufe der Jahre vergessen.«

»Es wäre gut, würden dir ein paar davon bald wieder einfallen. Selbst eine winzige Kleinigkeit könnte uns jetzt helfen.«

Andere Gruppen überholten sie, und auch diese zeigten sich beeindruckt von dem Ausblick, der sich hier bot. Händler, die diese Reise gewiss schon Dutzende Male angetreten hatten, seufzten und schüttelten sehnsüchtig die Köpfe. Ein Meldereiter, der sich der Stadt näherte, hielt kurz inne, ließ sein Pferd auf die Hinterhand steigen und stieß einen Seufzer aus, der wohl Erleichterung ausdrückte. Zwei Kinder auf einem Planwagen, der mit frisch gefertigten Möbelstücken beladen war, klatschten entzückt in die Hände und warfen sich dann nacheinander ihrem Vater um den Hals. Der Mann lachte vor Glück …

»Die Stadt des Gottbettlers. Die Wurzel allen Übels, sagt man.« Terca schüttelte den Kopf. Auch sie schien sich ihrer Sache nicht mehr sicher.

»Wir irren uns«, sagte Pirmen. »Wir tun das Falsche. Wer so viel Schönheit rings um sich errichtet, ist ein Freund der Menschen und aller anderen Wesen.«

»Er gaukelt uns bloß etwas vor.«

»Du meinst, dass die zigtausend Einwohner Gallwars nur Staffage sind?«

»Wir wissen zu wenig über den Gottbettler. Bloß eines scheint festzustehen: Er ist unberechenbar. Es ist ihm bislang gelungen, jeden Gegner zu überraschen und auszuhebeln. Ich traue ihm alles zu. Er ist verrückt und zugleich ein Genie.«

»Brauchen wir deshalb den Stummen Jungen? Weil er so ähnlich denkt wie unser Feind?«

»Vielleicht. Aber ich denke, dass da noch mehr dran ist an unserem jungen Begleiter.« Terca musterte den Stummen Jungen. Sein Blick war klar, doch er murmelte irgendetwas Unverständliches ganz, ganz leise vor sich hin. Er nahm die Stadt wahr, und womöglich sah er wesentlich mehr als sie beide.

»Ich kann den Gottbettler nun auch fühlen«, sagte Pirmen. »Er wartet auf uns. Er lauert auf seine Chance.«

»Ich weiß.«

»Dennoch reiten wir weiter?«

»Du hast die Möglichkeit umzukehren verwirkt, als du Larex' Auftrag angenommen hast, in die Norde zu reiten und nach Rudynar Pole zu suchen. Von da an war der Weg hierher vorgezeichnet. Im Rückblick zeigt er sich klar und deutlich, ein Ereignis bedingte das andere.«

»Sofern man an Prophezeiungen glaubt.«

»Diese eine hat ganz gewiss ihre Richtigkeit.«

»Warum bist du dir da so sicher?«

»Ich habe nachgedacht. Lange.« Terca leckte sich über die Lippen und starrte sinnend auf die Stadt hinab. »Ich sagte ja, dass ich mich nicht mehr an alles erinnern kann, was ich im Laufe meines Lebens getan habe. Doch mittlerweile bin ich mir sicher, dass ich diese Prophezeiung selbst einmal ausgesprochen habe. Sollte ich etwa an meinen eigenen Worten zweifeln?«

## 19. Der letzte Ritt des Heerführers

Metcairn Nife trank zu viel in letzter Zeit. Er war unruhig geworden, fiel ohne Grund über seine Adjutanten her und beleidigte sie, fällte ungerechte Urteile, spielte seine Leute gegeneinander aus und fand noch hundert und mehr Möglichkeiten, für Unruhe im Heer zu sorgen.

Es scherte ihn nicht sonderlich. Nicht, nachdem Marmer Dunne durch das Schwert des ehemaligen Linken gefallen war. Womöglich konnte er den Sibyllen Selbstsicherheit vortäuschen und auch einen Teil seiner Soldaten täuschen. Doch sich selbst konnte er nicht belügen. Dieser gewaltige Heereswurm war nicht mehr derselbe, der er noch vor wenigen Wochen gewesen war. Die Dinge hatten sich grundlegend verändert. Vor allem gab es niemanden mehr, dem er sich anvertrauen konnte. Mit Pae Loriander hatte er sich über strategische Dinge ausgetauscht und sich an ihr gerieben. Ihr Verhältnis war von einer Spannung geprägt gewesen, die Metcairn Nife bei der Sache gehalten hatte. Und Marmer Dunne war der einzige, der letzte verbliebene Freund gewesen, dem er sich hatte anvertrauen können.

Nun war da bloß noch Einsamkeit an der Spitze des Heereszugs.

Nun ja, sah man von Gunguelle ab, die alles unternahm, um ihn von seinen Problemen abzulenken. Was wiederum bedeutete, dass sie an seinem Schwanz hing wie eine Klette und ihm jene Zeit stahl, die er mit Boten, Meldereitern, Informanten und Obersten des Heeres hätte verbringen sollen.

Nontwede war zu seinem wichtigsten Berater geworden. Metcairn Nife hasste dessen einschmeichelnde Stimme, umso mehr, da sie begann, Wirkung zu zeigen. Es bewahrheitete sich, was der Magicus vorhergesagt hatte: Er wurde schwächer. Und er geriet immer mehr in den Bann dieser verfluchten Geschöpfe, sosehr er sich auch dagegen wehrte.

Spielte es denn noch eine Rolle?

»Wein!«, verlangte er von Gunguelle. »Bring mir mehr davon!«

»Du hattest schon genug …«

»Ich sagte, dass du mir einen neuen Krug bringen sollst!« Er schleuderte seinen Humpen in ihre Richtung und verfehlte den Kopf des Mädchens nur knapp. Das Weib huschte davon, blass geworden und mit fest zusammengepressten Lippen. Er würde ihr heute Abbitte leisten müssen, sobald es dunkel war.

»Wo sind wir?«, fragte er müde.

»Wir stehen etwa zwanzig Laufe vor Gallwar«, sagte Nontwede. »Morgen werden wir in die Stadt einziehen und auf den Feind warten.«

»Ein Weib, ein verkrüppelter Magicus und ein armseliger kleiner Junge narren uns seit Tagen!« Metcairn Nife schüttelte angewidert den Kopf. Der Geschmack in seinem Mund war grässlich. »Wie konnte es bloß geschehen, dass sie uns in Haime entkamen?«

»Immerhin haben wir Rudynar Pole erwischt. Sie sind nicht mehr in der Lage, die Prophezeiung zu erfüllen. Wir haben gewonnen, Herr. Auf uns wartet bloß noch ein klein wenig Arbeit, dann ist diese unangenehme Angelegenheit endgültig aus der Welt geschafft, und wir können unseren Kriegszug fortsetzen.«

»Und wo, Magicus? Was werden wir tun, nachdem wir die

Steilstädte erobert haben? Kümmern wir uns um die Oceanica oder doch zuerst um die Länder südlich der Cabrischen See? Wie lange wird diese endlose Abfolge von Kämpfen noch anhalten? Wird es jemals ein Ende geben? Ich bin so schrecklich müde, Nontwede.«

»Ich weiß, Herr, ich weiß.« Der Magicus legte ihm seine Hand mit den langen, dürren Fingern auf die Schulter. »Trink noch ein wenig Wein und ruh dich aus. Wir kümmern uns um die Tagesgeschäfte. Vertrau mir, vertrau uns.«

*»Dir* vertrauen, Magicus? Einer Schlange, die keinerlei Gefühle kennt und die bloß ihren eigenen Vorteil im Sinn hat?« Metcairn Nife lachte laut, brach aber sofort wieder ab und sagte mit monotoner Stimme: »Ja. Ich denke, dass es gut wäre, dich mit den üblichen Routinearbeiten zu betrauen. Ihr Magicae macht das ausgezeichnet.«

»Natürlich, Herr. Wir wachen über dich und über das Heer des Gottbettlers.« Nontwede lächelte. »Es gibt niemanden, der für diese Aufgabe besser geschaffen wäre als wir. Und nun schlaf ein wenig, Metcairn Nife. Du bist müde und brauchst Ruhe.«

»Was ist mit den Überresten Rudynar Poles geschehen?«, fragte der Heerführer müde.

»Wir haben getan, was du uns aufgetragen hast. Ich verstehe allerdings nicht, was du damit bezweckst.«

»Er war einmal mein Freund, und er hat mich bitter enttäuscht. Er verdient, was mit seinem Leichnam nun geschieht.«

»Wie du meinst, Heerführer.«

Der Magicus verbeugte sich und geleitete ihn in den hinteren Bereich seines Zelts. Kaum war Nontwede gegangen, begab sich Gunguelle zu ihm. Sie stellte den Krug Wein, den sie ihm gebracht hatte, auf ein kleines Tischchen, streifte ihr Gewand ab und räkelte sich auf den Liegepolstern, schob die Beine übereinander und streckte die Arme verlangend in seine Richtung aus.

Auch er entkleidete sich. Ihm war speiübel, er hatte wohl zu viel Wein getrunken. Ringsum drehte sich alles. Doch da war diese wunderschöne Kindsfrau, die sich ihm bereitwillig hingeben wollte. Die ihn mit der Hitze ihrer feuchten Leidenschaft in dieser kalten Welt zu wärmen vermochte.

»Komm schon, mein Held«, flüsterte ihm Gunguelle zu, und als er dann neben ihr lag, knabberte sie an seinem Ohr. »Du bist doch mein Held, nicht wahr?«

»Wenn du's sagst …« Er musste kichern. Er war ganz gewiss kein Heroe. Die Wesen vieler Länder sahen in ihm eher einen Bösewicht oder nur den Lakaien eines Bösewichts, der widerspruchslos die Anweisungen seines finsteren Herrn ausführte und damit Zehntausenden den Tod gebracht hatte.

*Scheiß drauf,* dachte er. *Ich werde Anweisung an die Bibliothekare aller eroberten Länder geben, dass ich als Held dargestellt werden soll. Denn so ist das mit der Macht des Siegers: Er bestimmt, was in den Büchern geschrieben steht.*

Er rülpste laut, drehte sich dann zu Gunguelle und küsste sie heftig. Seine Hände gingen auf Wanderschaft, und irgendwie fand er sein Ziel, stieß seine Finger in ihre bereits feuchte Möse. »Ich werde dir zeigen, was Helden zu leisten imstande sind«, sagte er zu der jungen Frau und drang in sie ein.

Sie zogen in Gallwar ein, so still und leise, wie es einem Heer mit mehr als tausend Soldaten möglich war. Der verbliebene Teil seiner Männer lagerte im Norden der Stadt. Sie hatten einen mühseligen Marsch und mehrere Umwege auf sich genommen, um nur ja kein Aufsehen zu erregen und den drei Gegnern des Gottbettlers nicht zu begegnen. So wollte es ihr Herr. Er bestand darauf, die Angelegenheit dort zu beenden, wo er sich am stärksten fühlte. In seiner Zitadelle, an die Metcairn Nife nur mit Widerwillen denken konnte.

»Verteilt euch nach Plan«, befahl er seinen Adjutanten. Der junge Margor entil Dusan gab die Anweisung weiter. Er war viel zu hoffärtig, gewiss, aber vielleicht würde er nach einer Weile einen recht guten Linken abgeben.

*Als ob ich eine Wahl hätte ...*

Jene Soldaten, die er mit sich führte, stammten aus der Umgebung der Stadt oder ihrem direkten Umfeld. Sie gehörten zu den Eliten seiner Verbände und waren klug genug, seine Befehle genauestens zu beachten. Sie kannten sich in Gallwar aus, und das hatte zudem noch den Vorteil, dass sie den Verlockungen der Stadt widerstanden.

Nontwede rückte nicht mehr von Metcairn Nifes Seite, die weiteren Magicae folgten in ihrer fahrenden Burg. Auch die Vertreter der Sibyllen in ihrem Planwagen ließen sich in die Stadt kutschieren.

»Wird uns der Gottbettler eine Audienz gewähren?«, fragte Margor entil Dusan.

»Mir schon. Dir nicht. Er lässt sich selten blicken. Er lebt in der Anonymität der Stadt, und nur die wenigsten Vertrauten sind ihm jemals begegnet.«

»Und du, Herr?«

»Ich kenne ihn gut genug.« Mehr sagte er nicht. Mehr wusste er nicht zu sagen. Die Zusammentreffen mit dem Gottbettler hatten stets einen teilweisen Gedächtnisverlust mit sich gebracht. Er hätte nicht zu sagen vermocht, wie sein Herr aussah. Da waren bloß die Erinnerungen an Angstgefühle, an den Gestank in der Zitadelle und an Befehle, die er erhalten hatte.

Das Heer löste sich auf, nach einem sorgfältig ausgeklügelten Plan. Immer mehr Bewaffnete mischten sich unter die Einwohner Gallwars. Die trieben Handel in den Arkadenreihen der Bürgerhäuser, hörten einem Volkstribun zu, der um Stimmen für die Wahl des Bezirksherrn warb, beteiligten sich an Kraftspielen der hiesigen Jugend oder schäkerten an den Brunnen mit hochgewachsenen blonden Schönheiten. Wer das Treiben bloß oberflächlich betrachtete, wäre niemals auf die Idee kommen, dass die gesamte Stadt zur Falle geworden war.

»Wie weit ist es noch bis zur Zitadelle?«, fragte Margor entil Dusan, der allmählich nervös wurde.

»Wir müssen noch ein Stück den Fluss entlang, dann über die Spalt-Brücke, und dann wirst du sie sehen.« Metcairn Nife nickte der Anführerin einer weiteren kleinen Gruppe seiner Leute zu, bevor diese im engen Gassengewirr rechts von ihnen verschwand, um in der berühmten Bibliothek Gallwars der Vorlesung eines berühmten Dichters zu lauschen.

Nur noch etwa fünfzig Leute waren von den ursprünglichen tausend übrig geblieben, unter ihnen Nontwede, seine Magicae und die Sibyllen. Sie bildeten einen Begleitschutz, den wohl keine Macht des Weltenrunds überwinden konnte.

Da war die Brücke. Sie wirkte baufällig, und sie war so schmal, dass sie gerade einmal einem Reiter Platz bot. Bloß einige Lottergestalten waren auf der anderen Seite zu sehen. Sie versteckten sich in den Schatten alter, kaum gepflegter Gebäude.

Metcairn Nife ritt vornweg, noch bevor ihn jemand daran hindern konnte. Er wusste, dass er in das unmittelbare Herrschaftsgebiet des Gottbettlers vordrang. Eine falsche Bewegung oder ein falsches Wort kamen hier einem Todesurteil gleich.

Er achtete nicht weiter auf seine Begleiter, denn er spürte, dass ihn sein Herr zu sich rief. Er teilte Metcairn Nife mit, wo er ihn treffen wollte, und zwar wie erwartet am Eingang zur Zitadelle.

»Dann gehen wir's an«, sagte Metcairn zu sich selbst, gab dem Pferd einen sachten Schenkeldruck und ritt dem Schicksal entgegen. Er spürte die Magie, die Nontwede und seine Gehilfen auf ihn ausübten. Es würde nicht mehr lange dauern, bis er ihr vollends erlag. Doch das spielte keine Rolle mehr.

# 20. Entscheidungen

Die Soldaten sind hier«, sagte Terca. Ihre Sinne warnten sie vor unzähligen Gefahren. Sie drohten auf Schritt und Tritt. Jedes fünfte oder sechste Wesen in den Straßen war Teil eines dicht gewobenen Netzes, auf dessen Zentrum sie zumarschierten. »Der Gottbettler geht keinerlei Risiko ein.«

»Tut er doch«, widersprach Pirmen. »Warum hat er uns nicht bereits am Tor aufhalten lassen?«

»Vielleicht ist es Überheblichkeit. Oder aber er weiß, dass wir ihm nichts anhaben können, und möchte bloß einen kleinen Plausch mit uns abhalten. Von Welteneroberer zu Weltenretter, sozusagen.«

»Deine Art von Humor werde ich wohl nie verstehen.«

»Werde einmal so alt wie ich, dann lernst du, wie sehr einem der Zynismus das Leben erleichtert.«

Sie ließen die Pferde bei einem Stall zurück. Terca war versucht, die Gäule dem mageren Burschen, der sie betreute, zu schenken. Doch sie tat es nicht.

*Ich darf meinen Tod nicht einfach so hinnehmen. Es gibt eine Chance. Sonst hätte ich niemals diesen Mythos von der Rettung des Weltenkreises durch den Stummen Jungen in die Welt gesetzt. Du meine Güte, was muss ich an diesem Abend betrunken oder eingeraucht gewesen sein, dass ich mich nicht einmal mehr daran zurückerinnern kann.*

Die Spuren des Gottbettlers waren überall zu sehen. Hier

hatte er Kupfermünzen in Empfang genommen, dort unten am Fluss hatte er für eine Weile geruht, in diesem Gebäude hatte er sich mit einigen Vertrauten getroffen. Den Ziegeln und den Mauern haftete das Odeur ihres Gegners an. Es roch nach Bitterkeit, Verlust und Trauer. Alles zusammen ergab ein Gemenge an Antrieb und Kraft, das ganze Reiche zerstören konnte.

»Wohin?«, fragte Pirmen. Er hielt sich am Stummen Jungen fest, oder der Stumme Junge an ihm, wer wusste das schon zu sagen.

»Zur Insel. Dort wartet der Gottbettler. Er hat alles für unser Kommen vorbereitet.«

»Werden wir es überhaupt bis dorthin schaffen?«

»Ja. Er will es so. Seine Leute flankieren uns, aber sie tun uns nichts.« Terca ahnte, dass zu jeder Zeit zehn oder mehr Armbrüste auf sie ausgerichtet waren. Eine falsche Bewegung, und sie würden mit Geschossen gespickt sein.

»Ich habe Angst«, gestand Pirmen.

»Angst ist gut. Sie macht, dass du konzentriert bleibst. Aber lass dich nicht in Panik versetzen. Denk dran, solange wir beide zusammenarbeiten, kann uns kaum etwas zustoßen.«

So lautete die Theorie. Wenn sich die Kräfte der Hexe mit denen eines Magicus verbanden, entstand etwas ganz Besonderes. Doch dieses Besondere hatte bloß flüchtigen Bestand, wie Terca nur zu gut wusste. Es war Gafelay und ihr nicht gelungen, die Faszination dieses seltenen und seltsamen Amalgams aufrechtzuerhalten. Pirmen und sie würden es ebenfalls nicht schaffen. Es erforderte zu viel Kraft, und die Versuchung war groß, die gemeinsam aufgebauten Kräfte zum eigenen Vorteil zu nutzen.

Sie beobachtete den Stummen Jungen mit wachsender Sorge. Er wirkte frisch wie noch nie. Man hätte glauben können, dass er völlig normal wäre. Er nahm seine Umgebung wahr und lauschte angestrengt ihrer beider Unterhaltung, jedoch ohne sich einzumischen. Auch er wusste wohl, dass eine Entscheidung bevorstand.

Die Spaltbrücke kam in Sicht. Sie war das Nadelöhr auf ihrem Weg zum Gottbettler. Wenn sie die Brücke überquert hatten, gab es kein Zurück mehr.

Der Stumme Junge marschierte mit einem Mal vorneweg. Er nahm ihnen die letzte Entscheidung ab, indem er auf die Brücke trat und sie zügig querte. Er schritt an Hausruinen vorbei, ging tief hinein in ein dicht verbautes Viertel, in dem es von Gesindel nur so wimmelte. Es war, als hätten sich in diesem Teil Gallwars alle Halunken der Stadt versammelt, um den Gottbettler wie ein lebender Schutzwall zu umgeben.

»Nicht so rasch!«, keuchte Pirmen.

»Der Junge gibt das Tempo vor.« Auch sie musste sich beeilen, wollte sie ihren stummen Begleiter nicht aus den Augen verlieren. Er ging an einer üblen Spelunke vorbei, dessen Publikum sie interessiert beobachtete. Etwa zehn von ihnen trugen Schwerter und Waffenröcke. Sie gehörten zu jenen aus dem Heer des Gottbettlers, die auf jeden ihrer Schritte achteten.

Ausgetretene Stufen führten zum Fluss hinab. Es stank nach verfaultem Fisch, nach Erbrochenem und nach Pisse. Entlang des Gewässers, das ein trübes Grau zeigte, waren Berge von Müll und Gerümpel angehäuft.

»Ich fühle ihn!«, sagte Pirmen und riss auf einmal die Augen weit auf.

»Erst jetzt? Ich spürte ihn bereits, als wir die Brücke überquerten.«

*Ärgere dich über meine Worte, mein Junge. Dein Zorn wird dir beim kommenden Kampf helfen.*

Ein ausgetretener Weg führte am Ufer entlang. Der Blick aufs Wasser war ihnen durch die Müllberge verwehrt, der Gestank wurde unerträglich. Scharen dicker Fliegen umkreisten die Abfälle einer modernen Zivilisation, Ratten und anderes Getier huschten aufgeregt hin und her. Terca meinte, auch den Leib einer riesenhaften Schlange wahrzunehmen, die sich durch Lücken wand.

»Das ist sie«, sagte Terca und deutete auf den wohl höchsten Abfallturm der Insel. »Die Zitadelle des Gottbettlers. Das Symbol seiner Macht.«

Eine hochgewachsene Gestalt schob sich an verfaulten Holzträgern vorbei auf den kleinen Platz vor dem Müllhaufen. Sie wirkte ausgemergelt und zitterte wie ein Schwerkranker.

»Darf ich vorstellen: der Gottbettler«, sagte Terca. »Unser aller Hybris.«

Er betrachtete die drei Gestalten. Nicht dass er sie wirklich anblickte. Diese Ehre ließ er niemandem zuteilwerden. Doch er ertastete ihre Sinne, ihre Kräfte, ihre Fähigkeiten, kurzum: all das, was diese Wesen ausmachte.

Alle drei wirkten sie auf ihre Weise kraftvoll. Doch jeder für sich allein betrachtet, waren sie nichts. Unbedeutende Geschöpfe, die es kaum verdienten, dass man sich länger als wenige Augenblicke mit ihnen beschäftigte.

Sie waren gut aufeinander eingespielt. Der Klang von Wicca und Magicus hatte nur wenig Disharmonie, und der Junge tat alles, was in seiner Macht stand, um die beiden so unterschiedlichen Wesen zusammenzuhalten.

Doch es fehlte ihnen das entscheidende Element, um ihm auch wirklich gefährlich werden zu können. Der Mann mit den goldenen Augen, der von einer Sibylle berührt worden war und damit eine Immunität gegen seine Kräfte besaß. Er allein wäre imstande gewesen, ihn zu töten.

Der Gottbettler blickte den Ankömmlingen gelassen entgegen. Er fiel ihm zwar schwer, die Konzentration zu halten, doch er hatte gelernt hinzusehen, ohne sich wirklich um die Wesen rings um ihn zu kümmern.

Der Stumme Junge war in der Tat so wie er. Er verfügte über eigentümliche Kräfte, die womöglich sogar stärker ausgeprägt waren als seine eigenen. Doch er hatte keine Ausbildung erhalten wie er, dazumal, in den magischen Türmen Griams. Auch hatte der Stumme Junge niemals gelernt, sich mit seiner Umwelt in Verbindung zu setzen. Er war in sich selbst versunken, in seiner Traumwelt, die um so vieles schöner war als jene Welt, in der Gewalt, Traurigkeit und mannigfacher Schmerz regierten.

*Ich sollte ihn verschonen und ihn lehren, mit sich selbst zurechtzukommen,* überlegte er, tat den Gedanken aber gleich wieder ab. Die Welt war so, wie er sie sich erträumte und wie er sie sich schuf, nur für einen wie ihn bestimmt. Dort war kein Platz für diesen Jungen.

Der Gottbettler schloss die Augen, kehrte für eine Weile zurück in die Stille seiner eigenen Sphäre und schöpfte so viel Kraft wie möglich. Er verlor sich im Farbenchaos und in Rechenbildern, die sich wie riesige Bauwerke übereinandertürmten. Formen, Kreise, Dreiecke und Rechtecke vermengten sich, schoben sich ineinander und ergaben etwas vollkommen Neues, das in der Welt der Barbaren nicht existierte. Es spiegelte sich in der Zeit und wurde als uralter Schatten zurückgeworfen, um sich in der Vergangenheit zu verlieren. Ein Wesen, das aus Worten bestand, irrlichterte durch labyrinthische Gänge, die er aus Milch und Brot errichtet hatte und die nur für wenige Augenblicke Bestand hatten; gleich darauf lösten sie sich in einer riesigen Lache auf, deren Oberfläche ölig schimmerte. Der Gottbettler sah sein Antlitz darin gespiegelt, ein Gesicht, das aus unzähligen Fragmenten bestand und immer weiter zerfaserte, bis sich die winzigsten Teile im Nichts verloren und keinen Sinn mehr ergaben.

Das war seine Heimat. Sie war voll von Wissen und Staunen, und alles, das er darin erblickte, fühlte, roch, schmeckte, erschien völlig logisch. Diese Welt trug weder Chaos noch Untergang in sich. Es gab auch keinen Schmerz und keine Fragen nach dem Warum. Alles erklärte sich aus sich selbst.

Der Gottbettler löste sich bedauernd aus diesem seinem Universum und kehrte in das zurück, was allerorts als »Wirklichkeit« bezeichnet wurde, obwohl es dafür nicht den geringsten Beweis gab.

Seine Gäste waren bis auf wenige Schritte herangekommen. Er strengte sich an und formulierte Worte, die die anderen verstehen konnten. Hoffentlich. Denn nicht immer wählte er die richtige Sprache.

»Bleibt stehen«, sagte er. »Ihr seid böse, und ich muss euch jetzt töten.«

*Das* war der Gottbettler? Diese bedauernswerte Gestalt, die armseliger als er selbst wirkte? Deren Hände zitterten und deren Kopf von Fliegen umschwirrt wurde? Deren Blick unstet war und die sichtlich Schwierigkeiten hatte, sich in dieser Welt zurechtzufinden?

Und erst die Stimme! Sie war piepsig und überschlug sich immer wieder. Die Worte waren die eines zurückgebliebenen Kinds, mühselig hervorgepresst und unsicher klingend.

»Du weißt, wer wir sind«, sagte Terca. »Du weißt, dass wir gekommen sind, dich zu vernichten.«

Der Gottbettler lachte. Sein Blick glitt immer wieder zum Stummen Jungen. »Die Prophezeiung … Sie ist nichts wert. Ihr seid bloß zu dritt, ihr solltet aber zu viert sein. Wer hat nun gewonnen? Ich! ICH!«

Pirmen wollte ihn mit seinen Kräften packen – und griff ins Leere. Der Gottbettler war nicht greifbar. Sobald Pirmen ihn zu fassen versuchte, zerfaserte sein Geist und setzte sich an anderer Stelle wieder zusammen.

Das unheimliche Wesen starrte ihn an. »Hören Sie auf! Ich mag das nicht!«

Pirmen fühlte sich vom Blick des anderen gebannt. Er spürte, wie unheimliche Kälte über seinen Rücken kroch, sich in seinem Nacken einnistete und es irgendwie schaffte, direkt unter seinen Schädel abzustrahlen. Es fühlte sich an, als würde das Innere seines Kopfes zu Eis gefrieren.

»Lass das bleiben!« Terca kam ihrem Gefährten zu Hilfe. Sie streckte die Hände aus und tat einige Dinge, die Pirmen nicht verstand, die aber dafür sorgten, dass der Gottbettler seine Konzentration verlor und das Gefühl der Kälte rasch wieder nachließ.

»Es ist nicht gerecht, wenn Hexe und Magicus zusammenarbeiten!«, sagte der Gottbettler und stampfte erzürnt mit einem Fuß auf. »Das ist nicht richtig!«

»Jetzt!«, sagte die Wicca. »Gib alles, was du hast!«

Pirmen konzentrierte sich. Auf seinen Zorn. Auf diese in seinem Inneren wachsende Kraft, die zwar noch längst nicht ausgereift, aber dennoch stärker war, als er es jemals für möglich gehalten hätte.

Terca war ihm mit einem Mal nahe, sehr nahe. Sie verband ihre Fähigkeiten mit den seinen, und gemeinsam tasteten sie nach dem Gottbettler.

Der lachte auf. Wehrte sich ohne besondere Mühe gegen ihre Anstrengungen. Ließ die langen, dünnen Finger seiner Rechten tanzen, als würde er an Strippen ziehen, an denen sie hingen, und winkte mit der anderen Hand einige Gestalten herbei, die sich bislang im Schatten des riesigen Müllbergs verborgen hatten.

Der Stumme Junge trat zwischen sie. Er sagte seltsame Dinge, die Pirmen nicht verstand. Und offenbar ebenso wenig der Gottbettler, denn er wirkte mit einem Mal verwirrt und hielt inne. Der Druck in Pirmens Kopf ließ nach, und er gestattete sich ein kurzes Aufatmen.

»Ihr drei seid zu wenig«, sagte ihr Widersacher und fügte wie ein zorniges Kind hinzu: »Lasst den Blödsinn sein, ich will euch endlich umbringen!«

»Du weißt, dass du das nicht kannst«, behauptete Terca, die blass geworden war. »Nicht, solange uns der Stumme Junge beschützt.«

Ein sirrendes Geräusch erklang, gleich darauf zuckte ihr junger Begleiter heftig zusammen. Entsetzt starrte Pirmen den Bolzen an, der aus dem Irgendwo gekommen war. Er stak in der Brust des Jungen. Sein Hemd färbte sich rot. Die Beine knickten unter dem Jungen weg, und er fiel zu Boden.

Terca reagierte so rasch, als wäre sie auf einen derartigen Zwischenfall vorbereitet gewesen. Sie warf sich neben dem Stummen Jungen auf die Knie. Mit aller Kraft und Verbissenheit zerrte sie ihm den Bolzen aus dem Leib, warf ihn achtlos beiseite, kümmerte sich um die Wunde. Sie nahm Pirmens Hand, der neben ihr zu Boden gesunken war, und legte sie gemeinsam mit ihrer auf das daumengroße Loch in der Brust des Verwundeten. Pirmen graute vor der Berührung. Doch Terca war unerbittlich. Sie zwang ihn, Heilung zu sprechen und Heilung zu bringen, so rasch wie möglich.

Der Stumme Junge atmete rascher, dann wieder langsamer, und obwohl er nach wie vor nichts von dem zu verstehen schien, was rings um ihn geschah, zeigte er sich doch nach einer Weile erleichtert.

Ein weiterer Armbrustbolzen, ein weiterer Treffer. Dann

noch einer. Der eine schlug auf den Oberschenkel des Jungen, der andere traf seinen Oberarm.

»Das gefällt mir! Das ist toll!« Der Gottbettler hüpfte vor Freude hin und her, gab sich wie ein Fünfjähriger. »Das ist ein schönes Spiel!«

Pirmen betrachtete die Wunden. Sie waren nicht lebensbedrohlich, sondern sollten dem Stummen Jungen nur Schmerzen bereiten und ihn aus der Konzentration reißen. »Wir müssen weg«, sagte Pirmen und sah sich um, ängstlich und erschöpft zugleich.

Wie konnte man bloß so dumm sein! Warum hatte Terca ihn hierhergeführt? Warum war nicht zumindest sie in Deckung geblieben, während sie die Unterhaltung mit dem Gottbettler führten?

»Vertrau mir«, sagte die Hexe. »Es wird alles gut.«

*Nichts wird gut!*, wollte er ihr ins Gesicht schreien. *Merkst du denn nicht, dass wir gedemütigt, verletzt, getötet und zerstückelt werden sollen? Wir haben keine Chance, es gibt bloß noch die Hoffnung auf einen möglichst raschen Tod.*

Doch er sagte nichts. Denn diese verfluchte Verbundenheit mit Terca ließ ihn ihre Zuversicht spüren. Sie erwartete ein Wunder, ohne genau zu wissen, aus welcher Richtung es kommen und was es bewirken würde. Sie glaubte in diesen Momenten fest an ihre eigene Prophezeiung und ließ dabei außer Acht, dass sie Rudynar Pole verloren hatte.

*Sie ist völlig irre! Ich habe mich mit einer Verrückten eingelassen und es nicht einmal bemerkt!*

Die Gestalten kamen näher. In einer erkannte er einen Magicus. Der Mann humpelte, sein fetter Arsch schwabbelte wie Sülze.

Nontwede. Diesen Namen sprach man in Griam voller Hass, aber auch voller Anerkennung aus. Er diente im Heer des Gottbettlers. Er galt zwar nur als durchschnittlicher Magicus, aber auch als jemand, der das Intrigentum und das Spiel um die Macht in Vollendung beherrschte.

Eine Sibylle ging neben ihm her. Ein hässliches Geschöpf, das eben seine beiden zusätzlichen Arme aus dem Körper fahren ließ und die angespitzten Zähne fletschte.

Dazu kamen zwei Schwerbewaffnete, deren Rüstungen zerbeult waren, was auf häufige Kampfeinsätze schließen ließ, ein Mann, der jung und geckenhaft wirkte, und ein Pärchen, sie noch ein unreifes Mädchen, er ein hochgewachsener, stattlich wirkender Mann.

»Metcairn Nife!«, rief Terca. »Schön, dich wiederzusehen!«

»Kennen wir uns etwa?«

Der Heerführer – um diesen handelte es sich zweifellos – gab sich interessiert. Die Frau an seiner Seite schmiegte sich eng und ängstlich an ihn.

»Kann schon sein. Mein Gedächtnis lässt mich in letzter Zeit leider immer öfter in Stich. Du bist gekommen, uns zu töten?«

»Mein Herr hat es mir befohlen.«

»Und wenn der Herr ruft, kommt das Hündchen brav gelaufen, nicht wahr? Es nimmt den Weg über tausend Laufe auf sich, bloß, um dem Gottbettler zu Diensten zu sein. Ach, es sind schöne Zeiten, in denen wir leben. Zeiten, in denen Ehre und Treue alles bedeuten.«

»Ja.«

»Du hast Leute auf dem Weg zurück in die Blume von Oriath verloren, nicht wahr? Wie viele waren es? Fünfzig? Hundert? Mehr? Haben sie ein ehrenvolles Begräbnis erhalten, weil sie für den Gottbettler starben?«

»Was geht dich das an?«, fragte der adrett gekleidete Offizier.

»Du sei ruhig, Junge, wenn Erwachsene sich unterhalten«,

kanzelte Terca den Mann ab, ohne ihn auch nur eines Blickes zu würdigen. »Ich finde es wirklich bemerkenswert, dass der Heerführer dem Befehl seines Herrn so treu folgt. Er missachtet sein Gewissen, das ihn seit Jahr und Tag plagt, das ihn mit der Frage bedrängt, ob richtig ist, was er im Auftrag eines Wahnsinnigen tut.«

Nontwede trat vor, breitete die Arme aus, wirkte einen Zauber, so mächtig, dass die Luft flimmerte und sich der Himmel grün verfärbte. Pirmen reagierte blitzschnell und parierte den Angriff, ließ ihn wirkungslos verpuffen, sehr zum Entsetzen des wesentlich Älteren. Und zu seinem eigenen. Woher hatte er bloß all diese Gaben? War es tatsächlich die Vermengung der Kräfte von Hexe und Magicus, oder steckte mehr dahinter?

Die Sibylle fauchte. Die Nase plättete sich, an den vier Armen zeigte sich starke Behaarung. Das Wesen trat zurück, Schritt für Schritt, als rieche es eine Gefahr, der gegenüber es sich hilflos fühlte.

»Tötet sie!«, rief der Gottbettler aus dem Hintergrund. »Reißt ihnen die Köpfe von den Schultern, schießt sie zusammen, lasst sie im eigenen Blut schwimmen!«

»Er ist lächerlich, nicht wahr, Metcairn Nife?« Terca lachte, und es klang beinahe unbekümmert.

»Er ist mein Herr. Ich habe einen Eid auf ihn geleistet.«

»Jeder macht Fehler, Freund. Denkst du nicht, dass es Zeit wäre, diesen einen zu beheben?«

Der Offizier wollte sich erneut einmischen, doch Metcairn Nife brachte ihn mit einer herrischen Handbewegung zum Schweigen. »Meine Leute und ich sind ihm verpflichtet«, sagte er. »Das lässt sich nicht ändern.«

»Aber?«

»Es gibt kein Aber.« Der Heerführer zuckte mit den Schultern. »Ich wollte bloß sehen, wer den Gottbettler so sehr in

Panik versetzt, dass er all seine Eroberungsgelüste für eine Weile beiseiteschiebt und uns hierher zurückberuft. Und was sehe ich? Vier Gestalten, eine armseliger als die andere.«

»Vier?«, fragte Pirmen irritiert.

»Einen neugierigen Magicus, der mit seinen neugewonnenen Kräften noch längst nicht haushalten kann. Einen Knaben, der zu nichts zu gebrauchen ist, und dennoch unendlich wertvoll wird, weil er genauso wie der Gottbettler ist, ihn versteht und seine Begleiter vor dem Wahnsinn ihres Gegners beschützen kann. Eine Wicca, uralt, dumm und vergesslich …«

»Das *dumm* habe ich überhört.«

»… die über Ewigkeiten hinweg die Geschicke vieler Reiche im Weltenkreis mitschrieb, sich dann zur Ruhe setzte und so *dumm* war, sich ein weiteres Mal in geschichtsträchtige Ereignisse einzumischen, obwohl sie wusste, wie groß das Risiko sein würde …«

»Ach, weißt du, Heerführer, es hat sich einfach so ergeben.«

»Nichts ergibt sich *einfach so.* Das weißt du gewiss besser als ich.«

»Na schön, Metcairn Nife, du hast mich ertappt. Ich habe ein klein wenig gespielt. Figuren bewegt, Pläne entworfen. Aber nicht um des Spielens willen, sondern weil ich davon überzeugt bin, dass der Gottbettler den falschen Weg beschritten hat.«

»*Weil du davon überzeugt bist.* Weil du es keinesfalls dulden kannst, dass die Welt eine bessere wird. Was würde dann mit den Wicca geschehen, was mit den anderen Geschöpfen, die ihre Intrigen spinnen und ihre Konflikte auf dem Rücken der Menschen austragen? Was würden Sibyllen und Magicae machen, wenn es Frieden gäbe?«

»Der Gottbettler beschreitet den falschen Weg …«

»Nein, er tut das Richtige, wenn auch aus den falschen

Gründen heraus«, widersprach Metcairn Nife. »Aus Gründen der Selbstsucht und des Selbstschutzes, um sich seine eigene verrückte kleine Welt zu schaffen. Aber er ist auf dem richtigen Weg. *Ich* bin auf dem richtigen Weg. Ich könnte es schaffen, den Geschöpfen des Weltenkreises den Gedanken an weitere Kämpfe, Schlachten und Kriege auszutreiben.« Metcairn Nife senkte den Kopf. »Ich habe diesem Plan alles untergeordnet. Habe alles hinter mir abgebrochen, habe Freundschaften geopfert und Leute allein dafür töten lassen, weil sie meine Beweggründe zum Teil durchschauten.«

Der Gottbettler quengelte. Seine Stimme klang drängend, und er sandte Impulse aus, die sinnesverwirrende Stürme rings um sie erzeugten. Doch sie, die beiden kleinen Häuflein Menschen, auf engstem Raum zusammengedrängt, blieben geschützt, dank des Stummen Jungen, der nichts von den Gedanken des Gottbettlers an sie heranließ. Er saß auf dem Boden und starrte ins Leere. Seine Verletzungen kümmerten ihn nicht.

Metcairn Nife sah Terca an. »Und nun verlangst du, dass ich meine Pläne opfere? Dass ich an deiner Seite Partei ergreife?«

»Ja, das tue ich.« Die Hexe lächelte ihn warmherzig an. »Die Prophezeiung war immer richtig. Du bist das letzte Glied, du bist der Vierte. Es brauchte den Mann mit den Goldenen Augen bloß, um dich auf deine Fehler aufmerksam zu machen und dir jenen Stoß zu geben, der notwendig war. Du musst einsehen, dass die Allgewalt des Gottbettlers schlimmer wäre als alle Kriege und Unruhen. Er wäre tatsächlich ein Gott. Wüsstest du, wie es war, als Götter diese Welt bevölkerten, hättest du dich niemals für ihn entschieden.«

Pirmen betrachtete den Heerführer. Der dachte tatsächlich über einen Frontwechsel nach. Er war unschlüssig geworden, dank der Überzeugungskraft der Hexe.

Wie lange hatte sie an diesem Plan gearbeitet? Hatte sie sich die Worte und Sätze sorgfältig zurechtgelegt, oder improvisierte sie?

»Du hast dir das alles sehr gut ausgedacht, Wicca. Ich beglückwünsche dich. Du hättest mich fast überzeugt. Fast.«

»Was?« Sie war überrascht, erstaunt – entsetzt. »Aber ... aber ... das kannst du nicht tun. Die Prophezeiung ... Sie ist wahr, sie *muss* wahr sein!«

Pirmen genoss ihre Enttäuschung und ihr Entsetzen. Auch wenn es ihrer aller Tod bedeutete, so empfand er doch eine ungemeine Genugtuung darüber, dass die Hexe mit ihren elenden Machenschaften gescheitert war.

»Auch Wesen wie du fehlen oder irren sich«, sagte Metcairn Nife zu ihr.

Sie sprang ihn an, krallte sich im Haar des Heerführers fest, zerkratzte ihm mit ihren Fingernägeln das Gesicht, trat, spuckte, benahm sich wie eine Wildkatze.

Der Heerführer stieß die junge Frau, die bisher an seiner Seite gewesen war, zur Seite. Er wehrte sich gegen die Hexe und zeigte dabei keinerlei Angst oder Ärger. Es war, als hätte er gewusst, dass Terca über ihn herfallen würde.

Die blutenden Wunden, die sie ihm beibrachte, scherten ihn nicht. Er handelte wie ein Mensch, der wusste, dass er das Richtige tat und Sieger bleiben würde.

Pirmen griff in den Kampf ein und ergriff Partei für die Hexe, ohne länger darüber nachzudenken. Metcairn Nife war der Feind, der verlängerte Arm des Gottbettlers, mochte er auch noch so sympathisch wirken und seine Argumente in sich schlüssig sein. Pirmen setzte dem Heerführer verwirrende Gedanken in den Kopf, hieb mit der Krücke nach ihm, wollte sich ebenfalls auf ihn werfen, ihn zu Boden reißen, ihn zerstückeln. Er fühlte, was die Hexe fühlte: grenzenlosen Hass.

Der Wirbelsturm um sie herum wurde immer heftiger. Menschen schrien erschrocken. Der Begleiter von Metcairn Nife wurde davongeweht. Er zerfaserte, löste sich in kleine Bröckchen auf, die im Nichts verschwanden. Nontwede wirkte völlig ratlos, die junge Frau saß auf ihrem Hintern und starrte vor sich hin, die Sibylle war längst im Wirbel verschwunden.

Pirmen verbiss sich in seinen Feind. Er benötigte keine Arme, keine Beine. Magie hielt ihn aufrecht, Magie machte ihn zum mächtigen Krieger. Es waren Gedanken, die Waffen formten und zum Einsatz brachten. Er hieb immer wieder zu, gemeinsam mit Terca, folgte ihrem Takt aus Schlägen und Hieben.

Doch was auch immer sie taten, es prallte an Metcairn Nife ab. Er parierte ihre Angriffe mit einem Lächeln, umtänzelte sie, befreite sich aus der Enge, zog das Schwert und schaffte auf diese Weise problemlos den Übergang von Defensive zu Offensive. Er war schnell, schnell wie das Licht. Und manchmal hatte es den Anschein, als würde nicht er das Schwert führen, sondern das Schwert ihn!

Pirmen zog sich zurück. Er schwankte, war außer Atem, fiel zu Boden. Er wusste nicht weiter, konnte nicht mehr. Sein Geist war leer und ausgebrannt, er hätte den Todesstoß mit Freuden empfangen.

Doch der kam nicht. Metcairn Nife verpasst der Hexe einen beiläufig geführten Hieb mit der Breitseite seines Schwerts, sodass auch sie zu Boden ging, und stellte sich aufrecht vor den beiden hin. Ruhig und entspannt, trotz der unzähligen oberflächlichen Wunden, aus denen er blutete.

»Es ist vorbei«, sagte er. »Alles hat ein Ende, nicht wahr?«

»Du tust das Falsche.« Terca kämpfte sich mühsam hoch. »Du verdammst den gesamten Weltenkreis zum Untergang.«

»Ach ja?« Metcairn Nife ließ sich von ihren Worten nicht

mehr herausfordern. Er wartete, bis sich der Wirbelsturm aufgelöst hatte und der Gottbettler wieder zu sehen war.

Der seltsame Mann, krumm gebaut wie ein Alter und mit dem Gesicht eines Jugendlichen, stand da wie ein hässliches, schlecht behauenes Monument aus Stein. Seine Blicke waren in eine Ferne weit weg von der Wirklichkeit gerichtet. Hatte er sich überhaupt für den Kampf interessiert? Wusste er, was eben geschehen war, oder war es belanglos für ihn in seiner eigenen Welt?

»Bringt es zu Ende, Heerführer«, befahl der Gottbettler und lehnte sich gegen einen Müllhaufen, gegen schwere Säcke, aus denen dunkle, sämige Flüssigkeit quoll. »Wir haben andere Dinge zu erledigen.«

»Ja.« Metcairn Nife hob das Schwert, hielt dann jedoch inne, als müsste er über den Befehl noch einmal nachdenken.

Mit einem Mal waren überall Bewaffnete. Dutzende von ihnen, womöglich hundert oder mehr. Da waren Menschen, Malekuften, drei Magicae – unter ihnen Nontwede –, Mitglieder des Kleinen Volkes, einige Untote, in Tücher gehüllt, sodass ihre verwesenden Fratzen nicht zu sehen waren ... Sie kamen näher und kreisten sie ein, bis sie vollends eingeschlossen waren.

»Tut es nicht!«, flüsterte Pirmen, plötzlich ängstlich geworden, nun, da der Kontakt zur Wicca unterbrochen war. Er fühlte warme Flüssigkeit, die sein rechtes Hosenbein abwärtsrann. »Ich flehe euch an ...«

»Tapferkeit war niemals eine besondere Stärke der Magicae. Nicht wahr, Nontwede?«, fragte Metcairn Nife.

Der alte Mann begriff offenbar nicht, was der Heerführer von ihm wollte. »Ich bin ... Wir sind ...«

»Lass das Stottern, Mann! Du gibst dich doch sonst so stark und selbstbewusst, nicht wahr?« Metcairn Nife umrundete ihn langsam. »Nur einmal, als du dachtest, meinen Willen gebrochen zu haben, hast du Großmut bewiesen und mir einen Wunsch erfüllt. Du erinnerst dich?«

»Als ich *dachte,* deinen Willen gebrochen zu haben?«, fragte der alte Magicus.

»Es ist leicht, einen wie dich reinzulegen. Du kamst nicht einmal auf den Gedanken, dass ich dich täuschen könnte. Was für ein unglaublicher Hochmut.«

Was geschah hier? Warum wurde geredet, warum saß sein Kopf noch immer auf den Schultern? *Mach es!,* wollte Pirmen schreien. *Lass es uns hinter uns bringen! Befreie mich aus diesem Jammertal!*

»Dir einen Wunsch erfüllt …«, wiederholte Nontwede nachdenklich. »Du wolltest, dass ich Rudynar Poles Leichnam …«

»Ja.« Metcairn Nife schlug dem Magicus ohne Vorwarnung den Kopf ab. Der flog hoch durch die Luft, landete auf dem Boden, wobei ein Knacken zu hören war, dann kullerte er weiter, auf den Gottbettler zu.

Niemand sagte ein Wort, jedermann starrte den Heerführer an.

Der lächelte. »Das war höchst an der Zeit«, sagte er, ohne die Worte an jemand bestimmten zu richten, und seufzte erleichtert. »Der schlimmste Feind in den eigenen Reihen ist gerichtet. Und nun …«

Metcairn Nife drehte sich um und bedeutete einem der Untoten, näher zu kommen. Er legte ihm einen Arm auf die Schultern. »Ich behalte meine Ehre. Ich überlasse alles dem Schicksal. Eine Prophezeiung wird wahr oder auch nicht.«

Er zog dem lebenden Leichnam das Tuch vom Körper und präsentierte ihn, als wäre er ein besonders wertvolles Schaustück im Hause eines Steinhändlers.

Pirmen betrachtete die seltsame Gestalt, die zusammengestückelt und -genäht war und kaum noch etwas Menschliches an sich hatte. Entsetzt hielt er den Atem an. Er sah etwas, das völlig unmöglich war, das nicht sein konnte und nicht sein durfte. Und dennoch ... Die Augen waren golden gesprenkelt und leuchteten heller als je zuvor.

»Ich habe meine Zeit abgedient«, durchbrach Metcairn Nifes Stimme seine Gedanken. »Und wäre noch ein wenig davon übrig, würde ich über meine Taten und meine Untaten erzählen. Doch der Große Gleichmacher wartet schon, ich kann ihn fühlen.« Er drehte das Schwert in seinen Händen, richtete die Spitze gegen sich selbst. »Ich bestimme Rudynar Pole zum neuen Heerführer«, sagte er und stürzte sich in die Klinge, die seinen Leib durchbohrte, sodass sie blutbesudelt am Rücken wieder austrat. Er kippte nach vorn, trieb sich die eigene Waffe, dieses wundersame Schwert, bis zum Heft in den Körper und blieb dann still liegen, während sich rings um ihn eine dunkelrote Lache bildete.

»Nein!«, schrie jemand. Die junge Frau. Sie warf sich auf den Toten und schüttelte ihn an den Schultern wie von Sinnen. Sie redete wirres Zeugs, in einem Dialekt, den Pirmen während seiner Reise in die Norde schon einmal gehört hatte, den er aber nicht einordnen konnte.

Um ihn drehte sich alles. Er verstand nichts von dem, was da vor sich ging. Menschen riefen wild durcheinander. Die beiden überlebenden Magicae kümmerten sich um ihren Anführer und versuchten ihn mit Hilfe ihrer Kräfte wiederzuerwecken, während Soldaten weinten, völlig außer sich, ein Malekufte das Todesgewieher anklingen ließ und sich einige des Kleinen Volkes an Ort und Stelle in den Boden gruben. Erwachsene Menschen, erbarmungslose Kämpfer, ließen ihren Tränen freien Lauf. Die Verwirrung nahm mit jedem Augenblick zu. Sie setzte sich in Wellen fort, packte Unbeteiligte, die sich irgendwo zwischen den Schuttbergen versteckt gehalten hatten und nun hervorgekrochen kamen, und sie packte alsbald auch jene Einwohner der Stadt, die jenseits des Flusses lebten.

Hatte Metcairn Nife selbst eine Form von Magie beherrscht, oder war es ihre Schuld, dass das Entsetzen so sehr um sich griff? Dienten Terca, der Stumme Junge, die beiden Magicae und Pirmen als Resonanzkörper für die Trauer, die alle Anwesenden empfanden? Oder war es der Gottbettler selbst, der von der Situation überfordert war und nun seine Kräfte entweichen ließ?

»Wir müssen weg von hier!«, sagte Pirmen zu Terca. Er wandte sich ihr zu, wagte aber nicht, sie direkt anzusehen. Vielleicht würde alles wieder gut werden, wenn er einfach stehen blieb und an nichts dachte, alle Gefahren ringsum tunlichst ignorierte.

War es das, was der Gottbettler vorhatte? Wollte er sie allesamt aus seiner Aufmerksamkeit streichen und mithilfe seines Heers die völlig falsche Illusion eines Friedens schaffen?

»Scht!«

Die Hexe schob ihn beiseite und ging auf diesen einen Untoten zu, auf diese grässlich deformierte Gestalt. Pirmen folgte ihr. Er hatte keine Kraft mehr, eigene Entscheidungen zu treffen. Es würde hinter ihr hertrippeln und an nichts mehr denken.

»Rudynar Pole«, murmelte sie und berührte den Untoten. Das faulige, verbrannte Fleisch, das fast schwarz war.

Sein Teint war grün, die Narben der mannigfaltigen Nähte rosarot. Auch sie würden irgendwann nachdunkeln.

»Ich kenne dich«, sagte das Geschöpf mit schwerer Zunge. »Ich kann mich an dich erinnern.«

»Nein!«, schrie jemand, und Pirmen ahnte, dass es der Gottbettler war.

»Du weißt, wer du bist, und du weißt, was wir hier zu tun haben?«

»Ich bin … Ich war ein Krieger. Ich war euer Begleiter.« Der Untote verlor sich in unverständlichen Wortfolgen; erst nach einer Weile sprach er mit klarer Stimme weiter. »Ich bin der neue Heerführer, wie es Metcairn Nife befohlen hat.«

»Du bist an sein Wort gebunden, ich weiß. Aber bist du auch dem Gottbettler verpflichtet?«

»Ich bin … frei. Niemand befiehlt mir etwas.« Der Untote, der einstmals Rudynar Pole gewesen war, wischte mit einer Hand vor sein Gesicht, als wären da Spinnweben, die nur er sehen konnte. »Ich diene dem Heer, und es dient mir.«

»Aber du erinnerst dich, warum wir gemeinsam die Reise hierher unternommen haben?«

»Ich erinnere mich.«

»Du weißt von der Prophezeiung und von deiner Rolle darin?«

»Ich weiß davon.«

»Dann bist du bereit, dem Gottbettler entgegenzutreten?«

»Ja, das bin ich.« Er lachte, plötzlich von guter Laune gepackt, die endlich einmal erahnen ließ, dass tatsächlich ein Teil von Rudynar Pole in diesem zerstörten Körper steckte. »Ich werde diesem elenden Wicht den Arsch aufreißen!«, rief er, so laut, dass das Klagen ringsum abbrach und jedermann ihn anstarrte.

Er setzte sich in Bewegung. Stapfte auf den Herrscher über die Blume von Oriath zu, der sich angemaßt hatte, den gesamten Weltenkreis nach seinen Vorstellungen gestalten zu wollen. Rudynar Pole holte unter dem Tuch, in das er gehüllt gewesen war, eine Totenmaske hervor, die er sich auf sein zerfetztes Gesicht setzte. Sie haftete seltsamerweise daran fest – und erwachte zum Leben. Sie strahlte Magie aus, so rein und natürlich, wie Pirmen sie niemals zuvor gespürt hatte. Die womöglich aus einer Zeit vor der Zeit stammte, Äonen überdauert hatte und von keinem Wesen benutzt worden war.

Der Gottbettler griff an. Doch seine enorme Kraft wirkte angesichts seines neuen Gegners lächerlich. Einige Soldaten wollten sich auf seine Seite stellen, auch die beiden verbliebenen Magicae, die bisher versucht hatten, den enthaupteten Nontwede wiederzubeleben, doch Rudynar Pole wischte sie beiseite, als wären sie lästiges Ungeziefer.

Terca, der Stumme Junge und Pirmen beobachteten das Unabwendbare. Pirmen schauderte angesichts der Macht, die diesem Wesen, das dem Großen Gleichmacher entrissen worden war, in seinem neu zusammengesetzten Körper zur Verfügung stand.

Terca griff nach Pirmens Hand und der Stumme Junge nach der ihren. Jeder berührte den anderen, jeder fühlte, was der andere fühlte. Sie nahmen mit all ihren Sinnen Teil an einem Geschehen, wie es vor langer Zeit prophezeit worden war und nun zur Geschichte des Weltenkreises wurde.

Ihnen selbst blieb nichts mehr zu tun. Sie hatten ihren Teil erledigt und hatten sich zu viert in die Höhle des Löwen gewagt, so wie es Terca geweissagt hatte.

Der Gottbettler sah seinen Gegner nicht an. Womöglich dachte er sich eben weg aus dieser Welt, um seinen Geist ganz woanders umherschweifen zu lassen. Vielleicht war er bloß noch eine leere Hülle, wertlos und unwichtig, von keinerlei Relevanz mehr.

Rudynar Pole packte ihn, umschlang ihn mit beiden Armen und drückte zu. Der Gottbettler versuchte sich zu befreien, schaffte es jedoch nicht und gab dann auf. Sein Blick wurde teilnahmslos, während das Gesicht rot anlief.

Rudynar Pole zerquetschte ihn, langsam und mit erschreckender Hingabe. Es dauerte lange. Die Zeit blieb stehen, während der ehemalige Linke seine Arbeit tat.

Stunden vergingen. Sie standen bloß da, eingefroren und verloren, während der Kampf eines Titans gegen einen Gott andauerte. Der neue Morgen brach an, und noch immer umarmten sie einander. Der Gottbettler sagte mit ruhiger Stimme, dass er unsterblich wäre und es Rudynar Pole niemals möglich sein würde, ihm das Leben zu nehmen. Gegen Mittag wollte er verhandeln, am Abend verlegte er sich aufs Betteln, und als in der totenstillen Stadt hier und dort ein Lichterschein entflammte, begann er zu schreien. Es war ein lang gezogener, ein schriller Ton, wie der eines Eunuchen, und er wollte kein Ende nehmen. Der Laut kroch in Pirmens Kopf, nistete sich dort ein und würde bis ans Ende seiner Tage dort drinnen verankert bleiben. Der Todesschrei des Gottbettlers machte, dass Soldaten tot umfielen. Ein Schatten legte sich über die Stadt, Wolken zogen sich bedrohlich zusammen und türmten sich zu einem schwarzen Gebirge auf, aus dem Blitze zuckten. Der Boden bebte, der Fluss schwoll an. Naturgewalten wurden von Menschengewalten ergänzt, das Weltgefüge geriet aus dem Gleichgewicht. Der so armselig wirkende Mann setzte Kräfte frei, für die es keinen Namen, keine Begriffe gab.

Der Untote, Rudynar Pole, behielt die Ruhe. Er scherte sich nicht um das brüllende Etwas in seinen Armen, das alles rings um sich in den Abgrund der Vernichtung ziehen wollte. Er tat, wofür er gekommen war. Er tötete seinen Gegner.

Pirmen war völlig erschöpft. Nur noch Tercas Gegenwart und vor allem die des Stummen Jungen hielten ihn am Leben, während rings um ihn der Große Gleichmacher reiche Ernte hielt. Viele der Soldaten fielen den vom Gottbettler entfesselten Kräften zum Opfer. Manche wurden hinfortgerissen, manche wurden bloß von ihrem Geist verlassen, während die Körper zurückblieben. Lallende Menschen, Malekuften oder Zwerge torkelten umher. Ein Vertreter des Kleinen Volks wurde vom Blitz getroffen, ein anderer ertrank in einer Pfütze, in der er aus unerfindlichem Grund mit dem Gesicht nach unten liegen blieb.

*Kann nicht mehr,* dachte Pirmen. *Will nicht mehr.*

Wo waren seine Ikonen? Warum halfen sie ihm nicht, in diesen Stunden der Not? Wo waren Palias Aquerta und die anderen Berater geblieben?

Er sah den Schatten jenes Wesens, das ihn schon einmal besucht hatte und dem er nur dank der Hilfe der Hexe entkommen war. Er winkte, lockte, wollte ihm den Weg weisen.

Der Stumme Junge drückte seinen Arm, und Pirmen spürte Erleichterung. Er war mit einem Mal unberührbar. Er schwebte in einem Land, in einer Weite, die keine Grenzen kannte und in der das Leben mit all seinen Schwernissen keinen Platz hatte.

War es das, was der Stumme Junge und der Gottbettler zeit ihres Lebens sahen, was sie spürten, diese Friedfertigkeit, die alle Dinge ringsum erfasst hatte? Keine Rose stach, kein Hund biss, kein Insekt summte nervös umher. Die Menschen standen starr wie Statuen und taten nichts. Sie waren all ihrer Fertigkeiten beraubt …

Pirmen wehrte die Hand des Jungen ab. Es war zu viel. Es war unerträglich! Da erschien ihm das Inferno des Gottbettlers noch weitaus verständlicher, und wenn es denn sein sollte, dann würde er auch einen gewaltsamen Tod hinnehmen.

Der Schrei des Gottbettlers verebbte, und im gleichen Maß, wie das Kreischen nachließ, wurde auch das Wesen dünner. Schwächer. Weniger.

Schließlich umarmte Rudynar Pole nur noch Luft. Doch er verharrte in seiner absurden Pose, für weitere Stunden, so lange, bis die Nacht ein weiteres Mal hereinbrach, sich das

Wetter endlich beruhigte und ein paar Vögel fröhlich in die entstandene Stille zwitscherten, als wollten sie eine neu entstandene Welt begrüßen.

Der Untote löste sich aus seiner Starre. Drehte sich im Kreis. Begutachtete, was er angerichtet hatte, verzog dabei aber keine Miene.

Er kam mit schweren Schritten auf Terca, den Stummen Jungen und Pirmen zu, wobei er über den Leichnam von Metcairn Nife hinwegstieg, den er nicht weiter beachtete.

Er musterte sie. Da war eine ganz besondere Art von Leben in seinen Augen.

»Das war's«, sagte der Untote.

»Ja …« Terca wollte offenbar noch mehr sagen, doch auch sie musste den Kopf unter Rudynar Poles Blick senken und verstummte.

»Ihr beide geht jetzt. Der Stumme Junge bleibt bei mir.«

»Aber …«

»Kein Wort, Wicca! Eure Aufgabe ist erfüllt, meine fängt eben erst an. Verschwindet, bevor ich's mir anders überlege!«

Terca wich zurück, bleich geworden. Sie zog Pirmen mit sich, er folgte.

Er wollte etwas sagen, sich bedanken oder sich verabschieden oder was auch immer, doch es wollte ihm nichts einfallen. Diese Gestalt, sie hatte nichts mehr mit dem Säufer Rudynar Pole gemeinsam. Der zwischenzeitliche Tod hatte ihn neu geformt, hatte ihn zu einem völlig neuen Wesen werden lassen, das keinerlei Beziehung mehr zu seinen früheren Begleitern duldete, weder im Guten noch im Bösen.

Sie verließen die Insel über die Brücke, deren Holz morsch und brüchig geworden war. Auch hier lagen Tote, und ebenso in den Straßen jener Stadtteile, die sie nun querten, so rasch wie möglich. Überlebende hatten sich hinter Holzverschlägen oder hinter den Türen ihrer Häuser versteckt. Kaum jemand ließ sich blicken. In der Ferne donnerte es, eine Bö brachte einige wenige Regentropfen mit sich.

Pirmen beeilte sich, so gut es ging. Er blickte nicht nach links und nicht nach rechts. Er fühlte ein unangenehmes Kribbeln im Nacken. Als wäre jemand hinter ihm her und wollte ihm schlimmere Dinge antun als ihn einfach nur zu töten. *Weg, nur weg, ja nicht zurückblicken!*

# 21. Abgesang

Hunderte, ja, mehr als tausend Laufe lagen zwischen den Städten Gallwar und Poitrea. Die Rückkehr würde dreißig Tage und mehr dauern, doch was war schon Zeit? Sie war ein flüchtiges Gespinst, das kaum ein Wesen so fühlte wie das andere. Die Geschehnisse der letzten beiden Tage, die sie auf der Stadtinsel verbracht hatten, hatten Terca zu diesem Thema völlig neue Denkansätze geliefert. Die Zeit war wie im Fluge vergangen, die Welt hatte sich weitergedreht, während diese beiden Titanen, der untote Rudynar Pole und der Gottbettler, miteinander gerungen hatten.

Pirmen humpelte hinter Terca her. Er nutzte seine Magie, um sich rascher fortzubewegen, und er tat dies völlig unbewusst. Er hatte viel dazugelernt während der letzten Wochen.

Terca widerstand dem Drang, sich umzudrehen und einen letzten Blick auf die Stadt Gallwar zu werfen. Sie wollte nicht wissen, was dort geschah. Es gab genug Fragen, die ihr durch den Kopf schwirrten und auf die sie keine Antworten wusste.

War der Gottbettler wirklich gestorben, oder hatte er sich bloß verflüchtigt, um weit weg von hier neue Kräfte zu sammeln und einen weiteren Versuch zu starten, den Weltenkreis nach seinen Vorstellungen zu gestalten? Was und wer war er gewesen? Und was hatten die Sibyllen mit ihm zu tun gehabt?

Was würde mit den Soldaten geschehen? Würde Rudynar

Pole das Heer auflösen oder es neu formieren, um eigene Ziele zu verfolgen? War er womöglich eine weit schrecklichere Gefahr, als es der Gottbettler je gewesen war? Was hatte er mit seinem Sohn vor, mit dem Stummen Jungen? Würde er ihn instrumentalisieren? Würde er den Kontakt zur Mutter suchen, zur Sibylle?

Wann hatte sie selbst diese Prophezeiung ausgesprochen, die letztlich zum Untergang des Gottbettlers geführt hatte, und warum konnte sie sich nicht mehr daran erinnern? Welches seltsame Schicksal hatte das Bauernmädchen Gunguelle an der Seite Metcairn Nifes bis hierher geführt, und wohin war es verschwunden?

Die Zeit hatte Terca gelehrt, dass nur die wenigsten Fragen je beantwortet wurden. Selbst sie, deren Leben bereits Jahrtausende währte, stand einer Vielzahl von Dingen ratlos gegenüber. Andernfalls hätte sie nicht diese ganz besondere Todessehnsucht verspürt, die bereits wieder erwachte und sie zurücktrieb nach Poitrea. In die Wand, deren Magie sie hoffentlich irgendwann einmal über die Schwelle des Todes würde schreiten lassen.

»Ich hasse dich«, sagte Pirmen. »Ich konnte dich bereits auf dem Hinweg nicht riechen. Der Gedanke, mit dir den ganzen weiten Weg nach Griam zurückzukehren, ist mir schier unerträglich.« Er spuckte aus.

»Was hast du vor, wenn du in Griam bist?«

»Keine Ahnung. Wahrscheinlich nehme ich einen der magischen Türme in Beschlag und widme mich meinen Studien.«

»Du wirst auf Widerstand stoßen. Nach Larex' Tod sind sicherlich Machtkämpfe um die Stadtherrschaft ausgebrochen. Möchtest du etwa zwischen die Fronten uralter, eitler und selbstgefälliger Magicae geraten?«

»Hast du einen besseren Vorschlag?«

»Wie wär's, wenn du bei mir in Poitrea bleibst?«

»Hast du etwa nicht zugehört, Hexe? Ich hasse und verabscheue dich!«

»Das bedeutet, dass du etwas für mich empfindest, und das ist schon mal ein Anfang.«

»Bist du verrückt geworden, alte Vettel? Niemals!«

»Ich könnte dich unterrichten. Ich könnte dich zum Herrscher der Stadt machen. Es wäre gut möglich, dass du die Macht dort ergreifen kannst, nun, da alles ringsum im Umbruch ist.«

»Kein Interesse.«

»Und die Frauen. Sie würden sich alle zehn Finger nach dir abschlecken. Macht ist verführerischer als gutes Aussehen oder wenn man alle Arme und Beine hat.«

»Du machst dich über mich lustig!«

»Wir wären ein ausgezeichnetes Gespann. Es steckt viel drin in dir, das bislang noch unentdeckt ist. Wir würden voneinander lernen. In einer Partnerschaft, die es seit meiner Zeit mit Gafelay nicht mehr gegeben hat.«

O ja, der Kleine sprang auf ihre Verlockungen an. Er spitzte die Ohren und ließ sich auf Diskussionen ein. Schon bald würde er zu ihren Füßen liegen und ihr die Zehen einzeln lutschen. Er würde ihre Fähigkeiten als Liebhaberin genießen, und er würde nach immer mehr von ihr verlangen, so wie es alle Männer getan hatten, mit denen sie je zu tun gehabt hatte.

Terca schmiedete erste Pläne, stellte sich Spielchen und Intrigen vor, die sie in Poitrea entfalten könnte. Je weiter sie sich von Gallwar entfernte, desto rosiger erschien ihr die Zukunft. Was hier geschehen war, würde bald niemanden mehr interessieren. Die Bewohner der Dörfer, der Städte und der Länder benötigten jemanden, der ihnen sagte, wo es langgehen sollte.

Und – welch angenehmer Zufall – sie wusste es ganz genau.

Besuchen Sie den Autor unter:
**mmthurner.at**

Das große Science-Fiction-Abenteuer:
PERRY RHODAN NEO
Das Jahr 2037:
Terrania ist die aufstrebende Hauptstadt der Erde.
Doch hinter der beeindruckenden Kulisse lauert das Verderben
für die gesamte Menschheit ...
Nr. 43
Perry Rhodan
NEO
PERRY RHODAN NEO
Als Taschenheft am Kiosk,
als Hörbuch im Download und
als E-Book auf allen digitalen
Endgeräten.
Alexander Huiskes
Das Ende der Schläfer
Weitere Informationen dazu unter www.perry-rhodan.net